至此一年

THE
SPLENDID
AND THE
VILE

[美] 埃里克·拉森——著

[英] 李永学——译

Erik Larson

A Saga of Churchill, Family, and Defiance During the Blitz

新 星 出 版 社　NEW STAR PRESS

新经典文化股份有限公司
www.readinglife.com
出　品

谨以本书献给戴维·伍德勒姆
原因保密

人类没有获得任何大范围预见与预言未来事件的天赋能力，这对于他们来说何其幸运，否则，生命将是不可承受之重。

——温斯顿·丘吉尔，给内维尔·张伯伦的悼词

一九四〇年十一月十二日

致读者

几年前搬到曼哈顿后，我才突然清晰地认识到，与我们这些身在远处看着噩梦缓缓降临的人相比，纽约人在二〇〇一年九月十一日的经历有多么不同。遭到袭击的是他们的家园。我几乎立刻想到了一九四〇至一九四一年间德国对伦敦的空袭，并对地球上竟有人能够承受这样的袭击感到吃惊：连续五十七夜的轰炸，紧接着是六个月不断强化的夜间空袭。

我特别想到的是温斯顿·丘吉尔：他是怎样承受这一切的？他的家人与朋友们呢？丘吉尔目睹着自己的城市接连数夜遭受轰炸，且深知这些袭击尽管非常恐怖，但很可能只是更糟糕的事件的前奏：德国从海上与空中进犯，伞兵降落在他的花园里，装甲坦克在特拉法尔加广场上轰隆隆开过，毒气飘散在他曾经为其作画的海滨——对此种种，他当时作何感想？

我决定找到答案，同时也很快意识到，口说"干下去"是一回事，做到则是另一回事。我专注于一九四〇年五月十日至一九四一年五月十日丘吉尔任首相第一年的这段时间，它刚好与德国从看上去毫无目标的零星行为发展到对伦敦市全面轰炸的空袭进程同步。这一年最终以一个冯内古特式暴力的周末结束——事实证明，这个既平凡又神奇的日子是这场战争的第一次伟大胜利。

本书绝非对丘吉尔生平最权威的描述。这项工作业已有人完成，特别是那位不知疲倦但可惜算不上不朽的传记作家马丁·吉尔伯特，其八卷本巨著足以满足任何人对细节的渴求。我这部作品更贴近的是私人生活，它深入探讨了丘吉尔及其身边最亲近的人是如何一天天生存下来的：暗淡与璀璨的时刻，情感纠葛与崩溃，泪水与欢笑，以及一个个揭示了人们如何在希特勒钢铁风暴下生活的离奇插曲。这是丘吉尔变成那个我们熟知的叼着雪茄的斗士丘吉尔的一年，他在这一年中发表了自己最精彩的演讲，向世界展示了，何谓勇气与领袖风格的典范。

尽管本书有时看上去像是一部虚构作品，但事实并非如此。书中凡是加了引号的内容，必定出自历史文献，其来源包括日记、信件、回忆录或其他形式的记录；凡是文中提到的手势、眼神、微笑或者其他面部表情，必定出自亲眼所见之人的陈述。如果接下来的内容挑战了你对丘吉尔和那个时代的看法，我只能说，在历史这一生动的舞台上的确有许多惊喜。

埃里克·拉森

曼哈顿

二〇二〇年

目录

序曲
前景暗淡

谁都知道轰炸机迟早会来。防务计划远在战争发生前已开始制订，尽管就连制订者心中都还不确定具体的威胁是什么。欧洲是欧洲。如果以往的经验有什么借鉴意义，它也只是告诉我们，一场战争可以在任何时间、任何地点爆发。英国的军方统帅用帝国在前一次战争中的经验观看着世界，那场世界大战发生了对士兵与平民的大规模屠杀，同时带来了历史上第一次系统性的空袭。一九一五年一月十九日夜晚，德国齐柏林飞艇对英格兰和苏格兰投弹轰炸，庞大的飞艇在英国上空静静划过，在接连五十多次的空袭中，德军共投下了一百六十二吨炸弹，令五百五十七人丧生。

　　自此以后，炸弹变得越来越大、越来越致命，而且越来越狡猾，延时爆炸性能的出现和经改装后在下落时发出呼啸声均是证明。一种名为"撒旦"的巨型德国炸弹已有十三英尺长、四千磅重，足以摧毁整整一个城市街区。携带这些炸弹的飞机也同样变得越来越大，它们如今可以飞得更快、更高，因此能更好地躲避国土防御。一九三二年十一月十日，时任副首相斯坦利·鲍德温就即将到来的威胁向下议院进言："我认为有必要让街上的人意识到，世界上没有任何力量能保护他免于空袭。无论人们告诉他什么，轰炸机都会突破防线。"他说，进攻是唯一有效的防御，"这意味着，如果你想拯救自己，就必须比敌人更快地屠杀更多妇女和儿童"。

英国的民防专家担心会有一次"致命的打击",他们预言,对伦敦的第一次空袭即使不会摧毁整座城市,也将摧毁其中很大一部分,并导致二十万平民丧生。"人们普遍相信,宣战后过不了几分钟,伦敦就会变成一片废墟。"一位初级官员这样写道。空袭将在幸存者中造成极大的恐慌,让数百万人发疯。"只要几天工夫,伦敦就会陷入巨大的混乱,"军事理论家 J. F. C. 富勒一九二三年如此写道,"无数人将被送进医院,交通将瘫痪,无家可归的人将狂叫着寻求帮助,整座城市将成为地狱。"

内政部估算,如果按标准的殡葬规格,棺材制造商将需要两千万平方英尺"棺材木料",这根本不可能满足。他们将不得不用硬纸板或混凝纸浆做棺材,或者干脆把尸体用布裹起来埋掉。苏格兰卫生部建议:"集体掩埋大批尸体最合适的形式是沟式坟墓,其深度应足以埋葬五层尸体。"规划师们提出,应在伦敦和其他城市的郊区挖掘一批大型埋葬坑,工作要尽可能谨慎,殡葬业者应接受特殊训练,以懂得如何无害处理毒气受害者的尸体和衣物。

一九三九年九月三日,为回应希特勒入侵波兰的行动,英国正式对德宣战,与此同时,政府正在为即将到来的轰炸与入侵认真地做着准备。代表入侵即将开始或正在进行的代号是"克伦威尔"。信息部特别发布了一份题为《击败入侵者》的传单,这份分发给数百万家庭的传单的目的不在于安抚人心,而是提出警告:"敌军登陆的地点……将发生最激烈的战斗。"它指示人们应特别注意政府发出的一切疏散警报:"一旦攻击开始,再走就来不及了……应保持原地不动。"整个英国的教堂钟楼都沉寂了下来,钟声现在是特定的警报,只用于"克伦威尔"启动、入侵者业已进犯之时。一旦听到钟声,就说明有人在附近看到了敌军伞兵。对此,传单做出了如下指示:"把你的自行车拆掉并藏起来，销毁你的地图"，如果你有汽车，"拿掉分电器接头和接线，排空燃油箱或取走化油器。如果你不知道如何操作，现在立刻到最近的修车行问清楚"。

从城镇到乡村的路标都已拆掉，地图只可向持有警局颁发的许可证的人出售。农民们把旧汽车和旧卡车放到田地里，以阻挡满载敌军士兵的滑翔机。政府向平民发放了三千五百万套防毒面具，他们去工作、去教堂时都随身带着，睡觉时就放在床边。伦敦的大小邮箱表层都被刷上了一层特殊的黄油漆，遇到毒气就会变色。严格的灯火管制让入夜后的城市街道极为昏暗，人们几乎无法在火车站里认出来访者。在没有月光的夜晚，行人会走在汽车和公交车前面，时常撞上路灯杆，在马路边缘踩空，或者被沙袋绊倒。

突然间，人人都开始注意月亮的阴晴圆缺。空袭当然可以在白天发动，但如果有月光，敌军轰炸机在入夜后也能发现目标。满月与凸月因此成了"轰炸机之月"。令人稍感宽慰的是，轰炸机和护航战斗机都必须从德国的基地飞过来，如此长的距离严重限制了它们能抵达的位置和杀伤力。但这有一个前提，即法国强大的陆军、海军以及马其诺防线能够顶住德国空军的袭击，并且阻断纳粹德国所有的入侵通道。法国的承受力是英国防御战略的基石。法国可能沦陷的想法完全超出想象。

"气氛远非'忧虑'足以形容的了，"即将成为信息部政务秘书的哈罗德·尼科尔森在一九四〇年五月七日的日记中这样写道，"这是一种真正的恐惧。"他的妻子、作家薇塔·萨克维尔－韦斯特与他达成一致，宁可自杀也不能成为入侵者的俘虏。"肯定存在某种快速、没有痛苦也很便捷的自杀方法，"她在五月二十八日写给他的信里这样说，"哦，我亲爱的，我最亲爱的，这就是我们的归宿！"

诸多意想不到的力量与形势汇聚起来，最终确实把轰炸机带到了伦敦，其中最重要的是一九四〇年五月十日黄昏前发生的一件事。在所有人的回忆中，那都是最明媚的春天中一个最可爱的黄昏。

一九四〇年

第一部

威胁在增加

五月至六月

一　验尸官的离去

汽车在林荫路上飞驰，这条宽阔的大道连接着白厅和白金汉宫，前者是英国政府各部所在地，后者则是乔治六世国王和伊丽莎白王后的家，里面有七百七十五个房间。此时，白金汉宫在道路尽头已清晰可见，石质外立面在阴影笼罩下略显暗沉。这是五月十日星期五的傍晚，蓝铃花和报春花四处盛开，春天里绽放的细嫩新叶让树梢若隐若现。圣詹姆斯公园中，怡然自得的鹈鹕享受着温暖的春意和游客的爱慕，而它们的远房亲戚，那些缺少异国情调的天鹅，则像平常一样板着面孔，兴致不高地闲逛。与此番日间美景形成强烈反差的，是黎明之后发生的一切——德军出动装甲部队、俯冲轰炸机和伞兵，以压倒性的优势，突然攻入了低地国家荷兰、比利时和卢森堡。

第一辆车的后座上坐着英国海军最高官员，六十五岁的海军大臣温斯顿·S.丘吉尔。他曾在上次战争中担任同一职务，这次战争爆发之际，首相内维尔·张伯伦命他重掌皇家海军。第二辆车上是丘吉尔的贴身保镖、苏格兰场特别分部探长沃尔特·亨利·汤普森，负责保护丘吉尔的生命安全。修长、瘦削、鼻子尖挺的汤普森似乎无处不在，他经常出现在报刊照片里，但鲜少被人提及。按照当时的说法，他是个"苦力"，正是像他这样的一大批人，如私人及政务秘书、助理和打字员，组成白厅的底层军团，保证了政府的运转。然而与绝大多数人不同的是，无论何时何地，汤普森的外衣口袋里总是放着一支手枪。

国王传唤丘吉尔的原因至少在汤普森看来很明显。"我怀着难以形容的自豪感，驱车紧紧跟着老爷子。"他这样写道。

丘吉尔走进白金汉宫。乔治六世四十四岁登上王位，迄今已是第四个年头。他双膝外撇、嘴巴像鱼、两耳奇大、口吃严重，看上去颇为脆弱，和到访的丘吉尔比起来更是如此。后者尽管矮了三英寸，但身材魁梧多了。国王对丘吉尔有所疑虑。丘吉尔同情国王的哥哥爱德华八世，这位前国王与美国离婚女子沃利斯·辛普森的恋情曾引发一九三六年的退位危机。此事一直是丘吉尔与王室之间的一根刺。此外，一九三八年，张伯伦签署《慕尼黑协定》，容许希特勒吞并捷克斯洛伐克的一部分，丘吉尔曾为此事批评首相，这也让国王有所不满。特立独行且缺乏政治忠诚的丘吉尔，一直未能赢得国王的信任。

他请丘吉尔坐下，专注地盯了他一会儿。丘吉尔后来透露，那是一种锐利与嘲弄的目光。

国王说："我想你不知道我为什么传你来。"

"陛下，我完全无法想象其中原因。"

下议院的一场叛乱让张伯伦政府摇摇欲坠。一个月前德军入侵挪威，英国试图驱逐却未能成功，引发了下议院的争吵。身为海军大臣，丘吉尔一直负责海军的相关工作。现在，面对德军出乎意料的猛烈攻势，即将遭到驱逐的成了英国人。这一失败激起了变更政府的呼声。反对派议员认为，张伯伦，这位人称"验尸官"和"旧雨伞"的七十一岁首相，没有能力应对一场正在迅速扩张的战争。五月七日，议员利奥波德·埃默里借奥利弗·克伦威尔一六五三年的话猛烈抨击张伯伦："你在这个位子上坐得太久了，什么好事都没干！走吧，我说，让我们送你上路吧！看在上帝的分上，走吧！"

下议院以"站队"的方式进行信任投票，即议员们在大厅里按"赞成"与"反对"的观点站成两行，列队在记录选票的计票员面前走过。表面上，张伯伦以两百八十一票赞成比两百票反对取得了胜利，但事实上与过去相比，这次投票结果清楚地显示，张伯伦的政治基础遭到了严重侵蚀。

张伯伦此后会见了丘吉尔，说自己准备辞职。想要表现出忠诚的丘吉尔劝他不要这么做。这让国王颇为振奋，却又引来了另一位抗议者，他害怕张伯伦恋栈不去，将其比作"椅子腿上一块嚼过的口香糖，又脏又老"。

到五月九日星期四，反张伯伦势力更加坚定了。随着时间的推移，他的离去似乎越来越确定。有两个人很快成了最可能取代他的人选：外交大臣哈利法克斯勋爵和海军大臣丘吉尔，后者颇受公众崇拜。

紧接着的五月十日星期五，希特勒对低地国家发动了闪电战。这一新闻让整个白厅陷入阴霾，对张伯伦来说却意味着保住自己职位的一丝希望。可以肯定，议会会支持他留任，在瞬息万变的重大事件面前，变更政府绝不明智。然而，抗议者明确表示不会在张伯伦手下服务，并推动任命丘吉尔。

张伯伦意识到自己除了辞职别无他法。他劝哈利法克斯勋爵接过这个职位。哈利法克斯似乎比丘吉尔更稳重，不大可能领导英国走向什么新的灾难。白厅内部普遍认同丘吉尔是位杰出的雄辩家，但许多人也认定他缺乏良好的判断力。哈利法克斯便称丘吉尔是一头"离群而危险的大象"。但哈利法克斯觉得自己也没有在战时领导英国的能力，不愿接任。一位使者奉派前往其宅邸，劝说他改变主意，哈利法克斯却借故去看牙医，此事已经清楚表明了他的立场。

决定权于是落回国王手中。他先找来张伯伦。"我接受了他的辞呈，"国王在日记中写道，"并告诉他，我认为他受到了极不公平的对待，我对发生的所有争议感到非常遗憾。"

二人谈及继任者。"当然，我建议由哈利法克斯接任。"国王写道。他认为哈利法克斯是"当然人选"。

但张伯伦让国王大吃一惊：他推荐了丘吉尔。

国王写道："我派人去叫温斯顿，请他组建内阁。他接受了，并告诉我他没想到这是我召见他的原因。"不过，按照国王的说法，丘吉尔碰巧有几个组阁人选的名字。

丘吉尔和汤普森探长乘车回到了海军部大楼，这是海军司令部的伦敦驻地，也是丘吉尔当时的住处。二人下了车。和平时一样，汤普森一只手放在外衣口袋里，随时准备拔枪。哨兵手持带刺刀的步枪站岗，以沙袋为掩体、装备着路易斯轻机枪的士兵正在严加戒备。在邻近的圣詹姆斯公园的绿地上，长长的高射炮炮管如石笋般指向天空。

丘吉尔转向汤普森说道："你知道我为什么去了趟白金汉宫吧。"

汤普森知道，他向丘吉尔表示祝贺，又补充道，他本希望这个任命能更早一些，在更好的形势下到来，眼前的任务实在艰巨。

"只有上帝知道它有多么重大。"丘吉尔说。

二人握手，严肃得如同两名参加葬礼的哀悼者。"我只希望还不算太迟，"丘吉尔说，"尽管我非常担心已经迟了，但我们只能尽力而为，并倾尽我们所拥有的一切——无论留给我们的是什么。"

此番言辞很是冷静，但丘吉尔的内心深处早已兴奋不已。他一生都在等待这个时刻。丘吉尔并不在乎它发生在这样一个暗淡的时期，如果那真的意味着什么，也是让这一任命显得更为庄重。

逐渐暗淡的日光下，汤普森探长看到眼泪从丘吉尔的脸颊滑落。汤普森自己也几乎落泪。

那天深夜，丘吉尔躺在床上，挑战与机遇带来的激情在他胸中回荡。"在我漫长的政治生涯中，"他写道，"我曾担任过政府的大部分要职，但我必须承认，我最喜欢的，是现在即将落在我肩头的这个职务。"他称单纯为了权力而觊觎权力是"低层次"的追求，"但国难当头，当一个人知道应该下达什么样的命令，权力便是对他的祝福"。

他感到如释重负。"我终于有了指挥全局的权力。我感觉自己在与命运同行，我过去全部的生命，都只不过是在为这个时刻和这次考验做准备……我虽然急切地盼望着黎明的到来，但睡得很熟。无须美梦作为鼓舞，事实已然胜过梦境。"

尽管在汤普森探长面前表现过犹疑，但丘吉尔带到唐宁街十号的是毫不掩饰的自信：哪怕一切客观条件都表明他毫无胜算，他也会带领英国赢得这场战争。丘吉尔知道，他现在面临的挑战是，如何让包括他的同胞、将军、内阁大臣，以及最重要的，美国总统富兰克林·D.罗斯福在内的每个人，都怀有和他一样的信心。从一开始，丘吉尔便明白一个关于这场战争的基本事实：倘若没有美国的最终参战，胜利遥不可及。他认为，英国凭自己固然可以坚持下去并对德国形成牵制，但只有美国的工业力量与人力才能确保根除希特勒和民族社会主义。

让这一切更加令人望而却步的是，丘吉尔必须赶在希特勒将全部注意力放在英格兰身上、大举出动德国空军前，迅速实现目标。据英国情报机构判断，德国空军的战斗力远超皇家空军。

在此过程中，丘吉尔必须应付各种挑战。他有一笔庞大的个人债务将于五月底到期，手头却没钱还债。丘吉尔唯一的儿子伦道夫同样负债累累，不断证明自己不仅有花钱如流水的天赋，还有逢赌必输的能耐，其赌术之笨拙甚至一时传为笑柄。伦道夫还时常饮酒过量，而且一旦喝醉就会当众出丑，这让他的母亲克莱芒蒂娜一直担心他有一天会陷家族于不可挽回的尴尬境地。此外，丘吉尔必须应付的还有灯火管制规则，严格的定量配给计划，保护他免遭刺杀的官员不断增加的打扰，以及最让他头疼的，为预防空袭被派来加固唐宁街十号和白厅其他部分建筑物的工人——他们无休止的敲击声比任何东西都更能把他逼到狂怒。

口哨声或许除外。

丘吉尔曾说，对口哨声的痛恨是他与希特勒之间唯一的共同点。这声音对他来说远不只是困扰。"它能在他身上引发堪称精神病症般巨大的、即刻出现的、毫无理由的骚动。"汤普森探长写道。他回忆起有次和新首相一起向唐宁街十号走去，迎面走来一个十二三岁的报童，"手放在衣袋里，腋下夹着报纸，欢快又大声地吹着口哨"。

当报童走近时，丘吉尔爆发了。他耸起肩膀，大步走向那个报童，厉声喝道："别吹了！"

报童完全不为所动，反问道："凭什么？"

"因为我不喜欢，这种噪音太可怕了。"

报童向前走去，然后回头喊道："那你塞住耳朵别听不就行了？"

报童继续走着。

丘吉尔一时目瞪口呆。愤怒涌上了他的脸颊。

不过，丘吉尔最强大的能力之一便是看待问题的视角，这可以让他把不同的事件归类处理，糟糕的心情能在转瞬间化为欢乐。当二人继续向唐宁街走去时，汤普森看到丘吉尔开始微笑，嘴里低声重复着那个报童的话："那你塞住耳朵别听不就行了？"

接着他就笑出了声。

丘吉尔的立刻接受新任命鼓舞了很多人，却也让很多人噩梦成真。

二 萨沃伊一夜

五月十日上午，十七岁的玛丽·丘吉尔刚刚醒来便听到了欧洲大陆传来的坏消息。那些细节本身就令人恐惧，但如果将玛丽度过五月九日之夜的方式与英吉利海峡对岸发生的事件相比较，会更让人震惊。

玛丽是丘吉尔四个孩子中最小的一个；他的第五个孩子，女儿玛丽戈尔德曾是家里最受宠的"彩绸之花"，但在一九二一年八月因败血症夭折，年仅两岁零九个月。丘吉尔夫妇都目睹了她的死亡，后来丘吉尔告诉玛丽，那令她们的母亲克莱芒蒂娜"连续发出狂野的尖叫，仿佛一头遭受了致命一击的动物"。

玛丽的大姐黛安娜三十岁，她的丈夫邓肯·桑兹担任丘吉尔与防空警备处（内政部的民防部门）之间的"特别联络官"。他们有三个孩子。二姐萨拉当时二十五岁，她小时候极为固执，所以得了个绰号叫"骡子"，她后来成了演员，并嫁给一个比她大十六岁、结过两次婚的奥地利同行维克·奥利弗，这事弄得丘吉尔很不高兴。他们没有孩子。丘吉尔的另外一个孩子就是伦道夫，他快二十九岁了，一年前与帕梅拉·迪格比结婚，她现在二十岁，怀上了他们的第一个孩子。

玛丽漂亮、活泼、精力旺盛，有人称其"性格非常欢快"。她像春天里的小羊羔那样，以清纯的热情接触着世界，这种质朴让年轻的美国访客凯茜·哈里曼很是厌烦。"她是个非常聪明的女孩，"哈里曼写道，"但天真得令人觉得刺痛。她说话太直爽了，弄得别人笑话她，拿她取乐，但她又特别敏感，把这一切都放在心上。"玛丽出生的时候，母亲克莱芒蒂娜给她取了个绰号，叫"小老鼠玛丽"。

当希特勒给低地国家的无数人带来死亡和创伤时，玛丽正和朋友们一起在外面享受人生。五月九日的夜晚始于朱迪的晚宴，朱迪既是她的表妹，也是她的闺蜜。朱迪与玛丽同岁，大名朱迪丝·维尼夏·蒙塔古，是已故前印度事务大臣埃德温·塞缪尔·蒙塔古与妻子维尼夏·斯坦利的女儿。他们二人的婚姻颇具戏剧性，给人留下了许多猜测：维尼夏嫁给蒙塔古之前，曾与比她大三十五岁的前首相 H. H. 阿斯奎斯有三年私情。她与阿斯奎斯之间究竟有无肉体关系，这一点除了他们自己无人知晓，但如果单以字数作为评价浪漫的标准，阿斯奎斯的确无可救药地坠入了爱河。在他们交往的三年间，阿斯奎斯至少给维尼夏写了五百六十封情书，其中有些甚至是他在内阁开会时写下的，丘吉尔称这种嗜好是"英格兰最大的安全隐患"。维尼夏与蒙塔古出人意料的订婚击垮了阿斯奎斯。"地狱也不会如此糟糕。"他写道。

出席朱迪·蒙塔古晚宴的其他青年男女也都是上流社会的成员，英国贵族的后代。他们在这座城市最受欢迎的夜总会吃着饭，跳着舞，喝着香槟。战争此时尽管尚未打断他们的狂欢，也已向其中注入了某种忧郁的基调。在场的许多男人已加入某个军种（皇家空军或许是其中最富浪漫色彩的），或者在桑德赫斯特、珀布赖特的军事学校随时待命。他们有些曾在挪威参战，还有人正随英国远征军驻扎海外。许多与玛丽交好的女孩参加了妇女志愿服务队，在那儿帮助安置被疏散者，管理居住中心，提供紧急食品，同时也执行其他各种任务，如把用于制作衣服的狗毛纺成线团。有些青年女子被训练成了护士；还有些则和玛丽一样，在外交部担任着不为人知的职务，参与一些"未被定义的活动"。不过，欢乐时光仍须尽兴，所以，哪怕夜幕已深，玛丽和朋友们依旧在翩翩起舞。玛丽身上带着丘吉尔每月第一天给的五英镑零花钱。"伦敦的社交生活非常活跃,"玛丽曾在回忆录中这样写道,"尽管有灯火管制,剧院依旧座无虚席,餐馆打烊后还有许多夜总会接待着深夜舞者,许多人仍在举办晚宴,通常是为了他们即将离家的孩子。"

玛丽和她那伙朋友最爱去考文特花园附近的演员剧院,坐在剧场桌子旁,观看包括皮特·乌斯蒂诺夫在内的一群演员唱音乐厅老歌。他们一直待到凌晨两点剧院关门才离开,然后沿着黑灯瞎火的街道走回家。她崇拜满月带来的美好与神秘:"从暗若峡谷的街巷阴影深处,走向月光下空旷的特拉法尔加广场,圣马丁教堂的古典对称性镌刻在背景里,纳尔逊纪念柱在夜空中拔地而起,下方守卫他的雄狮漆黑而如此令人敬畏——这幅景象我永远不会忘怀。"

参加朱迪·蒙塔古晚宴的男子中有一位名叫马克·霍华德的青年陆军少校,玛丽认为他相貌英俊、温文尔雅,对他"颇有好感"。四年后将面临阵亡宿命的霍华德此时任职于冷溪卫队,这是英国常备军中连续服役时间最长的步兵团,作战实力优异,其职责还包括协助警卫白金汉宫。

晚宴后,玛丽、马克和朋友们前往著名的萨沃伊酒店跳舞,之后造访了伦敦富裕青年男女们喜爱的一家夜总会——以"上流社会夜生活总部"闻名的400俱乐部。这家位于莱斯特广场地下的俱乐部一直营业到黎明,客人们在由十八件乐器组成的管弦乐队的伴奏声中跳着华尔兹和狐步舞。"我几乎一直在和马克跳舞,"玛丽在她的日记中写道,"真是棒极了!回家躺下时已经凌晨四点了。"

五月十日星期五上午,她得知希特勒已经在欧洲发起了闪电战。她在日记中写道:"这天早上,就在马克和我如此欢快忘情地跳舞时,德国军队在寒冷的灰色黎明中横扫了另外两个无辜的国家——荷兰和比利时。他们野兽般的攻击行为令人难以置信。"

她前往位于哈利街的女王学院。作为非全日制的"走读生",她在那里学习法语、英国文学和历史。"整整一天,不确定和怀疑的阴云笼罩着我们,"她写道,"政府将会怎样?"

她很快得到了答案。下午,像往常每个星期五那样,她来到了伦敦东南方向大约二十五英里外的丘吉尔家族地产查特韦尔庄园。她在此长大,养了许多动物,其中一些她想通过一家名为"快乐动物园"的公司出售。因为战争,除了丘吉尔的书房,庄园里只开着一间小屋,里面住着玛丽爱戴的前保姆、克莱芒蒂娜的嫡亲表姐妹,马里奥特·怀特,家里人叫她"莫皮特"或者"娜娜"。

这是个温暖的初夏傍晚。在被玛丽称为"末日黄昏"的蓝色薄暮中,她坐在小屋的台阶上聆听着屋内的广播。大约晚上九点,刚好在平时BBC新闻节目播放前,张伯伦发表了简短的讲话,宣布自己已辞去首相职务,现由丘吉尔接任。

玛丽非常激动。其他许多人却并非如此。

在前一天夜里和玛丽一起出现在萨沃伊酒店和400俱乐部的那伙人中,至少就有一人对这一任命将如何影响这个国家和当前战争,以及他自己的生活感到不安。

直到五月十一日星期六的早上,"乔克"约翰·科尔维尔还是张伯伦的助理私人秘书,但他现在发现,自己已经被转派给了丘吉尔。根据工作要求,他需要和此人一起住在唐宁街十号。玛丽对科尔维尔的看法有些模棱两可,甚至可以说谨慎:"我曾怀疑他是'张伯伦派'和'慕尼黑派',结果全猜中了!"反过来,科尔维尔也并不喜欢玛丽:"我觉得丘吉尔家的这个丫头相当高傲。"

私人秘书是项相当有威望的工作。科尔维尔与另外四名新近获得任命的成员所组成的"私人办公室",几乎就是丘吉尔的副手,在他们之外，另有一批秘书和打字员专门负责记录丘吉尔的口授内容和处理日常文书。科尔维尔的血统似乎注定了他会进入唐宁街十号：他的父亲乔治·查尔斯·科尔维尔是出庭律师，母亲辛西娅·克鲁-米尔恩斯女士是王宫廷臣、玛丽王太后的侍女。她作为社会工作者帮助伦敦东部的穷苦人家时，会时不时带上科尔维尔，让他看看英国生活的另一面。科尔维尔十二岁时成为乔治五世的荣誉侍从，这一名誉职位要求他每年三次身穿及膝裤、戴花边袖口、身披皇家蓝披风、头戴饰以红羽毛的三角帽出现在白金汉宫。

只有二十五岁的科尔维尔看上去比实际更为年长，这一方面是因为他必须穿戴得严肃庄重，另一方面也与他那黑色的眉毛和不苟言笑的面容有关。所有这些让他总显出一副貌似不满的阴沉模样，但实际上，他在唐宁街十号生活期间悄悄写下的日记足以证明，他具有精准捕捉人们行为举止的洞察力，文笔优美，且发自内心地欣赏着这个广袤世界中环绕着他的美景。他有两个哥哥，年长些的戴维在海军服役，陆军少校菲利普如今正跟随英国远征军驻扎在法国，乔克非常担心菲利普的安危。

科尔维尔进的都是好学校，这在英国上流社会很重要，对他们来说，一个人的学校就如同某种军团旗帜。他在英国接受高中教育时上的是哈罗公学，曾担任击剑队长，后升入剑桥大学三一学院。哈罗公学对英国最高阶层的青年男子的命运尤其具有重大影响，这在"老哈罗校友"花名册上显示得非常清楚，这份花名册上共有七名首相，丘吉尔即其中之一。据某位学校教员透露，丘吉尔在校期间堪称乏善可陈，看上去"邋遢得惊人"。（后来的著名哈罗校友包括演员本尼迪克特·康伯巴奇，因电影《公主新娘》名噪一时的加利·艾尔维斯，以及一位名为詹姆斯·邦德的鸟类学家。）科尔维尔学过德语，且语言水平因两度在德国暂住大有长进，第一次是一九三三年，希特勒被选为德国总理后不久，第二次是一九三七年，其时希特勒已全盘掌控这个国家。一开始，科尔维尔觉得德国民众的热情很有感染力，但他随着时间的推移感到了不安。他目睹了巴登－巴登的一次焚书事件，后来又出席了一次希特勒的演讲会。"这种集体歇斯底里的范围之广，我过去从未见过，今后恐怕也没机会再见到了。"他写道。同年，他加入了外交部的外交服务处，该部门的职责之一即为唐宁街十号配备私人秘书。两年后，他开始为张伯伦工作，当时张伯伦因《慕尼黑协定》的失败身陷泥潭。作为张伯伦最大的批评者之一，丘吉尔曾称这项协议是"一次彻底的失败"。

科尔维尔喜爱并尊敬张伯伦，他不知道丘吉尔掌权后将发生什么，只觉得今后会一片混乱。像白厅的其他许多人一样，他认为丘吉尔反复无常、喜好干涉，倾向于对每件事都立即采取行动。但公众崇拜丘吉尔。科尔维尔在日记中责怪希特勒，认为是他让丘吉尔声名高涨。他写道："希特勒最聪明的行动之一，就是把温斯顿树立为头号公敌，因为这实际上帮助温斯顿成了英美两国人民的头号英雄。"

科尔维尔认为，随着对丘吉尔任命的潜在后果开始显现，白厅似乎被一种沮丧的氛围所笼罩。"当然，他可能的确是国家认为的那种干劲十足、精力充沛的人，或许他真的能够让我们摇摇欲坠的军事和工业机器加速运转起来，"科尔维尔写道，"但是，这也可能引发鲁莽与惊人的冒险行为，这是极为可怕的风险。我不得不担心，这个国家可能陷入前所未有的危险境地。"

科尔维尔暗自希望丘吉尔的任期不会太长。"人们似乎倾向于相信，N. C."——指内维尔·张伯伦——"很快就会回来。"他在日记中吐露心声。

然而，有一件事似乎可以肯定：奉命在丘吉尔手下工作将为科尔维尔的日记提供丰富的素材。科尔维尔在八个月前开始记日记，当时战争刚刚开始。他后来才意识到，这样做很可能严重违反了国家安全法。正如一位私人秘书同僚后来说的那样："乔克在安全问题上所冒的风险令我极为惊讶，一旦被发现，他会被当场解雇。"

　　整个白厅都弥漫着科尔维尔在第二天所怀有的那种疑虑。乔治六世在日记中写道："我现在还无法将温斯顿视为首相。"哈利法克斯勋爵曾得到皇家特许，可以在上下班时经白金汉宫往返于外交部和他在尤斯顿广场的家。某天，国王在白金汉宫遇到勋爵。"我在花园里遇到了哈利法克斯，"国王写道，"我告诉他，我对他没有担任首相一事感到遗憾。"

　　尽管哈利法克斯刚刚被重新任命为外交大臣，但他对丘吉尔以及丘吉尔可能给唐宁街十号带来的狂野能量抱有怀疑。五月十一日星期六，在丘吉尔得到任命的第二天，哈利法克斯在给儿子的信中写道："我希望温斯顿不会把我们引上任何鲁莽的道路。"

　　哈利法克斯给丘吉尔取了个绰号叫"维尼"，来自 A. A. 米尔恩笔下的小熊维尼，以抱怨丘吉尔任命的新内阁成员欠缺才智。哈利法克斯把他们全比作"黑帮成员"，而丘吉尔是他心目中的黑帮老大。"我很少见到有谁的知识盲区比他更奇怪，或者思维比他更混乱，"哈利法克斯在那个星期六的日记中这样写道，"能否让它以更为有序的方式运转？许多东西都有赖于此。"

　　对丘吉尔的任命让一位议员的妻子大为震怒，她将丘吉尔比作赫尔曼·戈林，肥胖、残忍的德国空军总司令，德意志第三帝国第二有权势的人物。"温斯顿·丘吉尔就是英国的戈林，"她写道，"极度嗜血，热爱'闪电战'，刚愎自用，脑满肠肥，血管中流淌着同样的背信弃义，嘴里不时吐出豪言壮语和连篇空话。"

　　平民内拉·拉斯特在其日记中记录了她的不同看法，这份日记来自一个名为"大众观察"的组织，战争开始两年前在英国成立，陆续招募了上百名志愿者持续不断地写日记，以帮助社会学家更好地了解英国普通人的生活。它鼓励日记作者通过描述自己家和朋友家发生的一切事来磨炼自己的观察能力。像拉斯特这样的志愿者在整个战争期间一直都在记录着他们的生活。"如果必须与一个男人共度一生，我会选张伯伦，"她写道，"但是，如果暴风雨即将来临，海难注定发生，我会提早选择丘吉尔。"

公众以及丘吉尔的盟友们热烈庆祝他的上任。贺信和贺电源源不断地涌向海军部大楼。其中有两封想必让丘吉尔颇为满足，它们都来自与他结交很久，并且在不同时刻可能对他抱有浪漫幻想的女性朋友。克莱芒蒂娜当然有所察觉，而且据说对这两位女性心怀戒备。

"我的愿望实现了。"维奥莱特·博纳姆·卡特写道，她是去世于一九二八年的前首相 H. H. 阿斯奎斯的女儿。"我现在可以满怀信心地面对即将来临的一切。"她非常了解丘吉尔，确信他的精力与斗志会让英国政府一改前貌。"你我都明白，风已种下，所以，我们收获的一定都是暴风，[①]"她写道，"但你会驾驭它，而非被其操纵。感谢上帝，现在有你为我们把握命运的航向——愿我们国家的精神之火被你自身的精神点燃。"

第二封信来自曾与阿斯奎斯有过书信往来的女人，维尼夏·斯坦利。"亲爱的，"维尼夏现在写给丘吉尔，"当你就任首相一事让整个文明世界欢呼时，我愿在其中加入自己的声音。感谢上帝。"她坦言自己非常欣喜，因为"你得到了拯救我们所有人的机会"。

最后，她在信末写道："顺便一提，又有一个我爱的人成了唐宁街十号的主人，这多么令人高兴啊。"

---

① 语出《圣经·何西阿书》第八章第七节："他们所种的是风，所收的是暴风。"

三　伦敦与华盛顿

在丘吉尔对战争及其最终结果的考量里，美国举足轻重。希特勒似乎已然力压欧洲群雄。人们普遍认为，德国空军的规模和战斗力都远超皇家空军。现在，德国的潜艇和水面突袭战机又严重阻碍了食物、武器和原料的海上运输，这对英格兰这座岛屿而言尤为致命。上次世界大战已经证明，作为一支军事力量，美国一旦被唤醒能有多大的能量，如今，似乎只有它才拥有缩小双方差距的战略资源。

丘吉尔上任后不久的一个上午，伦道夫得知了美国在父亲的战略考量中究竟有多重要。伦道夫当时尚在女王第四私人轻骑兵团（这也是丘吉尔曾经服役的兵团）担任军官，当他从部队休假回家，走进父亲位于海军部大楼的卧室时，看见丘吉尔正站在盥洗池和镜子前刮着胡子。

"坐吧，孩子，趁我刮胡子的时候读会儿报纸吧。"丘吉尔对他说。

过了一阵，丘吉尔侧身对儿子说："我想，我知道该怎么办了。"

他又看向镜子。

伦道夫明白父亲说的是战争。他后来回忆，父亲当时的话让他颇为吃惊，因为他自己实在看不出英国有什么机会赢得战争。"你是说我们可以避免战败吗？"伦道夫问，"还是说，我们可以战胜那帮杂种？"

听到这话，丘吉尔把剃须刀扔进盥洗池，转身面对儿子。"当然可以战胜他们！"他厉声说道。

"我完全赞成，"伦道夫说，"但我看不出你要怎么做到。"

丘吉尔擦干了脸。"我会把美国拉下水。"

美国的公众决无兴趣卷入任何国际事务，尤其是这场发生在欧洲的战争。在冲突初期的盖洛普民意调查中，曾有百分之四十二的美国人认为，如果今后几个月里，局势表明法国和英国将要战败，美国应该对德宣战并出兵，与此同时，反对者占百分之四十八。但随着希特勒入侵低地国家，公众的态度发生了极大的变化。在一九四〇年五月进行的另一次盖洛普民意调查中，反对对德宣战、倾向孤立主义立场的人已经高达百分之九十三。美国国会早在一九三五年便开始通过一系列法律，即所谓中立法案，将反战情绪写进了法典，严格管控武器与弹药的出口，并禁止美国船只向任何参战国运送此类物资。美国人是同情英国没错，但他们现在对大英帝国的稳定程度颇有疑虑，试想，就在希特勒入侵荷比卢三国的同一天，英国推翻了自己的政府，这个国家能有多稳定呢？

五月十一日星期六上午，罗斯福总统在白宫召开了内阁会议，英国新首相是会议的重要议题。人们最关心的问题，无疑是丘吉尔是否有可能在这场新近扩大的战争中胜出。丘吉尔担任海军大臣时，罗斯福曾几次与他交换公报，但因为担心激怒美国公共舆论，罗斯福一直对此保密。总的来说，内阁会议对丘吉尔能够赢得战争表示怀疑。

在座者包括内政部长、对罗斯福很有影响的顾问哈罗德·L.伊克斯，人们认为他在推行罗斯福新政的社会工作和金融改革计划方面功勋卓著。"很显然，"伊克斯说，"在酒精的作用下，丘吉尔非常靠不住。"伊克斯还称丘吉尔成不了大事，因为他"太老了"。根据劳工部长弗朗西丝·珀金斯的说法，在这次会议上，罗斯福对于丘吉尔的看法似乎"不太明确"。

然而，对新首相的怀疑，特别是对他贪杯的疑虑，早在这次会议之前就埋下了伏笔。一九四〇年二月，美国国务院副国务卿萨姆纳·韦尔斯进行了一场名为"韦尔斯使命"的国际巡访，在柏林、伦敦、罗马和巴黎会见所在国领导人，借机考量欧洲的政治形势。他在英国会见的领导人中包括时任海军大臣的丘吉尔。韦尔斯后来在报告中这样描述："当我被领入丘吉尔先生的办公室时，他正坐在壁炉前，抽着一支长长的雪茄，喝着加苏打水的威士忌。很明显，他在我来之前已经喝了很多。"

对丘吉尔的最主要的怀疑论调来自美国驻英国大使约瑟夫·肯尼迪，他显然不喜欢这位首相，多次对英国的前景和丘吉尔的性格发表悲观论调。一次，肯尼迪向罗斯福复述了张伯伦所做评论的要点，即丘吉尔"已经成了一个用两只手喝酒的酒鬼，且事实证明，他的判断从没对过"。

反过来，伦敦方面也不怎么喜欢肯尼迪。丘吉尔的外交大臣哈利法克斯勋爵的妻子痛恨这位大使——主要源自他对英国之存续的悲观论调，以及他那关于皇家空军很快会被摧毁的预言。

她写道："我很乐意亲手宰了他。"

四　受到鼓舞

上任不足二十四小时，丘吉尔便向人们表明，他的确是位与众不同的首相。如果说绰号"旧雨伞"和"验尸官"的张伯伦的风格是稳重从容，新首相的风格与名声也很相符：高调浮华、令人吃惊、不可预测。丘吉尔的首批行动之一即任命自己为国防大臣，这让一位即将离任的官员在日记中写道："愿上帝拯救我们。"这个新职务让丘吉尔可以监督陆海空三军的参谋长。现在，他将全盘掌控战争，并负有全部责任。

他迅速搭建了政府，到第二天中午已经完成了七项关键任命。他慷慨又忠诚地让哈利法克斯勋爵留任外交大臣，又任命张伯伦为枢密院议长（该岗位是政府与国王之间的一道桥梁，并无多少实际工作）。他没有立即将张伯伦逐出唐宁街十号的首相官邸，而是决定在自己现在的住所海军部大楼继续住上一段时间，给张伯伦足够时间体面地离开。他提出让张伯伦在邻近的一座联排别墅里居住，即唐宁街十一号，这也是张伯伦二十世纪三十年代担任财政大臣时曾居住的地方。

白厅中，一种新的紧张情绪已经弥漫开来，过去受抑制的部分正在苏醒。"仿佛机器换上了一两只新齿轮，结果一夜之间突然就以远远超过人们预想的速度运行了起来。"战时内阁秘书爱德华·布里奇斯写道。这种陌生的新能量令人不安，它扫过了从最低级别的秘书到最高级别的大臣的官僚机构的各个层级，在唐宁街十号内部产生了电流般的影响。约翰·科尔维尔认为，在张伯伦治下，即使战争的降临也没有改变工作节奏，但丘吉尔不一样，他就像一台发电机一样。让科尔维尔大为震惊的是，"你真的能看到，受人尊敬的公务员正沿着走廊奔跑"。对科尔维尔和他的丘吉尔私人秘书同僚来说，工作量增加到了此前无法想象的地步。丘吉尔从醒来的那一刻直到上床，身边总跟着一名打字员，他会向打字员口授，以备忘录的形式发布指示与命令。他认为一些拼写错误和无意义的短语是由打字员注意力不集中造成的，对此大为光火，尽管带来问题的其实是他那轻微的口齿不清（他发的"s"音不太明显），这让听懂他的口授变得非常困难。一九四一年来到唐宁街十号的打字员伊丽莎白·莱顿，在打一份长达二十七页的演讲稿时犯了个拼写错误，把"Air Ministry"（空军部）打成了"Air Minister"（空军大臣），造就了一个出乎意料但非常形象的句子，"空军大臣从上到下都处于混乱的状态"，惹得丘吉尔大发雷霆。据莱顿说，要听清丘吉尔的话相当困难，他早晨在床上口授时尤其如此。除了口音，其他一些因素也增添了这件事的难度。"他总在抽雪茄，"她说，"而且，他口授时经常在房间里来回踱步，有时背对着我的椅背，有时站在房间很远的角落里。"

哪怕再小的细节，也逃不过他的眼睛，就连大臣们报告中的措辞和语法也不例外。他们不可以使用"小飞机场"这个词，而必须用"机场"；不可以用"飞行器"，而必须用"飞机"。丘吉尔特别强调，大臣们所提交的备忘录必须简明扼要，篇幅应限制在一页以内。"不去压缩你们的所思所想无异于懈怠。"他说。

这一精准且严苛的交流方式，在各个层级上建立起了一种对事务的全新的责任感，将各部日常工作中的陈腐作风一扫而空。丘吉尔源源不断的公报每天多达几十份，无一例外都很简短，语言准确。他经常要求当天得到一个复杂议题的答案。"任何对他来说不紧迫或不相关的事情都没有价值，"被唐宁街十号秘书人员称为"布鲁奇"的艾伦·布鲁克将军这样写道，"当他想要完成某件事时，其他一切事情都必须停下来。"

布鲁克评论道，这种做法"就像有束探照灯光柱在无休止地扫射着四周，贯穿管理机构每个遥远的角落，于是，无论地位或作用多么卑微，每个人都总觉得这道光柱不知道什么时候就会停留在自己身上，让自己所做的一切都无所遁形"。

当张伯伦尚未离开唐宁街十号时，丘吉尔在海军部大楼的一楼设了个办公处，计划夜间在此工作。一名打字员和一位私人秘书占据着餐厅，他们每天都要穿过一条摆满海豚主题家具的过道，椅背和扶手上画着的都是海藻和扭曲的海洋生物。里间是丘吉尔的办公室。办公桌上混放着药丸、药粉、牙签、保护袖子的袖套，以及用作镇纸的各种金质奖章。办公桌旁边还有张桌子，上面放着好些威士忌。白天他则在唐宁街十号的一间办公室里工作。

但在丘吉尔看来，可以成为办公室的地点还有很多。将军们、大臣们和工作人员们发现，他们去见丘吉尔时，他经常恰巧在浴缸里，那是他很喜欢的工作地点之一。他还喜欢在床上工作，每天早上都会花几个小时在床上审阅公文和报告，边上坐着一位打字员。同时出现的还有他的箱子，这只黑色公文箱每天都会被私人秘书装得满满当当的，里面放着的都是报告、信件和其他官员提请他留意的备忘录。

有位特别的访客几乎每天早上都会来到丘吉尔的卧室，他就是新上任的军事参谋长、黑斯廷斯·伊斯梅少将。由于颇有几分神似，人们大都亲切地称他"哈巴狗"。伊斯梅的工作是担任丘吉尔和三军参谋长之间的联系人，帮助双方互相理解。他的确以外交家的风度娴熟地做到了这一点，并立即成了丘吉尔"秘密圈子"中的核心成员。伊斯梅来到丘吉尔卧室后，二人会讨论在稍晚的参谋长晨间会议中可能出现的问题。其他时候，他往往只是坐在丘吉尔身边以备不时之需，给丘吉尔带来温暖与冷静。哈巴狗是最受打字员和私人秘书欢迎的人之一。"他的眼睛、微微皱起的鼻子、嘴巴和脸型完全是犬科动物的模样，让人看着就心情愉悦，"约翰·科尔维尔写道，"他微笑时神采飞扬，很容易让人想象他正在摇着尾巴。"

伊斯梅深切地感受到了公众多么需要这位新首相。在他陪着丘吉尔从唐宁街十号走回海军部大楼的路上，身边经过的男男女女都在热情地向丘吉尔打着招呼，这让伊斯梅很是惊奇。一群人等在唐宁街十号的私人入口处，高声喊着，向丘吉尔表示祝贺和鼓励："祝你好运，维尼。上帝保佑你。"

伊斯梅看得出来，丘吉尔深受感动。刚进到楼里，从不害怕表达自己情感的丘吉尔开始落泪。

"可怜的人民，可怜的人民，"他说，"他们信任我，但在很长一段时间内，我能给他们的只有灾难。"

他最想给他们的是行动，这一点他从一开始就表达得很清楚。行动，从办公室到战场的一切领域中的行动。他特别想让英国在战争中发起攻势，去做些什么，不管是什么都行，让战争直接指向"那个混蛋"——这是他称呼阿道夫·希特勒的方式。正如丘吉尔经常在各种场合说的那样，他想要德国人"流血与燃烧"。

他执掌大权不到两天，三十七架皇家空军轰炸机便袭击了德国工业中心鲁尔区的城市慕尼黑－格拉德巴赫。这次空袭令四人丧生，很奇怪的是，其中有位是英国女性。这次及随后的多次空袭，不单是希望造成破坏，同时也是为了向英国公众、希特勒，特别是美国，表明英国的战斗决心——这正是五月十三日星期一丘吉尔首次在下议院发表演讲时希望传达的信息。他满怀自信地讲话，发誓要取得胜利，但作为一个现实主义者，他同时也明白英国现在处境凄凉。其中有一句话传达的观点最为明确："我能奉献的没有其他，只有热血、辛劳、眼泪与汗水。"

这些话后来在演讲术的万神殿中占据了一席之地，堪称史上最优秀的演说之一，甚至连希特勒的宣传部长约瑟夫·戈培尔也在多年以后大为赞赏，但在当时，这不过是又一篇演讲，而它的听众正刚刚因事后的懊悔产生了新的怀疑。尽管接受了新的指派，约翰·科尔维尔仍然对张伯伦保持忠诚，认为这只不过是"一小篇精巧的演讲"罢了。他为此特意穿上了"一件从五十先令服装店"——一家售卖廉价男装的大型连锁店——"买来的亮蓝色新西装"，在他看来，这件"看上去很炫丽的低档货与新政府刚好搭配"。

此时，德国军队正通过铁血无情的权威巩固着对低地国家的占领。五月十四日，德国空军的大量轰炸机从两千英尺的高空中对鹿特丹发动了不分青红皂白的空袭，令八百多名平民丧生，这似乎预示着即将落到英国头上的类似命运。然而，最让丘吉尔和指挥官们震惊的是，伴随着如空中火炮般的德国飞机而来的还有力量惊人的装甲部队，它沉重打击了比利时和法国的盟军，让法国的抵抗土崩瓦解，置英国派遣至欧洲大陆的"英国远征军"于暴露的危险境地。五月十四日星期二，法国总理保罗·雷诺打电话给丘吉尔，恳求他在已经许诺派遣的四个皇家空军战斗机中队外再加派十个中队，"尽可能今天派出"。

德国已经开始宣告胜利。一位名为威廉·夏伊勒的美国记者在星期二的柏林听到，新闻播报员一再打断正常的电台节目，夸耀德军的喜讯。其流程先是响起一阵嘹亮的号角，然后宣读最新的胜利消息，接着，按照夏伊勒在日记中的记录，合唱队将高歌"现在的热门歌曲

《我们向英格兰进军》"。

次日，五月十五日星期三，早上七点三十分，雷诺再次致电丘吉尔。此时仍在床上的丘吉尔刚拿起床头柜上的电话机听筒，便听到雷诺透过长途电话的电流声用英语说道："我们战败了。"

丘吉尔什么也没说。

"我们被打垮了，"雷诺说，"我们已经输了。"

"肯定不会这么快吧？"丘吉尔说。

雷诺告诉他，德国人已经突破了位于法国和比利时交界处、阿登高原色当地区的法军防线，坦克和装甲车从缺口蜂拥而入。丘吉尔试图让法国总理冷静下来。他指出，军事经验表明，攻势总是会随着时间的推移丧失锐气。

"我们战败了。"雷诺坚持说。

这一结局似乎根本不可能，以至于让人难以置信。法国陆军数量庞大、训练有素，碉堡林立的马其诺防线一直被认为固若金汤。英国的战略部署依赖于作为同盟的法国，如果法国崩溃，英国远征军将毫无胜算。

丘吉尔突然意识到，现在已经是直接向美国请求援助的时候了。在当天发给罗斯福总统的一份秘密电报中，他告诉总统，他可以肯定，英国将很快遭受攻击，而他正在为即将来临的腥风血雨做准备。"如果有必要，我们将继续孤军奋战，我们对此并不惧怕，"他写道，"但是，总统先生，我相信您能意识到，如果美国的声音和力量被压抑得太久，它们将不再有任何作用。您将看到，一个被完全征服的、纳粹化的欧洲会以令人震惊的速度建成，最终让我们无法承受。"

他想要得到物质援助，并特别请求罗斯福考虑向英国派遣至多五十艘老式驱逐舰，供皇家海军在自己的海军建造工程交付新舰艇前使用。他同时请求的还包括飞机，"几百架最新款式的飞机"，以及防空武器和弹药，"这些我们到了明年也可以有许多，前提是我们能够活着看到那一天"。

如果交易某一方的需求特别明显，无疑就会让自己在讨价还价时特别困难，或者至少看上去是这样，考虑到这一点，丘吉尔知道他接下来提到的是一个在与美国打交道时特别敏感的问题。"我们将尽可能地支付美元，"他写道，"但我希望有理由相信，当我们无力支付的时候，您也会向我们运送同样的物资。"

两天后罗斯福回电，表示如果没有国会特许，他自己无法派遣驱逐舰，并且补充道："我不确定此等情形下向国会提出这一建议是否明智。"他仍在警惕丘吉尔，但更警惕的是美国公众对此会有怎样的反应。他当时正在考虑是否争取第三个总统任期，尽管他还没有宣布自己有此意向。

在回避了丘吉尔的各种请求后，总统补充道："祝您好运。"

始终坐立难安的丘吉尔认为，他需要亲自与法国领导人见面，这样既可以更好地了解当前正在进行的这场战争，或许也能鼓舞法国的斗志。五月十六日星期四的下午三点，尽管德国战斗机就在法国领空耀武扬威，丘吉尔还是乘坐着德哈维兰公司的军用客机"火烈鸟"，从位于唐宁街十号以北大约七英里的亨登的一个皇家空军基地起飞。这是丘吉尔最喜爱的飞机：全金属双引擎客机，配有很大的软垫扶手椅。火烈鸟很快与一组喷火式战斗机编队会合，在它们的护航下飞往法国。哈巴狗伊斯梅和一小队官员随行。

刚一降落，他们便立即意识到，情况远比他们预想的糟糕。奉派前来迎接他们的军官告诉伊斯梅，他们认为德军将在几天内攻占巴黎。伊斯梅写道："我们谁都无法相信这一点。"

雷诺和他的将军们再次请求丘吉尔派遣更多的飞机。在经历极度痛苦后，丘吉尔一如既往地着眼于历史，答应派出十个中队。他当晚向战时内阁发电报："如果我们拒绝这一请求，导致他们毁灭，我们将在历史上留下恶名。"

第二天上午，丘吉尔一行回到伦敦。

向法国派遣这么多战斗机，让私人秘书科尔维尔对前景很是忧虑。他在日记中写道："这意味着卸下这个国家四分之一的一线战斗机防御。"

随着法国形势每况愈下，人们越来越担心希特勒现在会将全部注意力转向英国。入侵似乎是必然的。顽固存在于白厅和英国社会中的绥靖潜流重新浮出水面，有人开始呼吁与希特勒达成和平协定，古老的本能如同地下水漫过草地般涌现。

在丘吉尔家里，这种失败主义的谈话只会引起愤怒。一天下午，丘吉尔邀请他在议会的党鞭戴维·马杰森吃午饭，在座的还有克莱芒蒂娜和女儿玛丽。马杰森是所谓慕尼黑派的成员，他曾赞成绥靖政策，支持张伯伦一九三八年的《慕尼黑协定》。

随着午餐的进行，克莱芒蒂娜发现自己越来越不安。

自从丘吉尔被任命为首相以来，她就成了他随时在场的同盟军，为他主持午餐和晚宴，回复数不清的公众来信。她经常戴着一条穆斯林式的头巾，上面用小字印着战争海报和标语，劝说人们"借钱给防御计划""加油干"等等。她现在五十五岁，嫁给丘吉尔已三十二年。在他们订婚时，丘吉尔的好朋友维奥莱特·博纳姆·卡特曾对克莱芒蒂娜的价值表示严重怀疑，并预言她"就像我常说的那样，对他来说不过是一个花瓶。她不思进取，即使自己不堪大用也不在意"。

然而，事实证明，克莱芒蒂娜根本不是什么"花瓶"。她身材修长苗条，展现出"完美无瑕的美"，即使博纳姆·卡特也不得不承认她意志坚强，个性独立。她甚至经常独自旅行，长时间远离家庭。一九三五年，她只身前往远东进行长达四个多月的游历。她和丘吉尔分睡不同的卧室；只有当她明确发出邀请时，二人才有性生活。婚后不久，克莱芒蒂娜还对博纳姆·卡特透露了丘吉尔对内衣的特殊品味：淡粉色、丝绸质地。克莱芒蒂娜从不畏惧争论，无论对手的地位何等崇高，而且，据说她是唯一能真正与丘吉尔对抗的人。

现在，午餐时刻，她的愤怒爆发了。马杰森信奉的是一种让克莱芒蒂娜厌恶的和平主义。她很快便忍无可忍，开始抨击马杰森过去所扮演的绥靖主义者角色，隐晦地指责正是他促使英国走到如今这种凄惨境地。正如克莱芒蒂娜的女儿玛丽所说，她"狠狠责骂他一番后扬长而去"。这种情况并不少见。家庭成员们时常谈起"妈妈扬长而去"。丘吉尔曾描述过一次受害者如何受到了声色俱厉的训斥的事件，并打趣说，"克莱芒蒂娜如同一头从树上蹿出的美洲豹般向他扑去"。

这次她并不是一个人"扬长而去"，而是拖着玛丽一起离开。她们跑到附近的卡尔顿酒店的烧烤餐厅享用午餐，该酒店以金白两色闪闪发光的内部装饰而闻名。

玛丽对母亲的表现目瞪口呆。"我感到羞愧和震惊，"她在日记中这样写道，"妈咪和我只得离开，到卡尔顿酒店去吃午餐。郁闷的心情让美味佳肴索然无味。"

一次前往教堂的经历给了克莱芒蒂娜另一个表达义愤的机会。五月十九日星期日，她前往特拉法尔加广场上著名的英国国教教堂圣马丁教堂参加宗教活动，并在那儿聆听了一位牧师的布道。当她吃惊地发现那是很不适宜的失败主义言论时，她起身扬长而去，冲出了教堂。回到唐宁街十号之后，她向丈夫讲述了这一故事。

丘吉尔说："你应该高喊'耻辱！'，因为他用谎言亵渎了神殿！"

然后，丘吉尔前往伦敦郊外的家族地产查特韦尔庄园，在那里起草自己作为首相的第一次广播演讲稿，并在池塘边给金鱼和一只黑天鹅投食，度过了平静的片刻。

原本这里还有其他的天鹅，但都被狐狸吃掉了。

来自法国的一通电话逼迫丘吉尔赶回了伦敦。法国局势急剧恶化，军队士气低落。这一沉重的消息并未令丘吉尔惊慌，这让乔克·科尔维尔对新老板的态度进一步回暖。科尔维尔在那个星期日的日记中写道："不论温斯顿有何缺点，他在危急关头似乎总能镇定自若。他的确有永不屈服的精神，即使法国和英国注定失利，我想他也会坚定不移地亲自领着一伙私掠船踏上远征。"

他又补充道："我之前对他的评价或许过于严苛，但现在的局势与几周前大不一样。"

四点三十分，丘吉尔在战时内阁会议上得知，英国在法部队的总司令正在考虑向英吉利海峡岸边撤退，并确定了目标港口城市——敦刻尔克。丘吉尔表示反对。他担心这支部队会遭到围困和摧毁。

事实上，丘吉尔决定不再向法国派遣战斗机。法国的覆亡几乎已成定论，在这种情况下，再派遣空军毫无意义，英国的每一架战斗机此时都需要用来抗击即将来临的入侵。

当晚六点到九点，他直到最后一分钟都在完善广播演讲稿，然后面对着BBC的麦克风坐下。

"在我们的祖国面临生死存亡的庄重时刻，我作为首相第一次向你们讲话。"他以这句话作为开始。

他解释了德军怎样用"令人瞩目的"空军与坦克协同作战的方式突破了法军的防线。然而，他说，法国在过去早已证明他们是绝地反击的行家里手，此时，这一天赋只有与英国军队的力量与技术结合，才有可能扭转战局。

这次讲话为他此后整个战争中的各场演讲设立了一个模式,即在冷静评估事实的同时,给出应当保持乐观的理由。

"掩盖当前局势的严重性是愚蠢的,"他说,"然而,更愚蠢的是丧失信心和勇气。"

他完全没有提及战时内阁仅仅几个小时前所做的讨论,即英国远征军可能会从法国撤退。

他接着说到了他发表这次演讲的主要原因:向国人警告他们即将面临什么样的情况。"在法国的这次战役缓和后,我们将为我们的岛屿,为英国的存在,以及英国所意味着的精神,迎接下一次战役,"他说,"在这种高于一切的紧急状况下,我们将毫不犹豫地采取任何措施,哪怕是最为极端的措施,号召我们的人民奉献他们最后一分一毫的努力。"

根据信息部国内情报处的调查,这次讲话让部分听众颇为恐慌,但丘吉尔显而易见的坦率——哪怕没有说到法国军队的真实状况,但至少在有关入侵威胁的问题上很坦率——的确鼓舞了其他听众。国内情报处长期监察公共舆论与士气,每周都会根据一百多个来源撰写报告并发表,这些来源包括邮政与电话审查员、电影院经理和 W. H. 史密斯售书亭的经营者等。在丘吉尔的广播讲话发表之后,该部门曾对听众进行了一次闪电式调查。报告称:"在伦敦地区进行的一百五十次采访中,约有半数的民众表示他们因这次讲话感到害怕与担心;其他人则'受到鼓舞''更有决心''更为坚强'。"

现在,丘吉尔再次转向那个令人痛苦的问题,他需要做出决定,几十万在法国的英国士兵应该何去何从。他自然倾向于让他们发动进攻,战斗到底,但采取这种英勇行为的时机似乎已经过去。此时,在为希特勒驰骋欧洲提供致命优势的德国装甲部队的追击下,英国远征军正在向海岸全面撤退。英国远征军面临着全军覆没的严峻前景。

科尔维尔星期日所看到的那个镇定自若的丘吉尔，如今被一个似乎对他所掌管的帝国的命运深怀忧虑的首相取代。五月二十一日星期二，科尔维尔写道："我从没见过温斯顿的情绪如此低落。"

不顾参谋长们和其他人的劝告，丘吉尔决定顶着恶劣的天气飞往巴黎，第二次会见法国领导人。

除了让克莱芒蒂娜和女儿玛丽担心之外，这次访问一无所获。"天气太糟糕了，根本不适合飞行，"玛丽在日记中写道，"我担心极了。传来的消息糟糕得令人难以置信——我们只能靠祈祷一切顺利宽慰自己。"

形势如此紧张，所有人承受的压力如此之大，丘吉尔的战时内阁决定给丘吉尔配备一名私人医师，尽管病人本人表示反对。这一职务落到了伦敦圣玛丽医院医学院院长查尔斯·威尔逊爵士的头上。他曾在上次大战中作为部队医官入伍，因一九一六年在索姆河战役中的英勇表现被授予军功十字勋章。

五月二十四日星期五，威尔逊在上午晚些时候来到海军部大楼，被人带上楼，走进了丘吉尔的卧室。（在英国，威尔逊这个层次的医生不会被称为"医生"，而是被称为"先生"。）"我成了他的医生，"威尔逊在日记中写道，"不是因为他想要一个医生，而是因为某些内阁成员意识到他至关重要的作用，决定应该有人持续关注他的健康。"

已经差不多中午了，但威尔逊走进房间时，发现丘吉尔还在床上，正靠着床支架坐得笔直地阅读着。丘吉尔没有抬头看他。

威尔逊走到他床边。丘吉尔仍然没有对他的到来有任何表示。他还在阅读。

过了一会儿——一段对威尔逊来说"似乎很长"的时间——丘吉

尔放下文件，不耐烦地说："我不知道他们为什么这么啰里啰唆的。我什么问题也没有。"

他继续阅读着，哪怕威尔逊就在身边。

又过了好长一段时间，丘吉尔突然推开床支架，甩开被子咆哮起来："我有胃弱症，"——即消化不良，也就是人们后来说的"烧心"——"我是这么治的。"

他开始做呼吸练习。

威尔逊看着。"他白色的大肚皮上下翻滚，"他后来回忆道，"当传来敲门声时，首相一把抓过床单，这时，希尔夫人走了进来。"威尔逊说的是三十九岁的凯瑟琳·希尔，她是丘吉尔钟爱的贴身秘书。无论丘吉尔穿没穿衣服，她和她的打字机总是在场。

"没过多久，"威尔逊写道，"我就离开了。我并不喜欢这份工作，也不觉得这种安排会持续很久。"

在约翰·科尔维尔看来，丘吉尔不需要医生照顾。他似乎很健康，而且，在几天前的沮丧过去之后，也恢复了良好的精神状态。星期五晚些时候，科尔维尔来到了海军部大楼，发现丘吉尔"身穿最华丽的绣花睡袍，正从上层作战室回到自己的卧室，同时叼着一根长雪茄吞云吐雾"。

他正要进行每天的例行沐浴，浴缸里的水已经由他随时待命的贴身管家弗兰克·索耶斯（科尔维尔笔下"躲不掉的、极坏的索耶斯"）精心准备好了：三十六点七摄氏度，三分之二缸水。丘吉尔每天入浴两次，这是他的长期习惯，无论他身在何处，无论其他地方正在发生何等紧急的事件，无论是在与法国领导人会晤期间的英国大使馆，还是在他那盥洗室里配备有浴缸的首相专列上，没有例外。

这天，他入浴时需要回复几个重要的电话。丘吉尔每次都赤身裸体地爬出浴缸，裹着浴巾接电话，科尔维尔就站在一旁待命。

科尔维尔觉得这是丘吉尔最讨人喜欢的特点之一："他完全没有个人虚荣心。"

科尔维尔在海军部大楼和唐宁街十号目睹的场景，与他在为张伯伦工作时见到的任何情景都截然不同。丘吉尔会戴着头盔，穿着红色睡袍和绒球拖鞋，在大厅里游荡。他还喜欢穿浅蓝色的"警笛套装"，那是他自己设计的一种防护服，可以在一眨眼的工夫穿戴停当。工作人员称之为他的"连体裤"。据安保专员汤普森探长披露，这种套装让丘吉尔看上去"气鼓鼓的，仿佛随时都会从地板上飞起来，在他的领地上空翱翔"。

科尔维尔开始喜欢这个男人了。

考虑到星期五从海峡对岸的法国传来的消息，丘吉尔的镇定就更加引人注目了。伟大的法国军队现在似乎已经命悬一线，这让所有人百思不得其解。"近两年，人人都希望建造一支如法国般坚如磐石的军队，"外交大臣哈利法克斯在日记中写道，"但德国人就这样轻松地穿过了法国，正如同他们对波兰做的那样。"

同日，丘吉尔接到了一份极为冷峻的文件，它大胆地考虑了一个迄今为止都被认为不堪设想的局势走向。由于其内容在当时如此超乎想象，这份报告的作者，即参谋长们，并未在标题上加以说明，仅称之为"在某种已知的不测事件下的英国战略"。

五　对月亮的恐惧

报告开篇这样写道："本文件的目的，是研究倘若法国抵抗力量彻底崩溃，出现英国远征军遭受重大损失、法国政府将与德国达成协议等情形，我们在独自继续战斗时能动用何种手段。"

这份标示着"最高机密"的文件读起来可谓惊心动魄。它的基本假设之一是美国将提供"经济与财政的全面支持"。否则，报告用斜体写道，"我们认为，坚持进行这场战争毫无胜算"。同时，文件预测，只有少数英国远征军可以从法国撤回。

眼下，最令人惊恐的是，一旦法国投降，希特勒必然会转而用陆军和空军对付英国。报告称："德国拥有足够的力量入侵并占领这个国家。如果敌人动用它的运输能力，成功地在岸上牢固地建立了一支武装力量，缺少装备的英国军队恐怕不具有将他们逐出国门的攻击力量。"

一切都取决于"我们的战斗机防御系统是否能够将敌方的攻击规模缩小到合理的范围"。英国将集中精力生产战斗机，训练机组人员，保卫飞机制造厂。"本国防空是关键所在。"

报告宣称，如果法国沦陷，这一任务将变得极其艰难。过去的本土防卫计划都建立在一个假定的基础上，即德国空军肯定是从德国境内的基地起飞，因此深入英国领空的能力会受到限制。但现在，英国战略家们必须面对的是，德国战斗机与轰炸机可能从法国海岸线沿岸的飞机场起飞，倘若如此，德国空军飞抵英格兰海岸线所需的时间将以分钟计算，此外，德国空军还有比利时、荷兰、丹麦和挪威的基地可以利用。报告认为，凡此种种，足以让德国得以"集中绝大多数远程与短程轰炸机，袭击这个国家的广大地区"。

由此而来的核心问题是，英国公众是否能够忍受德国集全部空中力量所发动的狂轰滥炸。报告警示道，这个国家的士气"将面临前所未有的考验"。然而，报告的作者们同样给出了相信人民的士气将持续高涨的充分理由，"他们需要意识到帝国正面临着生死存亡的考验，而这种意识如今正在觉醒"。报告认为，"告知公众我们面临的真正危险"的时刻已经到了。

伦敦看来已然是希特勒的首要目标。在一九三四年对下议院的一次演讲中，丘吉尔曾称这个国家是"世界上最大的目标，就像一头被绑起来吸引猛兽的壮硕、肥美、珍贵的母牛"。一次内阁会议后，丘吉尔带着大臣们走上街头，面露冷酷微笑地说道："好好看看四周吧。照我预计，再过个两三周，所有这些建筑物就会和今天完全两样了。"

即使来自参谋长们的这份报告如此悲观，它仍然没能料到，英吉利海峡对岸竟然会崩溃得如此迅速、如此彻底。面对此时德国人在法国几乎必定取得的胜利，英国军情机构预测，德国有可能立即入侵英格兰，而非等到法国正式投降。英方认为，入侵将以德国空军超大规模的空袭开始，可能会成为"致命"一击；或者，像丘吉尔所说的，将是一次空中"盛宴"，会有多达一万四千架军机遮天蔽日地杀向英国。

英国战略家们认为，德国空军的飞机数量是皇家空军的四倍。德国主要的三款轰炸机分别是容克斯 Ju 88、道尼尔 Do 17 和海因克尔 He 111，它们的载弹量为两千到八千磅，远超上次大战。此外，更可怕的是斯图卡，其名称是德语词"Sturzkampfflugzeug"（俯冲轰炸机）的缩写。该机型看上去就像一只巨型折翼昆虫，它配备着一种名为"耶利哥号角"的装置，能让飞机在俯冲时发出骇人的尖利呼啸声。斯图卡一次最多能携带五枚炸弹，其投弹精准度远超标准飞机，曾在德国闪电战中令盟军闻风丧胆。

在英国战略家们看来，德国有能力将英国轰炸到除了投降别无选择的地步，空战理论家们素来视"战略轰炸"或"恐怖轰炸"为征服敌人的一种手段，此时他们早已对这一结果做出了设想。德国对鹿特丹的大轰炸似乎就是实证。德军空袭次日，荷兰便因害怕其他城市遭到摧毁而投降。英国抵御这种空中打击的能力完全取决于该国飞机制造业生产战斗机（飓风式战斗机和喷火式战斗机）的能力，其有效产量必须高到不但能够补偿急剧增长的损失，还能增加可以投入作战的飞机总数。单靠战斗机是绝不可能赢得战争的，然而，丘吉尔相信，只要拥有足够的空中力量，英国或许尚有可能牵制住希特勒，长时间地延缓德国入侵，直至美国参战。

但战斗机生产没能跟上。英国的飞机制造商所依照的是战前制订的计划，该计划未能考虑到敌对武装力量的基地就在海峡对岸这一新情况。产量确有增加，但受到和平时期陈腐官僚做派的压制，它直到现在才被全面战争的现实惊醒。零件与材料的短缺打断了生产。等候修理的受损战机越积越多。许多飞机几近完成却缺少引擎和仪器。至关重要的零件被储藏在偏僻的角落，由封建官员们小心翼翼地保存着，以备他们自己将来的不时之需。

丘吉尔对此心知肚明，他在成为首相的第一天，便创设了一个专注于战斗机与轰炸机生产的全新的政府部门——飞机生产部。丘吉尔认为，这个新部是唯一能够将英国从战败的危险中解救出来的存在，而且他满怀自信地认为，他恰好知道谁能入主于此：他长期的友人和偶尔的对手，比弗布鲁克勋爵马克斯·艾特肯，一位像尖塔吸引闪电一样不断引发争议的人物。

丘吉尔当晚就提议让他出任大臣，但比弗布鲁克提出了异议。他靠经营报纸致富，对管理制造战斗机和轰炸机这种复杂产品的工厂一无所知。而且他身体欠佳。他患有严重的眼疾和哮喘，以至于不得不在他的伦敦豪宅斯托诺韦大厦里专门设置了一个房间治疗哮喘，里面放满了制造蒸汽的水壶。年满六十一岁两周后，他便退居二线，不再直接管理他的报业王国，并打算在法国东南海岸线上卡普戴尔的别墅里度过更多时光，尽管当前希特勒让这一计划成为泡影。然而，五月十二日晚，就在秘书还在起草着拒绝信时，比弗布鲁克似乎出于一时冲动接受了这一职务。两天后，他成了飞机生产大臣。

丘吉尔了解比弗布鲁克，而且出乎直觉地知道，他正是能够震醒尚处于沉睡状态的飞机制造业的那个人。他也明白比弗布鲁克可能难以相处，而且预感到他会引起冲突。但这不算什么。正如一位美国访客所言："首相对比弗布鲁克满怀最诚挚的善意，仿佛宠溺的家长看着聚会中的孩子，即使小孩说了些不合时宜的话，家长也不予评价。"

不过，促使丘吉尔做出这一决定还有其他原因。他需要比弗布鲁克像一位朋友那样站在他身边，为飞机生产之外的事务提供见解。后来的人们倾向于将丘吉尔描述成圣人，但在当时，他并非独自指挥也无法应对独自指挥这场战争的巨大压力。他非常依赖他人，尽管这些"他人"有时候仅仅是他检验自己的想法和计划的观众。任何时候，比弗布鲁克都可以坦诚相待，并且不顾及政治或者个人感情地发表建议。如果说哈巴狗伊斯梅具有令丘吉尔镇定和冷静的作用，那么比弗布鲁克就是汽油。他还非常有趣，这是丘吉尔尤其喜爱并需要的特点。伊斯梅总是安静地坐着，准备好提出建议或劝告，而比弗布鲁克进入哪个房间，哪个房间就会生机勃勃。有时候他甚至称自己是丘吉尔的宫廷弄臣。

出生于加拿大的比弗布鲁克在一战前移居至英国。他在一九一六年买下了濒临倒闭的《每日快报》，经过长期的苦心经营，令该报的发行量增长了七倍，一举达到二百五十万份，铸就了他富于独创精神的特立独行者的名声。"比弗布鲁克喜欢当挑衅者。"著名的英国战时生活编年史学家弗吉尼亚·考尔斯曾如此写道。考尔斯曾为比弗布鲁克的《标准晚报》工作，在他看来，自鸣得意对比弗布鲁克来说"就如同气球对一个拿着大头针的小男孩那样"充满了诱惑。尽管亲密程度经历过起起落落，比弗布鲁克和丘吉尔之间的友谊一直延续了三十年之久。

对许多不喜欢比弗布鲁克的人来说，他的外貌似乎隐喻着他的性格。他比丘吉尔高三英寸，身高有五英尺九英寸，宽阔的上半身下接着狭窄的臀部和修长的腿。这一颇具特点的组合，配上他那灿烂而怪模怪样的微笑、大得出奇的耳朵和鼻子，以及脸上散布着的痣，使人觉得他比实际个头要矮上一截，活像童话里某个充满恶意的小精灵。作为美国观察员驻扎在伦敦的雷蒙德·李将军称他是"一个粗暴、热情、恶毒、危险的小妖精"。哈利法克斯勋爵给他起了个"癞蛤蟆"的绰号。还有些人在背后称他为"海狸"。克莱芒蒂娜极其不信任比弗布鲁克，她在写给丘吉尔的信里说："亲爱的，你最好摆脱这个细菌，有人很担心他会进入你的血液，试着祛除这个瓶中怪吧，看看周围的空气是否会变得更加纯净。"

不过，多数女人都觉得比弗布鲁克很有魅力。他的妻子格拉迪丝死于一九二七年，无论是在婚姻期间还是在丧偶后，比弗布鲁克都与别人有许多感情纠葛。他热衷八卦消息，得益于女性朋友们和记者网，他知道许多伦敦上层人士的秘密。"每当提及某些男人生活中的卑劣事迹，提到他们的不忠与绯闻，马克斯就似乎永远不会感到厌倦。"他的医生、现在也是丘吉尔的医生的查尔斯·威尔逊写道。劳工大臣欧内斯特·贝文是最为慷慨激昂地反对比弗布鲁克的人之一，他用了个颇为残酷的类比来说明丘吉尔和比弗布鲁克之间的关系："丘吉尔就像一个与妓女结婚的男人，明明知道那是个妓女，却依旧爱她。"

丘吉尔以极为简洁的措辞解释了他们的关系。"有人服药，"他说，"我服用马克斯。"

将生产飞机的责任从成立多年的航空部身上卸下来交给比弗布鲁克，无疑给事务管辖领域的利益冲突埋下了种子，丘吉尔对此早有认识，但他的确没有料到，比弗布鲁克会立即引发如此激烈的争吵，而且这种争吵竟会成为令他气恼的一大根源。有些人认为，作家伊夫林·沃的喜剧小说《独家新闻》的灵感便来自比弗布鲁克（但沃本人否认这一点），这位作家曾说他发现自己不得不"相信魔鬼，因为只有如此才能够解释比弗布鲁克勋爵的存在"。

丘吉尔下的赌注实在很大。"这是英国有史以来面临的最黑暗的一幕。"戴维·法勒这样写道，他是比弗布鲁克众多秘书之一。

比弗布鲁克怀着极大的热情投入到了新任务中。他喜欢进入权力中心并受人爱戴，甚至乐于见到墨守成规的官僚生活受到扰乱的景象。他在自己的豪宅中建立了这个新部，并从自己的报业员工中征调人员，组成行政管理的班底。一个在那个时代不太寻常的举动是，他还雇用了一位编辑，专门负责处理个人宣传与公关事务。为了迅速改造飞机制造业，他招募了一批顶级企业高管充当高级助手，其中包括一位福特汽车公司工厂的总经理。他不太关心他们是否具有飞机制造方面的专业知识。"他们都是工业翘楚，而工业如同神学，"比弗布鲁克说，"只要知道一门宗教的基础知识，就能掌握另一门宗教的含义。如果是我，我会毫不犹豫地让长老会教长取代罗马教皇。"

比弗布鲁克通常在楼下的图书馆召开重要会议，天气好时则会去二楼舞厅的阳台。打字员和秘书会在楼上空间允许的任何地方工作。浴室里有打字机，床成了整理文件的工作面。没人离开这座建筑物吃午饭；在他的要求下，比弗布鲁克家的厨师们烹饪的食物会用盘子装着被人送来。他自己的典型午餐搭配是鸡肉、面包加一个梨。

所有员工都被要求和他工作一样长的时间，一周七天，一天十二小时。他可能会提出一些完全不切实际的要求。一位最高级别的工作人员抱怨，比弗布鲁克曾经在凌晨两点给他布置了一个任务，接着在当天早上八点打电话催问取得了多少进展。贴身秘书乔治·马尔科姆·汤姆森有一次没有事先安排就休息了一上午，比弗布鲁克给他留了张字条："告诉汤姆森，如果他不注意，希特勒就来了。"有一次，面对比弗布鲁克"看在上帝的分上，快点！"的大声命令，贴身男仆阿尔贝特·内克尔斯曾反击道："我的老爷，我可不是一架喷火式战斗机。"

无论有着怎样的价值，战斗机总归只是防御性武器。丘吉尔同时还希望能迅速提高轰炸机的产量。在他看来，轰炸机是目前唯一能将战争直接指向希特勒的手段。眼下，丘吉尔只能依赖皇家空军的中型轰炸机机群，不过，另外两种四引擎重型轰炸机，斯特灵轰炸机和哈利法克斯轰炸机（该名称来自于约克的一座城镇而非哈利法克斯勋爵），均已临近交付，它们都具有携带高达一点四万磅炸弹深入德国境内的能力。丘吉尔承认，希特勒如今有能力向任何方向自由地投放军事力量，无论是向东，还是进入亚洲与非洲。"但有一样东西会把他打回原地，并且将他彻底打倒，"丘吉尔在给比弗布鲁克的一份备忘录中写道，"那就是制造一次绝对打击，一次由从这个国家飞至纳粹大本营的重型轰炸机所造成的毁灭性攻击。我们必须要能通过这种手段压倒他们，除此之外，我看不到别的出路。"

丘吉尔手写补充道:"我们必须得到制空权,任何退而求其次的目标都不能接受。我们什么时候才能得到它?"

丘吉尔的飞机生产大臣继续发扬着他作为指挥家的充沛活力,甚至为他的汽车散热器设计了一面特殊的旗帜,蓝色背景上映衬着"M. A. P."①三个红色的字母。英国飞机制造厂开始以任何人,尤其是所有德国情报人员都未曾预见的速度生产战斗机,其所处境遇之独特,就连工厂经理们都从未想象过。

将被入侵的前景迫使英国社会各阶层的公民认真地思考入侵的含义,它不再是一个抽象的概念,而是某种在你坐在桌前阅读《每日快报》或者跪在花园里修剪玫瑰丛时可能发生的事件。丘吉尔确信,自己是希特勒的首要目标之一,在希特勒眼里,无论哪个政府取代丘吉尔政府,都会更愿意谈判。丘吉尔坚持在汽车后备厢里放一把布伦轻机枪,并在多个场合发誓说,如果德国人来抓他,他将把尽可能多的敌人带进坟墓。据汤普森探长说,丘吉尔还经常随身带着一把左轮手枪,而且经常放错地方。汤普森回忆,丘吉尔会不时挥舞手枪,"顽皮而且高兴地"喊道:"你看,汤普森,他们永远也别想活捉我!我会在他们打死我之前拉上一两个垫背的。"

但他同样为更糟糕的情况做好了准备。据打字员希尔夫人所说,他在钢笔帽里放了一个装着氰化物的胶囊。

信息部政务秘书哈罗德·尼科尔森和他的妻子,作家薇塔·萨克维尔-韦斯特,开始制订应对入侵的具体计划,就像是在为一场冬季暴风雪做准备。"你必须让别克汽车处于合适的状态,油箱首先得装满汽油,"尼科尔森写道,"车里应该放上够吃二十四个小时的食物,你

---

① 飞机生产部(Ministry of Aircraft Production)的首字母缩写。

的首饰和我的日记最好都放在后备厢里。衣服和其他非常珍贵的东西可以拿上，但别的就只能舍弃了。"薇塔住在夫妇二人位于锡辛赫斯特的乡间房舍里，距离多佛尔海峡只有二十英里，而多佛尔海峡正是英法两国距离最近的地点，很可能成为德军两栖袭击的通道。尼科尔森建议，一旦发生入侵，薇塔应驱车逃至西面约有五个小时车程的德文。"这一切听起来令人非常惊恐，"他补充道，"但假装危险不会发生是愚蠢的。"

美好的天气只会增加人们的忧虑。自然似乎在与希特勒共谋，送来了不间断的温暖天气，英吉利海峡的海水也很平静，为希特勒运送坦克和炮队的浅水驳船提供了非常理想的航行条件。作家丽贝卡·韦斯特和她的丈夫一起在伦敦的摄政公园散步，当"银色巨象般"的阻塞气球在头顶上飘荡时，她记录下了这一"完美夏季里万里无云的天空"。五百六十二个高高悬挂的巨大的椭圆形气球，由一英里长的缆绳系着，飘浮在伦敦上空，它们被用来阻挡俯冲轰炸机，并阻止战斗机下降到足以扫射城市街道的高度。韦斯特回忆了人们如何坐在玫瑰丛中的椅子上，目光凝视前方，因紧张而面色苍白。"他们中有些人沿着玫瑰花圃散步，特别认真地低头看着这些鲜艳的花朵，吸着芬芳的气息，好像在说：'这就是玫瑰的样子，这就是它们的气味。在进入黑暗的时候，我们必须牢记这一点。'"

但即使是入侵的恐惧，也无法完全抹杀晚春时节的纯粹魅力。丘吉尔的新任陆军大臣安东尼·伊登以高大英俊著称，其辨识度堪比电影明星。有一次，他在圣詹姆斯公园里散步，坐到一张板凳上，然后小睡了一个小时。

随着法国的急速崩溃，英国将要遭遇空袭的命运似乎在所难免，月亮成了人们恐惧感的一大来源。五月二十一日星期二，丘吉尔担任首相以来的首轮满月出现了，它向伦敦街道上倾泻着蜡烛般清冷的苍白色。鹿特丹的空袭萦绕在人们心头，像是在提醒同样的遭遇也可能很快降临这里。其可能性如此之大，以至于三天之后的五月二十四日星期五，在渐亏凸月照耀下的皎洁月色里，大众观察组织社会观察员联络网的主管汤姆·哈里森，向他负责联络的大量日记作者发出了一条特别信息："一旦发生空袭，观察员不宜在外逗留……我们希望各位观察员能找到避难所，且最好与人结伴。如果有很多人一起就再好不过了。"

恐怕再没有其他时机比这时更适合观察人类最原始的行为了。

六　戈林

五月二十四日星期五，希特勒做出了两项决定，它们将影响即将到来的战争的持续时间和性质。

中午，在一位深受他信任的高级将领的建议下，希特勒下令装甲师停止进逼英国远征军。这位将军认为，坦克和战士在按计划向南进军之前应该得到机会重新编组，希特勒表示同意。德国武装力量已经在所谓的西线战役中承受了重大损失：两万七千零七十四名士兵阵亡，十一万一千零三十四名士兵受伤，另有一万八千三百八十四人失踪——这对德国公众来说是个打击，在官方的引导下，他们本以为这是一场短时间、有条理的战争。停止前进的命令给了英国一个苟延残喘的机会，但它让英国指挥官和德国指挥官同样困惑。德国空军元帅阿尔贝特·凯塞林后来称，这是一个"致命错误"。

当凯塞林突然接到命令，要求空军编队一举摧毁正在撤退的英国军队时，他更吃惊了。德国空军总司令赫尔曼·戈林曾向希特勒承诺，空军足以独自消灭英国远征军，但凯塞林知道，这个承诺实际上并没有多少现实根据，戈林的飞行员已经筋疲力尽，而驾驶着最新式喷火式战斗机的皇家空军还在猛烈地攻击。

戈林相信他的空军拥有近乎魔力的力量，被这一信念所动摇的希特勒在同一个星期五发布了第十三号指令，在整个战争期间，他会发布一系列与此类似的总括性战略决议。这份指令写道:"空军的任务是粉碎敌军被包围部队的一切抵抗,阻止其跨越海峡逃跑。"它授权德国空军"一旦握有足够兵力,即以最充分的方式打击英国本土"。

　　戈林,高大魁梧、充满自信、残忍无情的戈林,凭借与希特勒的密切关系赢得了这一使命,他那热情洋溢、令人愉悦的欺骗性人格,以十足的力量消除了希特勒的疑虑,至少目前如此。尽管希特勒名义上的二号官员是副元首鲁道夫·赫斯(Rudolf Hess)——不是那个管理奥斯维辛集中营的鲁道夫·赫斯(Rudolf Hoess)——但戈林无疑是他最偏爱的下属。从零开始,戈林将德国空军建设成了世界上最强大的空中力量。"当我和戈林交谈时,我感觉就像在钢水中洗了次澡,"希特勒对纳粹建筑师阿尔贝特·施佩尔说,"我会精神为之一振。这位帝国元帅能以一种令人振奋的方式表达事物。"希特勒对他的官方副手则没有这种感觉,他曾说:"与赫斯的每次谈话都会变成一场无法忍受的折磨。他总是带着麻烦来见我,而且说个没完。"战争开始时,希特勒将戈林选为第一继任者,接下来才是赫斯。

　　除了空军,戈林在德国其他领域也握有极大的权力,这一点从他的众多官衔就能清楚地看出:国防委员会主席、四年计划负责人、帝国议会议长、普鲁士邦总理、森林与狩猎部长,最后一个职务是对他爱好中世纪历史的认可。他在一座封建城堡的庭院中长大,堡内有塔楼和城墙,以及可以往底下的来犯者身上倾倒石块与沸油的堞口。一份英国谍报称:"在童年游戏中,他总是扮演强盗骑士的角色,或者领着一批乡村孩童模拟军事演习。"戈林完全掌控了德国的重工业。另一份英国评估报告得出的结论是:"现在,这位异常残忍且精力旺盛的人几乎掌握了德国的一切权力。"

　　除此之外,戈林还掌管着一个由艺术商人和恶棍构成的罪恶王国,他们为他提供的博物馆级艺术品要么是偷来的，要么是用强制压低的价格买来的，其中许多都没收自犹太人家庭，被称为"无主的犹太人艺术"。这些油画、雕塑和壁毯画总共有一千四百件，包括梵·高的《阿尔的朗卢桥》，以及雷诺阿、波提切利、莫奈的作品。所谓"无主的"是一个纳粹形容词，此处指的是那些逃离或者被驱逐的犹太人留下的艺术品。战争期间，戈林以德国空军的名义多次到访巴黎。戈林的"专列"多达四列，他经常挑上一列去巴黎巡视与挑选艺术品，它们都由他的代理人收集存放在杜乐丽花园的国立网球场美术馆。至一九四二年秋，他单从这一渠道便得到了五百九十六件作品。他将最好的几百件艺术品展示在自己的乡间宅院卡琳宫中，该宅院得名于一九三一年去世的第一任妻子卡琳，后来越来越频繁地被用作他的总部。油画分多层挂在墙上，从地板延伸到天花板，这种展陈方式强调的并非它们的美感和价值，而是新主人的占有欲。他对精美物品的需求，特别是那些黄金制品，也因制度化的盗窃而得到满足。他的党羽每年都被迫掏钱给他买昂贵的生日礼物。

卡琳宫按照中世纪的狩猎屋设计，修建在柏林以北四十五英里的原始森林里。他还为已故的妻子修建了一座巨大的陵墓，整体由大型砂岩石构成，很容易让人联想到巨石阵的大块岩石。一九三五年四月十日，他又娶了女演员埃米·松内曼，婚礼在柏林大教堂举行，希特勒到贺，德国空军轰炸机编队掠过教堂上空以示庆祝。

戈林还热衷于展示奢华的服装。他为自己设计军服，觉得越华丽越好，上面通常佩戴着勋章、肩章和银丝制成的装饰，他经常一天换好几次衣服。众所周知，他还会穿些古怪的服饰，包括束腰外衣、古罗马托加式长袍和凉鞋，他甚至会将脚指甲涂成红色，或者在脸上涂脂抹粉，以期更好地凸显着装。他右手戴着一枚镶着六颗钻石的巨大戒指，左手佩戴的绿宝石据说足足有一平方英寸。他大步走过卡琳宫的庭院时，就像是特大号的罗宾汉，身穿束带绿皮夹克，腰里塞着大号猎刀，手上还拎着一根手杖。据报道，一位德国将军奉召面见戈林，见他"坐在那里，身上穿着的绿色丝绸衬衣上装点着金色绣花，金线穿行其间。大大的单镜片眼镜。头发染成了黄色，眉毛经过描画，脸上涂了胭脂。脚上穿着紫色长筒袜和黑色漆皮舞鞋。看上去活像只水母"。

对外界的观察者来说，戈林似乎神志不太清醒，但美国的审讯者卡尔·斯帕茨将军后来写道："尽管有相反的谣传，但戈林远没有精神错乱。事实上，他必须被视为一个非常'狡猾的家伙'，一个著名的演员和职业骗子。"爱戴他的德国公众对他传奇式的荒淫和粗鲁的个性很是宽容，美国记者威廉·夏伊勒试着在日记中解释了这个表面上的悖论："如果说希特勒是一个遥远、传奇、朦胧、谜团般的存在，戈林则是一个粗俗、质朴、健壮的血肉之躯。德国人喜欢戈林，因为他们理解他。他有普通人的缺点和优点，正因如此，人们才格外赞赏。他像个孩子一样喜爱制服和勋章。其他普通人也一样。"

夏伊勒认为，公众之所以没有怨恨"他所过的那种奇异的、中世纪的、非常奢侈的个人生活"，是因为"如果有机会，这可能正是他们自己想过的"。

那些为戈林服务的军官们最初对他很尊敬。"我们效忠元首，崇拜戈林。"一位轰炸机飞行员曾这样写道，并将戈林的声望归结于他在上次大战中的表现，当时戈林是以勇气著称的王牌飞行员。但一些军官和飞行员现在逐渐感到幻灭，开始在背后称他"肥佬"。顶级战斗机飞行员阿道夫·加兰和他很熟，曾多次和他就战术问题产生争执。加兰称戈林很容易受到"一小撮马屁精"的影响。"他最喜欢的宫廷宠儿一直在变化，因为只有通过不断的奉承、钩心斗角和昂贵的礼物，才能赢得并保有他的欢心。"在加兰看来，更令人担心的是，戈林似乎不理解，自从上次大战以来，空战已经发生了根本性变化。"戈林几乎完全没有专业知识，他对现代战斗机的作战条件毫无认知。"

加兰认为，戈林最大的错误是雇用朋友贝波·施密德来领导德国空军的情报部门，该部门肩负着确定英国空军每日战力的责任，这一任命很快便产生了严重的后果。加兰说："作为情报官员，贝波·施密德在这个至关重要的职位上做得一塌糊涂。"

尽管如此，戈林只关注施密德一人。他像信任一位朋友那样信任施密德，更重要的是，他完全沉醉于施密德似乎总能提供的好消息中。

面对征服英国这个令人生畏的任务，希特勒理所当然地找到了戈林，而戈林非常高兴。在西线战役中，陆军赢得了一切荣誉，尤其是陆军装甲师，空军只扮演了为地面提供支持的次要角色。现在，德国空军将有机会铸就荣耀，戈林毫不怀疑，他们将征服英国领空。

七　极致的幸福

就在法国摇摇欲坠、德国飞机重创聚集在敦刻尔克的英法军队时，私人秘书约翰·科尔维尔正在一个存在已久的痛苦窘境中挣扎。他坠入了爱河。

他爱恋的对象是牛津大学的学生盖伊·马杰森，她父亲正是克莱芒蒂娜·丘吉尔曾在午餐时无情斥责的前绥靖人士戴维·马杰森。两年前，科尔维尔向盖伊求过婚，但她拒绝了，从那时起，他便同时感受着她的吸引力，以及她那不肯回报他的爱恋的做法所带来的排斥力。失望让他从她的性格和行为上找起了缺点，他的确找到了，却没能阻止自己想尽可能多地与她见面。

五月二十二日星期三，他给她打电话确认即将到来的周末安排，他计划去牛津看望她。她有些推搡。她先是告诉他，他来牛津没有意义，因为她要工作，然后又改变说辞，称那天下午自己计划在学校里做某件事。这次见面早在几周前就安排好了，他说服她尊重原计划。她松口了。"她答应得有些勉强，我觉得很受伤，她宁愿花时间在牛津大学干些没意思的本科生工作，也不愿意见我，"他写道，"一个人假装喜欢别人，却如此不顾及别人的感受，这太奇怪了。"

周末的开局还算乐观。星期六上午，他在明媚的春光中驱车前往牛津。但当他到达时，乌云遮住了天空。在一家酒吧吃过午饭后，他和盖伊前往牛津南面泰晤士河边的克利夫顿汉普登村，躺在草地上闲谈。盖伊因看上去一定会到来的战争和恐怖而情绪低落。"尽管如此，我们还是很享受在一起的时光，"科尔维尔写道，"对我来说，和她在一起就是极致的幸福。"

第二天，他们一起在牛津大学莫德林学院散步，还坐着闲聊了一会儿，但这次谈话很枯燥。他们去了她的房间。什么也没有发生。她学习法语，他小憩了一会儿。后来，他们因政治吵了几句，盖伊最近声称自己是个社会主义者。他们沿着泰晤士河（在牛津市内的这一段叫伊希斯河）散步，河里有许多方头平底船和涂着彩漆的驳船，直到傍晚时分，他们才发现到了鳟鱼客栈——简称"鳟鱼"，一家位于河边的十七世纪酒吧。太阳出现了，天色变得"灿烂辉煌"，科尔维尔写道，"蓝天、夕阳和足够的云朵，让薄暮的景色尤为壮观"。

他们在一张能看到瀑布、古桥和附近森林的餐桌上吃饭，然后沿着岸边一条纤道走过，近处有孩童在嬉戏，珩科鸟此起彼伏地鸣叫。"再没有比这更美的景色了，身在其中如此幸福，"科尔维尔写道，"我从未感到如此平静与满足。"

盖伊也有同样的感受。她告诉科尔维尔："一个人只有活在当下才能获得幸福。"

一切看起来都很有希望。但接着，一回到房间，盖伊便重申自己的决定：她和科尔维尔永远不会结婚。他许诺自己会等待，也许她有朝一日会回心转意。"她劝我不要爱她，"他写道，"但我告诉她，娶她为妻是我最大的心愿，而且，当月亮对我来说意味着生命中的一切时，我无法停止对着月亮哭泣①。"

星期日晚上，他到兄嫂琼位于附近的庄园里过夜，独自睡在一间

---

① "对着月亮哭泣"为英国俚语，指想要或要求一样很难或者不可能得到的东西。

小屋的沙发上。

当晚，五月二十六日，就在晚上七点之前，丘吉尔在伦敦下令启动"发电机行动"，正式从法国沿海撤退英国远征军。

在柏林，希特勒指示装甲纵队再度进逼英国远征军，后者已经在港口城市敦刻尔克集结。希特勒部队的行动比预想的迟缓，他们愿意让戈林的轰炸机与战斗机完成接下来的任务。

然而，就在被戏称为"汤米们"的英国士兵们准备撤退时，戈林对此时敦刻尔克海岸上的状况做出了严重误判。

"只开过来了几条渔船，"他在五月二十七日星期一说，"但愿那些汤米们会游泳。"

八　第一轮轰炸

这次大逃亡牵动着全世界的目光。国王每天都在日记里算着有多少战士逃出生天。外交部向罗斯福发送每日更新的详细通告。海军部最初估计最多有四万五千名士兵能够成功脱险，丘吉尔则估计最多五万人。第一天登记在册的只有七千七百人，似乎说明以上两种估计都太乐观了。第二天，五月二十八日星期二，情况要好一些，有一万七千八百人撤离，但仍然远远无法让英国重新组织一支能征善战的军队。然而，在整个过程中，丘吉尔从未气馁。恰恰相反，他看上去几乎热情洋溢。不过，他也明白其他人的看法没有那么积极，就在这个星期二，一位战时内阁成员还强调了这一点，说英国远征军的前景看上去"比过去任何时候都惨淡"。

丘吉尔认识到，信心与无畏都是可以通过榜样来激励与传授的积极态度，他指示全体大臣展示出强大、乐观的一面。"在这段黑暗的日子里，如果所有政府同僚以及高级官员们都能在他们的圈子里保持高昂的斗志，首相将感激不尽。这不是弱化问题的严重性，而是表现出我们对自身能力的自信，以及我们不屈不挠的决心，我们将继续这场战争，直至彻底粉碎敌人将整个欧洲置于他们铁蹄之下的幻想。"

同一天，他尝试一举杜绝英国与希特勒媾和的想法。他在二十五位大臣面前讲话，把他知道的法国即将发生的灾难告诉了他们，并且承认连他自己都曾短暂考虑过和谈。但现在，他说："我确信，如果我有片刻考虑谈判或投降，你们每个人都会站起来，把我从我的位置上拽下去。如果我们这座岛屿漫长的故事最终要在此宣告结束，也只能在我们每个人都倒在血泊中窒息时结束。"

一时间，下面死一般的静寂。然后，各位大臣站起来围住他，拍着他的背，高声赞许。丘吉尔吓了一跳，但也松了口气。

"他太了不起了，"一位名叫休·多尔顿的大臣写道，"此时此刻，他就是那个我们唯一能够信赖的男子汉。"

就像他在其他演讲中所做的，丘吉尔在这次演讲中表现出一种令人吃惊的特点：他掌握了让人感到更为崇高，更为坚强——而且，最重要的是——更为勇敢的诀窍。他的私人秘书约翰·马丁相信，他"给予了信心与不可战胜的意志，调动出了所有的勇气与坚强"。马丁写道，在他的领导下，英国人开始视自己为"更为宏大的事件中的主角，以及为崇高与坚不可摧的事业而战的斗士，他们前方的勇士们都在为之而战"。

即使在更私人的场合，他也是这样做的。汤普森探长回忆，一个夏夜，在丘吉尔位于肯特的家——查特韦尔庄园里，丘吉尔正在对秘书口授笔记。某个时刻，丘吉尔打开了窗户让清凉的乡间微风吹进来，结果同时飞进来了一只大蝙蝠，开始狂野地在房间里乱飞，不时向秘书冲去。她被吓坏了，丘吉尔却根本没有发现。终于，他看到她哆嗦着躲闪，就问是不是出了什么问题。她这才指出，有只蝙蝠正在房间里，照汤普森所写，那是"只很大且极具攻击性的蝙蝠"。

"你肯定不会怕一只蝙蝠，对吧？"丘吉尔问。

但她确实害怕。

"我会保护你的，"他说，"接着工作吧。"

得益于希特勒暂停进攻的命令和海峡上空阻碍德国空军行动的坏天气，敦刻尔克大撤退比人们预想的更为成功。毕竟，汤米们用不着游泳了。共计八百八十七艘船参与了这次撤退行动，其中只有四分之一隶属于皇家海军。另有九十一艘客船，余下的则是由渔船、游艇和其他小船组成的舰队。三十三万八千二百二十六名将士成功撤离，其中有十二万五千名法国士兵。包括约翰·科尔维尔的二哥菲利普在内的十二万名英军士兵仍滞留在法国，不过也正向海岸线上的其他撤退点前进。

尽管行动如此成功，英国远征军的撤退还是让丘吉尔极为沮丧。他急于发起进攻。"如果德国人能被迫考虑接下来他们会在哪里遭到袭击，而不是逼着我们在岛上构筑防御工事，那该是何等快事啊，"他在写给军事参谋长哈巴狗伊斯梅的信中说，"我们必须努力摆脱敌人的意志和主动性给我们带来的精神和斗志上的虚脱感，我们已经深受其害。"

在撤退行动中，丘吉尔开始给一切要求立即回复的备忘录或指示加上红色的不干胶标签，告诫接收者"当日行动"，这一点绝非偶然。秘书马丁写道，这些标签"得到了人们的高度重视，它让接受者知道最高层的这种要求绝不能忽视"。

六月四日，撤退行动的最后一天，为了激励整个帝国，丘吉尔在对下议院的演讲中再次借助于演讲术。他先是庆贺敦刻尔克的成功，同时加上了冷静的提醒："战争永远无法通过撤退取胜。"

在演讲接近尾声时，他开足了马力。"我们将战斗到底，"他说道，声音越来越铿锵和自信，"我们将在法国战斗，我们将在海洋战斗，我们将在空中战斗，越战越勇、越战越强，我们将不惜一切代价保卫我们的岛屿。我们将在海滩战斗，我们将在登陆场战斗，我们将在田野和街头战斗，我们将在山冈战斗；我们决不投降——"

就在下议院爆发出热烈的赞同声时，丘吉尔小声对一个同事咕哝道："并且……我们将用打破的瓶柄与他们战斗，因为那是我们仅有的武器。"

　　他的女儿玛丽那天也在旁听席，坐在克莱芒蒂娜身边，为父亲的演说感到热血沸腾。"此时此景，出于一种英雄崇拜感的增加，我对父亲的爱与敬仰也增加了。"她写道。年轻海军人员卢多维克·肯尼迪后来作为记者和广播员出名，他回忆说："听到这里，我们当即知道，一切都会好起来。"

　　哈罗德·尼科尔森在给妻子薇塔·萨克维尔－韦斯特的信中写道："温斯顿的伟大演讲让我如此振奋，让我可以面对敌人的世界。"然而，这还不足以让他放弃自杀计划。他和薇塔计划弄来一些毒药和一把"小小的匕首"（借用《哈姆雷特》中的表达）结束自己的生命。他指示她把自己的匕首一直放在手边。"这样你就可以在必要的时候终结生命。我也会弄上一把。我丝毫不惧怕如此突然的光荣牺牲。我害怕的是折磨和屈辱。"

　　丘吉尔激动人心的演讲没能赢得所有人的衷心赞同。克莱芒蒂娜注意到，"很大一部分托利党"，也就是那些保守党成员，并未做出热情回应，有些甚至报以"愠怒的沉默"。英国前首相、此时的自由党议员戴维·劳合·乔治称此番讲话"很不真诚"。第二天，国内情报处报告，只有两家报纸"将丘吉尔的讲话放在了头条"，而且讲话本身在鼓舞公众士气上收效甚微。"英国远征军最终的撤退带来了某种压抑感，"情报处指出，"焦虑气氛有所缓和，但人们的决心没有相应地增强。"该报告进一步发现，"在全国范围内，首相提到的'独自战斗'还引起了一定的恐惧，民众对我方盟友意图的怀疑略有上升"——此处的"盟友"指法国。

　　大众观察组织的日记作者伊夫林·桑德斯写道："丘吉尔昨天的讲

话仍未令我振奋，我还是很忧心。"

不过，在起草讲话时，丘吉尔心中设想的主要听众其实仍然是美国，而在那里，正如所料，这次讲话被认为取得了确凿无疑的成功，毕竟要战斗的山冈和海滩远在四千英里以外。尽管没有直接提到美国，丘吉尔意图借演讲向罗斯福和美国国会传达：无论在敦刻尔克遭遇了怎样的挫折，无论法国接下来会做什么，英国都将全力争取胜利。

这次讲话也向希特勒发出了信号，重申了丘吉尔战斗到底的决心。无论是否与这次讲话有关，第二天，六月五日星期三，德国空军动用了几架轰炸机，在大批战斗机的护航下，第一次轰炸英国本土。这次空袭和紧随其后的多次空袭让皇家空军的指挥官们十分困惑。德国空军白白损失了大量飞机和人员。在一次夜间空袭中，炸弹纷纷落到了德文、康沃尔、格洛斯特一带及其他一些地方的牧场和森林，造成的损失极小。

皇家空军推测，这些只是空袭演习，旨在检测英国为即将到来的入侵所做的防御准备。正如人们所担心的那样，希特勒现在似乎已经将目光转向了不列颠群岛。

九　镜像

丘吉尔的演讲并未提及敦刻尔克大撤退中未被民众充分认识到的一个要素。细心的人会注意到，三十多万人在陆空联合打击下成功跨过英吉利海峡，这一事实其实携带着一个更黑暗的教训。它表明，阻挡德国军队的大规模入侵或许比英国指挥官过去设想的更加困难，尤其是，如果这支军队像敦刻尔克大撤退的船队那样，由数百艘小船、驳船和快艇组成。

英国国土防卫军指挥官埃德蒙·艾恩赛德将军写道："这让我意识到一件事，即德国人同样可以不顾皇家空军的轰炸在英国登陆。"

实际上，他担心的是一次反向的敦刻尔克。

十　幽灵

六月十日星期一，丘吉尔情绪很糟糕，对总是试图显得轻快一些的他来说，这种被战争侵蚀的阴霾日子并不算多。意大利对英法两国的宣战，激起了他恐吓性的嘲讽："今后，到意大利参观废墟的人们再也用不着跑去那不勒斯和庞贝那么远的地方了。"

这件事加上法国的形势，让唐宁街十号成了风暴区。"他的心情极坏，"乔克·科尔维尔写道，"几乎把每个人都骂得抱头鼠窜，给海军大臣写的备忘录怒气冲冲，丝毫不留意向他通报的口头信息。"当丘吉尔处在这样的情绪里，离他最近的人通常首当其冲，这个人往往就是忠心耿耿、备受折磨的汤普森探长。"他会朝身边的任何人发泄怒气，"汤普森回忆道，"我总在他身边，被他刺伤的时候也就格外多。似乎我做什么在他眼里都是错的。我让他厌烦。我必须做的那些工作让他厌烦。我一直紧随在他左右，想必让他烦得要死。我自己甚至都烦了。"丘吉尔不时的抨击让汤普森心灰意冷，倍感无力。"我一直希望有人会袭击他，这样我就可以朝袭击者开枪了。"他写道。

然而，丘吉尔的坏脾气消失得也很快。他从不道歉，但有本事通过其他沟通方式让风暴过去。"他常被指责为脾气暴躁，"比弗布鲁克勋爵解释道，作为飞机生产大臣，他本人经常是丘吉尔发火的对象，"这不是真的。他可能有情绪化的时候，但激烈地批评完你，他会习惯性地把手放在你的手上——喏，就像这样——好像在说他对你的真实感情并没有改变。这是人性的非凡展示。"

天气也在添乱。告别了一长段温暖明朗的晴天后，天色变得出奇地阴沉。"一片漆黑。"外交部次官、英国高级外交官、著名战时日记作者亚历山大·贾德干如此描述道。另一名日记作者，苏格兰场职员、大众观察组织的多产成员奥利维娅·科克特写道："黑压压的乌云持续了一整天，不过没有下雨，人人都在谈论着天气，周围人们的情绪都很不稳定。"她无意中听到有人说："基督被钉上十字架那天就这样阴沉沉的，可怕的事情要来了。"

丘吉尔关注的主要是法国。让他烦恼的是，尽管去了几趟法国，他仍然无力改变事态，也无法让法国振作起来。根据预测，巴黎将在四十八小时内陷落，法国似乎一定会投降。然而，他还没有放弃。他仍然相信，有他的存在，他的激励，也许是些鼓舞人心的评论或承诺，说不定就能让法国起死回生。六月十一日星期二，他的机会来了，雷诺总理再次发出邀约，请他前往巴黎以南一百英里卢瓦尔河边的布里亚尔小镇。这次会议只强调了形势发展的严峻性，没有擦出任何火花。为了激起总理的斗志，丘吉尔急匆匆地用蹩脚的法语与优美的英语发誓，英国无论如何都会战斗到底，哪怕是单枪匹马——"坚持坚持坚持，toujours①，无论何时，无论何地，partout, pas de grâce②，决无仁慈。Puis la victoire③！"

法国人不为所动。

不过，这次会晤的确成功地在几位法国官员的心中烙下了一幅奇特的景象：丘吉尔因法国人没有为他准备好午后的沐浴大发雷霆，他

---

① 法语，意为"始终如一"。

② 法语，意为"无所不至，毫不留情"。

③ 法语，意为"然后取得胜利"。

身穿红色和服、扎着白色腰带，透过一道双扇门大声嚷道"Uh ay ma bain?"——照他的理解，这是法语版的"我的洗澡水在哪里？"。一位目击者称，愤怒的他看上去像"一个怒气冲天的日本妖怪"。

法国人如此消沉，显然就要放弃了，这让丘吉尔改变了主意，决定不再派遣皇家空军战斗机支援。他告诉法国人，此举并非自私，仅仅是出于谨慎：只有战斗机的力量能阻止即将发生在英国的袭击。"我们对无法提供更多的帮助深感悲痛，"他说，"但我们无能为力。"

乔克·科尔维尔也有自己的担忧。他知道许多滞留法国的英国士兵正从瑟堡撤退，他希望哥哥菲利普也在其中。菲利普的部分行李已到达伦敦，这是个好迹象，但也是更危险的兆头。

两个哥哥和如此多的同龄人都身处战场，科尔维尔现在也决定加入战斗。他认为最好的选择是加入皇家海军，他把这一想法告诉了直属上司、丘吉尔的高级私人秘书埃里克·西尔。西尔答应帮助他，但发现自己无能为力。白厅上下大批青年男子都与科尔维尔有着同样的愿望，其中包括许多在外交服务处工作的人，这对行政部门而言成了一个问题。至少目前看来，外交部拒绝放手下任何青年男子去参军。科尔维尔决心继续尝试。

六月十二日星期三，当丘吉尔一行人结束在法国的访问时，美国大使约瑟夫·肯尼迪给他的上级、国务卿科德尔·赫尔发了一份密电，对英国的前景做出了另一份具有偏见的评估。他说，与德国的强大力量相比，这个帝国"令人吃惊地孱弱"。"非常可怜。"他写道。英国人唯一拥有的是勇气。肯尼迪声称，让丘吉尔能够坚持下去的，是对美国将在即将到来的总统大选后不久参战的信念——这次大选的投票日是十一月五日，罗斯福参选的可能性似乎越来越大。肯尼迪写道，丘吉尔相信"美国的许多城市和镇子是用英国的地名命名的，当美国人民看到这些地方被轰炸和摧毁后，他们将列队要求参战"。

肯尼迪引用了一份在美国的英国记者所写的报告，其中声称，人们需要的只是一个"将美国带入战争的'事件'"。肯尼迪觉得这令人担忧。"如果只需要这么一件事，走投无路的人必定会铤而走险。"他警告说。

另一方传来了可怕的消息。六月十二日星期三上午，丘吉尔新近任命的私人科学顾问、人们普遍称之为"那位教授"的弗雷德里克·林德曼，召唤空军情报处的一位青年科学家前来与他会面。后者是雷金纳德·V.琼斯博士，他曾经是那位教授的学生，时年二十八岁，此时正担任情报研究处副处长这一要职。

这次会议原计划集中讨论德国是否已经成功地发展与部署了雷达系统。英国在战前完成了这一部署，现在已经通过沿岸的高塔组成了名为"本土链"的雷达网，能针对来袭的德国飞机发出准确的预警。这是个能给英国带来巨大优势的秘密。然而，会议很快便转到另一个方向，透露了一个恐怖的前景：倘若该项技术进步确有其事，德国将在空战中所向披靡。

第二部

已知的不测

六月至八月

十一　天鹅堡的秘密

那位教授，也就是林德曼，越听疑心越重。这位年轻的空军情报员琼斯博士提出的东西，与物理学家们现在对无线电波的长距离传播的认识全是相反的。琼斯提供的那些让人信服的情报，必定意味着一些超出琼斯想象的东西。

那位教授的工作，就是用科学的客观性评估世界。这位五十四岁的牛津大学物理学家是丘吉尔带进政府的第一批人中的一个，因为首相相信，科技的进步将在这场新的战争中扮演重要的角色。雷达已经证实了他的想法。科学家们试图创造可直接摧毁飞行器的"死亡射线"时，得到了这个令人高兴的副产品，尽管对前者的研究本身并不成功。同样，英国方面逐渐熟练于拦截与破解德国空军的通讯电报，这得益于布莱奇利园里开展的工作，在这座政府密码学校的绝密基地，电码破译者已经揭开了德国"恩格玛"密码机的秘密。

林德曼曾在海军部管理过一处办公室，为海军大臣丘吉尔提供尽可能详细的皇家海军每日战备情况。成为首相后，丘吉尔立即让林德曼接管了一个具有更多权限的部门，即首相府统计司，同时任命林德曼为特别科学顾问，正式职衔是首相私人助理。两个角色加在一起，林德曼有权考察任何可能影响战争进程的科学、技术和经济问题。这项任命合情合理，但也必然会在白厅的内阁领地里激起人们的嫉妒。

按照外交部次官贾德干的说法，让事情更加复杂的是，林德曼本人的主要成就即"让所有与他接触过的人团结在一起反对他"。

他身材修长，面色苍白，时常穿前襟挺直的硬领"水煮"衬衫，扎得紧紧的领带束在脖子上。他的脸色与西装的灰色很是相配。他总是戴着一顶很大的黑色圆顶礼帽，穿着带天鹅绒领子的大衣，拎着一把雨伞。他的嘴角总在往下撇，使他脸上永远浮现着一种轻蔑的表情。根据伯肯黑德勋爵的女儿、林德曼的密友和最终的传记作者朱丽叶·汤森夫人回忆，他身上看不出衰老的痕迹，或者更确切地说，他一直很显老。"我想他可能属于那种年轻时候就看上去很老的人，"她说，"然后接下来的二十年里都是一个样。"正是汤森，从儿时起就给林德曼起了"教授"这个绰号。至于人们叫他教授还是那位教授，则完全出于个人偏好。

林德曼身上的矛盾定义了他这个人。他讨厌黑人，但他多年的网球双打搭档刚好来自西印度群岛。他不喜欢犹太人，有次还称一位物理学家同行为"肮脏的小犹太人"，然而却将阿尔贝特·爱因斯坦视为自己的朋友，并在希特勒得势的时候帮助犹太物理学家逃离德国。他在个人好恶上实行双重标准。他的朋友从来不会错，他的敌人永远不会对。一旦划分成立，一生一世都不会改变。约翰·科尔维尔写道："他的记忆不但全面，在记录过去的小事方面更是堪称惊人。"

然而，无论从哪个角度来说，他都很受女人和孩子欢迎。丘吉尔一家都喜欢他，他从不遗漏任何人的生日。他尤其得到了克莱芒蒂娜的青睐，尽管她对与丘吉尔共事的大多数大臣和将军没多少好感。林德曼表面的朴素遮盖着他内心对公众认知的极度敏感，他从来不戴手表，就是因为担心看上去没有男子气概。他费尽心机地不让别人知道父母在他小时候起的乳名：桃子。

他必须在他追求的所有事情上做到最佳，他的网球几乎达到了专业水准，甚至在温布尔登参加过双打比赛。照姐妹琳达所说，他经常和克莱芒蒂娜打网球，但从来没有流露出喜悦。他的内心似乎总在斗争："吃午饭时，桃子闪耀着他那令人惊异的渊博知识，这让一切谈话都成了充满陷阱的噩梦。桃子抱着坚定的决心下棋、打网球、弹钢琴。可怜的桃子，他从来没有真正玩过任何东西。"

由于时机上的差错，他没有出生在英国，而是于一八八六年四月五日出生在巴登－巴登这个德国温泉小镇，林德曼将此归罪于母亲的自私。"他的母亲知道自己产期临近，但仍然选择将他生在德国境内，这对林德曼来说是一生的烦恼之源。"伯肯黑德勋爵写道。林德曼决不肯将自己视为德国人，事实上他痛恨德国，然而因为他的出生地，无论在上次大战还是这次大战中，都有人怀疑他究竟效忠于哪个国家。就连科尔维尔早先也特别指出："他的外国关系令人生疑。"

母亲的另一种持续性影响，同样塑造了后来人们对他的认识。正是她，在林德曼还是个孩子的时候，严格地让林德曼和兄弟姐妹们吃素食。她本人和其他孩子很快都放弃了这种养生之道，只有林德曼带着一种报复性的倔强坚持了下来。一天又一天，他吃着大量的鸡蛋白（从来不吃蛋黄）和用橄榄油制成的蛋黄酱。他是个顶级甜食爱好者，尤其喜爱夹心巧克力，特别是富勒的奶油夹心巧克力。根据他自己的细心测量，他每天食用的糖高达两百克，相当于四十八茶匙。

一九二一年夏天，林德曼和丘吉尔在伦敦的一场宴会中第一次相遇，并且慢慢成了朋友。一九三二年，他们一起前往德国，探访丘吉尔的祖先马尔伯勒公爵曾经战斗过的战场，丘吉尔当时正在写关于他的传记。在驾驶着那位教授的劳斯莱斯（他在父亲死后继承了巨额财富）在乡间闲逛时，他们注意到了一股好战的民族主义暗流。震惊之余，他们开始一起尽可能地收集军国主义在希特勒德国抬头的相关信息，试图警示英国即将来临的危险。丘吉尔的家变成了某种聚集德国内部消息的情报中心。

林德曼对丘吉尔有种志同道合的亲切感。他认为丘吉尔错过了本该成为科学家的使命。丘吉尔则惊叹于林德曼对细节的记忆力，以及他将复杂的主题提炼为基本要素的方式，他经常称教授有着"美妙的大脑"。

按计划，林德曼与琼斯博士在会面伊始讨论了德国是否已经掌握通过无线电波侦测飞机的相关技术。琼斯断定德国人已经做到了这一点，并引用情报来支持他的观点。当会面接近尾声的时候，琼斯换了个话题。那天早些时候发生的一件事让他担心。一位负责监听德国无线电报的同僚，皇家空军的部队指挥官、空军上校 L. F. 布兰迪，把一份在布莱奇利园破解的德国空军电报的副本拿给琼斯。

"你能看出点什么吗？"布兰迪问，"我们这边谁也看不明白。"

这份消息很简短，其中包含两个像是德语的名词，和一个以经纬度标示的地理位置，琼斯尽其所能地将这份信息翻译了过来："Cleves Knickebein 的位置已被确定为北纬 53°24'、西经 1°。"

琼斯大吃一惊。他告诉布兰迪，这份信息对他极其重要。

它恰巧能嵌进他脑海深处已经部分完成的一幅拼图里，而组成那幅拼图的是他这几个月来注意到的一系列情报碎片。一九四〇年三月，在一张从被击落的德国轰炸机残骸中找到的纸上，他见到过一次 Knickebein 这个词，其原文以钻孔的形式被标记在纸上："无线电信标 Knickebein"。最近，在皇家空军的空中情报部门将监听战俘之间的谈话列入日常工作后，他在两个被俘的德国飞行员的聊天录音中听到，他们似乎在讨论一种秘密的无线导航系统。

然后是最新的这份信息。琼斯知道，Knickebein 在英文中的意思是"曲腿"或者"狗腿"，而 Cleves 很可能指德国的一座城镇，它为人所知的拼写方式是 Kleve，即克莱沃。这个城镇里有一座著名的城堡，即施瓦嫩堡，也叫天鹅堡，那里据说是克莱韦斯的安妮在前往英格兰、成为亨利八世的第四任妻子前居住的地方。天鹅堡和罗恩格林骑士被认为影响了瓦格纳，使其得以创作了那部以这位骑士的名字命名的著名歌剧。

突然，这些片段以一种对琼斯来说有意义的方式拼在了一起，尽管他得到的结论看似不大可能。那年他二十八岁。如果弄错了，他会看上去像个傻瓜。但如果他是对的，他的发现将拯救无数人的生命。

经过定位，新近截获的这则信息中所包含的地理坐标，指的是位于英格兰中部工业区城镇雷特福德南面的一个点。如果在克莱沃和雷特福德之间画一条线，可勾勒出一个矢量，而"无线电信标 Knickebein"这个短语表明，其可能是一条飞机航线，或者无线电传输的波束或信标。据琼斯推测，"曲腿"这一含义暗示着某种交叉，因此可能还存在与第一条波束交叉的第二条波束，这样一来，二者便能够精准地标定某个地理位置，或许是一座城市，甚至可能细致到一座独立的工厂。此前，一种利用无线电波束引导商用或军用飞机的技术已经存在，但只能在短距离上帮助它们在能见度较低的情况下降落。这种叫作洛伦茨盲着陆系统的技术以它的发明者、德国的 C. 洛伦茨公司的名字命名，英德两国对它都很熟悉，早已将其用于民用与军用机场。琼斯猛然醒悟，德国空军如今或许能够发射一种类似洛伦茨的波束，它可以横跨英吉利海峡，直指位于英国境内的目标。

这一前景让人深感不安。原本，夜间空袭如果想达到某种程度的准确性，轰炸机飞行员得借助明朗的天空和月光。然而，如果有了琼斯所设想的这样一个系统，德国轰炸机就可以在任何一个夜晚在英国上空出没，不必等待月光最亮的满月或者凸月月相，哪怕在让皇家空军的战斗机停飞的气候条件下也不例外。皇家空军相信自己可以对抗在白天进行的空袭，但在夜间，即使英国有雷达网，我方也很难发现敌机并与之交战。空战需要直接看到敌机，而地面雷达的精确度根本无法将皇家空军飞行员带到足以看到敌机的距离。等飞行员接收到战斗机司令部控制台发来的雷达定位，德国轰炸机可能早已飞到其他位置，其海拔高度和方向都可能已有所变化。

此刻，在上午与那位教授的会面中，琼斯说明了他的理论。他很兴奋，确信自己无意间发现了德国新的秘密技术。但和往常一样面色铁青、表情平淡、嘴唇下撇的林德曼告诉他，他提出的设想是不可能的。传统的盲着陆波束只能直线传播，这意味着，由于地球的弧度，一旦来自德国的波束穿过所需的二百英里甚至更长距离抵达英国境内，其在给定目标的上空的高度，将超过现今飞得最高的轰炸机所能达到的高度。这一观点已成公论。而一旦林德曼有了某种确信，任谁都很难改变他的想法。正如他的亲密助手罗伊·哈罗德所说："我从来没有见过任何人像他那样，一旦确信了自己的推理，就会如此深切、毫不动摇地坚持下去。"

被浇了一瓢冷水的琼斯没有放弃，他回到自己的办公室，考虑着接下来该如何行动。他安排了第二天与林德曼再次会面。

星期四上午十一点，丘吉尔再次飞往法国，这将是他与法国领导人最后一次面对面会晤。他带着哈巴狗伊斯梅、哈利法克斯、贾德干和英国法军联络员爱德华·斯皮尔斯少将，甚至还有比弗布鲁克勋爵，这让英国政府中最重要的一群人再度陷入危险。他们即将着陆的位于图尔的机场刚刚在前一天夜里遭到轰炸。对玛丽·丘吉尔和她的母亲来说，这次飞行意味着又一天的焦虑。"我真讨厌他去那里，"玛丽在日记中写道，"我们都有种可怕的预感，那就是法国会屈服。哦，天啊！法国不能这么做！她必须坚持——她必须坚持。"

机场已经被遗弃，满目荒凉，到处是前一天晚上空袭留下的弹坑。法国飞行员在机库里懒洋洋地待着，对新的来访者漠不关心。丘吉尔走到一组飞行人员身边，用蹩脚的法语介绍自己是英国首相。他们给了他一辆小型游览车，丘吉尔好不容易才坐了进去，更不要说身高六英尺五英寸的哈利法克斯了。像滑稽剧里的人物一样塞进汽车之后，他们向当地的省政府开了过去，法国中央政府的当地代表就驻扎在此。在那里，他们只找到两位官员，法国总理雷诺和外交部副部长保罗·博杜安。雷诺坐在一张书桌后面。丘吉尔挑了张很深的扶手椅，坐下去之后几乎看不到人。

　　和上次在布里亚尔的会见不同，丘吉尔没有努力做出友善的样子。他看上去"极度严肃和全神贯注"，斯皮尔斯少将写道。哈巴狗伊斯梅也不再是可爱的人形犬科动物，他的脸上同样极其严肃。比弗布鲁克在衣服口袋里丁零当啷地玩弄着硬币。"就好像想要摸索一枚用来给某人小费的硬币。"斯皮尔斯评论道。勋爵的脸涨得通红，所剩无几的头发乱糟糟的。"他圆圆的脑袋看上去像是一枚炮弹，随时都会借着他那具矮小、绷紧的身体所提供的弹力，向雷诺发射过去。"

　　法国人显然下定决心打算投降，似乎急着让会晤赶快结束。这时，雷诺说，一切都取决于美国会怎么做。他计划立刻给罗斯福发电报。"眼下，"他指出，"我们唯一可以选择的行动，即以最坦率的方式将当前形势告知美国总统。"

　　丘吉尔表示同意，然后他要求单独与自己的同僚们谈谈。"Dans le jardin!"[①] 他发出了命令。他们退到了一个由狭窄的小径包围着的荒凉的长方形花园，不停地绕圈行走。"我相信人人都震惊得说不出话来，"斯皮尔斯写道，"我无疑也是这样。"

---

① 法语，意为"我们去花园！"

比弗布鲁克突然打破了沉默。他说，他们现在唯一能做的，无非是等候罗斯福的回音。因为担心丘吉尔会轻率地再次答应派遣皇家空军战斗机中队，比弗布鲁克劝他不要做任何最后时刻的承诺。"我们在这里什么用也没有，"他说，"事实上，听雷诺的那些唠叨有害无益。我们回去吧。"

他们在日暮中回到了英格兰。

为了第二次会见那位教授，年轻的琼斯博士进行了更充分的准备。琼斯知道，马可尼公司的资深研究工程师、英国顶尖的无线电波专家托马斯·L. 埃克斯利曾写过一篇简短的论文，他在其中计算出，有种极细的波束确实可能随着地球的弧度而弯曲，这样的话，就可以通过控制它来为从德国飞向英国的轰炸机导航。这次，琼斯随身带上了埃克斯利的论文以及一些新情报。

为做进一步的准备，琼斯联系了一位朋友兼同事、主管审讯德国空军乘员的空军上校塞缪尔·德尼斯·费尔金。琼斯知道，最近被击落的轰炸机带来了新的可供审问的飞行员战俘，他请费尔金在审讯中加上一些与波束制导技术特别相关的问题。

费尔金照办了，但这些直接的问题没有带来任何新信息。不过，费尔金开发了一条从战俘那里有效获取情报的新途径。在审讯结束后，他会把被审讯对象和飞行员战友再次关在一起，然后用隐藏起来的麦克风偷听他们对审讯过程和其间所问问题的讨论。在把其中一位新战俘送回牢房后，费尔金监听到那个战俘对狱友说，无论皇家空军费多大的劲，他们永远也别想找到"那台设备"。

这当然激起了琼斯的好奇心。战俘的话间接证实了琼斯的猜想是正确的，同时也揭示，这种装置可能就藏在不起眼的地方。

英国研究者在检查了去年秋天被击落的一架轰炸机后曾做过一份

技术报告，其机型恰好与该战俘驾驶的是同一种，琼斯立即申请查阅该报告的复印件。琼斯重点关注了它的无线电设备。一台仪器引起了他的注意，技术报告认定那是一台盲着陆接收机。这本身并无令人吃惊之处，因为一切德国轰炸机都装备着标准的洛伦茨盲着陆系统。报告中记录，一位工程师在皇家飞机制造厂（一个实验性的飞机制造单位）对这台仪器进行了仔细检查。

琼斯给那位工程师拨去电话。

"告诉我，"他说，"这台盲着陆接收机有什么不寻常的地方吗？"

那位工程师说没有，接着修正了答案。"不过，既然你这么问，"他说，"我想起来了——它的灵敏度远远超出了盲着陆的需要。"

琼斯推断，这台仪器或许被调到了某个特定的频率，而如果他的预感正确，该频率必定正处于新波束系统的操作范围内。

尽管林德曼通常都会坚持自己的立场，但他也接受冷静的科学逻辑。倾听一位二十八岁的科学家根据几件间接证据提出德国可能存在秘密的新型导航技术是一回事，但看到一位顶级专家以清楚、确定的数字计算证明，基础无线电物理学能够为建立这样一个系统提供理论支持，则完全是另一回事。并且，琼斯收集的那些新证据的确也很有说服力。

林德曼现在认识到，如果德国空军真的驾驭了这种新技术，无疑是可怕的进步。照琼斯的推测，这种波束可以让一架飞机飞到距离某个目标四百码之内，准确得令人吃惊。

利用能与丘吉尔直接取得联系的权力，林德曼当天便撰写了一份直送首相的紧急备忘录。正是这种拉斯普京式的亲密联系，让林德曼在同级别的官员中引发了极大的怀疑和嫉妒。他手握被新授予的崇高权力，一切事务现在都在他的管辖权限之内。他可以检视政府最遥远的角落，按照自己的意愿质疑任何人或事，甚至对发展新武器和军事战略提出意见，这无疑会扰乱大大小小的官僚们的生活。"他倔得像头骡子，而且不肯承认世界上存在他没有资格解决的问题，"哈巴狗伊斯梅回忆道，"他今天可以就高层战略写一份备忘录，明天可以就蛋类生产发表一篇论文。"从林德曼的办公室传来的说明和会议记录，到该年年底已经超过了二百五十份，其涉及范围之广，可以从硝酸甘油、木材供应一直到秘密防空武器等。这些文件经常促使丘吉尔要求各位大臣采取新举措，给他们已经压力重重的生活雪上加霜。人们永远不会知道，在某次会议上，丘吉尔是否会因林德曼的预谋突然挥舞起一把统计学的利剑，切除某个需求或论点，抑或干脆就是林德曼本人用他那沉静、刺耳的声调进行诸如此类的剐割。随着林德曼在工作上越来越得心应手，他会在自己的便笺上附上一份备忘录草稿，供丘吉尔以首字母签名，该草稿基本上以丘吉尔的口气撰写，小心地掩盖着他自己在其中的角色。

但这正是丘吉尔想从林德曼身上得到的：挑战正统的、行之有效的规范，从而激发更高的效能。那位教授乐于提出一些能够颠覆传统信念的想法。有一次，当他与同事唐纳德·麦克杜格尔一起散步时，他看到了一张劝告人们"关紧正在滴水的水龙头"的海报。通过劝告节约用水，这份广告最终期望的是减少为自来水配给系统提供能量的煤炭用量。于是，那位教授便开始边散步边计算起了制作生产海报的纸张所需的能量、纸浆和运输成本。麦克杜格尔回忆道："当然，教授最初的怀疑是对的，把一切都加起来，海报的总花销比人们按照海报的劝告能够节约下来的要多得多。"

在写给丘吉尔的有关琼斯博士的发现的备忘录中，林德曼仍然保持着冷静、平和的口吻。他写道："似乎有某些理由证明，德国人已经有了某种他们希望用来找到目标的无线电装备。"这种技术的确切性质尚不清楚，但他假定其中涉及某种波束，或者间谍安装在英国的无线电信标。无论如何，林德曼写道："调查，特别是找到它的波长至关重要。如果我们知道波长，就能想办法误导他们。"他请求丘吉尔允许他"与空军部讨论此事并尝试部署行动"。

丘吉尔在第一时间严肃处理了这一信息，后来他曾回忆，这条消息让他"痛苦又震惊"。他将教授的备忘录转发给空军大臣阿奇博尔德·辛克莱，并附上了一份手写的便条："此事似乎极为新奇，希望你能够彻查。"

丘吉尔的旨意一旦下达，人就好像受到了鞭子的抽打。辛克莱尽管不情愿，还是立即采取了行动，并指定了一位空军部高级官员来研究琼斯的理论。

现在，丘吉尔一家搬家的日子到了。六月十四日星期五，随着被罢免的首相张伯伦终于离开唐宁街十号，丘吉尔一家开始把他们的个人物品从海军部大楼搬进新居。克莱芒蒂娜负责指挥此次行动。

搬家在任何时代都是一项令人紧张的事务，而在法国即将陷落、入侵随时可能开始之际，人们自然更加紧张。然而，在搬家前几天，克莱芒蒂娜的朋友维奥莱特·博纳姆·卡特（曾经的疑似情敌）在海军部大楼喝茶时发现，克莱芒蒂娜似乎对此得心应手。房子仍有着完整的装修和布置。"这里看上去清新且甜美，到处是花朵，所有迷人的画作都被擦得铮亮，"她在六月十一日的日记中写道，"克莱米绝对和她平时一样——快乐、非常甜美，而且总比期待中的更有趣一些。"

搬家用了好几天，其间，玛丽和克莱芒蒂娜在卡尔顿酒店过夜，这里也是那位教授的临时住处。为了避开家里的混乱，丘吉尔和比弗布鲁克勋爵一起住在后者位于伦敦的斯托诺韦大厦，那里是飞机生产部的总部。

丘吉尔一家为唐宁街十号带来了一位新的家庭成员：海军部的黑

猫纳尔逊，它以特拉法尔加海战中的英国英雄霍拉肖·纳尔逊海军中将的名字命名。丘吉尔非常喜欢这只猫，经常带着它在房子里转悠。据玛丽说，纳尔逊的到来在一定程度上引起了一场猫科动物的冲突，因为纳尔逊不断骚扰着原本住在唐宁街十号的那只绰号"慕尼黑探长"的猫。

当然，和所有家庭一样，这个新家有很多事情要安排，一份唐宁街十号的物品清单可以说明克莱芒蒂娜需要处理的事务何等烦琐：葡萄酒杯和平底玻璃杯（用来喝威士忌），葡萄柚玻璃杯，肉盘子，筛子，搅拌器，餐刀，水壶，早餐杯和杯托，用于捆扎家禽的针，卧室用玻璃水瓶和平底玻璃杯，三十六瓶家具抛光剂，二十七磅石炭酸皂，一百五十磅樱草香皂（条状），七十八磅布朗温莎皂（这是拿破仑和维多利亚女王的最爱），鬃毛刷子和毛掸子，尤班克自动扫地机，壁炉刷，跪垫，拖把、拖把杆和特别的多功能拖把头；此外还有鹿皮，八磅碎布，以及二十四打用来点燃壁炉和雪茄的火柴。

"张伯伦一家走后，宅子里很脏，"玛丽在第二天的日记里写道，"而妈咪离开海军部大楼的房子时，那里就像崭新的大头钉一样锃亮。"

玛丽非常喜欢她的新家，特别是这里的庄重气氛。漆成黑色的前门由一名身穿制服的门卫和一名警察看守，门上还有一个狮子头门环。丘吉尔的私人书房和著名的内阁会议室位于一层，被威严沉静的氛围所笼罩，好像英国历史的积淀掩盖了一切日常生活的喧闹。他的油画挂在大厅里。

家庭住宅区位于二层，走廊的墙壁被涂成了蛋壳蓝，地上铺着番茄色的地毯。透过框格窗可以俯瞰花园、院子后门和皇家骑兵卫队阅兵场，这座砾石铺成的宽阔广场通常用于举办重大仪式。玛丽认为，这一层有点像是乡间宅院。与在海军部大楼一样，丘吉尔和克莱芒蒂娜分睡在不同的卧室里。

玛丽特别喜欢分配给她的房间。"妈咪给了我一间可爱的卧室和起居室，以及最宽敞的衣橱（后者特别具有好莱坞风格）。"她写道。

　　由于父亲是首相，她现在位于一切事务的中心。这一切浪漫极了，令人激动。尽管要不了多久，德国空军就会把她从自己可爱的房间里驱逐出去，甚至从伦敦这座城市里驱逐出去，但从她的日记内容来看，这一想法当时根本没有进入她的脑海。

　　为履行对法国的承诺，六月十五日星期六下午晚些时候，丘吉尔口授了一份电报给罗斯福总统，饱含着他迄今最热切的恳求。

　　一如既往，口授的过程是对在场者耐性的极大考验，承担这一任务的通常是首席贴身秘书希尔夫人和一位私人秘书，这次是约翰·科尔维尔。正如科尔维尔后来描述的那样："看着他组织一份口授电报或者备忘录，会让人觉得是在现场等待孩子出生。他的表情极为紧张，焦躁不安地来回踱步，呼吸时发出的声音非常奇怪。"

　　对于这样一份敏感的电报，措辞需要特别小心：

　　"我理解美国公共舆论和国会施加给您的所有难处，"丘吉尔口授道，"但事态正在急剧恶化，照这样发展下去，一旦其最终成形，它将超出舆论的控制。"法国正面临生存危机，而美国是唯一能够影响其未来的力量。"一份美国将在必要时参战的声明或许就能拯救法国，"他说，"如果得不到这一支持，法国的抵抗或许几天后就会崩溃，我们将四立无援。"

　　但深陷危难的远不止法国，他补充道。他还提起英国的暗淡前景，英国可能会屈服于希特勒的影响。他警告说，一个亲德的新政府可能会取代由他领导的政府。"如果我们倒下了，您或许会看到一个听命于纳粹的欧洲合众国。与美利坚合众国相比，它的组成部分多得多、强大得多、武器装备也先进得多。"

他重复了早先的请求，希望美国能派遣驱逐舰壮大皇家海军，并附上了一篇文章，详细说明了鉴于即将发生的入侵，英国对这些驱逐舰的需求何等迫切。这篇文章呼应了英国国土防卫军指挥官艾恩赛德将军先前对反向的敦刻尔克的担心，它警告说，德国从海上的入侵"极有可能通过大量的小型船只分头登陆，抗击这种行动的唯一有效方式，就是让大量可作战的驱逐舰持续巡逻"。文章转而提醒道，皇家海军只有六十八艘驱逐舰可用，因此，获取更多驱逐舰非常关键。丘吉尔写道："这确实是一个可以立即实施的绝对实际的步骤，我真挚地请求您仔细做出权衡。"他称接收这些驱逐舰是"一个生死攸关的问题"。

完成这封电报和另一封致加拿大和英国其他殖民地总理的电报后，丘吉尔转向约翰·科尔维尔，打趣道："如果语言有效，我们现在就该赢了。"

尽管同情英国，但罗斯福仍然受限于中立法案和美国公众的孤立主义倾向而无能为力。

此后不久，科尔维尔发现自己突然被带到乡间度过了一个周末，而他所来到的这个地方，正迅速成为丘吉尔的秘密武器：位于伦敦西北四十英里处的白金汉郡的首相官邸契克斯。

十二 百无聊赖的鬼魂

在越来越浓的暮色中，三辆黑色戴姆勒汽车高速穿过乡村。丘吉尔喜欢乘车疾驰。凭借运气和胆量，他的司机能够在一小时内从唐宁街开到契克斯；如果司机能在五十分钟内开到，那便是需要闯红灯与无视先行权的壮举，他将得到丘吉尔慷慨的赞扬。据说在一次回程中，他的车速达到了每小时七十英里，而这是一个汽车上没有配备安全带的时代。丘吉尔的车后座总是坐着一位陪同的打字员，对此人来说，这样的旅行可以说是令人毛骨悚然。秘书伊丽莎白·莱顿描述后来的一次经历时说："我坐在那里，一边腿上平放着书，潦草地记录，左手抓着备用铅笔、他的眼镜盒或一支多余的雪茄，有时还得用脚让他宝贵的公文箱保持开启，否则它就会在我们转过街角时'啪'的一声关上。"速记只有在汽车上才被允许，其他时候，丘吉尔的口授必须用打字机记录。

汤普森探长也会随行，当他靠近那所房子时，他的焦虑加剧了，这里在他看来是开展刺杀行动的理想位置。这幢姜黄色砖墙的都铎时代的大型宅邸，一九一七年被它的前主人阿瑟·李爵士当作精心的礼物赠予政府，从那时起，这里成了英国首相的官方乡间宅院。"即使是一名身体健康而且持有左轮手枪的警察，在这里也会感到非常孤独，"汤普森写道，"以及非常不安全。"

车队通过一道大铁门进入庭院，大门两侧都是砖房。冷溪卫队的士兵们在庭院里巡逻；警官们在门房里值班，他们截停汽车以核实身份。就连丘吉尔的司机也接受了盘问。然后，几辆车沿着一条名为胜利路的笔直长路向前开去。

若是和平年代，成排的高大窗户会被温馨的琥珀色灯光所填满，但现在，遵照全国范围内严格的灯火管制规定，这里只剩下一片黑暗。汽车进入一个半圆形车道，在房子东边的主入口前停了下来，一行人在那里受到格雷丝·拉蒙特小姐的欢迎。被人们称为"蒙蒂"的这位苏格兰人，自一九三七年起就为首相房客们管理着这幢房子，她的官方头衔是"女管家"。

作为李的地产捐赠条件，这所房子不得用于工作，只能作为休息与恢复的场所。李写道："暂且不说那些微妙的影响，我们的统治者越是健康，他们就越能理智地管理这个国家，我们希望，每周在奇尔特恩的丘陵和森林的纯净空气中度过两天时光，会真正有益于这个国家和被选中的领导者。"

这确实是个充满田园气息的地方。"快乐的首相们，无论你们沿着哪条路走，都会有清新的美景扑面而来。"一位早期房主的后代休伯特·阿斯特利写道。这幢房子坐落在奇尔特恩的一道浅浅的山谷里，三面环绕着高地，高地上是一条条可以让步行者在紫杉树篱、池塘和由山毛榉、落叶松和冬青组成的杂树林中漫步的小径，粉蓝色的蝴蝶优美地在树丛中翩翩飞舞。这座庄园所享有的美丽的森林之一是远途森林，一大群兔子快乐地生活在这里。紧邻远途森林的地方有一片槌球草坪，它让热心而且高要求的玩家克莱芒蒂娜非常高兴。丘吉尔将很快开发出槌球草坪的第二种用途——测试新奇的军事武器，其中有些是那位教授的心血。房舍南端是一个古老的日晷，上面镌刻着阴郁的铭文：

汝等时日无多，生命旋将陨落。

唯有一事了然：

汝之房舍山峰，可随岁月不变。

　　前门开向一条通往大会堂的通道，会堂的墙壁与整座房子等高，墙上展示着三十幅大型油画，其中包括伦勃朗的《数学家》（这幅画后来被认定是伦勃朗的一名学生完成的）。整座宅邸都展现着英国历史的宏伟历程，但只有在三楼的长画廊里，人们才最能触及遥远的过去。这里摆放着拿破仑·波拿巴在流放圣赫勒拿期间使用过的桌子。在一个大壁炉架上，安置着两柄曾经属于奥利弗·克伦威尔的利剑，其中之一据说曾伴随他参与了一六四四年的马斯顿荒原战役。壁炉的左边悬挂着他在战场上写下的愉快的信件，"上帝让他们成为我们剑下的残渣"这一名句正出自其中。

　　这所房子并不符合每个人的口味。劳合·乔治不喜欢它位于山谷，因为这限制了观赏乡间景色的视野。他说，这所宅子里"满是百无聊赖的鬼魂"，而照他所想，这一点或许正可以解释为什么他那只叫"庄"的狗常常在长画廊里吠叫。一九二一年二月，丘吉尔曾在劳合·乔治当政时造访此，这次访问想必进一步增添了他对有朝一日荣升首相的渴望。"我来了，"他写信给克莱芒蒂娜介绍这次访问，"你会想看看这里的。也许某天你就会看到它！这正是你喜爱的那种房子——一座用嵌板装饰的博物馆，凝聚着历史，装满了珍宝——虽说不够暖和——但无论如何都堪称是种美妙的占有。"

　　丘吉尔很快就证明，他无意遵守尊敬的阿瑟·李有关首相在这里应该把工作抛到脑后的要求。

六月十五日星期六的晚餐开始于九点三十分。得知那位教授将来这里做客，厨师为他准备了特殊的餐食，以适应这位素食者的口味。芦笋煎蛋、生菜沙拉和去皮后切片的西红柿是他的最爱。总之，任何可以与鸡蛋和橄榄油蛋黄酱搭配的食物他都很喜欢。克莱芒蒂娜不介意略微改动一番厨房里的设备，以符合教授的习惯。"我母亲处理了无尽的麻烦，"玛丽回忆道，"她总会给教授做些特别的、不同的菜肴，这些菜永远都是鸡蛋做的，然后教授还会仔细地把蛋黄拣出来，只吃蛋白。"除了饮食，他是个很随和的客人。"从来不必担心教授，"玛丽写道，"娱乐方面他很好照顾，他会自己去打高尔夫、工作、启发爸爸，或者去打网球。总的来说，他是个很棒的客人。"

尽管颇受欢迎，玛丽对他还是有所保留。"我一直有些害怕挨着教授坐，他总是不苟言笑，而且，对年轻人来说，他有点无趣。我在教授身边总是不太自在。毫无疑问，他很迷人，"她评论道，"但完全是种不同的生物。"

那个星期六的晚上，克莱芒蒂娜和玛丽都不在场，可能是选择留下来继续搬家，以及让纳尔逊住进唐宁街十号。留下的客人有丘吉尔的女儿黛安娜和她的丈夫邓肯·桑兹，还有始终在场的约翰·科尔维尔。那位教授因为担心在洗澡的路上遇到他人，从不留下来过夜，他更喜欢自己位于牛津大学的私密而舒适的房间，或工作日在卡尔顿酒店的新住所。

在大家走进餐厅前不久，科尔维尔接到了一通在伦敦值班的私人秘书同僚打来的电话，报告了迄今为止来自法国的最可怕的消息。法国现在公开要求获许自行与希特勒谈判媾和，这违反了此前的英法协议。科尔维尔把消息传达给丘吉尔，"他的情绪立刻变得非常低沉"。契克斯的气氛瞬间变得非常悲痛，科尔维尔写道："晚餐在悲凉的气氛中开始，温斯顿飞快地、贪婪地吃着食物，他的脸几乎贴着盘子，时不时地向正安静地享用素食的林德曼提些技术问题。"

焦虑又阴郁的丘吉尔清楚地表示：至少现在，他对日常的晚餐谈话没多少兴趣，只有林德曼值得他注意。

最后，宅邸工作人员送上了香槟、白兰地和雪茄，它们奇迹般地让气氛变得轻松起来了。就像哈利法克斯勋爵的妻子多萝西过去注意到的那样，丘吉尔在饮酒和进餐期间的复苏仿佛是种模式，宴会开始时总是"阴沉沉、暴躁、心不在焉的"，她写道，"但在香槟和美味食物的作用下，他会变成另一个人，成为一个兴高采烈、妙趣横生的同伴"。有一次克莱芒蒂娜批评他喝酒太多，他告诉她："克莱米，请你永远记住，我从酒精那里得到的东西，超过了酒精从我这里得到的。"

谈话变得活跃起来了。丘吉尔开始大声朗读来自帝国遥远地域的支持电报，既是为了鼓舞他自己，也是为了让其他参加聚会的人振奋起来。他冷静地评论道："如今，这场战争对我们来说一定会是场腥风血雨，但我希望我们的人民会站起来抵抗轰炸，那帮匈奴人①不会喜欢我们给他们的打击。可悲的是，我们在上次大战中取得的胜利被许多软弱者葬送了。"他所谓的"软弱者"指的是张伯伦绥靖政策的支持者。

这群人走到外面的庭院里散步，丘吉尔、女婿邓肯和汤普森探长去了玫瑰园，科尔维尔、教授和黛安娜则朝着房子的对面走去。太阳在九点十九分落山。明亮的月亮正在升起，现在是盈凸月，五天后就是满月。"月色明亮，温暖宜人，"科尔维尔写道，"但房子周围到处都是戴着锡头盔、步枪上安着刺刀的哨兵，这让我们充分意识到现实的恐怖。"

---

① 对德国人的蔑称。1900 年 7 月 27 日，威廉二世在对德意志帝国军队的演说中曾自比匈奴人，这次讲话因此也被称为"匈奴演说"。

科尔维尔经常被叫去接电话，每次通完电话都得去找丘吉尔，按他在日记里的说法，"在玫瑰丛中寻找温斯顿"。他告诉丘吉尔，法国人越来越倾向于投降。

丘吉尔说："告诉他们……如果他们让我们拥有他们的舰队，我们将永志不忘。但如果他们不和我们商议就投降，我们将永不宽恕。我们会把他们的名字抹黑，一千年不变！"

他停顿了一下，接着补充道："当然，现在先别这么说。"

尽管有这些消息，丘吉尔的心情仍在好转。他分发着雪茄，火柴在黑暗中一闪而过，当雪茄烟头燃起微光时，他背诵起诗来，并兴致盎然地讨论战争。时不时地，他还唱起由男声二人组弗拉纳根和艾伦演唱的一首流行歌曲的副歌部分：

> 砰砰砰砰，农夫枪声响亮，
> 逃逃逃逃，兔子拼命逃亡。

后来的战争期间，当弗拉纳根和艾伦把歌中的"兔子"改成"阿道夫"后，这首歌变得比原来流行不知多少倍。

美国驻英国大使约瑟夫·肯尼迪打电话找丘吉尔。科尔维尔到花园里去请首相。丘吉尔的举止立即变得更加庄重，他向肯尼迪大肆抒发了"一番有关美国在拯救文明中可以且应该发挥的作用的雄辩言辞"，科尔维尔在他的日记中如此写道。丘吉尔告诉美国大使，美国关于财政和工业支持的承诺成了"历史舞台上的笑柄"。

凌晨一点，丘吉尔和客人们聚集在中央大厅里。丘吉尔躺在一张沙发上抽起了雪茄。他讲了几个荤段子，又谈到增加皇家空军战斗机产量的重要性。

凌晨一点三十分，他起身回房间睡觉，并对其他人说："晚安，孩子们。"

当夜，科尔维尔在日记中写道："这是我经历过的最富戏剧性、最美妙的一夜。"

十三　毁损

　　星期日上午七点三十分，科尔维尔一得知丘吉尔醒来就给他带去了法国形势的最新报告，内容来自早些时候的电话和通讯员发来的文件。科尔维尔将消息带到丘吉尔的房间。丘吉尔还在床上，"穿着丝绸背心，看上去像一头相当漂亮的猪"。

　　丘吉尔决定当天十点十五分在伦敦召集一次内阁特别会议。就在丘吉尔在床上吃着早餐时，整个房子运转了起来：贴身男仆索耶斯在给他放洗澡水；希尔夫人准备好了手提打字机；汤普森探长检查着是否有刺杀者的迹象；丘吉尔的司机备好了车；科尔维尔跑去穿衣收拾行装，并匆匆吃完了早餐。

　　他们在大雨中赶回伦敦，汽车雨水飞溅地闯过红灯，沿着林荫路疾驰。整个旅途中，丘吉尔都在对希尔夫人口授备忘录，并给科尔维尔及其私人秘书同僚们安排了够忙一上午的工作。

　　丘吉尔恰好在内阁大臣们集结的时候抵达唐宁街十号。会议形成了一份中午十二点三十五分发给法国的电报，授权法国仅代表自己询问休战协议的条款，"但前提，唯一的前提，是法国舰队在谈判前即刻驶向英国港口"。这封电报清楚地表明，英国计划继续战斗，而且不会参与法国寻求的任何对德谈判。

　　丘吉尔知道法国已败。他现在最在意的是法国的舰队。它似乎很可能落入希特勒之手，如果真是这样，公海上军事力量的均衡态势就会被打破，而英国至少目前在这方面还占有优势。

星期日，那位教授和空军情报处年轻的琼斯博士出席了皇家空军中将菲利普·朱伯特在伦敦召集的一次皇家空军夜间拦截委员会会议，进一步就琼斯有关德国新型导航波束系统的初步发现展开了讨论。丘吉尔因其他事务的羁绊未能参加，但他的兴趣起到了明显的推动作用。这个此前多少属于学术范围的课题，现在成了明确的调查目标，详细的任务被指派给多位军官。

琼斯写道："与我一个星期前无所作为的情况相比，现在的变化多大啊！"

但对琼斯所提出理论的怀疑依然存在。会议中的一位关键人物、战斗机司令部司令、皇家空军上将休·道丁，将琼斯的发现描述为"一些相当模糊的证据"的组合。另一位怀疑者，空军部的著名科学顾问亨利·蒂泽德则写道："我可能是错的，但在我看来，对这一近期所谓德国对付我国的方法感到紧张并无必要。不可能有人以这种方式对选定的目标实施精准轰炸。"

然而，那位教授确信这件事十分紧急。林德曼再次致函丘吉尔，这一次是催促他发出指示："相较一切其结果对未来三个月的生产没有影响的研究而言，此事在资源消耗、人员调用上均应更为优先。"

丘吉尔同意了。他在林德曼的便笺上匆匆写道："让这一计划顺利进行。"

琼斯很快便听到传闻，说丘吉尔认为这一问题非常重要，并计划在唐宁街十号就此召集一次会议。

对琼斯来说，这几乎难以置信，很可能是他在空军情报处的同事们串通好的一个公开的恶作剧，在他看来，这些人开玩笑的技艺已经磨炼得炉火纯青，琼斯本人就被公认是这方面的佼佼者。

六月十七日星期一，"已知的不测"最终成真。法国沦陷了。丘吉尔的内阁于上午十一点开会，此后很快得知，当天接替雷诺成为法国领导人的菲利普·贝当元帅已命令法国军队停战。

会后，丘吉尔独自走进唐宁街十号的花园，背着手低头踱步——并非沮丧，并非畏缩，而是沉思。科尔维尔看着他。"他无疑正在考虑怎样才能最好地挽救法国的舰队、空军和殖民地，"科尔维尔写道，"我敢肯定，他会依然无所畏惧。"

从丘吉尔那天晚些时候发给贝当和马克西姆·魏刚将军的电报判断，情况似乎确实如此。他以讽刺意味的奉承开头："我愿对你们再次申明我的坚定信念，即杰出的贝当元帅与著名的魏刚将军，我们在两次大战中对抗德国人的战友，决不会将精良的法国舰队送给敌人，伤害他们的盟友。这等行为将毁损"——毁损（scarify），这是一个丘吉尔只有在关键的外交场合才会使用的古老词语——"将毁损他们在一千年历史中的名誉。然而，当这些承载着法国荣耀和未来希望的舰队，浪费了这本该安全驶向英国和美国港口的珍贵的几个小时，这一结局也许会轻易地到来。"

当天下午一点，有关法国的新闻首先在 BBC 播出。国内情报处报道称，公众的反应"是困惑与震惊，但几乎并不意外。全国各地都传来了迷惘和极度担忧的报告"。人们普遍担心，英国政府可能"流亡海外"或干脆放弃。"有些人觉得一切都完了。"人们最关心两个问题，其一是滞留在法国的士兵怎么办，"是否可能有第二次敦刻尔克？"，其二则是法国的空军和海军会怎么样。报告称，丘吉尔或者国王当晚站出来发表讲话至关重要。

当听到 BBC 的广播时，苏格兰场职员、大众观察组织的日记作者奥利维娅·科克特正在工作。"可怜的法国！"她在下午三点四十分写道，"一点的新闻对我来说如同晴天霹雳。我曾一遍又一遍说过，我不相信法国有一天会向德国屈服。我们全都陷入了一片死寂。"下午茶服务到了。科克特不像其他英国人那样痴迷于茶，但她今天说："今天，我很感激有一杯茶。"随后的一小时，她"含着眼泪颤抖着"。

在唐宁街十号和白金汉宫，人们却热情拥抱着这种新来的明确感。"私底下，"国王在给母亲玛丽王太后的信中写道，"我现在更高兴了，因为我们现在不再需要礼数周全和无微不至地关照盟友了。"皇家空军上将道丁情绪高涨，法国的投降对他而言意味着一个持续性威胁的终结：丘吉尔再也不会因为鲁莽与慷慨就决定派遣战斗机进入法国，造成空军力量的无谓消耗了。法国屈膝投降之后，德国空军对英国的大规模空袭必定会发生，每一架英国的战斗机都需要用来对抗德国。道丁后来对哈利法克斯勋爵坦言："不怕告诉你，听到法国垮台的消息，我跪下来感谢上帝。"

然而，所有这些宽慰的感觉，一旦认识到法国的崩溃将会如何从根本上改变战略格局，都会骤然失声。德国空军现在肯定会把机群转移到海峡沿岸的机场。入侵的威胁似乎不仅切实，而且近在眼前。英方预计，最初的入侵将始于德国空军的猛烈突击，造成人们尤为恐惧的"致命"一击。

当天下午传来了更多坏消息。正当丘吉尔静静地坐在唐宁街十号的内阁会议室里时，他得知，充当运兵船的大型丘纳德邮轮"兰开斯特里亚号"遭德国飞机袭击，三枚炸弹击中了邮轮并使其着火。这艘满载着六千七百多名英国士兵、机组人员和平民的邮轮，在短短二十分钟内彻底沉没，至少四千人丧生，远远超过"泰坦尼克号"和"卢西塔尼亚号"遇难人数之和。

这条新闻实在太过沉痛，且紧随着法国投降发生，丘吉尔因此禁止媒体加以报道。"至少在今天，报纸上的坏消息已经够多了。"他说。然而，考虑到另外两千五百名幸存者很快就会回到英国，这实在是一次审查上的失误。五周后的七月二十六日，《纽约时报》爆料了这一事件，英国媒体紧随其后。据国内情报处称，政府从未承认这一沉船事件的事实，导致公众对政府的不信任感急剧上升。"批判政府对'兰开斯特里亚号'新闻的压制是大量不利舆论的主题。"国内情报处在一份日报中如此宣称。缺乏透明度引发了公众"对还有其他坏消息遭到隐瞒的担忧……而且，由于这条新闻在美国报纸报道之后才得以公布，人们不禁觉得，要不是美国媒体，这条新闻还会被继续隐瞒下去"。

事实上，死亡人数可能远高于最初的报道所披露的数字。乘船的具体人数从未得到查明，但可能高达九千人。

然而，从飞机生产部传来了好消息。六月十八日星期二，比弗布鲁克勋爵第一次向战时内阁报告飞机产量，结果令人震惊：从他的工厂中每周产出的新飞机多达三百六十三架，而过去只有二百四十五架。发动机的产量也大幅飙升，从原来的每周四百一十一台提高到了六百二十台。

但他没有报告的是（至少没有在会议上报告），取得这些成就的代价，是他本人的精神与健康状况，以及丘吉尔政府内部的和谐都遭到了损害。比弗布鲁克刚一上任就与空军部发生了冲突，因为他认为空军部不仅建造飞机的方式陈腐，在部署和装备方面也过于墨守成规。他对空战有自己的见解，他的儿子马克斯，又被称为"小马克斯"，是一位身材高大、极为英俊的战斗机飞行员，入伍不久就赢得了杰出飞行十字勋章。比弗布鲁克不时会邀请他和他的飞行员战友到家中喝酒谈天。每天晚上八点前，比弗布鲁克都生活在担忧之中，直到小马克斯打电话向他报平安。

比弗布鲁克想要掌控一切：生产、维修、仓储。然而，空军部始终认为这些职权专属于他们自己。空军部当然想得到尽可能多的飞机，但他们通常都会因对比弗布鲁克的干涉感到愤怒，尤其是他连新飞机上应该安装哪种枪炮都要横加干涉。

比弗布鲁克还惹恼了其他大臣。他想在制造轰炸机和战斗机所需要的木材、钢铁、纤维、钻机、研磨设备、爆炸物等一切资源供给上享有优先权，全然不顾其他各部的需求。例如，他会强占已经指定其他用途的建筑物。他与丘吉尔的直接联系使这种掠夺变得更加令人气恼。按照哈巴狗伊斯梅的观点，比弗布鲁克仿佛占山为王的强盗而非政府高级管理人员。"竞争部门声称，他在追求任何想要的东西时都毫不犹豫，无论是原材料、机床，还是劳动力。"

在提交进度报告的两天前，比弗布鲁克口授了一封给丘吉尔的信，并在这封长达九页的信中叙说了自己遇到的困难。"今天，我发现自己非常沮丧，感觉受到阻碍，我请求您立即提供帮助。"

他倾诉了一长串的烦恼，包括空军部对他抢救和修理被击落的皇家空军飞机的阻挠，因为该部认为这是自己的管辖事务。比弗布鲁克从一开始就意识到，飞机残骸是备用零件的宝库，特别是发动机和仪器，这些配件可以拼凑出完整的飞机。许多受损的英国战斗机设法在机场、农场、公园或其他友好的地点迫降，很容易找回。他集结了许多天才机械师和一些小公司，组成了一个善于抢修的修理网，每个月都能让几百架飞机重返战场。

比弗布鲁克要求全面控制堆放受损飞机和零件的维修仓库，并声称，出于对管辖领域的愤懑，空军部试图在方方面面对他掣肘。他给丘吉尔的信中描述了他的抢救队如何从一座仓库中找到了一千六百挺无法使用的维克斯机枪，并将其送往一家工厂加以修复。他被告知再也没有这种机枪了，但事实并非如此。"昨天早晨，在我的鼓动下，我们在一次突袭中又发现了一千一百二十挺。"他写道。

他所用的"突袭"一词很能说明他的手段。他的策略没有赢得空军部官员的赞扬，在他们看来，比弗布鲁克的紧急抢救人员，即他的"行动小组"，无异于一伙四处游走的海盗，因此一度禁止其进入前线机场。

比弗布鲁克并未寄出这封九页的长信。他经常这样改变主意。他经常口授投诉与攻击他人的内容，有时会打上好几份草稿，随后却决定不发出去。在他最终留给议会档案馆的个人文件中，有一个大文件袋装满了他没有寄出的邮件，全是他未曾倾吐的苦水。

他的不满在持续发酵和积压。

十四 "这个古怪的致命游戏"

六月十八日星期二下午三点四十九分，丘吉尔站在下议院就法国投降发表了当晚他将在广播中对公众重复的一次演讲。至少在他面向下议院发表时，这次演讲将成为演讲术历史中的一个伟大时刻。

丘吉尔谈及，伞兵和爆炸袭击"一定会很快袭击我们"。他说，尽管德国拥有更多的轰炸机，但英国的轰炸机也将经过部署"不间断地"攻击德国境内的军事目标。他提醒听众，英国拥有一支海军。"有些人似乎忘记了这一点。"他说。但他没有试图回避法国陷落的真正含义。他说，"法国之战"已经落幕，又补充道，"我预计英伦之战即将开始"。受到威胁的不仅是大英帝国，而且是整个基督教文明。"敌人的全部怒火和武力必定会很快倾泻到我们身上。希特勒知道，他必须在这座岛屿上击败我们，否则他将输掉整场战争。"

他的讲话正步入高潮："如果我们能够挺身反抗他，整个欧洲或许都会获得自由，世界上的生命将向前迈至辽阔的、阳光普照的高地。但是，如果我们失败了，包括美国在内的整个世界，以及我们所知道、所关心的一切，都将坠入一个更加邪恶的新黑暗时代的深渊，这个时代在扭曲的科学的作用下，恐怕会更加漫长。"

他向各地的英国人呼吁更伟大的精神。"因此，让我们振作起来，准备好履行自己的责任，这样，如果英联邦和不列颠帝国存续一千年，人们仍然会说：'那是他们最辉煌的时刻。'"

可以认为，这也是丘吉尔最激昂的演说，而且，如果他接受信息大臣的建议，在下议院会议厅广播这次演说，它会一直留存到今天。正如国内情报处发现的那样，公众需要听到丘吉尔亲口谈及法国的惨败，以及它对英国在此次战争中的前景意味着什么。但想要在下议院中安排一次广播，程序上必须获得议员们投票赞成，这实在令人生畏。

丘吉尔勉强同意了当晚另外录制一次广播。信息部期待他写点新东西，但出于孩子般的逆反心理，他只是决定照着在下议院发表过的讲稿再念一遍。尽管大众观察组织和国内情报处所报告的公众反应有所不同，但都是在批评丘吉尔的演讲。"有些人认为他喝醉了，"大众观察组织在六月十九日星期三的报告中称，"有些人认为，他对自己宣称的东西缺乏信心。还有些人认为他累了。似乎演讲的呈现方式在某种程度上与演讲的内容相矛盾。"《每日镜报》编辑部主任塞西尔·金在日记中写道："我不知道他究竟是喝醉了还是完全被疲劳所影响，但面对这个本应该发表自己一生中最精彩的演讲的机会时，他几乎没有做出任何努力。"

一位听众甚至给唐宁街十号发了份电报，警告说丘吉尔的声音听起来像是患了心脏病，建议他躺着工作。

其实，问题主要在于机械层面。丘吉尔坚持要在读讲稿的时候叼着雪茄。

第二天，丘吉尔的三位最高军事指挥官，即他的参谋长们，通过哈巴狗伊斯梅向丘吉尔和战时内阁发来一份"将用钥匙和锁封存"的秘密备忘录，他们比丘吉尔的演讲更尖锐地指出了即将来临的危险。"佛兰德斯和法国的战斗经验表明，在德国人可能开始新的战争阶段之前，我们无法指望会有任何喘息之机，"备忘录写道，"因此，我们必须假定，入侵的危胁近在眼前。"但最先来临的将是空袭，参谋长们解释道，它"将全面考验我们的防空体系和我们人民的斗志"。

他们警告，希特勒从不放过一丝一毫。"德国人在法国承受了巨大损失，而且，为了攻克这个国家，他们似乎做好了比在挪威承受更多损失和承担更高风险的准备。"

他们预测，战争的结果如何，取决于接下来的三个月。

星期四，有更多传闻提到丘吉尔将召开一场专门讨论导航波束的会议。琼斯博士听说这次会议将在第二天——六月二十一日星期五上午举行。然而他并未收到邀请，因此，星期五早上，他像往常一样于九点三十五分在伦敦里士满登上一列火车，并在大约三十五分钟后到达工作岗位。来到办公室时，他发现了空军情报处一位秘书留的一张便条，说有一位同事罗利·斯科特－法尔涅少校"来过电话，让你前往唐宁街十号的内阁会议室"。

在唐宁街十号，陆续有官员进入内阁会议室。那张"长桌"就在这里，长达二十五英尺的抛光木桌面上盖着绿色桌布，二十二张桃花心木椅子的椅背呈齿状将其环绕。首相的座椅是唯一一张扶手椅，位于桌子一侧的中央，后面是一个很大的大理石壁炉。透过高大的窗户，可以看得到后花园，还有远处的皇家骑兵卫队阅兵场和圣詹姆斯公园。每个座位上都有写字板、记事本和顶部印有黑色凸起的"唐宁街十号"字样的信纸。

丘吉尔偶尔将这个房间用作口授电报和备忘录的工作间。一位秘书会拿着打字机坐在他对面，有时候接连几个小时打下一份又一份文件，而丘吉尔"几乎完成口授前就会伸手来要"，伊丽莎白·莱顿写道。随时待命的还有打孔机"克洛普"和两支钢笔，灌着蓝黑墨水的那支用于签署信件，另一支灌着红墨水，用于在备忘录上签名。如果需要什么东西，他会伸出手说"给我"，而莱顿此时理应知道他指的是什么。他传唤人时用的也是同样的方式。当他说"给我教授"或者"给我哈巴狗"，就意味着莱顿要去打电话找林德曼或者伊斯梅将军。在漫长而安静的时间里，她一次次听着大本钟和骑兵卫队钟楼的报时，它们每过一刻钟响一次，两种声音有着令人愉悦的差异，骑兵卫队钟楼钟声清脆，大本钟发出的则是庄严的轰鸣。

官员们就座。出席会议的有丘吉尔、林德曼、比弗布鲁克勋爵，以及包括空军大臣阿奇博尔德·辛克莱爵士、战斗机司令部司令休·道丁在内的帝国最高航空官员，总共十几人。亨利·蒂泽德也在场，他是政府的航空事务顾问。蒂泽德曾经是林德曼的好友，但现在已同教授逐渐疏远，这主要仰仗于教授在结怨方面的特殊才能。没有任何秘书在场，这说明这次会议的秘密性，不会保留任何文字记录。

房间里气氛紧张。蒂泽德和林德曼因过去误以为受到对方轻慢而长期不和，他们之间的敌对一目了然。

丘吉尔注意到，一位关键人物，即青年科学家琼斯，缺席了这场正是由于他的侦探工作才引发的会议。讨论在没有他的情况下开始。

随着法国沦陷，问题变得日益紧迫。德国空军基地正在稳步逼近法国海岸线；对英空袭的规模、强度和频率都在不断增加。两天前的夜里，德国空军向英格兰派出了一百五十架飞机，毁坏了几座炼钢厂和一座化工厂，破坏了燃气管和水管，击沉了一艘商船，还几乎炸毁了南安普顿的一座弹药库。十名平民不幸丧生。在德国人究竟何时入侵的悬念下，这一切都成了越来越快的鼓点的一部分，仿佛一部惊悚小说（thriller，该词最早出现于一八八九年）中缓慢的铺垫。国内情报处的一份报告称，在让人们焦躁和忧虑的同时，这种不确定性也带来了更多针对政府的批评。

如果德国飞机真的可以通过一种秘密的新型导航系统在夜间获得引导，那么，认识到这一点并尽快想出对策无疑至关重要。秘密科学是丘吉尔尤其感兴趣的一个领域。他喜欢精巧器械和秘密武器，狂热支持着教授提议的新发明，就连那些被其他官员讥讽为痴人说梦的发明也不例外。在一种黏附在坦克外壳上（偶尔也会粘在投掷的士兵身上）的爆炸装置的早期原型失败后，丘吉尔站出来为教授辩护。在一封发给哈巴狗伊斯梅但意在让更多人传阅的备忘录中，丘吉尔写道："任何在推动这种炸弹研发过程中表现懈怠、讥笑它没有成功的官员，都将被我视作讨厌的人。"

尽管有陆军部的反对，这枚所谓的"黏性炸弹"最终还是发展到了可以在战场上部署的地步。丘吉尔否决了陆军部的反对意见，全力支持这种武器。在一份一九四〇年六月一日的备忘录中，丘吉尔极为准确与简练地命令道："制造一百万件。W. S. C.①。"

后来，当几位议会成员开始质疑林德曼的影响时，丘吉尔向他们昂首表示轻蔑。在一次吵嚷的下议院"质询时间"中，一位议员不仅提出了一些含蓄批评林德曼的问题，还影射了他的德国出身，这让丘吉尔勃然大怒。目击者称，丘吉尔后来在下议院吸烟室里遇到那位批评者时，"像一头被激怒的公牛一样对着他咆哮"，叫嚷道："你他妈的到底为什么要问那个问题？你难道不知道他是我最要好的朋友吗？"

丘吉尔对那人说"给我滚"，之后再没跟他说一句话。

丘吉尔在一旁悄悄地对政务秘书说："爱我，就要爱我的狗，如果你不爱我的狗，你压根也就不可能爱我。"

琼斯博士仍然认为，唐宁街十号的这场会议兴许是一场恶作剧。

---

① 温斯顿·斯宾塞·丘吉尔（Winston Spencer Churchill）的首字母缩写。

他找到把字条放到他书桌上的秘书。她保证邀请是真的。心存疑虑的琼斯打电话给斯科特－法尔涅少校，那位给秘书打电话发来最初通知的同事，他也保证这不是恶作剧。

琼斯跳上一辆出租车。等他到达唐宁街十号时，会议已经快进行了半个小时。

对琼斯来说，这是一个紧张的时刻。当他走进房间时，丘吉尔和另外十几个人转头看向他。琼斯有些震惊地发现，二十八岁的自己，正俯视着传说中内阁会议室的大长桌的中央。

丘吉尔就坐在桌子左侧的中央，两边是林德曼和比弗布鲁克勋爵，两个看上去完全不同的人——林德曼面色苍白，像肥皂一样；比弗布鲁克生气勃勃、脾气暴躁，活脱脱就是报纸图片上那个愁眉苦脸的小精灵。桌子的另一侧坐着亨利·蒂泽德、空军大臣辛克莱和战斗机司令部的道丁。

琼斯察觉到了房间里的紧张气氛。林德曼朝着自己右边的空座位做了个手势，蒂泽德身边的人示意他应该和他们坐在一起。琼斯一时间不知所措。林德曼曾是他的导师，而且无疑是他这次被邀请参加会议的主要原因，但空军部的人是他的同僚，不管怎样他应该和他们坐在一起。让事情更为复杂的是，琼斯很清楚蒂泽德和林德曼之间的不和。

琼斯通过坐在长桌尽头的一张椅子上来摆脱困境，他将这一位于两个代表团中间的地带称为"无人之地"。

他听着其他人重新开始讨论。听到他们的评论，他判定，这群人对这种波束及其对空战的影响一知半解。

就在这时，丘吉尔直接向他提出了一个问题，要他澄清一个细节。

琼斯做出了回答，同时反问道："先生，如果我从头讲述一下这个故事，您觉得是否会有帮助？"在回忆当时的情况时，他为自己的沉着感到吃惊。他认为自己如此冷静的原因部分在于，他是突然被召来参加会议的，还没来得及形成忧虑。

琼斯把这一过程当作一个侦探故事来讲述，描述了早期线索和此后的证据积累。他也披露了一些新近的情报，包括三天前从一架被击落的德国轰炸机上搜出的一张字条，似乎证实了他的预感，即Knickebein系统使用的不是一束波束，而是两束，第二束在预设目标上空与第一束相交。这张字条将第二束波束的起点定为布雷德施泰特，是位于德国北海岸的石勒苏益格－荷尔斯泰因的一座城镇。字条似乎也提供了这些波束的频率。

丘吉尔全神贯注地听着，他对秘密技术的神往现在完全被激发出来了，但也意识到了琼斯这项发现的冷酷含义。德国空军正在距离英国海岸线仅有数分钟航程的占领区内建立基地，这本身就已经糟糕透了，但现在他意识到，即使在没有月亮的夜晚和阴天，这些基地的飞机也能准确地实施轰炸。对丘吉尔来说，这无疑是个黑暗的消息，他后来称，那是"战争的至暗时刻之一"。在此之前，尽管空军情报处表示他们的飞机数量远不及德国空军，丘吉尔还是坚信皇家空军有能力应对挑战。在白天，皇家空军飞行员们的确证明了自己精于击落德国行动迟缓的轰炸机并击退那些负责护航的战斗机，后者由于必须保护轰炸机，而且受到燃油的制约，只有九十分钟的飞行时间，行动颇受限制。然而，在夜间，皇家空军无力拦截德国飞机。如果德国飞机在阴云密布的天气和漆黑的夜里也能精准地实施轰炸，它们甚至无须战斗机机群护航，因此也不再会受到战斗机燃油的制约。它们将可以毫无限制地穿越不列颠群岛。优势如此之大，足以为入侵奠定基础。

琼斯讲了二十分钟。据丘吉尔回忆，当琼斯讲完，房间里"弥漫着难以置信的气氛"，尽管桌边有些人显然忧心忡忡。丘吉尔问："现在应该做什么？"

琼斯说，第一步，要用飞机确认波束确实存在，然后在波束中间飞行，以了解它们的特性。琼斯知道，如果德国人正在使用的技术确实类似于商用客机使用的洛伦茨系统，那它必然具有某些特性。在此类系统中，地面的信号发射机将通过两个分开的天线发射信号，这两支分散开来的信号在长距离传输的过程中会弥散在空中，但在重叠的地方将形成一个较强的狭窄波束，这与两层阴影相交之处会变暗的原理相同。商用客机飞行员正是追随着这道窄波飞往机场，直至能够看见下面的跑道。发射机的一根天线发射的是较长的"划"信号，另一根发射的是较短的"点"信号，它们都能被飞行员的接收器听到。如果飞行员听到的划信号较强，他就知道应该向点信号的方向移动，当划信号和点信号强度相等时，他也就正处在正确的路径上，即所谓的等信号区，这时，他听到的将是单一的连续音。

琼斯告诉与会者，一旦能了解到德军波束系统的运作原理，皇家空军便可以发明对抗措施，如干扰波束或发射假信号让德国人上当，让他们过早投弹或沿着错误的航线飞行。

听到这里，丘吉尔的心情有所好转——"我心中的一块石头落地了"，他后来对琼斯说。他下令立即启动对波束的搜寻。

他同时提出，这种波束的出现，使秘密武器"空中雷"的研发变得更为重要，这是一项教授和丘吉尔都非常痴迷的研究，林德曼早在战前就一直在推进。所谓的空中雷，指的是一种通过金属丝挂在降落伞上的小型爆炸装置，可以成千上万地在德国轰炸机编队途经处投放，让它们被机翼和螺旋桨绊住。林德曼甚至提出了一项通过升起一道近二十英里长的夜间"雷幕"来保护伦敦的计划，该计划要求连续不断的布雷飞机每六小时投下二十五万颗空中雷。

丘吉尔完全支持林德曼的空中雷，尽管别人几乎都怀疑它们的价值。在丘吉尔的坚持下，空军部和比弗布鲁克的飞机生产部开发并测试了原型，但显然只是在应付，这让丘吉尔极为沮丧。德军空袭不可避免，必须彻底检视每一种可能的防御手段。此时，在这次会议上，他又一次感到沮丧。在他看来，一旦证实了德国的导航波束的存在，实现教授的梦想将更加紧迫，因为如果这些波束的位置可以确定，英军就可以沿着入侵轰炸机的既定路径精准布雷。但迄今整个计划似乎还停滞在研究和备忘录的阶段。他猛烈地敲打着桌子，怒吼道："我能从空军部得到的，除了文件，文件，还是文件！"

部分出于对林德曼的敌意，蒂泽德对琼斯的故事报以嘲笑。但丘吉尔对"这个古怪的致命游戏的原理"确信无疑，他宣布，必须将德国导航波束技术的存在视为已经确立的事实。他明白，希特勒很快就会将德国空军的全部力量用来对付英国。他说，必须让对抗导航波束技术的工作具有最高优先级，而且，"执行这一命令的过程中最轻微的不情愿或者推诿"都要向他报告。

蒂泽德的反对意见遭到漠视，他对林德曼的恨意进一步加深，并将此视为对自己的侮辱。会后不久，他便辞去了自己科学顾问委员会主席和空军参谋部顾问的职务。

正是在这样的时刻，丘吉尔尤为赞赏那位教授。"世界上无疑有更伟大的科学家，"丘吉尔承认，"但他有两项特质对我而言至关重要。"首先，林德曼"是我二十年来的朋友与推心置腹的知己"，丘吉尔写道。教授的第二项特质是，他能把深奥的科学凝练成简单易懂的概念，"解码来自偏远领域的专家的信号，并用清晰、普通的用语为我解释这些问题的含义"，有了这一利器，丘吉尔就可以启动"权力中继"，即利用政府机关的权威，将概念转化为行动。

为试图定位波束的搜索飞机定于当夜执行。

那天晚上，琼斯几乎一夜无眠。他在首相、林德曼和皇家空军最高领导人面前，把自己的职业生涯置于险境。他脑海中不断回顾整场会议，从一个细节想到另一个细节："我到底有没有像个傻子一样在首相面前做出极其不当的行为？我是不是鲁莽地得出了错误结论？我会不会陷入了一场德国人的庞大骗局？最重要的是，在英国即将遭受空中入侵或毁灭的此刻，我是不是狂妄自大地浪费了首相一个小时？"

那天，一种经济上的敦刻尔克让丘吉尔获得了更进一步的解脱。随着战争的深入和对其需求的进一步增强，他陷入了与一个在他很大一部分职业生涯中一直困扰着他的个人问题的苦斗，那就是缺钱。他通常都靠写书撰文弥补正式收入。被任命为首相前，他曾为《每日镜报》和《世界新闻》撰写专栏，还曾经在美国广播电台做广播，也是为了钱。但钱总是不够，现在他已经到了财务危机的边缘，甚至无法全额支付税款和日常开支，包括来自他的裁缝、葡萄酒供应商和修表店的账单（他给手表起名为"萝卜"）。更重要的是，他还欠了劳埃德银行一大笔钱。六月十八日星期二，他银行账户的透支金额已经超过五千英镑，相当于今天的三十多万美元。这笔欠款的利息需在月底支付，可他已经连利息也付不起了。

但就在召开波束会议的那个星期五，一张面额五千英镑的支票神秘而及时地在出现在他的劳埃德银行账户上。这张存入支票上签着丘吉尔的议会私人秘书布伦丹·布拉肯的名字，但其实来自与布拉肯共同拥有《经济学人》杂志的亨利·斯特拉科施爵士。三天前，在收到劳埃德银行出具的透支账单后，丘吉尔将布拉肯叫到了办公室。他受够了财务困难带来的分心和压力，他还有重要得多的事情需要处理。他让布拉肯解决这个问题，布拉肯做到了。这笔钱没能让丘吉尔完全摆脱债务，但仍把他从一次即将发生的尴尬的个人违约风险中救了出来。

第二天，星期六，琼斯博士参加了一场会议，听取了前一天夜里搜索德国波束的飞行结果。飞行员空军上尉 H. E. 巴夫顿亲临现场，递交了一份包含三则事项的简短报告。他和一名观察员从剑桥附近的机场起飞，指挥部要求他们向北飞行，寻找类似于洛伦茨盲着陆系统的信号发射机。

巴夫顿报告的第一项事项，是他们在斯波尔丁以南一英里的空中发现了一条窄波，斯波尔丁是一个靠近英国北海海岸的小镇，那里的海岸线内凹成了一个叫沃什的大海湾。飞机在波束以南探测到点信号发射机，以北检测到了划信号发射机，与洛伦茨式信标如出一辙。

巴夫顿接着报告，他们检测到的波束频率为每秒三十一点五兆周，正是之前空军情报处找到的那张字条上所标识的频率。

接着是最好的消息，至少对琼斯来说是这样。这次飞行同时检测到了性质类似的第二条波束，它与第一条波束在德比附近相交，那里坐落着一家劳斯莱斯工厂，负责生产所有皇家空军喷火式战斗机和飓风式战斗机所用的梅林发动机。频率不同的第二条波束必须在抵达目标前不久与第一条波束相交，这样才能让德国机组人员有时间做好投弹准备。

尽管交叉点似乎表明劳斯莱斯工厂已成为德军的轰炸目标，人们还是一片欢腾。这尤其让琼斯大大地松了一口气。据琼斯回忆，主持会议的官员"真的乐得在房间里连蹦带跳"。

现在迫切需要找到对抗这些波束的有效方法；他们给 Knickebein 系统取了个代号叫"头痛"，即将开发的对抗措施则被称为"阿司匹林"。

但琼斯和一位同事首先做的，是走进了附近的圣斯蒂芬酒馆，一家距离大本钟一百码的颇受欢迎的白厅酒吧，并在那里喝得酩酊大醉。

十五　伦敦与柏林

六月二十二日星期六，下午六点三十六分，法国人与希特勒签署了一项停战协议。现在，英国正式被孤立了。法国的消息让契克斯第二天的空气凝固了。"楼下的早餐时间充满着愤怒与抑郁。"玛丽在日记中写道。

丘吉尔的情绪糟透了。让他殚精竭虑、心情阴郁的是法国舰队。德国没有立即公布停战协议的确切条件，因此舰队的正式命运还不得而知，但似乎可以肯定，希特勒将鲸吞这些军舰。这将带来灾难性的后果，很可能会改变地中海上的力量均衡，并让德国对英国的入侵更加不可避免。

丘吉尔的表现让克莱芒蒂娜感到气闷。她坐下来给他写信，她像平常一样意识到，引起他注意的最佳方式就是形成文字。她这样开始："如果我告诉你一件我认为你非知道不可的事情，希望你能原谅我。"

她写完了这封信，但接着把它撕毁了。

在柏林，胜利似乎就要到来。六月二十三日星期日，约瑟夫·戈培尔（官方头衔为国民教育与宣传部长）召集他最高级别的宣传执行官们参加晨会，商讨法国正式投降后的战争宣传新方向。

戈培尔告诉与会者，随着法国被征服，英国现在必定是他们关注的焦点。他警告部下，切忌做出任何让公众认为德国会迅速获胜的事情。根据会议纪要，戈培尔说："我们现在仍不知道与英国的战斗将以何种形式继续下去，因此绝不可以让人们有明天英国就将被占领的印象。另一方面，如果英国一直不肯合理地考虑问题，她无疑会得到与法国同样的判决"——他口中的"问题"指的就是和平协议。

戈培尔说，英国现在成了欧洲自由最后的保卫者，所以，德国必须在回应时强调"我们现在是欧洲大陆与有钱有势的不列颠岛人民之间冲突的领导者"。从今以后，德国的对外宣传必须"有意识地、系统地采用'欧洲各国：英国正准备让你们挨饿！'等口号"。

戈培尔对这组人发表了一通没有记录在会议纪要中的评论，但一位帝国新闻办的成员曾做出援引："很好，本周英国将面临巨大转折"——指的是随着法国沦陷，英国公众现在肯定会鼓噪着要求和平。他说："丘吉尔自然不可能撑下去，愿意妥协的新政府即将成立。我们离战争结束不远了。"

十六　红色警报

　　六月二十四日星期一的伦敦，丘吉尔的战时内阁开了三次会，一次在上午，两次在夜间，最后一次会议开始于晚间十点三十分。会议的大部分时间都在讨论外交部次官贾德干所说的"可怕的法国舰队问题"。

　　那天早些时候，伦敦《泰晤士报》披露了德国尚未正式公布的法国停战协议条款。德军将占领法国北部和西部，该国其余部分将由一个位于维希（巴黎以南约两百英里的城市）的名义上自由的政府管理。丘吉尔阅读其中的第八条时最为专注："德国政府庄重宣布，除必须完成海岸监察与排雷任务的军舰以外，他们无意在战争期间征用停泊在德方控制下的港口的法国舰队。"它也呼吁所有在法国水域外作业的法国舰船返回法国，除非确有出于保护法国殖民地的需要。

　　在德国自己后来公布的版本中，该条款还包括以下内容："德国政府进一步明确地庄严声明，他们无意在缔结和平后索取法国舰队。"

　　丘吉尔完全不相信德国会遵守这一声明。撇开希特勒一贯的不诚实不说，该条款的语言本身似乎就给如何处置法国舰船留出了很大的余地。"海岸监察"和"排雷"究竟需要些什么？丘吉尔对德国的"庄重"承诺嗤之以鼻。正如他后来在议会说的："去问问他们占领的那半打国家，所谓的庄重保证有何价值。"

尽管开了三次会，大臣们在制订最后的行动方案方面毫无进展。

星期二凌晨一点十五分，就在最后一次会议结束后，凄厉的防空警报响起，这是自去年九月战争开始以来伦敦的第一次"红色警报"。警报意味着空袭即将到来，但轰炸机没有出现。这次警报是被一架民用飞机触发的。

在等待解除警报期间，大众观察组织的日记作者奥利维娅·科克特打开日记本写道："这一夜非常安静。时钟大声地嘀嗒作响。四盆玫瑰和一盆高大的百合让空气清馨宜人。"在她家人的注视下，她手捧百合花平躺在地毯上，以葬礼的方式把花放在胸前，她写道："大家都笑了，但笑声不大。"

国内情报处在那个星期二报告，百分之十到百分之二十的伦敦人口没有听到防空警报。"许多人没有离开卧室，"报告称，"父母不愿叫醒他们的孩子。"一个七岁的女孩想出了一个形容警报声的新单词：威布沃布（Wibble-Wobbles）。

入侵的威胁似乎与日俱增。六月二十八日星期五，丘吉尔接到空军情报处琼斯博士发来的一张便条——琼斯博士似乎在传递令人不安的消息方面很有天赋——上面报告说，他从曾经提供有关德国波束关键信息的同一个"可靠的来源"获知，一支名为弗拉克布斯I的德国空军防空部队，要求立即将一千一百张不同比例尺的英国地图运往它的总部。琼斯指出，这可能说明他们"想让机械化防空部队同时登陆英格兰和爱尔兰"。对德国而言，为帮助侵略军抵御皇家空军的攻击，同时巩固已占领的地区，这样的武装力量确有必要。

丘吉尔知道，这个"可靠的来源"其实并不是某个人类间谍，而是布莱奇利园的密码破译精英小组。他是少数知道这一单位存在的白厅高级官员之一；作为空军情报处副处长，琼斯也是知情者。布莱奇利园的秘密会通过一个特别的黄色公文箱发给丘吉尔，与他通常使用的黑色公文箱不同，这个箱子只有他本人有权打开。被截获的地图情报让人心惊，因为这是一个入侵前会做的具体的准备措施。丘吉尔立即将这份情报的副本发给了教授和哈巴狗伊斯梅。

丘吉尔判断，未来三个月是入侵威胁最大的时段，在这之后，越来越恶劣的气候能在一定程度上遏制入侵。

他在备忘录中的语气变得更加急迫、更加精准。在教授的敦促下，他告诉哈巴狗伊斯梅，要在所有超过四百码长的开阔地带挖掘壕沟，以防范坦克和运兵飞机的降落，并指示道："必须在四十八小时内在全国同时开展此事。"六月三十日星期日，他又在另一封文件上命令哈巴狗监督对泰晤士河口及其他地区的潮汐与月相的研究，以确定"哪些日子最适合海上登陆"。同日，他给哈巴狗发了份所涉议题极为敏感的备忘录：用毒气对付入侵部队。"假设敌军在我们的海滩上建立了据点，没什么地方比这些海滩和据点更适合使用芥子气了，"他写道，"我认为，不应被动地等着敌人去采用这种方法。如果他认为值得，他肯定会用。"他要求伊斯梅确认，让毒气"浸满"海滩是否有效。

他特别担心的还有另一种威胁：伪装后的德国伞兵和第五纵队。他写道："我们必须多加考虑敌军可能采用身穿英军制服的诡计。"

掌管战争事务的压力开始破坏丘吉尔的情绪，克莱芒蒂娜对此很是惊慌。上周末在契克斯，他表现得就像个乡下人。在丢弃了她针对这一问题所写的第一封信之后，她再次给他写信。

她告诉他，一位丘吉尔核心圈子的成员（她没具体说是哪位）"曾经来见我并告诉我，你因为自己的粗暴讥讽和专横态度，已置身于不招同僚和下属喜欢的危险境地"。她向丈夫保证，向她抱怨的人是"一位忠诚的朋友"，并无其他动机。

她写道，丘吉尔的私人秘书们似乎决定仅仅接受这种状态，不愿多加理会。"往高看，如果有人提出一个想法（比如说在会上），你却表现得极为轻蔑，那么，就不会再有人提出任何无论好坏的意见了。"

　　克莱芒蒂娜所听到的这些让她既震惊又刺痛，她说："这些年来，我已经习惯了与你共事和在你手下工作的所有人都喜爱你。"尽管那位忠诚的朋友为了替丘吉尔辩解，同时也称这些变得恶劣的举止"无疑是紧张造成的"。

　　但促使克莱芒蒂娜写信的不仅仅是这位朋友的评论。"我亲爱的温斯顿，"她在开头写道，"——我必须承认，我的确注意到了你待人接物态度的恶化，你不像以前那么友善了。"

　　她告诫丘吉尔，在掌握了发号施令和"解雇任何人和每一个人"的权力后，他有义务维持高标准的行为举止，应"结合礼貌、和善，可能的话还有奥林匹克山诸神的冷静"。她同时提醒他记得过去他喜欢引用的一条法国格言，"On ne règne sur les âmes que par le calme"，大意为"用冷静来领导"。

　　她写道："我无法忍受那些为国家和为你本人服务的人赞扬你、尊敬你，但不爱戴你。"并提醒他："你无法通过火暴的脾气和粗野得到最好的结果。它们必定会滋生厌恶或奴隶心理——（战时是不可能有叛乱的！）"

　　她在结尾写道："请原谅忠实的、爱你的、关心你的克莱芒蒂娜。"

　　她在信纸底部画了一只正在休息的卷着尾巴的猫咪，最后附言道："上周日我在契克斯写过这封信，结果撕掉了，现在又重写了一遍。"

　　然而，那天上午十点，约翰·科尔维尔在走进唐宁街十号的丘吉尔卧室时，并没有遇到她描述的那个坏脾气的丘吉尔。

　　首相似乎异乎寻常地平静。他躺在床上，身体倚着床靠背。他穿着一件鲜红色的睡袍，正抽着雪茄。他身边放着他抽雪茄用的铬合金痰盂（萨沃伊酒店的冰桶），以及那个打开的、一半装满纸的公文箱。他正对着希尔夫人口授，希尔夫人坐在床脚，带着她的打字机。雪茄的烟雾弥漫在房间里。丘吉尔的黑猫纳尔逊正躺在床脚，四肢伸开，一副平和静谧的模样。

丘吉尔不时满怀爱意地看着那只猫，口中喃喃道："猫儿哟，我的宝贝。"

十七 "托夫雷克!"

事实证明，契克斯是丘吉尔远离伦敦工作日的压力与焦虑的避难所，是他的神赐之所。目前为止，它已经成了他的乡间指挥所，他在这里召集大批客人——将军、大臣、外国官员、家庭成员、工作人员，他们受邀来用餐、留宿或者"用餐并留宿"。他带了一位私人秘书（留其他人在伦敦值班）、两位打字员、贴身仆人、司机、两位电话接线员，另外还有总在身边的汤普森探长。铁丝网环绕着庭院；冷溪卫队的士兵在大厅、山谷和边界巡逻；哨兵把守着所有入口，要求包括丘吉尔在内的所有人说出通行密码。信使们每天送来报告、备忘录和最新情报，这些都被放在他的黑色公文箱或绝密的黄色公文箱里。他会收到并阅读八份日报和星期日周报。尽管他会花一些时间吃饭、散步、洗澡和打盹，但他一天的大部分时间都在口授备忘录，以及与客人们讨论战争，就像他在唐宁街十号时那样，只有一点很不相同：这幢房子能让人们更为诚恳地交换意见和观点，个中原因也很简单，因为大家都离开了自己的办公室，同时有了大量新奇的谈话机会——攀登比肯山和库姆山，在玫瑰园里散步，打几轮槌球和玩伯奇克纸牌，随时痛饮香槟、威士忌和白兰地也让人们更加畅所欲言。

谈话通常会延续到后半夜。访客们知道，他们在契克斯可以比在伦敦更自由地说话，且内容绝对保密。在一次周末之后，丘吉尔的新任国土防卫军司令艾伦·布鲁克给丘吉尔写信，感谢他定期邀请自己去契克斯，并且"给了我与您讨论我们国家的防卫问题和向您陈述我所面临的困难的机会。这些非正式的交谈对我的帮助极大，我真的希望您能知道，我多么感激您的好意"。

丘吉尔也感到自己在契克斯更加自在，他明白，自己在这里可以随心所欲地做事，他确信，这里发生的一切都会处于保密状态（可能是一种盲目的信任，因为战后回忆录和日记像沙漠中第一场雨后绽放的花朵般涌现）。他用法语称此为一个"cercle sacré"，一个"神圣的圈子"。

布鲁克将军回忆，一天夜里，当丘吉尔在凌晨两点十五分提议在场的人都退到大厅里吃三明治时，疲惫的布鲁克希望，这个信号表明夜间活动即将结束，而他可以上床睡觉。

"但是，没有！"他写道。

接着出现了在契克斯经常出现的一幕，这一幕将永远保留在访客们的记忆中。

"他打开了留声机，"布鲁克写道，"并且，穿着彩色睡袍，一只手拿着三明治，一只手拿着西洋菜，在大厅里一圈圈快走，偶尔随着留声机的乐曲轻轻跳几下。"在绕着房间的间歇中，他会停下来"发表一些珍贵的引语或者想法"。在某次这样停下脚步的时候，丘吉尔把一个人的一生比作是走过一条窗户紧闭的过道。"每当你到达一扇窗的时候，都会有一只未知的手把它打开，那些从窗里透出来的光，只有在过道尽头的黑暗的对比下才会显得更亮。"

他继续跳舞。

六月的最后一个周末，房子里人满为患。至少来了十位客人，有些来用餐，有些来用餐并留宿。比弗布鲁克勋爵到来时充满热情和怒气。国王的私人秘书亚历山大·哈丁则只是来喝茶。丘吉尔的儿子伦道夫和他二十岁的妻子帕梅拉也来过周末。哦，国土防卫军参谋长伯纳德·佩吉特将军和保守党议员利奥波德·埃默里也来了，正是后者曾借用克伦威尔的名言"看在上帝的分上，走吧！"抨击张伯伦，从而帮丘吉尔执掌大权。

谈话的涉及范围极广：飞机生产；德国装甲战的创新点；法国沦陷；如何管束那位四年前退位以迎娶沃利斯·辛普森、掀起的巨变影响至今的温莎公爵（即爱德华八世）；入侵者可能在什么地点、以何种方式登陆。一位客人，奉命保卫英吉利海峡最狭窄地带海岸的部队司令奥古斯塔斯·弗朗西斯·安德鲁·尼科尔·索恩将军声称，他确信他防御的地区是首要目标，德国将试图在这里的海滩投放八万兵力。

六月二十九日星期六下午，利用丘吉尔和比弗布鲁克热烈地私下交谈的空当，约翰·科尔维尔在花园里和克莱芒蒂娜与玛丽度过了一个阳光灿烂的温暖下午。"我发现一旦混熟，她们就变得好相处多了。"他写道。

下午茶后，伦道夫·丘吉尔让科尔维尔瞥见了丘吉尔家庭生活中粗俗的一面。"我认为伦道夫是我见过的所有人中最让人反感的人之一，他吵吵嚷嚷、独断专行、爱发牢骚、直率得让人不舒服，"科尔维尔写道，"我觉得他不像个聪明人。"确实，伦道夫有粗鲁住客的名声。大家都知道，他甚至会与最受人敬畏的宾客发生争执，而且似乎想与周围所有人为敌。他会发起科尔维尔所说的"先发制人的战争"，仅凭猜测的客人们会说的话就谴责他们，而不是他们实际说过的话。他经常主动挑起与丘吉尔的争吵，这让丘吉尔非常难堪。更糟的是他经常当众抠鼻子，不断地剧烈咳嗽。"他咳嗽起来像艘巨型挖泥船，仿佛要把翻江倒海的东西都带上来，"信息大臣达夫·库珀的妻子、声称是伦道夫朋友的黛安娜·库珀夫人写道，"他会把它们吐到自己手上。"

晚饭时，情况变得更糟了，科尔维尔写道，伦道夫"对宠溺他的温斯顿没有丝毫善意"。他当着国土防卫军参谋长佩吉特的面"大吵大闹"，批评将军们，抱怨装备的匮乏和政府的自满。

随着在这一天里喝得越来越多，伦道夫变得更加吵闹，更加惹人生厌。

伦道夫的妻子帕梅拉和他刚好相反：迷人、快乐、挑逗。尽管只有二十岁，她却展现着属于年长些的妇女的精明与自信，以及对她这个圈子来说非同寻常的与性有关的认知。这在两年前帕梅拉在社交圈"出道"时就已颇为明显。"帕姆极为性感，非常亮眼，"一位和她同时出道的人说，"她非常丰满，胸部隆起，我们都称她'牛奶场女工'。她穿着高跟鞋，走路扭着屁股。我们觉得她有点不像话。她被称作辣妹，是个非常性感的年轻人。"美国访客凯茜·哈里曼写道："她是个奇妙的女孩，与我年龄相仿，却是我见过的最聪明的姑娘之一，她了解政治和其他有关的一切。"

帕梅拉通过婚姻接近了丘吉尔一家，她还与比弗布鲁克勋爵交上了朋友，后者很欣赏她在社会顶层应付自如的能力。"她把她知道的所有人的一切都告诉了比弗布鲁克，"美国播音员里根·麦克拉里说，麦克拉里还有个更广为人知的名字叫特克斯，是威廉·伦道夫·赫斯特《纽约每日镜报》的专栏作家，"比弗布鲁克是个爱说闲话的人，帕梅拉正是他的密探。"

在一段短暂的求爱期之后，伦道夫和帕梅拉于一九三九年十月四日结婚，他们的婚姻之所以如此匆忙，部分源于伦道夫迫切地想要孩子，他想在被送上前线战死（他认为这一结局无可避免）前有个儿子做继承人。他在第二次与帕梅拉约会时便向她求婚，而她接受了。一个冲动的人遇上了另一个冲动的人。他差不多比她大十岁，外表很英

122

俊，最让她心动的是，他是处于权力中心的丘吉尔家族的一员。尽管克莱芒蒂娜不同意这段婚姻，但丘吉尔称帕梅拉为"迷人的女孩"，向她张开双臂，并不觉得二人关系进展神速有何不妥。"我觉得他会在明年早春参战，"丘吉尔在婚礼前不久给一位朋友写信说，"所以我很高兴他能够在出征前结婚。"

丘吉尔相信婚姻是一件简单的事情，并希望通过一系列格言来驱散其神秘感。比如"要想结婚，你只需要准备香槟、雪茄和双人床"，或是"美满婚姻的秘密之一即决不在中午之前与你爱的人说话或见面"。丘吉尔还有个家庭规模的公式，他认为四个孩子最理想："一个复制你的妻子，一个复制你，一个增加人口数量，还有一个预防意外。"

克莱芒蒂娜对这段婚姻的担忧更多源于她的儿子而不是帕梅拉。克莱芒蒂娜和伦道夫的关系一直比较紧张。他从小就是个问题儿童。一位校长认为他"好斗"。他曾把保姆推进了装满水的浴缸，还有一次，他给外交部打电话谎称自己是丘吉尔。据说他还怂恿过一位表亲从打开的窗户往劳合·乔治身上倒夜壶。他九岁时，克莱芒蒂娜在一次访校时打了他耳光，伦道夫后来认定自己就是在这一刻意识到母亲讨厌他的。他是个平平无奇的学生，总因为缺乏学术严谨性被丘吉尔批评。丘吉尔甚至挑剔他的写作，有次还把这个男孩的情书用红笔修改后打了回去。伦道夫全靠弗雷德里克·林德曼好心说情才得以入读牛津大学，那位教授像宠爱侄子一般宠爱他。伦道夫在牛津的表现也很不堪。"你虚无懒惰的生活是对我的极大冒犯，"丘吉尔写道，"你似乎在过完全没有意义的生活。"约翰·科尔维尔写道，丘吉尔爱他，但随着时间的推移，"这种爱越来越少"。与此同时，克莱芒蒂娜怎么看都是一个感情疏离的家长，很少表达出母亲的温暖。"这是他成为恶魔的原因之一，"一位朋友对帕梅拉的传记作家克里斯托弗·奥格登说，"他从来没有得到过母爱。在伦道夫的一生中，克莱米都在恨他。"

玛丽·丘吉尔对哥哥有过更精确细腻的分析，她认为"随着人格的发展，他在性格和观点上所显现的特征与母亲的天性和生活态度太不一样了"。据玛丽观察，伦道夫"显然需要父亲的指引，但管教他的任务几乎全部落到了克莱芒蒂娜肩上，结果，她和伦道夫从很早起就成了对立的两方"。

他嗓门大、不聪明、爱喝酒、入不敷出（他的收入来自军饷和在比弗布鲁克的《标准晚报》当记者所领的工资），还无能地豪赌。那年春天，哪怕在丘吉尔试图稳定自己的财务状况时，伦道夫还要求丘吉尔替他还债，而丘吉尔也同意了。六月二日，伦道夫在给父亲的信中写道："你说会帮我偿付一百英镑的账单，这真是太慷慨了。"——这笔钱相当于今天的六千多美元——"我真切地希望，这样做不会给你带来太多不便。随信附上的是我最紧急的两笔欠款单。"

说到这对夫妻婚姻的未来，更成问题的是伦道夫对女人和性的看法。他认为忠诚并不是必须恪守的条件。他喜欢性征服，不管征服对象是否已婚，他充分利用了乡间宅院几百年来的恶习，即主人通过安排客人的住宿来促成性关系。伦道夫有一次吹嘘道，他会在未得到邀请的情况下进入女人的房间，希望万一能受到欢迎。他把这件事告诉了一位女性朋友，她讥讽道："你一定遭到了无数次回绝。"

他笑着说："确实不少，但我也得手了好多次。"

从一开始，伦道夫就证明了自己绝不是一个好丈夫。尽管他表现得很有气魄和魅力，但也有惹人讨厌的一面。在蜜月期，夜里上床之后，他会给帕梅拉读爱德华·吉本的《罗马帝国衰亡史》。他读着长长的段落，并像对待一个走神的学生而非婚姻中的床伴那样对待帕梅拉，不时地问上一句："你在听吗？"

是的，她会回答。

但他想要证据。"那好，最后一句话是什么？"

此刻，一切都被帕梅拉已经怀孕六个月的事实掩盖了。这非常抚慰人心：在这里，在冲突遍地的世界中，尽管前途未卜，仍有证据显示着生命的伟大韵律还在延续，未来即将在人们面前展开。如果一切顺利——希特勒没有入侵，毒气没有透过窗户渗入，德国炸弹没有摧毁这片风景——这个孩子将在十月降生。帕梅拉称胎儿为她的"小团子宝宝"。

晚餐喝下了更多的葡萄酒和香槟之后，科尔维尔、玛丽和玛丽的朋友朱迪·蒙塔古一起外出散步，他们被提醒，尽管契克斯有着迷人的田园风光，但眼下进行着战争，这座庄园可谓戒备森严。三人发现他们"被凶悍的哨兵以最让人害怕的方式盘问"，科尔维尔写道，幸亏他们知道当天的通行密码是"托夫雷克"——显然指的是十九世纪在苏丹的一场战役。

晚些时候，在与伦敦的空军部核对当晚的德军空袭详情时，科尔维尔才得知，据刚刚接到的报告，一队敌机刚飞到离契克斯非常近的地方。科尔维尔将情况汇报给丘吉尔，丘吉尔跟他说："我敢以一比五百的赔率跟你打赌，他们不会袭击这里。"

丘吉尔为这次行动的前景感到激动，他冲出房子，在经过岗哨时大声喊道，"朋友——托夫雷克——首相"，让那位警卫目瞪口呆。

科尔维尔和国土防卫军参谋长佩吉特将军步伐稍慢地跟在后面。佩吉特被逗笑了："他真是一剂奇妙的兴奋剂。"

对永远在场但永远处于幕后的科尔维尔来说，这些都很令人兴奋，第二天，六月三十日星期日上午，当他坐在阳光下的椅子上时，在日记中反思了自己的奇特处境。"在一座乡间宅院中度过周末，尽管不是客人，却出于种种原因与这个家庭有着密切的关系，这是一种非常新奇的感觉。这里和其他的周末聚会没什么不同，只是人们的谈话当然都非常精彩。能听到这些消息灵通的谈话，且不会被愚昧无知的评论打断（除了伦道夫偶尔为之），无疑堪称乐事，令人尤为欣慰的是，我只用躲在幕后偶尔执行些任务，很少需要表达自己的观点，人们不会因为我是首相的私人秘书而期待我对这些谈话有兴趣。"

那天，德国人侵占了根西岛——海峡群岛中离诺曼底海岸不远的一座英属岛屿，离契克斯不到二百空英里[1]，敲响了似乎即将来临的入侵的前奏。这是一次小型行动，德方仅派了四百六十九名士兵驻守，但仍然令人不安。

---

① 航空距离单位，1 空英里 ≈1.852 千米。

十八 第一份辞呈

好像战争和入侵还不够让人头疼似的，就在同一个星期日，丘吉尔的密友和顾问、工业奇迹之父比弗布鲁克勋爵提交了辞呈。

在这封信的开头，比弗布鲁克愉快地提醒丘吉尔，自他就任飞机生产大臣七周以来，飞机的产量正以几乎不可思议的速度增加：皇家空军现在可供使用的飞机有一千零四十架，相比之下，他接手时只有四十五架，尽管他推导这些数字的方式很快就会引发争议。他已经完成了最初的计划，现在他该走了。他与空军部之间的冲突变得如此激烈，业已妨碍了他的执行能力。

"当务之急，是将飞机生产部转交给一位与空军部和皇家空军将领们有联系并认同他们的人掌管。"他写道。他责备自己，称自己不适合与空军部官员们共事。"我敢肯定，另一个人可以带着对我未曾得到的支持和理解的期待，接过这一责任。"

他请求，在继任者全面了解该部门正在开展的项目后终止自己的职责。

"我确信，"他写道，"我的工作已经完成，我的任务已经结束。"

据约翰·科尔维尔猜测，比弗布鲁克的真正动机，是希望"在他成功的巅峰时刻、在新的困难出现之前"引退。科尔维尔认为这是一个不正当的理由。"这就像玩牌时看好运气过去了就立即收手一样。"

他在日记中写道。

丘吉尔很恼火，第二天，七月一日星期一，他回复了比弗布鲁克。这一次，他没有称比弗布鲁克为"马克斯"，或者简单地直呼其名，而是用冷冰冰的"亲爱的飞机生产大臣"开头。

"我收到了你六月三十日的信，我必须尽快说明，在当下这样一个入侵一触即发的时刻，我不会批准任何大臣的辞呈。因此我请你从心里打消这一想法，并继续开展你的伟大工作，我们的安全很大程度上有赖于此。"

与此同时，丘吉尔告诉他："我正在耐心地研究，如何满足你的需求，让你掌控你的部门与空军部职权重叠的那些部分，以及如何减少你们之间不幸产生的分歧。"

遭到斥责的比弗布鲁克立即回应："我当然不会在入侵面前无视我的职责。但尽早开始交接极有必要，特别是我们的海岸线正面临武装进攻的威胁。"

他再次表达了他的不满："我无法得到我所需要的关于物资和设备的信息。我无法得到许可展开行动，无法最大限度地加强我们的储备，为入侵之日做好准备。

"我实在无法继续下去了，在过去的五周里，我向不配合的军官施压时造成了裂痕。"

他写道，这一裂痕"无法修复"。

但他不再威胁要立即辞职了。

丘吉尔松了口气。比弗布鲁克此时如若离开，首相周围的顾问与助手团队将出现难以弥补的空缺。这一点在当天深夜体现得非常明显，既然辞职的威胁已经暂时解除，丘吉尔迫切地希望召唤比弗布鲁克来唐宁街十号讨论一件最紧急的事。

十九　H 部队

那天夜里特别黑，几乎看不见月亮，凛冽的风让唐宁街十号的窗户瑟瑟颤抖。丘吉尔正需要一位果敢、有洞察力的朋友的忠告。

他传唤比弗布鲁克来内阁会议室时刚过午夜。比弗布鲁克无疑仍保持着清醒和警觉。作为飞机生产大臣，他与丘吉尔有着相同的作息，他正在督促和说服雇员们找到让英国的飞机制造厂加速生产的方法。比弗布鲁克短暂的捣乱不过是男学生在赌气，为的是在对抗空军部时得到丘吉尔的支持，而不是真想撒手不管。

海军大臣 A. V. 亚历山大和作战总长、第一海务大臣达德利·庞德爵士，丘吉尔的两位最高级别的海军部人员已到达会场。房间里气氛紧张。如何处理法国舰队已经成了一个非此即彼的问题——是否应该尝试夺取舰队，使其脱离希特勒的掌控。皇家海军准备执行一项新近构想的计划，即"同时夺取、控制或者有效瓦解所有可以成功靠近的法国舰队"，其目标包括位于普利茅斯港和南汉普顿港等英国港口的舰艇，以及停泊在达喀尔、亚历山大和阿尔及利亚米尔斯克比尔的舰艇。在这一计划中，有项代号为"弩炮计划"的行动聚焦于最重要的基地米尔斯克比尔，以及三英里外奥兰的一个较小的附属基地，那里停泊着一些法国海军最强大的战舰，包括两艘现代巡洋舰、两艘战列舰、二十一艘潜艇和其他舰艇。

时间紧迫。这些舰艇任何时候都可能开走，一旦被德国控制，海上尤其是地中海的力量均衡就会被打破。没有人相信希特勒会像承诺的那样在战争期间闲置法国舰队。一个不祥之兆似乎证实了海军部的担忧：英国信息部得知，德国人已经获得并正在使用法国海军的密码。

丘吉尔知道，一旦弩炮计划开始，若法国人不愿弃船或解除武装，行动指挥官可能不得不使用武力。奉命指挥该行动的是海军中将 J. F. 萨默维尔爵士，他早些时候已经在伦敦与上级讨论了这一计划。对萨默维尔来说，向法国人开火的想法让他深感不安。英国与法国曾是盟友，曾一起向德国宣战，军队曾经并肩作战，在阻止希特勒猛攻的徒劳尝试中付出了成千上万人伤亡的代价。而且，法国舰船上的军官与水手事实上是他们的海军同胞。即使在战争期间，所有国家的水手彼此之间也有强烈的亲切感，在严酷又危险的大海这一共同敌人面前，他们情同手足。他们认为拯救落水者是他们的责任，无论这是由不幸事故、风暴造成的，还是战争造成的。星期一下午，萨默维尔致电海军部，劝他们"应不惜一切代价避免使用武力"。

然而，他准备全力执行命令，也拥有执行命令的手段。海军部将战斗力极强的作战舰队交由他指挥，这一代号为"H 部队"的武装力量由十七艘战舰组成，包括"胡德号"战列巡洋舰和"皇家方舟号"航空母舰。到了星期一夜里，当丘吉尔召见比弗布鲁克时，该舰队业已在直布罗陀集结，做好了驶向米尔斯克比尔的准备。

萨默维尔海军中将现在需要的只是一道最后的命令。

在唐宁街十号的那个狂风呼啸之夜，第一海务大臣庞德宣布，他本人倾向于攻击法国战舰。海军大臣亚历山大开始时举棋不定，但很快站到了庞德这边。丘吉尔仍然备受煎熬。他称这件事是"一个可恨的抉择，是我做过的最不近人情、最痛苦的决定"。他需要比弗布鲁克为他指点迷津。

一如既往，比弗布鲁克没有丝毫犹豫。他劝丘吉尔发动攻击。他论证说，希特勒无疑将动用这些法国舰艇，哪怕这些舰长和船员们畏葸不前。"德国人会将法国舰队强制并入意大利舰队，由此称霸地中海，"他说，"德国人将威逼法国人，一旦他们拒绝，就会在第一天焚毁波尔多，第二天焚毁马赛，第三天焚毁巴黎。"

这说服了丘吉尔，但就在他发出执行指令后，即将发生的事件的严重性让他手足无措。他抓住比弗布鲁克的胳膊，把他带到唐宁街十号后面的花园。此时已经接近凌晨两点，户外狂风大作。丘吉尔匆匆穿过花园，比弗布鲁克在后面挣扎着跟上他的步伐。比弗布鲁克的哮喘突然发作。就在他站在那里呼哧喘着粗气时，丘吉尔意识到，发起攻击的确是唯一的出路，他开始痛哭。

萨默维尔于七月二日星期二清晨四点二十六分接到了最后命令。萨默维尔向在米尔斯克比尔坐镇指挥的法国海军上将让苏尔发出最后通牒，开始了这一行动，这一通牒给出了三个选项：加入英国一起对抗德国和意大利；航行到英国港口；航行到西印度群岛的法国港口，在那里解除武装或转交给美国妥善保存。

"如果您全部拒绝以上这些合理的提议，"萨默维尔在通牒里说，"我只能非常遗憾地要求您在六个小时内沉没您的舰艇。如果您最后未能选择以上任何一条提议，我将根据已经接到的国王陛下的政府的命令，使用一切必要的武力，阻止您的舰艇落入德国或意大利之手。"

H 部队于黎明时分离开直布罗陀海峡。当夜十点五十五分，海军上将庞德遵照丘吉尔的命令致电萨默维尔："现在你将受命执行有史以来英国舰队司令面对的最令人不快、最为艰难的任务，但我们对你深具信心，并将依靠你来无情地执行这一命令。"

在七月二日星期二那天的柏林，希特勒命令陆军、海军和空军指挥官们评估全面入侵英国的可行性，这是他自认真考虑这种袭击以来做出的第一个具体指示。

此前他几乎没有对入侵表现出什么兴趣。随着法国的陷落和英国陆军在敦刻尔克之后的混乱状态，希特勒设想英国将以某种方式退出战争。它的发生且尽快发生非常关键。英国是希特勒在西方的最后一个障碍，希特勒需要扫除它，这样他才能专注地实现入侵苏联的夙愿，避免双线作战（德语称"Zweifrontenkrieg"，一如既往地展现了这种语言的造词能力）①。他相信，即便是丘吉尔，也会在某个时刻承认，继续反抗是愚蠢的。希特勒认为，西线战事几乎已告结束。"英国毫无希望，"他告诉陆军统帅部首脑弗朗茨·哈尔德将军，"我们已经赢得了战争。成功的前景不可逆转。"希特勒对英国会寻求谈判非常有信心，他遣散了四十个国防军师团，占陆军总兵力的百分之二十五。

但丘吉尔表现得不像一个理智的人。通过各种途径，希特勒伸出了一系列间接的和平触角，包括通过瑞典国王和梵蒂冈，但全都遭到拒绝或漠视。为了避免让和平谈判的机会化为泡影，他禁止帝国空军总司令赫尔曼·戈林向伦敦市民区发动空袭。他对入侵英国的前景满怀忧虑，不愿考虑它，他的想法有充分的理由。早在希特勒开始衡量入侵行动之前，德国海军独立进行的早期研究便强调过此举面临的巨大阻碍，主要原因在于，德国在海军力量方面规模相对较小，装备也颇为落后。陆军方面同样面临着危险的障碍。

在向司令官们发布上述新指令时，希特勒的犹疑体现得颇为明显。他强调，"入侵英国目前还没有任何确定的计划"，他的要求仅限于考虑其可能性。然而，有一点他很确定：只有率先取得对皇家空军的空

---

① 该德语词由"Zwei"（双）、"Fronten"（前线）、"Krieg"（作战）三部分组成。

中优势，入侵才有可能成功。

七月三日星期三，凌晨三点，海军上将萨默维尔的 H 部队经地中海接近奥兰，部队提前派出了一艘驱逐舰和三位军官，旨在建立与法国人的通讯通道。附近有座古罗马城镇废墟，名为"乌尔图利亚"（Vulturia），听上去颇为令人不安。[①] 不久，一封要求会面的通知发给了法方负责人海军上将让苏尔。这封通知的开头是一连串的恭维："英国海军希望他们的提议能让您和英勇、光荣的法国海军站在我们一边。"它向法国海军上将保证，如果他选择与皇家海军并肩航行，"您的舰艇将继续由您领导，任何人都无须担心未来"。

通知的结束语是："一支英国舰队正在奥兰沿海等着迎接您。"

法国海军上将拒绝与英国军官会面。后者向前者发出一份手抄的最后通牒。时间是上午九点三十五分。英国海军上将萨默维尔通知法方："我们真切地希望你们接受提议并站到我们这边来。"

被分派给 H 部队的"皇家方舟号"航空母舰上的侦察机报告，法国舰艇上出现了准备起航的迹象，"蒸汽开始升腾，遮阳篷正被卷起"。

上午十点，法国海军上将发出消息说，他决不会让法国舰艇落入德国人手中，但也针对最后通牒起誓：如果英国人使用武力，他的舰艇将开火还击。一小时后他重申了这一誓言，承诺不遗余力地保卫他的舰队。

形势越发紧张。十一点四十分，英方发出通告，声称不允许任何法国舰艇离开港口，除非他们接受最后通牒所提出的条件。英国的空中侦察进一步发现了法国舰队准备拔锚出海的迹象。舰桥已经全员到位。

---

① 其发音近似英语中的"秃鹫"（vulture）一词。

海军上将萨默维尔命令"皇家方舟号"上的飞机开始在港口出口布设水雷。

正当萨默维尔准备通知法方他将在当日下午两点三十分轰炸他们的舰艇时,法国海军上将传话过来,说他同意举行面对面会谈。到了这时,萨默维尔怀疑法国人不过是想拖延时间,但他还是派出了一位军官。四点三十分,会谈在法国旗舰"敦刻尔克号"上正式开始,此时,法国舰船已完成起航准备,拖船就位。

萨默维尔下令布设更多的水雷,它们将被投放在奥兰附近的港口。

"敦刻尔克号"上的会谈进展很糟。英国使者表示,法国海军上将"极为义愤与生气",谈话持续了一个小时,但毫无成果。

伦敦的丘吉尔和海军部开始不耐烦了。法国海军上将显然在拖延时间,萨默维尔似乎也是。他不愿发起攻击,这情有可原,但行动的时刻已经到来。夜色将至。"除了给萨默维尔下达强制性指令,让他毫不犹豫地执行这令人反感的任务,再没有别的办法,"哈巴狗伊斯梅写道,"但在起草这条指令时,在场的所有人无不深感悲伤,而且心怀某种愧疚。"出于道德顾虑和担心法国可能向英国宣战,哈巴狗最初反对攻击法国舰队。"无论何时,在一个人倒地时再去踢他都绝不光彩,"他写道,"而当这个人是你苦难深重的朋友时,这样做简直可耻。"

海军部向萨默维尔发出电报:"尽快解决问题,否则你可能遇上法国的增援部队。"

下午四点十五分,"敦刻尔克号"上的会谈仍在进行,萨默维尔通知法方:如果他们不在五点三十分之前选择接受英国先前给到的最后通牒中的任意一项,他将击沉他们的舰艇。

H 部队已做好战斗准备。法国人同样如此。当英国使者离开"敦刻尔克号"时，他听到身后响起"行动"的警报声。下午五点二十五分，英国使者回到己方军舰，此时，距离萨默维尔给定的最后期限只剩五分钟。

截止时间到了——然后过去了。

夺取法国舰艇的行动同时在朴次茅斯和普利茅斯展开，英国军队基本上没有遇到抵抗。"他们肯定没有料到这次突然行动，"丘吉尔写道，"我们动用了占据压倒性优势的力量，整个行动表明，德国人在德方控制的港口里夺取法国军舰的控制权易如反掌。"

丘吉尔形容，在英国港口开展的行动基本上是"温和的"，一些法国船员实际上很乐意离开舰艇。一艘名为"叙尔库夫号"的巨型潜艇有所抵抗，其名称来自一艘十八世纪法国的私掠船。当一班英国人在甲板上奔跑时，法国人试图烧毁操作指南并破坏潜艇。双方交火，导致一名法国水手和三名英国水手丧生。"叙尔库夫号"最终投降。

在米尔斯克比尔港口外的地中海上，海军上将萨默维尔终于下令开火。当地时间为下午五点五十四分，几乎比他的截止时间晚了半个小时。他的军舰安置在一万七千五百码的"最大能见范围"，略小于十英里。

第一批投下的炮弹距离偏近。第二批炮弹击中了防波堤，炸开了松散的混凝土块，其中一些击中了法国舰艇。第三批炮弹命中了目标。载有一千两百名船员的大型法国战列舰"布列塔尼号"爆炸，向天空中喷出了一团巨大的橙色火团和数百英尺高的烟柱。一艘法国驱逐舰也爆炸了。港口中弥漫着的浓烟，挡住了在英国军舰上和空中的侦察机的视线。

英军开火一分钟后，法国人开始动用舰载大炮和岸上的重炮予以还击。他们的炮手调整目标，炮弹的落点距离英国舰艇越来越近。

萨默维尔用无线电发送消息给伦敦："我们正在激烈交火。"

在唐宁街十号，丘吉尔对海军大臣亚历山大说，这是"自战争爆发以来，法国人第一次全力作战"。丘吉尔完全相信法国会宣战。

英军炮弹又击中了一艘法国战列舰，军舰上喷出一连串橙色火焰。一艘大型驱逐舰在逃离港口时被击中。

在法方停止射击前，H部队的舰艇共发射了三十六批炮弹，每一枚直径达十五英寸的炮弹里面都填充着高爆炸药。下午六点零四分，萨默维尔下令停火，整个过程刚好持续了十分钟。

硝烟散去后，萨默维尔发现战列舰"布列塔尼号"已从视野中消失。这次攻击和随之产生的连锁反应总共令一千两百九十七名法国官兵丧生。从统计学的角度来说，每分钟约有一百三十人死去。其中，近一千人是"布列塔尼号"上的船员。萨默维尔的H部队无一伤亡。

开火的消息传到了唐宁街十号。丘吉尔在办公室里踱步，口中不断叨念着"太可怕了，太可怕了"。

正如女儿玛丽在日记中评论的那样，这次战役深深影响了丘吉尔。"我们被迫朝自己昔日的盟友开火，这真是太可怕了，"她写道，"爸爸为必须采取这样的行动而感到震惊与悲痛。"

从战略上说，这次袭击削弱了部分法国海军力量，益处显而易见。但对丘吉尔来说，它发出的信号具有同样甚至更重要的意义。在此之前，许多旁观者认为英国将寻求与希特勒停火，因为此时法国、波兰、挪威和许多国家都已经屈服在其淫威之下，但这次袭击以无可辩驳的证据——向罗斯福，也向希特勒证明了，英国决不会投降。

第二天，七月四日星期四，丘吉尔向下议院透露了米尔斯克比尔海战的经过，像讲述一个海上惊悚故事一样，他直截了当地叙述了整个海战的始末，对细节全无避讳。他称这是一次"令人忧郁的行动"，但其必要性无可置疑。"我充满信心地把对我们的行动的判断权交给议会。交给国家，交给美国。交给世界和历史。"

整个议场爆发出赞同的呼声，工党、自由党和保守党，无不如此。正如丘吉尔此前已经展示、未来还会继续展示的那样，他的辉煌技巧是，尽管传递的是可怕的消息，他也能让听众感到鼓舞与振奋。哈罗德·尼科尔森那天在日记上记下了"众志成城"的描述。尽管形势如此严酷，甚至现在还存在法国对英国宣战的风险，但尼科尔森有一种近乎兴奋的感觉。"如果我们能这样坚持下去，"他写道，"我们真的能够赢得战争。这是一场多么激烈的战斗啊！这是多么伟大的机会啊！我们针对法国舰队开展的行动在全世界产生了巨大的影响。我的斗志无比高昂。"

喝彩声持续了好几分钟。丘吉尔流泪了。阵阵喧嚣中，约翰·科尔维尔无意中听到丘吉尔说："这让我心碎。"

公众也同样欢欣鼓舞。国内情报处七月四日的调查显示，"全国所有地区都满意和欣慰地接受了"这场袭击，"人们认为，这次强有力的行动令人欢欣地证明了政府的活力与决断力"。一九四〇年七月的一次盖洛普民意调查发现，百分之八十八的英国民众支持首相。

然而，在海军部内部却有谴责声。参与这次袭击的高级军官称之为"完全背信弃义的行径"。据哈巴狗伊斯梅所说，法国海军军官给萨默维尔寄来了一封措辞严厉的信件，谴责这位舰队司令"令所有海军蒙羞"。萨默维尔表面上不理会这一非难，但伊斯梅写道："我敢肯定，这句话刺痛了他的要害。"

不久后，这一插曲给唐宁街十号的午餐桌上带来了紧张时刻。克莱芒蒂娜得到消息说，他们邀请的客人，目前寄居英国的夏尔·戴高乐将军，脾气比平时更坏了，她需要确保午餐时每个人都有最好的表现。帕梅拉·丘吉尔也在受邀客人之列。

在克莱芒蒂娜这一端的桌子上，谈话陷入了危险境地。她告诉戴高乐，她希望法国舰队现在加入英国对抗德国的战斗。"对此，"帕梅拉回忆道，"将军简短地回答说，他认为，真正能让法国舰队满意的是将炮口'对准你们！'"指对准英国舰队。

克莱芒蒂娜喜欢戴高乐，但也敏锐地意识到她丈夫对英方不得不击沉法国舰艇感到多么深沉的悲伤，她突然对这位将军发火，用流利的法语谴责其"言辞和态度无论作为盟友还是作为这个国家的客人都非常不妥"，帕梅拉如是描述道。

远在餐桌另一端的丘吉尔试图驱散紧张气氛。他身体前倾，用抱歉的口气讲起了法语："我尊敬的将军，请您务必原谅我的妻子。她的法语讲得太好了。"

克莱芒蒂娜瞪着丘吉尔。

"不，温斯顿。"她厉声说。

她又转向戴高乐，用法语说道："这不是原因。有些男人说不出来的事情，女人能说出来。我现在对您说的正是如此，戴高乐将军。"

第二天，戴高乐给她送了一个大花篮表示歉意。

二十　柏林

希特勒认真谋求着与英国达成协议以结束这场战争的可能，尽管他越来越确信，只要丘吉尔仍然在位，这件事就无法成功。英国在米尔斯克比尔对法国舰队的袭击无可争辩地证实了这一点。七月，希特勒会见了副手鲁道夫·赫斯，袒露了目前遭遇的挫败，并传达了自己对赫斯的"希望"——找到逼迫丘吉尔下台的方法，为将来能与一位可能更易妥协的继任者展开谈判扫清道路。在赫斯看来，希特勒交给他的是谋求西线和平的重任。

赫斯欣然接受了这一荣耀。有段时间，他比其他党员都更接近希特勒。他给希特勒当过八年私人秘书，一九二三年纳粹党暴动失败后，二人都被囚禁在兰茨贝格监狱里，正是在那里，希特勒开始撰写《我的奋斗》，赫斯担任他的手稿打字员。赫斯明白，希特勒在那本书中所设定的地缘政治核心原则，即与英国维持和平至关重要，他还知道，希特勒坚定地相信，德国在此前战争中所犯的致命错误，就是挑动英国加入战争。赫斯认为自己与希特勒之间配合极佳，已经达到了不需要命令即可执行他的意志的程度。赫斯仇恨犹太人，给犹太人的生活精心策划了许多限制。他把自己铸造成纳粹精神的化身，并承担了让全国人民永远崇拜希特勒和保证党的纯洁的使命。

但随着战争来临，赫斯开始失宠，赫尔曼·戈林这种人开始不断高升。现在，希特勒给他指派了这么重要的任务，这当然让赫斯大为欣慰。但时间所余无几了。法国现在已经垮台，英国要么同意解除战备，要么必须面对毁灭。无论如何，丘吉尔都必须离职。

在与赫斯的谈话中，希特勒表达了他对英国不肯妥协的沮丧，从字面上看，他的表述似乎预言了即将发生的事件。

"我还能做些什么？"希特勒问道，"总不能飞过去跪地乞求吧。"

对米尔斯克比尔的袭击确实让纳粹领袖们大吃一惊，但宣传部长约瑟夫·戈培尔现在看到，这一事件为德国开展对抗英国的宣传战开辟了一条新路。他在七月四日上午的会议中告诉助手们，要利用这一事件证明，尽管英国声称这次袭击符合法国的利益，但法国又一次承受了战争的冲击。"这次，"他告诉团队，"英国揭开面纱，露出了真面目。"

要尽一切努力煽动对英国，特别是对丘吉尔的仇恨，但不要引发公众有关全面进攻的呼声。戈培尔知道，希特勒仍对入侵犹豫不决，更倾向谈判。"因此，我们要按兵不动，因为我们无法预测元首的任何决定，"戈培尔说，"在元首发话前尽量让民众一直保持高涨的情绪。"

而且，就戈培尔所知，希特勒确实计划尽快发表讲话。两天后的一次会议上，戈培尔根据对希特勒的言论的预测，强调该部现阶段应通过宣传将这样一种想法推广给民众，即英国人"应该被给予最后一次只遭受相对轻微的惩罚的机会"。

戈培尔相信，希特勒即将发表的演讲将改变战争的进程，甚至可能结束战争，即使做不到这一点，至少也会为激发公众对丘吉尔的仇恨提供新路径。

在那一周的唐宁街十号，人们对法国是否可能对英国宣战，以及德国是否会当即入侵英国的担心加剧了。七月三日，一份由参谋长们撰写的报告警告道："敌军以入侵和（或）大规模空袭形式展开的针对我国的大规模作战，可能始于从现在起的任何一天。"报告罗列了由侦察和情报机构——其中确切的"秘密来源"无疑是指布莱奇利园——发现的各种不祥征兆。在挪威，德国军队正在征用并武装船只，这里有八百艘渔船。德国空军正将运兵飞机转移到前线的空军基地。德国海军在波罗的海沿岸举行了两栖登陆演习，并把两个降落伞兵团调到比利时。或许，最不祥的消息是："从最可靠来源获取的信息表明，德国人将在七月十日之后在巴黎举行阅兵式。"希特勒似乎认为，自己已经胜券在握。

"我有种感觉，"约翰·科尔维尔写道，"德国正在为一次重大行动积攒力量，这让人很不舒服。"

更加让他不安的是德国几天前（丘吉尔发表有关米尔克比尔海战的讲话那天）所采取的行动。二十架德国俯冲轰炸机对波特兰岛上的目标发动了空袭，这座位于英吉利海峡的岛屿正与英国南部海岸相连。德国轰炸机最终逃脱了皇家空军的拦截——"如果它们在光天化日之下做出如此行径，却可以安然无恙，未来实在不容乐观。"科尔维尔对此写道。

二十一　香槟与嘉宝

七月十日星期三，盖伊·马杰森来伦敦看科尔维尔。他们观看了一场以英语演出的施特劳斯轻歌剧《蝙蝠》。大部分观众都喜欢它的幽默，科尔维尔和盖伊却并非如此，二人在第三幕中途离场。科尔维尔在日记中写道："盖伊在中场休息时执意谈论政治，但她对此既无知又偏颇，只会一味地指责张伯伦和他的政府。这是我自认识她以来第一次感受到她那确定无疑的乏味和幼稚。"

正如科尔维尔所承认的，他希望通过寻找盖伊的缺点来缓解她不接纳他的爱而带来的刺痛。但他做不到，他仍然沉浸在爱河之中。

他们改道去了一家很受欢迎的夜总会：巴黎咖啡厅。"她恢复了迷人与可爱的一面，我忘记了之前形成的多少有些不愉快的印象。"他们聊着天，喝着香槟，跳着舞。一位演员模仿了英格丽·褒曼和格蕾塔·嘉宝。

凌晨两点，科尔维尔独自回到了床上，抱着盖伊总有一天会对他热情起来的信念，他觉得颇为满足。

二十二　我们已经如此低贱了吗？

英国正在屏息等待入侵。在议会和大本钟所在的威斯敏斯特宫附近，军队已经堆起了沙袋，修建好了机枪掩体。议会广场上，一座坚固的堡垒，一座碉堡，被伪装成 W. H. 史密斯售书亭。沙袋和枪械装饰着白金汉宫的庭院，为《纽约客》写稿的作家莫利·潘特－唐斯称，宫殿花园里的大片郁金香看上去"正是鲜血的颜色"。王后已经在学习如何使用左轮手枪。"是的，"她说，"我决不会像别人那样俯首帖耳。"士兵在海德公园里挖掘着反坦克壕，并在伦敦的中心地带竖起了阻止德国登陆部队的滑翔机的障碍物。一本关于如何应对入侵的政府小册子警告公民，留在家里，不要试图乱跑，"因为，如果逃跑，你将成为空中机枪扫射的目标，就像荷兰和比利时的那些平民一样"。

每天，越来越多的英国民众直接见证了战争的到来，在大批战斗机的护航下，德国轰炸机的空袭范围越来越深入这片国土。就在本周，一架轰炸机袭击了苏格兰的阿伯丁，投下了十枚炸弹，造成三十五人死亡，但没有触发防空警报。当夜，其他轰炸机袭击了加的夫、泰恩赛德和格拉斯哥一带。四十架有战斗机护航的俯冲轰炸机袭击了多佛尔的港口，炸弹和燃烧弹落在埃文茅斯、科尔切斯特、布赖顿、霍夫和谢佩岛上。丘吉尔确保罗斯福会知道这一切。现在，通过英国驻华盛顿大使，外交部每天都在向美国总统发送有关"战争局势"的电报，实事求是地叙述各个战区的行动。这些电报具有双重目的：让总统了解每日进展；更重要的是确保罗斯福明白，英国真实而迫切地需要美国的援助。

来袭的德国飞机经常遭到英国战斗机拦截，这让普通民众有了近距离目睹空战的机会。皇家空军的战斗机飞行员，以及他们在皇家空军轰炸机指挥部的同仁，迅速成了时代英雄。皇家空军正式成立于一九一八年四月一日，是上次世界大战即将终结的几个月里，英国为了更好地防御空袭，将几支原本由陆军和海军分别掌控的空中部队集结在一起的产物。如今，它是公认的对抗德国的第一道防线。

对玛丽·丘吉尔和她的朋友朱迪·蒙塔古来说，这些飞行员简直就是神。两个女孩在朱迪家的乡间宅院，诺福克的布雷克尔斯庄园，共同度过了这个"盛夏"，她们几乎每天下午都在与附近空军基地的轰炸机队员们调情，晚上还会去参加空军中队的舞会，根据玛丽的描述，这些舞会"非常欢快和喧嚣，经常有人喝得烂醉，时而交织着紧张的暗流（特别是在飞机未能返航的时候）"。她们交了些"特殊的朋友"（按照玛丽的说法），朱迪会邀请他们到家里"打网球，游泳，鬼混，在干草棚里接吻爱抚，或者就坐在花园里闲聊"。这些飞行员大多都是二十几岁、出身中产阶级的未婚男子，玛丽觉得他们非常迷人，当他们以"战斗队形"在只有树那么高的低空穿过布雷克尔斯时，她会非常高兴。有一次，来自沃顿附近某个基地的飞行员"让我们看到了任何人能想到的最华丽的空中战斗队形"，玛丽在日记中写道，"布伦海姆轰炸机一架接一架地从距离地面不足二十五、三十英尺的空中飞过。我们俩几乎兴奋得晕了过去"。

在丘吉尔看来，这些飞行员每天出生入死的战斗，将决定大英帝国的命运。民众在安全的花园里、散着步的乡间小路上，或者正在野餐、满是田园风光的草地上观看着空中的战斗，飞机的环形尾迹就这样布满了天空。薄暮中，白天的最后一缕阳光照耀在这些尾迹上，让它们发出琥珀色的光泽；黎明时分，它们变成了珍珠母般的螺旋形状。飞机坠向牧场和森林；飞行员们从驾驶舱里摔出来，跌落到地面上。

七月十四日，一支 BBC 流动广播队驻扎在多佛尔的峭壁上，希望能够遇到一场空战，进行一次实况报道，他们的报道后来被证明对部分听众而言过分狂热。BBC 播音员查尔斯·加德纳的叙述之详尽，令这场空战更像是场足球赛，而非英吉利海峡上的生死搏斗。这让许多听众觉得很不得体。一位伦敦女性给《新闻纪事报》写信道："我们真的已经如此低贱，竟可以把这样的事情看成体育比赛了吗？喧闹的叫喊声中，我们被引领着去听机枪的轰鸣声，被邀请去想象飞行员如何因降落伞的阻碍在海水中挣扎。"她怀着一定程度的先见之明警告："如果任由这类事情发生而不加阻止，我们所有可以触达的前线地区都会被安上麦克风，《广播时报》会被印上帮助我们追踪战事的方形图表。"大众观察组织的日记作者奥利维娅·科克特也很排斥这种做法。"不该允许这样做，"她坚决宣称，"它把苦痛转化成游戏和运动，不是为了帮助人们消化苦难，而是为了将人们引向最低级、最粗鲁、最应该抹去的残酷暴力的感觉。"

一位女性对国内情报处的调查员说，让节目变得更糟糕的，是播音员的那种"装腔作势和冷酷无情的腔调"。

但在第二天，七月十五日，在对三百名伦敦人进行快速调查后，国内情报处宣称："相当多的受访者非常热情地谈起这次广播。"《纽约客》撰稿作家潘特－唐斯猜测，大多数听众都陶醉在这场戏剧中。她在日记中写道："大多数体面的市民可能没那么容易被冒犯，而是坐在收音机旁，紧紧抓住他们的座椅欢呼着。"

尤其鼓舞公众的是，皇家空军的表现看上去一直优于德国空军。正如丘吉尔在外交部每日更新的电报中告诉罗斯福的那样，德国在多佛尔的战斗中已被证实损失了六架战机（三架战斗机、三架轰炸机），而英国只损失了一架飓风式战斗机。国内情报处七月十五日的报告发现，对在地面观战的公众来说，"击落敌机……比获得军事优势具有更强的心理效应"。

丘吉尔觉得这一切令人兴奋。当周，他对《芝加哥每日新闻》的记者说："毕竟，对一位朝气蓬勃的年轻人来说，有什么经历比以每小时四百英里的速度遇上对手，手握一千二或一千五的马力和无限的攻击力更辉煌呢？这是人们能够想象到的最壮观的狩猎方式。"

七月，在他没有奏效的辞职申请被原谅和忘却后，比弗布鲁克勋爵重新热情地投入战斗机的生产。他以狂热的速度制造飞机，以同样的速度树立敌人，同时也成了英格兰疼爱的儿子。尽管在对手眼里就是个强盗，比弗布鲁克勋爵的确巧妙地把控着人性，并精于引导工人和公众为他的事业服务。他的"喷火式基金"即为例证。

在他和空军部没有鼓动的情况下，牙买加（一九六二年以前一直是英国殖民地）的公民自发为建造轰炸机筹集资金，并通过该岛的主要报纸《新闻集锦日报》把钱送到了比弗布鲁克手中。这让比弗布鲁克心情愉悦，他进一步确保这份礼物和他表示感谢的电报得到了广泛关注。

很快，远自美国和锡兰等地的礼物纷纷到来，比弗布鲁克再次发电报感谢，并确保这些信息传遍全国。他很快意识到，这种公众行为不仅能为急需现金的飞机制造工程纾困解难，还能促进公众对战争的参与，更重要的是可以激励飞机厂的工人，他认为他们长期受到"缺乏动力"的困扰。

他从未公开发布捐款请求，却有意显示对所获捐献的感谢。当捐赠达到一定数额，捐赠者就可以为某架战斗机命名，如果更高，就可以为一架轰炸机命名。"为整支空军中队命名成了目标。"比弗布鲁克的秘书之一戴维·法勒如此回忆道。不久后，BBC 开始在晚间新闻广播中播报捐款者的姓名。最初，比弗布鲁克会给每位捐赠者写一封私人感谢信，但当这变成一项沉重的义务后，他指示秘书选出那些最值得关注的赠礼，不管是因为数额庞大，还是因为礼物背后的故事。一个捐赠了几便士的孩子和一个富有的实业家有同样的机会得到回信。

源源不断的钱开始流向飞机生产部，其中绝大部分款额都不大，往往以"喷火式基金"的名义累计在一起捐赠，这一名称与人们对这种已经成为空战标志的战斗机的偏爱有关（虽然皇家空军的飓风式战斗机数量多于喷火式战斗机）。尽管比弗布鲁克的批评者对该基金颇为不屑，称其不过又是比弗布鲁克的一个"噱头"，但事实上，它很快就以每月一百万英镑（相当于今天的六千四百万美元）的速度吸纳赠款。至一九四一年五月，该基金募集到的资金总额达到了一千三百万英镑（相当于今天的八亿三千两百万美元），此时，法勒写道："几乎英国每座大城镇的名字都出现在飞机上。"

该基金对战斗机和轰炸机的总生产而言影响甚微，但比弗布鲁克看到了它在精神影响层面的更大价值。"对无数男男女女来说，"秘书法勒写道，"比弗布鲁克让他们能够更容易地对战争产生个人兴趣，并为其做出热情奉献。"

比弗布鲁克还找到了其他提高参与度的方法，只是同样带有"出奇制胜"的色彩。与丘吉尔一样，他也认识到了象征的力量。他把皇家空军飞行员派去工厂，试图在飞机生产过程与驾驶飞机的人之间建立直接联系。他要求这些人必须是制服上有飞行翼章的真正参与战斗的飞行员，而非临时从办公桌上叫来的皇家空军官员。他还下令把那些被击落的德国飞机的外壳运送到全国各地巡展，以此打消公众对飞机生产大臣从中捣鬼的疑心。他看到了让平板货车拖着被击落的飞机穿过遭受轰炸的城市的巨大好处。这种他称之为"马戏表演"的行为总是大受欢迎，尤其是在受灾最严重的地区。"人们似乎非常乐意看到这些飞机，"比弗布鲁克对丘吉尔说，"马戏表演产生了巨大的影响力。"

农场主、村里的长者和高尔夫球场经营者抱怨德国飞机出现在他们的农田、广场和草地上，比弗布鲁克听到后却决定不必急于把飞机弄走，这和他急于回收可修理的皇家空军战斗机的情况完全相反。在收到某高尔夫球场的抱怨后，他下令让那架德国飞机留在原处。"看看坠毁的飞机对那些来打球的人有好处，"他对宣传员说，"这会让他们意识到战争来了。"

希特勒被丘吉尔的抵抗和言辞激怒了，他下令开展英国人恐惧的那项行动，从海上全面入侵。在此之前，德国方面一直没有入侵英国的具体计划，无论粗略还是细致。七月十六日星期二，他发布了第十六号指令，题为"对英登陆行动进入准备状态"，代号"海狮行动"。

"由于英国不顾其毫无希望的军事处境，没有表现出任何准备达成和解的迹象，"指令如此开篇，"我决定，对英登陆行动即刻进入准备状态，必要时将予以执行。"

他预计，这是一次大规模的海上进攻："这次登陆将以意想不到的方式进行，横跨从拉姆斯盖特至怀特岛以西的广阔前线。"这一大片英国海岸将英吉利海峡最狭窄的一段多佛尔海峡包括在内。（根据指挥官们的设想，第一波行动将动用多达一千六百艘船只运送十万兵力。）海狮行动相关的一切安排和准备工作将于八月中旬完成，希特勒写道。他设定了一些入侵前必须完成的目标，其中最重要的是："必须从道义和物质层面削弱英国空军的力量，使其无法对我军跨海行动实施有力攻击。"

二十三　名字里面有什么？

丘吉尔家里突然出现了一场不大但很紧迫的危机。

到了七月，帕梅拉·丘吉尔确信自己怀的是男孩，决定以首相的全名温斯顿·斯宾塞·丘吉尔为孩子命名。但同一个月，丘吉尔堂弟的妻子马尔伯勒公爵夫人生了一个男孩，她也要求以这一全名为儿子命名。

帕梅拉大受打击，且非常气愤。她哭着去找丘吉尔，恳求他做点什么。丘吉尔认同自己有权决定这个名字该给谁，并表示给孙子比给侄子更合适。于是他打电话给公爵夫人，毫不客气地说名字是他的，他要把这个名字给帕梅拉即将出世的儿子。

公爵夫人申辩说，帕梅拉的孩子都还没出生呢，显然无法确定是不是男孩。

"当然会是男孩，"丘吉尔厉声说，"即使这次不是，下次也一定是。"

于是，公爵夫妇给他们的孩子重新取名为查尔斯。

二十四　暴君的呼吁

　　七月十九日星期五，希特勒大步走上柏林克罗尔歌剧院的讲台，向德国的立法机构帝国议会发表讲话。自一九三三年的国会纵火案让该机构的正式场地无法使用以来，帝国议会一直在此地开会。希特勒旁边的讲台上，坐着身躯庞大、心情愉快的德国空军总司令戈林，他"像个在圣诞节清晨摆弄着玩具的幸福孩子"，目睹了这次讲话的记者威廉·夏伊勒这样写道。夏伊勒又补充道："只是他玩的某些玩具是多么致命啊，除了卡琳宫阁楼里的电动火车，碰巧还有斯图卡轰炸机！"当晚，戈林和十二位将军将获得擢升，将军们将被提拔为空军元帅，而已经是空军元帅的戈林则将被提拔至"帝国元帅"这个新设立的位置上。希特勒了解这个部下。他明白，戈林需要特别的关注和闪光的勋章。

　　根据会议纪要，这个星期五早些时候，宣传部长约瑟夫·戈培尔在晨会上已经把这次讲话及其潜在影响设定为工作重心。他提醒道，尽管外国的反应不大可能在两三天内完全显露，但这次讲话肯定会让英国的公众对丘吉尔的舆论两极分化，甚至迫使丘吉尔辞职。会议纪要声称："部长强调，英国的命运将在今晚决定。"

　　当希特勒开始讲话时，坐在听众席上的夏伊勒又一次为他的演说技巧倾倒。"真是位了不起的演员，"夏伊勒在日记中写道，"他真的牢牢掌控着德国人的心理。"让夏伊勒尤为惊叹的是，希特勒设法将自己同时塑造成征服者和谦卑的和平请求者。夏伊勒还注意到，希特勒这次讲话的声音比平时更低沉，也没有平时的装腔作势。他用身体来强调与放大试图传递的思想，会微微偏头以表示讽刺，动作如眼镜蛇一般优雅。特别引起夏伊勒注意的，是希特勒的手的运动方式。"今天晚上，他把自己的这双手用得漂亮极了，他在表达自己时频繁用到手势和身体语言，几乎就跟对语言和声音的使用一样多。"

希特勒首先回顾了这次战争迄今为止的发展，他将战争归咎于犹太人、共济会，还有以丘吉尔为首的英法两国"好战分子"。"我深深地厌恶这类让整个民族与国家遭难的厚颜无耻的政治家。"希特勒说。他认为这场战争是为了挽回德国的尊严，并将国家从《凡尔赛和约》的压迫中解救出来。他向军队和将军们道贺，点名称赞了许多人，同时特别提到了他的官方副手鲁道夫·赫斯、希特勒的保卫队纳粹党卫军的首脑海因里希·希姆莱、约瑟夫·戈培尔，以及四人当中最受宠的、让他花了好几分钟来夸赞的戈林。

据夏伊勒观察："在希特勒讲话的过程中，戈林靠在桌上啃着铅笔，然后用胡乱写出的大字母，草草记下了他将在希特勒的讲话结束后发表的评论。他就像一个必须在下课前交出作文的学童，啃着铅笔、皱着眉头乱写一通。"戈林不时还会咧嘴大笑和喝彩，用力地拍着两只大手。希特勒宣布提拔戈林，递给他一个盛放着军服上必备的新徽章的盒子。戈林打开盒子，探头看了看，然后继续啃起了铅笔。他那"孩子气的骄傲和满足感几乎令人感动，这个老屠夫啊"，夏伊勒写道。

希特勒转而谈到未来。他声称自己掌握了最强大的军队，并承诺将给英国带来"无休止的痛苦与灾难"，以回应英国空军对德国的空袭——尽管这可能不会对丘吉尔本人产生影响，"因为那时他无疑已经逃到了加拿大，那些有志于战争的重要人物总会把他们的钱和孩子送去那里。对其他数百万人来说，深重的苦难则即将开始。"

接着到来的，就是戈培尔相信将会决定英国命运的那部分讲话。"丘吉尔先生，"希特勒说，"……当我预言一个伟大的帝国，一个我从未想过要摧毁或伤害的帝国将被毁灭时，请相信我一次。"

他警告道，这次战争唯一可能的结果，便是德国或英国的湮灭。"丘吉尔或许相信会是德国，"他说，"我知道将是英国。"他用手势和身体语言清楚地说明，这不仅仅是恐吓。"此时此刻，面对我的良心，我感到有责任再次呼吁大英帝国和其他所有地区回归理智和常识。我想，自己之所以能发出这样的呼吁，是因为我不是乞求爱怜的被征服者，而是以理智的名义发言的征服者。"

突然间，这位征服者化身为谦逊的元首。"我看不到必须继续这场战争的理由，"他说，"一想到它将造成的牺牲，我就感到悲痛。我希望避免这种情况。"

头顶，在柏林歌剧院的上空，德国王牌飞行员阿道夫·加兰和他的飞行中队组成了一道防御皇家空军轰炸机的保护屏障，这一飞行任务是对他们在法国战役中的表现的嘉奖。

尽管只有二十八岁，加兰已经是一位经验丰富的战斗机飞行员，以及他所在中队的指挥官了。大耳朵、黑皮肤的他脸上挂着黑色的胡子和开朗的微笑，完全没有那种被纳粹党珍视的日耳曼民族式的冷漠，也不是党的意识形态的狂热信徒。他外形洒脱，时常歪戴军帽。就在这场讲话的前一天，他被提拔为少校，并因击落十七架飞机和为德国地面部队提供有效支持被第三次授予骑士十字勋章。等到指挥官阿尔贝特·凯塞林亲自为他颁发奖章时，加兰总共击落的飞机经证实已增至三十架。在希特勒讲话时担任空中护卫者的角色并非完全是荣誉性的，加兰后来写道："只要有一枚炸弹出其不意地落在克罗尔歌剧院，就能一下子让整个德军最高司令部化为乌有，因此，这种防范确实很合理。"

加兰迄今为止的个人经历，蕴含的正是整个德国空军从诞生到壮大这一更为宏大的故事。加兰年少时便痴迷于航空，一战后有关巴龙·冯·里希特霍芬空战壮举的宣传报道进一步点燃了他的想象力。他从十七岁开始使用滑翔机。父亲逼迫他参军，但他一心只想飞行，并找到一种在空中谋生的方式。他最大的心愿就是驾驶带有动力装置的飞机。他只看到了一条路：成为德国新成立的航空公司德国卢夫特·汉莎公司（后来被简称德国汉莎航空）的飞行员。但所有向往飞行的年轻人似乎都怀着同样的想法。与加兰一样申请了德国航空飞行员学校的青年多达两万人，而候选名额只有一百个，最终录取的仅有二十人。加兰正是其中之一。到了一九三二年底，他已经获得初级飞行证书。

情况接着发生了出乎意料的变化。加兰和另外四名学员突然接到命令，前往柏林的飞行学校报道，他们在那里受邀参加驾驶军用飞机的秘密课程。这是保密行动，希特勒此时正要无视终结第一次世界大战的《凡尔赛和约》，开始重新武装德国。五名学员全部接受了这一提议，他们身穿平民服装，前往慕尼黑附近的一个机场参加战术课程，在那里花了二十五个小时驾驶老式双翼飞机，学习在编队中飞行和扫射地面目标的技巧。据加兰回忆，事件的高潮是赫尔曼·戈林的一次到访，当时他已经在秘密地新建一支空军。

当了一段时间的商用客机副驾驶员后，加兰于一九三三年十二月被召回柏林，受邀加入戈林的秘密军队——德国空军。第二年秋天，他奉派参加第一支战斗机部队。在西班牙内战中，这支空军以弗朗西斯科·佛朗哥将军国民军的名义开始执行战斗任务，完成任务的飞行员带着一种浪漫与英雄情结并存的生活故事回来时，受到感染的加兰自愿参战。没过多久，他与另外三百七十名德国空军人员一起，身穿便服，携带着证明他们是平民的证件，登上了一艘驶向西班牙的不定期货船。在西班牙，加兰失望地发现，他带领的是一支配备着老式双翼飞机的战斗机部队，同伴却驾驶着最新款的梅塞施米特 Me 109 战斗机。德国空军在西班牙的经历带来许多有关空战的宝贵教训，但也让戈林和其他高级军官产生了一种错误认识。由于德国在西班牙部署的轰炸机恰巧比敌方的老式战斗机飞行速度快，他们早早地有了种一厢情愿的确信，即认为轰炸机不需要战斗机护航。

加兰参加了希特勒发动的每一场闪电战，最后终于被分派到驾驶最新款战斗机的部队。不久，他便与驾驶着最新款飓风式战斗机和喷火式战斗机的皇家空军飞行员首次交锋。他立即明白，今后面对的是和此前完全不同的对手——这正是他所期待的战斗，"每一次无情的出航都成了'你死我活'的战斗"。

双方第一阵营的战斗机可谓势均力敌，尽管每一方都具有在特定条件下产生相对优势的某些属性。英国的喷火式战斗机和飓风式战斗机火力更大、机动性更好，但德国的梅塞施米特 Me 109 在海拔更高时性能更好，且携带着防护性更强的装备。喷火式战斗机配有八挺机关枪，Me 109 只配了两挺，但它还有两门发射爆炸弹的机关炮。这三种战斗机都是单引擎、单尾翼，飞行速度都远大于每小时三百英里，这在过去简直闻所未闻，不过，它们也都有同样的短板：所携带燃料只够维持大约九十分钟的飞行时间，几乎不够往返伦敦。总的来说，梅塞施米特被认为是最优良的飞机，但德国还有更大的优势，即加兰这种空战经验更丰富的飞行员。德国空军战斗机飞行员的平均年龄为二十六岁，而他们的对手皇家空军只有二十岁。

随着德国陆军节节胜利，加兰的战斗机部队一次次转移到新机场，以跟上前进的战线，也就离法国海岸线越来越近，离英国越来越近。每次接近，都意味着战斗机可以在英国本土作战的时间变得更长了。战争的下一个阶段即将开始，除非丘吉尔和希特勒达成和平协议。在加兰看来，结局已经注定：英国将被粉碎。

希特勒讲话结束一小时后，德方收到了英国的第一份回应，这一来自BBC的广播评论事先并未得到丘吉尔或者外交大臣哈利法克斯授权。评论员塞夫顿·德尔默直言不讳地说："我来告诉你吧，我们英国人是如何看待你呼吁我们回归理智与常识的。""元首和总理先生，我们要把它直接扔到你那恶臭的牙齿上！"

威廉·夏伊勒听到BBC的回应时，正在柏林的德国广播中心准备就希特勒的讲话发表报告。夏伊勒写道，播音室内的各位官员"无法相信自己的耳朵"，有人喊道："你能明白吗？你能理解那些英国傻瓜吗？现在拒绝和平？……他们疯了。"

三天后，英国做出了官方回应，但并非来自丘吉尔。"我不打算对希特勒先生的讲话做任何回应，根本无法与他交流。"他打趣道。在七月二十二日星期一晚上九点十五分做出回应的是外交大臣哈利法克斯，他的回答极为明确。"我们不会停止战斗，"他说，"直到我们和其他人的自由得到保证。"

宣传部长戈培尔指示德国媒体，将哈利法克斯的官方拒绝描述为"战争罪"。在七月二十四日星期三的晨会上，戈培尔概述了德国的宣传机构现在该如何工作："必须在财阀控制的集团中注入不信任，必须逐步灌输对即将降临的事情的恐惧。所有这些都必须尽可能地强化。"

一大批德国的"秘密电台"被伪装成英国电台投入使用，"以引发英国人民的惊慌与恐惧"。为掩盖德国身份，它们费尽心思，甚至不惜在广播中批评纳粹党。它们在报道中塞进了大量空袭所造成伤亡的可怕细节，以期民众在遭受第一波空袭时感到恐慌。戈培尔还命令播报一些看似在教人们如何应对空袭的广播节目，但其中包含的细节却旨在进一步恐吓英国听众。

同样是为了加深英国人对入侵的忧虑，戈培尔指示电台报道了德国军队在敦刻尔克发现十万件被丢弃的英国军装的虚假新闻。"等时机合适，这些秘密电台就可以讲讲德国伞兵穿上这些制服在英国降落的故事了。"

目前，包括阿道夫·加兰所在部队在内，几乎所有德国战斗机都集结在法国境内英吉利海峡沿岸的机场里，它们的基地就位于加来附近的一座机场，距伦敦市中心仅有一百英里。

二十五　教授带来的惊喜

那位教授——弗雷德里克·林德曼——很快在白厅上下博得了难打交道的名声。他的确才华横溢，但一次又一次地表现出喜欢扰乱别人工作的烦人倾向。

七月二十七日星期六晚上，林德曼跟丘吉尔一起在契克斯吃饭。与平时一样，房子里挤满了客人：比弗布鲁克、伊斯梅、丘吉尔的女儿黛安娜及其丈夫邓肯·桑兹，还有包括帝国总参谋长和陆军元帅约翰·迪尔爵士、英国陆军第三军团指挥官詹姆斯·马歇尔－康沃尔爵士在内的许多高级军官，他们大多都会在这里用餐并留宿。玛丽·丘吉尔不在，她仍在闺蜜及表妹朱迪·蒙塔古位于诺福克的庄园里避暑。与平时一样，客人们盛装出席，女人穿着礼裙，男人穿着晚礼服，林德曼则穿着平日里的晨服和条纹裤子。

丘吉尔精神饱满，"洋溢着热情和极富感染力的欢乐"。马歇尔－康沃尔将军后来写道。将军坐在丘吉尔和教授中间，陆军元帅迪尔坐在他正对面。丘吉尔喜欢用迪尔官衔的简称"CIGS"① 称呼他。

香槟端了上来，丘吉尔立即询问马歇尔－康沃尔指挥的两个师团的情况，他们几乎把全部的装备都丢在了敦刻尔克。将军一开始做得不错，他告诉丘吉尔自己面临的第一个考验是强调进攻并解释道，此

---

① 帝国总参谋长（Chief of the Imperial General Staff）的首字母缩写。

前军团一直"痴迷于防御战术，每个人的主要目标都是退到反坦克障碍物后面"。他说，兵团的新口号是"出击，不要坐视"。

丘吉尔很高兴。"好极了！"他对将军说，"这就是我想要看到的精神。"马歇尔－康沃尔显示出的自信让丘吉尔提出了另一个问题："我想你的兵团已经做好上战场的准备了？"

"还早着呢，长官，"马歇尔－康沃尔说，"我们还没重新装备好，然后还需要一两个月的时间进行强化训练。"

丘吉尔的情绪立即萎靡下来。他带着难以置信的目光愤怒地看着将军，把手伸进晚礼服的口袋里，拿出了一沓文件：教授提供的最新的"备战状态"图表。这是林德曼办公室当月早些时候按照丘吉尔的要求开始编制的统计数据，据说展示了每个陆军师团每个星期的备战状态，细致到步枪、机枪和迫击炮的装备数量。这些汇编成果成了白厅恼怒的根源。"我们意识到，"陆军部的一位高级官员说，"林德曼教授的部门过去使用数字的方式可能会给首相传达一种错误的印象。"

丘吉尔打开刚刚从口袋里拿出的那沓数据，尖锐地问马歇尔－康沃尔将军："你那两个师团叫什么？"

"威尔士第五十三师和伦敦第二师。"将军回答。

丘吉尔用一根胖墩墩的手指在教授的汇编成果中急切地找来找去，找到了这两个师。

"在这儿呢，"丘吉尔说，"人员、步枪和迫击炮完成至百分之百，炮兵、反坦克步枪和机关枪完成至百分之五十。"

这让那位将军吓了一跳。他的师团根本没准备好呢。"请原谅我，长官，"他说，"那可能指的是军械库准备下发给我们部队的武器，但我们已经收到的远远没有达到那个数量。"

丘吉尔瞪大了眼睛，"气得几乎说不出话来"，马歇尔－康沃尔将军这样描述，他把那些文件扔给了桌子对面的帝国总参谋长迪尔将军。

"CIGS！"他说，"核对这些文件，明天交给我。"

一切谈话都瞬间停止了。"似乎需要有什么东西转移一下注意力。"马歇尔－康沃尔写道。丘吉尔提供了这个机会。他向坐在马歇尔－康沃尔另一边的教授俯过身去。

"教授！"他吼道，"你今天有什么要跟我说的？"

尽管林德曼表面上低调——苍白的外貌、低沉的声音和不那么热情的性格——但他实际上喜欢成为人们瞩目的焦点，而且他明白，他可以利用外表的温和来加强他所说和所做之事的影响。

现在，在桌子旁边，林德曼慢慢地把手伸向燕尾服的口袋，用魔术师般的动作抽出一颗手榴弹，是那种经典的带槽"菠萝"，通常叫作米尔斯手榴弹，带有杠杆拉手和金属拉环。

这吸引了每个人的注意。桌子周围的人们都露出担心的神情。

丘吉尔喊道："你那是什么啊，教授，那是什么！"

"这个嘛，"林德曼说，"是发给英国步兵的没用的米尔斯手榴弹。"它由十几个不同的部分组成，他解释道，每个部分都必须用不同的加工过程手工制造。"现在，我设计了一种改进过的手榴弹，加工部件比较少，装的爆破炸药多百分之五十。"

总是愿意接受新玩意或者新武器的丘吉尔叫了起来："太棒了，教授，太棒了！这才是我想听到的。"他对迪尔将军说："CIGS！立刻报废米尔斯手榴弹，引进林德曼手榴弹。"

根据马歇尔－康沃尔的记载，迪尔"完全被吓呆了"。陆军已经与英国和美国厂家签订了几百万只老式手榴弹的合同。"但首相连听都不听。"马歇尔－康沃尔说。

然而，晚餐结束后，人们进行了更冷静的评估，最终决定让米尔斯炸弹继续服役，并在此后三十年间持续做出了多种改良。至于林德曼在晚餐期间炫耀的那颗手榴弹是不是真家伙，已成为无法考证的历史细节。

现在，丘吉尔指着餐桌另一面的比弗布鲁克。"马克斯！"他叫道，"你最近在做什么？"

比弗布鲁克温和地嘲弄着教授和他的数字，他回答："首相！给我五分钟，您将得到最新数字。"

他离开餐桌，走向房间一端尽头的电话机。一会儿他回来了，咧着嘴，笑眯眯的，一副打算恶作剧的样子。

他说："首相，最近四十八小时，我们的飓风式战斗机生产量增加了百分之五十。"

二十六　黎明时分的白手套

丘吉尔发现，自己在与罗斯福总统进行交流时必须非常小心。

一方面，他必须让总统明白现在情况已经何等紧迫。同时，他也绝不能把英国的形势说得过分惨淡，这可能让罗斯福不敢向英国提供大量援助，因为他会担心，如果英国垮了，美国的装备就会被弃之不用或者销毁，甚至更糟糕地被德国人缴获，最终被用于对付美国军队。成千上万的卡车、枪支和物资被丢弃在敦刻尔克，生动地证明了失败会带来多么高昂的物质损失。丘吉尔知道，现在的关键是要巩固英国对自己最终将取得胜利的信心，而且，最重要的，是要抹除任何官方的悲观主义表现。这一点在如何对待英国舰队的最终处置上尤为重要。米尔斯克比尔的行动很大程度上缓解了人们对法国舰队的担心。美国想要英国保证，英国永远不会把它自己的舰队奉送给德国，并考虑在赠送驱逐舰给英国时签订协议，一旦失败不可避免，英国舰队应转交美国控制。

丘吉尔痛恨将舰队作为谈判杠杆的想法。在八月七日的一份电报中，他指示英国驻美大使洛西恩勋爵抗拒任何这类讨论，即使是讨论其可能性也不可以，他担心这会传递失败主义，"其影响将是灾难性的"。一个星期后，丘吉尔在战时内阁会议上攻击了同一议题，根据会议纪要，他说："我们现在绝不可以说任何影响士气、任何引导人民认为我们现在不应该继续战斗的话。"

然而，他在给洛西恩的电报中表示，只要美国参战并成为全面盟友，"为了最终能有效地击败敌人"，英国舰队可遵循任何双方所认为必需的战略布局。他从美国对英国舰队的兴趣中看到了积极的一面，这说明罗斯福认真地考虑了他此前的警告，即英国一旦战败并受到纳粹控制，将对美国构成严重威胁。正如丘吉尔看到的那样，让美国方面有些担心是有好处的。他告诉洛西恩："我们无意消除美国在这方面的任何有理由的担心。"

丘吉尔也理解美国公共舆论已分成对立的两派，其中一方是不愿意与战争产生任何瓜葛的孤立主义者，另一方则相信战争终将到来，美国等待的时间越长，干预的代价将会越高。但罗斯福无法同样清晰地看到可怕的未来，这一点也让丘吉尔深感恼怒。五月，丘吉尔首次询问了租借五十艘老式驱逐舰的可能性，六月十一日，他再次重复了这一请求，并声称"今后六个月至关重要"。但美国仍未发来这批舰船。丘吉尔知道罗斯福是精神上的同盟，但像他的许多英国同胞一样，丘吉尔所设想的总统先生手中掌握的权力，远比其实际拥有的要大。为什么罗斯福不能进一步把这种精神上的忠诚转变为物质上的援助，甚至直接干预呢？

然而，罗斯福所面对的，是一种复杂得令人生畏的政治局面。美国国会已然因相互对立的情绪而分裂，起因是有人提出了一项提案，呼吁在全国范围内征兵，一旦如此，这将是美国历史上首次在和平时期征兵。罗斯福认为必须这样做。战争在欧洲开始时，美国陆军只有十七万四千人，其武器配备之陈旧，甚至包括了一九〇三年生产的斯普林菲尔德步枪。五月，美国南方举行的一次有七万士兵参加的军事演习，已经充分揭示了这支军队凄惨的备战状态，而如果他们要面对的是像希特勒高度机械化的军队那样强大的对手，这支陆军无疑就更加不堪一击了。正如《时代》周刊所说："面对欧洲的全面战争，美国陆军看上去如同几个扛着仿真玩具枪的可爱男孩。"

罗斯福相信，根据一九四〇年的联邦弹药法案（该法案规定，美国向国外发运军事装备之前，必须先由国会确认美国自己并不需要这些装备），向英国发运五十艘驱逐舰需要得到国会批准。考虑到征兵提案论争已经引发的激愤，罗斯福认为，想要得到这一批准几乎不可能，哪怕这批舰船确实已经过时，甚至就在这年早些时候，国会还曾有过将其报废的打算。但海军的干预声称这批驱逐舰其实是至关重要的资产。

让事情进一步复杂化的是，一九四〇年是大选年，而罗斯福已经决定史无前例地角逐第三个总统任期。他已于七月十八日在芝加哥举行的民主党全国代表大会上接受了该党的提名。他对英国的困境深表同情，而且愿意尽其所能给予援助，但他也明白，许多美国人极力反对参战。至少就目前而言，他和他的共和党对手温德尔·威尔基都以慎重的态度对待这一问题。

然而，对丘吉尔来说，战争的威胁变得越来越大。德国海军有两艘全新的战列舰即将下水，分别是"俾斯麦号"和"蒂尔皮茨号"，丘吉尔将它们认定为"最重要的目标"。德军针对过境商船和英国驱逐舰的空中打击和潜艇袭击越来越高效，在这种情况下，英国驱逐舰正如丘吉尔发给罗斯福的电报中所说的那样，"面对空袭脆弱得令人恐惧"。美国驱逐舰眼下不仅对护卫船队至关重要，还将有助于国内水域的警戒工作，并为英国重组与重新装备从敦刻尔克撤退的部队争取时间。但罗斯福始终保持着令人恼火的冷淡态度。

丘吉尔永远不会躬身乞求，尽管在七月底，他几乎就要这样做了。在七月三十一日星期三发给罗斯福的一封电报中，丘吉尔写道，英国现在对驱逐舰以及其他装备的需求"极为迫切"。这是个关键时刻，他警告道。美国舰船的在场或缺席，仅仅是"这个次要和容易补救的因素"，就可以决定"整场战争的命运"。在电报草稿中，他以一种过去从未对总统先生使用过的口气强调道，"在当前这种形势下，我无法理解，您为什么不能至少把你们最老式的五六十艘驱逐舰派过来"，但最终又略去了这句话。丘吉尔承诺立即为这些军舰装备潜艇探测声呐，并把它们部署在西部通道（英吉利海峡的西部入口汇聚的航道）来对抗德国潜艇。这些驱逐舰对抗击预期的两栖入侵也至关重要。"总统先生，我必须怀着极大的敬意告诉您，纵观整个漫长的世界史，此举现在极为必要。"

丘吉尔后来复述时，在"现在"两个字上用了斜体。

罗斯福确实理解英国对于驱逐舰的迫切需求，而且在八月二日星期五，他召集了一次内阁会议，试图找到一种能把舰船给到英国但又不违背美国中立法案的方法。

会议期间，海军部长弗兰克·诺克斯提出了一个想法：为什么不将这种转交当作一门交易呢？美国把驱逐舰交给英国，以此换取进入包括纽芬兰和百慕大群岛在内的英国在大西洋诸岛上的海军基地的权利。法律允许那些最终能够提升美国安全状况的战争物资运送，用陈旧的驱逐舰换取战略基地看上去满足这个要求。

罗斯福和内阁批准了，但考虑到政治气候，他们同意，这一交换仍须国会通过。

罗斯福请参议员盟友克劳德·佩珀发起一项授权该交易的提案。要想有机会通过，该提案需要获得共和党的认可，但现在有这么多美国人固执地反对参战，且大选即将到来，事情摆明了不可能实现。

佩珀告诉罗斯福，这项提案"根本没有通过的希望"。

星期五，丘吉尔让比弗布鲁克成为他的战时内阁的正式成员，此后不久又让他正式加入防务委员会。比弗布鲁克不情不愿地参加了。他仇恨委员会——无论哪种形式，无论哪个层级。他的办公室里有一块牌子上写着："委员会严重影响了战争。"

他最不需要的事情就是开会。"我在飞机部整天都被更多的生产需求驱赶着，"他在一部私人回忆录里写道，"空军得不到足够供应的恐惧令我疲惫不堪。他们却要求我参加数不清的内阁会议，如果我缺席了，首相就会派人去叫我。"丘吉尔还会叫他参加防务委员会那些一直开到深夜的会议，结束之后，丘吉尔会让他留下，与他在会客厅里继续讨论。

"负担实在太重了。"比弗布鲁克写道。他同时指出，丘吉尔有一个不甚公平的优势：睡午觉。

八月四日星期日，丘吉尔的儿子伦道夫从他所在的军团——女王第四私人轻骑兵团——休假回到唐宁街十号。穿着军装的他看上去很是精干和健壮。

第一晚在欢快的氛围中开始，他在唐宁街十号和帕梅拉、克莱芒蒂娜和丘吉尔一起愉快地享用了晚餐，每个人兴致都很高。晚饭后，丘吉尔回去工作，克莱芒蒂娜回到她那独自度过了许多夜晚的卧室。她不喜欢丈夫的许多朋友和同事，在自己房间里吃晚饭让她愉快得多，这个简朴的房间里只有一张单人床和一个盥洗盆。与此同时，丘吉尔每周主持或参加差不多五次晚宴。

尽管这是很长一段时间以来伦道夫第一次在家过夜，他饭后还是独自去了萨沃伊酒店。他计划见一位朋友，美国记者 H. R. 尼克博克，伦道夫向帕梅拉保证，自己只去一小会儿。两个男人一直喝到酒店吧台打烊，然后转战尼克博克的房间，在那里又干掉了至少一瓶白兰地。

第二天早上六点十分，伦道夫回到唐宁街十号，丘吉尔的保镖汤普森探长目睹了他的到达。伦道夫跌跌撞撞地从他的汽车里爬出来，然后走进帕梅拉的房间，醉得连睡衣都没换。

汤普森检查了那辆车。

对帕梅拉来说，伦道夫的酗酒和衣冠不整已经够她受的了，但大约一小时后，早上七点三十分左右，一位女仆敲响了帕梅拉的门，递给她一张来自克莱芒蒂娜的字条，说要立即见她。

克莱芒蒂娜面色铁青。她在愤怒的时候习惯戴上白手套。此刻正是如此。

"昨晚伦道夫去哪儿了？"她问，"你知道发生了什么吗？"

帕梅拉当然知道她的丈夫回家时喝醉了，但根据克莱芒蒂娜的举止，除此之外恐怕还有别的事。这时，帕梅拉哭了起来。

克莱芒蒂娜告诉她，汤普森探长在检查伦道夫的汽车时发现，车里有一堆保密的军用地图，任何路人都可以拿到，这严重违反了安全规定。

"这是怎么回事？"克莱芒蒂娜问。

帕梅拉回去责问伦道夫，后者热切地道歉。他满面羞愧地告诉了她发生的一切，然后告诉了他的父亲。道歉后，伦道夫答应再也不喝酒了。克莱芒蒂娜还不肯息怒，她把伦道夫赶出了唐宁街十号。伦道夫被迫临时入住他加入的绅士俱乐部"怀特之家"，这是十七世纪许多被扫地出门的丈夫、特别是像伦道夫这样好赌的男人的避难所。

事实证明，和其他许多承诺一样，他也没能遵守戒酒的承诺。

二十七　第十七号指令

　　就在制订入侵英国的计划时，希特勒发布了一项新指令，即第十七号指令，下令对皇家空军发起全面进攻。希特勒写道："德国空军应在尽可能短的时间内，动用手头的一切力量压倒英国空军，攻击应主要针对飞行部队、地面设施和供给组织，以及包括生产防空设备的工厂在内的飞机制造业。"

　　希特勒为自己保留了"将恐怖袭击作为报复手段的权利"。他一直不愿意授权轰炸伦敦市中心和各大城市的平民区，这与道德好恶毫无关系，而是因为他一直希望与丘吉尔达成和平协议，且不想让柏林遭受空袭报复。根据德国空军后来的评价，这次针对皇家空军的战役是战争史上的一座里程碑。"这是史上第一次……一支空军在没有其他军种配合的情况下，独立开展一场旨在决定性地粉碎敌方空中力量的进攻行动。"问题是，单靠空中力量能否"通过密集的空中袭击瓦解敌人的总体战斗力，直到敌人准备乞求和平"？

　　策划与执行这一新的战略性轰炸进攻的任务落到了赫尔曼·戈林头上，他以代号"鹰日"为这次行动开始的日期命名——最初定在八月五日，后来延期到八月十日，一个星期六。他绝对相信空军能够达成希特勒的希望。八月六日星期二，他在乡间宅院卡琳宫里会见了高级空军指挥员，为新战役制订了一项计划。

在此之前，德国空军只对英国采取了有限的行动，旨在侦察其防空力量，并探测皇家空军战斗机的虚实。德国轰炸机对康沃尔、德文、南威尔士等地的社区实施了短时间的零星空袭。但现在，戈林摆出了那副一如既往的炫耀姿态，他幻想展开一场过往历史中从未出现过的大规模袭击，试图对英国防空施以毁灭性打击。他预计不会受到多少抵抗。根据他的情报主管贝波·施密德的报告，皇家空军已经遭到了沉重打击，不可能生产足够的新飞机补偿损失。这意味着，皇家空军的力量正在日渐萎缩。按照施密德的估计，皇家空军很快就没有可用的战机了。

受到戈林的激励和施密德的报告的进一步振奋，聚集在卡琳宫中的空军指挥官们认定，他们只需要四天即可摧毁皇家空军残存的战斗机和轰炸机。此后，德国空军将通过夜以继日的轰炸，一步步扫除英国境内的空军基地和飞机制造中心。然而，这个大胆的计划有一个非常关键却不确定的变量：天气。

戈林把数百架轰炸机转移到了法国海峡沿线和挪威基地中。他计划首次攻击出动一千五百架飞机，一支志在对英国人发起压倒性奇袭的现代化空中无敌舰队。一旦升空，戈林的轰炸机只需要六分钟即可跨越海峡。

然而，贝波·施密德的报告所描述的情况与德国空军飞行员在空中的经历大相径庭。"戈林拒绝听取战斗机指挥官对这些不切实际的说法的抗议。"德国空军王牌飞行员加兰后来告诉一位美国审讯官。在与皇家空军的遭遇中，德国飞行员发现英军并没有遭到削弱或濒临崩溃的迹象。

大规模攻击将在这个星期六开始。如果一切顺利，入侵将紧随其后。

二十八　"哦，月亮，可爱的月亮"

　　丘吉尔的领导方法最与众不同的一面是，他有能力瞬间切换线路，认真地关注那些其他首相认为微不足道的事情。这见仁见智，要么被视为受人喜爱的品质，要么被视为着了魔。对丘吉尔来说，每件事情都很重要。例如，八月九日星期五，在紧迫的战争事务不断增加的情况下，他仍抽出时间，就他认为很重要的一个主题给战时内阁成员发出了一份备忘录：每天送达他的黑色公文箱的报告应采取怎样的篇幅和写作风格。

　　这份备忘录以非常恰当的简明标题"简洁"为题，开头写道："为完成工作，我们都必须阅读大量文件，但这些文件绝大多数都太长了。耗费精力从中寻找要点是在浪费时间。"

　　他为大臣及工作人员指出了四种改进报告的方法。他首先写道，报告应该"用一系列短小精悍的自然段列出要点"，如果涉及对复杂问题的讨论或者统计分析，相关内容应该放在附录里。

　　他观察到，多数完整的报告用"只有标题的"备忘录即可取代，"必要时可以口述详情"。

　　最后，他对官方报告中常常出现的累赘表达展开了抨击。"应避免使用类似措辞"，他写道，并引用了两个他认为问题很大的例句："同样重要的是，要把如下几点考虑牢记心中……""我们应该考虑真正实施的可能性……"

他写道:"这些意义模糊的措辞多是刻意加上的,大可完全去掉,或代之以一个词。不要忌讳使用那些简短的表述型措辞,哪怕它非常口语化。"

他称如此一来的文体"相比表面平整的官方用语可能略显粗糙,但可以节省大量时间,与此同时,提炼真正要点的训练有助于思路清晰"。

当晚,丘吉尔像迄今几乎每个周末都做的那样,出发去乡间宅院。这个周末在契克斯值班的私人秘书是约翰·科尔维尔,他与克莱芒蒂娜和玛丽乘坐另一辆车。包括安东尼·伊登、哈巴狗和两位重要的将军在内的客人要么已经在那所房子里会合,要么即将到达,他们都会在这里用餐并留宿。丘吉尔还邀请了第一海务大臣达德利·庞德,但没有告诉别人,结果就像科尔维尔指出的那样,"在重新安排餐桌时引发了混乱"。

晚饭后,按照习惯和克莱芒蒂娜个人的喜好,玛丽和克莱芒蒂娜离开了餐厅。

男人们的谈话转向了入侵的威胁,以及为了保卫英国应该采取的措施。这个国家的许多海滨都藏好了反坦克地雷,科尔维尔写道,它们"已经被证明极具破坏力"。事实上,他指出,它们已经夺去了一些英国公民的生命。丘吉尔讲述了一个真伪存疑的故事,一位运气不佳的高尔夫球手把球打到了邻近的海滩上。科尔维尔在日记里概述了故事的结局:"他拿着球杆走下海滩,把球打了出去,结果只剩下那只球安全回到了绿地上。"

饭后,丘吉尔、将军们和海军上将庞德移步霍特里厅。为抵御爆炸,这里的房屋结构用大块木料进行了加固。房间里有无数珍宝,包括一本一四七六年的古书。与此同时,科尔维尔正在阅读备忘录,整理丘吉尔的黑色公文箱里面的文件。

某一时刻，一架德国飞机飞过头顶。在丘吉尔的带领下，一行人冲到花园，想要一睹这架飞机的真容。

让大家感到好笑的是，海军上将庞德跟台阶较上劲了。科尔维尔写道："第一海务大臣先是从一段台阶上摔了下来，刚郁闷地爬起来，又在另一段台阶上摔了一跤，最后在庭院里滚作一团，一直滚到了哨兵的刺刀底下。"

庞德站稳之后，嘟囔道："这可不是第一海务大臣该来的地方。"

丘吉尔被逗笑了，说："记着，你是舰队的海军上将，不是海军学校的学员！"

星期六上午，科尔维尔的工作更多了，他不断发送电报，转发备忘录。中午时分，他"en famille"① 和丘吉尔、克莱芒蒂娜、玛丽一起吃午饭，"简直没法更愉快了"。丘吉尔"正在最幽默的时候"，科尔维尔写道，"从拉斯金到鲍德温勋爵，从欧洲的未来到托利党的力量，他对每个主题都见识非凡"。丘吉尔抱怨他尝试建立的陆军严重缺少军用物资和武器。"我们会赢的，"他宣布，"但我们不配，至少，我们值得拥抱胜利是出于我们的美德，而不是出于我们的智慧。"

谈话开始变得不那么正式了。科尔维尔开始背诵几段打油诗。一段四行诗让丘吉尔特别高兴：

> 哦，月亮，可爱的月亮，带着你美丽的脸庞
> 疾速穿越太空的边疆
> 无论何时看到你，我都在心中默念

---

① 法语，意为"在家"。

是否有一天，哦无论哪一天，能够看到你的背面。

午饭后，科尔维尔、克莱芒蒂娜和玛丽去爬附近的一个山包。科尔维尔和玛丽把走路变成了竞赛，看谁首先登顶。科尔维尔赢了，结果"感觉前所未有的难受，完全没法观察或者思考"。

玛丽对科尔维尔的印象在持续改善，不过仍然有所保留。她在八月十日星期六的日记中写道："我喜欢乔克，但我觉得他很'窝囊'。"科尔维尔这边对玛丽的印象也越来越好。他第二天在日记里写道："尽管她像自己承认的那样，有点自视过高，但她是个迷人的女孩，长得很可爱。"

对赫尔曼·戈林来说，那个星期六堪称令人失望：这天本来是他指定的鹰日，是对皇家空军全面战役的开始，但英国南部的坏天气迫使他取消了空袭。他将开始时间重新设定为第二天八月十一日星期日上午，但后来又推迟到了八月十三日星期二。

令人感到安慰的是：那时的月亮已经进入盈凸阶段，很快将在周末达到满月，计划在夜间进行的空袭会更容易、更成功。德国的导航波束技术已经降低了德国空军对月光的依赖，但德国飞行员们对新系统仍持谨慎态度，更希望在天气晴朗的时候向洒满月光的地面发起进攻。

在柏林，工人们在市中心的巴黎广场继续建造着正面看台，为标志战争结束的胜利阅兵式做准备。"今天他们给看台刷上了油漆，并且安装了两只巨大的金色雄鹰，"威廉·夏伊勒在星期日的日记中写道，"他们在看台上两端还筑起了巨大的铁十字勋章复制品。"夏伊勒所住的旅馆就在同一个广场上，广场一端是勃兰登堡门，凯旋的军队将从此穿过。

　　夏伊勒注意到，纳粹党圈子里有传言称希特勒希望整个看台在月底前竣工。

第三部
恐惧

八月至九月

二十九　鹰日

八月十三日星期二黎明，两组共约六十架德国轰炸机从法国的亚眠升空，沿着宽阔的上升圈升至飞行高度，结成作战编队。这用了半个小时。即使在晴天，让这么多飞机各就各位也相当困难，但这天早上的挑战更为复杂，因为天气发生了始料未及的变化。亚速尔群岛上空静止不动的高气压区似乎会让欧洲出现好天气，但它陡然消散了。现在，浓密的云层覆盖了海峡和英法两国的海岸，雾气笼罩了许多德国机场。在英国的东南沿海，云幕低至四千英尺。

由一百架轰炸机组成的第三组飞机从迪耶普升空，第四组的四十架飞机在瑟堡以北集结，第五组集结在海峡群岛上空。结成作战编队后，数量远远超过两百架的飞机开始向英国飞去。

这是赫尔曼·戈林的重大日子，鹰日，是他为了获得英国制空权开始对皇家空军发起全面攻击的日子。一旦成功，希特勒就可以开展入侵行动了。过去一周，德国空军已经发动了一些较小的攻击，包括空袭英国沿海的连锁雷达站，但现在才是大事。戈林计划用遮天蔽日的飞机彰显空中实力，震惊整个世界。为了这个目的，而且为了达到戏剧性效果，他总共集结了两千三百架飞机，包括九百四十九架轰炸机、三百三十六架俯冲轰炸机和一千零二架战斗机。他最终将向希特勒和全世界展示德国空军的真正实力。

然而，攻击刚刚开始，天气状况便迫使戈林紧急叫停。尽管德国空军的秘密导航波束允许轰炸机在阴天飞行，但对这种规模和重要程度的空袭来说，良好的能见度必不可少。战斗机和轰炸机在云层中彼此看不见，也无法直接进行通讯，且战斗机并未配备追踪波束的设备。取消的命令未能到达他麾下的多支队伍。其中一组八十架轰炸机的编队继续向英国飞去，但指派给它们的护航机却接到命令返回基地，留轰炸机危险地暴露在空中。指挥官继续前行，显然坚信云层密布的天空首先会限制皇家空军发现他的部队的能力。

　　当一组轰炸机接近目标时，一大群皇家空军的飓风式战斗机出现了，它们的到来如此出人意料，攻击如此迅猛狂野，让这些轰炸机丢下炸弹后一头逃进了云层。

　　当天下午两点，戈林再次下令进攻。

　　参战的飞行员包括阿道夫·加兰，他如今在德国空军和皇家空军的飞行员中都有着近乎传奇的名声。和丘吉尔一样，他的标志是雪茄。他抽的是哈瓦那雪茄，一天二十支，点烟时用的是汽车上搜来的点烟器，他是经戈林特许唯一可以在驾驶舱内抽烟的飞行员。然而，希特勒禁止人们拍摄加兰吸烟的照片，他担心这样公开宣传可能对德国青少年的品行产生不良影响。加兰和他的编队现在以法国加来海峡省沿海的一座机场为基地。对习惯了战争初期轻易取胜的德国空军来说，这个时期是加兰所说的"一次残酷的觉醒"。

　　事实证明，其小组所驾驶 Me 109 战斗机九十分钟的飞行时间，被证明比通常的飞机更麻烦，因为轰炸机和护航机在飞往英国之前需要半个小时在法国海岸上空结成作战编队。这样一来，加兰的战斗机的活动范围便只剩下一百二十五英里，大约就是到达伦敦的距离。"超过这个范围的任何地方实际上都无法到达。"他写道。他将德国战斗机比作一只拴在链子上的狗："因为有链子的限制，它想攻击敌人也攻击不到。"

德国空军同样很快发现了斯图卡俯冲轰炸机的局限性，尽管它们曾是五六月间西线战役中最有效的武器之一。相比常规飞机，斯图卡可以更精准地投弹，但部分由于它们的外部载弹量，其飞行速度大约只有喷火式战斗机的一半。俯冲是它们最脆弱的时刻，这个特点很快被英国飞行员利用了。加兰写道："这些斯图卡就像蜂蜜吸引双翅昆虫一样吸引着飓风式战斗机和喷火式战斗机。"

德国大型轰炸机的飞行速度也比较慢。在西班牙和波兰，它们的飞行速度尚且足以避免有效拦截，但现在对抗最新的英国战斗机就不行了。轰炸机需要大批护航机。如何提供护航成了战斗机飞行员和戈林之间冲突加剧的根源。戈林坚持，战斗机应"近距离护航"，即在从飞向目标到返航的全过程中始终与轰炸机保持着相同的高度和较近的距离。这就意味着，战斗机飞行员必须与慢得多的轰炸机以相同的速度飞行，这不仅会让他们自身更易受到攻击，而且限制了他们增加击落敌机数的机会，后者正是所有战斗机飞行员真正想要的东西。一位飞行员回忆了他仰望着英国战斗机"明亮的蓝色肚皮"却不能前去追击时的沮丧。"我们成对地贴紧编队——感觉极其尴尬。"他写道。加兰更喜欢松散的队形，这可以让战斗机飞行员按照战斗机应有的方式飞行，有些可以飞得慢些、靠得近些，有些在轰炸机之间高速穿梭，更多则可以在轰炸机编队上空提供"高空掩护"。但戈林根本不听。加兰及其同僚越来越认为，戈林已经与空战的新现实完全脱节。

尽管在戈林自我吹嘘的影响下，流行看法将德国空军描绘为一支几乎不可战胜的力量，具有远超皇家空军的战斗力，但事实上，加兰认识到，英国人拥有许多他和他的同僚无法弥补的优势。首先，皇家空军的主场作战为幸存的飞行员继续飞行提供了充足的条件；此外，皇家空军飞行员作战时带着一种人类追求生存的欲望，因为他们相信，自己正在对抗一支强大得多的空军，背负的赌注则是整个英国的存亡。正如加兰所说，皇家空军飞行员意识到"局势极为严峻"，而德国空军依据过去轻易得到的成功，以及情报中对皇家空军极为虚弱的错误描述，作战时带着一定的自满情绪。德国分析家们毫不怀疑地接受了德国空军飞行员有关击落敌机与摧毁机场的报告。事实上，这些基地经常几小时后便恢复运转。"然而，在德国空军总部，有人却一只手拿着轰炸机或斯图卡中队的报告，另一只手拿着粗大的蓝铅笔，在战略地图上将这些报告中提到的中队或基地一一划掉，"加兰写道，"它已经不存在了——无论如何，从纸面上消失了。"

加兰认为，皇家空军的最大优势在于对雷达的巧妙应用。德国掌握了类似的技术，但迄今为止还没有系统地部署，因为他们相信，英国轰炸机永远无法抵达德国城市。"盟军对帝国的空袭在当时是无法想象的。"加兰写道。德国飞行员飞越海峡时，看到英国海岸线上高耸的雷达塔，偶尔也会攻击它们，但那些雷达站总在不久之后恢复工作，于是戈林失去了兴趣。然而，加兰日复一日地被英国战斗机飞行员定位德国编队的神奇能力所震撼。"这让我们和司令部既意外又非常痛苦。"加兰写道。

事实证明，戈林本人就是个问题。他很容易分心，无法紧紧盯住界限清晰的单一目标。他相信，通过袭击宽阔前线上的多个目标，不仅可以摧毁皇家空军的战斗机部署，而且能造成足以逼迫丘吉尔投降的大范围混乱。

攻击重新开始了。随着鹰日一点点推进，近五百架轰炸机和一千架战斗机驶入英国上空。用当时的航空术语来说，这叫作"着陆"。

三十 困惑

英国的本土链雷达网又一次探测到德国飞机靠近，但这次轰炸机和战斗机的数量是雷达操纵员前所未见的。大约下午三点三十分，他们识别出三组德国飞机编队，约三十架轰炸机，每架都从诺曼底的基地起飞越过海峡。然后又来了两组编队，约六十架飞机。皇家空军地区指挥官命令他们的战斗机中队起飞。大约下午四点，百余架皇家空军战斗机升空，向来犯者高速飞去，它们经地面控制员引导，使用了通过雷达站和地面观察得到的位置信息，地面观察员开始报告正在逼近的敌机机型，以及它们的飞行高度、速度和位置。一组庞大的德国战斗机编队远远飞在轰炸机前面。两支空军在怒吼的发动机和连发的机关枪的喧嚣中相遇，狂暴地穿过大口径子弹和炮火组成的枪林弹雨。轰炸机继续前进，炸弹落在南安普敦和许多地方——多塞特、汉普、威尔特、坎特伯雷和布罗米奇堡。

英国观察员极为困惑。机场、港口和船上到处都是落下来的炸弹，毫无规律或焦点。而且，奇怪的是，轰炸机避开了伦敦，这一点令人颇为吃惊，因为德国人在空袭鹿特丹时可没有表现得如此谨慎、克制。

下午晚些时候，英国上空的激战达到了前所未有的白热化程度。在雷达的指引下，七百架皇家空军飓风式战斗机和喷火式战斗机，对一拨又一拨的德国轰炸机和战斗机发起阻击。空军部报告，皇家空军以三名飞行员的牺牲为代价，击落了七十八架德国轰炸机。

唐宁街十号一片欢腾。但也有令人不安的地方：当天的空袭强度似乎说明，德国空袭的规模和强度都在提升。皇家空军当时并不知道，这正是后来被称为"不列颠空战"的德国大型进攻行动的开端，这一此后广泛使用的名称来自第二年年初空军部出版的一份同名小册子，这份三十二页的小册子试图展现这次战役的戏剧性，最终卖出了一百万份。然而，在一九四〇年八月十三日星期二，这些都还不清楚。就当前而言，这天的突袭似乎只是一次强度有所提升而又令人困惑的空袭的最新剧集。

"今天每个人都在问，敌军白日里进行这些损失极大、收效甚微的大规模空袭，究竟目的何在？"约翰·科尔维尔在日记中写道，"他们是在侦察火力，还是佯攻，还是总攻前的炮火袭击，答案可能几天内就会揭晓。"

事实上，这一天的战果后来被证实有些夸大，这是刚刚结束战斗后统计的通病，但总体上英国似乎仍占优势：德国空军共损失四十五架飞机，皇家空军损失十三架，比例超过三比一。

在那天的华盛顿，罗斯福会见了内阁的重要成员，并告诉他们自己已决定如何将五十艘老式驱逐舰转交给英国：他将行使总统执行权，授权以舰艇换取基地的交易，不再寻求国会批准。此外，在交易达成之前，他不会通知国会。罗斯福在当晚送达伦敦的一份电报中将计划通知给丘吉尔。

丘吉尔很高兴，但他现在必须找到方法让政府和下议院觉得这场交易合算，租借岛屿——神圣领土——势必会在下议院激起"强烈情绪"。丘吉尔明白："如果把这个问题作为单纯用英国的领地换取五十艘驱逐舰的交易，在英国人面前端出来，无疑将遭到激烈的反对。"

他劝说罗斯福不要向公众宣布这是场以物易物的交换，而是将转让驱逐舰和租借岛屿当作两项协议。"我们的态度是，我们是两个处于危难之中的朋友，在尽力互相帮助。"他在给罗斯福的电报中说。他写道，转交驱逐舰这份礼物"完全是一种自发行为"。

丘吉尔担心，签署这样一份商业交易可能给他带来严重的政治伤害，因为它提供给美方的是为期九十九年的英国领土租借，而美国海军移交的仅仅是一支由国会曾经打算报废的过时舰艇组成的小型舰队，这显然对美国有利。公开把它描述为一项合同，将驱逐舰作为对于领土的报酬，这难免会引发人们对哪一方在交易中占了便宜的质疑，而人们很快就会弄清楚，美国是其中的大赢家。

而罗斯福也有他的担心。这一决定有可能阻碍他竞选第三个总统任期，特别是在这样一个国会征兵法案已经燃起了两党一致的激情的时刻。自发地送出一份五十艘驱逐舰的大礼，显然违反中立法案和扩大总统行政权力的范围。问题的关键是要让美国公众意识到，这一交易不仅是艰苦而精明的讨价还价的结果，同时能加强美国的安全。

只要协议本身不把美国拖入战争，安全方面就不会有多少争议。"向大不列颠转交五十艘美国战舰，这毫无疑问不是美国的中立行为，"丘吉尔后来写道，"按照任何历史标准，都将有理由让德国政府对他们宣战。"

第二天，八月十四日星期三，本该是戈林许诺的对皇家空军的四天毁灭性打击的第二天，但他又一次遭到了天气的无情阻挠，这天的天气甚至比前一天更糟糕，他的大多数飞机只能停在地面上。尽管如此，有些轰炸机队还是设法对分散在英国西部的目标实施了轰炸。

阿道夫·加兰很高兴地接到命令，担任一组八十架斯图卡俯冲轰炸机编队的"分离式护航"任务。与轰炸机数量相等的战斗机奉命保护这些轰炸机，其中约有一半会像加兰一样远远地飞在轰炸机前面，剩下的则紧贴着轰炸机编队飞行。当加兰及其僚机的飞行员走向 Me 109 时，加兰说，他看得出今天会是个好日子——他所谓的"狩猎日"。轰炸机将从英吉利海峡最窄处的多佛尔海峡上空接近英格兰。对加兰来说，这就意味着，在燃料限制迫使他们跨越海峡返航之前，他和他的中队将有很多战斗时间。加兰认为皇家空军毫无疑问会出现。而且，事实上，就在他和他的队伍在法国集结时，多佛尔的英军雷达便检测到了他们。四个中队的皇家空军战斗机升空迎战，远在加兰的飞机飞过多佛尔著名的白垩悬崖之前，他便从远处看到了。

　　加兰独自闯进了皇家空军的战斗机方阵，挑了一架飓风式战斗机作为对手。但那位飞行员速度实在太快了，他让飞机做了个翻滚，然后急速向大海俯冲，直到最后一秒钟才拉升机身。加兰没有选择跟上去，而是加速发动机并爬高一千英尺，以便更清楚地观察正在开展的空战。他把飞机翻转了三百六十度，让自己能够进行全景观察，这是他的招牌动作。

　　他发现了一架准备攻击斯图卡轰炸机的飓风式战斗机，后者正以很难避开攻击的速度笨重地前进着。加兰远程开火，那架飓风式逃窜到一团云朵里。加兰开始狩猎，他飞到预感那架英国飞机会出现的地方，片刻后，那架飓风式刚好从他面前的云朵里冒了出来。加兰开火，扫射了整整三秒钟，这是混战中的一小段永恒。那架飓风式战斗机翻滚着冲向地面。加兰则安全返回法国。

　　在第二天的空战中，德国空军损失了十九架飞机，皇家空军损失了八架。

　　戈林非常不高兴。

三十一　戈林

　　天气一直在打断戈林歼灭皇家空军的宏伟计划，大多数飞机被迫留在地面。八月十五日星期四，这本该是他的轰炸机和战斗机即将终结这场战役的一天。他利用一段暂时的平静把最高级别的军官叫到了自己的乡间宅院卡琳宫，斥责他们至今都不甚理想的表现。

　　然而，接近中午时，他的调查尚未结束，天气突然好转，出现了清澈的天空，战场指挥员趁机发动了一场动用了两千一百多架飞机的庞大进攻。此后，这一天成了德国空军内部永远的"黑色星期四"。

　　有件事似乎很有代表性。德国空军认为，这么多德国飞机从南方逼近，皇家空军必将派遣尽可能多的战斗机，包括通常驻守英国北部的战斗机，到英国南部海岸线抵御即将来临的攻击，从而使北方守备空虚。

　　这一假定，再加上此前的情报将皇家空军描述为一支遭到极大削弱的部队，促使一位德国空军指挥官下令用位于挪威基地的轰炸机袭击英国北部的皇家空军基地。通常来说，在白天实施这样的空袭非常鲁莽，因为德国最好的战斗机 Me 109 受航程限制无法跨越北海为轰炸机全程护航。

　　这次任务无疑是一场豪赌，但考虑到他们的基本假设，战术上似乎是合理的。于是，那天中午十二点三十分，一组六十三架德国轰炸机的编队，在脆弱的双人、双引擎战斗机的护送下，逼近了英国的东北海岸。负责护航的是德国仅有的能够飞行这么远的战斗机，然而，由于机动性远不如单引擎的 Me 109，它们更容易受到攻击。

然而，皇家空军并没有像德国人预期的那样行动。尽管战斗机司令部确实将武力集中部署在南方，但它也保留了一些北方中队防范这种袭击。

就在德国轰炸机离海岸还有二十五英里时，第一批喷火式战斗机赶到了德国编队上空三千英尺处。一位皇家空军飞行员俯瞰到了轰炸机在闪光的白云中的剪影，他通过无线电台喊道："他们来了一百多架！"

喷火式战斗机俯冲穿过编队，猛烈的轰击产生了可怕的效果。轰炸机队形大乱，在六百英尺下的云层中寻求庇护。它们仓皇抛下携带的重物，把炸弹七零八落地扔在沿海的乡村，掉头逃跑，根本没有达到目标。在这次遭遇战中，德国空军损失了十五架飞机，皇家空军无一伤亡。

而这只是那个星期四发生的数千场空战中的一场。德国空军当天共出动一千八百架飞机，皇家空军则出动了一千架。这是一位驾驶双引擎战斗机 Me 110 的年轻德国空军中尉生命的最后一天。这架飞机副座上坐着一名无线电报操作员，他同时操纵着一挺机枪。皇家空军情报处发现了这位飞行员的日记，它向世界诉说了德国空乘人员的悲惨生活。一个月前的七月十八日，他进行了第一次"作战飞行"，其间发射了两千发机枪子弹，自己的飞机被敌方炮火击中三次。四天后他得知，与自己同为飞行员的挚友战死了。"他十一岁起我就认识他，他的死让我大受打击。"此后一周，他的战斗机被击中三十次，他的无线电报操纵员差点阵亡。"他身上的伤口和我的拳头一样大，因为报话机的一些碎片被子弹打进了他的身体。"这位飞行员写道。接下来的几周里，他有更多朋友战死，其中一位死于试图退出俯冲时 Me 109 操作杆失灵。

皇家空军情报处提供了这位年轻飞行员在八月十五日星期四的最后一篇日记。这确实是他人生中最黑暗的一个星期四，距离他第一次作战飞行正好二十八天。一条备注写道："日记作者死于 S9 + TH 。"该代码即德国空军给该飞行员所在飞机的标识符。

三十二 牧场上的轰炸机

整个星期四，约翰·科尔维尔发现人们一再要求他递送被击落飞机的最新计数。

成功的数目似乎令人难以相信。皇家空军声称，英方战斗机确定击落了一百八十二架德国飞机，另有五十三架存疑。陷入兴奋的丘吉尔逼着哈巴狗伊斯梅陪自己到阿克斯布里奇的皇家空军指挥中心跑一趟，该中心指挥的是隶属第十一空军联队的战斗机，负责保卫伦敦和英国东南部。后来在汽车里，他指示哈巴狗："现在别跟我说话，我从没这么感动过。"

几分钟后，丘吉尔打破了沉默，他说："在人类战争史上，从未有如此少的人，为如此多的人，做出如此大的牺牲。"

这句话如此有力，以至于伊斯梅在回家后转述给了他妻子。他不知道，丘吉尔很快将在自己最著名的演讲中用到这句话。

实际上，这天的成绩再一次不像丘吉尔被告知的那么辉煌。德国空军损失了七十五架飞机，皇家空军损失了三十四架。然而，最初的数据因为被广泛报道和赞扬，牢牢地固定在公众的想象之中。"皇家空军的功绩持续激发着强烈的满足感。"国内情报处称。外交部次官亚历山大·贾德干在日记中写道："这天本应该是希特勒驾临伦敦的日子。但找不到他。"

然而，教授始终准备着抑制任何得意忘形的倾向，他无情地、毫不退缩地制作着条形图、堆叠面积图和维恩图（有些非常漂亮，用深红色和美丽的绿蓝色表示比例），而正如它们所显示的那样，人们对比分的关注掩盖了一个更为严峻的现实。教授提醒每位相关人员，受到大肆吹捧的空战损失数目，并没有包括在地面上被摧毁的英国飞机。八月十六日星期五，德国空军轰炸了距海峡五英里远的内陆上、位于坦米尔的重要的皇家空军基地，十四架飞机被毁或严重受损，包括六架轰炸机和七架一线战斗机。那天晚些时候，德国对牛津以西一座皇家空军基地的空袭摧毁了四十六架用于飞行训练的飞机。此外，这一比分还略去了在对德国本土的空袭中被击落或损坏的英国轰炸机。例如，八月十六日星期五夜里，皇家空军轰炸机指挥部派出的一百五十架轰炸机便损失了七架。

　　第二天，在教授在场的情况下，丘吉尔在契克斯写了一份给空军参谋长西里尔·纽沃尔爵士的备忘录。他写道："在着重关注围绕英国本土的空战的结果时，我们不应忽视轰炸机司令部遭受的严重损失。"这些损失，即在地面上被摧毁的飞机数量和在空战中损失的战斗机数量加在一起，显示了相当不同的英德两国的损失比率。"事实上，那一天我们与德国之间的损失比为二比三。"丘吉尔写道。

　　直到现在，英国空军官员们才开始意识到，新的情况正在发生，皇家空军本身成了德国的目标。在整个上周，空军情报处只注意到了德国空军行动活跃度的增加。糟糕的天气和看上去随机选择的目标掩盖了这次战役的总体性质，但现在，人们越来越意识到，事情跟人们想的不太一样，这很可能是预期的入侵英国的前奏。一份截至八月二十二日的当周英国情报报告指出，本周共有五十座皇家空军机场遭受空袭，平均每天七百架飞机遭到袭击。这份报告警告，如果德国成功地削弱了这些防御，一次由德国远程轰炸部队领导的猛烈轰炸行动可能会随之而来，"它将能在白天自由实施，不会遭遇激烈的抵抗"。

对公众而言，战争将越来越残酷的相关认知也形成得很慢。上次大战和它怪诞的陆地战役还清晰地停留在英国人的心灵深处，而这次发生在空中的新战争毫无可比性。如果战斗发生在低空，地面上的人们或许可以听到机关枪和发动机的声音；如果发生在高空，他们几乎什么也看不到、听不到。云层经常遮盖了空中的行动；晴朗的日子里，尾迹会以天空为背景蚀刻出螺旋和环形。

在八月一个晴朗的日子里，记者弗吉尼亚·考尔斯躺在靠近多佛尔的莎士比亚陡崖上方的草地上，她发现自己正在观看一场重大空战。"这幅场景十分壮丽，"她写道，"面前是英吉利海峡蔚蓝的海水，远处法国海岸模糊的轮廓也依稀可见。"一排排房屋位于绝壁下方。小船与拖网渔船在港口中漂荡，在阳光下闪闪发光。海水闪耀着光芒。上面悬挂着至少二十个巨大的灰色阻塞气球，仿佛空降的海牛。与此同时，在高高的天空中，飞行员们正在殊死搏斗。"你躺在高处的草地上，微风轻轻地吹拂着你，你注视着数百架银色飞机成群飞过天空，像一团小昆虫，"她写道，"在你周围，高射炮在颤抖和喷吐着，用白色的火团刺穿天空。"着了火的飞机划着弧线落向地面，"在天空中留下一道长长的黑烟作为存在的最后证明"。她听到了发动机和机关枪的声音。"你知道，文明的命运在你头上一万五千英尺的高空中博弈，那里是太阳、风和天空的世界，"她写道，"你知道，但即使如此，你也很难接受这一点。"

观众或许可以不时地看到，仍然穿着飞行服的英国飞行员招呼出租车送他回机场。对那些从坠落中幸存的跳伞者来说，还存在另一个危险：英国国民军的好战成员。这一危险对于德国飞行员来说尤为严重。鲁道夫·朗贝蒂，一位德国空军轰炸机飞行员，曾在空中和地面上与英国守军有过极为生动的相遇。他的轰炸机先是与一条被火箭发射到空中并挂在小降落伞上的缆绳相撞。为避免被进一步缠住，他竭力向上爬升，结果先后被防空炮火和英国战斗机的机关枪击中，最后在英国国民军密集的子弹下被迫着陆。成为俘虏后，他发现自己又在躲避己方军队投下的炸弹。他活了下来。九架被分配到他所在中队的轰炸机中，有七架未能返回基地。

皇家空军与德国空军间的数千场战斗在天空中撒满了小块金属——机关枪子弹、高射炮弹片和飞机碎片，它们都得落到什么地方去。值得注意的是，它们大部分最后都无害地落进了田野、森林或者海里，但情况并非总是如此，比如哈罗德·尼科尔森的妻子薇塔·萨克维尔-韦斯特就后怕地认识到了这一点。在一封从锡辛赫斯特的乡间宅院寄给丈夫的信里，她告诉他，她发现了一颗穿过了花园棚屋屋顶的大口径子弹。"所以，你看，"她斥责道，"我告诉过你，他们在你头顶上战斗时要躲到室内，我说的没错吧。那是些可恶的尖头的东西。"

伦敦居民越来越觉得空袭在一步步逼近这座城市——某种大事即将发生。八月十六日星期五，炸弹落在克罗伊登外区，造成八十人伤亡，损坏了比弗布鲁克勋爵的两座工厂。同日，轰炸机对温布尔登发动空袭，造成十四名平民丧生，五十九人受伤。伦敦人很紧张。在这座城市，防空警报成了家常便饭。信息部在星期五的情报报告中声称，居民们不再认为德国人永远不敢轰炸这座城市。这种紧张带来的令人不快的一面是，大众观察组织的日记作者奥利维娅·科克特写道，"人们现在认为每个噪音都会是警报或者飞机"，每当听到最轻微的声音，每个人都会做出"一副'倾听的样子'"。

月光尤其令人恐惧。八月十六日的那个星期五，科克特在日记中写道："在这美丽的月亮下，我们都期望能活下来。"

这一点并没有阻止科尔维尔那天晚上跑到乡下去过周末，他想以此躲开丘吉尔令人筋疲力尽的要求，好好休息一番。他离开唐宁街十号，不顾仍在鸣叫的红色警报上了汽车，驶向了距伦敦有两小时车程、离朴次茅斯不远的西萨塞克斯的斯坦斯特德园。那里是第九代贝斯伯勒勋爵维尔·庞森比的私家园林，勋爵的女儿莫伊拉和儿子埃里克是科尔维尔的朋友。

园林里坐落着斯坦斯特德庄园，其间爱德华七世时代的精致宅邸由红褐石砖砌成，共三层楼，正立面是六根爱奥尼亚式柱子支撑着的门廊。该庄园颇具历史意义，因为在一六五一年，查理二世在英国内战的最后一场大战中被克伦威尔击溃之后，其军队逃跑时穿过了它的庭院。附近的城市朴次茅斯是重要的军港，近来成了德国空军最喜欢袭击的目标。飞镖形状的索伦特海峡将英格兰南方的海岸与怀特岛分开，坐落于此的海军基地是负责保卫商船运输、守卫英格兰、抵御入侵的驱逐舰舰队的母港。一座皇家空军机场占据了附近的索尼岛，该岛与大陆之间被一条狭窄的海峡分开，海峡的名字很是古怪：大深渊。

科尔维尔到达时发现只有贝斯伯勒勋爵的妻子罗伯蒂和女儿莫伊拉在家。埃里克随军离开了，贝斯伯勒本人因火车途经的铁路上有颗炸弹而耽搁在路上。科尔维尔、莫伊拉和贝斯伯勒勋爵夫人由仆人们伺候着吃晚饭。科尔维尔开玩笑说，他来这里的主要原因是要"看一场大空战"。

他在第二天八月十七日星期六醒来，这是炎热、晴朗的一天，"空中无战事"。他和莫伊拉在庄园的某个花园里散步，采摘桃子，一直走到一架德国轰炸机的残骸旁。这架双引擎容克斯 Ju 88 是德国空军的主流战机之一，球根状驾驶舱位于机翼前侧，看上去像只巨型蜻蜓，在空中很好识别。飞机被撕裂扭曲的部分上下颠倒地躺在一片牧场上安息，露出一侧机翼的底部和起落架的一个轮子。

这对科尔维尔来说是个有些奇特的时刻。在首相府远距离经历战争是一回事，观看记录着战争的暴力与代价的第一手证据是另一回事。这是一架德国轰炸机，躺在任何旅行者都可以想象得到的英国古典乡村，那里有着由草地、森林和农田组成的山峦起伏的地貌，它向南方缓缓倾斜而下，带有过去用于狩猎和伐木的中世纪森林的痕迹。科尔维尔无法准确地说出这架轰炸机是怎样来到这里的。但它就在这里，一个外来的机械存在物，深绿色的机身，灰色的机翼下方到处泼洒着黄色与蓝色的标志，如同随机出现的花朵。一只白色的海星在蓝色的盾板中间闪着光。曾经是现代战争可怕象征的轰炸机，现在柔弱地躺在原野上，只不过是人们回家喝茶之前可以观看的一处遗迹。

　　这架飞机碰巧是在六天前的中午十二点十五分被击落的，距其离开巴黎郊外的机场仅四十五分钟。一架皇家空军战斗机在九千英尺的高空中对其进行拦截，当场击毙了无线电报员，并击中一个引擎，让飞机旋转起来。正当轰炸机飞行员试图重新取得控制时，飞机解体了，机尾和后炮组件坠落在索尼岛上，机尾部分刚好掉在机场指挥室外。科尔维尔和莫伊拉见到的是轰炸机的主体，它落到了斯坦斯特德园边缘的霍斯·帕斯彻农场中。机内共有三名乘员丧生，年龄在二十一岁到二十八岁之间，最小的那个还有两周将迎来生日。第四名乘员负伤在身，但设法跳伞并安全逃离，最终成了战俘。战争期间，斯坦斯特德仿佛磁石一般吸引着炸弹和被击落的飞机，总计八十五枚炸弹和四架飞机落在这片土地上。

　　星期六余下的时间波澜不惊地过去了，但如科尔维尔所说，他在第二天"实现了愿望"。

　　科尔维尔从又一个完美的夏日中醒来，天气和昨日一样温暖明媚。防空警报的预警响了整整一个上午，但空袭并未发生，没有飞机真的出现在头顶。然而，午饭过后，情况有所变化。

科尔维尔和莫伊拉坐在房子朝南的阳台上。这里可以遥望索伦特海峡和索尼岛，在右边，越过占据了前景的林地，他们还能看到用于保护朴次茅斯免受俯冲轰炸机低空攻击的阻塞气球。

"我们突然听到了高射炮的炮声，看到炮弹在朴次茅斯上空爆炸，冒出了缕缕白烟。"科尔维尔写道。爆炸的高射炮炮弹布满了天空。左侧传来的飞机发动机轰鸣声和机关枪声越来越响，逐渐成了怒吼。

"它们来了！"莫伊拉喊道。

他们用手挡着阳光，看到了激战中的二十架飞机，距离近得惊人，给他们提供了科尔维尔所说的"正面看台的视野"。一架德国轰炸机划着弧线从空中坠毁，拖着浓烟消失在树林里。"一个降落伞打开并在高速飞行的战斗机和轰炸机之间优雅地下落。"科尔维尔写道。

一架可能是斯图卡的俯冲轰炸机摆脱了其他飞机的纠缠，"像只捕食的鸟一样在天空盘旋"，并向索尼岛的方向俯冲过去。其他轰炸机紧随其后。

现在他们听到了从远方传来的闷雷般的爆炸声；岛上的飞机库似乎起火了，滚滚浓烟升腾而起；四只朴次茅斯阻塞气球爆炸后落到了视野之外——所有这些都是科尔维尔和莫伊拉透过美丽的八月薄雾从远方看到的。

他们还在阳台上。"为我们看到的景象而兴高采烈，兴致很高。"科尔维尔写道。据他估计，这场空战只持续了两分钟。

随后，他们打起了网球。

三十三　柏林

　　星期六上午，在柏林，约瑟夫·戈培尔将宣传会议的重点设定为，如何最大程度地利用英国平民中必定日渐增加的恐惧感。

　　"现在，重要的是，"他告诉与会者，"要尽可能加剧英国人无疑已经越来越严重的惊恐情绪。"德国的秘密电台和外语节目将继续描述空袭的"恐怖效果"。"尤其是秘密电台，应安排目击者务必对亲眼看见的毁灭做出恐怖的描述。"他指示道，电台还应竭力向听众传送如下警告——无论是大雾还是薄雾，都很难帮助他们躲开空袭，坏天气只能让德国轰炸机的目标变得模糊，让它们更有可能把炸弹投向本不打算袭击的目标。

　　戈培尔提醒国内和驻外的新闻负责人，要做好准备，英国人可能会利用轰炸造成老人和孕妇死亡的残忍故事，激起世界范围内的道德舆论。新闻负责人应准备好，用一九四〇年五月十日德国弗赖堡因空袭丧生的孩子们的照片，第一时间对相关舆论做出反击。但他没有在会上说的是，让二十名儿童在游乐场上丧生的正是德国轰炸机的错误行动，它们误以为自己袭击的是法国城市第戎。

　　希特勒仍不允许轰炸机空袭伦敦。戈培尔说，他们主要的目标是让英国人紧张不安。"我们必须继续强调，即使是现在这样的空袭，也不过是即将到来的攻击的开胃菜。"

三十四　老人河

　　对丘吉尔来说，向议会兜售用基地换驱逐舰的交易所带来的挑战再次让他感到痛苦。罗斯福谢绝了他的建议，不肯让英美两国将这笔交易说成是彼此希望相互帮助的自发结果。据美国国务院判断，美国的中立法案"完全不可能"让驱逐舰或者别的东西成为自发的礼物。必须有某种以物易物的付款。

　　取消交易绝不可能。英国在海上的损失变得越来越大。过去六周，八十一艘商船被潜艇、水雷或飞机击沉，而这只是迅速蔓延全球的战火中的一个战场。很显然，现在德国空军正在对皇家空军发动全面战争。同样清楚的是，尽管皇家空军在空战中获得了成功，但德国空袭的强度和凭借导航波束获得的准确度，已经对英国的空军基地和比弗布鲁克勋爵的飞机工厂网络造成严重打击。入侵似乎不仅可能，而且近在眼前，这一前景如此真实，以至于任何人抬头看到德国伞兵飘过特拉法尔加广场上的纳尔逊纪念柱都不会吃惊。市民们戴着防毒面具去教堂，并开始在手链上戴上识别身份用的小型金属磁盘，以防被炸成无法辨认的碎片。被送进邮箱的民防小册子叙述着附近出现装甲坦克时该如何应对，其中给出的一条建议是：将撬棍刺进坦克钢铁履带与导向轮相连的地方。

　　看到已经别无选择，丘吉尔接受了罗斯福的立场，但决定用自己的方法向议会和公众做出描述。他计划就"战争局势"发表长篇讲话，其中将包括他对该协议的第一次正式评论。八月十九日星期一，整个下午他都在忙着起草这份讲话。

当约翰·科尔维尔读到最初的草稿时，他意识到自己过去听到过其中的一些片段，丘吉尔在日常交谈中检测过某些想法和短语。首相还会将诗歌片段和《圣经》摘录放在一个"随手可取"的特别文件夹里。科尔维尔写道："看着他如何花费数周给一个短语或者一行诗歌松土施肥，然后在演讲中赋予其生命，这很有意思。"

第二天星期二上午，丘吉尔又花了好些时间加工讲稿，但他的注意力总被皇家骑兵卫队阅兵场建筑工地上的敲打声打断：那里的工人正忙着加固内阁战情室（后来更名为丘吉尔战情室），该室位于一座很大的政府办公楼的地下室里，离唐宁街十号只有几步之遥。上午九点，他指示科尔维尔找出噪音来源并加以制止。"他差不多每天都要这样抱怨，"科尔维尔写道，"这无疑大大推迟了保护白厅的工程进度。"

每天都会有新的障碍出现，妨碍比弗布鲁克完成生产目标：德国潜艇击沉了装载着关键部件、工具和原材料的船只；炸弹落在工厂里；受惊的工人不干活了；虚假警报让工厂关闭了好几个小时。德国空军对最后一点颇为了解，因此常常单独派出轰炸机来到厂区，触发防空警报，给比弗布鲁克带来数不清的烦恼。而现在，就连上帝也威胁着打乱他的计划。

八月二十日星期二，英国教会建议，三个星期后，一九四〇年九月八日星期日，举行纪念战争爆发一周年的全国祈祷日，所有兵工厂停工一天。（上次祈祷日是五月二十六日，在敦刻尔克的英国部队当时看上去即将被消灭。）教会希望所有工人都能有上教堂的机会。"我们相信，这样做所带来的物质损失没有多大，带来的精神收获却无法估量。"教会报纸编辑赫伯特·阿普沃德在给首相的信中这样写道。

丘吉尔拒绝完全关闭工厂，但同意工厂在那个星期日调整工时，让工人们有时间在上午或者晚上去教堂。这让比弗布鲁克烦透了。"我们需要应付的干扰已经够多了，"他对丘吉尔抱怨道，历数他常遭受的那些折磨：空袭、防空警报，还要加上前工会组织者、劳工大臣欧内斯特·贝文，"我非常希望，上帝不会来加剧这些麻烦。"

但他写道："兵工厂的工人的确应该和其他人一样有机会为抗击敌人而祈祷，我们或许可以把神职人员带到工厂里，而不是让工人去教堂。

"这种做法可以确保更多人参加祈祷，而且应该也有同样的效果。"

八月二十日星期二，在下议院被八月的炎热催睡之前，丘吉尔于下午三点五十二分开始了"战争局势"演讲。他绝口不提驱逐舰，只说到了租借，并将其描述为一个善意的行为，是政府为打消罗斯福关于美国在北大西洋和西印度群岛的安全问题的顾虑而做出的一部分努力。听到丘吉尔这样说，你会觉得，这次租借不过是为朋友和潜在盟友提供帮助的优雅大度的行为。"当然，此事与主权转让毫无关系。"丘吉尔向议会保证。

根据他的描述，租借许可对英国极为有益，其价值远远超过实际细节一开始可能显示的。他将此形容为一种海上的订婚戒指，将英美双方的利益结合在一起。他说："无疑，这一过程意味着，大不列颠帝国和美利坚合众国这两个伟大的英语民主国家，将必定会因为共同的、普遍的利益而在某种程度上捆绑在一起。"

丘吉尔告诉议会，他对此事毫无"疑虑"，这个说法存在夸张的成分，因为他实际上希望美国全面彻底地卷入战争，而且最好是作为全情投入的参战国出场。他说，即使他有所担心，这一纠缠的进程也将继续下去。"即使我希望，我也无法让它停止。谁也无法让它停止。就像密西西比河，它就那样一直流淌着。那就让它流吧，"他说，这时他以低沉的声音说出了结束语，"就让它掀起狂暴的巨浪，不屈不挠地、不可阻挡地、温良仁慈地，流向那更辽阔的土地和更美好的日子吧！"

丘吉尔对这次演讲很满意。在驱车返回唐宁街十号的整个途中，他一直热情洋溢却五音不全地哼唱着《老人河》[①]。

科尔维尔却认为这场演讲缺了些丘吉尔往常的气概。"总的来说，除了偶有亮点……整个演讲都显得很拖拉，不习惯在八月开会的下议院似乎也没精打采。"科尔维尔注意到，最令议员们提起兴致的，是最后有关岛屿基地的部分。

然而，在这次演讲中，丘吉尔在赞颂皇家空军时，仍留下了后人心中演讲术历史上最铿锵有力的时刻之一，其内容正是丘吉尔在上周激烈的空战期间，与哈巴狗伊斯梅一同乘车时说的那句话："在人类战争史上，从未有如此少的人，为如此多的人，做出如此大的牺牲。"与许多同时期的日记作者一样，科尔维尔并没有在日记中引用这句话。他后来写道："当时它并没有让我有特别强烈的感受。"

对科尔维尔更加重要的，至少更有记录价值的，是那天晚上在密拉伯丽餐馆的晚餐约会，他在那里与年轻女子奥德丽·佩吉特吃饭，在迎娶盖伊·马杰森的梦想破灭后，他越来越被奥德丽吸引，尽管后者当时仅有十八岁。让这一新的风流韵事更成问题的是，奥德丽的父亲昆伯勒勋爵（请勿与贝斯伯勒混淆）是一位有法西斯主义倾向的保守党议员。昆伯勒被视为一位悲剧性人物：他一直渴望有个儿子，但他与一位美国女子的第一段婚姻只生了两个女儿；他的第二任妻子也

---

① 密西西比河的别称。

是美国人，又给他生了三个女儿，其中就包括奥德丽，用科尔维尔的话说，她们全都"特别漂亮"。她们的母亲伊迪丝·斯塔尔·米勒似乎与昆伯勒很配。她是个反犹分子，自称"国际政治调查员"，还写了本七百页的巨著《神秘的神人融合》，试图揭露由犹太人、共济会会员、光照派会员和其他人共同谋划的国际阴谋，"渗透、主宰与摧毁的不只是所谓的上流阶层，还包括其他阶层中的佼佼者"。

科尔维尔被这位年轻女子的美貌迷惑得神魂颠倒，上述一切对他来说似乎都不是问题。他在日记中对奥德丽的描述是："她对生活很热情，对享受很投入，非常迷人、令人振奋。她很爱讲话，而且尽管令人吃惊地'天真无邪'，但显然并不愚蠢。"他又在别的地方指出，她"漂亮得诱人"。

现在，在八月二十日星期二这个出奇温暖的夜晚，科尔维尔正非常欣喜地与奥德丽单独用餐，却突然被《星期日泰晤士报》的老板凯姆斯利勋爵打断。他在他们的桌子前停下，一言不发地递给科尔维尔一支巨大的雪茄。

晚饭后，科尔维尔带奥德丽到查令十字街上的温德姆剧场看了间谍惊悚戏剧《出租的村舍》。随后，他们在斯立平夜总会结束了当夜的活动——这是个不幸的选择，因为科尔维尔发现这里"空荡荡的，单调而肮脏"。

但他被奥德丽迷住了。"我们比过去任何时候都更加明目张胆地调情，有个瞬间看起来甚至都不只是调情，但我也感到有些良心不安，我担心自己犯下了苏格拉底谴责的那种罪恶"——指的是奥德丽太年轻。

科尔维尔也不过二十五岁。

三十五　柏林

在八月二十日星期二的柏林，德国空军还没有实现赫尔曼·戈林承诺的压倒英国的空中优势，希特勒对此表示失望。他告诉总部工作人员："按照当前的局势，已经无法指望英国在一九四○年陷落了。"但海狮行动并未取消，对英格兰的入侵现在定在九月十五日。

戈林仍相信，仅凭他的空军就足以令英国屈膝，并指责各战斗机中队缺乏保护轰炸机部队的勇气和技术。星期二，他命令军官们以"永不止歇的攻击"，一举歼灭皇家空军。根据希特勒的明确指令，伦敦本身仍是禁区。

接下来的几夜，戈林向英国出动了几千架次轰炸机和战斗机——这么多飞机从四面八方飞向英国，英格兰海岸雷达网和皇家空军追踪员准确派遣战斗机中队迎击敌军的能力都受到了极大的威胁。

随后，在八月二十四日星期六夜里，一起注定会改变整个战争性质的导航错误发生了。根据英国顶尖战争历史学家巴兹尔·科利尔的界定，"这一马虎大意"的时刻，不可逆转地让世界大步走向了广岛。

三十六　喝茶时间

但首先是茶，教授的注意力现在转向了茶。

他的敌人把他说成了一个统计恶魔，过着一种没有一丝温暖与同情的生活。事实上，他经常对雇员和陌生人做些充满善意的事情，而且不愿意让人们知道他在其中扮演的角色。有一次，他为实验室的青年女雇员支付了医药费，她在灯火管制期间骑自行车上班，不慎掉进了洞里，结果颅骨骨折。当听说一位年迈的前护士"遭遇不幸"（某慈善组织的说法），他为她设立了一项退休金。他对贴身仆人哈维尤其慷慨。林德曼有次送了哈维一辆摩托车，但后来因为担心哈维出事故受伤，又换成了一辆汽车。

他还表达了对很多事务的关心。尽管性情冷淡，偏爱美好的事物（比如他的大型私家车、巧克力和默顿大衣），但教授经常表现出对普通人在战争中的经历的关心。比如那年夏天，他就曾写信给丘吉尔，反对食品部有关将茶叶配给量减少到每周只有两盎司的提议。

茶是应对战争创伤的万能镇痛剂。它是帮助人们撑下去的那样东西。人们在空袭期间和空袭过后泡茶，在从破碎的建筑物里收敛尸体的空隙时间里泡茶。茶支撑着由三万名观察员组成的网络，他们在一千个备满茶和水壶的观察站里监视着英国上空的德国飞机。流动餐厅也从龙头里一加仑一加仑地向人们提供热气腾腾的茶。在宣传片中，泡茶成了"坚持"的视觉隐喻。"茶在伦敦生活中有着堪称神奇的重要性，"一份有关战时伦敦的研究报告宣称，"一杯令人宽慰的茶似乎确实能够帮助人们在危机中提振精神。"茶像河流一样在大众观察组织的日记作者中流淌。"空袭造成的一个麻烦是，"一位女性在日记中抱怨道，"人们干不了别的，只能泡茶，并期待你会喝掉它。"喝茶是每天的固定事项，但丘吉尔本人并非如此，他更爱喝威士忌和水，尽管如此，据说他曾说过，茶比弹药更重要。茶令人舒适，积淀着历史，最重要的是它代表着英国，只要有茶在，英国就在。但现在，战争和随之而来的严格的食物配给，甚至威胁着要动摇这一最为平凡的支柱。

教授看到了危险。

"每周两盎司的茶叶配给量很难说是明智之举，"林德曼在给丘吉尔的备忘录中写道，"英国人口的很大一部分是自己做家务的工人阶级妇女和清洁女工，她们完全依赖茶来提振精神。说茶是她们的主要奢侈品实在是轻描淡写；茶是她们唯一的奢侈品。"

林德曼写道，这些人习惯于随时在手边放一个茶壶，每隔几小时就来上一杯，且"频繁的防空警报很可能会强化这种爱好"。限制这种享乐可能产生深远的后果，他警告说："正是她们在战争中承受着最严重的伤害。她们面对着高物价和物资匮乏带来的直接冲击，灯火管制和在某些情况下的紧急疏散，更让她们的生活难上加难。她们没法找到新的爱好和探险作为补偿。"

这些饮茶者同时也是"国家中受教育程度最低、责任最轻的人"，林德曼写道："她们并不会因为自由民主社会的不复存在而失去多少东西。她们大可以真实地说，也确实经常说，哪怕希特勒统治这个国家，对她们而言不会有多大的不同。"

茶支撑着士气。"如果她们彻底失去了信心，男同胞也会受到影响，跟着士气低落，尤其是眼下，猛烈的空袭本来就给他们带去了更多的麻烦。"

尽管林德曼能直接与丘吉尔取得联系，他的这次求情却并未成功。茶叶配给量最终限制在每周三盎司，一直持续至一九五二年。

在此期间，人们将喝过的茶叶晾干，拿它继续泡茶。

三十七　迷路的轰炸机

八月二十四日星期六晚，一组德国轰炸机编队迷路了。他们预定的目标是伦敦东面的一家飞机制造厂和一座石油仓库，机组人员相信他们正在目标上空飞行，事实上却来到了伦敦上空。

皇家空军从飞机离开法国的那一刻起便发现了它们的踪迹，但没有办法阻挡它们。目前为止，英国方面没有任何有效手段在天黑以后拦截敌机。尽管地面雷达可以将战斗机引导至敌机的大致位置，却无法准确提供所处高度等相关细节，也无从判断对方是只有一架，还是来自一组二十架编队。从探测到一架飞机，到战斗机司令部控制员画出它的坐标，大约需要四分钟，在此期间，敌机应该已经顺利飞过海峡，高度也发生了变化。要想发起攻击，飞行员需要看到目标。皇家空军正在竭尽全力为了夜间作战而改装飞机，并配备试验性的空对空雷达；然而，迄今为止，这些努力被证明收效甚微。

研究人员也正在争分夺秒地寻找干扰德国导航波束和令其转向的方法。他们研制出的第一代干扰器是对用于透热疗法的医疗仪器的粗糙改装，原装置本来期望利用电磁治疗多种疾病。到了八月，这些干扰器大多已经被更有效的干扰器和一种遮盖德国信标的系统取代，这种"信标干扰"系统能重新发送相关波束，迷惑或误导追随波束的德国轰炸机。但这些措施才刚刚出现成功的迹象。此外，皇家空军依赖的还有阻塞气球和探照灯指引的高射炮。但这时的高射炮不准确得几乎可笑。空军部的一项研究很快就将发现，约发射六千枚炮弹才能击落一架敌机。

当轰炸机靠近时，伦敦上下都会拉响防空警报。在圣马丁教堂的台阶上，CBS 的电台记者爱德华·R. 默罗开始了实况播报。他用深沉而平静的语调说："这里，是特拉法尔加广场。"默罗告诉听众，从他站立的地方能看到纳尔逊纪念柱和纪念柱顶端的海军将领雕像。"现在你听到的噪音是防空警报。"他说。远处的一盏探照灯亮了起来，然后是近处的一盏，就在纳尔逊的雕像后面。默罗停顿了一下，让听众聆听夜空中弥漫的令人胆战的哀鸣，那是数道防空警报交叠而成的声音。"一辆红色大巴士从角落里开了过来，"他说，"是双层大巴。只在上层有几点灯光。在一片黑暗中，它看上去就像一条正在穿过夜色的船，你只看得见它的舷窗。"

另一辆大巴经过。更多的探照灯出现。"你能看到它们笔直地射向天空，偶尔照见一朵云彩，似乎受到云层底部的散射。"交通信号灯变红了，灯光是从灯泡上灯火管制牌的十字孔里透出来的，暗得几乎不可见。不可思议的是，车辆在这种情况下顺从地停下了。"我将沿着台阶在黑暗里悄悄地走几步，看你能不能听到人们行走时的脚步声，"默罗说，"这些天以来，或者不如说这些夜以来，人们在伦敦能够听到的最奇怪的声音之一，便是行走在街道上发出的脚步声，仿佛鬼魂正穿着钢鞋走过。"

背景中，防空警报时高时低地持续在夜空中呜咽，最后终于停下来，将伦敦置于等待警报解除的紧张状态。在广播过程中，默罗没有看到或听到任何爆炸，但就在他站立之处的东面，炸弹开始落到伦敦市中心附近。其中一枚对克利伯门的圣吉尔斯教堂造成破坏，其他的落在斯特普尼、芬斯伯里、托特纳姆、贝思纳尔格林和邻近地区。

炸弹造成的损坏非常轻微，受伤者很少，但这次空袭在整座城市中引起了颤抖和恐惧。没有英国人知道，这些炸弹违反了希特勒的明确指令，是因为找错了目标而被误投到这里的。也没有人知道，星期日上午一大早，戈林便大发雷霆，向牵涉此事的轰炸机空军联队发消息："立刻报告是哪些人员在伦敦禁区投下了炸弹。最高统帅"——指戈林——"保留对有关指挥人员实施惩罚的权利，即让他们去步兵部队服役。"

对伦敦人来说，这次空袭似乎是战争新阶段的先导。大众观察组织的日记作者奥利维娅·科克特认为，它让人想到了未来新的恐怖状况。"我在字里行间压制着对可能发生可怕之事的幻想——下水道和水管都没有了；煤气没有了；不敢喝水（害怕伤寒）；然后是巡航飞机排出的毒气；哪里也不能去。数不清的恐怖的可能性，很难在这些夜晚的聆听时刻排解。"

她感受到越来越严重的焦虑。"每当汽车加速换挡，或者有人跑过，或者走得非常快，或者突然站着不动，或者把头偏向一边，或者死盯着天空，或者说'嘘！'，或者吹口哨，或者门在风中发出'砰'的一声，或者蚊子在房间里嗡嗡叫，我的心脏都会漏跳一拍。如此这般，总的来说，我的心脏漏跳的次数似乎比它跳动的次数还多！"

星期六夜里对伦敦的空袭让丘吉尔极为愤怒，但这也减轻了他因无法发动反攻和无法将战火烧到德国本土而日渐增长的沮丧。皇家空军已经轰炸了鲁尔河沿岸和其他地区的工业与军事目标，但造成的损失和心理影响都极为有限。伦敦遭受轰炸给了他等待已久的借口：轰炸柏林在道义上的正当性。

三十八　柏林

第二天夜晚，午夜零点二十分，柏林人大为震惊地听到了响彻全城的防空警报，英国轰炸机在他们头顶嗡嗡地响着，而这是领袖们言之凿凿绝对不会发生的情况。高射炮撕裂了夜空。"柏林人惊呆了，"通讯记者夏伊勒第二天写道，"他们没想到会发生这种事情。战争开始时，戈林向他们保证不会有这种事。他夸口敌机永远不可能突破首都高射炮防御系统的外圈与内圈。天真质朴的柏林人。他们相信了他。"

这次空袭只造成了轻微的破坏，没有人丧生，但这给宣传部长约瑟夫·戈培尔提出了全新的挑战。"最无稽的谣言"已经开始传播，他向参加晨会的人强调。一个流传甚广的谣言称，英国轰炸机上有一层可以让它们在探照灯下隐形的涂层，若非如此，它们怎么能来到柏林而不被击落？

戈培尔指示说，必须用"一份准确的声明"反击这些谣言，详细说明损失是多么小。

他支持采用更有力的行动："应采取非正式措施确保在正派民众圈子里散布谣言的人会遭到严厉处置，必要时可粗暴对付。"

三十九　啊，青春！

希特勒将会报复，这一点似乎是必然的，考虑到德国对大规模空袭的嗜好，那很可能会是场大型袭击。于是，在随之而来的八月二十六日星期一上午，当防空警报在伦敦响起时，丘吉尔命令约翰·科尔维尔和唐宁街十号的所有人进到这座建筑物的防空掩体。

结果这是一次假警报。

丘吉尔知道，皇家空军计划当晚空袭莱比锡，但他觉得莱比锡这个目标分量不够。他致电空军参谋长西里尔·纽沃尔爵士以表达不满。"既然他们开始骚扰首都了，"丘吉尔对他说，"我想让你狠狠地打击一下他们——柏林刚好适合。"

那天夜里，伦敦再次响起了防空警报，当时科尔维尔正和朋友在圣詹姆斯宫的卫队餐厅里吃完晚餐，对方是国王卫队的成员。两人饭后抽起了雪茄，一位风笛手在餐桌之间走动，吹奏着《邦尼快船歌》。听到警报响起，二人冷静地掐灭了雪茄，移步到宫殿里的防空洞，他们在那里脱下正式的晚餐蓝礼服，穿戴上了战斗服装和头盔。

没有炸弹落下来，但警报仍然在响。科尔维尔最后离开了，一直走回唐宁街十号。到午夜零点三十分，解除防空警报的声音依然没有响起。科尔维尔不时听到飞机引擎和高射炮的尖锐炮声。丘吉尔还没睡，而且很活跃，他再次命令工作人员躲进防空洞里，但自己还在继续工作，和他一起的还有科尔维尔、教授和几名官员。

某个时刻，科尔维尔发现自己罕见地无事可做，于是走进房子后面围墙围起来的花园。这是个平静的夜晚，温暖城区升腾起的薄雾弥漫在他周围。探照灯射出的苍白光柱直抵遥远的夜空。只来了几架飞机，还没有炸弹落下来，但仅仅是这些飞机已然使这座城市停摆。这制造了一种十分古怪的静谧时刻。"我站在花园里，听着大本钟的午夜鸣响，看着探照灯射出的光柱，惊叹着伦敦这种不寻常的安静。没有一点声音，空气也几乎没有流动。然后，突然间，发动机的噪音响了，远处的高射炮闪烁了起来。"

丘吉尔换上睡衣，拿着一顶钢盔下楼，这身衣服被科尔维尔描述为一件"特别华丽的金龙晨衣"。他也进了花园，这个闪着金色火焰的圆滚滚的矮胖形象在那里来回踱步了一阵，最后去到下面的防空洞里过夜。

丘吉尔睡得很好，甚至凌晨三点四十五分解除警报声响起时都没醒。他总是睡得很好。他能在任何地方、任何时间睡着，这是他的特殊天赋。哈巴狗伊斯梅写道："他可以脑袋一碰上枕头就进到深度睡眠的状态，这能耐若非亲眼所见简直难以置信。"

科尔维尔就不行。他像许多伦敦人一样，在警报响起很久之后才能睡着，然后又会被解除警报的那声持续的单音符的哀号惊醒。科尔维尔写道，这"是夜间空袭带来的双重痛苦"。

在这个时候，大部分公众的士气仍然相当高，至少，邮电审查局在阅读并研究该局所截获的那些发往美国和爱尔兰的邮件后如是判定。这一报告于八月三十日星期五发表，其中引用了一位北文布利通信者的话："即使给我一大笔财富，我也会选择留在这里，而不会去世界上其他任何地方。"审查员声称发现了一个矛盾之处，即"遭受轰炸最严重的地方士气最高"。然而，在指出这一点时，审查员的报告用了一种很明显的苛刻口吻："人们普遍抱怨睡眠不足，然而那些提及神经崩溃的写信者，通常似乎本就不怎么勇敢。至于所述的孩子们的恐惧，多数情况下似乎都来自母亲。"

尽管如此，伦敦和其他大城市的平民区迄今基本未受影响。

这天夜里，皇家空军发动了针对柏林的第二次空袭，这次行动炸死的第一批柏林居民共有十人，另导致二十一人受伤。

当伦敦准备迎接希特勒的报复时，玛丽·丘吉尔和母亲正在朋友朱迪·蒙塔古的乡间宅院布雷克尔斯庄园，尽情享受一个温暖夏夜的平静。玛丽估计还要在那里度过几个星期。克莱芒蒂娜打算尽快返回伦敦。

正如玛丽在日记中记录的，在诺福克的塞特福德森林边缘的这些农田上，在这一百零二英亩的牧场、沼泽和松树林地里，炸弹和空战看起来格外遥远。宅院本身可以追溯到十六世纪中叶，据说不时有一个美丽的鬼魂乘坐四匹马驾驶的马车到访，谁若敢与它对视便会立即丧命。两个女孩骑自行车、骑马、打网球、游泳、去电影院，与附近皇家空军基地的飞行员跳舞，有时还带他们回来，到干草棚里进行大家已很熟悉的"爱抚式"会面，所有这些，让玛丽某天在日记里发出了"啊，'la jeunesse—la jeunesse'[①]"的感叹。

朱迪的母亲维尼夏将抵消这些夏日的惰怠作为自己的使命，让这两个女孩参与各种各样的智识追求。她为她们读简·奥斯汀的著作，并把玛丽和朱迪比作《傲慢与偏见》中的"轻浮女孩"姬蒂·本内特和莉迪娅·本内特，玛丽后来写道，她们"总是跑到麦里屯去看当地出现了哪些军团！"

---

① 法语，意为"青春——青春"。

这两个女孩还决定学习威廉·莎士比亚的十四行诗，每天背一首——她们没能全部完成这个任务，不过玛丽多年后仍能背诵几首。

战争的消息还是不时侵扰她，比如，父亲在一次电话中带来了消息：德国人对多佛尔海峡上的拉姆斯盖特进行了大规模空袭，摧毁了七百所房屋。这次空袭极其猛烈，仅仅五分钟内，德军便投下了五百枚高爆弹。这个消息让玛丽觉得格外刺耳，她写道："尽管这里也有飞机在天上飞，但在如此可爱的日子里，你几乎忘记了战争。"

这个消息强化了玛丽在布雷克尔斯庄园的生活与战争这一更大的现实之间感受到的不一致，促使她在九月二日星期一提笔给母亲写信，恳求克莱芒蒂娜允许自己返回伦敦。"我在这里沉迷于逃避现实，"她写道，"很长一段时间里，我完全忘记了战争。即使是我们和飞行员们在一起时也会忘记，因为他们如此快活。"想到整个欧洲现在有千百万人"正在挨饿、丧失亲人、生活凄惨"，她感觉"不知怎的，一切都不对劲了"。"能不能让我尽快回到你和爸爸身边？我真的不会因空袭受到惊吓——我非常关心这场战争和这一切，我非常想感觉到我正在承担某些风险。"

她父母那截然不同的观点显然来自家长的身份。"你能够在乡村有一段无忧无虑的幸福时光，这让我很开心，"克莱芒蒂娜在回信中写道，"你绝不该为此感到内疚。感到悲伤和消沉不会帮到任何人。"

她对玛丽讲述了星期六之夜那次空袭以来在唐宁街十号的生活。"我们已经对防空警报麻木了，等你回来，你会在掩体里找到一个相当舒服的小铺位。这里总共有四个这样的铺位，爸爸、我、你和帕梅拉，一人一个。"——这里提一下帕梅拉·丘吉尔，她此时已有八个月的身孕——"上铺不太好爬上去。我们有两次整夜都睡在那里，因为'解除警报'的信号响起时我们都睡着了。在这下面你什么也听不见。"

克莱芒蒂娜在信中称玛丽为"我亲爱的乡村小老鼠"，但这无疑无助于缓解玛丽的负罪感。

一次前往邻近皇家空军基地的访问加剧了玛丽心中的刺痛。那里有通常的轻松乐事——午饭、网球、茶——但接着是"整个下午的高光时刻",参观一架布伦海姆轰炸机。

她写道:"这让人感到热血沸腾。"不过接着又补充道:"但也让我觉得自己很没用。我对英格兰的热爱永远无法得到真正的衡量——因为我是女人;我强烈地感到自己有多想驾驶一架飞机——或为那些我全身心信奉并最深切热爱的事业奉献所有。"

然而,她写道:"我只能舔舔信封,在一间办公室里工作,过舒适的幸福生活。"

面对伦敦即将遭到空袭的前景,美国大使约瑟夫·肯尼迪仓皇而逃。让许多伦敦人士蔑视的是,他开始在英国的家里处理外交事务。外交部里开始流传一则笑话:"遇到乔·肯尼迪前,我一直以为我的水仙花是黄色的。"①

外交大臣哈利法克斯觉得这则笑话"很残酷,但恰如其分"。德国的空袭有次险些摧毁了肯尼迪的乡间宅院,哈利法克斯对此甚为满意。他在八月二十九日星期四的日记里称其为"对乔的审判"。

比弗布鲁克勋爵很累。哮喘纠缠着他,平日里的烦心事也丝毫没有减少——他烦恼的是防空警报让工厂的无数工时成为泡影,德国轰炸机似乎可以来去自由,只要一颗炸弹就可以让好几天的生产泡汤。然而,尽管有这些障碍,尽管工厂每晚受到德国空军的轰炸,他的制造与回收王国仍然在八月份生产了四百七十六架战斗机,比参谋长们

---

① 黄色的水仙花象征春天。这里的意思是:见到肯尼迪之前还朝气蓬勃,见到他之后就萎靡不振了。

此前预计的总数多出近两百架。

　　比弗布鲁克唯恐丘吉尔会因为某种原因忽略了这一功绩，于是在九月二日星期四写信，提醒首相自己的成功。他还借机对达成这一功绩所付出的努力表达了一番自我怜悯，并用美国民间灵歌的一句歌词作为结尾："无人能懂我遭遇的烦恼。"

　　丘吉尔第二天批复了比弗布鲁克的备忘录，在底部写下了极为简短的回答：

　　"我懂。"

四十　柏林与华盛顿

对柏林的袭击确实激怒了希特勒。八月三十一日星期六，他抛开此前的犹豫，命令空军总司令戈林准备对伦敦发动空袭。希特勒指示，须以此打击敌军士气，但与此同时，行动仍应聚焦于有战略价值的目标。他目前仍不打算造成"大规模恐慌"。但他跟任何人一样清楚，考虑到轰炸固有的不准确性，袭击伦敦市内的战略目标与将平民区作为打击目标相差无几。

两天后，戈林对德国空军发出了空袭指令。他再次畅想这次灾难性的空袭会有多么宏伟的效果，以致迫使丘吉尔举起白旗或遭到罢免。戈林渴求向羞辱他的空军的英国复仇，而且很高兴看到全员出动"无敌舰队"轰炸英国首都的景象。这次，他将令大不列颠就范。

正当戈林对空袭跃跃欲试，继续为入侵英国备战时，希特勒的副手鲁道夫·赫斯越来越担心日益加剧的冲突。迄今，他在实现希特勒让丘吉尔政府垮台的愿望方面毫无进展。他觉得这两大帝国即将发生的全面碰撞在本质上是错误的。

八月三十一日，赫斯会见了朋友兼导师卡尔·豪斯霍费尔教授。这位顶尖的政治学家的理论启发了希特勒的世界观，但其个人生活却将自己置于危险境地：他妻子有一半犹太人血统。为了保护豪斯霍费尔的两个儿子，赫斯曾不顾自己对犹太人的仇恨，宣布他俩都是"名誉雅利安人"。

赫斯和豪斯霍费尔谈了九个小时，其间赫斯提醒朋友注意，德国入侵英国的可能性越来越大。二人讨论了一个想法，即通过一个英国中间人，一个与丘吉尔政府中具有绥靖主义思想的成员有密切关系的人，向伦敦发出和平提议，激起议会对首相的反叛。

会面后的第三天，豪斯霍费尔教授给儿子阿尔布雷希特写了一封措辞严谨的信，后者是希特勒和赫斯的重要顾问，一个能说一口纯正英语的亲英派。老豪斯霍费尔表达了对即将发生的入侵的担心，并问儿子，是否有可能在中立地点安排一次与某位有影响力的中间人会见，讨论如何避免进一步与英国发生冲突。他知道，儿子与一位重要的苏格兰人汉密尔顿公爵交好，他建议儿子去找这位公爵。

重要的是要快速采取行动。"如你所知，"豪斯霍费尔教授写道，"向岛屿发起一次非常猛烈且严峻的进攻的准备工作均已就绪，只待最高领导人按下按钮。"

美国国务院的一位律师提出了一项折中方案，可以让丘吉尔和罗斯福都以各自认为最受本国人民欢迎的方式对协议做出描述，为这场以驱逐舰换取基地的交易扫除了最后的障碍。

纽芬兰和百慕大岛上的基地将被当成一份赠礼，以显示英国"对美国的国家安全具有友好且惺惺相惜的关注"。剩余基地的租借将作为支付驱逐舰的费用，但双方不会为任何特定资产指定现金价值，因此限制了任何一方对相对价值的估算。很明显，美国在交易中获益更多，但并没有给批评者提供轻而易举地用确切数字证明不对等的机会。而且，美国报章实际上欢呼这是总统的一步好棋，这种艰难的交易让美国人对自己具有良好的商业素养深感满足。正如美国路易斯维尔《信使日报》所说："这是自印第安人为了二十四美元的金币和一坛子烈酒卖掉了曼哈顿岛以来，我们所做的最划算的交易。"

九月二日星期一，英国驻美大使洛西恩勋爵和美国国务卿科德尔·赫尔在协议上签字。两天后，首批八艘驱逐舰泊至哈利法克斯港，英国新乘员这时开始意识到，光是让这些舰船能够在海上航行就需要做很多工作，更别提作战了。正如一位美国军官所说，它们的船体厚度勉强可以"阻挡海水和小鱼"。

不过，对丘吉尔来说，驱逐舰质量如何在很大程度上并非要点。海军出身的他自然知道这些舰艇实在太老，不会派上多大用场。然而，真正重要的是，他成功得到了罗斯福的关注，或许还推动罗斯福向全面参与战争走近了一步。只是，罗斯福到底还能当多长时间总统尚不可知。两个月后的十一月五日就是美国的总统大选日，丘吉尔热切地希望罗斯福获胜，但这一结果完全无法确定。九月三日发布的盖洛普民意调查表明，百分之五十一的美国人在即将到来的大选中支持罗斯福，百分之四十九更愿意温德尔·威尔基当选。考虑到民调的误差幅度，两位候选人可谓不分伯仲。

但在美国，孤立主义的倾向日趋增长。九月四日，一群耶鲁大学法学院的学生创建了美国第一委员会，反对参与战争。该组织迅速壮大，得到了查尔斯·林德伯格的极力支持，他自一九二七年飞越大西洋以来一直被视为民族英雄。而在共和党领导人的劝说下，威尔基为倾其所能在总统选举中取得优势，也将改变战略，把战争和恐惧作为竞选的中心议题。

四十一　他来了

九月四日星期三，希特勒走上了柏林体育馆的主席台，几年前，他正是在这里第一次作为德国总理发表演讲。现在他准备对由女性社会工作者和护士组成的大量听众发表讲话，表面上是为今年的战时越冬救济运动的开始造势，即募集资金为贫穷的德国人提供食物、热量和衣服。然而，他利用这一机会发表了激烈抨击英国的长篇演说，因为该国最近对德国发动了空袭。他说："丘吉尔先生正在展示他的新构想——夜间空袭。"

希特勒谴责这些空袭是胆小鬼行径，与德国空军在白天进行的空袭截然不同。他告诉听众，他之所以迄今仍对英国人的空袭表现得如此克制，只是希望丘吉尔会重新考虑并停止袭击。"但丘吉尔先生将此视为软弱可欺，"希特勒说，"你会明白，我们现在将对此做出回应，以夜间空袭回报夜间空袭。英国空军总共投下了两千、三千、四千千克炸弹，而我们将在一夜之间投下十五万、二十三万、三十万或者四十万千克炸弹。"

这时，美国记者威廉·夏伊勒写道，人群中爆发出巨大的吼声，让希特勒不得不暂停讲话。

等喧嚣声平静下来，他接着说道："当他们宣布增加对我们城市的袭击时，我们将把他们的城市夷为平地。"他发誓要"终止这些空中强盗的行径，愿上帝保佑我们"。

那些妇女从座位上跳了起来，夏伊勒在日记中写道："她们尖叫着表示赞同，胸部上下起伏。"

希特勒继续说："那一刻终将到来，我们之间有一方会崩溃，但崩溃的不会是民族社会主义德国。"

人群中爆发出一阵震耳欲聋的喧嚣，她们狂呼着："永远不会！永远不会！"

"在英国，人们非常好奇，而且一直在问：'为什么他还没来？'"希特勒说，做出种种嘲讽的手势，"冷静。冷静。他来了！他来了！"

听众笑得几乎发疯。

丘吉尔给出了一个血腥的回应：那天夜里，一枚皇家空军投下的炸弹落在柏林可爱的大蒂尔加滕公园，炸死了一名警察。

在坐落于平静的德国乡村中的卡琳宫，赫尔曼·戈林和德国空军司令员们为"摧毁伦敦"制订了一个简明扼要的进攻计划。

最初的进攻将始于下午六点，随后是六点四十分开始的"主攻"。第一轮攻击旨在将皇家空军战斗机引至空中，这样一来，等德国空军主要的轰炸机大队到来时，英国守卫者的燃油和弹药已经消耗殆尽。

三组轰炸机编队将在大批战斗机的护卫下从英吉利海峡法国一侧的三个地点出发，沿直线飞赴伦敦。战斗机将全程伴随轰炸机前往伦敦并返回。计划称："鉴于战斗机将在最大耐力下参战，沿直线路径飞行并在最短时间内完成攻击至关重要。"该计划要求投入最大战斗力，参战飞机将在交错的高度上飞行。"我们的目的是在一次攻击中完成作战任务。"

由于在空中部署了这么多飞机，飞行员们同时必须明白应该如何返航。完成投弹后，编队将向左转弯，沿着一条不同于奔袭英国的航线返回，避免与仍在接近的轰炸机相撞。

"为取得必要的最大效果，在出发、攻击特别是在返航时，各单位必须始终以高度集中的兵力飞行，"该计划称，"此次行动的主要目标是证明德国空军可以做到这一点。"

攻击日期定于一九四〇年九月七日星期六。戈林告诉戈培尔，战争将在三周后结束。

在奉派参与行动的轰炸机机群中，有一支名为"KGr 100"的特殊编队（其与另外两支编队被并称为"寻路者"）。该编队的乘员专于沿着德国的导航波束飞行，所利用的是一种比 Knickebein 系统更先进的技术。事实证明，Knickebein 系统还存在一些问题。Knickebein 系统的天才之处在于它的简单，并且使用的是人们已经熟悉的技术。每个德国轰炸机飞行员都知道当接近机场时该如何使用普通的洛伦茨盲着陆系统，每架轰炸机上也都装备着相关设备。要想使用 Knickebein 系统，飞行员只需要飞得更高，并在更长的距离上追随中心波束即可。但现在，似乎有什么地方出了问题。飞行员们报告了神秘的波束失真和信号丢失现象，并越来越不信任这一系统。八月二十九日那天夜里，针对利物浦的一次重大空袭遭到了神秘而严重的破坏，派出的轰炸机中只有大约百分之四十到达目的地。英国情报机构似乎已经发现了Knickebein 系统的秘密。

好在大家都清楚，还有一种更先进的技术始终严格保密。德国科学家们开发了一种名为"X 系统"导航波束技术，它准确得多，但也复杂得多。该系统依靠的也是传输类似洛伦茨系统的划信号和点信号，但并非仅有一条交叉波束，而是有三条，它们更加狭窄，而且被认为更不易被皇家空军监听者发现。第一条穿越轰炸机航线的波束只是一个提醒信号，意在提醒无线电报务员第二个更关键的交叉点即将到来。

在监听到第二个信号时，一位乘员将打开一个校准飞机的准确地面速度的机械装置。不久之后，轰炸机将穿过第三条、也是最后一条交叉波束，机组人员将在此时开启一台控制飞机投弹装置的计时器，这样，轰炸机就能精准把握住投弹时刻。

这个系统非常有效，但要求乘员技术高超、训练有素，德国空军因此组建了 KGr 100 这一特殊的轰炸机编队。为了让这个系统起作用，飞机必须以稳定的速度在经过校准的高度上严格按照航线飞行，直至抵达预定目标，这让它易于遭受攻击。这的确导致了一些惊悸时刻，不过，使用该系统的轰炸机会在非常高的高度上接收波束，远远超出了探照灯和阻塞气球的作用范围，遭到皇家空军拦截的风险也不大，至少在夜间如此。该编队飞机机身的每一处表面都喷着哑光黑漆，这让它们在黑暗中更不容易被发现，也给予了它们一种危险气息。在法兰克福附近一个湖泊的试验场进行的试验发现，机组人员可以将炸弹精准投放至离目标不足一百码的地方。早在一九三九年十二月，该编队在不载弹的情况下已经三次去往伦敦试飞。

利用 KGr 100 的特殊能力，德国空军逐步发展了一种新战术。该轰炸机编队将在空袭中担任领队，率先到达目的地，投放混有易燃物与烈性炸药的炸弹，引燃大火，标明目标的位置，为随之而来的飞行员指引方向。火光即使透过云层也清晰可见。该编队的作战区域经过扩大，如今已涵盖伦敦地区。

四十二　不祥的行为

九月六日星期五晚上，丘吉尔离开唐宁街十号前往契克斯。在那里进行通常的小睡之后，他与哈巴狗伊斯梅及另外两位高级将领，帝国总参谋长约翰·迪尔和国土防卫军司令艾伦·布鲁克，共进晚餐。

晚餐九点开始。谈话集中在入侵的可能性上，要讨论的事情很多。被拦截的信号和侦察照片显示，德国对入侵的具体准备已经开始，而且进展迅速。据英国情报人员周末的统计，比利时港口城市奥斯坦德的驳船已达两百七十艘，而一周前只有十八艘。一百艘驳船抵达了荷兰北海沿岸的弗卢辛（即弗利丰恩）。侦察飞机发现，更多的船只正向英吉利海峡各港口聚集。英国联合情报委员会的评估认为，综合考虑月相与潮汐，今后几天（尤其是九月八日到十日）特别适宜两栖登陆。此外，有报告称德国的轰炸活动也在增加。单单这一天，便有三百架远程轰炸机在四百架战斗机的护航下袭击了肯特和泰晤士河口的目标。

谈话变得活跃起来。"热身结束后，首相在那天晚上剩下的时间里妙趣横生，"布鲁克在日记中写道，"他先是设想自己如果处于希特勒的位置，会如何在我保卫这些岛屿时向它们发起进攻。然后他对整个防空警报系统进行了修正，并将这一提案交给我们评判。最后，凌晨一点四十五分，我们上床睡觉！"

布鲁克在第二天的日记中写道："所有报告似乎都显示，入侵越来越近了。"作为负责抵御敌军、保卫国土的司令，他感到非常紧张。他后来写道："在整个职业生涯中，我肩头的责任从未有哪个时刻比等待入侵的那些日子更加沉重。"英国的兴亡取决于他的准备工作和指挥部队的能力，尽管他知道他们在训练和装备上有哪些缺点。所有这些，他写道，"让迫在眉睫的冲突变成了一个有时几乎无法承受的包袱"。更加严重的事实是，他意识到自己不能暴露内心的担心。与丘吉尔一样，他深知情绪外露具有怎样的力量和重要性。他写道："没有一个人可以暴露内心的忧虑而不冒缺乏信心、降低士气、招致怀疑的风险，而诸如此类的隐秘存在将暗中破坏抵抗力量。"

　　在九月七日那个星期六，摆在布鲁克和三军参谋长面前的问题是，是否应该发布那个代号"克伦威尔"的官方警报，向人们指明入侵即将发生，并要求布鲁克调动他的部队。

四十三　白鼻海角

　　星期六上午，戈林和两位德国空军高级军官坐在由三辆大型梅赛德斯－奔驰组成的车队中，沿着法国海岸驱车疾驰，骑着摩托车的士兵在前面开道。戈林在海因里希·希姆莱的帝国安全局二十名便衣成员组成的分遣队陪同下，乘坐专列从海牙临时司令部来到加来——这样他就能舒服地旅行，同时沿路查看新的艺术藏品，如果见到他喜欢的东西，他可以立即打包收藏在列车上。根据一位美国调查员后来的报告，戈林展现着"拥抱一切的占有欲。他对这些收藏品的欲望没有尽头"。长长的皮革大衣让他看上去体态臃肿，他在大衣下面戴着勋章，穿着最爱的白色军装。

　　车队爬上了白鼻海角，法国海岸的最高点之一。在和平年代，这是一个游人如织的野餐地点。军官们在这里摆好桌椅，放上了三明治和香槟。椅子是可折叠的，他们小心地确保拿给戈林的那一把尽可能结实。军官们来到这里，观看当天下午德国空军展开对伦敦的攻击。

　　欧洲大陆时间大约两点，戈林和其他人听到了轰炸机的第一阵声响，低沉的嗡嗡声从北方和南方升起。军官们踮起脚扫视地平线。戈林举起了双筒望远镜。一名军官手指海岸叫了起来。很快，天空中布满了轰炸机和护航战斗机，在它们上方高到几乎看不见的位置飞行的，是一拨又一拨准备迎战的单引擎战斗机梅塞施米特 Me 109——毫无疑问，英国战斗机会起飞抵抗这次攻击。德国王牌飞行员加兰和他的中队接到的任务是横扫英格兰海岸线，寻找前来拦截的皇家空军。

戈林极为自信，认定德国空军会在那天获得惊人的成功，他对一批来到这处峭壁的电台记者宣布，他亲自指挥了这次袭击。这正是戈林最向往的时刻：宏伟的进击，自己则是人们关注的焦点。"这是个历史性时刻，"他告诉这些记者，"英国人最近几夜对柏林的挑衅性袭击的结局就是，元首下令对不列颠帝国的首都展开强有力的报复性打击。我被任命为这次行动的总指挥，今天，我听到了头顶德国空军中队胜利的轰鸣。"

峭壁上的众人情绪高涨。戈林几乎无法抑制自己的喜悦，抓住身边军官的肩膀使劲摇晃，仿佛正在出演戈培尔的国民教育与宣传部所拍摄的电影。

第四部

血与尘

九月至十二月

四十四　宁静忧郁的一天

　　那一天温暖而平静，不断升起的薄雾之上是蔚蓝色的天空。午后的气温超过了三十摄氏度，这在伦敦颇为罕见。人们涌进了海德公园，懒洋洋地躺在摆在蛇形湖边的椅子上。牛津街和皮卡迪利大街上的购物者熙熙攘攘。天空中巨大的阻塞气球在下面的街道上投下了缓慢移动的阴影。经历八月那场炸弹第一次落到伦敦的空袭后，这座城市再次退缩到一个自己不可能受到伤害的幻想里，只是时而被虚假的防空警报打断，但这个曾经令人惊恐的新奇玩意，也因轰炸机并未出现而失去威慑力。夏末的热度让人有种慵懒自得的感觉。在伦敦西区，剧院里正上演着二十四出剧目，其中包括达夫妮·杜穆里埃根据其同名小说改编的话剧版《蝴蝶梦》。该剧电影版由劳伦斯·奥利弗和琼·芳登领衔主演、阿尔弗雷德·希区柯克执导，也在伦敦上映了。人们在电影院里还能看到《瘦子》和已经上映一段时间的《煤气灯下》。

　　这是一个值得在凉爽的乡村绿地上度过的晴朗日子。

　　丘吉尔在契克斯。午餐一结束，比弗布鲁克勋爵就回乡间宅院切克莱庄园去了，尽管他后来试图加以否认。约翰·科尔维尔上个星期四离开伦敦，与母亲和兄弟一起在他婶婶位于约克的庄园里度假十天，他们在那里猎鹧鸪、打网球，精挑细选享用着他叔叔珍藏的波特酒陈酿，其中有些珍品的年份可以一直追溯到一八六三年。玛丽·丘吉尔依旧和表妹朱迪一起住在布雷克尔斯庄园，继续不情愿地扮演着乡村小老鼠的角色，同时践行她们每天背一首莎士比亚十四行诗的诺言。那个星期六，她选择的是那首称爱为"永恒不变的航标"的《十四行诗第 116 首》，她在日记里将这首诗默写了一遍，然后去游泳了。"实在太可爱了——joie de vivre① 胜过了浮华。"

她将谨慎抛到了九霄云外，没戴浴帽洗了个澡。

星期六上午在柏林，约瑟夫·戈培尔让副官们为这天结束时将会发生的事件做准备。他说，伦敦即将到来的毁灭"可能会是人类历史上最大的灾难"。他希望将这次袭击描述为对英国轰炸德国平民的理所应当的报复，以此压制全世界不可避免的强烈抗议，但迄今为止，包括前一晚的空袭在内，英国对德国的空袭所造成的死亡和破坏程度都不足以让如此大规模的报复合理化。

然而他明白，德国空军即将对伦敦实施的袭击是必要的，且很可能会加速战争的结束。英国的空袭如此微不足道，这很遗憾，但他可以设法操控。他希望丘吉尔能"尽快"发动一次像样的空袭。

每天都会出现新的挑战，但不时会被更令人高兴的事情冲淡。在那个星期的一次会议上，戈培尔听取了本部门特别文化任务处处长汉斯·欣克尔的报告，他对在德国和奥地利的犹太人的状况做了更新汇报。"维也纳的十八万犹太人还剩四万七千人，其中三分之二是女性，二十至三十五岁的男人还有约三百名，"根据会议纪要，欣克尔报告，"尽管面临战争的影响，将总共一万七千名犹太人转移到东南地区仍是可能的。柏林尚有七万一千八百名犹太人，今后每个月将约有五百名犹太人被送往东南地区。"欣克尔称在战争结束后的头四个月让六万名

---

① 法语，意为"生活之乐"。

犹太人离开柏林的计划已经到位，届时交通运输系统将再次可用。"剩下的一万两千名犹太人也将在随后四个星期内消失。"

这让戈培尔很高兴，尽管他意识到，德国长期以来公然的反犹太主义给政治宣传带来了严重困难。他对此颇为泰然。"既然全世界都因为我们是犹太人的敌人而反对我们、中伤我们，"他说，"那为什么我们只能从中得到坏处却并未得到好处，即把犹太人从剧院、电影院、公共生活和管理机构中清除出去呢？如果那时候我们仍然被攻击为犹太人的敌人，我们至少可以问心无愧地说：这也值了，我们从中获益了。"

德国空军在喝茶时间来了。

轰炸机分三拨到来，第一拨由近一千架飞机组成——三百四十八架轰炸机和六百一十七架战斗机。寻路者 KGr 100 编队中，带有特殊装备的八架海因克尔轰炸机引路，携带着多种炸弹，包括标准高爆弹、燃烧汽油弹和为了让消防队员无法靠近而带有延时引信的炸弹。尽管行动在天气晴朗的白天进行，他们还是使用了导航波束的 X 系统。伦敦的第一道防空警报在下午四点四十三分拉响。

作家弗吉尼亚·考尔斯和朋友安妮住在英国报业大亨埃斯蒙德·哈姆斯沃思在梅里沃思村的家里，大约在伦敦市中心东南三十英里。她们正在草地上喝茶，享受温暖与阳光，这时，有嗡嗡声从东南方响起。"刚开始我们什么也看不到，"考尔斯写道，"但很快，嘈杂声越来越大，变成了深沉的大声咆哮，像从远处巨大的瀑布中传来的隆隆巨响。"她和朋友数出了一百五十多架飞机，轰炸机组成编队飞行，战斗机围绕着它们形成防护屏障。"我们躺在草地上，眼睛紧盯着天空，一批白色的小点仿佛一群昆虫，正朝西北的首都方向飞去。"

她惊讶于敌机的行动没有遭到皇家空军的拦截，并猜测德国飞机已经不知怎的突破了英国的防线。

"可怜的伦敦。"她的朋友说。

考尔斯的观察是对的，德国飞机遇到的抵抗很少，但她没有猜对原因。皇家空军得到了雷达预警，知道一支庞大的轰炸机机群正在越过海峡，于是分派战斗机中队占据了重要机场的防守位置，因为他们仍然以为这些机场是主要目标。类似地，高射炮也从伦敦撤出，保护机场和其他战略目标。只有九十二门高射炮保护伦敦市中心。

当意识到伦敦才是实际目标时，皇家空军战斗机开始向德国入侵者集结。一位皇家空军飞行员一看到攻击者，就被眼前的情景震住了。"我从没见过这么多飞机，"他写道，"薄雾弥漫在大约一万六千英尺的高空中。我们穿过薄雾后简直难以相信眼前的一切。凡是你能看到的地方，除了一拨接一拨飞进来的德国飞机，别无他物。"

地面上看到的情景同样惊人。当第一拨德国飞机从头顶掠过的时候，十八岁的青年科林·佩里正骑着自行车。"这是最令人惊叹、印象深刻、扣人心弦的情景，"他后来写道，"就在我头顶，确确实实有几百架飞机，德国飞机！天上全是它们。"战斗机紧靠在一起，他回忆道，"就像蜜蜂围绕着蜂王"。

在伦敦东南部的普拉姆斯特德地区，建筑系学生杰克·格雷厄姆·赖特和家人正坐在客厅里喝茶。他母亲用镶着银边的托盘把茶端了出来，托盘上还有茶杯、茶碟、盛着牛奶的小壶和用保温罩盖着的茶壶。警报拉响了。一家人开始时并不担心，但赖特和母亲看向门外时发现天上全都是飞机。他母亲注意到一些"明亮的小东西"正在下落，意识到那是炸弹。母子俩跑到一段楼梯下面寻求掩护。"我们都注意到越来越强的噪声盖过了飞机的轰鸣，然后是一阵阵越来越近的猛烈的重击声。"赖特回忆道。

房子颤抖着，地板上下摇晃。地面传来的冲击波向上穿透了他们的身体。赖特紧靠着门柱稳住身子。然后噪声和能量涌现，比以前任何时候都更加强有力。"客厅里的空气凝固了，而且变得不透明起来，好像瞬间成了红棕色的雾。"他写道。把他家房子和别人家隔开的结实的砖砌"共用墙"似乎在弯曲，他靠着的门柱在晃动。石板从屋顶脱落，撞穿了家庭温室的玻璃。"我可以听到，到处是门窗撞碎的声音。"他写道。

摇晃停止了，墙还竖立着。"棕色的雾消散了，但每件东西上都覆盖着一层厚厚的棕色尘土，尘土在地板上厚厚地堆积着，把地毯都遮住了。"一个细节深深地留在他的记忆中："那个小小的瓷质牛奶壶侧翻在桌上，洒了的牛奶像小溪一样从桌子边缘流了下去，在地上那层厚厚的灰尘上形成了白色的水洼。"

正是这些尘土，成为许多伦敦人的记忆中这次空袭和随后的空袭中最惊人的现象之一。当房子爆裂时，碎掉的砖头、石块、石膏、灰泥如雷雨云砧般从房檐和阁楼、屋顶和烟囱、灶台和火炉扬起——那是克伦威尔、狄更斯和维多利亚时代的灰尘。炸弹通常只有接触到屋檐下的地面才会引爆，泥土和石头混在吹向街道的沙尘里，空气中弥漫着一股浓郁而阴森的生土气息。这些尘土先是迅速向外喷发，如同大炮散出的烟雾，然后慢了下来，开始消散，纷纷落下并沉积，覆盖在人行道、马路、挡风玻璃、双层大巴、电话亭和尸体上面。从废墟中逃出来的幸存者从头到脚都裹着这种看起来像是灰色面粉的东西。哈罗德·尼科尔森在日记里描述，他看到人们淹没在一种"浓雾中，它沉积在一切东西表面，糊在他们的头发和眼眉上，形成了厚厚的尘土"。那个星期六的夜里，一位名叫莫顿的医师很快就发现，这使得伤口变得更难处理。"令我吃惊的是大量尘土，那些喷撒在每个伤员身上的陈年尘土。"她写道。她受过如何让伤口不受感染的训练，但现在却毫无用处。"伤员的头上满是沙砾和尘土，他们的皮肤上也有厚厚的一层尘土，完全无法正常地消毒。"

尤为触目惊心的是这灰色背景上的血迹。正如作家格雷厄姆·格林在一天夜里所看到的，士兵们正从一座被炸毁的建筑物里出来，"这些来自炼狱的男男女女穿着覆盖灰尘的破烂睡衣站在门口，身上溅着斑斑血迹"。

星期六下午五点二十分，哈巴狗伊斯梅与参谋长们开会辩论这次空袭的含义。下午六点十分，警报解除声响起，但在八点，英国雷达探测到，第二拨德国飞机正在法国上空集结，其中包括三百一十八架轰炸机。八点零七分，参谋长们一致同意，是时候发布"克伦威尔"警报了，通知国土防卫军入侵即将到来。有些地方的司令官甚至下令敲响教堂的钟声，这是有人看到伞兵正在降落的信号，尽管他们其实并没有亲眼看到这个场景。

八点三十分，炸弹落在伦敦的巴特西地区，但保卫城市的高射炮出奇地沉默，直到半小时之后才开火，而且只有零星的炮弹升空。入夜时分，皇家空军的战斗机返回基地，在黑暗中无助地停着。

炸弹落了一整夜。任何冒险走到外面的人都能看到天空一片火红。消防队员们与大火搏斗，但收效甚微，这就保证了德国飞行员将毫无困难地找到这座城市。德国广播电台欣喜若狂。"浓烟在这座世界上最伟大的城市的屋顶上升腾而起"，一位播报员如是说，他同时指出，飞行员甚至在飞机里也可以感觉到炸弹爆炸带来的冲击波。（乘员们得到指示，在投下最大型号的炸弹撒旦时，飞机务必位于六千五百英尺以上的高空，以免也被炸弹震飞。）"不列颠帝国的心脏遭到德国空军的轰炸！"播报员说。一位飞行员在一份带有宣传意味的报告中写道："一条燃烧着的火焰带环绕着这座有着数百万人口的城市！几分钟里，我们就抵达了必须投弹的地点。阿尔比恩①骄傲的战斗机去哪儿了？"

对伦敦人来说，这是个充满第一次体验和感觉的夜晚。柯代无烟火药爆炸后的气味，玻璃被扫成一堆的声音。伦敦居民菲莉丝·沃纳是一位三十多岁的教师，在战争期间一直在写详细的生活杂记，她写到第一次听到炸弹下落的声音，"一声令人心悸的尖啸，好像一列呼啸的火车开得越来越近，然后是令人作呕的撞击沿着大地回荡"。她把枕头放在头上，好像这就能有所帮助一样。作家考尔斯回忆道："砖石坍塌的低吼如同海浪冲击海岸发出的轰鸣。"她说，最糟糕的声音是大量飞机发出的低沉的嗡嗡声，让她想起牙医的钻头。另一位作家约翰·斯特雷奇那天夜里也在伦敦，他回忆了某次爆炸对嗅觉的影响，将它描述为"崩塌的房屋的粉末状碎石对鼻道的强烈刺激"，随后是瓦斯泄露的那种"恶臭"。

这也是让人们把一切都联系起来的一夜。琼·温德姆，这位后来成了回忆录作家的女性，当时撤退到伦敦肯辛顿附近的一座防空洞里，午夜前后，她决定在这时放弃她的童贞，利用男朋友鲁珀特展开探险。"这些炸弹很可爱，"她写道，"这一切令我心灵震颤。然而，死亡的对立面是生命，我想我明天就会被鲁珀特引诱。"她有一个避孕套（某件产自法国的"东西"），但因为担心失效，她计划和一位朋友结伴去药房买一款颇受欢迎的杀精剂沃尔帕。"早上五点，警报解除了，"她写道，"我想，我心爱的鲁珀特现在畅通无阻了。"

第二天下午，她按照自己的计划行事，但这段经历远远没有达到她的希望。"鲁珀特脱掉衣服，我突然发现裸体的他看上去特别可笑，于是不由自主地笑起来。"

"怎么了，你不喜欢我的伙计？"据她后来回忆，他问道。

---

① 不列颠的雅称。

"还可以吧，就是有点歪！"

"大部分人都这样，"鲁珀特说，"别在意这个，脱衣服吧。"

后来她回忆道："哦，我做到了，我很高兴它终于结束了！如果真的就是这么回事，那我还不如好好去抽支烟，或者去看场电影呢！"

九月八日星期日，黎明时分，晴朗的夏日天空和伦敦东区的一堵黑色烟墙不和谐地并置在一起。卡姆登镇莫宁顿新月街的居民们醒来发现，一辆双层大巴从一所房子二楼的窗户冒了出来。头顶，目之所及，几百只阻塞气球正悠闲地在空中飘荡，旭日的光辉把它们染成了清新的粉红色。在唐宁街十号，值班的私人秘书约翰·马丁在这座建筑物的地下防空洞中度过了一夜之后，走到外面，吃惊地"发现伦敦仍在那儿"。

这一夜的空袭令四百多人丧生，另有一千六百多人重伤。对许多伦敦居民来说，这一夜还带来了另一个第一次：看到尸体。十八岁的莱恩·琼斯冒险进入他家房子后面的废墟时，看到残骸中伸出来两个人头。"我认出了其中的一个，那是塞伊先生，一个中国男人，他闭着一只眼睛，然后我才意识到他已经死了。"这片伦敦街区几个小时前还是一片祥和。"看到这位去世的中国人，我抽搐着，喘不上气来。我浑身发抖。然后我觉得，自己肯定也和他们一样已经死了，所以划了一根火柴，试着烧我的手指头。我不停地用火柴这样做，想看看自己是否还活着。我发现自己的确还活着，但我觉得我不可能还活着，这是世界末日。"

德国空军损失了四十架飞机；皇家空军损失了二十八架，另有十六架战斗机严重受损。德国王牌飞行员阿道夫·加兰认为这是一次胜利。他说："这一天过去了，我们的损失小得离谱。"他的司令员，空军元帅阿尔贝特·凯塞林认为，这次空袭是一次重大胜利，尽管他不高兴地回忆起，戈林如何在白鼻海角"忘乎所以地对德国人民做了场浮夸的广播讲话，毫无必要，我作为男人和士兵都极为厌恶这一表演"。

当太阳升起的时候，丘吉尔和随行人员——探长、打字员、秘书、士兵，或许还有那只叫纳尔逊的猫——从契克斯赶往伦敦，丘吉尔想——巡访这座城市被毁的地方，而且最重要的，是尽可能地让人看到他在这样做。

比弗布鲁克也飞速赶回了伦敦。他说服他的秘书，正在撰写一本有关飞机生产部的书的戴维·法勒，务必在书中把他描述成空袭期间一直留在城里。

法勒一开始有些抗拒，试图让比弗布鲁克放弃这个打算，法勒提醒道，许多工作人员都听到比弗布鲁克在空袭的那个星期六宣布自己会在午饭后离开，前往乡间宅院。但比弗布鲁克很是坚持。法勒后来在回忆录中写道："我想，这是因为他觉得，回顾往事时，他作为飞机生产大臣，居然没有见证空战中这样一个灾难性时刻，简直无法想象。所以他在伦敦，一切就是如此。"

四十五　无法预测的魔力

　　和往常一样，汤普森探长警惕着这样一次巡访可能存在的风险，在他的陪同下，丘吉尔来到了伦敦东区，这时大火还在燃烧，工作人员们还在从建筑物的残骸中挖掘尸体。哈巴狗伊斯梅也来了，他如犬科动物般和善的脸庞，因为缺乏睡眠和为队伍沿路看到的受惊民众感到悲伤而显得十分憔悴。"城市遭受的破坏要比我原来想象的严重得多，"伊斯梅写道，"四周仍燃烧着熊熊大火，有些大型建筑物只剩下骨架，许多小房子变成了一片片废墟。"尤其触动他的是，他看到了插在碎木材和砖瓦堆里的纸制英国国旗。他写道，这一幕"不禁令人喉咙哽咽"。

　　丘吉尔深知象征性行动的力量。他站在一个有四十人被炸死的防空洞前，现在这里聚集了一大群人。有那么一会儿，伊斯梅担心观众出于对政府未能保护城市的义愤，或许会怨恨丘吉尔的到来，但这些东区人似乎很高兴。伊斯梅听到有人在喊："好样的，老温尼！我们就知道你会来看我们。我们顶得住。你要打回去。"在自行车上见证了空袭的科林·佩里看到了丘吉尔，他在日记中写道："他看上去不可战胜。他确实如此。百折不挠，斗志十足，锐不可当。"

　　百折不挠，是的，但面对巨大的毁坏与顽强的人民，丘吉尔时而也会公然落泪。他一手拿着一条白色大手绢擦着眼睛，一手紧握着手杖的把手。

"你们瞧，"一位老妇人喊道，"他真的关心我们，他在哭泣。"

一群神色凄惨的人在察看家园还剩下什么，当他来到他们中间时，一个女人喊道："温尼，我们什么时候轰炸柏林？"

丘吉尔一个急转身，摇晃着拳头和手杖怒吼："尽管交给我！"

这一刻，那群人的情绪立马变了，政府雇员塞缪尔·巴特斯比见证了这一场面。"人们立刻被激起斗志，"他写道，"人人都感到满意与宽慰。"他知道这是他们在那一刻得到的最好回答。"在这样一个时刻，面对如此绝望的情境，一个首相说些什么才不会显得缺乏情感，甚至造成危险的后果呢？"巴特斯比认为，它代表了"丘吉尔独特的无法预测的魔力"——他能将"令人沮丧的可悲灾难"转变为"通往胜利道路上的坚实垫脚石"。

一直到晚上，丘吉尔和伊斯梅都在巡访东区，这让当地的码头官员和汤普森探长越来越担心。夜幕降临后，肯定还会有一次空袭，火焰会成为指路灯塔。官员们告诉丘吉尔，他必须立即离开这一地区。但是，伊斯梅写道，"他现在极为固执，坚持说他想要视察一切"。

天色暗了下来，轰炸机确实回来了。丘吉尔和伊斯梅钻入汽车。当驾驶员想方设法在交通拥塞和有障碍物的街道上拼命飞驰的时候，一串燃烧弹落在车前，闪着光、发出嘶嘶声，就好像装满蛇的篮子被打翻在地。丘吉尔"佯作不知地"（据伊斯梅）问落下来的是什么。伊斯梅告诉了他，并察觉到德国空军在用燃烧弹为即将到来的轰炸机指示目标，于是补充说，这意味着他们的汽车"处于靶心"。

然而，已经烧起来的火焰也会达到同样的目的。德国空军将第一波空袭的时间定在星期六下午，轰炸机飞行员借助充足的日光可以在没有导航波束帮助的情况下通过航位推测法找到伦敦。他们点燃的火彻夜燃烧，为接踵而至的每一拨轰炸机提供视觉引导。尽管如此，大部分炸弹仍未击中目标，而是随机地落在整座城市，这让美国空军观察员卡尔·斯帕茨在日记中写道："显然，对伦敦的无差别轰炸开始了。"

那天夜里很晚的时候，丘吉尔和伊斯梅总算回到了唐宁街十号，结果发现中心大厅里挤满了工作人员和大臣，他们对丘吉尔在夜幕降临之前未能返回越来越不安。

丘吉尔一言不发地从他们中间走过。

这批人随即抨击伊斯梅，谴责他让首相暴露在这样的危险当中。伊斯梅答道："谁认为自己能够阻止首相进行此类行动，欢迎你下次出场一显身手。"伊斯梅在复述这一经历时指出，实际上，他当时说得比这粗鲁得多。

国土防卫军司令布鲁克将军担心人们面对入侵会歇斯底里，将事情弄得一塌糊涂，因此在星期日上午向指挥员们发出指示，只有当他们亲眼看到二十五个或者更多的伞兵降落时，才能下令敲响教堂的钟声，不能仅凭听到了其他地方的钟声或得到了二手报告就下令。

"克伦威尔"警报仍然有效。对入侵的担忧加剧了。

比弗布鲁克从九月七日的空袭中得到了重大警示。在返回伦敦的路上，他召集高层干部和委员会开紧急会议，下令对国家的飞机产业结构做出结构性调整。从此之后，大规模的集中式生产中心将被打散分布在全国各地。伯明翰的一家喷火式战斗机工厂将被分散在八个镇子的二十三幢建筑物里。一个雇用了一万名工人的大型维克斯机枪工厂将被分散到四十二个地点，每个地点的员工都不超过五百人。比弗布鲁克做出了一项必然会引起新的官场纷争的举动，他强行抢占了一项权力：任何位置的任何人造空间，只要当前未被占用或被指定用于某种与战争有关的关键用途，他都可以随意征用。

比弗布鲁克也越来越担心新造好的飞机在运到战斗中队之前如何储存。目前为止，新飞机都被储存在大型仓库里，通常是在皇家空军的机场里，但比弗布鲁克现在下令将这些飞机分散到整个乡村，塞进车库和谷仓里，以避免仅凭单个幸运的德国飞行员就可以带来的灾难性损失。自七月访问牛津西边的布莱兹诺顿的一所仓库以来，他一直在担心这件事。在那里，他发现大批飞机被密集地存放在一起，就如他在给丘吉尔的一份便条中所说，"危险地暴露于敌人的攻击之下"。六周后，他的担忧被证实了，仅凭两架德国飞机，一次空袭便摧毁了几十架飞机。新的飞机藏身之所被称为"知更鸟之巢"。

比弗布鲁克的分散计划在官场中激起了一阵怒骂。他攫取了各部门已经安排了用处的建筑物。"这太专横霸道了，这是……强盗行径。"他的秘书戴维·法勒写道。但比弗布鲁克认为，无论反对的声浪有多高，分散计划的内在逻辑压倒了一切。"他的行动保证了他在这段时间里的生产空间，"法勒写道，"同时造就了他一生的敌人。"

这也耽误了新飞机的生产，尽管与确保不让某次空袭对未来的生产造成持续性伤害相比，这种代价似乎很小。

星期日，希特勒的副手鲁道夫·赫斯让阿尔布雷希特·豪斯霍费尔到莱茵河畔的巴特戈德斯贝格镇与他会面。与赫斯之前跟阿尔布雷希特父亲的九小时会谈不同，这次会面只持续了两个小时。"我可以极其坦率地发表意见。"阿尔布雷希特后来在这次谈话的备忘录中写道。二人就如何将希特勒对和平协议的强烈兴趣传递给有影响力的英国官员展开讨论。据赫斯所说，希特勒无意摧毁不列颠帝国。赫斯问道："难道在英国没有人准备接受和平吗？"

与副元首的友谊为阿尔布雷希特的直言不讳提供了安全保障，倘若换一个人，这些话便可能将其送进集中营。他说，英国人需要一个希特勒会尊重和平协议的保证，因为"几乎所有的英国重要人物都认为，元首签署的协议只不过是废纸一张"。

赫斯很困惑。阿尔布雷希特给他举了一些例子，然后问副元首："英国得到过新协议不会被撕毁的保证吗？我们必须意识到，即使在盎格鲁－撒克逊人的世界里，元首也被视为必须与之战斗的撒旦的人间代言人。"

最后，谈话转到了利用中间人在中立国家会面的可能性。阿尔布雷希特推荐了自己的朋友汉密尔顿公爵："他能随时会见伦敦的一切重要人物，甚至包括丘吉尔和国王。"无论阿尔布雷希特知道与否，这位公爵现在正是皇家空军某分部的司令员。

四天后，一封信通过赫斯和阿尔布雷希特设计的秘密渠道寄给公爵。这封信婉转地建议公爵与阿尔布雷希特在中立的里斯本会面。阿尔布雷希特在信上签上了他名字的首字母"A"，期待公爵能明白寄信人是谁。

公爵没有回复。长时间得不到来自英国的回应后，赫斯意识到，必须通过更直接的渠道与公爵取得联系。他也相信，一只神秘的手正在指引着他。正如他后来在写给绰号"布兹"的儿子沃尔夫的信里所说的：

"布兹！注意，我应该指出，有种更高、更具决定性的力量——我们不妨称之为神力——会干预，至少在大事出现的时候会如此。"

在布雷克尔斯庄园过着夏日田园生活期间，玛丽·丘吉尔不合时宜地选择在九月八日星期日，伦敦发生大规模空袭的第二天，再次向父母恳求，希望允许她返回伦敦。

"我经常想到你们所有人，"她在给克莱芒蒂娜的信中写道，"——

我讨厌在这些黑暗的日子里与你和爸爸分开。求求你了，噢！亲爱的妈咪，就让我回去吧。"

她渴望立刻开始为妇女志愿服务队工作，夏天刚开始时，她通过母亲得到了伦敦的一个职位，原本计划等布雷克尔斯的假期结束后再开始工作。"我真希望能和你们在一起，做出自己的一份贡献，而且我真的很想开始工作。"玛丽写道。她强烈要求克莱芒蒂娜请勿"把小猫丢进'疏散工具箱'里！"。

轰炸机在当天晚上，以及次日的九月九日星期一，再次造访伦敦。一枚炸弹击中了作家弗吉尼亚·伍尔夫在布卢姆斯伯里的房子，那里是她的霍加斯出版社总部。另一枚炸弹也命中了这所房屋，但没有立即燃爆，一周后，这枚炸弹摧毁了她的家。炸弹也首次落在伦敦西区。一枚击中了白金汉宫的庭院，但直到第二天凌晨一点二十五分才爆炸，碎玻璃在整个皇家公寓内飞得到处都是。国王和皇后当时都不在场——他们每天都在宫殿西面二十英里的温莎城堡过夜，然后早上来伦敦。

伦敦正在遭受轰炸，因此，面对玛丽的最新请求，她的父母不为所动，他们决定让她到契克斯过冬，她可以在邻近的艾尔斯伯里村而不是伦敦为妇女志愿服务队做全职工作。显然，克莱芒蒂娜没有事先征求玛丽的意见就替她变更了住址。"对我的生活的'调整'必定是通过电话解决的。"玛丽写道。

九月十一日星期三，玛丽前往契克斯的前夕，表妹朱迪和朱迪的母亲维尼夏为她的生日和离别举行了联合晚会，并邀请了一些皇家空军飞行员参加。这次晚会一直持续到深夜，玛丽在日记里称其为"多年以来我遇到的最棒的一场"，并描述了她与年轻飞行员伊恩·普罗瑟的一次邂逅。"他离开的时候如此甜蜜浪漫地吻了我——那些星光与月光——哦！哦！真正的罗曼蒂克气氛！"

当天晚上，她父亲在位于地下的内阁战情室内，用 BBC 与这间经过加固的会议室的特别连线发表了一场广播讲话。从唐宁街十号穿过白厅的中心走到这里仅需五分钟。

这次广播演讲的主题是似乎越来越迫近的入侵。丘吉尔与平时一样，将乐观主义与未经修饰的现实主义结合在了一起。他说："我们不知道他们会什么时候来，我们无法断言他们是否真的会来，但任何人都不应该对如下事实视而不见：德国人正在用他们一贯的彻底性和条理性，准备大规模地全面入侵这座岛屿，且随时可能发起行动——攻向英格兰、苏格兰或爱尔兰，抑或三者同时。"

丘吉尔提醒道，如果希特勒真要入侵，他就必须尽快进行，赶在天气变坏之前，赶在皇家空军对德国联合入侵舰队的打击致使代价变得过高之前。"因此，我们必须将接下来一个星期左右视为我们历史上一个非常重要的时期。与西班牙无敌舰队逼近英吉利海峡的那些天……或者纳尔逊站在我们和布洛涅的拿破仑大军之间的时刻并列。"但这一次，他警告说，这一次的结果"对世界及其文明的生命和未来的影响，将远超过去的那些英勇时刻"。

为了不让自己的话使人民集体退缩，丘吉尔提供了希望和英雄气概。他说，皇家空军比以往任何时候都更加强大，而且英国国民军现在有一百五十万兵力。

他称希特勒轰炸伦敦是企图"通过肆意屠杀与破坏粉碎我们这个著名的岛屿民族"。但"这个邪恶的人"的企图将适得其反，丘吉尔说。"他所做的只是在不列颠人民心中，在这里和整个世界，点燃一把怒火，直到他在伦敦造成的大火的一切痕迹都被消除之后，这把怒火还会继续燃烧。"

这是一次阴郁的演讲，然而，伦敦人民这天晚上却突然振奋了起来，即使他们面对的是德国轰炸机再次大规模到来。这次士气的突然高涨，几乎与丘吉尔的讲话无关，而是得益于他的另一项天赋，即如何以简单姿态引发巨大效果。这些天的夜间空袭里，让伦敦人民愤怒的是德国空军似乎可以随心所欲、来去自由，夜盲的皇家空军和异常沉寂的高射炮则毫无作为。高射炮部队此前接到的命令是，为节省弹药，只有看到敌机飞临上空的时候才可以开火，因此几乎根本没有开炮。在丘吉尔新的命令下，更多的高射炮被转移到了伦敦，总数从九十二门增加到了近两百门。更重要的是，丘吉尔指示队员们纵情开炮，尽管他完全清楚高射炮击落敌机的概率有多小。命令在九月十一日星期三晚间生效。这对鼓舞市民士气有惊人的、立竿见影的效果。

部队对此大加抨击。一位官员称这"基本上是狂野而且不受控制的胡乱射击"。探照灯扫过天空。炮弹如烟花般在特拉法尔加广场和威斯敏斯特宫上空爆炸，弹片如下雨般不停地撒到下面的街道上，这让伦敦居民非常高兴。这些高射炮发出了"巨大的声响，让喋喋不休的、剧烈的、炫目的震荡穿透伦敦的心脏"，小说家威廉·桑瑟姆写道。丘吉尔本人热爱听高射炮的声音，他非但不去寻找防空掩体，还会跑到最近的炮台观看。这种新鲜刺耳的声音"对鼓舞人民的士气作用巨大"，私人秘书约翰·马丁写道，"人们变得情绪高涨，在第五个不眠之夜后，今天早上每个人看上去都大为不同——开朗、自信。这是一种奇怪的大众心理——因为回击而感到宽慰"。第二天国内情报处的报告证实了这一效果："今天人们谈论的主要话题是昨天晚上的防空弹幕。这极大地鼓舞了士气，人们在公共防空掩体里的欢呼和交谈证明，这种噪音给他们带来了积极愉悦的冲击。"

更振奋人心的是，同一个星期三，就在丘吉尔讲话与高射炮怒射时，传来了皇家空军在前一天晚上对柏林进行了大规模空袭的消息。

"迄今最猛烈的轰炸。"威廉·夏伊勒在日记中写道。有史以来第一次，皇家空军往这座城市投下了大批燃烧弹，夏伊勒指出，其中六颗落在约瑟夫·戈培尔博士的花园里。

四十六　睡眠

　　在伦敦，随着空袭的继续，日常生活的寻常挑战变得令人疲倦，比如被弹片打穿孔的屋顶不停地漏雨。玻璃短缺意味着人们只能用木板、硬纸板或者帆布修补窗户。丘吉尔相信，随着冬天的临近，德国空军总司令戈林的部分计划是"尽可能多地破坏玻璃"。电和煤气中断经常发生。通勤成了一件耗时且乏味的事情，一小时的旅程可能会延长到四小时甚至更久。

　　最严重的影响之一是睡眠不足。警报声、炸弹和忧虑让夜间的睡眠支离破碎，新近兴起的防空高射炮同样如此。国内情报处的报告称："住在炮台附近的人严重缺乏睡眠，对伦敦西部一个炮台附近居民的多次采访显示，这里人们的睡觉时间明显少于几百码以外的人。"但没有人想让高射炮停火。"几乎没有人抱怨睡眠不足，主要是因为这密集的火力提供了新的欢乐。尽管如此，仍需关注睡眠严重不足这一问题。"

　　逃到公共防空掩体里的伦敦人发现，那里极度缺乏可供睡觉的设备，因为战前防务规划师没有料到空袭会发生在夜间。"我现在担心的不再是炸弹，而是疲倦，"一位公务员在她的大众观察日记中写道，"一夜没睡之后，你必须像金鱼那样使劲瞪着眼睛，试着专注于工作。只要能睡觉，我情愿高高兴兴地在睡梦中死去。"

　　一份调查发现，百分之三十一的受访者声称他们九月十一日那天夜里没睡觉，百分之三十二的人睡眠少于四个小时，只有百分之十五的人说他们睡了六个小时以上。"谈话只围绕一个主题：在哪儿睡，怎样睡。"弗吉尼亚·考尔斯写道。"在哪儿睡"这个部分尤其富于挑战性。"关于这个问题，人人都有自己的理论：有些人更愿意去地下室；有些人认为屋顶更安全，不会被埋在砖瓦碎石下面出不来；有些人推荐在后花园里挖一条防空壕；还有些人坚持，最好的办法是别管那一套，舒舒服服地死在床上，一了百了。"

只有少数伦敦人躲在地铁里，不过流行的神话后来给人们留下的印象是：整个伦敦都涌入了这些系统深入地下的地铁站。根据警察统计，躲在地铁站里的人在九月二十七日晚达到了最高峰，共计十七万七千人，约占当时留在伦敦总人数的百分之五。丘吉尔开始时也想让人们这么做，但当这么多人集中在车站里时，他眼前浮现了一场噩梦：万一有炸弹穿透了地层，在站台上爆炸，就将一次性带走成百上千条生命。如他所料，九月十七日，一枚炸弹击中了大理石拱门地铁站，造成二十人死亡；十月，对地铁站的四次直接攻击造成了六百人伤亡。然而，教授劝说丘吉尔，必须有可以容纳大批公众的深层防空掩体。"一种强烈的不满情绪正在形成"，教授告诉他，人们想要"一个安全而宁静的夜晚"。

然而，十一月的一项调查发现，百分之二十七的伦敦居民使用的是自己家的防空掩体，其中绝大部分即所谓的安德森防空掩体，以国土安全大臣约翰·安德森的名字命名。按照设计，这些金属外壳被埋在院子或者花园里，据称只要不是炸弹直接命中，就能保护其中的人。但事实证明，如果藏在里面，人们很难不受水淹、霉菌和严寒的侵袭。更多的伦敦人——据估计，数量高达百分之七十一——只是留在自己家里，有些时候在地下室里，通常是在床上。

丘吉尔睡在唐宁街十号。轰炸机到来时，他会爬上屋顶观察，这让克莱芒蒂娜非常惊慌。

　　九月十二日星期四，一枚显然属于撒旦型号的四千磅炸弹落在圣保罗大教堂前面，深入地下二十六英尺，但没有爆炸。三天后，男人们把地道挖到了炸弹旁边，然后小心翼翼地把它拉上了地面。这些地道挖掘者由此跻身首批乔治十字勋章获得者的行列，该勋章是应国王的要求专为嘉奖平民英勇行为而设置的。

　　第二天，炸弹再次袭击白金汉宫，这次险些命中国王夫妇，当时天气很坏，阴云密布的天空下着雨，人们认为不会发生空袭，二人从温莎城堡驱车来到王宫。就在两位陛下待在楼上一间可以俯瞰宫殿中间的方形庭院的房间里，正和国王的私人秘书亚历山大·哈丁交谈时，他们听到一架飞机的轰鸣声，并看到两枚炸弹飞来。两次爆炸震撼了宫殿。"我们对望了一眼，然后以最快的速度走进过道，"国王在日记中写道，"整个事件发生在几秒钟内。我们都很吃惊自己居然活了下来。"他确信这座宫殿就是轰炸目标。"有人看到，飞机俯冲穿过云层，直接沿着林荫路飞过来，在宫殿前院投下两颗炸弹，在方形庭院投下两颗，在小教堂投下一颗，另一颗投在花园里。"一名保卫宫殿的巡警告诉王后，这是"一次壮观的轰炸"。

　　公众很快就知道了这次轰炸，但国王夫妇的死里逃生一直是个秘密，连丘吉尔都是很久之后撰写自己在战争中的个人历史时才得知此事。这一插曲让国王惊魂未定。"这是一次可怕的经历，我不想遇到第二次，"他在日记里倾吐，"当然，它教会了我以后要在类似的情况下'找掩护'，但也必须小心，不要形成'土拨鼠心理'。"然而，很长一段时间里，他一直感到不安。"我星期一和星期二很不喜欢坐在房间里，"他在接下来那个星期写道，"我发现自己无法阅读，总是慌慌张张的，不停地朝窗外瞥。"

这次轰炸也有积极的一面。国王评论说，这场袭击让他和妻子感到与民众的联系更紧密了。王后简明地陈述道："我为我们遭到轰炸感到高兴。这让我觉得自己可以正视伦敦东区了。"

随着周末临近，人们对入侵的担忧加剧了。伴随着月亮接近满月和对入侵有利的潮汐即将到来，伦敦人开始称这个周末为"入侵的周末"。九月十三日星期五，国土防卫军司令布鲁克将军在日记中写道："一切迹象表明，明天开始从泰晤士河向普利茅斯有一场入侵！我在想，明日此时，我们是不是正在努力抵抗入侵呢？"

这种担忧已经严重到让丘吉尔在星期六对哈巴狗伊斯梅、战时内阁秘书爱德华·布里奇斯和其他高级官员发出指示，请他们去查看伦敦西北部的一个名为"帕多克"的经过特别加固的建筑群，一旦到了最严峻的时刻，政府可以撤退到那里继续运作。丘吉尔非常厌恶政府撤出白厅这个想法，因为他担心这将向公众、向希特勒，特别是向美国传达失败的信号。但他现在看到了新的紧急情况。他在备忘录中指示大臣们检查那些为他们指定的办公地点，并"做好临时搬到那里的准备"。他坚持在进行这些准备时要避开一切宣传。

他写道："我们必须认识到，白厅－威斯敏斯特地区随时会成为猛烈空袭的目标。德国的方法是将破坏中央政府作为对一个国家发起任何重大攻击时至关重要的前奏。他们在所有地方都是这样做的。这里的地貌如此容易辨认，无论在白天还是晚上，河流与高层建筑都能作为确定的引导。他们无疑会在这里重复这一策略。"

尽管对入侵的担忧骤然上升，四处都是流言蜚语，但伦敦和英国其他地区的许多家长在那个周末却感到前所未有的平静。他们刚把自己的孩子送上了"贝拿勒斯城号"，这艘船停泊在利物浦，将把这些孩子们疏散至加拿大，希望他们不受炸弹和即将到来的德国入侵的威胁,这让家长们总算松了口气。船上的九十名孩子,许多是由母亲陪同,剩下的则是独自远行。旅客名单中有个男孩出生时做了包皮环切手术,他的父母很担心他被入侵的德国军队当成犹太人。

离港四天,航行了六百英里后,该船在一个狂风呼啸的日子里被德国潜艇的鱼雷击沉,二百六十五人不幸遇难,包括乘船的九十名孩子中的七十名。

四十七　入狱服刑

　　玛丽·丘吉尔在契克斯这幢房子四楼的一间卧室里住了下来。这里可以经一段秘密的螺旋楼梯从下面的霍特里厅进入。相对传统的路线本来是一条普通的走廊，但玛丽更喜欢这段楼梯。这个房间独处于别无他人的楼层里，阴冷、透风，暴露在外墙周围"呼啸的"（她的原话）寒风中。它有着倾斜的屋顶和一个对御寒没有多大帮助的大壁炉。她喜欢它。

　　这个房间神秘重重，而且与契克斯的每件东西一样，能唤醒遥远的过去。在几个世纪中，人们称它为"囚室"，这个名字来源于一五六五年的一段插曲，在那个时代，皇家的厌恶能产生非常严重的后果。当时的囚徒也叫玛丽——玛丽·格雷夫人，她是更出名、更悲惨的简·格雷夫人（因一五五四年被处决闻名于世）的妹妹。玛丽决定与负责伊丽莎白女王一世安全的平民托马斯·凯斯秘密结婚。这段婚姻因多种原因冒犯了伊丽莎白女王，最重要的是它可能会让皇家蒙羞，因为新娘体态娇小，或许是个侏儒，而新郎身形高大，据说是王宫里最魁梧的男子。女王的秘书威廉·塞西尔爵士称二人的结合是"畸形的"。女王将凯斯投入弗利特监狱，又命当时契克斯的主人威廉·霍特里把玛丽夫人关在房子里，等候进一步通知，只偶尔让她出来"放风"。她于两年后获释，又过了一年，她的丈夫也出狱了，但他们再也

252

没有见过面。

房间里有两扇小窗户，透过它们能看到比肯山。夜里，尽管契克斯与伦敦相距四十英里，当代的玛丽仍然能够看到高射炮在远处闪烁，听到它们独特的炸裂声和轰鸣声。飞机经常从房子上空飞过，让她不时把头埋在被子里。

玛丽认为，这所房子在工作日安静得令人害怕，不过，父母在第一个周末把她小时候的保姆娜娜从查特韦尔庄园接了过来，这让她非常高兴。嫂子帕梅拉现在也住在这里，照玛丽所写，"正焦急地等待着小温斯顿出生"，这对她也很有帮助。

九月十三日星期五，丘吉尔、克莱芒蒂娜和值班私人秘书约翰·马丁来了，加上玛丽对星期日庆祝十八岁生日的憧憬，这所房子显然大大地恢复了生气。

同样将在这个周末出现的，还有玛丽所说的"扰乱人心的事件"。

丘吉尔和克莱芒蒂娜星期六在契克斯一直逗留到午饭结束，下午驱车前往伦敦。丘吉尔计划第二天回来参加生日派对，克莱芒蒂娜则出人意料地当晚返回契克斯。"尽管有空袭，妈咪还是给我订了个可爱的蛋糕！"玛丽在日记中写道，"她真是太贴心了！"

那天晚上，玛丽在一篇长长的日记中记录了她对年龄增长的沉思，并把星期六描述为"我还在'甜蜜的十七岁'的最后一天！"。是的，现在是战时，但她难以自制，她为生活而欢呼。"这是多么神奇的一年啊！"她写道，"我觉得它将永远鲜活地留在我的记忆里。它也让我觉得非常幸福，尽管这个世界有这么多痛苦与不幸。我希望这并不意味着我无情，我确实觉得我不是那样的，但不知怎的，我就是忍不住感到幸福。"

她承认，自己现在对于周围的世界更加敏感。"我觉得我有生以来第一次感到了一点点恐惧、忧虑和悲伤。我确实非常喜欢做个年轻人，而且我不太想长到十八岁。尽管我做起事来经常'天马行空'，像个彻头彻尾的傻瓜，但我觉得自己最近一年长大了不少。我很高兴。"

她上床睡觉时，炮火染红了远方伦敦的天空。

丘吉尔在星期日返回契克斯，刚好赶上午饭时间。之后由于观察到"今天天气似乎对敌人有利"，他和克莱芒蒂娜、帕梅拉、秘书马丁一起，再次访问了位于阿克斯布里奇的战斗机指挥中心。到达之后，丘吉尔、克莱芒蒂娜等人立即被带到了位于地下五十英尺的指挥室，这里在丘吉尔看来像一个两层楼高、六十英尺宽的小剧院。房间一开始静悄悄的。那天早些时候，两百架轰炸机及其护航战斗机群越过了海岸线，一次大规模空战随即展开，但现在已经平静了下来。在丘吉尔和其他人下楼后，第十一空军联队司令员、皇家空军少将基思·帕克报告说："我不知道今天会不会发生什么事情。现在一切平静。"

一家人在被丘吉尔称为"楼厅前座"的位置上就座。下方桌子上有一幅大地图，围绕着二十来个男女，还有很多助手在接电话。对面的墙全部由一块灯板占据，上面是一排排彩色灯泡，指出每个飞行中队的状态。红色灯泡显示的是正在行动的战斗机，另一排灯泡则代表那些返回机场的中队。军官们在被丘吉尔称为"特别包厢"的封闭式玻璃指挥室里，评估着雷达操纵员和空军部三万名观察员组成的网络用电话传来的信息。

平静没能持续很久。雷达检测显示，大群敌机在法国沿岸的迪耶普上空集结并向英格兰飞来。最初的报告称敌机总数为"四十多架"。灯光开始在较远的墙上闪耀，说明皇家空军战斗机中队已经"准备就绪"，可以在接到命令后两分钟内起飞。更多有关德国飞机逼近的消息传来，这些通知口气平和，仿佛说的是即将进站的列车：

"二十多架。"

"四十多架。"

"六十多架。"

"八十多架。"

参谋人员坐在地图桌周围，开始在地图表面滑动金属片，让它们靠近英格兰。这些金属片代表着逼近的德国空军。当数百架飓风式战斗机和喷火式战斗机全部从英格兰东南地区的基地起飞时，远处墙上的红灯开始闪烁。

代表德国空军的金属片继续向前。灯板上，显示后备队的灯泡暗了下来，意味着第十一空军联队的飞机都已经参战。来自地面观察员的信息通过电话涌入，报告看到的德国飞机的型号、数目、方向和大致高度。一次典型的空袭将收到数千条此类信息。一位青年军官指示该联队的战斗机向入侵者飞去，据丘吉尔回忆，他的声音是"平静、低沉而单调"。帕克少将显然很担心，跟在这位军官后面来回走动，不时抢在他前面下达命令。

在空战进行的过程中，丘吉尔问："我们还有后备队吗？"

帕克答道："没有了。"

长期研究战争的丘吉尔深知，这意味着形势异常严峻。皇家空军战斗机携带的燃油只够支撑大约一个半小时，此后就必须降落以补充燃料和弹药。它们在陆地上极为脆弱。

灯板很快显示，皇家空军的数支中队在返回基地。丘吉尔的忧虑加深了。"如果正在加油的飞机在地面上被另一批'四十多架'或者'五十多架'敌机袭击，我们会遭受多么大的损失啊！"丘吉尔写道。

但德国战斗机也达到了作战极限。轰炸机可以在空中逗留更长时间，但负责护航的德国空军战斗机与皇家空军战斗机一样，只能飞行九十分钟，其中还包括往返跨越英吉利海峡的时间。轰炸机不敢冒险在没有护航的情况下飞行，因此必须同时返航。照德国空军王牌飞行员阿道夫·加兰的说法，这些限制"变得越来越不利"。在一次空袭中，他本人的空军联队损失了十二架飞机，其中五架不得不在法国海滨实施所谓的"平坠着陆"，另外七架被迫坠落在海峡中。一架 Me 109 最多可以在水面上漂浮一分钟，加兰认为"刚好够飞行员解开安全带从飞机里爬出来"，这时要赶快动用"救生背心"或者小橡皮艇，并发射信号弹，指望德国空军的海空救援服务队营救。

在丘吉尔的注视下，灯板显示越来越多的皇家空军中队回到了机场。但现在，地图桌边的参谋长们也开始把代表德国轰炸机的金属片移回海峡和法国海岸。空战结束了。

就在防空警报解除的时候，丘吉尔一家爬上了地面。在汽车里，丘吉尔对这么多青年飞行员投身空战满怀感慨，他对自己大声说道："有些时候，生与死都同样美好。"

他们在下午四点三十分返回契克斯，丘吉尔筋疲力尽，但接着他便得知，原计划在戴高乐将军率领下进攻西非城市达喀尔的英国和自由法国联军意外遭受威胁，对方是逃脱了英国舰队打击、目前受控于亲德维希政府的法国军舰。丘吉尔在下午五点十五分与伦敦简短通话，建议取消这次代号"恐吓"的行动，接着就上床午睡去了。

他通常会小睡一小时左右。但今天下午激烈的空战让他过于疲劳，结果一觉睡到了晚上八点。他睡醒后找来值班秘书马丁了解各方面的最新消息。"很让人反感，"丘吉尔回忆道，"这里的行动搞砸了；那里的计划延迟了；某某人的答复无法令人满意；大西洋上的船只被击沉，损失惨重。"

马丁把好消息放到了最后。

"然而，"他现在告诉丘吉尔，"空战结果可以弥补一切。我们击落了一百八十三架敌机，损失不到四十架。"

这一成绩如此非凡，以至于九月十五日成了整个大英帝国的"不列颠空战日"，尽管该数字后来也被证明不甚准确，经过了激战时常见的言之过甚的夸大。

星期日晚上，随着玛丽生日庆祝的开始，契克斯迎来了更多的欢乐。姐姐萨拉送给她一个皮质写作档案袋，一位朋友送给她巧克力和丝绸长筒袜，表妹朱迪发来了祝福的电报。玛丽为得到关注而欢欣鼓舞。"在这么可怕的时候，每个人都记得我的十八岁生日，这太美好了！"那天夜里她在日记中写道，"我对此确实满怀感激。"

她这样结束了这一天的日记："我上床睡觉去了——我十八岁了，非常幸福。"她同样为第二天要到艾尔斯伯里的妇女志愿服务队工作感到高兴。

四十八　柏林

　　星期日的空战损失让赫尔曼·戈林感到震惊与耻辱。根据未能返回的飞机数目，他手下的指挥官们很快便得知遭受了多大的损失。尽管远没有达到皇家空军声称的一百八十三架，但德国被击落的飞机数量仍难以想象：六十架飞机，其中三十四架是轰炸机。真正的损失甚至更惨重，因为上述数字并没有提到另有二十架轰炸机受损严重，许多返航的乘员被抬出来的时候已经身亡、致残或者重伤。而根据最后的统计，皇家空军只损失了二十六架战斗机。

　　在此之前，戈林一直宣扬他的轰炸机乘员要比英国同行更加勇敢，因为他们无论昼夜都能发动袭击，不像那些英国胆小鬼只敢在夜幕掩护下轰炸德国。但现在，他停止了一切大规模的日间空袭（尽管那个星期晚些时候，德国空军还组织了一次代价极其高昂的针对伦敦的日间空袭）。

　　"我们被吓破胆了。"空军元帅埃哈德·米尔希后来在一次审讯中说。据英国情报机构一九四〇年八月描述，米尔希是"一个粗鲁的小个子男人"，他崇拜中世纪的神明和仪式，曾帮助戈林组建德国空军。米尔希说，这是些不必要的损失。他举了两个主要原因："第一，轰炸机采用了唬人的飞行队形；第二，护航战斗机不守飞行纪律，永远不在它们应该在的地方。"他称那些战斗机"没有认真履行护航任务，更

258

醉心于自由战斗，因为飞行员一心想要击落敌机"。

德国空军已经失败，所有人都清楚这一点，尤其是戈林的保护人和主人，阿道夫·希特勒。

与此同时，宣传部长戈培尔正在为另一个政治宣传难题绞尽脑汁：如何压制对德国空军上个星期五轰炸白金汉宫的抗议声浪，这被证明是一次公关灾难。

战争中，不人道的事件每天都在发生，但对整个世界来说，这次轰炸似乎尤为卑鄙、毫无理由。戈培尔知道，唯一能够平息众怒的方法，就是声称这所宫殿本身已经成了一座军火贮存仓库、一座重要仓库、一座发电站，或者声称目标离宫殿太近，因此造成了误炸。然而，考虑到这次攻击的性质是一架轰炸机俯冲穿过雨和云层，沿着白厅向伦敦最大、最易辨认的地标之一飞去，类似的辩词听上去极为苍白。

在星期日的宣传会议上，戈培尔转向德国空军与宣传部的联络人鲁道夫·沃达格少校，指示他"查明白金汉宫附近是否有军事目标"。

戈培尔说，如果没有，德国的宣传机构就必须捏造出来，明确声称"军需品就藏在附近"。

四十九　恐惧

　　在妇女志愿服务队的第一个星期，玛丽深切地认识到了战争的真正影响。这只乡村小老鼠发现，自己接到的任务是帮助那些从伦敦逃离的家庭找住处，他们或者是自己的家遭到了轰炸，或者是担心遭受这样的命运。他们带着在伦敦经历的可怕故事，如潮水般涌来。难民的数量远远超过了宿营地的容量，这让妇女志愿服务队礼貌而坚定地向当地居民呼吁，请求他们打开家门，让新来的人住进去。战争开始时通过的紧急状态法授权政府征用家庭住房，但服务队不愿意诉诸这项法律，因为她们担心造成人们反感，在已经存在大量紧张关系的情况下，让码头工人与乡绅之间濒临爆发的阶级对立进一步恶化。

　　玛丽简直无法理解，为什么她现在面对的情况与布雷克尔斯庄园度过的夏天会有如此强烈的对比。仅仅两个星期之前，她和朱迪·蒙塔古还高高兴兴地骑着自行车在乡间漫游，在庄园的池塘中游泳，与皇家空军的年轻军官们跳舞、打情骂俏，战争似乎遥不可及。即使是夜间的枪声，也更多地令人感到安慰而非恐惧。

　　而现在：

　　"这可是二十世纪——"玛丽在那个周末的日记中写道，"但看看伦敦——看看艾尔斯伯里的那些无家可归、穷困潦倒、疲惫不堪的人们——

"这个星期里我看到了比以往任何时候都多的苦难和贫穷。

"我找不到语言形容我的感受。我只知道，我更广泛、更深刻地认识到了战争带来的苦难。我只知道，我比以往任何时候都更多地理解了人类的苦难和忧虑。

"哦，上帝，保佑保佑那些无家可归、充满忧虑的人们吧。

"我看到了这么多忧虑、悲伤和失落的神情——但也见证了许多勇气、乐观和理智。"

两天后，玛丽在九月二十三日星期一读到了"贝拿勒斯城号"沉没、船上那么多孩子遇难的消息。"愿上帝让他们的灵魂安息，"她在那天晚上的日记中写道，"并帮助我们扫除希特勒的诅咒和人类在这个世界上背负的最邪恶的包袱。"考虑到这次沉船事件，她父亲下令："必须停止向海外疏散儿童。"

尽管远处是枪林弹雨，但契克斯的囚室所拥有的，是平静、历史和玛丽夫人仁慈的亡灵。无论玛丽每天听到的故事有多么残酷，她都能每天晚上躲回到可爱的家的怀抱，得到蒙蒂（契克斯管家格雷丝·拉蒙特）的照料，还有正在等待婴儿降生的帕梅拉的陪伴。出人意料的是，帕梅拉的医生卡纳克·里韦特现在也几乎全天住在契克斯，这让克莱芒蒂娜相当不高兴。她觉得他的存在令人感到既压抑又难堪，尤其是考虑到契克斯并非丘吉尔的私人财产，而是属于政府。她告诉帕梅拉："亲爱的，你必须认识到这是官舍，这位医生每天晚上出现在餐桌上令人非常尴尬。"

里韦特经常在契克斯留宿，他声称婴儿随时可能诞生，因此这里需要他。

帕梅拉猜测，里韦特这样做另有原因：恐惧。她相信，他是被伦敦的空袭吓坏了，为了安全才跑到契克斯的。

她的婴儿将在三周后诞生。

约翰·科尔维尔在星期日下午茶之后离开契克斯前往伦敦，到离维多利亚火车站不远处埃克尔斯顿广场的家里与家人共进晚餐。他们正准备坐下来吃饭，警报响了，紧接着头顶上传来了德国轰炸机的声音。科尔维尔走进楼上的一间卧室。把身后的电灯关掉之后，他跪在窗前观看空袭的过程。炸弹在首都的中心、在他的家乡落下，这一切都令人觉得很不真实，但也带有某种美感，他上床睡觉前试图在日记中描述这种美感。

"这一夜，"他写道，"万里无云，星光灿烂，一轮明月悬在威斯敏斯特宫上空。此情此景，瑰丽无双，交织在地平线某些点上的探照灯光柱，炮弹爆炸时在空中显现的星辰般的闪光，以及远处火焰的亮光，都为这一景色添加了风采。它华丽又恐怖：头顶不时出现敌机的轰鸣；火炮的雷鸣时而近在耳边，时而非常遥远；高射炮发射时的闪光仿佛和平时期电气列车的车灯；在那苍穹之间闪耀的似真似幻的无数星辰。自然的辉煌与人类的卑鄙之间，从来没有如此鲜明的对照。"

五十　赫斯

　　这封信非常古怪。英国的审查网络密切注视着一切进入与离开这个国家的邮件，而这封九月二十三日寄自德国的信件马上引起了他们的注意。外层信封上写的收件人是英国老妇人"V. 罗伯茨夫人"，但里面还有一层信封和指示：要求将其寄给一位苏格兰名人——汉密尔顿公爵。

　　审查人员在第二个信封里面发现一封令人不安的神秘信件，它提议在一个中立城市会面，比如里斯本。信后的签名只写了首字母"A"。

　　审查人员把这两封信交给了英国的国内反间谍机构军情五处，然后它们就一直留在那里。直到第二年春天，在它们被寄出六个月后，公爵才知道有这两封信存在。

五十一　避难所

德国对伦敦的攻击愈演愈烈，因为戈林想要扫清失败的污点，那污点像雾气般缠绕着他，让他的白色军服和闪光勋章变得黯然失色。每天夜里都有大批轰炸机一拨拨地奔赴伦敦恣意轰炸，尽管德国官方仍坚称，德国空军只打击具有军事意义的目标。

然而实际上，他们比以往任何时候都更公开地针对这座城市的平民大众发动战争。其中的一个表现是，德国空军正在越来越多地使用一种叫作"降落伞雷"的炸弹，它们随风在空中飘荡，无论风把它们带去哪里。这种炸弹装填了一千五百磅高爆炸药，可以摧毁方圆五百码以内的一切。它们最早被设计用来破坏舰船，九月十六日第一次用于陆地，当时有二十五枚被投放到伦敦，它们怪异无声地落了下来。当其中的十七枚未能爆炸时，它们引发的恐怖情绪被放大，迫使人们疏散了整个邻近区域，直到受过特别训练的皇家海军技术人员解除了危险为止。

很快，越来越多的降落伞雷落了下来。九月十九日，德国空军投下了三十六枚这种武器，丘吉尔当天给哈巴狗伊斯梅写了一张便条，称用降落伞投雷"宣告敌人已经完全放弃了所谓只打击军事目标的伪装"。他建议对德国城市投放类似的武器予以报复，以牙还牙。他还怀着无情的喜悦建议，提前公布一批作为目标的德国城市，好让那里的人感到人心惶惶。"我觉得他们肯定不会喜欢的，"他写道，"然而没有理由不让他们感受一番灾难即将降临的焦虑。"

随着德国人转为夜间轰炸，伦敦人的生活被压缩到白天之内，而随着秋季一步步临近，这段时间又将可怕而不可避免地缩短，而由于伦敦纬度较高，这种缩短也来得更快。空袭引发了一个悖论：任何人在任意一晚丧生的概率都很小，但一定会有人在伦敦的某处丧生。安全与否完全取决于运气。一个小男孩被问到他长大了想干什么，是成为消防员、飞行员，还是其他什么，他回答：

"活着。"

确实有许多居民死了，夜幕的降临成了恐惧的根据，但到了白天，生活奇异地恢复了常态。皮卡迪利大街和牛津街的商店里照样挤满了顾客，海德公园里照样有许多人在晒太阳，他们多多少少确信，德国轰炸机要到薄暮之后才会出现在头顶。钢琴家迈拉·赫斯避开夜间空袭，每天午餐时段都会在特拉法尔加广场的国家美术馆举办音乐会。大厅里座无虚席，许多人坐在地板上，随身带着防毒面具以防万一。《纽约客》作家莫利·潘特－唐斯观察到，观众眼里泛着泪光，喝彩声"经久不息，令人感动"。为了展现自己的灵巧，钢琴家在演奏的时候有时还会在两只手下面各放一只橙子。音乐会结束后，人人都急急忙忙地离开，潘特－唐斯写道："他们肩上扛着防毒面具，看上去好多了，因为他们有一小时进入了一个烦恼与恐惧无关紧要的境界。"

暴力不断升级，破坏范围越来越广，但就连黑夜的来临似乎也不像以前那样令人畏惧了。大众观察组织的日记作者奥利维娅·科克特和朋友佩格某次在空袭发生时出去散步。科克特写道："漫步于满月的月光下如此令人激动，我们伴着美景一直走到了布里克斯顿，一路听着炮火声和各种声音，欣赏着美丽的光影，享受着街道的空旷寂静。就像佩格所说，与这种庄严的辉煌相比，战争与枪炮似乎微不足道，不过是浮云而已。"另一位日记作者也是个年轻的女人,她描述了侥幸逃脱一枚炸弹后躺在床上惊魂未定的感觉。"我躺在那里,感到了无法描述的幸福与得意。"她写道,"'我遭到了轰炸!'我一遍遍对自己说着——试着说这句话,就好像在试穿一件新衣服,看它是否合身。'我遭到了轰炸!⋯⋯我遭到了轰炸!——我!'"她承认,许多人可能会在空袭中丧命或者受伤,"但我一生中从来没有经历过如此纯粹无瑕的幸福"。

日记作者菲莉丝·沃纳发现,她和其他伦敦人都因自己的坚忍而吃惊。"发现自己能够忍受这一切,我们大部分人都感到宽慰,"她于九月二十二日写道,"我想我们所有人都曾暗暗担心自己会无法忍受,会尖叫着冲出去躲藏,会精神崩溃,会以某种方式垮掉,结果这就成了惊喜。"

但空袭的持续进行与破坏程度的增加也带来了更深远的影响。小说家罗丝·麦考利在九月二十三日星期一写道:"看到这么多房子和公寓区被炸成一堆堆废墟,埋在里面的人因无法及时获救而丧生,我得了掩埋恐惧症,感觉自己宁愿睡在街上,但我知道不能这样做。"哈罗德·尼科尔森也有类似的恐惧,他在第二天的日记中吐露了这一点:"我害怕被埋在一大堆砖瓦碎石的下面,在缓慢的水滴声中,闻着逐渐扩散开来的瓦斯气味,听着慢慢惨死的同事们微弱的呼喊声。"

许多伦敦人开始抱怨肠胃不适,这是一种叫作"防空警报胃不适"的病症。

定量配给令人恼火,尤其是商店里完全买不到鸡蛋,但倒也有适应的办法。各家各户在院子里养起了母鸡,就连教授也采用了这种方法,在他的实验室和牛津的基督堂草坪上养鸡。一次盖洛普民意调查发现,百分之三十三的民众开始种植粮食或者饲养家畜。

266

丘吉尔一家也得遵守配给规定，但还是有办法过得挺好，这部分归功于他人的慷慨帮助。（丘吉尔似乎可以从朋友们那里得到许多善意的捐赠。比如在一九三二年，他在纽约巡回演讲期间被汽车撞倒进了医院，结果一回到伦敦就收到了一辆由一百四十名捐赠者的赠款购置的新的戴姆勒汽车，捐赠者中还包括比弗布鲁克勋爵。）教授因为吃素，用不着配给的肉和培根，就把它们都让给了丘吉尔一家。在契克斯，食物总是大受女主人欢迎的礼物。国王也会从位于苏格兰的巴尔莫勒尔堡和位于诺福克的桑德灵厄姆庄园的皇家狩猎场送来鹿肉、野鸡、鹧鸪和野兔。魁北克省政府送来了巧克力；威斯敏斯特公爵通过铁路快车送来了鲑鱼，上面标记着"立刻递送"。

当然，作为首相，丘吉尔在一定程度上享有普通人无法享有的特权，比如汽油这种最珍贵的配给。丘吉尔六月和七月的汽油配给量为八十加仑，但契克斯那辆牌照为 DXN 609 的福特汽车的油耗速度明显更快。到六月底，这辆车显然必须有多得多的燃料才行。普通伦敦人这时只能哀叹运气不好，丘吉尔则一开口就能得到更多。"您只要留意在信上画上星号，我就会立刻注意到的。"负责管理汽油配给的矿业部石油分部官员哈里·B. 赫蒙·霍奇这样写道。必备的配给券发给了管家格雷丝·拉蒙特，也就是蒙蒂，共计五十八加仑。

丘吉尔很早就意识到，他拿到的配给食物不够款待现在这些公务宾客，这时他就简单地请求额外的配给券。六月三十日，私人秘书约翰·马丁给食品部写信说："贵部对契克斯和唐宁街十号实施的定量配给，让首相很难以他认为必要的方式正式接待客人。"该部同意提供帮助："我们认为，满足这一需要最简单的方式即遵照为外国大使提供食物的方式——我们向他们发放了特别的食品供应簿，包括肉类、黄油、糖、培根与火腿，以满足大使正式款待客人的需要。随信附上一套供应簿。"丘吉尔还想要茶和"烹饪用动物油"的外交配给券。食品部也满足了他的要求。为了保证契克斯在下个周末有充足的食物提供，该部指示他们在当地的"食品事务执行官"通知附近的店铺，一些不太熟悉的配给券可能会出现在他们那里。"我希望我们现在的安排能令人满意，"食品部的 R. J. P. 哈维写道，"但如果还有任何困难，您尽可告知我们。"

让丘吉尔高兴的是，某些关键商品没有实行定量配给。他发现，御鹿白兰地、宝禄爵香槟或者罗密欧与朱丽叶雪茄并不缺货，尽管买这些商品的钱和平时一样总是不太充裕，特别是用于覆盖招待每个周末来契克斯的访客们所需的费用时。契克斯信托每个周末会捐赠十五英镑（相当于今天的一千美元），用于支付契克斯工作人员的工资和庄园的日常维护，这笔钱差不多只占丘吉尔实际开销的一半，或者，就像他有一次说的那样，刚好足以支付客人们的司机吃饭的花销。从一九四〇年六月到十二月这段时间，他在契克斯的花销超过了信托的总捐款数额，相当于两万零两百八十八美元。

与担任海军大臣时一样，丘吉尔在葡萄酒上的花销很大，现在他在契克斯花在葡萄酒上的钱是那时候的两倍。政府接待基金同意为葡萄酒和烈酒付款，但同时说明，这些只能用于接待外宾。丘吉尔狂热地利用了这一程序。一份契克斯的订单包括：

三十六瓶阿蒙提拉多雪莉酒——达夫·戈登的 V. O.

三十六瓶白葡萄酒——瓦慕，一九三四年（夏布利）

三十六瓶波特酒——芳塞卡，一九一二年

三十六瓶波尔多干红葡萄酒——波菲酒庄，一九二九年

二十四瓶威士忌——优良高地麦芽

十二瓶白兰地——格兰德上等香槟，一八七四年（与丘吉尔同龄的六十六年陈酿）

三十六瓶香槟——波默里和格雷诺，一九二六年（不过宝禄爵仍是他的最爱）

葡萄酒是由该基金的"政府接待管家"沃森先生准时供给的，他记下了它们在酒窖搁架上的准确位置。他还抱怨这些搁架的标签做得太混乱，并因此寄出了改正这一缺陷的特殊卡片。在给格雷丝·拉蒙特的一封信中，该基金的管理员埃里克·克兰克肖爵士为这些酒的使用制定了严格规定。这些葡萄酒只能用来招待"外国、自治领、印度或殖民地的访客"。每次宴请之前，丘吉尔夫妇都需要征求克兰克肖的意见，"我会告知你们，这次宴请是否可以使用政府接待用的葡萄酒"。克兰克肖指示拉蒙特小姐在该基金提供的"酒窖记录簿"上留下准确记录，包括访客的名字和喝掉的葡萄酒——这份记录簿会每六个月审计一次。然而，需要登记的不止于此。克兰克肖写道："在午宴或者晚宴举办之后，请您填写一份表格（样表见附件），说明接待性质、来客数量和各种葡萄酒的消耗量，并将填妥的表格寄还给我以供记录与财会之用。"

许多产品并非定量配给，但仍然遭遇了供应短缺。一位来访的美国人发现，他可以在塞尔福里奇买到巧克力蛋糕和柠檬酥皮馅饼，但找不到可可。短缺使某些卫生保障出了问题。妇女们越来越难买到卫生棉条。就连国王也发现，某个牌子的厕纸也供应不足。他凭借国王决定权给大使写信，设法通过华盛顿的英国大使馆直接发货，解决这种特殊的短缺。他写道："我们在此不容易买到一种美国产的纸。非常希望你们能定时发来一两袋五百张一袋的。你会明白的，它的名字以'B'开头！！！"历史学家安德鲁·罗伯茨认定，他们谈论的是布罗莫（Bromo）软厕纸。

由于空袭如此频繁且容易预测，愿意使用公共防空掩体的伦敦人发现他们有了与以前大不相同的新作息：早上离开藏身的防空掩体去工作，然后在薄暮中归来。有些防空掩体开始出版自己的期刊和简报，诸如《地铁伙伴》《车站探照灯》《瑞士小舍居客》等，最后一个刊名来源于新建的深埋地下的地铁站，这个名为"瑞士小屋"的地铁站现在充当着防空掩体。而这个车站又是根据附近一家外形让人想起瑞士小木屋的酒吧命名的。"欢迎我们的夜间伙伴，"《瑞士小舍居客》的创刊号这样开头，"我们临时洞穴的住客们，我们在此过夜的伙伴们，梦游者，打鼾大王，饶舌家，以及所有每晚从黄昏到黎明住在贝克鲁瑞士小屋地铁站的人。"该刊编辑是掩体居住者多尔·西尔弗曼，他只承诺不定期地出版该刊，频率"像希特勒的幻觉那样呈间歇性"，并期望该刊物非常短命。

《瑞士小舍居客》中有许多警示和建议，它提醒住客们不要带来行军床或折叠式躺椅，因为占据的空间太大；它恳求所有住客不要那么"随意"地处置垃圾；并保证，防空掩体很快可以提供热茶，尽管具体多快尚难确定——不管怎么说，"当你安静舒服地坐着、阅读或睡觉时，街道上可能在酝酿茶以外的事情"。在《瑞士小舍居客》第二期，《你紧张吗？》这篇文章尝试探讨如何应对附近地面部署重型高射炮所造成的焦虑，因为地铁隧道往往会放大噪音。这篇新闻简报提供了一项所谓的专家建议："如果你躺着的时候头不顶着墙壁，重型高射炮发射或其他原因造成的震动感就会轻得多。"

在这些防空掩体中，人们特别担心毒气造成的危险。当局鼓励人们每天戴三十分钟防毒面具，这样就可以慢慢习惯使用它们。孩子们也参加了预防毒气袭击的练习。"所有五岁的小孩都有米老鼠防毒面具，"黛安娜·库珀在日记中写道，"他们喜欢戴着它演习，同时开始尝试相互亲吻，然后他们阔步走进掩体，口中高唱：'英格兰永存。'"

空袭让这座城市的酒店面临艰难处境，尤其是丽思、克拉里奇、萨沃伊和多切斯特这些高级酒店，它们接待着形形色色的权贵，包括外交官、流亡君主和政府部长，许多人将这些酒店作为长期住所。这些酒店过去一直以能满足客人的各种奇特要求而自豪，但现在要为住客提供能够抵挡炸弹和乱飞的弹片的避难所，它们一开始并无准备。不过，坐落在梅菲尔公园巷、正对海德公园的多切斯特酒店在这方面具有明显的优势。

多切斯特酒店高九层，用强化混凝土建成，是伦敦酒店中的另类。它一九三一年开张时，人们曾担心公园巷会很快变成第二个纽约第五大道。它也被人们认为坚不可摧，高级官员因此趋之若鹜：他们闭上了自家家门，把这里当作长期住处，其中就包括哈利法克斯勋爵和信息大臣达夫·库珀。（过去有一个长期居住者是萨默塞特·毛姆。在二十世纪三十年代，有位名为戴维·卡明斯基的年轻美国艺人在该旅店的夜间卡巴莱歌舞表演中特别出彩，他后来更为出名的银幕艺名叫丹尼·凯耶。）库珀和妻子黛安娜住在顶层的一个套间，尽管人们认为，这是酒店中唯一可能遭到炸弹袭击的一层。然而这里确实可以看到壮丽的风景，就像黛安娜在日记中回忆的："透过它高高的窗户，差不多可以扫视海德公园绿色海洋之外的整个伦敦，这座城市正铺展开来等待屠宰，到处都是纪念碑、地标、铁路线和桥梁。我心中不禁疑惑：当屠杀我们的时刻到来，火焰将会红到什么地步？"她也可以看到容纳着她丈夫所在部门的建筑物。"那座白色的高楼，"她写道，"对我而言具有象征意义，就如同多佛尔的悬崖。"

据信，多切斯特的一楼（相当于美国酒店的二楼）最能抵抗炸弹攻击，因为其天花板是一块支撑着上方整座楼的巨大混凝土板。为了削弱爆炸的冲击并阻挡弹片穿过，多切斯特在正门前堆放了非常多的沙包，看上去就像一个巨大的蜂巢。这家酒店将宽敞的土耳其浴室改装为一个豪华的防空掩体，其中的许多隔间专为楼上客房的住户（包括哈利法克斯勋爵夫妇）保留。在一次营销中，多切斯特发布了一份宣传册，宣称这一新掩体是入住该酒店的首要原因。宣传册声称，"专家们一致认定，即使被炸弹直接击中，这座掩体仍然绝对安全"。至少一位妇女——伊夫林·沃的朋友菲莉丝·德·让泽——就非常信任多切斯特，她白天住在自己家，晚上则转移至这座酒店。客人们称其为"宿舍"，并经常穿着晚礼服出现。因拍摄炮火中的伦敦的可怕夜景照片成名的塞西尔·比顿认为，这座酒店里"可怕的强颜欢笑和纸醉金迷，令人联想到乘坐豪华邮轮横渡大西洋"。

亚历山德拉·梅特卡夫夫人与哈利法克斯入住同一酒店，哈利法克斯对她颇有些浪漫想法，据她说，哈利法克斯在掩体里也能轻松入睡。"只需要三分钟，爱德华就可以睡着，但仍然不断地大声打呵欠，这是他进入孩子般深层睡眠的前奏，到那时，任何情况都无法将他唤醒。"库珀夫妇占据了邻近的一个隔间，每天早上醒来穿衣服时，他们都听得到哈利法克斯一家弄出的各种噪音。"我们在六点到六点半之间相继醒来，"黛安娜·库珀在日记中写道，"我们会一直等到他们都离开再出去。他们每人都拿手电筒寻找拖鞋，怪异的身影就好像被魔法灯笼投射到天花板上的漫画。哈利法克斯勋爵不会被认错。我们从来没有面对面相遇过。"

在克拉里奇和丽思，当警报响起时，客人们会带着床垫和枕头去前厅。正如记者弗吉尼亚·考尔斯因空袭被困于丽思酒店前厅时所发现的，这会在一段时间内上演一出平等主义的戏剧。她看到："他们穿着奇装异服漫步而来：沙滩裤、宽松长裤、防护服……有些人只穿着普通的晨衣，睡袍就拖在地板上。"穿过前厅时，考尔斯遇见了一位阿尔巴尼亚的王室成员："我被索古国王的姊妹绊了一下，她平静地睡在丽思餐厅门外。"

九月十八日星期三夜里，在一次摧毁了著名的约翰·刘易斯百货商店的空袭中，考尔斯再度被困于一家酒店的前厅，这次克拉里奇酒店迅速挤满了客人，很多人穿着睡服。"大家都在和周围人谈话，人们叫了一轮饮料，从整体的欢乐气氛来看，你或许会认为这是在进行一场欢快的（虽然有些怪异）化装舞会。"

某一刻，一位头戴黑色帽子、身穿黑色大衣、戴着茶色眼镜的老妇人走下楼梯，同时还有三位被考尔斯描述为侍从女官的女子。

前厅安静下来。

那位黑衣妇人是威廉明娜，流亡的荷兰女王。在她和随行人员过去后，前厅又恢复了喧闹。

对于一批来自遭受重创的伦敦东区的工人阶级市民来说，酒店防空掩体的这一切魅力太大了。九月十四日星期六，斯特普尼（白教堂和莱姆豪斯之间的贫困区）的一伙近七十人，大步走向离特拉法尔加广场不远、位于河滨的萨沃伊酒店。丘吉尔经常在这家酒店吃午饭（他最喜欢四号桌），以及参加"另类俱乐部"会议，他在一九一一年与别人共同创建的聚餐会。俱乐部在该酒店的宾纳福号房间里聚会，脖颈上围着一条餐巾布的黑猫木雕卡什帕总在那里。萨沃伊酒店的防空掩体因奢华而远近闻名，各部分分别刷成了粉色、绿色和蓝色，床上用品和毛巾一一对应，且搭配着舒适的扶手椅和其他地方禁用的折叠躺椅。

这批人闯进了酒店，占领了椅子，不管苏格兰场的警察怎么劝说，他们发誓绝不离开。一位共产党政治家、这次游行的组织者菲尔·皮拉廷写道："我们确信，对萨沃伊酒店那批寄生虫足够好的东西，对斯特普尼工人和他们的家庭也足够好。"随着当晚的空袭开始，酒店经理们意识到他们无法赶走这批人，只好让员工给他们拿来面包和牛油，当然，还有茶。

随着夜间空袭的继续，奇怪的现象和诡异的时刻越来越多。一枚炸弹可能破坏某家的房子却让隔壁的房子完好无损。与此类似，某些街区一直毫发无伤，好像战争发生在另一个国家，而其他街区，尤其是降落伞雷光顾过的那些街区，却沦为一堆堆砖瓦碎石。一次空袭点燃了伦敦的自然历史博物馆，消防队员的水龙带里的水让馆藏的种子发了芽，有些来自一棵古老的波斯木棉树（也叫合欢树）。这些种子据说已经有一百四十七年的历史了。九月二十七日的一次空袭损坏了城市动物园，放出了一头斑马。居民们看到一只黑白相间的幽灵穿过街道，直到它在卡姆登镇被捕。战争初期，这家动物园杀死了园里的毒蛇和毒蜘蛛，因为园方预计，如果它们的笼子被毁，相比其他动物，如一只逃亡的考拉，这些生物的危险明显大得多。

一位防空队员有一次极为不安的经历，他爬进一个深深的弹坑寻找尸体时，偶然闯进了一个曾是雕刻家工作室的废墟。这座建筑物过去存放着各种大理石雕像，它们的残片现在从弹坑里露出。蓝白色的月光照耀着周围的景物，让这些残片散发幽光。"在成堆的砖瓦碎石中间，你会突然看到月光下伸出一只惨白的手，或者一段躯干、一张脸，"这位队员在大众观察日记中写道，"效果真的很诡异。"

正如琼·温德姆的情人鲁珀特发现的那样，伦敦空袭显然释放了一种新的性欲。当炸弹落下时，性欲却在高涨。"谁也不想孤身一人，"弗吉尼亚·考尔斯写道，"你会听到受人尊重的女青年对她们的护送者说：'除非你答应跟我过夜，否则我不回家。'"一位刚刚来到伦敦的美国女青年，惊叹于自己那不顾炸弹和火焰的生机勃勃的社交生活。"还不到周末，下周的每个晚上就都安排上了活动，"她在一封家信中写道，

"在这里，人们唯一害怕的是孤独，所以都会提前很久约好日子，确保没有哪个晚上会只身一人。"

避孕套应有尽有，子宫帽同样如此，尽管后者用起来有不少问题。一本很受欢迎的性爱指南是弗兰克·哈里斯的回忆录《我的人生与爱情》，其中充满了直截了当而且通常颇为新颖的性爱活动。这本书在英国和美国都被官方列为禁书，理所当然地，这让它变得更受欢迎和更容易弄到手。人人都热爱"人生与生活"，后来以夫姓菲茨吉本闻名的烹饪书作家、女演员西奥多拉·罗斯林曾写道："对年轻人来说，这无疑令人激动，充满了刺激。这是上帝赐予顽皮女孩的礼物，因为从警报拉响的那一刻到第二天早上'解除警报'的声音响起为止，她们都被认为不应该回家过夜。事实上，她们被敦促待在原地……年轻人不甘心在与他人分享自己的身体之前考虑死亡。这是性爱最甜蜜的时刻：不为金钱或者婚姻，只为对活着的爱和想要给予的热望。"

已婚男女之间的婚外情司空见惯。"婚外情的常规障碍都已被彻底抛开，"CBS（哥伦比亚广播公司）创建人威廉·S.佩利战争时期曾在伦敦住过很长一段时间，他写道，"如果这看起来很好，你也感觉不错，那就让结没结婚之间的区别见鬼去吧！"性爱成了一处避难所，但这并不能保证性爱就一定能够令人满意。大众观察组织的日记作者奥利维娅·科克特在与一位已婚男子交往期间注意到，在长达一周的情爱发作期里，她和情人做爱六次，但"我只有一次达到了高潮"。

性爱活动可能很多，但女用内衣并不好卖。或许它们在战争时期显得太奢侈了，又或者在超级活跃的性环境里，人们认为并不需要性感内衣带来的额外魅力——无论原因是什么，需求都在萎缩。"我一生从未经历或者想象过这样可怕的季度，"一家内衣店的老板说，"我们一整天都没有顾客，几乎一个顾客都没有。令人心碎。"

教授似乎是对这种性饥渴免疫的男人，他一直保持着一个倾向，即决定展开一段二人关系后便从一而终。若干年前，他决定从此之后不再追求罗曼史。他曾经差点与伊丽莎白·林赛夫人坠入情网。他当时四十九岁，她二十七岁。此前他曾两次遭到女人拒绝，但这段友谊似乎在以令人满意的方式发展着——直到一九三七年二月那个残酷的日子，他接到了伊丽莎白夫人父亲的消息：她在意大利旅游时身患肺炎病逝，葬于罗马。

这显然让林德曼遭受了极为沉重的打击，让他把浪漫与婚姻封存进同一个地下室，这里还存有许多的怨恨与悲伤。

在布伦海姆宫的一次聚会上，在讨论到性爱时，一位因性欲强烈而臭名昭著以至得到了"臭虫"这一绰号的女人转向教授说："嘿，教授，轮到你了，告诉我们你上次跟女人睡觉是什么时候。"

接着是一片寂静。

五十二 柏林

　　战斗机王牌飞行员阿道夫·加兰还活着，而且在空战中迅速斩获了越来越多的胜利，但这在德国空军总司令赫尔曼·戈林的眼中成了一个问题。

　　加兰的纪录当然值得庆祝与奖赏，但戈林坚信，加兰和那些战斗机飞行员同僚们并未达到他的期望。他指责他们没有能力也不愿意为轰炸机提供有效的近距离护航，让德国空军遭受了惨重损失，并因此不得不转入夜间轰炸，这造成了无法命中目标、空中事故与碰撞的损失，且发生率肯定还会随着冬天的临近而增加。（在来年的头三个月，事故会损坏或者摧毁二百八十二架德国空军轰炸机，差不多是所有原因造成的损失的百分之七十。）戈林曾向希特勒承诺，他将在四天之内让英国屈膝投降，但哪怕进行了为期四周的伦敦夜间空袭和针对其他许多目标的轰炸，丘吉尔还是没有动摇的迹象。

　　戈林把加兰传唤到东普鲁士的狩猎屋"帝国狩猎厅"，表达对战斗机部队的不满。加兰先去柏林接受了新勋章，他的骑士十字勋章上现在加上了橡树叶，然后飞往东普鲁士面见戈林。在通往院落的粗壮木材制成的大门口，加兰撞见了一位朋友，同为王牌飞行员的主要竞争对手维尔纳·默尔德尔斯，后者正要离开。默尔德尔斯三天前在柏林接受了与加兰同样的勋章，现在正急急忙忙地赶回基地，为损失了三天本可以在空中击落敌机、增加自己胜利纪录的时间而恼火。

就在离开前，默尔德尔斯叫住加兰："肥佬答应我，他留你的时间至少会和留我的时间一样长。"加兰继续走向狩猎屋入口，这是一座大而阴郁的建筑物，用巨大的原木建成，屋顶铺着茅草，坐落在纤细、高大的树林中。戈林出来迎接他，看上去像格林童话中的人物。他穿着蝴蝶袖的丝绸衬衫、绿色的小山羊皮狩猎夹克和长筒靴。腰带上别着一把大猎刀，有点像中世纪的佩剑。戈林看上去心情不错。在祝贺加兰获得新勋章之后，他告诉加兰自己还要授予其另一项荣誉：一次猎取这个狩猎场中最珍贵的雄鹿的机会。戈林像其他人了解他们的狗一样了解这些动物，还给每一只都取了名字。他告诉加兰将有充足的时间打猎，因为他答应了默尔德尔斯，要把加兰留在狩猎屋至少三天。加兰第二天上午就把那头鹿杀了，"那真是一头皇家野兽，一只终生难遇的雄鹿"。它的头和巨大的鹿角被切下来当作加兰的战利品。

加兰找不到理由继续停留，但戈林坚持信守对默尔德尔斯的承诺。

那天下午，一次大规模轰炸伦敦的消息传来，这是最后几次日间空袭中的一次，德国空军损失惨重。"戈林大惊失色，"加兰写道，"他完全无法解释，轰炸机怎么会遭受越来越惨重的损失。"

但在加兰看来，答案很明显。他和飞行员同僚们一直在尝试让上司明白，皇家空军一如既往地强大，正驾驶着永不断供的新飞机，带着丝毫不减的斗志作战。一周前，戈林宣布皇家空军只剩下一百七十七架战斗机，但这与加兰在空中看到的情况不符。不知怎的，英国战斗机的生产速度竟能超过损毁速度。

这一天的霉运搅得戈林心烦意乱，加兰再次请求他让自己返回部队。尽管对默尔德尔斯做出了承诺，但戈林这次没有反对。

加兰拖着那个有着特大鹿角的雄鹿头离开了。在旅途的某一段，他带着鹿头一起乘坐火车，据加兰说，在那里，"雄鹿引起的轰动超过了加在骑士十字勋章上的橡树叶"。

其他地方发生了重大新闻：就在加兰留在狩猎屋的时候，日本签署了三国同盟条约，与德国和意大利正式结盟。

在柏林，差不多与此同时，一位德国空军轰炸机飞行员在威廉·夏伊勒的公寓里谨慎地与夏伊勒交谈着。这位飞行员冒着极大的个人风险，作为秘密线人给夏伊勒提供德国空军生活情报，他告诉夏伊勒，自己和同僚都非常钦佩皇家空军飞行员，尤其是一位自信满满、嘴角总叼着香烟的飞行员。他们发誓，如果他被击落到德国控制的领土上，他们一定会把他藏起来，保护他。

这位飞行员说，夜间空袭给空军乘员带来了极大的压力。轰炸机必须按照严格的时间表、沿着仔细设计好的路线飞行，以避免出航飞机与返航飞机相撞。他告诉夏伊勒，乘员们七个晚上经常有四个晚上要执飞，于是逐渐变得非常疲倦。让他们非常吃惊的是，对伦敦的轰炸目前为止造成的可见影响如此之小。这位飞行员"对伦敦的城市规模印象极深"，夏伊勒在日记中写道，"经过三周的猛烈轰炸，他很惊讶这座城市留存的部分还有这么大！他说他们在起飞前经常被告知，可以凭借城市里整整一平方英里的大火找到目标。但他们到达时根本找不到什么一平方英里的大火，只有零星燃烧着的火焰"。

夏伊勒在另一篇日记中指出，有个笑话开始在柏林那些更愤世嫉俗的圈子里流行：

"一架载着希特勒、戈林和戈培尔的飞机坠毁了。三人全部遇难。谁得救了？"

回答："德国人民。"

时间一天天过去，宣传部长约瑟夫·戈培尔越来越困惑。这完全不合理。他不明白,为什么伦敦每天夜里都遭到轰炸,丘吉尔还不投降。德国空军情报机构一直报告说,皇家空军严重受创,只剩下最后一百来架战斗机。为什么伦敦仍然屹立不倒,丘吉尔仍旧大权在握?英国在外表上完全没有危急或者虚弱的迹象。还差得远呢!在十月二日的宣传会议上,戈培尔告诉副官们:"眼下,伦敦正在向整个英国,甚至整个世界,传播一种确定无疑的乐观主义和假装无事的风潮。"

英国明显的顽强不屈在德国民众中造成了意想不到且麻烦的反响。英国仍然在战斗,德国人意识到,战争不可避免要进入第二个冬季,他们的不满情绪在上涨。近几天,德国政府下令将儿童从柏林撤离的消息让公众的担忧剧增,因为这一点与戈培尔宣称空军能保护德国不受空袭相矛盾。这次疏散是自愿的,戈培尔在紧接着的十月三日星期四的宣传会议上这样坚称,并发誓,任何传播与此相反的谣言的人"必定会被送进集中营"。

五十三　目标丘吉尔

对伦敦的轰炸让人们越来越担心丘吉尔的安全，而他本人毫不在意。无论空袭何等猛烈，都无法阻止他爬上最近的屋顶观看。在一个寒冷的夜晚，他在内阁战情室的屋顶观看空袭时坐在烟囱上取暖，直到一位军官过来礼貌地请他离开——烟回流到下面的房间里去了。丘吉尔着迷于炮火，哪怕德国轰炸机飞过头顶，也要视察防空设施。当空袭发生时，他会把工作人员疏散到地下的防空掩体里，自己却不去，而是回到办公桌前继续工作。在夜里和午睡时，他都睡在自己的床上。当一枚未爆炸的大炸弹在圣詹姆斯公园被发现，与唐宁街十号之间的距离近得危险时，丘吉尔也原地不动，只表达了对湖里"那些可怜的鸟儿"（鹈鹕和天鹅）的担心。就连险些击中他的炸弹都不能让他受惊。约翰·科尔维尔回忆了他们一起走过白厅的一个夜晚，两枚炸弹呼啸着落在不远处的地面。科尔维尔扑倒在地寻求掩护，丘吉尔则继续往前走，"他挂着金头手杖，下巴向前突着，沿着查理国王街的路中央大步向前走去"。

丘吉尔不在意自己的安危，这让空军大臣辛克莱恼怒地提出了请求。"这些天有件事让我烦心——你留在唐宁街，没有去合适的掩体。"他敦促丘吉尔住进内阁战情室或别的有安全保障的地点。"如果你坚持让我们住进地下室，自己却不肯这样做，你就是在让我们变得可笑！"

好友维奥莱特·博纳姆·卡特告诉丘吉尔，她已经劝克莱芒蒂娜限制他冒险进入危险区域。"这对你来说可能很有趣——但让我们所有人都很害怕。请你意识到，这场战争对我们大多数人来说是场独角戏（与上次不同），请像守护一团火焰一样对待你的生命。它并不属于你自己，而是属于我们所有人。"

其他人也想方设法保护他。为阻挡弹片和避免玻璃碎裂可能造成的伤害，人们在他的窗户上安装了防爆百叶窗。工程部开始建造钢筋混凝土防护盾墙来加固内阁战情室的天花板。不断加剧的危险还让政府开始在战情室上方的建筑物里修建一个新的防爆公寓，这间专门为丘吉尔设计的公寓后来被称为唐宁街十号附楼，或者简称"附楼"。与平时一样，相伴而来的锤子敲打声让丘吉尔发狂。他时常让私人秘书去找出噪声的来源并阻止它，科尔维尔相信，这样做大大推迟了这一工程的竣工日期。

曾经被丘吉尔形容为"摇摇欲坠"的唐宁街十号至少有一个优点：藏身于众多更大的建筑物中间，所在区域有密集的防空排炮和阻塞气球保护。他的首相乡间宅院契克斯则是另一回事。迄今为止，这里为保护房子免受空袭所做的一切，就是拿木材加固了霍特里厅。契克斯原来的主人阿瑟·李第一次看到这些安排时大为惊骇。他写道："我必须承认，在契克斯，工程部对屋内防爆室的构想让我大吃一惊，还有成堆的正在腐烂的沙袋被用来加固外部的砖墙。"沙袋后来被挪开了，而木材留了下来。

丘吉尔本人做好了充分准备，一旦德国入侵者进入这所房子，他会在克伦威尔时期的历史文物中与他们战斗，而且期待家人们也这样做。他在一次家庭聚会中说："如果德国人来了，你们每个人都要与一个德国佬同归于尽。"

"我不知道怎么开枪。"儿媳帕梅拉抗议道。

"那你就跑到厨房去拿一把剁肉刀。"

她毫不怀疑他是认真的。"他一本正经，"她后来回忆道，"我被吓坏了。"丘吉尔拿到了四顶一般叫作"锡帽"的头盔，他把它们分给了看门人格雷丝·拉蒙特、司机、克莱芒蒂娜和帕梅拉。玛丽从妇女志愿服务队那里领到了自己的头盔和全套制服。

第一个意识到契克斯之脆弱的似乎是私人秘书埃里克·西尔。在一张小心地写给哈巴狗伊斯梅的字条中，他透露了自己的担心，随后伊斯梅也担心了起来。德国人无疑知道这所房子的位置。三年前，希特勒的外交部长约阿希姆·冯·里宾特洛甫时任驻英大使，他曾在斯坦利·鲍德温任首相时访问过这幢房子。随着英国空战的来临，伊斯梅意识到，契克斯将会同时成为德国空军和降落在周边原野的伞兵的可选目标，但他这时还没有意识到它有多么脆弱，直到皇家空军在庄园上空拍下了一系列侦察照片，展示了它在德国飞行员的眼中是什么样子，伊斯梅才恍然大悟。

这些照片从一万英尺的高空中拍摄，它们（以及后来从五千英尺和一万五千英尺高空拍摄的照片）揭示了这所房子惊人的一面及其在周围地形中的走向。房子前后入口由一条 U 形车道连接，与之相交的是长长的进出口胜利路，其路面由浅色砾石铺成，与周围的绿色植物形成了鲜明的对照。从空中看，这种效果简直不可思议：狭长的白色胜利路看上去就像一个指向这所房子的箭头。在夜间，当月光让苍白的砾石发出冷光时，效果甚至更为明显，德国空军迄今还没有袭击这所房子简直是奇迹。

更让伊斯梅担心的是，一张私人来源的契克斯航拍照片已经在报章上发表，而且就像伊斯梅八月二十九日给国土安全部的信中所写的那样，"很可能因此已被德国人掌握"。他随信附上了这张照片的副本，照片中的这所房子看上去确实是一个易于识别的目标，他写道："考虑到首相大多数周末都会去那里，当务之急是尽快采取行动使它不那么容易被辨认。"

该部的伪装处提出了多种解决方案，包括用网球场表面的材料铺设路面，以及用钢丝绒竖网，但最后确定，隐蔽这条路最好且成本最低的方案即用草皮覆盖。克莱芒蒂娜希望尽快完成这一项目。她最小的女儿和怀孕的儿媳妇正住在那里，而且从白厅遭到空袭的次数增加可以看出，丘吉尔本人似乎日益成为德国空军的袭击目标。

伊斯梅也很担心其他的危险。一次安全评估警告，契克斯需要对从单独行动的刺客到伞兵小队的各种威胁加强防范。这所房子和庭院当前由一个排的冷溪卫队担任警卫，有四名士官和三十名士兵，但伊斯梅想要将这支部队扩充为一支一百五十人的连队。卫兵们原本住在院子中的帐篷里，但伊斯梅建议了一种更加可持续的安排方式：驻扎在庄园后方有树丛掩护的小屋和食堂。他承认，污水处理可能是一个难题。"将不得不使用契克斯的下水系统，而它们可能不堪重负。"

九月中旬，随着对入侵的恐惧加剧，国土防卫军在契克斯派驻了一辆兰切斯特装甲车供丘吉尔使用，并调来两位军官操纵。国土防卫军总参谋部建议这些军官配备汤普森冲锋枪。"在与敌方特务或者伞兵部队对峙时，它们提供的火力远比手枪更强劲。"在工作日，这辆装甲车驻在伦敦，丘吉尔的私人司机将受训如何驾驶装甲车。

对教授而言，他特别担心丘吉尔从市民和外国使者处收到的礼物雪茄，倒不是因为吸烟有害健康，而是担心赠送者或者潜藏的特务给雪茄下毒。他们只需要往五十支雪茄中的一支里面塞进去一点点就行了。只有经过检测的雪茄可以被认定为绝对安全，但检测过程不可避免地会毁掉样品。一份详细化验发现一支古巴雪茄中有"一块含有许多淀粉和两根毛发的黑色、扁平的蔬菜残渣"，这被判定为老鼠的粪粒。尽管军情五处的首席检测官罗斯柴尔德勋爵指出，尼古丁本身就是一种危险的毒物，但他在检测了一组别人赠送的雪茄之后表示："我应该说，抽剩下的这些雪茄比横穿伦敦马路更安全。"

有一次，丘吉尔把谨慎抛到了九霄云外。他接受了古巴总统送来的一整箱哈瓦那雪茄。晚餐过后，在继续一场特别紧张的内阁会议之前，他向大臣们展示这箱雪茄。"先生们，"他说，"我现在要做一次实验。它或许会带来欢乐，或许会以悲伤告终。我将给你们每人一支这美妙的雪茄。"

他顿了一下。

"可能它们每支都带有致命的毒素。"

又一次戏剧性的停顿。

"也许几天后，我将悲伤地跟随一长串棺材，沿着威斯敏斯特教堂的通道走下去。"

他再次停顿。

"我将遭到民众痛骂，正如那个让波吉亚家族①没落的人一样。"

他分发雪茄；男人们点燃；他们都活了下来。

然而一周后，约翰·科尔维尔通知丘吉尔，他将从每盒捐赠中拿出一支雪茄送交军情五处检测。他告诉丘吉尔，教授"希望你在得出分析结果之前一支都别吸。他指出，古巴眼下有不良分子聚集，这表明这个国家有数目惊人的纳粹特务和同情者"。

科尔维尔在另一张便条中指出，林德曼更希望丘吉尔完全不抽国外赠送的雪茄："然而，教授认为，你或许会愿意把它们收在一个安全而且干燥的地方，等战争结束，你如果想这么做，或许会觉得有理由冒险享用它们。"

这是教授在以冷静的科学方式说：到了那时，如果某一支雪茄让

①波吉亚家族，文艺复兴时期欧洲显赫的大家族，擅长投毒。

丘吉尔丧了命，也没多大关系了。

对于空袭、虚假警报和轰炸机的单独到访（它的使命显然仅仅是触发防空警报并把工人们赶进防空掩体）所造成的工作量损失，比弗布鲁克感到愈发懊恼。一天之内，两架单人飞机分别飞临伦敦，触发的警报令该市工厂的生产耽误了六个小时。在截至九月二十八日星期六的一周内，空袭和警报让七家主要飞机制造厂的生产时长减少了一半。另一个造成时间浪费的因素是，工人们如果睡在防空掩体里，第二天的工作效率便会下降。真的有炸弹袭击时，它的次生效应甚至更为深远。工人们会留在家里，晚班变得难以为继。然而这些风险都真实存在。七月，一家制造炮塔的公司帕纳尔飞机有限公司因为虚假警报损失了七万三千个工时。七个月后，该厂五十多名工人在一场日间空袭中丧生。

比弗布鲁克开始痛恨凄厉的防空警报。"必须承认，这些嘶鸣声几乎成了他的梦魇。"他的贴身秘书戴维·法勒写道。比弗布鲁克的抱怨不断向丘吉尔涌来，他甚至恐吓丘吉尔干脆取消防空警报。"这个决定或许会让这个国家损失一些生命，"他写道，"但如果任由警报响下去，我们将可能因为飞机生产延误而付出更高的生命代价。"

比弗布鲁克把生产损失部分归咎于他最喜欢攻击的对手，空军大臣阿奇·辛克莱，谴责辛克莱未能为工厂提供合适的保护，即使在接到空袭可能发生的预警后也未能保护它们。他想要在工厂上空悬挂更多的阻塞气球，设置更多的高射炮，甚至要求空军部为每一处建筑群提供一架喷火式战斗机进行保护。

据秘书法勒所说，比弗布鲁克从未相信过这些措施真的能够保护一家工厂，"他追求的是表面上的安全，而不是真正的安全"。比弗布鲁克关心的不是救工人们的命，而是要把他们留在岗位上，法勒写道，并补充说，"他完全做好了冒着生命危险生产更多飞机的准备"。

比弗布鲁克也谴责其他威胁生产的事物，并且认为这样的威胁无处不在。当国土安全大臣、内政大臣赫伯特·莫里森建议允许商店店主每周只工作五天，而且每天下午三点打烊，以便有时间在夜间空袭之前回家或者进入防空掩体时，比弗布鲁克以工厂工人将会要求得到同样的待遇为由，提出反对。"这必将是场灾难。"他写道。

比弗布鲁克还警告说，如果英国工厂的工人不再每天二十四小时开动机床，美国会注意到这一点，然后不再愿意发运更多的机床。比弗布鲁克是否真的关心美国的看法值得怀疑。他不惜一切代价地想要生产。为此他需要得到丘吉尔的关注，而唤起罗斯福可能感到幻灭这一幽灵正是得到关注的方法之一。"美国如果声称我们有超过需要的机床，这种说法也将变得完全合理。"他写道。

为鼓励其他人不理会防空警报，比弗布鲁克决定在警报响起时继续留在办公桌前。但他十分害怕。"比弗布鲁克是个神经质的人，"秘书法勒写道，"炸弹落下的噪音让他怕得要命，但他的紧迫感压倒了恐惧。"

与此同时，教授接连不断地向丘吉尔递交写着遥远的话题和新颖武器的便条与备忘录。他喜欢透过冷冰冰的科学透镜看待一切，这让他的某些建议看上去冷酷无情。他曾在一份备忘录中建议对驻扎中东的意大利部队使用的水井下毒。他建议用氯化钙，它"极为方便，因为每五千加仑的水只需要一磅原料"。然而，他并非不知道公众认知的重要性，因此没有推荐使用砒霜这类更为致命的毒药，因为它们会引发"公众心中的不良联想"。

然而，他对放火烧死大批敌军士兵并无顾忌。一周后他这样告诉丘吉尔："我认为，只要能大规模使用，燃烧的汽油在战争中将派上很大的用场。"燃烧的汽油可以用于阻挡敌方部队前进，"最好可以焚烧整支敌军或车队"，他写道，"需要做的只不过是沿着道路一侧铺设管子，把它们藏在树篱中，管子上钻一些朝向路中间的孔洞。将管子与几百码外的汽油储藏地点连接。我们只需要在装甲车队途经此处的关键时刻，把汽油通到管道里并点燃，产生的火焰就能将准备好的那段路烧成一片火海"。

　　为了安全起见，玛丽·丘吉尔被"过度保护"的父母塞到了乡村，因此无法共享战争经历——她依旧对此感到怨恨。九月二十五日星期三的夜里，她得到了一次机会。德国空军一枚巨大的降落伞雷飘到了艾尔斯伯里，在距离妇女志愿服务队办公室很近的地方爆炸，它们无法继续使用。十九位工作人员因此受伤。

　　兴奋的感觉很快被心痛掩盖了，因为这时爆发了一股批评她父亲及其政府的浪潮。屈服于高级军事顾问们信誓旦旦的保证，丘吉尔重启了"恐吓行动"，戴高乐将军担任英军和自由法国战士所组联军的统帅，率部攻打西非的达喀尔。攻击在这周早些时候发动，最初似乎肯定会轻松取胜，但据守港口的维希军队出乎意料地顽强，再加上其他几个因素的影响，行动造成的只有惨败——这是一次非常混乱无能的行动，堪称对丘吉尔期望中那种激动人心的奇袭的拙劣模仿。英国军队再次被迫撤退，招致批评者把这次事件描述为一连串失败中最新的一个，挪威、敦刻尔克，那些愿意进一步追溯过去的人，还会加上丘吉尔担任海军大臣初期的加里波利战役，当时他企图让一支军队在土耳其半岛登陆，结果也以撤退告终。加里波利的崩溃远比达喀尔战役残酷，丘吉尔曾因此丢掉官职。一份国内情报处的报告总结了公众对于达喀尔失利的反应："撤退再次获胜。"

　　玛丽深知，她父亲何等期盼对德国发动反攻，而不仅仅是轰炸这个国家。一周前，在访问了阿克斯布里奇皇家空军指挥中心后，丘吉尔曾想取消这次行动，这一最初的直觉是正确的，但他任由高级指挥员们满怀信心的不同意见将他驳倒。玛丽在日记中为父亲辩护："我不明白，在必须进行无数决策的时候，人们如何避免做出一些错误的决定。"

丘吉尔一家认识到，"恐吓行动"的失败严重到足以威胁丘吉尔政府。

"哦上帝，不知怎的，这样一个小小的逆转给每件事都蒙上了阴影，"玛丽写道，"我真希望政府能挺过去。我的所有感受如此混杂。我当然希望爸爸能成功，但这不仅出于个人原因——也是因为，如果他走了，谁来接任？？"

第二天，九月二十七日星期五，情况并未好转。"今天，一切似乎都蒙上了达喀尔事件的阴影，"玛丽观察道，"看来确实在什么地方出现了误判。哦，我真担心爸爸。他非常喜欢那些法国人，而且我知道他渴望他们做点辉煌壮丽的事情，我担心他因此大受打击。"报章上那些刻薄话使她大为震惊。尤其是《每日镜报》，似乎为这一小插曲发了疯。"'加里波利作风'？"玛丽引用这份报纸的话写道，"哦——太尖刻了。"

最重要的是，她怀孕的嫂嫂帕梅拉感觉不舒服，星期四时就感到恶心，星期五时更严重，这让萦绕这一家的悬念变得更加复杂。而且，帕梅拉的医生卡纳克·里韦特对她的医嘱变得令人窒息，他显然痴迷于让她一直站着走路。这让玛丽在日记里疾呼："为什么里韦特先生不肯放过这个可怜的女孩。"

尽管孩子随时可能降生，帕梅拉和克莱芒蒂娜还是在十月八日星期二从契克斯出发前往伦敦，参加帕梅拉的丈夫伦道夫作为下议院新议员的宣誓就职仪式。与此同时，他将保留自己在女王第四私人轻骑兵团的军职，并继续担任比弗布鲁克的《标准晚报》的通讯记者。

她们完全知道，德国空军很可能会像九月七日以来每晚所做的那样，当晚再次袭击这座城市，对入侵的恐惧仍很严重，尽管如此，她们还是驱车前往伦敦。正如丘吉尔十月四日星期五告诉罗斯福的那样："我不认为入侵的危险已经过去。"言及希特勒，他写道："那家伙已经脱了衣服，换上了泳装，但海水越来越冷了，空气里也有了秋天的萧瑟寒气。"丘吉尔知道，如果希特勒打算实施行动，他就必须赶在气候恶化之前快点动作。他告诉罗斯福："我们保持着最高的警惕性。"

帕梅拉和克莱芒蒂娜在汽车里放了一大瓶笑气，以备阵痛发生时使用。但这一天最戏剧性的一幕，将会发生在留在契克斯的玛丽身上。

在契克斯的那天晚上，玛丽成了奉命保卫这所房子的冷溪卫队部队军官们的客人。她喜欢这次晚会和她受到的关注——直到德国空军出面干涉。

晚宴进行得正欢，她和其他人确切地听到了炸弹落下的呼啸声。他们全都本能地趴下，在一段似乎非常漫长的时间里等着炸弹爆炸。爆炸的到来奇怪地轻柔，客人们"尽管呼吸困难，但身体和精神各方面都挺好"，玛丽写道。

主人们急忙把她带到外面一条很深的防空壕，底部全是烂泥，毁了一双她非常喜爱的麂皮鞋。等到人们判断这次空袭结束了，那些军官们护送她回家。"他们都对我好极了，"她在日记里写道，"我紧张得要命，甚至喘不过气来，但谢天谢地，我没有像自己经常担心和想象的那样面色苍白、浑身发抖。"

她补充道："见鬼，这群该死的匈奴人毁了一场愉快的聚会。"

第二天，十月九日星期三，玛丽发现那枚炸弹在距离卫队食堂只有一百码的烂泥地里留下了一个大弹坑。她推测，那些烂泥可能解释了为何爆炸声听起来如此温和。

她在日记里写道："我现在觉得，战争没有对我置之不理。"

星期四清晨的契克斯，在充满忧虑、永远在场的里韦特医生照料下，帕梅拉产下一子。在场的还有一名年轻护士。帕梅拉刚刚从麻醉的朦胧中恢复过来，就听到那位护士说："我已经告诉你五次了，是个男孩。请你相信我好吗？"

尚未完全清醒的帕梅拉需要再次得到确认。"现在不会变了，"她说，"不，现在不会变了。"

她确信婴儿的性别确实不会变了。

克莱芒蒂娜在契克斯的访问登记簿上写下这条消息："十月十日清晨四点四十分——温斯顿。"这是一百多年来在这所房子里出生的第一个婴儿。

"小温斯顿·丘吉尔降生了，"玛丽在日记中写道，"万岁！"

她继续写道：

"帕姆虚弱但很高兴，至于宝宝，他一点也不虚弱，但不算非常高兴！"

帕梅拉的丈夫伦道夫，这位新晋的下议院议员错过了儿子的出生。他在伦敦与一位奥地利男高音歌唱家的妻子同床共眠，歌唱家带着单镜片眼镜的形象曾出现在香烟卡片上。

第二天上午，在伦敦，丘吉尔正在唐宁街十号的卧室床上办公，他得知两枚炸弹落在距离他所在的房屋不远处的皇家骑兵卫队阅兵场上，但没有爆炸。他问科尔维尔："它们爆炸时会对我们造成危害吗？"

"我觉得不会的，先生。"科尔维尔回答。

"这只是你的想法吧，如果是，那就什么价值也没有，"丘吉尔说，"你从没见过一枚没有爆炸的炸弹爆炸。去让人做一份正式报告。"

这更加让科尔维尔觉得，"如果没有任何证据的支持"，在丘吉尔面前胡乱发表意见是愚蠢的。

周末，丘吉尔见到了他的新孙子。像平时一样，他带着包括哈巴狗伊斯梅和布鲁克将军在内的一大群客人来到契克斯。据帕梅拉说，丘吉尔"十分高兴，时常过去看宝宝，给他喂奶，在旁边激动得要命"。

尽管温斯顿宝宝是注意的焦点，丘吉尔仍注意到了那枚打断了玛丽晚宴的炸弹留下的弹坑。午饭以后，他和伊斯梅，外加科尔维尔和其他客人，仔细检查了它，争论这枚炸弹距离房屋如此之近是否仅仅是巧合。科尔维尔认为这是一个偶然事件，丘吉尔和哈巴狗不同意，并设想这或许是对这所房子的一次蓄意袭击。

"当然有危险，"科尔维尔那天夜里在日记中仔细掂量着，"在挪威、波兰和荷兰，德国人都表明，他们的政策就是全力以赴对付政府，而对他们来说，温斯顿的价值超过那三个国家内阁的总和。"在写给接替西里尔·纽沃尔新任空军参谋长的查尔斯·波特尔的私信中，科尔维尔的同僚、首席秘书埃里克·西尔重申了自己的担心。"我们已经在那里建立了一支军方警卫队，应该足以应对一切可能在陆地上出现的紧急情况，"他写道，"但是，我完全无法肯定，面对空袭时他是否真的安全。"在强调了自己目前为止没有对丘吉尔提及此事之后，西尔继续写道："如果他有可能获得另外几处可以不定期使用的隐居寓所，以致敌人永远无法知道他在哪里，我本人的心情将会舒畅得多。"

契克斯这一资产实在太珍贵了，丘吉尔不可能完全放弃，但他也认同，每次都在那里度过周末的安全风险实在太高，至少月圆前后的晴朗夜晚是这样。他本人也曾表达过对于契克斯安全问题的担心。"也许，他们并不认为我会蠢到来这里，"他说，"但我面对的风险很大，一次俯冲就会带走三代人。"

尽管如此，就这么一直待在伦敦城里也并非良策。丘吉尔需要在乡间度过周末，他相信自己知道一处理想的房子，可以作为月圆之夜的替代居所。

他邀请房子的主人罗纳德·特里来到他的办公室。特里是丘吉尔长期以来的朋友，战前曾与丘吉尔一样担心希特勒崛起。现在他是一位保守党议员，也是信息大臣达夫·库珀的政务秘书。从财务角度看，特里并不需要这两个职位：他继承了芝加哥的马歇尔·菲尔德家族帝国庞大的财富。他妻子南希是美国人，阿斯特夫人的外甥女。他们拥有迪奇利庄园，一座位于牛津的十八世纪地产，距离唐宁街十号大约七十五英里。

丘吉尔直截了当。他告诉特里，自己希望在迪奇利庄园度过即将到来的周末，跟他一起到达的还会有许多客人、一整套工作人员及警卫队。

特里非常高兴，他妻子非常激动。但他们是否完全清楚自己将遇到什么，这一点有待商榷。相比前往乡间安静地度过周末，丘吉尔降临这所房子的行动更像是希特勒的一次闪电战。

"场面相当大，"参与了一次这样的迪奇利庄园入侵之后，哈罗德·尼科尔森在日记中写道，"两位侦探率先到达，他们把整所房子从阁楼到地下室彻底搜查了一遍；然后出现的是带着大批行李的男仆女仆；接着是整夜保卫大人物的三十五名士兵及军官；随后是带着大批纸张的两名速记员。"接着，客人们来了。"房子的大部分都漆黑一片，而且没有窗户，然后门开了一条缝，我们突然置身于中央供暖系统的温暖、辉煌的灯火和美丽得惊人的大厅里。"

房屋里的装饰如今已经成了传奇，而且迅速成了强调色彩、舒适而不拘谨的乡间宅院装饰风格的楷模。它的流行促使特里夫人围绕这一概念创办了一家家居设计公司。日后，她未来的商业伙伴称她的美学理念为"愉悦的衰变"。

特里夫妇毫不介意对他们家的突袭。远非如此。"我一直是您最赤诚也最卑微的仰慕者之一，"在丘吉尔第一次来访之后，特里夫人在给他的信中这样写道，"——而且我想要告诉您，您能造访迪奇利庄园，我们感到何等高兴与荣耀。无论您什么时候想要再次来访，无论通知的时间多短，这座庄园都将为您提供方便，向您敞开大门。"

它确实非常方便。丘吉尔下一个周末也来了，而在此后的大约一年时间里，他来这所房子度过了超过十二个周末，包括这场战争中最为举足轻重的那个周末。

丘吉尔立刻注意到了这里的一大优点：迪奇利有一座家庭影院，丘吉尔实在太喜欢了，以至于他在适当的时候下令在契克斯也修建一座，这让消防检查员们非常郁闷，他们后来称其为"重大火灾隐患"。比弗布鲁克安排了这件事，并确保丘吉尔可以得到最新的电影和新闻片。"马克斯深知如何做这些事，"丘吉尔说，"我可不行。"

两位电影放映员加入了每周奔赴契克斯的随员行列。

五十四　挥霍无度的人

好像战争的考验还不够一样，帕梅拉与伦道夫的婚姻也变得越来越紧张。待支付的账单越积越多，伦道夫的赌博与酗酒仍旧毫无节制。他经常跑到那家叫作怀特之家的俱乐部消遣，或者去伦敦各家富少们喜爱的餐馆里吃饭，而且总是抢着结账，即使他的伙伴们远比他富有。他购买定制的衬衣和西服。帕梅拉向丘吉尔恳求帮助。他同意为这对夫妇偿还债务，但条件是不再欠更多债。"好的，"帕梅拉向他保证，"这是最后一次。"但问题是，许多店铺和百货公司允许顾客买东西时赊账三个月甚至更长时间，季度账单往往在购物之后很久才姗姗来迟。"所以，天哪！"帕梅拉说，"账单越来越多。"

夫妻俩的花销超过了伦道夫的收入，尽管按当时的标准，他挣的钱相当可观。算上军饷、演讲费、从议会和比弗布鲁克的《标准晚报》那里拿到的工资，再加上其他收入来源，他一年的收入足有三万英镑，也就是十二万美元（在通货膨胀之后的今天相当于一百九十二万美元），单是比弗布鲁克每年便会付给他一千五百六十英镑，即六千二百四十美元（相当于今天的九万九千八百四十美元）。但这仍然不够，而他的债主已经不耐烦了。一天，当帕梅拉在伦敦骑士桥的豪华百货公司哈罗德购物时，她满怀屈辱地被告知，她的赊购信用已经被取消了。她说，这"对我来说太可怕了"。

她哭着离开了商店。回到唐宁街十号之后，她把这件事告诉了对儿子早已不抱幻想的克莱芒蒂娜。他的花销长期以来都是个问题。伦道夫二十岁时，丘吉尔曾写信敦促他偿付债务，解决他与银行的争端。"相反，"丘吉尔告诉儿子，"你似乎以一种极为鲁莽的方式花光甚至超额花出了你的每一个铜板，让自己陷入了无穷的忧虑之中，且可能带来一些可悲的事件与耻辱。"

　　伦道夫喜欢冒犯他人并挑起争端的个性也一直是引起冲突的一大来源。一次，发现自己成了某则尖刻评论的目标后，丘吉尔写信给伦道夫，取消了共进午餐的原定计划："我实在无法让自己冒险受这样的侮辱，而且我现在不想见你。"但丘吉尔对儿子很宽容，他总是以"爱你的父亲"作为落款，甚至这封信也不例外。

　　克莱芒蒂娜可没有这么仁慈。从伦道夫的童年时代开始，克莱芒蒂娜与伦道夫之间的关系就带有明显的敌意，这条裂缝随着年龄的增长越来越大。在帕梅拉结婚初期，当他们的夫妻关系有困难的时候，克莱芒蒂娜给了她一些对付伦道夫的战略建议："离开三四天，别说你去哪里。只管离开。留一张小纸条说你走了。"克莱芒蒂娜说，她曾对丘吉尔这么干过，并且称"这非常有效"。此刻，听说了帕梅拉在哈罗德的悲惨遭遇，克莱芒蒂娜非常同情。"她对我极为慈祥、善解人意，让我感到了极大的宽慰，但她也非常神经质。"帕梅拉说。

　　克莱芒蒂娜一直隐隐担心伦道夫有一天会做出什么让他父亲难堪的事来，而帕梅拉知道，这种担心实在是太有道理了，特别是在伦道夫喝醉的情况下。"说真的，我来自一个滴酒不沾的家庭，"帕梅拉说，"我父亲不喝酒。我母亲最多来上一杯雪莉酒。"事实证明，与酗酒者一起生活让人心惊肉跳。在酒精的作用下，伦道夫个性中那些本来就不讨人喜欢的方面变得更严重。他会朝随便哪个恰巧在他身边的人挑起争端，无论是帕梅拉、朋友，还是主人；有些夜晚，他会愤而离席，昂首走开。"这时我心怀犹豫，不知该留下还是和他一起走。无论如何，我觉得这些都让我非常不安、非常不愉快。"帕梅拉说。

她很快便明白了，她必须自己应对涌入的账单。十月，伦道夫从第四轻骑兵团转到了由他的俱乐部成员创建的一支新突击队中。他本以为骑兵团会反对他这样做，但他沮丧地发现，根本没人反对——军官同僚们知道他要走，全都高兴极了。就像他一位表亲后来回忆的："听说别的军官不喜欢他，厌倦了他无休止的指责，巴不得他在别的地方找到工作，他很受打击。"

伦道夫于十月中旬前往苏格兰开始突击队的训练。帕梅拉不想一个人继续住在契克斯，靠丘吉尔夫妇的怜悯度日，而是希望在什么地方找到一处不贵的房子，与伦道夫、小温斯顿一起生活。承担丘吉尔一切事务的布伦丹·布拉肯出面，为她在伦敦以北大约三十英里处、赫特福德的希钦找到了一所陈旧的教区住宅，她只需要一年付五十二英镑租金。为了进一步节省开支，她邀请伦道夫的姐姐黛安娜和孩子们也住了进去，而且雇小时候的保姆南妮·霍尔帮她照顾孩子。她在丈夫离开前不久写信给他："哦！兰迪，如果你和我们在一起，一切就都美满了。"终于有了一个自己的家，她非常高兴，急切地希望快点搬进去。"哦，亲爱的，这难道不令人激动吗——我们有了自己的家庭生活——不用再住在别人的房子里。"

房子需要修缮，这个工作不断被战争打断。装窗帘的工人在即将完工的时候消失了。电话打不通，帕梅拉猜测，他在伦敦的家遭到轰炸了。一位雇来做橱柜的木匠被政府征召去干活。他答应为她找别人完成这件工作，但不知道继任者是否能够找到必需的木料，这种物资因为战争而十分紧缺。

这所房子有九间卧室，但很快就住满了。南妮、黛安娜一家、一位管家、几个雇工，帕梅拉和婴儿当然很快也会住进去。她给婴儿起了好多昵称，什么"小团子宝宝""小首相宝宝"啊等等。此外，伦道夫的秘书巴克小姐还在邻居家房子遭到轰炸后邀请他们来教区住宅。巴克小姐非常抱歉，但帕梅拉说她很高兴。"从我们的角度来看，这是件很好的事，"她在给伦道夫的信中写道，"因为地方当局昨天想把二十个孩子安排过来借住，而巴克小姐现在可以回答说这里已经住满了。"

然而，没有住进这所房子始终让她很不安。"我希望能过去看看情况怎么样，"她告诉他，"我很高兴有被疏散的人员住进去，因为以我现在的状况，我能给别人提供的帮助太少了，但我希望能自己管理它，并暗自希望他们不要把我们可爱的家弄乱。"

尽管房租很便宜，但住起来开销可不小。单是窗帘就预计要花一百六十二英镑（相当于今天的一万美元）。幸好，克莱芒蒂娜同意全额资助。经济压力在增加。"亲爱的，请你付掉电话费吧。"帕梅拉写信给伦道夫。

他自己在苏格兰的花销也变得令人担忧。他和共同组建这支突击队的、非常有钱的怀特之家会员们一起生活与训练，此事本身就带有风险。"亲爱的，"帕梅拉写道，"我知道，你现在和这么多富人一起生活很困难，但你只要试着在那些乱七八糟的账单上省下一点就好。请记住，尽管温斯顿宝宝和我愿意为了你挨饿，但我们更希望不要沦落至此。"

一九四〇年十月十四日星期一的晚上，丘吉尔正跟客人一起在刚加固的唐宁街十号花园房里吃晚饭，一枚炸弹落到离这座建筑物非常近的地方，炸碎了窗户，炸毁了厨房和一间客厅。在这次轰炸后不久，克莱芒蒂娜在写给维奥莱特·博纳姆·卡特的信中说："我们没有煤气和热水，只能用燃油炉灶做饭。但就像那天夜里一个男人在黑暗中对温斯顿呼喊的那样：'只要我们不示弱，这就是伟大的生活！'"

就在唐宁街十号遭到轰炸的那天夜里，炸弹也给邻近的财政部大楼造成严重破坏。一枚炸弹直接击中并摧毁很受丘吉尔政府高级官员欢迎的卡尔顿俱乐部，炸弹爆炸时，有些人刚好在餐厅里。哈罗德·尼科尔森从一位顾客那里听到了完整的叙述，这位顾客就是未来的首相哈罗德·麦克米伦。"他们听到炸弹下落的呼啸声就本能地趴下了，"尼科尔森在十月十五日的日记中记录道，"一声巨响，主灯全都熄灭了，整个场所弥漫着硝烟的气味和瓦砾的灰尘。餐桌的侧灯还亮着，在笼罩一切并在人们的头发和眉毛上撒下厚厚灰尘的浓雾中暗淡地闪光。"爆炸发生时大约有一百二十人在俱乐部，但无人重伤。"一次惊人的脱险。"尼科尔森写道。

英国政府所在地似乎危机四伏，所以谨慎起见要将办公地点撤向契克斯。汽车和秘书们已集结起来。跟往常一样的车队开始出发，在布满瓦砾的街道上慢慢移动。大约开出了十来英里后，丘吉尔突然问："纳尔逊呢？"自然，他指的是那只猫。

纳尔逊没在车上，也不在其他车上。

丘吉尔命令司机掉头返回唐宁街十号。在那里，一个秘书截住了那只吓坏了的猫，用一个废纸篓罩住了它。

纳尔逊安全上车之后，车队才再次向契克斯驶去。

随后那个星期六，十月十九日夜里，约翰·科尔维尔在伦敦亲身经历了德国空军对白厅的新一轮集中轰炸。在家里吃过晚饭以后，他乘坐军队新近为丘吉尔工作人员准备的汽车，回去工作。前方天空弥漫着一片橙光。他指示驾驶员转入沿泰晤士河的堤坝，看到远岸一座仓库整个起了火，边上就是伦敦地方政府所在的爱德华七世时代巨型建筑物——郡政厅。

科尔维尔立刻意识到，这样的大火对空中轰炸机来说就像是灯塔。他的司机高速向唐宁街驶去。就在汽车进入白厅时，一枚炸弹在正对皇家骑兵卫队阅兵场的海军部大楼爆炸了。

驾驶员在通往财政部大楼的通道入口附近停了下来。科尔维尔跳下车，向唐宁街十号跑去。没过多久，燃烧弹开始落在他周围。他扑倒在地。

外交部大楼的屋顶起火了。两枚燃烧弹落进了已经严重受损的财政部大楼，其他燃烧弹落在空地上。

心脏剧烈跳动的科尔维尔飞快地跑向唐宁街十号，从一个紧急出口闯了进去。他在地下层经丘吉尔加固过的餐厅里过了夜。那一夜接下来都很平静，尽管科尔维尔感觉，那架电扇听起来很像德国飞机。

正当科尔维尔在白厅躲避燃烧弹时，丘吉尔身在契克斯，情绪低落。他和哈巴狗伊斯梅独坐在霍特里厅里，谁也不说话。伊斯梅发现自己经常扮演这样的角色：作为一个静默的存在，准备着被提问时给出建议或观点，或者在丘吉尔为即将到来的演讲提炼想法或者句子时倾听，或者只是坐在那里静静地陪他。

丘吉尔看上去很累，而且显然在沉思。达喀尔事件压在他身上。法国人什么时候才会站起来战斗？在其他地方，德国潜艇给船只和生命带来了严重的损失，仅前一天便有八艘船被击沉，当天又有十艘。接连不断的防空警报和炸弹及其带来的混乱这一次压垮了他。

伊斯梅很难见到丘吉尔如此疲倦，然而，像他后来回忆的那样，这也可能带来一个正面的结果：或许就在这一夜，丘吉尔终于愿意早些上床，也就能放伊斯梅去做同样的事。

但相反，丘吉尔突然跳了起来。"我相信，我一定能行！"他自言自语道。一瞬间，他的疲乏似乎烟消云散。灯亮了。铃声响了。秘书们应召前来。

五十五　华盛顿与柏林

　　在美国，总统大选变得丑陋起来。共和党战略家们劝说威尔基，认为他的绅士派头太足，而改善他在民调中地位的唯一方法，就是让战争成为中心议题：他需要把罗斯福描绘成战争贩子，他本人则是孤立主义者。威尔基不情愿地同意了，随即满怀热忱地投入行动，掀起了一波旨在激起整个美国的恐惧的运动。他警告说，如果罗斯福当选，这个国家的青年男子将在五个月内踏上前往欧洲的征程。他的民调数据立刻有所改观。

　　其间，十月二十九日，距大选日仅一周时，罗斯福主持了一项仪式，并在仪式上抽取了新征兵的第一个号码。考虑到美国的孤立主义倾向，这样做很冒险，即使是威尔基也赞同选择性服役是增强美国自卫能力的重要举措。在当晚的广播讲话中，罗斯福谨慎地选择着自己的措辞，完全避开"征兵"和"募兵"这些词语，用了更中性、颇具历史回响的术语"召集"。

　　但另一边，威尔基抛弃了一切克制。他在针对美国母亲的共和党宣传广播中说："当你儿子在某个欧洲战场，或者在马提尼克"——法国维希政府的一个要塞——"垂死挣扎，嘴里喊着'妈妈！妈妈！'时，不要因为富兰克林·D. 罗斯福把你儿子送往前线而责备他——你该责备的是自己，因为正是你，让富兰克林·D. 罗斯福再次当选！"

威尔基的民调支持率突然上升，促使罗斯福以一项极为强硬的声明予以反击，宣告他自己希望避免战争。"我过去便这样说，"他在波士顿告诉听众，"但我将一而再、再而三地重申：你们的儿子不会被送上外国战场。"民主党的官方宣传平台原本还加上了一个短语"除非遭受攻击"，但现在他把它去掉了，这一省略无疑是在吸引孤立主义选民。在受到一位讲稿撰写人质疑时，总统不耐烦地回答："如果遭受攻击，我们当然会反击。如果有人攻击我们，这就不是一场外国战争了，对不对？还是说他们想要我保证，我们的部队只有再爆发一场内战的时候才会被派上前线？"

十月二十六日至三十一日，盖洛普进行了一九四〇年的最后一场"总统大选热身赛"，结果在大选日前一天公布，其中显示，罗斯福由本月早先领先的十二个百分点大幅跌落，仅以四个百分点领先威尔基。

在柏林，德国空军准备遵照主人赫尔曼·戈林的命令，实施战略上的新转变，将更广大的英国民众置于轰炸范围之内。

一个月前，在对德国空军未能令丘吉尔屈膝的失败进行回顾之后，希特勒推迟了海狮行动，没有设置重启日期，尽管他计划在春天再考虑这个想法。他和指挥官们一直以来都对这一攻击行动的前景感到不安。如果戈林钟爱的德国空军如承诺的那样在不列颠群岛取得了空中优势，入侵也许能有更美好的前景，但在皇家空军仍然控制着天空的情况下，这纯属蛮干。

英国的韧性让希特勒看到了一个可怕的前景。只要丘吉尔地位稳固，美国站在英国一边出手干预的可能性就会越来越大。希特勒将丘吉尔的驱逐舰交易视为两国纽带越来越牢固的具体证据。但他更担心的是：一旦美国参战，罗斯福和丘吉尔就会寻求与斯大林结盟，后者已经表现出明显的扩张意愿，而且正在迅速增强自己的军事实力。尽管德国和苏联于一九三九年签订了互不侵犯条约，但希特勒对斯大林会遵守条约并无幻想。希特勒说，英国、美国和苏联之间的联盟将会形成"对于德国来说非常困难的处境"。

他看到的解决方法是从等式中去掉苏联，从而保护东侧。对苏联的战争也将实现他自二十世纪二十年代以来长期念念不忘的要事：粉碎布尔什维克主义，获得"Lebensraum"，即他珍视的"生存空间"。

将军们仍然担心双线作战的危害，避免这种情况一直是希特勒战略思想的基本原则，但现在他似乎把忧虑丢到了一边。与跨越海峡入侵英国相比，对苏作战似乎要容易些，它将是他的部队迄今表现得极为擅长的那种战役。希特勒预测，最惨烈的战斗将在六周内结束，但他强调，必须尽快对苏联发动进攻。拖延的时间越长，斯大林就会有越充分的时间加强军力。

与此同时，为阻止丘吉尔干预，他下令戈林加快空中战役。"决定性的是，"他说，"空袭应持续不断。"对德国空军最终实现承诺，凭借自身逼迫丘吉尔谋求和平，他仍抱有希望。

戈林制订了一个新计划。他仍会大力打击伦敦，但同时也将其他城市中心作为打击目标，意图摧毁它们，以此瓦解英国的抵抗。他亲自选择了目标，并将第一次进攻的代号命名为"月光奏鸣曲"，戏谑地使用了贝多芬一首令人难忘的钢琴曲的俗名。

在皇家空军后来的一份报告中，他准备发动的这场袭击将被描述为空战史上的一座里程碑。"有史以来，"该报告称，"空军力量首次被大规模地用于打击一座小型城市，确保它彻底毁灭。"

五十六　青蛙演说

在契克斯，尽管夜幕已深，丘吉尔还是立即开始了口授。他的计划是：通过 BBC 在伦敦内阁战情室的新广播室，用英语和法语直接对法国公众讲话。令丘吉尔感到不安的是，维希政府控制的未被占领的法国地区，可能会将自己的武装力量与德军正式结盟。他希望向法国各地的人民、法国殖民地的人民保证英国完全站在他们一边。他希望激起他们的抵抗行动。但目前，他无法提供更多的东西，这让他非常沮丧。他提议由自己来撰写法文讲话稿。

他手上没有提纲，口授得很慢。哈巴狗伊斯梅和他在一起，对早睡的期待已经破灭。丘吉尔说了两个小时，一直说到星期日早上。他通知信息部，他计划第二天，十月二十一日星期一的晚上发表广播讲话，共二十分钟——十分钟法语，十分钟英语。"做好一切必要准备。"他指示道。

星期一，还在契克斯的时候，他继续加工讲话稿，同时专心起草法语版本，但他发现这一工作比预期的难。信息部向契克斯派出了一位精通学院式法语的年轻工作人员来翻译文本，但那人毫无进展。根据当天在契克斯值班的私人秘书约翰·佩克所说，他被"吓坏了"。这位翻译发现，面前的首相一再改变主意，正再次尝试起草自己的法语文本，并对此极为固执。年轻人被送回了伦敦。

信息部又派来一个翻译，米歇尔·圣德尼。"一位迷人的、慈祥的、真正能讲两国语言的法国人……我们在 BBC 找到了他。"佩克这样说。丘吉尔对此人有目共睹的专业能力表示了认可，他的态度缓和了。

丘吉尔这时开始称这篇讲稿为"青蛙演说"，"青蛙"是法国人并不乐意接受的一个绰号。这次演说重要到丘吉尔竟然做了排练。通常情况下，这会引发丘吉尔倔强的孩子气，但让翻译员圣德尼大为宽慰的是，他遇到的是一位宽容并在多数情况下听话的首相。丘吉尔在某些法语的发音技巧上有些困难，尤其是发"r"音时，但圣德尼发现，他是个好学的学生，圣德尼后来回忆道："他很喜欢一些词的风味，仿佛是在品尝水果。"

丘吉尔和圣德尼驱车前往伦敦。这次讲话现在定于当晚九点进行。这是 BBC 通常的新闻时段，保证了丘吉尔在英国和法国会拥有大批听众，而通过非法的无线电台，他在德国也会收获颇丰。

丘吉尔身穿浅蓝色防护服，离开唐宁街十号前往战情室，身后跟着工作人员和圣德尼，此时，一次空袭正在展开。这段步行在平时会相当愉快，但德国空军看来又将政府大楼设定成了目标。探照灯光柱撕开夜空，明晃晃地凝聚在上方的轰炸机留下的轨迹上。高射炮火力齐开，有时是单响，有时是每秒两轮的清脆连射。炮弹在高高的空中爆炸，钢铁碎片呼啸着，撒向下方的街道。丘吉尔轻快地走着，翻译小跑跟上。

在 BBC 的广播室内，丘吉尔做好了讲话的准备。房间狭窄，里面只有一把扶手椅、一张桌子和一个麦克风。翻译圣德尼应该向听众介绍他，但发现自己没地方坐。

"坐我腿上吧。"丘吉尔说。

他身子靠后，拍了拍大腿。圣德尼写道："我把一条腿塞到他的两腿之间，接着就一半坐在椅子扶手上，一半坐在他膝盖上。"

"法国人民！"丘吉尔开始了，"在长达三十年的战争与和平的岁月中，我与你们并肩前行，而现在，我仍然在同一条路上继续迈进。"英国也遭到了袭击，他说的是夜间空袭。他向听众保证："我们的人民毫不气馁，决不妥协。我们的空军早已站稳了脚跟。我们正等待着期待已久的入侵。英吉利海峡中的鱼也在等待着入侵者的尸体。"

接着，他恳求法国人民鼓起勇气，不要阻碍英国战斗，让事态进一步恶化——这里显然指的是达喀尔。希特勒才是真正的敌人，丘吉尔强调道，"这个邪恶的家伙，这个仇恨与失败的可怕怪胎，他决心消灭整个法兰西民族，瓦解法兰西民族的整个生命和未来"。

丘吉尔呼吁法国人民起来抵抗，包括在"所谓未被占领的法国领土"上，这是对维希政府所统治领土的另一种叫法。

"法国人民！"丘吉尔大声疾呼，"趁时间还来得及，重新武装你们的精神。"

他承诺，他与大英帝国将永不放弃，直至希特勒败亡。"那么，祝你们晚安，"他说，"好好睡一觉，为早晨积攒力量。因为黎明终将到来。"

在契克斯，玛丽怀着无比自豪的心情倾听着。"今夜爸爸对法国发表讲话，"她在日记中写道，"如此坦率，如此激励人心，如此高尚与温柔。"

"我希望，他的声音传达给了许多法国人。它的力量与丰富内容将给他们带去新的希望与信念。"她心情激荡地用法文把《马赛曲》的副歌部分歌词写进了日记，"武装起来，公民们！"

"亲爱的法国，"她最后写道，"——起来，拿出配得上你们最崇高歌曲的伟大与光荣，为了正确的事业第二次流血——为了自由！"

在内阁战情室，当广播结束的那刻，房间里一片寂静。"谁也没有动，"翻译圣德尼回忆道，"我们都被深深地感动了。然后丘吉尔起身，眼睛里满含泪水。"

丘吉尔说："我们今夜创造了历史。"

一周后的柏林，戈培尔在晨会开始时哀叹，似乎"越来越多的"德国公众正在收听BBC。

他下令"严厉处罚违法收听广播者"，并告诉宣传副官，"每个德国人都必须清醒地意识到，收听这些广播是严重的蓄意破坏行为"。

结果，根据从被俘的德国空军飞行员那里收集的情报，皇家空军总结的一份报告称，这项禁令"长期来看效果适得其反，它引发了人们无法抗拒地想去收听的冲动"。

五十七　产卵器

十一月五日，大选之夜，大西洋两岸都很紧张。早些时候发给待在纽约海德公园家中的罗斯福的报告表明，威尔基的表现超出预期。但到了夜里十一点，罗斯福显然将会胜出。"看来没问题了。"他对聚集在他家草坪上的人群说。最后的计票表明，他以不到十个百分点的优势赢得了普选。然而，却以四百四十九比八十二的压倒性优势赢得了选举人团的投票。

这一消息让整个白厅喜气洋洋。"自战争开始以来，这是发生在我们身上最好的事。"哈罗德·尼科尔森写道。"我要感谢上帝。"他在听到这一结果后说，"我的心就像小三文鱼一样欢欣雀跃。"国内情报处报告，在整个英格兰与威尔士，这一结果"得到了势不可挡的满意的回应"。

玛丽·丘吉尔在契克斯写道："光荣哈利路亚！！"

随着罗斯福连任，期盼的报偿——美国全面参战——似乎大大接近了。

丘吉尔比以往任何时刻都更需要帮助。财政大臣如今通知他，英国很快将会无力支付武器、食品和其他赖以生存的物资。

丘吉尔向罗斯福发出了一封辞藻华丽但颇有些虚情假意的祝贺电

报，他在信中坦言，他曾为罗斯福获得胜利祈祷，并对结果满怀欣慰。他写道："这并不意味着我有其他什么寻求和期待，我只希望您能对眼下危在旦夕的世界问题进行全面、公正与自由的考量，我们两国必须对此履行各自的职责。"他声称只期待能够交流对战争的看法。"只要世界上还有一个群体在使用英语，目前发生的事就不会被忘记。在表达我对美国人民再次对您委以重任的欣慰之情时，我必须公开表明我的信念——指引我们前进的明灯必将带着我们所有人安全地抵达彼岸。"

罗斯福既未确认收到这封电报也未答复。

这让丘吉尔感到受伤和担心，尽管他不愿意为此做任何事情。最终，差不多在三个星期之后，他给驻华盛顿大使洛西恩勋爵发了一封电报，带着受冷落的献媚者的戒备心理，小心翼翼地提到了这个问题。他写道："请你以极为谨慎的方式为我询问一下，总统是否收到了我对他连任的祝贺，或许它已经被潮水般的竞选祝贺淹没。如果情况并非如此，我想知道我的电报中是否有任何冒犯，或者让他难以接受的地方。"

他补充道："欢迎提出建议。"

至少，教授提供了一些好消息。在一九四〇年十一月一日发给丘吉尔的备忘录中，教授报告说，皇家空军面向德国轰炸机投放了系在降落伞上的空中雷，在第一次操作测试中，他的空中雷终于围捕了一个猎物。

雷达追踪到这架德国轰炸机落入了飘动的降落伞幕布中，就在这时，飞机的雷达回波消失了，"而且没有再出现"。林德曼认为这是成功的证据。

然而，他确实注意到，被他戏称为"产卵器"（借用昆虫或鱼类的生物学术语）的空中雷释放装置出现了一处故障，导致一枚空中雷在投放它的皇家空军飞机的机舱里爆炸，给乘员们带去了一定程度的惊慌，但除此之外未造成"严重损失"。

不过，教授还是担心这会给空军部原本就对这一武器怀有的偏见造成影响，他希望得到丘吉尔继续支持研究的保证。他写道："我相信，它们经历这么多年取得了一个看起来如此良好的开端，计划立即展开的后续试验不会因这次可能性很低的事故受到阻碍。"

丘吉尔对这种武器和对教授的信心从未动摇。

与此同时，教授似乎决心进一步激怒空军部。十月下旬，他就另一项让他痴迷的东西致信丘吉尔：德国的导航波束。教授将发展用于阻塞与偏转这些波束的电子对抗措施视为英国防务至关重要的一环，而他认为空军部在开发与部署所需的技术方面拖了后腿。他向丘吉尔抱怨。

丘吉尔再次展开"权力中继"，他立即着手处理此事，并把教授的备忘录转发给空军参谋长查尔斯·波特尔，后者随即上报了已经完成的一切，包括干扰设备的开发，以及沿着波束路径安置蒙骗德国飞行员投掷炸弹的诱饵火焰。这些火焰因从夜空中望见的形貌被叫作"海星"，根据落到火焰附近空地上的炸弹数量来看，它们卓有成效。在一个引人注目的例子中，朴次茅斯郊外的诱饵火焰吸引了一百七十枚高爆弹和三十二枚降落伞雷。

波特尔明显带着怒气，但又顾忌教授与首相的特殊联系，他写道："林德曼教授在备忘录中暗示，我们未能以尽可能快的速度推进针对德国波束系统的无线电对抗部队。我可以保证情况并非如此。"波特尔说，这一行动"被给予了最高优先级"。

教授也给哈巴狗伊斯梅增添了额外的工作，而后者作为丘吉尔的军事参谋长，已经满载负荷，似乎也感到了压力。这份额外工作也与导航波束有关。

十一月六日夜里，被认为精于沿波束飞行的德国空军诡秘 KGr 100 部队，有一架轰炸机落入了英吉利海峡沿岸英国一侧邻近布里德波特的海中，其落点距离海岸极近，且机身基本上完整无缺。根据皇家空军发给林德曼的一份关于该事件的情报报告，一支海军打捞队本打算在还很容易打捞的时候获取这架轰炸机，但陆军官员声称这是他们的管辖范围，"结果陆军没有为挽救它做任何尝试，狂暴的海浪很快毁掉了飞机"。教授确保丘吉尔得知了这场灾难。在一份随皇家空军报告提交的便条上，他轻蔑地写道："军种之间的无谓争端让我们错失了这架飞机，错失了第一次把握住这种飞机的机会，这实在非常可惜。"

丘吉尔迅速就这一问题给哈巴狗伊斯梅发了一份私人备忘录，其中说道："请务必提出建议，确保将来能采取直接行动，保障一切可能从降落在本国或相邻海岸的德国飞机上获取的信息和设备，谨防此类罕见的机会因部门之间的争端而丧失。"

自然，这让伊斯梅原本沉闷的一天变得极为难忘。他把这份备忘录转发给参谋长们，敦促他们检讨对被击落敌机的现有处理规程。伊斯梅告诉丘吉尔，这一损失源于"对这些命令愚蠢而生硬的理解"。他向丘吉尔保证，正在发出的新指示将保证被击落敌机得到最高程度的重视。他最后指出，皇家空军最希望抢救的那台无线电装置，最终被海浪从残骸中冲了出来，现已被重新掌握。

这架飞机最初迫降的原因是在尖锐的交锋中丢失了。得益于教授的持续督促，R. V. 琼斯博士和皇家空军第八十空军联队无线电对抗部队敏锐的注意力，以及对被俘德军飞行员的巧妙审讯，皇家空军此时已经知道了德国空军用于导航的 X 系统的存在，这让他们能制造代号为"溴化物"的发射机对 X 系统发出的光束重新定向，实现"信标干扰"。第一台这样的发射机已经在这架德国轰炸机迫降五天前安装完毕。

这架轰炸机的机组成员在夜里飞过重云遮蔽的天空，本期待接收到特定的导航波束，沿着它跨越英格兰和威尔士之间的布里斯托尔湾，然后到达目的地，伯明翰的一座工厂，但他们无法找到信号。在能见度极差又没有导航波束的情况下继续行动纯属莽撞，于是飞行员决定改变计划，转而轰炸布里斯托尔的造船厂。他希望降到云层之下，找到视觉地标以确定新航线。但云幕的高度非常低，云层下面因天色昏暗和坏天气能见度极差。飞行员汉斯·莱曼意识到他已经迷路了。

然而没过多久，无线电报务员开始收到布列塔尼海岸圣马洛的德国空军标准无线电信标。莱曼决定转向，用这一信号作为引导返回基地。他到达圣马洛时报告了自己的位置和正在追寻的航线。与标准操作不同的是，他既没有得到信息已被收到的确认，也没有得到通常的着陆指令。

莱曼继续飞行并开始降低高度，希望很快能看到下面熟悉的地形，但看到的只有海水。他假定自己已经飞过了机场，于是转头再度接近。油量此时已经很低了。他的轰炸机已经升空、迷航了八个多小时。莱曼清楚，他现在唯一的选择就是在法国海岸迫降。由于能见度太差，飞机降落在距离海岸不远的海上。他和两位乘员总算到达了陆地，但第四位乘员未能出现。

莱曼认为自己踏上了法国的土地，或许在比斯开湾。但实际上，他的飞机迫降在英格兰的多塞特海岸附近。他误以为是圣马洛导航点的地方，其实是皇家空军一座信标干扰站发送的遮盖信标，该站位于英格兰萨默塞特的坦普尔库姆村，布里斯托尔以南三十五英里处。

莱曼和其他组员很快就被活捉，他们被送往伦敦外的一处皇家空军审讯站，在那里，空军情报员兴奋地得知他们隶属于神秘的 KGr 100 编队。

五十八　我们的特别来源

英格兰的天气恶化了。狂风卷过大地，搅怒了周围的海水，这让德国军队的两栖登陆看上去越来越不可能实现。来自布莱奇利园——空军部官员只会称它为"我们的特别来源"——的情报碎片暗示，希特勒可能已经推迟了他计划的海狮行动。然而，德国空军持续以夜间空袭打击着伦敦，且轰炸范围似乎正扩张至英国的其他地方。显然，有些新情况正在酝酿，其含义令人不安。伦敦已经证明自己能够经受每夜空袭的考验，但随着越来越多的人伤亡，越来越多的人在自己家中遭受轰炸，这个国家的其他地方将会怎样呢？

德国空军新行动的一些细节开始受到关注。十一月十二日星期二，情报官员们在一间装有隐藏麦克风的房间里监听了一位新近被俘的德国飞行员与另一位战俘的谈话。"他相信，"军官们报告说，"伦敦已经爆发了骚乱，白金汉宫已经被袭击，'赫尔曼'"——指德国空军总司令赫尔曼·戈林——"认为的心理最佳时刻已经到来，一次特大规模空袭将在本月十五日至二十日间的满月前后发动，遭到打击的城市将是考文垂和伯明翰。"

这位战俘描述的场景令人恐惧。为了这次空袭，德国空军计划调集一切能用的轰炸机，并使用每一条导航波束。飞机将携带一百一十磅的"呼啸"炸弹。根据报告，这位战俘说，轰炸机将集中摧毁工人阶级的街区，那里的居民据信已处于起义边缘。

这份报告提示道，这位新战俘未必非常可靠，建议谨慎对待他的言论。报告称，促使空军情报处现在转述它们的原因是，那天下午他们从特别来源得到的信息表明，德国人正在计划"一次规模庞大的空袭"，其行动代号为"月光奏鸣曲"。特别来源相信，敌方目标并非考文垂或者伯明翰，而是伦敦。空袭可能发生在三天后，即十一月十五日星期五的月圆之夜，届时德军将动用多达一千八百架飞机，包括精英引火部队 KGr 100 的轰炸机，他们的燃烧弹将进一步照亮目标。一个表明这次空袭之重要的迹象是，戈林计划亲自指挥这次行动。

如果这一切都是真的，这便是自战争开始以来，民防官员们一直预计会发生并惧怕的大规模毁灭性空袭的魔影，即丘吉尔所说的空中"盛宴"。

空军部分发了一份"备忘单"，官员们在上面提出了自己对于迄今所知的各项情报的想法。在一份标志着"最高机密"的单子上，一位空军联队指挥官写道：确切的轰炸时间很可能以那天下午 KGr 100 轰炸机的一次飞行为标志；他们的目的将是核查选定目标地点的天气条件，并确保导航波束的定位正确。他指出，"奏鸣曲"这个词本身或许具有某种含义。在音乐中，传统的奏鸣曲由三个部分组成。这说明，这次空袭或许将分成三个阶段进行。确切的目标尚不清楚，但拦截的指示表明，德国空军选择了四个可能的区域，其中包括伦敦。

现有信息的可靠度已足以让空军部的官员们开始计划应对措施。一项意在对德国空袭泼"冷水"的对抗措施开始成形，其代号恰如其分，就叫"冷水行动"。一位官员提议，从英国公众的角度来看，最佳应对措施是皇家空军针对德国的某个目标发动一次大规模空袭。他建议对鲁尔河沿岸的目标或柏林本身实施一次"大爆炸"，并建议给炸弹装上德国"耶利哥号角"的皇家空军版本，让每枚炸弹在下落过程中都发出尖叫。他指出："我们的炸弹的哨子已经运到了仓库，装在这次使用的二百五十磅和五百磅炸弹上不会有任何问题。如果想让大爆炸能够达到最佳心理效果，我们建议应该这样做。"

冷水行动还需要皇家空军于七月建立的新对抗中队，第八十空军联队，尽其所能地扰乱德国人发射的导航波束。两架配备着特别装置的轰炸机将沿着从瑟堡发出的波束往回飞行，对发射机实施轰炸。它们将知道自己已经飞临目标上空，因为此前的电子侦察已经表明，波束会在发射机正上方消失。皇家空军称这一无信号区为"寂静带""截止点"，以及"静锥区"。

德国可能发动袭击的消息现在还没有向丘吉尔透露。

星期三晚七点，空军情报处向皇家空军指挥官们提供了从特别来源得到的有关"月光奏鸣曲"的新消息，它证实了空袭确实将分为三个部分，尽管还不清楚它们是一天夜里的三个阶段，还是分别在三天夜里实施。特殊来源提供了其中两部分的代号，第一部分叫"雨伞"，第二部分叫"月光小夜曲"。第三部分的代号还不知道。皇家空军最高级别的人物之一——空军副参谋长威廉·肖尔托·道格拉斯认为，德国人不会计划连续三晚空袭："哪怕最乐观的德国佬也不会认为能连续三天遇上好天气吧？"

通常，有关德国军队日常行动的消息不会发给丘吉尔，但考虑到这次空袭的规模预计会如此之大，十一月十四日星期四，空军部为首相准备了一份特殊的"最高机密"备忘录。它随后被放进了丘吉尔用于保存最高机密信息的黄色公文箱里。

人们相信，在第二天十一月十五日星期五晚上之前，德国不会发动空袭，因为那时才几乎是飞行的最佳时刻，寒冷的天空万里无云，一轮满月照耀着苍穹下的景物，亮如白昼。

但事实很快便证明，这个假定并不正确。

星期四中午，科尔维尔向威斯敏斯特教堂走去，前首相内维尔·张伯伦上星期去世，他将在那里的葬礼上担任接待员。丘吉尔是护柩者之一，哈利法克斯也是。这里没有暖气，一枚炸弹此前又震碎了小教堂的玻璃。大臣们坐在唱诗席上。每个人都穿着大衣，戴着手套，但依旧冻得不行。小教堂并没有坐满，因为葬礼举行的时间和地点一直保密——这是一项谨慎的措施，科尔维尔指出，"因为一枚精准落下的炸弹将造成不可估量的后果"。

科尔维尔的目光落在信息大臣达夫·库珀的身上，他的脸上浮现着一种"漠不关心的神情，近乎轻蔑"。几位大臣唱起了赞美诗。没有防空警报的哭嚎，没有德国飞机出现在头顶。

那天下午晚些时候，在唐宁街十号，丘吉尔、探长、打字员以及他周末全班人马的其他人穿过后花园，坐上了他们通常乘坐的汽车；他们准备驱车前往乡村，这次去的是迪奇利庄园，丘吉尔在月圆之夜的住所。

就在出发前，这次周末轮值的私人秘书约翰·马丁把装有最高机密通讯文件的黄色公文箱递给丘吉尔，然后与他一起坐上后座。汽车以高速启动，沿林荫路向西行驶，路过白金汉宫，沿着海德公园的南部边界开去。开出几分钟后，丘吉尔打开公文箱，在里面发现了一份签着当天日期的秘密备忘录，用满满三页纸描述了一次可能迫在眉睫、代号"月光奏鸣曲"的德国空军行动。

这份报告进一步详述了空军情报处得知的信息和皇家空军计划的应对措施，提到了四个可能的目标地区，首先是伦敦市中心与大伦敦地区。报告称，伦敦看起来很可能是目标。

接着出现了备忘录中最让人不安的一句话："德国人将动用他们的全部远程轰炸机部队。"而且，"我们认为"这次空袭将由赫尔曼·戈林亲自指挥。情报"确实来自一个非常可靠的渠道"。丘吉尔当然知道，这个来源必定是布莱奇利园。

报告的后两页更让人满意，其中详细说明了皇家空军计划做出的回应，即冷水行动，并申明皇家空军轰炸机指挥部将效仿"以牙还牙政策"，动用轰炸机集中轰炸一座德国城市，可能是柏林，也可能是慕尼黑或者埃森，具体视天气情况决定。

此刻，丘吉尔和随从虽然在前往迪奇利的路上，但还没有出城，刚好路经肯辛顿花园。丘吉尔命令司机掉头。秘书马丁写道："当伦敦即将遭受猛烈轰炸的时刻，他不会在乡间安睡。"

汽车加速驶回唐宁街十号。这一明显的威胁如此严峻，丘吉尔命令女职员们在天黑之前离开，指示她们回家或者去"帕多克"，即多利士山加固过的紧急指挥中心。他让约翰·科尔维尔和另一位私人秘书约翰·佩克在唐宁街站，一座由伦敦客运局修建的豪华防空掩体过夜，丘吉尔偶尔住在那里。他称其为他的"洞穴"。科尔维尔没有反对。用科尔维尔的话说，他和佩克"放纵地"大吃了一顿，用通俗的话说，就是"非常痛快"。这座防空掩体储备的奢侈食物包括鱼子酱、哈瓦那雪茄、一八六五年的白兰地，当然，也有香槟：一九二八年的巴黎之花。

丘吉尔前往内阁战情室等待空袭。他可以做好许多事，但等待不在其列。他越来越不耐烦，最后带着哈巴狗伊斯梅爬上了附近的空军部大楼的屋顶等候空袭。

空军情报处最终确定了目标。这天下午，皇家空军无线电对抗部队的成员检测到了德国发射机从法国发出的新波束。监听德国通讯的无线电报务员拦截了预料中的德国空军提前侦察报告，以及来自凡尔赛一个指挥中心（这次空袭的指挥地）的信息。这些合起来提供了有力的证据，即"月光奏鸣曲"将于十一月十四日当天夜里开始行动，比情报机构最初的假定时间提早了一天。

傍晚六点十七分，日落之后大约一小时，第一批十三架德国轰炸机在莱姆湾越过了英格兰南部海岸线。这是些 KGr 100 编队的轰炸机，非常擅长追寻并沿着无线电波束飞行。为了给即将跟来的轰炸机照亮目标，它们携带了一万多枚特制燃烧弹。

晚上七点十五分，确实有几架飞机越过了伦敦上空，并在十分钟后再次飞来，触发了警报，把人们赶进了防空掩体。但这些飞机径直飞了过去，什么也没有发生，留下一座在月光笼罩下仿佛幽灵一般的寂静城市。事实证明，这只是声东击西，目的是让皇家空军确信，这次大规模空袭的目标确实是首都。

五十九　考文垂之殇

到星期四下午三点，皇家空军无线电对抗部队得知，德国导航波束的交叉点不在伦敦，而在将近一百英里外的考文垂，英国中部的军工制造中心。工业之外，考文垂最著名的是它的中世纪大教堂，以及传说中十一世纪戈黛娃夫人骑马的地方。据说有一个叫托马斯（Thomas）的市民违抗禁令偷看路过的伯爵夫人，由此产生"偷窥狂"（Peeping Tom）一词。不知什么原因，考文垂是预定目标的消息并没有传递给丘吉尔，他正在空军部大楼的屋顶上焦急地等着。

皇家空军无线电对抗部队竭力测定确切的频率，以干扰或扭转锚定这座城市的导航波束。可供使用的干扰发射机只有几台，而现在空中到处都是看不见的波束。一条波束刚好穿过伦敦西面的温莎城堡，让人担心德国空军可能已经把王室当作了目标。一条警告发往城堡。被派往城堡警戒的防空警备处官员们走上城垛，仿佛是在等待一场中世纪的攻城战，他们很快就看到了头顶飞过的轰炸机，在近乎满月的衬托下，那一团团黑色的影子似乎无穷无尽。

没有炸弹落下。

下午五点四十六分，考文垂进入灯火管制时间，下午五点十八分已经升起的月亮此时高挂天空，清晰可见。市民们拉上了百叶窗和窗帘，火车站的灯都熄灭了。天天如此。不过，即使在灯火管制期间，街上仍有灯光。月光皎洁，天空特别明朗。在一家兵工厂里做工具管理员的伦纳德·达斯科姆，在上班的路上意识到月亮特别亮，月光"在屋顶上熠熠生辉"。另一个人注意到，月亮让他的汽车前灯变得很多余。"那真是一个奇妙的夜晚，月光亮得几乎可以读报纸。"他说。外号"杰克"的约翰·莫斯利刚当上市长不久，他女儿露西·莫斯利回忆道："外面确实异常明亮，无论过去还是以后，我几乎从来没有在十一月见到这么明亮的夜晚。"就在莫斯利一家在晚上安歇下来的时候，家里有人说这是"一轮大大的、非常可怕的'轰炸机之月'"。

晚上七点零五分，防空警备处的一条信息到达当地民防指挥室，公布"空袭黄色警报"。这意味着已经发现向考文垂飞来的敌机。随后收到"空袭红色警报"，这是拉响防空警报的信号。

考文垂过去经历过空袭。这座城市从容地应对过。但是，正如许多居民后来回忆的那样，星期四这天晚上让人感到大不相同。信号弹突然出现在空中，在降落伞下飘荡，让已经被月光照耀的街道更加明亮。七点二十分，伴随着一位目击者所描述的"暴雨一般的唰唰声"，燃烧弹开始下落。有些燃烧弹似乎是新品种，不仅能够点火，还能爆炸，让易燃物向四面八方飞溅。一些高爆弹也同时落下，包括五枚四千磅重的撒旦，显然是为了摧毁供水系统，让消防队无法工作。

随后，当飞行员在上空"燃放火焰"时，高爆弹如同雨点般倾泻而下。他们还投下了降落伞雷，总共一百二十七枚，其中二十枚未能爆炸，有些是因为故障，有些是因为安装了德国空军似乎很喜欢使用的延时引信。"空中到处是嗒嗒的枪声、炸弹的呼啸声和爆炸时可怕的闪光和巨响，"一位巡警回忆道，"天空中似乎布满了飞机。"空袭来得如此突然又如此猛烈，基督教女青年会旅馆中的一群女人没时间逃进附近的防空掩体。一位女子写道："生平第一次，我知道了什么叫吓得发抖。"

炸弹击中了几个防空掩体。因为担心弄伤幸存者，几队士兵和防空警备处人员用手扒开瓦砾堆。一处避难所显然被直接命中的炸弹摧毁了。"一段时间后，我们挖到了躲在避难所里的人们，"一位救援人员写道，"有些已经身体冰凉，有些尚有余温，但他们都死了。"

一枚炸弹落在伊夫林·阿什沃思博士和她两个孩子藏身的掩体附近。首先出现的是"响亮的碎裂声"，她写道，然后是爆炸声，"然后，大地的一阵波动摇撼着掩体"。爆炸的气浪吹开了掩体的门。

她七岁的孩子说："差点把我的头发吹掉了。"

她三岁的孩子说："差点把我的脑袋吹掉了！"

在一家城市医院里，哈里·温特医生爬到了屋顶，帮忙在燃烧弹把医院点燃之前将它们扑灭。"我几乎无法相信自己的眼睛，"他说，"医院的庭院四周有数百枚燃烧弹发着光，就像一棵巨大的圣诞树上闪烁的灯火。"

在这座建筑物里面，产房中的孕妇被安置在床下，床垫遮盖着她们的身体。有位病人是受伤的德国飞行员，正住在顶层的病床上疗养。"炸弹太多了——时间太长了！"他呻吟着，"炸弹太多了！"

伤员开始来到医院。温特医生和外科医生同仁们在三间手术室里工作。多数伤员是肢体受损和严重的撕裂伤。"然而，炸弹撕裂伤的复杂性在于，表面伤口看似很小，伤口下面却受损严重，"温特医生后来写道，"所有东西都搅在一起。只缝合表面伤口而不进行大型切开手术根本没用。"

在另一家医院里，一位正在接受训练的护士发现自己正面对旧日的恐惧。"受训期间，我一直担心要在截肢手术后拿着哪位病人的断肢，总设法在有截肢手术的时候不用当班。"她写道。但这次空袭"把这一切都改变了，我没时间这么神经质了"。

现在，这座城市要承受的是被许多人认为最严重的创伤。燃烧弹像撒盐似地散落在这座城市著名的圣迈克尔大教堂的屋顶和庭院里，第一拨大约在八点落下。其中一枚落在屋顶的铅板上。火焰烧穿了金属，然后，熔化的铅水流到内部的木头上，把木头也点燃了。目击者呼叫消防车，但消防车全都在忙着和遍及全城的大火搏斗。第一辆消防车在一个半小时后，从十四英里外的索利哈尔镇赶到大教堂。消防队员眼睁睁地看着燃烧，什么都干不了，因为一枚炸弹炸碎了一条关键的总水管。一个小时后，水终于流出来了，但水压很低，而且很快变小，直至消失。

当火势不断变大，开始吞噬圣坛、小教堂以及屋顶沉重的木梁时，教堂职员们冲了进去，尽其所能地抢救一切——挂毯、十字架、烛台、圣饼盒、耶稣受难像——以庄严的队伍把它们送进了警察局。当橙色的拳头状火柱吞噬了大教堂里汉德尔弹奏过的那架古老的管风琴时，教区长 R. T. 霍华德牧师站在派出所的门廊前看着它燃烧。"整个内部成了一团翻腾的烈焰，熊熊燃烧的大梁、木材堆在一起，古铜色的浓烟穿透它们升腾而起。"霍华德写道。

考文垂的其他地方看来也起火了。国土安全大臣赫伯特·莫里森当时正在远处的一座乡间宅院里做客，他注意到火光在三十英里外都清晰可见。一名在这次空袭后不久便被击落的德国飞行员告诉皇家空军审讯员，在返程途中飞过伦敦上空时，他还能看到一百英里外的火光。在考文垂以西八英里的巴尔萨尔卡门村，日记作者克拉拉·米尔本写道："当我们走出房子时，探照灯正在探测晴朗的天空，星辰看上去很近，天空如此纯净，月光如此明媚。我从未见过如此辉煌的夜晚。一拨又一拨的飞机飞过，猛烈的炮火随之而来。"

整整一夜，十一个小时，轰炸机不断到来，燃烧弹和炸弹不断落下。许多目击者提到，如果不问原因，火焰中飘出的熟悉气味会让人感到舒适。一家烟草店烧了起来，周围区域都弥漫着雪茄和烟丝燃烧的气味。一家着火的肉店散发出烤肉的香味，让人想到传统的星期日晚上"烤肉"的舒适生活。

炸弹一直落到第二天清晨六点十五分。灯火管制于七点五十四分结束。月亮还在明朗的黎明天空中闪耀，但轰炸机已经离去了。大教堂现在是一片废墟，熔化的铅水仍在从屋顶滴落，烧焦的木材片不时松动，落到地面上。整座城市里，最常听到的是碎玻璃在人们鞋底嘎吱作响的声音。一位新闻记者说玻璃"实在太厚，放眼看去，就好像街道上面覆盖着冰"。

恐怖的场景现在来了。阿什沃思博士说她见到了一只狗沿着街道奔跑，"嘴里叼着一条孩子的胳膊"。一位名叫 E. A. 考克斯的男子在弹坑旁见到了一具无头男尸。在别处，一颗地雷爆炸后留下了一堆烧焦了的躯体。尸体运进了一个临时停尸房，最多每小时运达六十具，这里的殡葬业者必须处理一个他们很少被迫面对的问题：尸体损坏严重，很难辨认。百分之四十至五十的尸体被归为"因受损而无法辨认"。

基本完好的尸体上被贴上了行李标签，说明是在哪里发现的，并在可能的情况下标明其身份，然后分层堆放。幸存者被允许走进去寻找失踪的亲友，直到一枚炸弹击中了邻近的天然气储藏装置，造成爆炸，掀开了停尸房的屋顶。下雨了，雨水模糊了行李标签上的字迹。辨认过程如此恐怖、如此徒劳，有时三四个人辨认同一具尸体，访问只好停止，并通过检查从死人身上搜集的个人物品确定身份。

停尸房外贴出了告示，上面写着："我们非常遗憾地宣布，由于停尸房承受的压力，亲属暂时无法查看遗体。"

比弗布鲁克勋爵急忙赶到了这座城市，他不愿意被人觉得又没有亲临灾难性打击的现场。他的到访没有得到热烈欢迎。他专注于恢复空袭中受损工厂的生产。在与官员们的一次会议上，他尝试了一点丘吉尔式修辞。"皇家空军的根扎在考文垂，"他说，"如果考文垂的生产被摧毁，这棵树将失去活力。但如果这座城市能够从灰烬中站起来，这棵树就能够继续成长，长出新的叶子和枝条。"据市长的女儿露西·莫斯利说，他目睹破坏时流下了眼泪，但只是"突然地"流出。她写道：眼泪没有价值。比弗布鲁克为了最大生产量曾经威吓这些工厂，而现在，城市的大部分成了废墟。"他曾经要求考文垂的工人们尽自己最大的努力，"莫斯利写道，"但他们从中得到了什么？"

同样到来的国土安全大臣赫伯特·莫里森遭到谴责，称他未能更好地保护这座城市，并且德国轰炸机一路上都没有遭遇皇家空军的阻挡。确实，尽管皇家空军这天晚上出动了一百二十一架次飞机，动用了几十架装有空对空雷达的战斗机，但只报告了两起"交战"，而且并未击落任何轰炸机，这又一次突显出仍未得到解决的夜间作战难题。冷水行动得到了实施，但收效甚微。英国对法国的机场和柏林的军事目标展开了空袭，但自己也由此损失了十架轰炸机。皇家空军无线电对抗部队，第八十空军联队，使用干扰器和波束偏转发射机改变和转移了德国波束的方向，但收效甚微，空军的一份分析报告认为："由于这天夜里如此晴朗和明亮，无线电导航设备并非必不可少。"该部队的一对轰炸机确实成功追踪两条德国波束，找到了德军位于瑟堡的国内发射机并让它们无法运行。然而，皇家空军还是未能击落任何敌机，这让空军部向战斗机司令部发了一份愤怒的电报，质问他们，为什么"天气晴朗，月光明亮，出动了大量战斗机"，拦截的数量却寥寥无几？

国王在星期六上午突然造访，这座城市对他的欢迎要热烈得多。市长莫斯利直到前一天晚些时候才知道这即将到来的荣誉。他妻子正忙着收拾家里的个人物品，以便搬到城外亲戚家，听到这个消息后，她的泪水夺眶而出。但这并不是喜悦的泪水。"哦天啊！"她喊道，"难道他不明白，即使他不来，我们这边也够乱了，要做的事情也够多了吗！"

国王先是在正式会客厅里会见了市长，这里现在只有插在啤酒瓶口的蜡烛照明。然后，在其他官员的陪同下，二人出发巡视破坏情况，没过多久，在没有事先预告的情况下，国王出现在那些最寻常的地方。在某一站，一群疲惫不堪的老人惊呆了，他们跳起来高唱《天佑国王》。在另一个地方，一名邋遢、疲倦、仍然头戴安全帽的工人坐在马路边小憩，结果抬头看到一伙人从街上走来。当他们路过的时候，显然是这批人首领的那人说了声"早安"，并向他点了点头。直到他们继续走过，马路边上的男人才认出那是国王。"我吓了一跳，目瞪口呆，惊愕不已，倍感冲击，我甚至都无法回话。"

在大教堂，国王被介绍给了教区长霍华德。"国王的到来完全出乎我的意料。"霍华德写道。他听到了欢呼声，看到国王从教堂南端的一道门走了进来。霍华德迎接他。他们握手。"我和他站在一起，看着废墟，"霍华德写道，"他表现出的全是强烈的同情与悲痛。"

星期五下午，大众观察组织的一个研究小组来到这里，这些在记录空袭影响方面有着丰富经验的研究员在随后的报告中写道，他们发现了比过去两个多月见到的空袭影响"更明显的歇斯底里、惊骇恐惧、神经衰弱的迹象"。"星期五，占绝对主导的情绪是人们全然无助的感觉。"这些研究人员注意到了一种错乱与压抑的普遍情绪，"城市中的错乱几乎到处都是，这让人们觉得，城市本身被杀死了"。（报告原文使用斜体。）

为遏制空袭引起的汹涌的谣言，星期六晚九点，二十九岁的大众观察组织理事汤姆·哈里森，被邀请到 BBC 首要的新闻时段"国内服务"讲述他在这座城市的所见所闻。

哈里森告诉听众："最奇怪的景象是大教堂。两端那些大窗户光秃秃的框架仍有种美感，但此间的砖头、柱子、大梁和牌匾乱得一塌糊涂。"他提到了星期五晚上城市里的那种绝对寂静，当时他正开着车在城里四处查看，在炸弹坑和成堆的碎玻璃之间穿行。那天夜里他就睡在车上。他说："在那座了不起的工业城镇里，行驶于一片孤独、寂静的荒凉和迷蒙的细雨中，我想这是我一生中最奇异的经历之一。"

在十一月十八日星期一丘吉尔的战时内阁会议上，这次广播成了一个认真谈论的题目。陆军大臣安东尼·伊登（即将成为外交大臣）称其为"最压抑的一次广播"。其他人同意他的看法，并且怀疑这可能会打击士气。然而，丘吉尔认为，总的来说这次广播并没有多少负面影响，而且，因为它吸引了美国听众对空袭的关注，所以甚至可能还有积极作用。事实证明，纽约的情况确实如此，那里的《先驱论坛报》将这次轰炸描述为一次"疯狂的"野蛮行为，声称："美国应该不遗余力地帮助英国抵抗。"

在德国，高级官员们对考文垂大轰炸的曝光丝毫未感到惊恐。戈培尔称其为"非凡的成功"。他在十一月十七日星期日的日记中写道："来自考文垂的报道令人震惊，整个城市几乎被一扫而光。英国人再也不能假装无事了，他们现在能做的只有痛哭。但这是他们自找的。"他完全不觉得这次空袭引起全世界的关注有什么不好，实际上，他还认为这次空袭可能标志着一个转折点。"这件事引起了全世界最大的关注。我们的行情再次看涨，"他在十一月十八日星期一的日记中写道，"美国的悲观情绪占据了上风，伦敦媒体上通常的傲慢腔调消失了。我们只需要几个星期的好天气，然后英格兰就将被彻底摆平了。"

德国空军总司令戈林称赞这次空袭为一次"历史性的胜利"。阿道夫·加兰的指挥官，空军元帅凯塞林赞扬它效果极佳。凯塞林认为大批平民的死不过是战争的代价而已，不值一提。"即使精确的轰炸也会带来令人遗憾的不可预测的后果，"他后来写道，"但这在任何武力袭击中都不可避免。"

然而，对有些德国空军飞行员来说，这次轰炸似乎越线了。"往常庆祝直接命中的欢呼噎在嗓子里，"一位轰炸机飞行员写道，"乘员们只是静静地凝视着下面的一片火海。这真的是一个军事目标吗？"

考文垂大轰炸令五百六十八名平民丧生，另有八百六十五人重伤。在戈林最终派来袭击这座城市的五百零九架轰炸机中，有些遭到了防空炮火的阻击，有些因为别的原因返航，实际参与行动的共四百四十九架。在超过十一个小时的时间里，德国空军乘员投下了五百吨高爆炸药和两万九千枚燃烧弹。空袭摧毁了两千两百九十四座建筑物，另外损坏了四万五千七百零四座，如此彻底的毁坏创造了一个新词，"考文垂式毁灭"，专用于描述大规模空袭的后果。皇家空军将考文垂作为标准，用来衡量轰炸德国城市时可能造成的整体伤亡，结果将被评定为"一考文垂""二考文垂"等等。

尸体实在太多，很多仍未被认领，这让市政官员禁止单独埋葬。为一百七十二名遇难者举行的第一场集体葬礼于十一月二十日星期三举行，三天后是为另外两百五十名遇难者举办的第二场。

没有公众呼吁向德国复仇。考文垂主教在第一场集体葬礼上说："让我们在上帝面前宣誓以后成为好朋友、好邻居，因为我们共同遭遇了这一苦难，也因为我们今天都站在这里。"

六十　分心

　　约翰·科尔维尔现在神魂颠倒。炸弹在落下，城市在燃烧，但他还有爱情生活需要兼顾。他一边忍受着被心心念念的盖伊·马杰森所疏远，一边发现自己越来越被十八岁的奥德丽·佩吉特所吸引。十一月十七日星期日，一个灿烂的秋日，他们两人在佩吉特家族哈特菲尔德园开阔的庭院里骑马，该地位于伦敦市中心以北大约一小时车程处。

　　他在日记里这样描绘那天下午："奥德丽和我骑着两匹精神抖擞的骏马，在灿烂的阳光下骑了两个钟头。疾驰穿过哈特菲尔德园，在树林和蕨草中慢行，疯狂地翻越原野和壕沟。从始至终，我发现自己很难把目光从奥德丽身上挪开，她苗条的身材、凌乱得甜美的头发和绯红的脸颊，让她看上去犹如林地里的仙女，可爱得仿佛不是来自现实世界。"

　　他感到难以取舍。他在第二天写道："实际上，如果我不爱盖伊，而且如果我认为奥德丽会嫁给我（她现在当然不会），我一点也不介意有一位如此美貌、如此活泼，我真心实意喜欢且仰慕的妻子。

　　"但是，尽管有着所有那些缺点，盖伊终究是盖伊，而且，在欧洲历史的这一时刻，即使我能够结婚，这样做也是愚蠢的。"

　　帕梅拉·丘吉尔与钱有关的焦虑越来越多。十一月十九日星期二，她写信给丈夫伦道夫，要求他每周多给她十英镑生活费（相当于今天的六百四十美元）。"随信寄上一份我在此处花销的概述，希望你能仔细看看，"她写道，"我不想表现得刻薄或可恶，但亲爱的，我试图尽可能节俭地经营你的家，照顾你的儿子，可我无法做做不到的事。"她罗列了家庭的一切开支，细到香烟和饮料的花费。这些几乎花掉了她从伦道夫和其他来源（即她的大姑子黛安娜付的房租和她从自己家庭得到的补助）得到的全部收入。

然而，这些只是她能够合理地准确预期的花销。她深深地忧虑着伦道夫的花销和他对酗酒和赌博的嗜好。"所以，试着把你在苏格兰的花销限制在每周五英镑吧，"她写道，"而且，亲爱的，你一定不会羞于说自己太穷而不能赌博吧。我知道你爱温斯顿宝宝和我，不会介意为我们做一点牺牲的。"

她提醒他，控制花销对他们来说是至关重要的事情。"当我总因为担心而犯愁时，我是不可能开心的。"她写道。如今，她已经对她的婚姻深感失望，但还没到不可挽回的地步。她缓和了一下语气。"哦！我亲爱的伦道夫，"她写道，"如果我不是这样深深地爱你、无可救药地爱你，我就不会担心了。谢谢你让我成了你的妻子，让我有了你的儿子。这是我生命中发生过的最美妙的事。"

周末在契克斯和迪奇利逗留为丘吉尔提供了宝贵的娱乐机会。它们将他带离了日益阴沉的伦敦街景，那里每天都有白厅的残片被焚烧或者炸飞。

迪奇利庄园是他月圆之夜的避难所。在迪奇利的一个周末，他和客人们在这座豪宅的家庭影院里看了一部电影：查理·卓别林的《大独裁者》。第二天深夜，筋疲力尽的丘吉尔落座时出现了误判，结果摔倒在椅子和软垫脚凳之间，屁股落地，双脚凌空。科尔维尔目睹了这一刻。科尔维尔写道："丘吉尔没有去维护自己虚假的尊严，而是把它当作一个纯粹的笑话连讲了好几次，'一个真实的查理·卓别林！'"

十一月三十日那个周末有两项特别受欢迎的娱乐活动。星期六那天，丘吉尔一家聚集在契克斯，庆祝丘吉尔的六十六岁生日；次日是帕梅拉和伦道夫·丘吉尔的新生儿温斯顿的洗礼仪式。这个孩子圆滚滚的，很结实，私人秘书约翰·马丁从很早开始就觉得"和他爷爷简直是一个模子里铸出来的"，这让丘吉尔的一个女儿取笑道："所以他们都是婴儿。"

首先他们去埃尔斯伯勒附近的教区小教堂举行洗礼仪式，克莱芒蒂娜经常光顾那里。这是丘吉尔第一次到访。三个女儿都来了，尽管玛丽喉咙疼；婴儿的四位教父教母也都来了，其中包括比弗布鲁克勋爵和记者弗吉尼亚·考尔斯，后者是伦道夫的一位密友。

整个洗礼过程中丘吉尔都在哭，时不时轻柔地说上一句："可怜的小家伙，生在如今这样一个世界里。"

然后他们回庄园吃午饭，就餐者包括丘吉尔一家、各位教父教母和教区牧师。

比弗布鲁克起身，提议为孩子祝酒。

但丘吉尔立即站起来说："因为昨天是我的生日，我要请你们所有人为我的健康喝第一杯。"

客人们幽默地抗议了一通，还有人喊道"坐下，老爸！"。丘吉尔坚持了一阵子，然后坐下了。在为婴儿祝酒之后，比弗布鲁克为丘吉尔举杯，称他为"世界上最伟大的人"。

丘吉尔再次落泪。人们要他起身回应。他站了起来。他说话时声音颤抖，泪如雨下。"在这些天里，"他说，"我经常想起我们的主。"他再也说不下去了。他坐下了，谁也没看——伟大的演说家被这沉重的一天压得静寂无声。

考尔斯发现自己被深深地感动了。"我永远不会忘记那些简单的话，即使他乐于坚持这场战争，但请记住，他同样理解它的极度痛苦。"

第二天，比弗布鲁克显然需要得到一点关注，他再次提出辞职。

十二月二日星期一，比弗布鲁克在乡间宅院切克莱庄园写下了这封信："独自待在这里，我有时间考虑我认为我们的政策需要采取的方向。"进一步分散飞机厂至关重要，他写道，这需要激进的新推动力，然而必将导致生产量暂时下降。"这一大胆的政策，"他警告说，"意味着其他各部的工作会受到许多干扰，因为需要征用已被指派其他用途的合适场所。"

但他又接着写道："我现在不是做这项工作的人选。我不会得到必要的支持。"

他再次转向自我怜悯，说到随着战斗机危机开始缓解，他的声誉已经如何受损。"事实上，当水库干涸的时候，我是一位天才，"他写道，"而现在水库里有些水了，我就成了一个如有神助的匪徒。如果有一天水溢出来，我将是一个血腥的无政府主义者。"

他说，现在必须由新人接手了，并推荐了几个人选。他建议丘吉尔向其他人解释时说他是因为健康原因辞职，"我很遗憾地说，这一点千真万确"。

和平常一样，他以恭维话结束，应用了他经常称为"油嘴滑舌"的技巧。他写道："在结束这封非常重要的信时，我必须强调，我过去的成功来自您的支持。没有这样的后盾，没有这样的启发，没有这样的领导，我将永远无法完成您交给我的任务和职责。"

丘吉尔知道比弗布鲁克的哮喘又犯了。他同情他的朋友，但他失去了耐心。"我根本不可能接受你的辞呈，"他在第二天，十二月三日星期二写道，"我已经告诉过你了，你现在已经上了贼船，只能一直划到底。"

他建议比弗布鲁克花一个月休养身体。他写道："与此同时，我一定会支持你推行分散策略，在我们遭受猛烈轰炸的此刻，它看上去势在必行。"丘吉尔告诉比弗布鲁克，自己对他的哮喘病复发深感遗憾："因为它总是让人极为压抑。你知道你曾多么频繁地劝我不要因为小事而烦恼与分心。现在，让我回报你的忠告吧，请你只要记住，你所成就的工作是多么伟大，且将它进行下去是多么至关重要，而这份美好祝愿来自——

"你忠诚的老朋友，

"温斯顿·丘吉尔。"

比弗布鲁克再次回归贼船，也再次拿起了桨。

在这一切发生的过程中，人人都病了。感冒侵袭了全家。玛丽在十二月二日星期一晚上首先感到不适。"发烧了，"她在日记中写道，"哦，真该死。"

十二月九日，丘吉尔被她或者另一个人传染了。

克莱芒蒂娜是十二月十二日得的病。

炸弹照样落下。

六十一　邮政专递

　　在利比亚，面对意大利陆军，英国军队终于打了一场胜仗，但装载着关键补给的商船仍在以惊人的速度被击沉，英国的城市也在燃烧。国家的财政危机越来越严重，促使丘吉尔给罗斯福总统写了一封长信，告知英国形势严峻，以及如果英国想要获胜，需要从美国得到什么样的援助。在写这封长达十五页的信件时，丘吉尔必须再次在自信与需求之间寻找正确的平衡点，正如战时内阁的会议纪要中所述："首相说，如果把形势描绘得过于暗淡，美国的一些人会说帮助我们毫无用处，因为他们的援助将被浪费和丢弃。如果描述得太光明，他们就会觉得我们用不着帮忙。"

　　这整件事，丘吉尔在十二月六日星期五抱怨说，就是一笔"血腥的交易"。

　　丘吉尔后来说，他给罗斯福的这封信是他有生以来写的最重要的信件之一，他有充分的理由这样说。

　　那个星期六，十二月七日，丘吉尔在契克斯召开了一次秘密会议，试图对德国空军力量和德国未来的飞机生产能力做出确切评估。他认定这一问题极为重要，因此邀请了教授、战时内阁秘书布里奇斯和另外五人参加，包括经济作战部和空军情报处的成员。然而，为了让哈巴狗伊斯梅得到休息，丘吉尔没有邀请他——对于哈巴狗来说，这是一次罕见的缺席。

在四个多小时的会议上，这伙人就现有的统计数学和情报展开了争论，最后仅仅成功地确认：任何人都不知道德国空军到底拥有多少架飞机，更别说他们有多少架飞机可以用于前线作战，以及明年还能生产多少架了。更令人沮丧的是，似乎谁也不知道皇家空军自己能够部署多少架飞机。经济作战部和空军情报处两个机构拿出了不同的数字和不同的计算方法，教授对两套估算的冷嘲热讽更增加了混乱。丘吉尔大为光火。"我一直无法确认哪种评估是正确的，"他在给空军大臣辛克莱和空军参谋长波特尔的备忘录中写道，"或许正确的数字在二者之间。这一点对于我们为自己描绘的整个战争前景极为重要。"

最恼人的是，在前线和后备的八千五百架飞机中，有三千五百架空军部似乎都并不确定是否已经准备好或者快要准备好服役。"空军部肯定有一份记录，说明每架飞机经历过的情况。"丘吉尔在随后的备忘录中抱怨，"这都是造价很高的东西。我们必须知道皇家空军接收每一架飞机的日期、最后报废的时间，还有报废的原因。"他指出，毕竟就连汽车制造公司劳斯莱斯也会对卖出的每辆车做出跟踪记录。"八千五百中有三千五百的偏差，这实在太离谱了。"

这次高层会议让丘吉尔确信，这个问题只有通过一位头脑清醒的局外人的调解才能解决。他决定用类似于法庭审判的方法解决这个问题，配备一名法官，听取有关各方的证据。他选择了王座法庭的法官约翰·辛格尔顿爵士，他因主持一九三六年巴克·卢克斯顿臭名昭著的"桥下尸首"一案而闻名，卢克斯顿被判谋杀了妻子和女仆，并把尸体肢解为七十多块，其中大部分被人从桥下的一个包袱里发现。这个案子也叫"拼图谋杀案"，暗指法医将受害者的尸体拼接起来的英勇努力。

双方都同意，聘请辛格尔顿法官是一个好主意，而辛格尔顿也接下了这个任务，或许在他的想象中，这件事要比拼凑支离破碎的尸体直截了当得多。

在伦敦，横遭破坏的美好事物的数量在不断增加。十二月八日星期日夜里，一枚炸弹摧毁了威斯敏斯特宫里的圣斯蒂芬小教堂回廊，丘吉尔最喜欢的地方之一。第二天，政务秘书奇普斯·钱农遇见了在废墟中走动的丘吉尔。

丘吉尔在契克斯度过了周末，尽管已有感冒初期的症状，他还是回了伦敦。他穿着一件带皮领子的大衣，嘴里叼着雪茄。他在碎玻璃和废物堆里找着路。

"太可怕了。"他伤感地说，四周是雪茄烟雾。

"他们会击碎最美好的事物。"钱农说。

丘吉尔嘟哝了一声。"就在克伦威尔签署查理国王死刑执行令的地方。"

那个星期一，丘吉尔给罗斯福的长信通过电报发至华盛顿，到达了身在一艘美国海军巡洋舰上的罗斯福手中。"塔斯卡卢萨号"正在加勒比海进行为期十天的航行，表面上是前往美国海军现在可以进入的英属西印度群岛上的基地，但主要目的是让总统有一个放松的机会——在阳光下休息、观看电影与钓鱼。（欧内斯特·海明威给他发过一条消息说，在波多黎各和多米尼加共和国之间的海域可以找到大鱼，并推荐他用猪皮做鱼饵。）丘吉尔的信由一架海军水上飞机送达，它会在船附近降落，送来最新的白宫邮件。

"在今年即将结束之际，"信的开头写道，"我觉得您会期望我向您展示一九四一年的前景。"丘吉尔清楚地表明，他最需要支持的地方，是维持英国的粮食与军需品的供应，并强调说英国能否坚持下去也将决定美国的命运。他把问题的关键留到了最后："我们再也无法为运输与其他物资支付现金的时刻即将到来。"

在信的结尾，他叮嘱罗斯福"不要把这封信视作请求援助，而应视作一份关于实现我们共同目标所必需的最低限度行动的申明"。

丘吉尔当然想要美国的援助。大批的援助：舰船、飞机、子弹、机器零件、食物。他只不过是不想付账，而且，他确实在快速丧失这样做的能力。

三天后，十二月十二日星期四，丘吉尔的驻美大使洛西恩勋爵突然因尿毒症去世，享年五十八岁。作为一名基督教科学派信奉者，他已经病了两天，却拒绝医疗救助，这让外交大臣哈利法克斯写道："基督教科学派的又一名受害者。他很难被取代。"黛安娜·库珀写道："橙汁和基督教科学派击垮了他。这结束来得实在为时过早。"

那天丘吉尔去了契克斯。洛西恩的死让庄园上下陷入了无法抑制的忧郁。只有玛丽、约翰·科尔维尔和他共进晚餐。克莱芒蒂娜正忍受着偏头痛，嗓子也难受，没吃晚饭就上床了。

气氛因为一道汤变得更加糟糕，丘吉尔觉得它实在倒人胃口，气得冲进厨房，他那浅蓝色的防护服外面还套着鲜艳的睡袍。玛丽在日记中写道："吃饭时爸爸的情绪非常差，我当然没法控制他，结果他非常任性地冲去找厨师抱怨，说那道汤味道极差（这是真的）。我担心家里的事情可能已经搞砸了。我的天啊！"

最后，在聆听完父亲对契克斯糟糕的食物质量的阐述之后，玛丽离开了饭桌，丘吉尔和科尔维尔继续用餐。丘吉尔的情绪慢慢有了改善。到喝白兰地的时候，他饶有兴致地说起了最近在利比亚的胜利，就像战争的终结已经不远了似的。科尔维尔在凌晨一点二十分上床睡觉。

那天夜里早些时候，丘吉尔的战时内阁在伦敦召开了一次绝密会议，讨论皇家空军轰炸德国战略中的新策略，作为对德国空军大规模轰炸考文垂和随后猛烈空袭伯明翰和布里斯托尔的回应，丘吉尔已批准这项行动。该次轰炸将以"猛烈的强度"对一座德国城市发动同等的毁灭性打击。

内阁决定，这次空袭将主要依赖火攻，并将选择一个建筑物密集而且未曾遭受皇家空军轰炸的城镇，以保证其民防系统没有防御经验。高爆弹将被用来制造妨碍消防队工作的弹坑。"我们的目的是打压敌人的士气，所以应该试图摧毁这座特定城市的大部分地区，"内阁会议纪要记录道，"因此，所选城镇不宜过大。"内阁批准了这一代号为"阿比盖尔行动"的计划。

就像约翰·科尔维尔在第二天十二月十三日星期五的日记中写的那样："内阁在这一问题上突破了道德顾虑。"

身在"塔斯卡卢萨号"巡洋舰上的罗斯福收到了丘吉尔的来信。罗斯福读了信，但没有对任何人提起他的感觉。就连以朋友与知己身份陪伴他，和他一起在"塔斯卡卢萨号"巡洋舰上旅行的哈里·霍普金斯，也无法探测他的反应。（健康状况堪忧的霍普金斯钓到了一条二十磅重的石斑鱼，但实在无力拉上船来，只能把钓竿交到另一个乘船者手中。）"好长一段时间我都不知道他在想些什么，如果他在想事情的话，"霍普金斯说，"但后来，我开始意识到他正在给自己充电，就像当他似乎是在休息和什么也不想的时候经常做的那样。于是我什么也没有问他。然后，一天晚上，他突然把它说了出来——整个计划。"

六十二　指示

　　大众观察组织发出了"十二月指示"，要求众多日记作者表达对即将到来的一年的感受。

　　"我对一九四一年有什么感觉？"日记作者奥利维娅·科克特写道，"我暂停打字两分钟，倾听一架敌机发出特别大的噪音。它投下了一枚炸弹，把我的窗帘向房间里面吹，并让房屋颤抖（我躺在屋顶下面的床上），现在高射炮正在笨拙地追着它的屁股开火。我的花园尽头有一些弹坑，还有一颗没有爆炸的小型炸弹。四扇窗户破了。五分钟步行距离内，能看到十八座房子的废墟。有两拨朋友和我们住在一起，他们的房子被摧毁了。

　　"至于一九四一年，如果我有幸看得到它，我想我会非常感激——而且我确实非常想看到它。"从根本上说，她感到"高兴"，她写道，"但我还想到了别的，想到了我们会更多地挨饿（虽然现在还没挨饿），想到了我们会有许多青年男子死在国外。"

六十三　傻气而陈旧的美元符号

十二月十六日星期一，罗斯福回到了华盛顿，看上去"晒黑了，精神抖擞，神情快活"，他的演讲撰稿人，剧作家、编剧罗伯特·E.舍伍德这样说。总统第二天召开了一场记者招待会，他抽着烟与记者们打招呼。总愿意对媒体开玩笑的他告诉记者们，"我不觉得这里有什么特别的消息"，接着就透露了一个他在"塔斯卡卢萨号"巡洋舰上想到的想法。历史学家们后来认为，他在甲板上的这一刻，堪称这次战争中最重要的进展之一。

他开始了："毫无疑问，绝大多数美国人认为，美国最好的直接防御，就是英国能够成功地保卫自己。

"现在，我将试着去掉美元符号。对这个房间中的所有人来说，这都是个崭新的想法——摆脱那个愚蠢、傻气而陈旧的美元符号。

"好吧，让我来举个例子，"他说，然后打了个比方，将他的想法提取成了人们熟悉且容易把握的，能够与无数美国人的日常经验产生共鸣的事物，"假定邻居的房子着了火，而我在四五百英尺外有一条花园水龙带，但是，我的天，如果他能拿我的水龙带连到他的消防栓上，我可能因此帮助他灭火。现在我该怎么做？我不会在采取行动之前对他说：'嘿，邻居，我买花园水龙带花了十五美元，你要为它付给我十五美元。'该进行怎样的交易呢？我不会向他要十五美元——我只需要在火灭了之后拿回我的水龙带就行了。没错。如果水龙带在救火的时候没出问题，一点都没损坏，他只需要还给我，并为借用了它向我表示诚挚的感谢；如果它在救火的时候损坏了，弄出了洞，我们也没必要为此太过拘谨，我会对他说：'我很高兴把水龙带借给了你，但我发现我没法再用了，它完全损坏了。'

"他问：'这条水龙带有多长？'

"我告诉他：'它有一百五十英尺。'

"他说：'没事，我再给你买一条。'"

这成了此后不久在国会提交的一项法案的核心，这项案号 H.R. 1776 的提案名为《进一步加强美国防务及其他目标的法案》，很快得到了一个永久的别名——租借法案。该提案的核心理念是，无论英国或者任何盟国，无论该国是否有能力付款，为其提供所需的一切援助都符合美国的最大利益。

这一法案立即遭到了参议员和国会议员的高调反对，他们相信这将让美国卷进战争，或者像一位反对者所生动预言的——他也采用了一个能够在美国人心中引发共鸣的类比——它将导致"每四个美国男孩中会有一个被埋葬"。这一说法让罗斯福勃然大怒，称其为"我这一代人在政治生活中说过的最不真实、最卑鄙、最不爱国的言语"。

到一九四〇年圣诞节，罗斯福的想法已经不仅仅是一个想法了。

哈里·霍普金斯对丘吉尔越来越好奇了。据舍伍德说，这位首相的信对罗斯福发挥了极具说服力的力量，这点燃了霍普金斯"结识丘吉尔的欲望，并弄清楚他有多少是可靠的，有多少不过是夸夸其谈"。

霍普金斯很快便得到了这样的机会，而且，哪怕健康欠佳，身体虚弱，他仍在此过程中塑造了战争的未来走向——尽管他大部分时间都在被炸弹撕裂的伦敦忍受着几乎把他冻死的严寒。

六十四　门口的癞蛤蟆

　　丘吉尔对罗斯福的献媚、拉拢正处于如此敏感的阶段，选择一个人代替洛西恩勋爵出任驻美大使成了关键问题。丘吉尔更狡诈的本能告诉他：洛西恩之死事实上可能为他提供了一个进一步掌控政府的机会。对丘吉尔来说，把不同政见者流放到偏远岗位上，是压制政治异议的一个熟悉且有效的策略。有两个人被他视为未来反对派的潜在中坚人物，一个是前首相劳合·乔治，另一个是外交大臣哈利法克斯勋爵，那位曾经与他竞争首相职务的落选者。

　　他在两人中间的第一选择是劳合·乔治，这说明，他将乔治视为更直接、更严重的威胁。丘吉尔派比弗布鲁克勋爵作为中间人，向乔治提供这一职务。这让比弗布鲁克很为难，因为他本人很愿意担任驻美大使，但丘吉尔相信无论作为飞机生产大臣，还是作为朋友、知己和顾问，此人都很有价值，担任大使太大材小用了。劳合·乔治以医生担心他的健康为由，拒绝了这一提议。毕竟，他已经七十七岁高龄了。

　　第二天，十二月十七日星期二，丘吉尔再次召来比弗布鲁克，这次是讨论将哈利法克斯派往华盛顿的可能性，丘吉尔又一次派比弗布鲁克促成此事，或者至少提出这个设想。从他们的长期友谊中，丘吉尔清楚地知道，比弗布鲁克善于且乐于让别人做他想让他们做的事情。

哈利法克斯的传记作者安德鲁·罗伯茨称比弗布鲁克是"天生的谋士"。比弗布鲁克本人的传记作者 A. J. P. 泰勒写道："比弗布鲁克在政治中最热衷的，莫过于把人们从一个办公室调到另一个办公室，或者策划如何去做。"

向哈利法克斯提供这一职务的做法有些残忍。因为无论英国最终成功地让美国参战何等重要，这项任命按照各种标准都是一种降职。但丘吉尔深知，一旦他的政府面临困境，最初更中意哈利法克斯的国王很可能会以哈利法克斯取代自己。这正是丘吉尔认定哈利法克斯必须离开的原因，也是他派出比弗布鲁克的原因。

十二月十七日星期二，在 BBC 做了一次广播讲话之后，比弗布鲁克前往外交部会见哈利法克斯，后者立刻提高了警惕。他知道比弗布鲁克为阴谋而活，而且一直在对他发起流言攻势。比弗布鲁克代表丘吉尔向他提供了这一职务。在星期二晚上的日记中，哈利法克斯表达了自己心中的疑惑，不确定丘吉尔真的认为自己是最佳人选，还是仅仅想把他赶出外交部，赶出伦敦。

他不想去，并将此明确告知比弗布鲁克，但在回报丘吉尔时，比弗布鲁克称哈利法克斯毫不犹疑地说"可以"。传记作者罗伯茨写道："他带着全然捏造的哈利法克斯对这一提议有何反应的故事回到了丘吉尔那里。"

次日上午十一点四十分，丘吉尔和哈利法克斯因一件与此无关的事情会面，其间哈利法克斯解释了他不愿意去的原因。第二天，十二月十九日星期四，他再次申明。这次谈话气氛紧张。哈利法克斯试图说服丘吉尔，派外交大臣前往华盛顿担任大使，这一看上去费尽心机的行为像是在过分讨好罗斯福。

哈利法克斯返回外交部，感觉自己已经成功地躲开了这一任命。

然而他想错了。

随着冬天到来，入侵的直接威胁减轻了，尽管谁都不会怀疑这只是暂时的缓和。现在另一种更无形的危险取而代之。当德国空军扩大袭击范围，并企图在对其他英国城市的空袭中复制考文垂大轰炸时，士气问题凸显出来。伦敦已经证明了自己的顽强，但伦敦是一座特大城市，不会受德国空军新毁灭战术的影响。如果更多城市经历"考文垂式毁灭"，这个国家的其他地方也能证明自己同样坚韧吗？

考文垂大轰炸彻底动摇了这座城市，致使士气低落。国内情报处认为："考文垂受到的冲击比伦敦东区和之前研究过的任何遭到轰炸的地区都大。"随后对南安普敦的两次轰炸同样猛烈，类似地打击了公众的精神。温切斯特主教的辖区包括这里，他观察到人们"在经历了可怕的无眠之夜后，精神崩溃了。能离开的人都在离开这座城市"。每天夜里都有数百名居民离开城区，在第二天返回工作岗位之前睡在自己停在乡村开阔地带的汽车里。这位主教报告说："眼下，士气已崩溃。"在伯明翰经历了一系列轰炸之后，这座城市的美国领事给伦敦的上级写信说，尽管他在居民身上还没有看到不忠或者失败主义的迹象，但"说他们的精神健康没有被空袭破坏是无稽之谈"。

这些新空袭可能导致国家士气大幅崩溃，这正是防务规划师们长期以来担心的，而且它们将加剧公众的失望情绪，以致威胁丘吉尔政府。

冬天的到来让问题变得更加尖锐，因为它加剧了德国空袭行动造成的日常困难。

冬天带来了雨、雪、寒冷和风。当大众观察组织问到，哪些因素让人们感到最压抑时，气候在所有回答中位居榜首。雨水透过被弹片击穿的屋顶滴落；透过破损的窗户，风在房内肆虐。没有玻璃可以用于修补窗户。电力、燃料和自来水的供应经常中断，导致家中没有暖气，居住者也无法每天清扫卫生。人们还是必须上班，孩子仍然需要上学。炸弹让电话服务连续几天失灵。

然而，最扰乱他们生活的是灯火管制。它让一切变得更加困难，特别是入了冬的现在，英国所处的高纬度让夜晚变得更加漫长。每年十二月，大众观察组织都会要求日记作者小组提交一份排名，按困扰程度对空袭造成的不便进行排序。灯火管制总是排名第一，交通位居第二，尽管这两个因素经常是相关的。炸弹造成的破坏让简单的通勤变成了长达几小时的折磨，逼迫雇员在黑暗中更早地起床，让他们在烛光下跌跌撞撞地为上班做准备。雇员又得在一天结束时赶快回家，在每天晚上预定的灯火管制时间开始之前蒙住窗户，一项全新的杂活。这需要时间：估计每天晚上需要半个小时——如果你家有更多窗户将耗时更长，不过也与你蒙住窗户的方式有关。灯火管制让圣诞季更为惨淡。圣诞节彩灯被禁。不容易蒙住窗户的教堂取消了夜间的仪式。

灯火管制也带来了新的危险。人们经常撞到灯柱上，或者骑自行车撞上障碍物。各座城市试图通过使用白油漆来缓和最显著的问题，把它涂在路缘、阶梯和汽车的踏板与保险杠上。树木和路灯柱上也涂上了好多白圈。警察实施了特殊的灯火管制限速，在这一年开了五千九百三十五张罚单。但人们还是会开车撞上墙，绊到障碍物，与别的汽车相撞。之前发现了德国秘密波束的空军情报员琼斯博士发现了白油漆的价值——或者说没有它的危害。一天晚上，在布莱奇利园做完演讲后驱车回伦敦的路上，他撞上了一辆停在路边的卡车。车身后面原本涂上了白油漆，但现在被泥巴糊住了看不清。琼斯的车速只有每小时十五英里，但他还是猛地冲出了挡风玻璃，划破了前额。利物浦当局认为，十五名码头工人的溺亡与灯火管制密切相关。

但灯火管制也是幽默的载体。用于火车车窗的灯火管制材料变成了"草稿本"，大众观察组织的日记作家奥利维娅·科克特写道。她注意到别人如何将"天黑后必须放下百叶窗"的通告改成了"天黑后必须披散金发"，接着又改为"天黑后必须脱去短裤"。为了从灯火管制和其他生活重负中获得一定程度的解脱，科克特开始吸烟。"战争以来的新习惯——享受香烟，"她写道，"过去只是偶尔吸烟，但现在每天三四支，而且心怀愉悦！抽烟带来不同，而且每吸上一口，尼古丁的作用都会让一个人的思想脱离身体一两秒钟。"

在伦敦，对士气最大的威胁被认为是成千上万公民因轰炸无家可归，或者被迫使用公共防空掩体，那里的环境广受谴责。

越来越多的抗议迫使克莱芒蒂娜·丘吉尔冒险进入掩体亲自察看它们，通常由约翰·科尔维尔陪同。她开始参观一些她认为在掩体中"相当具有代表性的横截面"。

例如，十二月十九日星期四，她巡访了伯蒙德赛的一些掩体，这个工业区是上世纪臭名昭著的贫民窟雅各布之岛的所在地，是查尔斯·狄更斯《雾都孤儿》中的邪恶人物比尔·赛克斯的毙命之所。克莱芒蒂娜被见到的景象击退。住在这些掩体里的人们"二十四个小时中约有十四个小时处在非常可怕的寒冷、潮湿、肮脏、黑暗、恶臭的条件下"，她在给丈夫的便条中写道。最糟糕的掩体未能得到改造，因为官员们认定，它们的情况实在太糟，已经无可救药，但又太被需要，因此无法立即关闭。克莱芒蒂娜发现，结果就是它们变得更糟了。

她愤怒的一点，是这些掩体为适应夜间空袭而安置长期床位的方式：为了在指定空间内塞进尽可能多的床，他们把床铺堆成了三层。克莱芒蒂娜写道："越看这些三层床，越觉得糟糕。它们无疑太窄了，只要增加六英寸，就可以让它们从极度不适变得相对舒适。"

这些多层床同样非常短。脚碰脚；脚碰头；头碰头。"如果是头碰头，就会有很大的风险传播虱子。"克莱芒蒂娜写道。虱子会造成很严重的问题，它们的存在增加了斑疹伤寒和战壕热爆发的概率。尽管如她所说，"战争必然伴随着虱子"，这一点完全可以料到。"看起来，如果这些疾病暴发，它们就会像野火一样在伦敦的贫困人口中肆虐，"她指出，"如果工人们大批死亡，军工生产就会大量减产。"

如同克莱芒蒂娜见到的那样，目前三层床最糟糕的特点，是每层之间的垂直空间之狭小。"我想知道人们会不会因为缺少空气而死，"她写道，"如果母亲带着婴儿一起睡在这样的床上，她一定会觉得难以忍受，因为床实在太窄，婴儿没法和她并肩睡觉，只能睡在她身上。"她担心他们已经订购了更多的三层床，于是问丘吉尔，是否可以暂停这些订单，直到床铺被重新设计。至于已经安装好了的三层床，她认为，简单的解决方法是把中间一层拆掉。她指出，这样做将产生"令人满意的效果"，即让挤在最差掩体里的人数减少三分之一。

她最担心的是公共卫生。她惊恐地发现，掩体中的厕所极少，而且总的来说，卫生条件极度糟糕。她的报告不仅显示她乐于冒险进入陌生领域，而且对狄更斯式的细节密切关注。她写道，公共厕所"通常在床铺之间，用很小的帆布帘子遮挡，都遮不住厕所的进出口。这些帘子的底部通常已经弄脏了。公共厕所应该和床铺保持距离，而且应该让进出口朝墙，以确保一点点隐私"。她见到的条件最差的是菲尔波特街的白教堂犹太会堂，"人们正对着厕所睡觉，他们的脚几乎就在帆布帘子里，那里的臭气简直令人无法忍受"。

她提出将公共厕所的数量增加至现在的两倍或三倍。"这很容易，"她指出，"因为它们基本上是些桶子。"她注意到，它们通常就放在有渗透性的地上，脏东西渗下去之后积攒起来。她写道，一种解决办法是，把它们放在"像托盘一样的边缘卷起来的大锡片上。这些锡盘可以冲洗"。应该为孩子们另外设立厕所，里面的桶要矮一些，她写道，"普通的桶对他们来说太高了"。她还发现，人们几乎不关注这些桶。"这些桶显然应该在装满之前清空，但有人告诉我，有些地方二十四小时才清空一次，这太慢了。"

当发现公共厕所经常没有照明时，她感到尤为惊骇。"这种一片黑暗的情况只会隐藏污垢，当然，还会鼓励这种肮脏的环境。"

冬天的雨和寒冷让恶劣的情况变得更差。在巡访掩体的过程中，她发现水"透过屋顶滴下来，渗透过墙和地板"。她报告说，她听说有泥土夯成的地面变成了泥浆，还有些地方的积水多得需要用水泵排除。

她单独考虑了另一个问题：大部分掩体没有泡茶必需的设备。她写道："对此，最低要求是一个电源插头和一个电水壶。"

她告诉丘吉尔，她相信，最糟糕的掩体的问题是，管理责任由太多机构分摊，很多权力相互重叠，结果事情就没有人去做了。"理顺问题的唯一方法，是让一个部门专职负责安全、健康以及所有事务，"她在一份简短的备忘录里这样写道（她在这份文件中称丈夫为"首相"而不是温斯顿），"职权分散对改善状况造成了阻碍。"

她的调查取得了成效。丘吉尔意识到了公众对掩体的感觉将如何影响他们对于政府的看法，因此将掩体改革当作了下一年的优先事项。他在给卫生大臣和内政大臣的备忘录中写道："是时候开始对掩体进行根本改善了，这样到明年冬天，所有使用者都能得到更加安全、舒适、温暖、明亮而且设施便利的住处。"

丘吉尔认为，到一九四一年底，必然还会需要这些掩体。

十二月二十日星期五上午，哈利法克斯的次官亚历山大·贾德干在外交部接到了他，二人一起前往威斯敏斯特教堂参加洛西恩勋爵的追悼会。贾德干在日记里指出，哈利法克斯的妻子已经在座，而且明显很不高兴。"非常生气。"他写道。她发誓要亲自和丘吉尔谈谈。

仪式结束之后，她和丈夫前往唐宁街十号。毫不掩饰愤怒的多萝

348

西告诉丘吉尔，如果他派她丈夫去美国，将失去一个在政治危机出现时可以引为强援的忠诚同僚。她怀疑比弗布鲁克在背后捣鬼。

哈利法克斯不知所措地看着。他写道，丘吉尔极为和善，但"他和多萝西无疑说着不同的语言"。哈利法克斯后来在写给前首相斯坦利·鲍德温的信中称："你可以猜到我的心情何等复杂。我觉得这不是我特别熟悉的领域，而且除了少数几个例，我从来都不喜欢美国人。总的来说，我一直觉得他们很可怕！"

到了十二月二十三日星期一，指派达成了，任命宣布了，接替哈利法克斯担任外交大臣的人选定了。安东尼·伊登将接替他。在一次中午的内阁会议中，丘吉尔为哈利法克斯接过如此至关重要的使命向他表示感谢。贾德干也在场。"我抬起头来，看到比弗布鲁克就在我对面，他面露微笑，似乎在向我使眼色。"

当哈利法克斯在平安夜前往温莎城堡看望国王时，后者试图安慰哈利法克斯。"想到现在要离开这里，他非常不愉快，而且对一旦温斯顿出了问题会发生什么情况感到迷茫，"国王在日记中写道，"失去领袖或者其中有些头脑发热的人的团队不会强大。我告诉他，他总是可以被召回。为了帮助他，我提醒他说，在当前的情况下，担任驻美大使比在这里担任外交大臣更重要。"

这不能让哈利法克斯感到任何宽慰，到如今，他不仅已经明白，解除他的外交大臣职务是人们把他当作丘吉尔可能的继承人的代价，而且明白，实施这一计划背后的策划者正是——用他最喜欢的这个比弗布鲁克的绰号——"那只癞蛤蟆"。

六十五　柏林的圣诞节

　　丘吉尔至今不肯妥协，这一直让德国的领袖们大为困惑。"丘吉尔这狗东西到底什么时候投降？"宣传部长约瑟夫·戈培尔写道，他刚在日记中记录下对南安普敦实施的最新一次考文垂式空袭，以及另外总量五万吨的盟军航运被击沉的消息。"英国无法永远坚持下去的！"他发誓空袭将持续"到英国屈膝求和"。

　　但英国似乎远远没有落到这一步。皇家空军对意大利和德国的目标进行了一系列空袭，其中一次针对曼海姆的袭击动用了一百架轰炸机，炸死三十四人，摧毁或者破坏了大约五百座建筑物。（这就是为报复考文垂大轰炸而实施的阿比盖尔行动。）这次空袭本身并没有让戈培尔感到多么苦恼，他称这"很容易忍受"。但让他觉得不安的事实是，英国竟然仍旧可以信心十足地展开空袭，而且皇家空军竟然可以集结这么多飞机。轰炸机也袭击了柏林，这促使戈培尔写道："英国人似乎又找回了他们的作派。"

　　但现在，以某种方式让丘吉尔退出战争，比以往任何时候都更关键。十二月十八日，希特勒发布了第二十一号指令，"巴巴罗萨行动"，他对将军们发出正式指示，要他们开始策划入侵苏联。指令这样开始："德国武装部队必须做好准备，甚至在对英国的战争结束之前做好准备，在一场迅速的战斗中粉碎苏联。"（希特勒原文使用斜体。）其详细说明了德国陆军、空军和海军的角色——尤其是陆军的装甲部队——并设想了如何攻占列宁格勒和喀琅施塔得，以及最终占领莫斯科。"驻扎在苏联西部地区的苏联陆军主力，将由具有极深穿透力的装甲兵先锋部队所领导的大胆行动歼灭。"

希特勒指示司令员们制订出计划和时间表。迅速开始这一战役十分关键。德国拖延得越久，苏联就有越多的时间建设陆军和空军，英国也会恢复力量。德国军队将在一九四一年五月十五日之前准备就绪。

"决定性的是，"指令说，"我们的攻击意图绝不可以泄露。"在准备期间，德国空军将继续随心所欲地空袭英国。

在此期间，戈培尔为道德沦丧问题感到颇为焦躁。除了指导德国的宣传计划，他还是大众文化部长，并将压制那些威胁公众道德的力量视为自己的职责。他告诉参加某场十二月宣传会议的工作人员："任何脱衣舞娘都不可以在农村地区、小城镇或者士兵们面前表演。"他要求三十九岁的娃娃脸助理利奥波德·古特尔撰写一份发给所有"主持人"（指卡巴莱歌舞或类似表演的主持人）的通告。"该通告将以无条件的最后警告形式，禁止主持人在表演时讲政治笑话或者淫荡的色情笑话。"

戈培尔还担心圣诞节。德国人喜爱圣诞节胜过其他一切节日。他们在每个角落售卖圣诞树，唱圣诞颂歌，跳舞和痛饮。他警告副官们，谨防形成"多愁善感的圣诞节气氛"，谴责基督教节日引起的"哭泣和哀悼"。他说，这"不符合铁血精神和德国传统"，绝对不能允许它占据整个基督降临节期间，要求团队"必须将其限制在平安夜和圣诞节这两天之内"。即便如此，他说，圣诞节也必须纳入战争的背景下，"延续几个星期的庸俗伤感的圣诞树气氛与德国人民斗志昂扬的情绪格格不入"。

然而，在自己家里，戈培尔在为节日做准备时越来越觉得自己陷入了困境，虽然没有不高兴。他和妻子玛格达有六个孩子，名字都以字母"H"开头：黑尔佳、希尔德加德、赫尔穆特、霍尔迪内、黑德维希和海德龙，最小的才一个半月大。他们还有一个大儿子哈拉尔德，来自玛格达的上一段婚姻。孩子们同玛格达一样兴奋，"她心里想的只有圣诞节"，戈培尔写道。

日记，十二月十一日："有很多处理圣诞节包裹和礼物的工作。单单在柏林，我就必须把它们分发给十二万士兵和高射炮兵。但我享受这份工作。然后是那些个人承诺，它们正逐年增加。"

十二月十三日："挑选圣诞礼物！和玛格达一起安排圣诞节。孩子们很甜美。遗憾的是，他们总有人在生病。"

十二月二十二日，皇家空军的两次空袭把这家人赶进了防空掩体，一直待到早上七点。"和孩子们一起在那里很不开心，他们还有生病的，"戈培尔写道，"只有两个钟头的睡眠。我好累啊。"但他还没有累到忘记他最喜欢的娱乐。"保加利亚议会已经通过了一项犹太人法律，"他写道，"这不是一项激进的措施，但终究是一项成果。我们的想法正在整个欧洲通行无阻，甚至不需要强迫。"

第二天，皇家空军的轰炸机炸死了四十五个柏林人。

"这毕竟是相当大的损失。"戈培尔在圣诞节前夕写道。

他授权给同僚们发圣诞节奖金。"他们的所有工作和不断的奉献必须得到某种补偿。"

随着希特勒的目光转向苏联，他的副手鲁道夫·赫斯比以往任何时候都更急于与英国缔结和约，以实现元首的"愿望"。他仍未得到苏格兰汉密尔顿公爵的回复，但还是将其视为希望之源。

赫斯突然有了一个想法，现在，十二月二十一日，尽管地面的积雪超过了两英尺厚，他的飞机已在慕尼黑附近的梅塞施米特工厂的奥格斯堡机场随时待命。

这是一架梅塞施米特 Me 110，一种经过改装适应长途飞行的双引擎战斗轰炸机。它通常会搭载两个人，但一个人单独驾驶也很容易。赫斯是很有水平的飞行员，尽管如此，他也需要学习 Me 110 的特殊性能，并跟随一位教练上课。在证明自己的能力之后，他便有了一架全新的飞机的专用权。他之所以享有这种特权，是因为他毕竟是希特勒的副手，而且从长远来看，他是第三帝国第二或者第三号最有权力的人。然而，权力是有限度的：赫斯一开始选择的是单引擎的 Me 109，被拒绝了。他把自己的新飞机停放在奥格斯堡机场，而且经常驾驶它飞行。没有谁质疑——至少没有公开质疑——为什么一位这么高级别的官员想要这么做，或者为什么他一直要求对这架飞机另行改造以增加航程，或者为什么一直要求秘书为他拿到不列颠群岛的最新航空天气预报。

他得到了一份苏格兰地图，并把它贴在卧室的墙上，以期记住那里显著的地形要素。他用红笔标出了一个山区。

现在，十二月二十一日，赫斯在扫净了雪的跑道上起飞了。

三个小时后，他回来了。在飞行中的某个时刻，他的应急信号枪卷进了控制飞机垂直尾翼（机身尾部的两个直立的尾翼）的缆绳里，导致它们卡住。他能够在这种情况下降落，而且是在下雪的条件下，足以证明他飞行技术之高超。

六十六　谣言

随着圣诞节临近，谣言也在满天飞。空袭与入侵的威胁为虚假故事的滋生提供了沃土。为了对抗它们，信息部设立了一个对抗德国宣传的反谎言局，和一个处理本地谣言的反谣言局。它们有些是邮电审查局在审查邮件与监听电话时截获的，有些由 W. H. 史密斯售书亭的经理们报告。任何传播虚假故事的人都可能遭到罚款，情节严重时还将受到监禁。这些谣言范围很广：

——在奥克尼群岛、设得兰群岛、多佛尔以及其他地方截获的信件称，在一次入侵尝试失败后，数以千计的尸体被冲上岸。这则谣言传播了很长时间。

——据说，装扮成女人的德国伞兵已经在位于中部地区的莱斯特郡和位于北海海岸的斯凯格内斯登陆。这已经被证明是假的。

——据信，德国飞机正在空投有毒的蜘蛛网。"这则谣言很快消失了。"国内情报处报告说。

——温布尔登流传着一则谣言：敌人正准备使用一种威力极其可怕的高爆弹，它一定会将这片郊区从地图上抹去。一位官员写道："有人严肃地通知我说，这则谣言已经让温布尔顿民众产生了歪曲的想象。"这种炸弹根本不存在。

——在圣诞节的前一周，一则特别阴森恐怖的谣言广为流传，称

"遭到轰炸的公共防空掩体中的大批尸体会留在那里，防空掩体会被砌成公共灵柩台"。这则谣言经久不息，每次新空袭后都会再次出现。

六十七　伦敦的圣诞节

　　人人心里都惦记着圣诞节。这个节日对于整顿士气非常重要。丘吉尔决定，除非德国空军先袭击英国，否则皇家空军不会在平安夜和圣诞节对德国实施空袭行动。科尔维尔发现自己肩负着处理由下议院提出的"棘手问题"的任务：由于教堂的钟声被指定为入侵来临的警示信号，那么，教堂在圣诞节敲响钟声这一习俗是否应该中止？丘吉尔开始时建议敲钟，但在与国土防卫军司令布鲁克将军谈话之后改变了主意。

　　到那时，科尔维尔已经准备好了他认为能支撑应该敲钟这一论点的有力论据，但现在他退缩了，他在日记中指出："圣诞节那天一旦出现任何灾难，将由我来负责，这一想法让我停了下来。"

　　科尔维尔及其私人秘书同僚们连续几天工作到凌晨两点，他们希望能有一周假期。首席秘书埃里克·西尔精心准备了一份言辞恳切的备忘录，请求许可。据科尔维尔所说，这一请求"激怒了"丘吉尔。

　　丘吉尔仿佛吝啬鬼般草草地在文件上写了"不行"。他告诉西尔，自己计划星期三假期当天在契克斯或者伦敦"继续"工作。丘吉尔希望"这一段休息不但可以用来偿还旧债，而且可以更详细地考虑新问题"。

　　但他也做出了让步，同意工作人员可以在圣诞节到三月三十一日期间休息一周，前提是这些假期必须"合理分布"。

平安夜当天下午，他在自己的几本书上签了名，作为礼物送给了科尔维尔和其他秘书。他也给国王和王后送去了圣诞礼物。给国王的是一套自己的同款防护服，给王后的是由亨利·华生·福勒所著的一九二六年版的著名英语语言指南《现代英语用法词典》。

与此同时，私人秘书们都在忙于为丘吉尔的妻子寻找合适的礼物。虽然有战争和空袭的威胁，尽管商店里货源短缺，伦敦的商业街仍然人潮涌动。美国观察员雷蒙德·李将军在日记中写道："或许商店里货物不多，或许离开伦敦的人很多，但想要在今天买点东西就像企图在尼亚加拉瀑布里逆游一样困难。无论走路还是驾车，街道都拥挤不堪。"

秘书们首先想到的是为克莱芒蒂娜买花，但他们发现卖花小贩们的存货寥寥无几，完全没有合适的。"显然，"约翰·马丁在日记中写道，"过去在圣诞节期间出现的风信子来自荷兰。"而荷兰现在被德国牢牢控制。接着他们想到了巧克力，但大商店里的巧克力也都基本脱销了，"不过，我们最后找到了可以装满一整个大盒子的巧克力"。礼物的接收者将是首相夫人，这一点无疑提供了方便。

丘吉尔离开伦敦前往契克斯，临走之前他大声喊道："祝你们有一个忙碌的圣诞节和手忙脚乱的新年！"

正是在大雪纷飞、夜幕沉静的平安夜当晚，科尔维尔第一次听到传言，说他挚爱的盖伊·马杰森与"尼科"尼古拉斯·亨德森（几十年后将成为英国驻美大使）订婚了。科尔维尔装作不在乎的样子。"但这让我感到痛苦和担忧，尽管我很确信盖伊不会贸然做出决定——她实在太优柔寡断了。"

他难以理解自己为什么一直爱着盖伊，哪怕她几乎不可能回报他这份感情。"我经常因为她性格上的缺点——不善于观察、自私，而且有道德和精神上的失败倾向——而看不起她。但接着我就会告诉自己，全都是因为我的自私，我才会这样在她身上找缺点，当作她对我没兴趣的借口，而不是试图帮助她——如果我真的爱她，我就应该这样做——我在为我的苦涩或者屈辱感寻求宽慰。"

他接着写道："我希望我明白自己的真实感受。"

盖伊身上有一种他认识的女性都没有的特质。"我有时候觉得自己应该去结婚，但当我与盖伊结婚的可能性无论何等渺茫都仍然存在的时候，我又怎么能这么想呢? 能解决这个问题的只有时间，以及耐心!"

那天夜里晚些时候，比弗布鲁克勋爵发现，他最尊重的人之一还待在办公室里。那人每周工作至少六天，每天日出前到达，入夜后很晚才离开，甚至当警报声通知空袭即将到来时还在办公桌上继续工作。而这个平安夜同样如此。

最后，那人起身离开办公室，在回家前去了趟洗手间。

当他回来时，发现书桌上有一个小包裹。他把它打开，里面是一条项链。

那里还有一张比弗布鲁克写的便条："我知道您妻子一定会有什么样的感觉。请把这条项链带给她，并代我向她问好。它曾经属于我的妻子。"他写下字母"B"作为签名。

对玛丽·丘吉尔来说，这是一个出乎意料又无比欢乐的圣诞节。全家人都来到契克斯团聚，包括猫咪纳尔逊。大部分人在平安夜到来。萨拉·丘吉尔的丈夫维克·奥利弗，这个不被丘吉尔喜欢的人也来了。没有公务宾客。节日装饰让这处宅院变得温馨。"精心装饰的圣诞树在阴暗的大厅里闪着光。"玛丽在日记中写道。每个壁炉里都烧着火。

士兵们拿着步枪和刺刀在庭院里巡逻，他们呼出的气息在寒冷的夜空中凝结成雾气，飞机侦查员僵立在屋顶，但除此之外，战争已经平静下来，平安夜和圣诞节当天的海空战场全都一片寂静。

圣诞节早上，丘吉尔在床上吃早饭，当他处理着惯常使用的黑色公文箱和绝密的黄色公文箱里的文件，对打字员口授回复和意见时，纳尔逊正懒洋洋地躺在床上。"首相很好地说明了什么叫作'在假日里照常工作'，"那个周末在契克斯当班的私人秘书约翰·马丁写道，"而且昨天上午也与这里的其他上午几乎没什么两样，有惯常的信件和电话，当然还有许多圣诞节问候。"丘吉尔送了约翰一本自己的签名版《当代人物》作为礼物，这部文集收录了他关于大约二十四位名人的文章，其中包括希特勒、列夫·托洛茨基，以及富兰克林·罗斯福，书中最后一篇文章是《远处的罗斯福》。

"从午饭时间起，工作量就降低了，我们度过了一个很有节日气氛的家庭圣诞节。"马丁写道，他被当作家庭成员对待。中午的主菜是一只在食物配给时期非常奢侈的巨大火鸡，这只被马丁称为"我所见过的最大的火鸡"来自丘吉尔已故的朋友哈罗德·哈姆斯沃思的农场。这位报业大亨一个月前去世，他的遗愿中对这只大鸟的归宿做了指示。劳合·乔治送来了从萨里的布朗尼德庄园的果园里摘的苹果，除了种植布拉姆利苹果和考克斯的橙子苹果，他还在那里耕耘着他与贴身秘书弗朗西丝·史蒂文森的长期恋情。

一家人聆听了国王的"皇家圣诞祝词"，这是自一九三二年以来通过电台进行的年度广播惯例。国王说得很慢，显然是在与长期困扰他的语言障碍做斗争——例如，他在说到"不受限制的"这个词时卡住了，随后才完美地完成了演讲——但这更让人们觉得他的祝词庄重。"在上一次世界大战中，我们国家的年轻花朵遭受了摧残，"他说，"但其他人很少目睹战争。而这一次，我们所有人都身在前线，与危险同在。"他预言了胜利，并邀请听众与他一起憧憬"快乐的圣诞节再度来临"。

欢乐现在开始了。维克·奥利弗弹起了钢琴，萨拉唱起了歌。随后是愉快的晚餐，餐后又到了音乐时间。喝了香槟和葡萄酒的丘吉尔心情十分愉悦。"这一次，他用不着速记员了，"约翰·马丁写道，"我们一直唱到午夜之后。首相唱得很有气魄，虽然偶尔跑调，当维克弹起《维也纳华尔兹舞曲》时，他独自在房间里跳起了异常轻快的舞步。"

丘吉尔口若悬河地讲这讲那，一直持续到凌晨两点。

那天深夜，玛丽在契克斯的囚室中写下日记："尽管我们周围发生了许多可怕的事，但这是我记忆中最欢乐的圣诞节之一。这并非那种绚丽的欢乐。然而，我此前从没见过我们一家如此幸福，如此团结，如此甜美。伦道夫和维克在今天上午抵达，我们全家人都团聚了。我从没如此强烈地感受过'圣诞氛围'。人人都很和善、可爱、欢快。我不知道下个圣诞节我们是否会都在一起。我祈祷我们可以。我也祈祷明年会有更多人感到更加幸福。"

非官方的圣诞节停战没有遭到破坏。"Heilige Nacht[①] 真的成了 stille Nacht[②]"，约翰·马丁写道，他称此"令人宽慰和感动"。

德国和英国没有炸弹落下，每个地方的家庭都想起了昔日的情景，只是没有教堂钟声响起，而很多家庭的圣诞节餐桌旁都有空的椅子。

在伦敦，信息部的哈罗德·尼科尔森独自度过了圣诞节，他妻子安全地住在乡间宅院里。他在日记中写道："这是我度过的最阴郁的圣诞节。我很早就起来了，但没有多少工作可做。"他读了许多备忘录，

---

① 德语，意为"平安夜"。
② 德语，意为"平静的夜晚"。

独自吃午饭，午饭期间阅读了本一九一五年出版的书，书名是《小威廉·皮特的战争演讲集》。然后他在丽思酒店见了朋友和曾经的恋人雷蒙德·莫蒂默，二人随后在著名的法国餐馆普吕尼耶吃晚餐。一天快结束时，他参加了一个部门聚会，在那里看了场电影。他穿过被此前的炸弹、大火和融雪弄得满是荒芜的风景，回到布卢姆斯伯里的公寓。因为灯火管制，而且没有月光，天色分外黑暗，新月要到三天后才会出现。

"可怜的老伦敦，它的城市面貌开始变得非常乏味，"他写道，"巴黎如此年轻、快乐，她可以经受住一点打击。但伦敦是首都行列中的女佣，一旦牙齿开始脱落，看上去就变得病态十足。"

然而，在这座城市的某些地方，仍然爆发出圣诞节的阵阵欢呼。就像一位日记作者写的那样："酒吧里挤满了高兴的醉汉，他们高唱着《蒂珀雷里之歌》和最新的军歌，军歌的歌词是：'振作起来我的孩子们，把他们全部干掉。'"

六十八　下蛋器

一九四〇年十二月二十七日星期五，海军部对空中雷进行了第一次全面测试，采用小型炸弹的升级版将由气球携带升空。当德国飞机接近时，九百来只气球做好了升空的准备。官员们发出了发射信号。

没有气球升起。

发射团队有半个小时没有收到发射气球的通知。

随后的情况不再让人振奋。"九百多只充气气球中，大约三分之一存在问题，"空战历史学家巴兹尔·科利尔写道，"剩下的在上升过程中过早爆炸，或者在意想不到的地方提前落下。"

轰炸机根本没有出现；测试在两个小时后暂停。

丘吉尔和教授仍然没有气馁。他们坚持认为这种雷不但可行，而且对防空极为关键。丘吉尔下令生产更多空中雷，进行更多测试。此时，空中雷计划的官方代号为"下蛋器"，想来并不是为了幽默。

同样在进行的工作是，皇家空军希望能增强定位并干扰或遮盖德国空军波束的能力，但德国工程师也在不断设计新的变种和传输模式，并建造更多的发射机。与此同时，德国飞行员对皇家空军可能会使用同样的波束定位轰炸机并设置空中埋伏感到越来越不安。

他们太高看皇家空军了。尽管改进了空对空雷达和战术，皇家空军战斗机司令部在夜幕降临后实际上仍是瞎子。

六十九　友谊地久天长

十二月二十九日星期日晚，罗斯福在他总统任期内的第十六次"炉边谈话"中强调了援助英国的重要性。随着成功连任，罗斯福觉得现在可以比过去更加随心所欲地谈论战争了。他第一次使用了"纳粹"这个词，并将美国描述为"民主国家的兵工厂"——一个由哈里·霍普金斯首创的表达。

"谁也无法凭借爱抚把一头老虎驯服成小猫，无情是无法安抚的。"罗斯福说。如果英国战败，轴心国德国、意大利和日本的"邪恶同盟"将不可一世，而"我们所有人，整个美洲，都将生活在枪口下"——"纳粹的枪口下"，他随后在演讲中指出。

霍普金斯也曾劝他让这次讲话变得乐观一些。罗斯福明确道："我相信轴心国不会赢得这场战争。我这一信念有最新、最准确的信息作为基础。"

其实，所谓"最新、最准确的信息"只不过是他的直觉，即租借法案不仅可以在国会通过，而且会让战争局势发生有利于英国的转变。演讲撰稿人罗伯特·舍伍德称其为罗斯福"自己私底下对租借法案会通过，以及这一措施将使轴心国走向失败的信念"。

数百万美国人收听了这次讲话，数百万在凌晨三点三十分等着的英国人同样如此。然而，还有别的事让伦敦人分心。那晚，或许是为了削弱罗斯福计划的炉边谈话的力量，德国空军发动了迄今为止最大规模的空袭之一。轰炸目标是伦敦的金融区，著名的金融城。这次空袭是否真是为了反驳罗斯福的广播讲话，这一点无从得知，但其所选时机无疑经过了周密安排。轰炸机在圣诞节这周的星期日夜里来临，这时金融城的所有办公室、商店和酒吧都已关闭，可以确保不会有什么人在周围见到并扑灭落下来的燃烧弹。泰晤士河正处于低潮，因此限制了消防用水。这还是一个没有月亮的夜晚——天文学上的新月已在前一天晚上出现——这几乎保证了不会有来自皇家空军的阻力。在无线电信标的精确引导下，德国空军的引火部队 KGr 100 投下了照亮目标的燃烧弹，以及为了摧毁水管和让更多燃料暴露在燃起的大火中的高爆弹。凛冽的寒风加剧了火势，造成了人们口中的"第二次伦敦大火"，第一次发生于一六六六年。

这场空袭造成了一千五百起火灾，摧毁了金融城的百分之九十。两打燃烧弹击中了圣保罗大教堂。一开始，看到它的圆顶被周围大火的浓烟所笼罩，人们担心这座大教堂已遭摧毁。但它以相对较小的受损程度幸存了下来。除此之外，这次空袭是如此成功，就连皇家空军的空袭策划者在后来针对德国城市的轰炸中也采取了同样的战术。

在柏林，约瑟夫·戈培尔在日记中对这次空袭的结果得意扬扬，但他首先谈到的是罗斯福的炉边讲话。他写道："罗斯福发表了一场旨在针对我们的卑鄙无耻的讲话，他在其中以最粗俗的方式污蔑帝国和这场运动，并呼吁给予英国最广泛的支持，而且坚信英国将会取胜。这是对民主的歪曲。元首尚未决定如何处置这件事。我将赞成采取强硬的战略，对美国毫不留情。我们现在做得还远远不够。毕竟，人有时候必须保卫自己。"

他带着明显的满足，接着说到德国空军及其最近取得的成功。"伦敦在我们的打击下瑟瑟发抖。"他写道。他声称，美国媒体大为震动，印象深刻。"只要我们能够连续四周保持这种规模的轰炸，"他写道，"局势就会大不相同。此外，他们的海运损失严重，护航舰队遭受攻击，等等。伦敦现在没有什么东西值得沾沾自喜的，这是肯定的。"

丘吉尔对此有不同的看法。就激发美国人的同情而言，这场"伦敦大火"的时机堪称完美。正如亚历山大·贾德干在日记中所说："在最关键的时刻，这在美国可能会对我们大有帮助。尽管德国人如此狡猾、勤奋、高效，但感谢上帝，他们是群傻瓜。"

抛开死亡和破坏，罗斯福的炉边谈话让丘吉尔感到非常激动。在跨年夜，他会见了比弗布鲁克和新任外交大臣安东尼·伊登，讨论该如何回复。丘吉尔最高级别的财政官员，财政大臣金斯利·伍德也在座。

电报的开头是："我们对您昨天所说的一切深表感谢。"

但丘吉尔比世界上任何人都清楚，罗斯福当前的讲话只是一些精心选择的话语的集合。它提出了许多问题。丘吉尔口授道："请记住，总统先生，我们不知道您心中有什么计划，也不清楚美国将做些什么，但我们正在为我们的生命战斗。"

他提醒到英国当前承受着财政压力，许多订购的物资尚未付款。"如果我们不得不向你们的承包商拖欠付款，而他们必须向他们的工人支付工资，世界局势将受到怎样的影响？这难道不会被敌人利用，导致英美合作彻底崩溃吗？眼下，几个星期的拖延很可能就会将我们置于这种情境。"

在日记本背后，在被用来给早期笔记添加注释和附录的空白页上，玛丽摘录了一些书里的话、歌词和父亲的讲话，还写了些打油诗的片段。她把她一九四〇年读过的几十本书都列在了上面，包括海明威的《永别了，武器》、杜穆里埃的《蝴蝶梦》和狄更斯的《老古玩店》，最后这本书玛丽开始读了，但还没有读完。"我就是受不了那个讨厌的小耐儿和她外公。"她写道。她也读了赫胥黎的《美丽新世界》，并注释道："我觉得听起来很血腥。"

她写下了一首歌的歌词，"一只夜莺在伯克利广场上歌唱"，这是当时的一首情人的赞歌，由美国歌手平·克劳斯贝在最近（一九四〇年十二月二十日）录制。玛丽记下了一部分：

> 月亮照耀在蓝天上，
> 可怜的茫然的月亮他紧蹙着眉毛！
> 他又如何知道，我们的爱如此浩荡，
> 让整个该死的世界看上去上下颠倒？

在柏林，约瑟夫·戈培尔工作了一整天，然后驱车穿过"一场猛烈的暴风雪"，前往城市北面博登湖边的乡间宅院。这场雪、舒适的房子（忽略它的七十个房间），以及现在正处于新年前夜的事实，让他陷入了沉思。

"有时候我痛恨那座大城市，"他在当晚的日记中写道，"这外面是多么美丽、多么舒适。

"有时候我想永远都不回去。

"孩子们提着马灯在门口等待我们。

"暴风雪在外面怒号。

"在炉火边聊天更加美好。

"我们在这里拥有如此美好的事物，这折磨着我的良心。"

在伦敦的内阁战情室，约翰·科尔维尔递给同为私人秘书的约翰·马丁一杯香槟，随后两人喝掉了哈巴狗伊斯梅给他们倒的许多杯白兰地。他们爬上屋顶，为新年干杯，夜空一片黑暗，几乎不见月光。

到这天午夜，仅德国一九四〇年对伦敦的空袭便致使一万三千五百九十六人丧生，另有一万八千三百七十八人重伤。然而，更多的空袭尚未来到，包括所有空袭中最惨痛的一次。

一九四一年

第五部

美国人

一月至三月

七十　保密

一月的头六天非常寒冷，这是不列颠群岛上很不正常的低温。从一月一日到六日，靠近苏格兰爱丁堡的西林顿的温度一直在零摄氏度以下。在英格兰的霍法尔村，温度急剧跌到了零下二十一摄氏度。雪断断续续下了一整月，伯明翰的积雪有十五英寸深，利物浦附近更是已经厚达十英尺。狂风席卷乡村，风速超过了每小时七十英里，穿过威尔士霍利黑德港的阵风，风速高达每小时八十二英里。

在伦敦，大风和寒冷让街道结了冰，许多房屋被炸得千疮百孔、缺少供暖和玻璃窗的伦敦人生活得非常凄惨。就连待在克拉里奇酒店里也不舒服，它的供暖系统无法应对这么低的温度。酒店房客、美国军队公使雷蒙德·李将军一月四日报告说，他的房间"像台冰箱"，最后得靠烧煤让房间变暖。

雪花在一月六日晚上落下，暂时掩盖了被摧毁的房屋残破的外表，让伦敦呈现出一派美景。"这是一个多么美丽的冬日清晨呀！"雷蒙德·李将军在第二天的日记中写道，"起床后，透过高高的窗户时，我看到外面所有街道和屋顶上都覆盖着晶莹的白雪。"伦敦的这派风光，不禁让他想起了一张绘有中欧城市雪景的圣诞贺卡，"画面中黑色的烟囱在皑皑白雪与灰色天穹的衬托下显得尤为醒目"。

比弗布鲁克再次提出辞职，这是新年伊始让丘吉尔烦恼的几件事情之一。在他辞职前，丘吉尔曾让比弗布鲁克额外承担一项他认为关乎英国生死存亡的工作。

丘吉尔的首要任务之一是增加食物、钢材和大量民用物品与材料供应的进口，而由于德国的潜艇袭击愈演愈烈，这些货物的运输面临着前所未有的危险。为了更好地引导、协调与增加物资的流通，丘吉尔建立了一个"进口管理委员会"，并认定最佳管理人选非比弗布鲁克莫属，因为他曾极大地增加了供皇家空军使用的战斗机产量。一月二日，丘吉尔提议让比弗布鲁克担任主席，同时继续担任飞机生产大臣，职权将扩大到监督政府的三个供应部门。他也希望比弗布鲁克在这里能够提高货物与材料的流动性。这个职务将为比弗布鲁克提供他长期以来声称想要的更大的权力，但实际上也让他置身于委员会主席之位。而丘吉尔深知，比弗布鲁克痛恨委员会。

丘吉尔感到比弗布鲁克可能会抗拒这个提议，所以在语气中加上了恭维，还有他通常不会流露的"我好命苦啊"的困苦无奈。

"你将接手的这项工作具有无可比拟的重要性，"丘吉尔开头道，显然假定了比弗布鲁克必然会接过这项工作，"我想向你表明，我是在把我全部的信心和很大程度上这个国家的命运放在你的肩上。"

丘吉尔写道，如果比弗布鲁克不接受这项工作，这项工作则只好由他本人承担。"这不是最佳安排，因为这难免会分散我管理军事事务的精力，"他写道，"我之所以向你讲述这些，是因为我知道，你是多么真挚地想帮助我，而且你无疑能够帮助我顺利地解决我们国家的进口、航运和运输等问题。"

比弗布鲁克不为所动。他深表遗憾，拒绝了这项主席的任命，并且清楚地表明，他也向飞机生产部提交了辞呈。"我不适合做委员会方面的工作，"他在一月三日写道，"我就是那只独来独往的猫。"

他写下了令人讨厌的结尾："这封信不需要任何答复。我自己知道下一步该怎么办。"

丘吉尔将比弗布鲁克的辞职视为反对他本人甚至反对国家，因为现在离开简直就是背叛。他的精力和具有掠夺性的智谋，已经将飞机生产提升至神迹般的高度，既是帮助这个国家抗击德国的猛烈空袭的关键，也是让丘吉尔对夺得最后胜利保持信心的关键。此外，丘吉尔自己也需要他：他对政治暗流的了解，他的忠告，哪怕只要他出现，都能让一天充满活力。

"我亲爱的马克斯，"丘吉尔在一月三日口授道，"收到你的来信我很遗憾。你的辞职非常不合理，而且将被视为临阵脱逃。它将在一天之内摧毁你已经获得的一切声誉，将让数百万民众对你的感激和信赖化为愤怒。这一步将使你后悔终生。"

丘吉尔再次开启了自怜自哀："没有一位大臣获得过我给予你的这种支持，而且你很清楚，一旦你拒绝接受我托付给你的这项伟大使命，这一重担就会加在其他人身上。"

他等待着比弗布鲁克的回答。

丘吉尔还有其他烦恼。他得知保密问题出现了两次差错，这让他很不安。有一次，一位美国记者用电报把维希政府的保密信息发给了她供职的报纸《芝加哥每日新闻》。让丘吉尔尤为难堪的是，记者海伦·柯克帕特里克的情报是从他在迪奇利庄园举办的一场晚宴的谈话中搜集来的，那是他月圆之夜的藏身地，那里有一条不成文的规定，即不得泄露乡间宅院中的保密信息。然而在晚宴上，维希政府不会向德国提供直接的军事援助这一机密，被著名物理学家居里夫人的女儿、法国钢琴家艾芙·居里泄露了出来。

"居里小姐是一位杰出的女性，她应该明白不该在乡间宅院的聚会上随便谈论这类事情，"丘吉尔对现在的外交大臣安东尼·伊登写道，"出于新闻获利的目的，海伦·柯克帕特里克小姐辜负了我们的信任。军情五处应该尽早询问这两位女子，并得到她们的解释。"他告诉伊登，应该立即勒令柯克帕特里克离开英国。"我们绝不欢迎这类人罔顾英国的利益，在私人住宅中搜集信息。"

这一事件，以及另一个事件——一家美国航空杂志对秘密飞机细节的曝光，促使丘吉尔就一般保密工作这个主题向哈巴狗伊斯梅和其他人员做出指示。"随着新一年的开始，必须采取新的强硬措施，确保与战争相关的一切事宜处在更严格的保密之中。"他写道。他下令严格限制保密材料的流通，严格规定记者可以接触的信息类别。"我们现在因为外国男女记者的行为有了些麻烦，"他写道，"必须牢记，我们对美国说的一切都会被立即传到德国，而且没有补救的机会。"

丘吉尔对保密工作的愤怒，让约翰·科尔维尔担心起自己的日记，里面充满了军事行动的秘密和对丘吉尔行为的洞察，无论哪个德国特务碰巧发现，都会如获至宝。科尔维尔非常清楚，保留如此准确的记录很可能是非法的。"首相分发了一份有关保守文件机密的备忘录，突然让我为这本日记的存在感到内疚，"他在元旦那天写道，"我实在狠不下心来销毁它，所以只得退而求其次，用比之前更严格的方式把它锁在这里。"

一九四一年的第一天即将结束的时候，丘吉尔邀请科尔维尔一起去巡查在建的内阁战情室的防弹屋顶。丘吉尔太急于站上房梁和脚手架，于是决定在只有自己手杖顶端的电筒照明的情况下出发，结果很快就"陷入了齐踝深的浓稠的水泥浆里"，科尔维尔写道。

除了坠落的炸弹和遭到鱼雷攻击的船只，最让丘吉尔烦恼的是辛格尔顿法官先生发来的一份他调查比较皇家空军和德国空军力量的初步报告。丘吉尔曾经希望它能够给出答案，结束有关各方的争吵与攻讦。

结果未能如愿。

辛格尔顿写道，在调查过程中，他花了五天时间，听取有关战斗机、轰炸机、"损耗"飞机、备用战机与训练机数目的证词。他于一月三日星期五提交的文件只是一份中期报告——之所以是中期报告，是因为他自己也被搞糊涂了。他在开篇第一段中写道："我一度希望可以在某种程度上达成一致，但现在看来，在主要因素上达成一致的可能性微乎其微。"

他接受了教授在去年春天给出的推论：德国在空战中的损失、后备战机与新战机的生产速度，可能都与英国没有太大的不同，因此关键在于，首先要确切地知道英国经历了些什么。但是掌握准确的数字很难。即使他煞费苦心地分析，仍然有三千多架飞机情况不明。辛格尔顿连英国空军的情况都无法准确地描述，更不用说德国的了。此外，他也无法让各部提供的数字相互吻合。"我感觉，得到任何有关德国空军力量的数字都极为困难，"他写道，"现阶段，我只能说：我认为德国空军不像空军情报处声称的那么强大。"

丘吉尔对这一结果深感不满和恼怒，他尤其不满，空军部竟然不能对自己的飞机进行准确的记录。随着辛格尔顿继续调查，他掌握了更多相互冲突的数字。

比弗布鲁克不肯退让。一月六日星期一，他带着孩童般的任性告诉丘吉尔，他从一开始就不想当什么大臣。"我并不想参与政府工作，"他写道，"我不想要内阁中的位子，而且我确实拒绝过它。"他重申了自己不肯当这个新主席的决定，以及他辞去飞机生产大臣一职的决心。"这是因为，我已经不再有任何用处了，我已经完成了我的工作。"他写道，这个部门"没有我会运转得更好"。他对丘吉尔的支持和友谊表示感谢，并挥舞着想象出来的手帕在信的结尾写道："出于个人原因，我希望您允许我偶尔去看您，并像过去那样偶尔与您交谈。"

这太过分了。"我丝毫不想放你走，"丘吉尔在回信中写道，"如果你坚持这个如此可怕、毫无价值的意愿，我会觉得自己遭受了最残酷的打击。"信中某些地方，丘吉尔的话读起来更像是被情人抛弃后的凄婉哀叹，而不像出自一位首相。"你无权在战事正酣之际把你的责任推卸到我身上，"他写道，"……没有谁比你更清楚，我是多么依赖你的忠告和安慰。我不敢相信你会如此对我。"他建议，比弗布鲁克如果有健康需要，不妨休养几周。"至于现在弃船而逃——休想！"

午夜，丘吉尔再次给比弗布鲁克写信，这次他选择了手写，并在信中召唤着历史的裁决："你决不可以因琐碎的烦恼忘记当前的事件有多么宏大，以及我们此时所处的历史舞台有多么光辉。"他在信的结尾引用了法国大革命领袖乔治·丹东在一七九四年走向断头台前的一句话："丹东没有弱点。"

与比弗布鲁克的这些冲突基本上只是小打小闹。做了这么多年的朋友，他们深知如何让对方冷静，也知道何时停下。这是丘吉尔喜欢让比弗布鲁克留在政府里的原因之一，而且他正是从后者几乎每天的出席中发现的这一价值。比弗布鲁克的行为永远无法预测。这的确令人恼怒，但也能成为充沛的精力和冷眼观察的清晰思路的来源，他的头脑就像风暴。他们俩都很喜欢相互口授信件。这对他们来说就像在演戏——丘吉尔穿着那套金龙晨衣，趾高气扬地阔步行走，拿着熄灭的雪茄在空中指指点点，品味着文字的声音和感觉；比弗布鲁克则像狂欢节上的飞刀演员，挥舞着手上拿到的任何餐具。由此完成的信件的外在特性揭示了他们对立的本质。丘吉尔的自然段很长，遣词用字准确精致，充满了复杂的语法结构和历史典故（他在一张给比弗布鲁克的便条中用了"鱼龙"这个词），而比弗布鲁克的每个自然段则是一柄单独的短刀，以短小利落的词语为锯齿，它一进而出，没有那么多回味。

"事实上，他们都喜欢这么干，谁都没有觉得写信或者通常的口授信件费劲，"比弗布鲁克的传记作者 A. J. P. 泰勒写道，"比弗布鲁克喜欢炫耀他的麻烦事，更喜欢在结尾处表达他在口授信件时实际感受到的那种情感依恋。"

一九四一年的第一周以更积极的形势告终，这让丘吉尔在一月七日星期二凌晨两点精神饱满地爬上床。更多好消息从利比亚传来，英军继续在那里痛打意大利陆军。而罗斯福在星期一晚上（也就是英国的星期二一早）发表了国情咨文，向国会提交了租借法案计划，宣告"我们的国家和民主的未来与安全，很大程度上是由远在我们疆界之外发生的事件维系的"。他描述了一个建立在"四大人类自由"基础上的未来世界：言论自由、信仰自由、免于贫困和免于恐惧的自由。

丘吉尔认识到，在租借法案安全通过之前，还有漫长的战斗，但罗斯福明确而公开地表达对英国的同情让他深感振奋。更让他振奋的是，罗斯福决定派遣一位私人特使前往伦敦，特使将在几天后到达。开始时，此人的名字让他感到茫然：哈里·霍普金斯。听到这个名字，丘吉尔尖锐地问道："谁？"

然而，丘吉尔现在已经明白，霍普金斯是与总统极为亲密的一位知交，此人甚至与罗斯福本人住在同一条走廊上，就住在白宫二楼的一个套间里，那里曾经是亚伯拉罕·林肯的办公室。丘吉尔的助理布伦丹·布拉肯称霍普金斯为"我们迄今接待的最重要的美国来访者"，并认为他对罗斯福的影响"超过任何一位在世者"。

那晚最终上床时，丘吉尔心中充盈着满足和乐观。科尔维尔在日记中写道，丘吉尔"蜷伏在被子下"微笑，而且"居然破天荒地为让我拖到这么晚才睡觉客气地表示歉意"。

对帕梅拉·丘吉尔来说，这一年在甘苦参半的基调中开始。她想念伦道夫。"哦！我多么希望你能偎依在我身旁啊，"她在元旦写给他的信里说，"那我将多么幸福！我一个人在这里不知所措，并且在想，你要是离开的时间太长恐怕会忘记我，这我可受不了。请不要忘记我，兰迪。"

她也告诉他，温斯顿宝宝现在有一副特殊的防毒面具。"他完全接纳了它。"她还说，她计划最近就去参加当地医院举办的毒气讲座。

比弗布鲁克还在担任飞机生产大臣，但没有成为进口管理委员会的主席。丘吉尔也没当，尽管他曾悲壮地声称自己会这样做。

七十一　十一点三十分特别列车

一月十日星期五上午，走进唐宁街十号的那位绅士看上去不大舒服。他脸色蜡黄，一副脆弱、疲惫的样子，而他穿的那件过大的大衣放大了这种效果。帕梅拉·丘吉尔注意到，他似乎从来都不脱掉那件大衣。第一次见面时，她对他的外表大为震惊，他嘴里叼着一根皱巴巴的、没有点燃的香烟，更让她感觉他健康欠佳。前一天，当他到达距离伦敦大约一百英里的普尔水上航空港时，已经极为疲倦，连安全带都解不开。"他看上去完全不像一位尊贵的特使，"哈巴狗伊斯梅写道，"他邋遢透了，衣服看上去就跟穿着睡过觉似的，帽子像是被当过坐垫。他看上去重病缠身、虚弱至极，似乎一阵风就可以把他吹走。"

然而这就是哈里·霍普金斯，后来被罗斯福称为在战争中扮演了决定性角色的人。霍普金斯时年五十岁，担任罗斯福的个人顾问。在此之前，他曾领导大萧条时期罗斯福新政中的三个重大项目，包括让数百万失业的美国人重新就业的公共事业振兴署。罗斯福于一九三八年任命他为商务部长，尽管身体变差，但他一直任职到一九四〇年。胃癌手术让他饱受一系列神秘病症的折磨，以至于一九三九年九月医生们认为他只能再活几个星期。他挺过来了，并于一九四〇年五月十日，也就是丘吉尔就任首相的同一天，接受罗斯福的邀请入住白宫。这成了永久性的安排。"他的灵魂在日渐衰弱的身体中燃烧，"丘吉尔写道，"他像是一座残破的灯塔，发射出的光束指引着庞大的舰队驶进港湾。"

然而，这些火焰和光束都是后来才出现的。首先，在会见丘吉尔之前，他在布伦丹·布拉肯的带领下参观了唐宁街十号。著名的首相官邸比白宫小得多，看上去远没有后者那么壮观，更糟糕的是它此时很残破。"唐宁街十号看上去倒只是稍微有点残破，因为与它紧邻的财政部遭受的轰炸更严重。"霍普金斯在当天晚些时候发给罗斯福的消息中这样写道。每一层都有炸弹损坏的痕迹。大部分窗户都破碎了，工人们一直忙着修理。布拉肯领着霍普金斯下楼，走进地下室新近加固过的餐厅，给他倒了一杯雪莉酒。

终于，丘吉尔来了。

"一个圆圆胖胖、满脸笑容的红脸绅士出现了，他伸出了肥胖但仍然相当有力的手，欢迎我来到英格兰，"霍普金斯告诉罗斯福，"他穿着短款的黑色大衣和条纹裤，这位英国人清澈的眼睛和略带伤感的声音让人印象深刻，他带着明显的骄傲向我展示他美丽的儿媳和孙子的照片。"最后一句话指的是帕梅拉和小温斯顿。"午饭很简单但很好吃，是由一个非常普通的女人端上来的，她似乎是丘吉尔家的长期女仆。汤、冷牛肉——丘吉尔觉得我拿的果酱不够又给我添了些——蔬菜沙拉、奶酪和咖啡、低度葡萄酒和波特酒。丘吉尔从一个小银盒子里取出了鼻烟，他喜欢这个。"

霍普金斯随即提到了一个让美英关系有失和谐的问题。"我告诉他，有些人觉得他，丘吉尔，不喜欢美国、美国人或罗斯福。"霍普金斯回忆道。丘吉尔断然否认，并指责约瑟夫·肯尼迪传播如此严重失实的印象。他指示秘书拿来他去年秋天发给罗斯福的一封电报，他在其中祝贺总统连任——就是那封罗斯福从未回复也从未承认收到的电报。

当霍普金斯解释说，他的使命是尽一切可能弄清英国当前的形势和需要时，最初的尴尬便很快消解。谈话的范围极广，从毒气到希腊再到北非。约翰·科尔维尔在日记中指出，丘吉尔和霍普金斯"给彼此留下了深刻的印象，一直促膝长谈到将近四点"。

天开始黑了。霍普金斯回到他住的克拉里奇酒店。空中几乎是满月，于是丘吉尔和平时的周末随行人员出发前往迪奇利，霍普金斯将在第二天星期六在那里加入他们的行列，用餐并留宿。

科尔维尔和布拉肯一起驱车前往迪奇利，沿途讨论霍普金斯。第一个意识到霍普金斯对于罗斯福何等重要的人是布拉肯。

他们边开车边聊天，能见度变得越来越低。由于灯火管制，汽车前灯的亮度必须降到最低，因此，即使在晴朗的夜里，开车也不容易。而现在"寒雾降临"，科尔维尔写道，"结果我们撞上了一辆运送炸鱼和炸薯条的货车，车起了火。没人受伤，我们安全抵达迪奇利"。

对刚刚度过了心碎一日的科尔维尔来说，这是一个非常恰当的转折点。当丘吉尔与霍普金斯一起吃午饭时，科尔维尔正与他深爱的盖伊·马杰森在伦敦卡尔顿酒店的烧烤餐厅吃饭。两年前的今天刚好是他第一次向她求婚的日子。"我尽量适当表现得疏远，避免太过私密。"他写道，但谈话很快就转向引领个人生活的哲学观念，因此进入了更触及内心的领域。她看上去可爱极了，非常高雅。她穿了一件银色的狐皮大衣，头发顺着肩膀垂下。然而，科尔维尔欣慰地发现，她的口红涂得太重——他习惯于通过关注她的缺陷来减轻无法得到她的痛苦。"她当然不是一九三九年一月十日那天的盖伊，"他写道，"而且我觉得，她并未在牛津大学的影响下有所进步。"

午饭后他们去了国家美术馆，在那里遇见了伊丽莎白·蒙塔古（贝茨）和尼古拉斯·亨德森（尼科），后者即传说中俘获盖伊芳心的那个人。科尔维尔感觉到了尼科和盖伊之间的亲密，这激起了"奇异的怀旧情绪"，他觉得这就是嫉妒。

"我回到唐宁街十号，心里努力想，与我每天在这里看到的重大问题相比，这一切是多么无关紧要，但这没有用：如果我心中的爱情存在过的话，如今也在慢慢死去，我的心感到刺痛。"

玛丽·丘吉尔没有和家人待在迪奇利，她计划与朋友，也就是莱肯菲尔德勋爵夫妇的养女伊丽莎白·温德姆，一起前往勋爵家在伦敦西南部、西萨塞克斯南部丘陵地区的巴洛克风格乡间宅院——佩特沃思庄园度周末。那里距离英吉利海峡只有十四英里，是德军可能入侵的地区。玛丽计划先乘火车到伦敦，与她曾经的保姆马里奥特·怀特一起买点东西，然后转乘火车前往西南地区。"非常期盼去那里。"她在日记中写道。

契克斯的囚室里很冷，那天室外结着冰，而且很黑。在这个纬度上，冬天的早晨总是很黑，但战争中英国计时方法的改变让早晨变得更黑了。去年秋天，政府为了节省燃料，并在每天灯火管制之前给人民更多的时间回家，开始执行"英国双重夏令时"。到了秋天，时钟没有像平时那样调回去，甚至到了春天又往前拨了一个小时。这就让夏天的白天多出了两个小时（而不是一个小时），但同时也必定使冬天的早晨更长、更黑、更令人压抑，这让平民们经常在日记中抱怨。考文垂附近巴尔萨尔卡门村的克拉拉·米尔本便写道："早上黑得可怕，简直没办法早起，跌跌撞撞地，什么也看不清，什么也做不了。"

蜷缩在黑暗与寒冷中的玛丽睡过了头。她以为会有人叫醒她，但没有。她感觉糟透了。结冰的道路显得很苍白，正路被炸弹破坏了，她只得花时间绕弯路。但她到火车站的时候刚好赶上了火车。

这是八月份以来她第一次回伦敦，到达时她"感觉很奇怪——像乡巴佬进城似的慌里慌张"，她写道。

阔别数月，这座城市因炸弹和火焰的黑魔法变了样，但仍然让她感到很熟悉。"当我坐车经过那些记忆犹新的街道，看到那些伤疤与创口时，我感到自己深爱着伦敦。她褪去机灵劲儿，换上战服，我突然间如此爱她。"

这唤醒了她普鲁斯特式的回忆，使她想起了这座城市曾经怎样感动过她：夏日炎热的午后，穿过海德公园的一段骑行，那时她在一座桥上停驻，看着下面船里的人；白厅屋顶的一番风景，它"如同远方魔法城市的圆顶一样从夕阳照耀下的树梢升起"；还有，她曾在某个时刻，面对着圣詹姆斯公园湖边的一棵树，油然感叹它的"完美无瑕"。

她在唐宁街十号附楼——内阁战情室上面丘吉尔的新公寓里逗留了片刻，她惊叹母亲将这个地方变得如此舒适。用她的话来说，就是对着曾经平凡的办公室轻挥"魔杖"。克莱芒蒂娜将墙壁粉刷成浅色调，房间里挂满了照明良好的油画，还放上了自家家具。公寓横跨一条连接这里和政府办公室的过道，玛丽曾在一篇回忆录中写道："尴尬的官员们经常会遇到温斯顿，他像罗马皇帝那样裹着浴巾，穿过公共过道，湿答答地从浴室向自己的卧室走去。"

玛丽下午早早地到了佩特沃思庄园，那里正进行着一场大型派对，现场有许多她的年轻朋友和一些陌生人，有男有女。她认为，她的朋友伊丽莎白现在"又傻又做作"，还说，"我真的不怎么喜欢她"。但她很喜欢伊丽莎白的母亲维奥莱特，她以引领时尚潮流闻名一时。"维奥莱特穿着饰有珠宝的浅蓝色 V 领针织衫和猩红色的灯芯绒长裤，真是漂亮极了！！"

许多客人离开去看电影，但一路受了风寒的玛丽决定在为她安排的卧室里静静休息。稍后，玛丽喝完茶，恢复了一些精神，换好衣服去参加晚上的舞会。"我穿着樱桃红色的新衣服，扎着银色的刺绣腰带，戴着钻石（人造的！）耳环。"

首先是宴会，接着是舞会，她庄严地宣称："完全就像战前。"

她和一位名叫让·皮埃尔·蒙泰涅的法国人跳舞。"我高兴得不得了——我和让·皮埃尔大胆狂野地快速跳着华尔兹——太有意思了。我只有几支舞曲没有跳。"

她在凌晨四点三十分上了床："脚痛且疲倦，但非常高兴。"

而且病得不轻。

在星期六的迪奇利，丘吉尔夫妇与庄园主人罗纳德·特里和南希·特里为他们的贵客美国特使哈里·霍普金斯准备了一个辉煌的夜晚。形形色色的客人纷纷驾到，其中有贸易委员会主席奥利弗·利特尔顿。

"迪奇利的晚宴在庄严宏伟的环境下举行。"约翰·科尔维尔在星期六晚上的日记中写道。餐厅里只用烛光照明，蜡烛安置在墙上和头顶的一个大吊灯上。"餐桌没有过分装饰，四座镀金烛台点着细长的黄色蜡烛，中间摆着一只镀金杯。"晚餐非常豪华，食物"与周围的环境相配"，科尔维尔评价道，尽管他猜测，这顿晚宴如果发生在食品部最近发动的"反对铺张浪费运动"之前，想必会准备得更加精致。

晚餐结束后，南希和克莱芒蒂娜与其他女宾离开了餐厅。通过雪茄和白兰地，霍普金斯展示了隐藏在他那死亡之门般外表下的迷人能力。他赞扬了丘吉尔的一系列演讲，并说它们在美国大受称赞。他说，罗斯福有一次甚至指示在内阁会议的会议室里放一台收音机，以期与会者都能听到丘吉尔那雄辩口才的示范。科尔维尔写道："首相深受感动，并非常感激。"

既因为受到了这样的鼓舞，也因为白兰地的作用，丘吉尔放飞自我，开始了口若悬河的独白，讲述了自战争开始以来那些生死传奇。

这时，在烛光照耀下，客人们因为白兰地而湿润的眼睛也在闪光。最后，他转而谈到英国战斗的目的和世界的未来。他提出了有关欧洲合众国的构想，而英国是其设计师。他看上去就好像在下议院发表演讲，而不是在静谧的乡间宅院，对着一小群在雪茄和白兰地的作用下有些云里雾里的绅士说话。丘吉尔说："我们决不追求财富，我们没有领土野心，我们寻求的只是人类自由的权利。我们寻求每个人有崇拜自己神明的权利，有按照自己的方式生活的权利，有安稳度日不受迫害的权利。当白天结束，卑微的劳动者结束劳作回家，看到房舍中的炊烟在宁静的夜空中袅袅升起，我们希望他知道不会有砰砰砰的"——这时丘吉尔使劲地敲着桌子——"秘密警察敲击家门的声音来干扰他的闲暇，打断他的休息。"他说，英国寻求的只不过是民众普遍认可的政府，所有人都能够自由地表达意见，所有人在法律面前一律平等。"除此之外，我们的战争没有别的目的。"

丘吉尔停了下来。他看着霍普金斯。"不知总统对此会有何高见？"

霍普金斯在回答之前沉默了好一会儿。水晶和银器上反射的道道烛光闪烁不定。他沉默时间之长足以让人不安——有差不多一分钟，这在私下谈话中似乎是一段非常长的时间。时钟嘀嗒，火焰在壁炉中噼啪作响，蜡烛的火苗静静地跳着黎凡特舞。

霍普金斯终于说话了。

"嗯，首相先生，"他用夸张的拖腔拉调的美式口音说道，"我觉得总统对这一切都不感兴趣。"

枢密院顾问奥利弗·利特尔顿在日记中写道：这时他感到一阵担忧，丘吉尔预测有误吗？"老天啊，"他想，"情况不妙……"

霍普金斯的第二次停顿萦绕在空气中。

"你瞧，"他慢慢悠悠地说，"我们感兴趣的，是看到那个该死的希特勒狗崽子一败涂地。"

餐桌旁的来宾吁出一口气，这让他们的笑声显得分外响亮。

　　特里夫人走进来，和蔼但坚决地将丘吉尔和其他来宾带到迪奇利家庭影院观看电影——前一年公映的影片《杨百翰》，迪恩·贾格尔在其中饰演摩门教领袖，泰隆·鲍华饰演一位追随者。（该片在盐湖城的首映引起了轰动，共吸引二十一万五千名观众，而当时该市的总人口为十五万人。）随后是一些德国新闻短片，包括一九四〇年三月十八日拍摄的希特勒和墨索里尼在奥地利和意大利边境阿尔卑斯山布伦纳山口会面的情景。科尔维尔写道："其中的歌功颂德和荒唐行径之多，比查理·卓别林在《大独裁者》中的表现更可笑。"

　　丘吉尔和客人们凌晨两点才去休息。

　　那天夜里的伦敦，在德国猛烈的空袭中，一枚炸弹击中银行地铁站，炸死了五十六名躲在里面的市民，部分尸体被抛在一辆正在进站的列车前方。死者的年龄在十四至六十五岁之间，包括一位名叫比格尔斯的警官，一个名叫范妮·齐夫的六十岁苏联人，以及一个名字贴切得可怕的十六岁的孩子——哈里·罗斯特（Harry Roast）[①]。

　　泰晤士河南部，空气中弥漫着咖啡烧焦的气味，因为伯蒙德塞的一座仓库里有一百吨咖啡被点燃了。

　　这就是空袭带来的附加的残酷性。除了致人死命与伤残外，它还摧毁了英国已经严格限量供应的生存物资。在一月十二日星期日结束的那一周，炸弹和大火摧毁了两万五千吨糖、七百三十吨奶酪、五百四十吨茶、二百八十八吨培根和火腿，而其中最残酷的，可能要数估计多达九百七十吨的果酱和柑橘酱。

---

①Harry 意为"折磨、袭击"，Roast 意为"烤"。

388

在星期日晚上的迪奇利，丘吉尔一直将霍普金斯留到第二天早上四点三十分。霍普金斯在给罗斯福的信里提到了这一晚，信是用克拉里奇酒店端庄典雅的信纸写成的。信的内容会让首相很高兴。"在这里，以丘吉尔为首的人们令人惊叹，"霍普金斯告诉罗斯福，"如果可以单靠勇气取胜——战争的结果将不言而喻。但他们亟需我们帮助，而且我相信，您不会允许任何东西阻塞我们帮助他们的通道。"他写道，丘吉尔能够治理整个英国政府，并对战争的各个方面了如指掌。"他正是这里唯一那个你需要与之展开全面深入的讨论的人，这一点我再怎么强调都不过分。"

霍普金斯强调当下形势紧急。"总统先生，这座岛屿现在需要我们的全力帮助。"

在第二封信中，霍普金斯强调笼罩丘吉尔政府的威胁迫在眉睫。"我不得不观察到的最重要的事实是，这里的大部分内阁成员和所有军事领袖都相信，入侵一触即发。"他们预测入侵会在五月一日前发生，他写道，并"相信这次必将是包括使用毒气在内的全面进攻，或许还会用到德国可能已经研发成功的其他新型武器"。他敦促罗斯福早日行动。"我……再怎么催促也不为过，你要采取的任何满足这里当前需求的行动，都必须以假定入侵将在五月一日前开始为基础。"

丘吉尔坚持发给霍普金斯一套防毒面具和一顶头盔——他的"锡帽"，这清楚地表明了，他将毒气视为沉重且真实的威胁。霍普金斯都没有戴。从着装的角度看，这样做是明智的，他和他那件巨大的外套已经很像美国农民插在田地里吓唬鸟类的稻草人了。

霍普金斯告诉罗斯福，"关于那顶头盔，我能说的最恭维的话是，它看上去比我自己的帽子还糟糕，而且尺寸不合——防毒面具我戴不上——所以我一切安好。"

星期二上午写完这封信后，霍普金斯穿过严寒，出发去见丘吉尔、克莱芒蒂娜、哈巴狗伊斯梅、美国观察员雷蒙德·李将军和哈利法克斯勋爵夫妇，他们将一起前往位于苏格兰最北端斯卡帕湾的英国海军基地。哈利法克斯夫妇和雷蒙德·李将军将在那里登上一艘驶往美国的战列舰。

　　前往斯卡帕湾的旅途本身也是丘吉尔争取霍普金斯支持英国事业的一部分。自从来到这里，霍普金斯便像一个穿着大码外套的衰弱的影子，几乎时刻与丘吉尔待在一起。霍普金斯后来意识到，他在英国的头两个星期，和首相一起度过了十二个夜晚。丘吉尔"几乎不让他离开自己的视线"，哈巴狗伊斯梅写道。

　　霍普金斯还没有完全熟悉伦敦的地形，就向他以为是国王十字火车站的方向走去，丘吉尔的专列将在那里等他。他被告知要称这列火车为"十一点三十分特别列车"，以保守丘吉尔在场的秘密。

　　列车确实在国王十字火车站等候，但霍普金斯没有到。他去了查令十字火车站。

七十二　前往斯卡帕湾

一月十四日星期二的早晨，当丘吉尔在唐宁街十号附楼的防弹卧室里醒来时，他的模样和声音都很吓人，他的感冒——显然是十二月感染的那场——现在发展成了总也不好的支气管炎。（玛丽回到了契克斯，星期一晚上，她的感冒让她浑身乏力地上了床，咳嗽不止。）克莱芒蒂娜担心丈夫，特别是考虑到他计划在那天早上前往斯卡帕湾，为哈利法克斯和妻子多萝西送行。她叫来了丘吉尔的医生查尔斯·威尔逊爵士，他上一次见丘吉尔还是在去年五月，丘吉尔当上首相之后不久。

在附楼的正门口，一位丘吉尔的工作人员迎接威尔逊，并告诉他，克莱芒蒂娜想在他见丘吉尔之前立即见他。

她告诉医生，丘吉尔要去斯卡帕湾。

"什么时候？"威尔逊问。

"今天中午，"她说，"那里有暴风雪，而温斯顿得了重感冒。你必须阻止他。"

医生发现丘吉尔还躺在床上，于是劝他取消这次行程。"他的脸涨得通红。"威尔逊回忆说。

丘吉尔掀掉被子。"你说些什么鬼话！"他说，"我当然要去。"

威尔逊把这些报告给克莱芒蒂娜，她很不高兴。"好吧，"她厉声说，"如果阻止不了他，你至少要和他一起去。"

威尔逊同意了，丘吉尔也同意带上他。

威尔逊当然没想到，一次简单的家庭出诊会有这种结局，他没带随身行李。丘吉尔借给他一件带有阿斯特拉罕羔羊皮衣领的厚大衣。"他说这衣服能挡风。"威尔逊回忆道。

威尔逊明白，这次旅行对外宣称是为新大使送行，但他猜测还有一个目的：丘吉尔实际上只想看看在斯卡帕湾的战舰。

在火车站，丘吉尔一行人看到了一长排普尔曼汽车，足以证明出行的人数之多。他的"特别列车"通常有一节专用车厢，包括一间卧室、浴室、会客室和一间办公室；一节由两部分组成的餐车，一部分由丘吉尔和他指定的客人使用，另一部分由工作人员使用；还有一节带有十二间一等包厢的卧铺车厢，每位特殊客人占据一间。工作人员的住宿条件没有那么豪华。丘吉尔的管家索耶斯自然在列，还有包括汤普森探长在内的警探们。丘吉尔通过恰巧在唐宁街十号值班的私人秘书与伦敦的办公室保持联系，这次值班的是约翰·科尔维尔。列车携带一台加密电话，可以与火车站或者铁路侧线的电话线相连。火车上的秘书只需要告诉接线员一个代号，"湍急瀑布4466"，然后电话就会被自动转到首相办公室。

事实证明，为十一点三十分特别列车采取的保密措施基本上没起作用。乘客们到达后聚集在一起，好多面孔是可以通过新闻照片和影片辨认的。包括比弗布鲁克和伊登在内的一批大臣也来告别——比弗布鲁克的出现并不受欢迎，至少对哈利法克斯夫人来说如此，她相信丈夫被任命为大使就是他在搞鬼。他们夫妇都不愿意离开伦敦。"我们都觉得是比弗布鲁克提出的建议，我一丁点都不信任他，"哈利法克斯夫人后来写道，"我们最后不得不去，我想我从来没有这么凄惨过。"

雷蒙德·李将军看着大人物一个个到来。"哈利法克斯勋爵夫妇，他那么高大，她那么娇小。他们走下站台，与众人道别，然后是长着胖圆脸、短翘鼻子、亮晶晶眼睛的首相，他穿着蓝色双排扣外套的半航海服，戴着尖顶帽，身边是身材高挑、衣着得体的丘吉尔夫人。"哈巴狗伊斯梅走在他们身边。李写道："尽管丘吉尔显然带着感冒的病容，但他'兴致很高'。外面的人群一片欢呼。"

当伊斯梅登上火车时，他吃惊地看到丘吉尔的医生查尔斯·威尔逊爵士已经在车上了。"他看上去可怜巴巴的，"伊斯梅写道，"我问他怎么也来了。"

威尔逊把他上午见丘吉尔夫妇的经历告诉了伊斯梅。

"所以我来了，"威尔逊说，"连把牙刷也没带。"

最后一分钟，霍普金斯沿着站台急匆匆地跑来，他的大外套在身后飘荡。当然，火车根本不可能不带上他就开走。不论晚点多久，丘吉尔都会为了他的美国护身符让火车等着的。

那天晚上在餐车里，雷蒙德·李将军发现自己紧靠着哈利法克斯勋爵而坐，对面是克莱芒蒂娜和加拿大军需部长。"这段时间里我们确实相当愉快，"李写道，"丘吉尔夫人是一位高大漂亮的女子，穿着一件鲜红色的披风，让我心情极佳。"哈利法克斯某刻非常严肃地问，为什么白宫取名白宫，这让克莱芒蒂娜开起了玩笑，说这的确是他在到达美国之前应该弄清楚的一件事。

现在雷蒙德·李将军插了进来，讲述最早的总统府如何在一八一二年的战争中被英国人烧毁。"哈利法克斯勋爵看上去非常震惊而且困惑不已，"李后来写道，"所以我敢确定，他根本不知道有这场一八一二年的战争。"

丘吉尔和哈利法克斯夫人、伊斯梅当然还有霍普金斯一起吃饭，一群人中，只有丘吉尔身穿晚礼服，与霍普金斯形成了鲜明的对照，后者和平常一样不修边幅。晚餐后，丘吉尔和其他人移步到会客厅。

尽管身患支气管炎，丘吉尔还是熬夜到凌晨两点。"他为自己渊博的历史知识、表达能力和旺盛的精力感到非常自豪，他把这一切尽情地展现给霍普金斯观赏，"雷蒙德·李将军写道，"霍普金斯确实是第一个得到他重视的总统代表。我断定，他从未向约瑟夫·肯尼迪倾诉衷肠，甚至根本不把他当回事。"

第二天早上，丘吉尔和其他人起床后发现，前方某处的一场脱轨事故，迫使列车停在了距离终点站瑟索还有十几英里的地方，他们本来应该从瑟索坐船继续前往斯卡帕湾所在的水域的。火车外是一片冰封景象，一片"荒野"，被派来旅行的私人秘书约翰·马丁写道："大地覆盖着白雪，暴风雪在窗边呼号。"英国气象局报告，这一带的积雪厚达十五英尺。风在车厢间凄厉地呼啸着，穿过原野横向地吹撒着雪花。对霍普金斯来说，在经历了他只觉得寒冷的一周后，这真是一片凄凉的景象。

尽管声音嘶哑而且一脸病容，丘吉尔依然"满面笑容地来到早餐车，干了一大杯白兰地"，哈利法克斯的私人助理查尔斯·皮克在日记中写道。尽管首相容易晕船，但他迫不及待地想要坐船出海。他在某一刻说："我要去弄点马瑟希尔。"指的是许多晕船的旅行者喜欢的一种药品。

他开始谈论一种能一次发射多个小型火箭的试验性防空武器的种种神奇之处。一种初期版本已经在契克斯就位，用以防御低空飞行的敌机，但现在海军正在试着改造这种武器来保护舰艇。在斯卡帕湾期间，丘吉尔计划用原型机试射一次，这一设想让他欣喜不已——直到一位同行的海军部高级官员插嘴说，每次发射的花费大约是一百英镑（相当于今天的六千四百美元）。

就像皮克看到的那样："首相的笑容消失了，他的嘴唇和嘴角仿佛婴儿一般耷拉了下去。"

"那就，不放了？"丘吉尔问。

克莱芒蒂娜插了进来："放吧，亲爱的，你可以放一次。"

"对，没错，"丘吉尔说，"我放一次就成。就一次。不会有什么坏处的。"

皮克写道："谁也不忍心说这么做不好，于是他很快就又容光焕发了。"

第二天他们会发现，这么做确实不好。

七十三 "你往哪里去"

火车在瑟索城外停滞不前，天气恶劣，且丘吉尔病得严重，人们开始争论是否要继续前进。克莱芒蒂娜担心丈夫的支气管炎，医生也很担心。"人们一直在讨论我们该怎么做，"秘书马丁写道，"海上风浪很大，而我的老板得了重感冒。"

丘吉尔打破了僵局。他戴上帽子、穿上大衣，离开了火车，大步走向一辆停在铁路边不远处的汽车。他死死地坐在汽车后座上，发誓无论如何都要去斯卡帕湾。

其他人也跟上来，坐进别的汽车，车队开过积雪的道路，到达一个叫斯克拉布斯特的小港口，从那里登上一条小船，把他们带到了在更远处等待着的大船边。"那片土地非常凄凉，令人生畏，"雷蒙德·李将军回忆道，"唯一的活物是一群群看上去像是绵羊的东西。我想，这些动物身上一定长出了哈里斯粗花呢，否则就会被冻死。"其中一些人登上了两艘扫雷舰，丘吉尔、克莱芒蒂娜、霍普金斯、伊斯梅和哈利法克斯则被接上了"内皮尔号"驱逐舰。这艘军舰在此起彼伏的海浪中航行，遮蔽视线的暴风雪与绚丽的太阳混杂在一起，在闪闪发光的白雪覆盖的海岸的陪衬下，海水蓝得令人心醉。

对丘吉尔来说，除去支气管炎，这就是纯粹的欢乐——而且，通过一系列反潜艇网进入斯卡帕湾所带来的戏剧性放大了这种欢乐。反潜艇网必须由警戒舰拉开并迅速合拢，以防德国潜艇随后潜入。战争初期，一艘德国潜艇曾于一九三九年十月十四日在斯卡帕湾用鱼雷袭击"皇家橡树号"战列舰，导致一千两百三十四名船员中八百三十四人丧生，这促使皇家海军安置了一系列叫作"丘吉尔栅栏"的保护性堤道。"内皮尔号"和两艘扫雷舰进入斯卡帕湾的中心水域时，太阳再次出现，向停泊的军舰和白雪覆盖的山坡上洒下了钻石般的光芒。

哈巴狗伊斯梅觉得这太令人激动了，他跑去找霍普金斯。"我想让哈里从这种景象中见到大英帝国的军力、威严、统治力和强大，并意识到，如果这些军舰发生了任何不幸，整个世界的未来都可能会改变，不仅仅是对英国，最终也包括美国。"伊斯梅说得有些夸张，因为当时只有少数重要军舰停泊在港内，舰队主力奉派前往地中海，或者奉命护送商船和搜寻德国袭击商船的舰队。

伊斯梅在一间军官室中找到霍普金斯，他正"郁郁不乐地发抖"。这位美国人似乎筋疲力尽了。伊斯梅把自己的一件毛衣和一双内衬皮毛的靴子给了他，这才让霍普金斯振作了一些，但还不足以让他接受伊斯梅的建议：一起在军舰上快步走一圈。"他冻坏了，没法对英国舰队表现出热情。"伊斯梅写道。

伊斯梅独自走开了，而霍普金斯到处寻找一个能够躲开风寒的地方。他找到了一个似乎很理想的地方，并坐下来。

一位军士长走近他。"对不起，先生，"这位军官说，"——但我觉得您不应该坐在这里，先生——那是一枚深水炸弹，先生。"

丘吉尔一行现在登上一艘令人印象深刻的新战列舰——"乔治五世号"，这艘军舰将把哈利法克斯夫妇和雷蒙德·李将军送往美国。丘吉尔选择这艘战舰作为哈利法克斯赴美的座舰，也被认为是为了讨好罗斯福。丘吉尔知道总统先生喜欢军舰，而且和他一样热衷于海军事务。确实，罗斯福至今已经搜集了大大小小四百多艘舰船模型，其中一部分将在一九四一年六月纽约海德公园的罗斯福总统图书馆开馆时展出。"没有哪个情人会像我研究罗斯福总统那样，研究他情妇的每一个突发奇想。"丘吉尔说。他选择"乔治五世号"，他写道，是"为了尽可能赋予我们的新大使哈利法克斯勋爵到达美国这件事各种重要性"。

午饭后，人人都在船上道别。霍普金斯把他给罗斯福的信交给了雷蒙德·李将军。

丘吉尔和送行者们下到了一条小船上，它将把他们带到今夜的目的地——一艘叫作"纳尔逊号"的旧战列舰。丘吉尔一如既往地仔细遵守海军规程：级别最高的军官（这里是他本人）最后一个离舰。海浪起伏不定，风扫过黑暗的大海。李站在"乔治五世号"的甲板上，注视着小船"在飞溅的浪花中"离去。李的手表显示，当时是四点十五分，北方的日落很快就要到来。

雷蒙德·李将军和哈利法克斯夫妇乘坐的"乔治五世号"离去了。李写道："没有喧闹，没有音乐，没有礼炮声；我们起锚驶向大海。"

在越来越暗淡的天色下，丘吉尔和霍普金斯乘坐小船返回"纳尔逊号"，他们和其他人在那里过夜。

第二天，一月十六日星期四，在"纳尔逊号"上，丘吉尔得到发射新型防空武器的机会。但过程中出了差错。"一颗炮弹缠绕在索具上了，"秘书马丁回忆道，"我们听见了一声响亮的爆炸声，接着，一个像果酱罐一样的东西朝我们站着的舰桥飞过来。我们全部趴下，一声巨响传来，但没有造成严重损坏。"霍普金斯后来告诉国王，那枚炸弹落在距离他所站位置五英尺的地方。他没有受伤，而且觉得这次事故很好笑。丘吉尔显然不这么觉得。

最后，丘吉尔一行人离开了"纳尔逊号"，乘坐舰队司令的交通艇返回"内皮尔号"驱逐舰，它将送他们回火车。天气比前一天更糟，海面上风浪更大了，这使从交通艇爬上驱逐舰的甲板成了充满危险的冒险。这种情况下，海军规程规定的登舰次序相反，丘吉尔需要第一个登舰。两条船随着海浪起伏着。风撕扯着船缘。丘吉尔攀爬全程说个不停，显得非常自如。在下面交通艇上的哈巴狗伊斯梅听到，有一级梯子在丘吉尔的重量压迫下发出"不祥的"破裂声，但首相接着往上爬，很快就上了舰。伊斯梅写道："轮到我的时候，我刻意避开了那级阶梯，但哈里·霍普金斯没那么走运。"

　　霍普金斯开始攀爬，他的大衣在风中飘荡。那级阶梯裂了，他开始往下掉。罗斯福的知己、英国潜在的救星，马上就要掉到下面的船上，甚至更糟，直接掉进交通艇和驱逐舰缝隙间的海里，这两艘船正如同老虎钳的钳口一样相对移动着。

　　两位水手抓住了他，扯着他的肩膀，让他悬在交通艇的上方。

　　丘吉尔鼓励式地向他呼喊："哈里，如果我是你，就不会在那里多待。两条船在汹涌的海面上靠得太近时，你很容易受伤。"

　　在回伦敦的路上，丘吉尔的火车在格拉斯哥停下。他在那里检阅了包括消防队、警队、红十字会、防空警备处、妇女志愿服务队在内的民间志愿者军团，所有人都在列队等候着。他每走到一个方阵前，都会停下来介绍霍普金斯，称其为美国总统的个人代表，这振奋了各队成员的士气，但也耗尽了霍普金斯残存的精力。

　　他躲了起来，潜藏到围观丘吉尔的人群中。

　　"但他逃无可逃。"哈巴狗伊斯梅写道。

　　每次，丘吉尔注意到霍普金斯失踪后都会召唤他："哈里，哈里，你在哪儿？"——弄得霍普金斯只好回到他身边。

霍普金斯在英国逗留期间最重要的时刻就发生在格拉斯哥，不过，此事眼下暂时对公众保密。

一行人聚集在格拉斯哥的车站酒店，与下议院议员、著名记者汤姆·约翰斯顿举行了一场小型晚宴，后者不久即被提名为苏格兰事务大臣。丘吉尔的医生威尔逊坐在霍普金斯身边，再次震惊于他的衣冠不整。随后是演讲环节，霍普金斯是最后一个。

据伊斯梅回忆，当时霍普金斯站起来，首先"大致对英国宪法，尤其是对那位永不屈服的首相，提出了一两项批评"。然后他转向丘吉尔。

"我猜想，您一定很想知道我回去之后会对罗斯福总统说些什么。"他说。

这么说未免太过克制。丘吉尔不顾一切地想知道自己对霍普金斯的巴结攻势取得了多大的进展，以及霍普金斯实际会对总统说些什么。

"好吧，"霍普金斯说，"与约翰斯顿先生的母亲一样，我的苏格兰母亲也是在《圣经》的真理的沐浴下长大，我将为你们引用这本书中的一节——"

霍普金斯把声音压低到近乎耳语的程度，背诵了《圣经·路得记》中的一段："你往哪里去，我也往哪里去。你在哪里住宿，我也在哪里住宿。你的国就是我的国，你的神就是我的神。"

然后，他柔声加了一句："直至世界末日。"

这是他自己加上去的，听到这句话，一股感激与宽慰的热浪似乎吞没了整个房间。

丘吉尔热泪盈眶。

"他知道这意味着什么，"他的医生写道，"即使对于我们，这段话也如同抛向溺水者的绳子。"伊斯梅则写道："霍普金斯以这种方式表达自己的忠诚或许有些轻率，但这些话让我们全体感动至深。"

一月十八日星期六，当丘吉尔和霍普金斯返回伦敦的时候，科尔维尔开车前往牛津，与盖伊·马杰森共进午餐。他谎称自己是因为首相的公事来到这座城市的，以此掩饰他的浪漫情怀。伦敦已经被积雪覆盖，他开车时雪还在下。他担心——或许希望——牛津大学如今让她变得更糟，她新留的长发显示了牛津的影响，但当他们饭后在她的房间里谈话时，他发现，她迷人的风采一如往昔。

"我发现她很有魅力，并没有像我担心的那样发生很大变化，"他写道，"但我没取得多大进展。我们总是能流畅地交流，但我一直未能突破'乔克的老样子'，而且，除非我有所改变，或者看上去有所改变，我永远都没机会给盖伊留下新印象。"

很快就到了离别时刻。雪还在下。盖伊与他道别，并邀请他再次来访。科尔维尔怀着明显的感伤写道，就在雪中，"盖伊一如既往地美丽，她的长发半掩在围巾里，她的脸蛋在寒冷中冻得绯红"。

他驾车穿过冰雪返回伦敦，宣布这次旅行是"一场噩梦"。

回来后，他决心与往事告别。他给盖伊拟了封信，承认"我仍然爱她，从我的角度来说，唯一的解决之法是斩断戈尔迪之结 [①] 并不再见她。我不该在她的生活中留下巨大的缺口，尽管我相信她喜欢我，但我不能作为一个被拒绝了的求婚者围着她转，受困于过去的记忆与可能发生的美梦"。

然而他知道，这不过是任何时代的情场失意者惯用的伎俩，而且，他也不想让那个结被永远切断。于是，他把信放到一边，然后在日记中写道："或许有些懦弱，我推迟了这一做法，并决定在一段时间内继续'混在一起'。历史上，力挽狂澜的例子屡见不鲜。"

---

① 指棘手两难、不易决断的问题。

这个星期六，希特勒的副手鲁道夫·赫斯再次前往奥格斯堡的梅塞施米特工厂机场，陪同者有一名司机、一名警探和他的副官卡尔－海因茨·平奇。赫斯给了平奇两封信，指示平奇在他离开四个小时后打开其中一封。平奇等了四个小时，保险起见又多等了十五分钟才打开那封信。他大吃一惊。信中写道，赫斯正在前往英国，试图达成一项和平协议。

平奇把他刚刚读到的内容告诉了警探和司机。他们讨论了这件事，无疑非常担心自己的生命与未来，但这时赫斯的战斗机返回了机场。他未能找到让飞机沿着正确航线飞行的无线电信号。

赫斯和其他人一起驱车返回慕尼黑。

霍普金斯原定两周的英国访问延长到了四周多，他大部分时间都和丘吉尔在一起，而这时，关于租借法案的悬念越来越多，美国国会能否通过法案尚不得知。但在这段时间内，霍普金斯差不多让每个遇到他的人都对他抱有好感，其中包括克拉里奇酒店的侍者，他们格外尽力地想让霍普金斯看上去体面一些。"哦，是啊，"他告诉一位侍者，"我必须记住我现在是在伦敦——我必须看上去有威仪。"侍者们时常发现他塞进衣服里的秘密文件，或者落在裤子口袋里的钱包。一位酒店侍者说，霍普金斯"非常和蔼、体贴，如果可以的话，我甚至想说他很可爱，他与住在我们这里的其他大使非常不同"。

丘吉尔一有机会就让霍普金斯在公众面前露面，这既是为了振奋英国民众，也是为了借机向霍普金斯和美国保证，他并不要求美国直接参战，尽管他在私下里真挚地希望，罗斯福可以不经过国会批准直接决定参战。一月三十一日星期五，丘吉尔带着霍普金斯一起巡访朴次茅斯和南安普敦一带遭受严重轰炸的地区，此后再次驱车前往契克斯，与克莱芒蒂娜、伊斯梅、私人秘书埃里克·西尔等人共进晚餐。丘吉尔"状态极佳"，西尔在当晚给妻子的信中写道，"丘吉尔和霍普金斯相处得很好，霍普金斯是个妙人，大家都喜欢他"。

霍普金斯带了一盒唱片，里面是些美国歌曲和用西尔的话说有着"英美风味"的音乐。曲子很快在大会堂中响起，留声机就摆在那里。"我们听着这些音乐直到深夜，首相走动着，时而随着音乐的节奏来上一段独舞。"西尔写道。在走动和跳舞之间，丘吉尔会时不时地对英美两国日益密切的关系发表评论并赞扬罗斯福。"在丰盛的晚餐和音乐的影响下，我们英美民族都有些多愁善感。"西尔写道。一种不可名状的感觉在大会堂中荡漾。"这无疑是令人非常高兴、非常满意的时刻——但难以用语言表达，尤其是难以在一封信中表达，"西尔告诉妻子，"在场的每个人都相互认识也相互喜欢——霍普金斯能够让他在这里遇到的人都喜欢他，这太不寻常了。"

七十四　第二十三号指令

随着入侵苏联的巴巴罗萨行动按计划进行，希特勒发现，英国的持续顽抗令人烦恼。他需要先调用所有士兵、坦克和战机入侵苏联，然后就可以腾出手来，集中精力对付不列颠群岛。然而，在此之前，他需要与英国谈和，或者至少让它不再是一个强劲的敌人，正是在这一点上，在至少暂时不考虑入侵英国的情况下，德国空军一直扮演着最关键的角色。未能取得赫尔曼·戈林承诺的胜利无疑是希特勒感到挫败的原因之一，但他还没对空军失去希望。

二月六日星期四，他发布了新的第二十三号指令，命令空军与海军加强针对英国的攻势，最好逼迫丘吉尔投降，就算做不到这一点，至少也要削弱英国的军事力量，使其无法干扰他们的苏联行动。据称，苏联正在加速生产飞机、坦克和弹药，因此，他们拖的时间越长，就越难实现彻底摧毁苏联的愿景。

该指令说，增加攻击强度还有一个间接的好处，即制造德国即将入侵英国的假象，迫使丘吉尔继续将军力用于本土防御。

戈林大感惊慌。

"进攻东线的决定让我感到绝望。"他后来告诉一位美国审讯官。

他声称自己试图劝阻希特勒，甚至引用了希特勒写的《我的奋斗》，书中警告过双线作战的危险。戈林确信德国可以轻而易举击败苏联军队，但他认为现在不是时候。他告诉希特勒，他的空军已经让英国濒临崩溃与投降。"我们已经把英国逼到了我们期待的境地，现在却不得不停下。"

希特勒回答："是的，我只需调用你的轰炸机三四个星期，然后你就可以全部拿回去了。"

希特勒答应，一旦苏联战役结束，新腾出来的所有资源将输送给德国空军。据在场的一位目击者所说，希特勒答应戈林，他的空军规模将是原来的"三倍、四倍、五倍"。

意识到自己只能推动希特勒走到这一步，再加上总是渴求对方偏爱自己，戈林接受了德国即将入侵苏联这一事实，也接受了自己要在其中扮演的关键角色。他在柏林郊外的加托空军学院召集了一次军事策划会议，开始针对巴巴罗萨行动做详细的准备。

这是"严格的最高机密"，德国空军元帅凯塞林写道，"完全没有泄露，参谋人员和部队一样对情况一无所知"。

或者说，德国最高统帅部自以为如此。

根据第二十三号指令，德国空军加强了对英国的攻击力度，除非遇到冬日里的坏天气。飞行员们几乎没有遇到抵抗。他们从日常经验中不难得知，英国人仍然没有找到在夜间拦截飞机的有效手段。

七十五　即将来临的暴力

二月八日星期六，霍普金斯开始了漫长的回归美国之路，有消息称，租借法案跨越了第一个重大障碍，以二百六十比一百六十五的票数在美国众议院通过。霍普金斯当日前往契克斯向丘吉尔和克莱芒蒂娜告别，稍后他将乘火车前往伯恩茅斯，在那里搭乘飞机飞往里斯本。他发现丘吉尔正在努力准备着次日二月九日星期日的广播演讲稿。

丘吉尔在踱步，一位秘书在打字。霍普金斯看得很入迷。表面上，这次演讲是面向英国公众，但二人都明白，这也是赢得美国方面支持租借法案一个工具——现在该把法案提交给美国参议院了。霍普金斯催促丘吉尔提出论据，说明这份法案不是要将美国拉入战争，而是让美国远离战争的最好方式。丘吉尔同意了。他还计划利用罗斯福的一张手写便条，其中摘录了朗费罗的一首诗中的五行。

霍普金斯给丘吉尔留下了一封感谢信，他写道："我亲爱的首相，我将永远不会忘记和您一起的这些天，您无与伦比的自信和胜利的意志，我一直喜欢英国——现在我更喜欢它了。

"在我今晚返回美国之际，我祝愿您好运——让敌人困惑去吧——胜利属于不列颠！"

那天深夜，霍普金斯登上前往伯恩茅斯的火车。他于第二天星期日上午来到普尔附近的水上机场，结果发现，恶劣的天气迫使他那趟飞往里斯本的航班推迟起飞。布伦丹·布拉肯为他送行。陪同霍普金斯的还有一位奉派将他一直护送到华盛顿的英国安保特工，因为他习惯把机密文件随便丢在酒店房间里。里斯本现在是一个臭名昭著的间谍活动中心，这名特工在那里需要寸步不离霍普金斯。

星期日晚上，霍普金斯、布拉肯和其他人聚集在普尔的布兰克森塔酒店的酒吧里，收听丘吉尔的广播演说。

国内情报处后来称，这次演讲的部分内容"让一些人毛骨悚然"。

在演讲开头，丘吉尔盛赞伦敦和其他顶住德国空袭的各地公民，他指出，"每当我们回敬德国一吨炸弹"，德国空军"就会对我们投下三到四吨炸弹"。他特别称赞警察，称他们"无时无刻无处不在，并且正如一位职业女性给他写信时说的：'他们是多么绅士啊！'"他为在中东战胜了意大利而欢呼。他说，霍普金斯的来访是美国的同情与良好祝愿的象征。接着，丘吉尔开始了一段显然受到霍普金斯启发的话："在上次大战中，美国派遣了两百万人越过大西洋。但我们现在面临的，并非一场规模巨大的军队之间互相发射大量炮弹的战争。我们不需要整个美国联结成的英勇军队。我们今年不需要，明年不需要，在我能够预见的任何一年里都不需要。"他说，他真正需要的，是物资和船只。"我们需要它们，我们需要把它们运到这里。"

他接着说，随着冬天过去，入侵的威胁将以一种不同的、可能更加危险的形式再次出现。"去年秋天，纳粹对英国的一次入侵或多或少像是即兴行为，"他说，"希特勒理所当然地认为，一旦法国投降，我们也会投降，但我们没有。他现在必须重新考虑一番。"丘吉尔说，现在德国将有时间计划并建造必要的装备和登陆艇。"我们所有人都必须做好准备，迎接毒气袭击、伞兵袭击和滑翔机袭击，必须有恒心、有远见、有熟练的技巧。"因为如下事实没有变："为了赢得战争，希特勒必须摧毁大不列颠。"

但无论德国前进了多远，或者他们又侵占了多少领土，希特勒都不可能取胜。不列颠帝国的力量——"不，在某种意义上，整个英语世界的力量"——都"手持正义之剑"在追逐着他。

在暗示了美国是持剑者之一后，现在，他的演讲即将结束，丘吉尔引用了罗斯福给他的手写便条上的话。

"扬起风帆吧，哦！国家之橹！"丘吉尔拉长低沉的声音，"扬起风帆吧，哦联盟，伟大而又坚强！"

> 屏住呼吸的人类，和他的一切恐惧与犹疑，
> 还有对未来岁月的一切希冀，
> 都亦步亦趋地伴随着你的命运之缰！

丘吉尔问听众，他该如何回应。"当我以你们的名义面对这个伟大的人，面对这个三次当选为一个一亿三千万人口的国家的总统的人，我该做出什么样的回答？下面就是回答……"

大部分英国人都在倾听，他们是百分之七十的潜在听众。在布兰克森塔酒店，霍普金斯也在听。科尔维尔正在过一个难得的周末，他也在听，此刻他身处距离伦敦一百四十英里的北斯塔福德郡，刚与母亲和兄弟在祖父的乡间宅院梅德利庄园用过晚餐。夜里很冷，还下着雨，但大量的壁炉让房子非常舒适。

这是丘吉尔最驾轻就熟的时刻——坦白而又令人振奋，严肃但鼓舞人心，他力图激励自己的人民，同时，尽管多少有点不诚实，他还要让大多数美国人放心，他想从美国得到的只是物质援助。

戈培尔也在听，他称丘吉尔的说法"厚颜无耻"。

丘吉尔进入了他的结束语。

"这就是我给罗斯福总统的回答：请您对我们有信心，"丘吉尔说，"请给我们您的信赖与祝福，在上帝的祝福下，一切都会变好。

"我们不会失败，也不会动摇；我们不会软弱，也不会疲惫。无论是突然来临的战役的震撼，或者是长期警戒与努力的考验，都不会消磨我们的意志。

"给我们工具，我们会完成我们的使命。"

那个周末，乔治国王有了新的认识。他在日记中写道："我没法有更好的首相了。"

在美国国会，什么也没有发生。

到二月中旬，罗斯福的租借法案仍然没有在参议院通过。丘吉尔很沮丧，英国人民也很沮丧，他们对国内情报处所说的"显然没完没了的讨论"越来越不耐烦。

丘吉尔也比以前更加确信，德国空军正处心积虑地杀死他和他的政府同僚。内阁战情室正在加固，但正如他在二月十五日星期六的一份备忘录（丘吉尔当天写下了至少十八份备忘录）中告诉战时内阁秘书爱德华·布里奇斯的那样，他担心英国国土防卫军总部大楼面对空袭不堪一击。德国炸弹似乎更接近了，而且瞄准了白厅。"战情室一千码之内落下了多少枚炸弹？"丘吉尔问布里奇斯。

事实上，目前为止至少有四十次空袭击中了白厅，一百四十六枚炸弹落在和平纪念碑方圆一千码内——这座国家战争纪念碑位于白厅中心地带，距唐宁街十号仅有一个半街区。

同日，丘吉尔就入侵问题给哈巴狗伊斯梅写信。尽管情报机构报告希特勒已经搁置入侵英国的计划，但丘吉尔仍然认为，必须认真对待这种威胁。（公众同意这种看法，一月份的盖洛普民意调查显示，百分之六十二的受访者预计，德国将在未来一年内入侵。）毫无疑问，希特勒必定会在某个时间对付英国，而且，现实情况是他需要尽快做到，需要赶在英国变得过于强大之前做到。英国正在加快生产武器和装备的速度，而且，一旦罗斯福的租借法案确立，它将很快能接收到从美国涌入的大量物资。丘吉尔的高级指挥官们相信，希特勒除了入侵别无选择，他们将伦敦和其他英国城市再次遭受轰炸视为德国人重新燃起对入侵的兴趣的不祥迹象。

丘吉尔没有那么确定，但他相信，国土防卫军和公民们必须尽可能做好抗击德国入侵的准备。对丘吉尔来说，这就意味着需要疏散英国海滨社区的居民。"我们必须开始劝说人民离开，"他在给伊斯梅的信中写道，"……对那些希望留下的人，我们需要告诉他们家里什么地方最安全，要让他们知道，国旗降下之后，他们就无法离开了。"

比弗布鲁克随即打电话给工厂经理们，逼迫他们加快生产速度。"当天气转好，在面对入侵威胁的情况下，维持和增加与飞机生产相关的所有方面的投入对国家安全至关重要，"他在给一百四十四家参与机身制造的公司的电报中写道，"因此，我要求你们保证，今后你们的工厂将在星期日继续生产，以最大限度地提高产量。"他也向生产毒气净化设备的六十家公司发去了类似的电报。"对净化装备的需求非常紧迫，我不得不要求你们日夜轮班，并特别要求你们在星期日工作。"

哈里·霍普金斯返航的日子里，刚好撞上了一段春天般温暖的天气，海德公园中的积雪融化了，番红花从草地中探出头来。琼·温德姆写道，她与那位伙计有点歪的"可爱的鲁珀特"一起出去散步："晴朗的天气如春日般明媚，天空蔚蓝，有着美妙的欢愉感……那个下午是我们一起度过的最快乐的时光。我们两人想对方之所想，更准确地说，我们什么都不用想。"

也是在那个星期，伦道夫·丘吉尔和他的新部队第八突击队，乘坐"格伦罗伊号"前往埃及。此时，这支部队已有五百多名士兵，还有各级军官和联络员，作家伊夫林·沃就是联络员之一，他也是伦道夫的社交俱乐部怀特之家的会员。伦道夫和帕梅拉希望这段间隔能够稳定他们的经济状况——这个任务现在尤为重要，因为她认为自己可能怀上了第二个孩子。"不错，分开确实痛苦，"伦道夫在分别之前对她说，"……但至少，我们可以解决我们的债务。"

但这次旅途很长，而伦道夫赌博的不良嗜好更严重了。

七十六 伦敦、华盛顿与柏林

三月的第一个星期对丘吉尔来说过得很紧张。租借法案还没有通过，而且有迹象表明，对它的支持力度开始减弱。最新的盖洛普民意调查显示，百分之五十五的美国人支持通过这项法案，低于上一次百分之五十八的支持率。这可能是导致三月六日星期四丘吉尔午餐开始时情绪不佳的原因，当时他正在新近装甲过的唐宁街十号地下室餐厅里接待另一位尊贵的美国访客，哈佛大学校长詹姆斯·科南特。

当克莱芒蒂娜、科南特和一些客人步入餐厅时，丘吉尔还没露面。身材修长、神情忧郁的教授到了，克莱芒蒂娜的朋友温妮芙蕾达·尤尔也到了。同时在场的还有著名的报纸编辑查尔斯·伊德，丘吉尔演讲集的编撰者。

克莱芒蒂娜提供了雪利酒，并决定在丈夫未到场的情况下开饭。她把写着战争口号的头巾裹在头上。

丘吉尔终于在第一道菜还没端上来时来了。他在步入餐厅时亲吻了温妮芙蕾达的手，在这个亲切的开场之后，随之而来的却是一阵不满的沉默。丘吉尔的支气管炎还没好，而且显然情绪不佳。他看上去很疲倦，似乎不愿意与人交谈。

为活跃气氛，科南特决定从一开始就明确表示他是租借法案的热情支持者。他还告诉丘吉尔，他曾在参议院作证，美国应该直接干预战争。科南特在日记里指出，从这一刻开始，丘吉尔才变得健谈。

首先，首相带着明显的喜悦讲述了英国如何成功突袭了挪威的罗弗敦群岛，这次突袭代号"克莱莫尔行动"，两天前由一批英国突击队和挪威士兵实施，行动成功摧毁了一些制造鱼肝油（这对帮助德国向民众提供非常需要的维生素A和D非常重要）和甘油(炸药的一种成分)的工厂。突击队抓获了两百多名德国士兵和几个被称为"吉斯林分子"的挪威叛徒，这一称呼以寻求让挪威与德国结盟的挪威政客维德孔·吉斯林的名字命名。

这是公开的故事。然而，丘吉尔知道一个他没有向午餐客人们透漏的秘密。在这次突袭中，突击队员们成功缴获了一个德国恩格玛密码机的关键部件和一份包含德国海军将在今后几个月使用的密码索引的文件。现在，布莱奇利园的电码译员不仅能解读德国空军的通讯，也能解读德国海军的通讯，包括发给德国潜艇的命令。

随后丘吉尔提到他最关心的问题：租借法案。"这项法案必须通过，"他对科南特说，"否则，这将让我们所有人处于多么糟糕的状况啊！如果法案没通过，总统将处于多么难堪的境地，他在历史中的形象将多么失败啊！"

仍然热切地希望辞去工作参战的约翰·科尔维尔有了一个新计划。

三月三日星期一上午，他在皇家植物园邱园附近的里士满公园骑马，他骑的马来自一位朋友，空军大臣辛克莱的私人助理路易斯·格雷格。后来，科尔维尔让格雷格搭他的便车回伦敦，在路上，在未经事先考虑的情况下，他告诉格雷格自己想成为轰炸机的乘员。他隐约觉得，丘吉尔可能更倾向于让他参加皇家空军，而不是海军或者陆军。

格雷格答应让他迈出皇家空军招募的第一步，接受一次医学"检查"。科尔维尔非常高兴。不管他知道与否，轰炸机新乘员的预期寿命约为两周。

在华盛顿，美国陆军部人员正在认真阅读一份由该部战争计划处撰写的评估英国前景的报告。报告称："无法预测不列颠群岛是否会陷落，或者将在何时陷落。"

未来一年很关键：英国的战备物资生产正在攀升，美国的援助也在增加，而德国在承受了十个月的战争和占领的压力后，其资源只会进一步从战前的峰值跌落。报告说，如果英国能再坚持，则一年之内双方的力量将接近对等。最严重的威胁"是伴随入侵或在入侵后大幅增加的空中、陆地与地下的活动"。

报告警告说，英国能否承受这种联合打击尚且存疑。"在此关键时期，美国不能将军事计划建立在假定不列颠群岛不会因封锁而屈服，或者无法被入侵的基础上。该关键时期暂被假定为从现在到一九四一年十一月一日。"

希特勒想对英国动用更多武力。他推断，美国似乎越来越有可能参战，但前提是英国还在。三月五日，他发布了另一道指令，即第二十四号指令，该指令由最高统帅部参谋长、陆军元帅威廉·凯特尔签发，主要针对德国与日本应如何在三国同盟条约的框架下协调战略，两国在前一年秋天与意大利共同签署了该条约。

这项指令宣称，目标"是必须尽早诱使日本在远东采取行动。这将牵制强大的英国军队，并把美利坚合众国的主要军力转向太平洋"。除此之外，德国对远东没有特殊兴趣。该指令称："战略的共通目标是必须迅速征服英国，保证美国不会参战。"

七十七　星期六之夜

对于玛丽·丘吉尔来说，那个周末是一个大日子，是离开囚室的又一次机会。她将与母亲一起驱车前往伦敦，参加一项即使在战争时期也会开启伦敦社交季的事件：定于三月八日星期六晚举行的夏洛特王后一年一度的生日晚宴舞会，也是该市每年的社交新秀舞会。此后，玛丽和朋友们计划将欢乐延续到第二天上午，到伦敦最受欢迎的夜总会之一巴黎咖啡厅里跳舞、喝酒。

天气如愿地好：天空晴朗，露出了四分之三个月亮。这是能让青年女士身穿最精致的丝绸，让男士们身穿晚礼服、头戴真丝礼帽的好时候。同样也是德国轰炸机出动的好时候。

高射炮和探照灯部队的官兵在为这个注定会非常漫长的夜晚屏息等待。

在皮卡迪利大街考文垂路的巴黎咖啡厅，店主马丁·波尔森期盼着一个生意繁忙的夜晚。星期六晚上总会吸引大批客人光顾，但在这个特定的星期六，顾客肯定会比平时更多更热闹，因为附近的格罗夫纳大酒店今晚将举办社交新秀舞会。初入社交圈的年轻姑娘和她们的男伴以及朋友（其中最吸引人的男伴被称为"新秀杀手"），必定会在舞会后来到这家夜总会，把整个俱乐部塞满。这是全城最受欢迎的夜总会之一，与之并列的还有使馆俱乐部和 400 俱乐部，众所周知，它们都拥有最好的爵士乐队和最具超凡魅力的乐队领队。老板波尔森雇用了特别受人追捧的顶级舞者"蛇腰"肯里克·约翰逊压台演出，这位英属圭亚那的二十六岁黑人舞蹈家兼指挥舞姿之轻盈，引得一位女士称他为"苗条的灰色美丽蛇腰"。没有谁真的叫他肯里克，大家总是叫他肯，或者叫他蛇腰。

波尔森本人以乐观主义和永远快乐的个性而闻名，这让有些人觉得反常，因为他是丹麦人——如俱乐部的传记作者所言，"史上最不忧郁的丹麦人"。在开巴黎咖啡厅之前，他是另一家很受欢迎的俱乐部的侍者领班。巴黎咖啡厅位于里亚尔托电影院的地下室，前身是家备受冷落、无人问津的餐馆，内部装潢旨在让人回想起"泰坦尼克号"的魅力和豪华。随着战争的来临，俱乐部位于地下室这一点给了波尔森一个面对竞争对手的营销卖点。他在广告中称其"位于地下二十英尺，即使在空袭中，也是城中最安全、最欢乐的餐馆"。但实际上，那里根本不比附近其他建筑物更安全。这家夜总会确实在地下，但它只有普通天花板，而天花板上面就是里亚尔托电影院的玻璃屋顶。

但别忘记，波尔森是乐观主义者。就在一周前，他告诉一位一起打高尔夫的同伴，他确信战争很快就会结束，而且已经按照顾客们的偏好订购了两万五千瓶香槟。一点五升装的酒最受欢迎。"我不知道人们为什么对大轰炸这么大惊小怪，"他告诉一位女性朋友，"我敢肯定，它会在一两个月内结束。事实上，我对此确信无疑，我已经预订了一些霓虹灯，准备放在巴黎咖啡厅外面。"

那个星期六晚上八点十五分，这家夜总会已经忙碌起来，这时响起了防空警报。没人理会。第一支乐队在演奏。蛇腰很快就会登上舞台，开始晚上九点三十分的首场演出。

在第二天去往博登湖边的乡间宅院之前，约瑟夫·戈培尔在柏林度过了星期六。他的妻子玛格达正在与长期以来的支气管炎斗争。

戈培尔在星期六的日记中承认，英国对挪威罗弗敦群岛的袭击"比我们预想的更为严重"。除了工厂、鱼肝油和甘油被毁，袭击者还击沉了一万五千吨德国船只。"其中涉及挪威人的间谍活动，"他写道，并指出，帝国的挪威特派员约瑟夫·特博文，一位德国人、坚定的纳粹党拥护者，已奉派前去惩罚协助袭击者的岛民。星期六，特博文致电戈培尔，报告他迄今取得的成就，戈培尔在日记中就此总结道："他在罗弗敦群岛上建立了最严厉的惩罚法庭，惩罚那些帮助英国人、背叛了德国人和吉斯林的人。他已下令放火烧毁破坏者的农庄，捉捕人质等。"

戈培尔认可了他的行动，并写道："特博文这家伙干得不错。"

其他地方也有进展。"我们在阿姆斯特丹判处了一大批人死刑，"戈培尔写道，"我主张判处犹太人绞刑。必须好好教训这些家伙。"

他在这天日记的结尾写道："时间太晚了。我太累了。"

在华盛顿，租借法案的处境有所改善。一个重要的因素是，罗斯福过去的竞选对手温德尔·威尔基决定全力支持该法案。（威尔基放弃了自己此前的恐吓式宣传攻势，称这只是当时的"一些竞选说辞"。）眼下，似乎用不着多久，这项法案就真的会在参议院通过了，而且不会有企图破坏其有效性的修正案加以干扰。法案通过的时刻随时可能到来。

现在看来，罗斯福很可能准备派遣另一位使者前往伦敦，此人堪称意志薄弱的哈里·霍普金斯的反面，且很快就会影响到玛丽·丘吉尔和她嫂子帕梅拉的生活。

七十八　面带微笑的高个男人

在白宫椭圆形办公室的总统办公桌旁，罗斯福和一位客人正准备用午餐。罗斯福的感冒还在恢复，看上去病恹恹的。

"很特别的一餐。"客人后来写道。所谓"特别"，指的是特别糟糕。

"菠菜汤——"他这样开始。

客人即威廉·埃夫里尔·哈里曼，不同的人分别叫他埃夫里尔、埃夫或者比尔。作为联合太平洋铁路集团的家族继承人，他拥有无法估量的财富。他在耶鲁大学念四年级时加入了公司董事会，现在，时年四十九岁的他已是公司总裁。二十世纪三十年代中期，为了吸引人们乘坐火车前往西部旅行，他指导在爱达荷州修建了一座叫作太阳谷的大型滑雪胜地。无论按什么标准，他都堪称英俊，但有两点尤其瞩目，一个是他奔放、纯洁的微笑，另一个是他举止轻松自如、灵敏活跃的优雅风度。他是滑雪与打马球的健将。

几天后，哈里曼将在三月十日星期一离开美国，前往伦敦，一旦租借法案通过，他将在那里协调美国援助物资的输运。与之前的霍普金斯一样，哈里曼也是罗斯福观察英国状况的镜头，但他还肩负着一个更正式的职责，即确保丘吉尔在最需要的地方得到援助，并在得到之后能最有效地使用。宣布这项任命时，罗斯福给他的头衔是"防务稽查员"。

哈里曼把勺子放进了他面前清汤寡水的绿色液体中。

"——味道不太好，看上去像是拿热水直接倒进了切碎的菠菜里，"他在档案的一张便条上写道，"白吐司和热卷饼。主菜是芝士蛋奶酥加菠菜！！饭后甜点是三张又大又厚的煎饼，大量的奶油和枫糖浆。总统喝的是茶，我喝的是咖啡。"

由于罗斯福此时身患感冒，哈里曼特别注意这顿午餐。他写道："在这种情况下，特别是我们还在讨论着英国的食品供应形势，讨论着英国对维生素、蛋白质和钙的需求量日益增加，我认为这简直是最不健康的饮食！！"

罗斯福想让哈里曼优先处理英国的食物供应问题，并用了很长时间（按照哈里曼的观点，他用的时间实在太长了）谈论英国人生存下去所需要的特定食物。哈里曼觉得这很讽刺。"鉴于总统显然很累、精神不振，我认为，即便是为了英国人的利益，加强总统的饮食搭配也应该是眼下的第一要务。"

会见结束时，哈里曼担心罗斯福还没有真正弄清英国形势的严重性，以及这对其他国家而言意味着什么。哈里曼本人公开表示支持美国干预战争。"总的来说，我离开时有种感觉，总统还没有看到我所认为的真实形势——如果没有我们的帮助，德国将有很大的机会，凭借严厉打击英国的航运让她无法坚持下去。"

那天晚些时候，大约下午五点三十分，哈里曼会见了国务卿科德尔·赫尔，他也得了感冒，看上去疲惫不堪。二人就更广泛的海军形势展开讨论，尤其提到了日本正在崛起的军力，以及日军侵略行径对新加坡造成的威胁。赫尔告诉哈里曼，美国海军没有干预计划，但他个人相信，海军应将一部分最强大的战舰部署在荷属东印度群岛的海域内以显示武力，"通过恫吓，威慑日本人遵守规矩"——哈里曼如此转述。

赫尔说，如果不采取行动，美国有面临"可耻的结果"的风险——日本在远东攫取关键的战略要地，美国却将军舰安全地停泊在太平洋的大型基地里。因为明显的疲倦和感冒的困扰，赫尔当时想不起来那个基地的确切位置。

"那个港口叫什么名字？"赫尔问。

"珍珠港。"哈里曼回答。

"对。"赫尔说。

一开始，哈里曼对此行到底要完成什么任务只有模糊的感觉。"关于我应该做些什么，谁也没有给我什么指示或者方向。"他在档案的另一份备忘录中写道。

哈里曼在与美国海军和陆军官员的试探性对话中发现，在不清楚英国人打算如何使用武器和军需品的情况下，他们很不愿意把这些物资运往英国。哈里曼认为问题出在霍普金斯身上。对于英国的需求，以及这些需求如何与丘吉尔的战争策略相契合，霍普金斯似乎只有大致印象。与哈里曼谈话的军方领导人表示怀疑，不确定丘吉尔能否胜任。"比如，他们曾评论道：'大晚上喝完一瓶波特酒提出的那些要求我们可不会认真对待。'言外之意显然指向霍普金斯和丘吉尔的晚间谈话。"

哈里曼写道，他在华盛顿听到的那些怀疑主义论调，让他的任务现在变得明晰起来。"我必须尝试说服首相，我或者别的什么人必须把他的战争策略传达给我们的人民，否则，他无法指望得到最大限度的援助。"

哈里曼计划在三月十日星期一上午九点十五分出发，他将乘坐泛美航空公司的"大西洋快船号"，该机将从纽约市立机场（非正式名字是拉瓜迪亚机场，直到一九五三年，拉瓜迪亚机场才成了永久性正式名字）的海运航空站启程。在最佳条件下，整个行程需要三天时间，经历多次中转：先是飞行六小时后在百慕大中转，然后是飞行十五小时后在亚速尔群岛的奥尔塔中转，接着，"大西洋快船号"将从那里飞往里斯本，随后在里斯本搭乘荷兰航空公司的航班飞到葡萄牙的波尔图，在短暂停留一小时后，再继续飞往英格兰的布里斯托尔，最后乘坐英国客机飞抵伦敦。

哈里曼先在克拉里奇酒店为自己订了房间，然后又取消，改成了多切斯特酒店的房间。哈里曼以吝啬闻名（他很少携带现金，也从不为晚餐买单，妻子玛丽说他是个"守财奴老混蛋"）。三月八日星期六，他发电报给克拉里奇酒店："取消我的预订，但给我的秘书订个最便宜的房间。"

就在两天前，当丘吉尔和哈佛大学校长科南特共进午餐时，大家说到了多切斯特的事情，当时科南特就住在克拉里奇。克莱芒蒂娜建议，出于安全考虑，科南特应该改住多切斯特——就在这时，克莱芒蒂娜和她的朋友温妮芙蕾达默契地爆发出深知内情的大笑，据另一位客人回忆，"她们对科南特博士解释道，尽管他的生命在克拉里奇可能危险得多，但在多切斯特，他的名声可能危险得多"。

作为哈佛大学的校长，科南特的回答是：他宁愿让生命冒险，也不能让名声受损。

七十九　蛇腰

　　格罗夫纳大酒店正对着海德公园的东部边缘，夏洛特王后的舞会正是在这里的地下舞厅举行。多切斯特酒店位于向南几个街区外，往东走差不多的距离则是美国大使馆。大型戴姆勒和捷豹将前灯降低到只剩下细长的交叉灯光，缓缓向格罗夫纳开去。这样晴朗的月光之夜很可能发生空袭，尽管如此，舞厅里还是挤满了身穿白色服装的青年女子——共计一百五十名社交新秀——还有许多家长、青年男子，以及已经通过参加宴会和跳舞正式进入社交圈的那些前辈。

　　玛丽·丘吉尔去年已经在一次这样的舞会中"亮相"过了，她是来这里和朋友们一起度过星期六的。她和朱迪·蒙塔古一起买东西："买了漂亮的睡衣和可爱的睡袍。"她发现这座城市很繁忙，挤满了购物者。"我确实发现，伦敦的店铺现在如此华丽、漂亮。"她写道。她和朱迪以及另外两个朋友去吃午饭，然后观摩了这次舞会传统的切蛋糕仪式的预演，今年的社交新秀们在那里对着一个巨大的白色蛋糕练习如何行屈膝礼。这不是简单的屈膝礼，而是一种精心设计的动作：左膝置于右膝后方，昂首挺胸，双手放在体侧，身子平稳下降。担任动作指导的是舞蹈教师玛格丽特·奥利维娅·兰金女士，她更出名的名字是瓦卡尼女士。

　　玛丽和朋友们一边看一边冷冷地发表评价。玛丽说："我想我们都同意，今年的新秀缺乏亮点。"

预演结束后，玛丽和另一个朋友到多切斯特喝茶（"好玩极了"），然后去修指甲，接着为舞会更衣。玛丽身穿蓝色的雪纺裙。

她的母亲和另外两名上流社会的女性为她们自己以及家人朋友弄到了一张餐桌。就在宴会即将开始、玛丽准备走下台阶进入舞厅时，防空警报响了。紧接着是"三声巨响"，可能来自街对面海德公园林间空地里设置的重型高射炮炮位。

外面越来越喧闹的声响无疑附加了往年从未有过的兴奋战栗，但似乎没有谁注意或在意。玛丽写道，在舞厅中，"到处都是欢乐、无忧无虑和愉快"。因为确信地下舞厅就像防空掩体那样安全，玛丽和其他人坐了下来，宴会开始。乐队奏乐，女人和新秀杀手们在舞池中滑过。这里没有爵士音乐——待会儿的巴黎咖啡厅才会有。

玛丽能够勉强听出高射炮沉闷的炮火声和炸弹的爆炸声，她把它们描述为"在我们的闲聊和音乐声之上的离奇碰撞声"。

当红色警报响起时，蛇腰约翰逊正在使馆俱乐部跟朋友们喝酒，他计划待会儿乘出租车前往巴黎咖啡厅，在舞台上开始他的表演。然而，他出来后发现，这会儿没有出租车了，驾驶员们都躲在防空掩体里。朋友们让他留在原地，不要冒险前往巴黎咖啡馆，因为很明显，这是一场大规模空袭。但蛇腰坚持要遵守对夜总会老板、快乐的丹麦人马丁·波尔森的承诺，后者允许他在伦敦之外的夜总会里进行十次"一夜巡演"，多获得些收入。他跑步出发，离开时还拿自己的深黑色皮肤开玩笑："谁也不会在黑暗里注意到我。"

蛇腰在九点四十五分到达夜总会，他冲过街道入口处楼梯间顶端的黑色防空帘子，向下走去。

餐桌围绕着一个椭圆形大舞池，呈南北向对称排列，南端有一个供乐队使用的上升舞台。舞台后面是一间大厨房，供应着一些定量配给以外的食品，包括鱼子酱、牡蛎、牛排、松鸡、冰镇甜瓜、比目鱼和梅尔巴式蜜桃冰淇淋在内，全都搭配着香槟。乐队演奏台的两侧都有开放式楼梯，通向沿着夜总会墙壁修建的楼厅，里面有更多餐桌，许多常客喜欢坐在这里，因为从这儿可以清楚地看到下面的舞台，但他们必须付给侍者领班查尔斯一大笔小费才能保证得到座位。这里没有窗户。

夜总会这时还空着一半，但等到午夜肯定会满座。客人贝蒂·鲍德温女士是前首相斯坦利·鲍德温的女儿，她和一位女性朋友与两位荷兰军官一起来到夜总会。起初，她为没有被安排到自己喜欢的座位而恼怒，现在则与约会的男子一起向舞池走去。"男人们几乎全都身穿制服，看上去特别英俊，姑娘们非常美丽，整个气氛充满了欢乐和青春的风采。"她后来说。

他们两刚刚穿过乐队演奏台时，蛇腰到了，还因为奔跑而气喘吁吁。

此刻，厨房里有二十一位厨师和帮工正在工作。十位歌舞女郎正在为登台做准备。为了让刚刚进来的六位顾客就座，楼厅上的一位侍者正在把一张桌子从墙边拉开。调酒师哈里·麦克尔霍恩曾经是巴黎哈里纽约酒吧的老板，现在是流亡者，正在为一组八位顾客调制鸡尾酒。一位名叫维拉·拉姆利-凯莉的女子正在把硬币投入付费电话，准备打给自己的母亲，提醒她一定要待在屋子客厅里，直到空袭结束。现场的乐队开始演奏一曲煽情的爵士乐《哦约翰尼，哦约翰尼，哦！》，一位名叫丹的顾客在菜单上写下一个特殊要求："肯，今天是我妹妹的生日。能不能请你在哪支狐步舞中插上一句'生日快乐'？非常感谢，丹。"

蛇腰走向乐队演奏台右侧。他和平时一样，穿着一套时尚晚礼服，插着一朵红色康乃馨。店主波尔森和侍者领班查尔斯都在楼厅。

舞池中的一位女子跳起了轻盈的舞步，指着空中喊道："哇呜，约翰尼！"

在格罗夫纳大酒店，夏洛特王后的舞会一直没有中断。

玛丽写道："身处闪耀的灯光和热烈的音乐声中，我们似乎很容易忘记空无一人的黑暗街道，高射炮的怒吼，成百上千在自己的岗位上做好了准备的男男女女，还有炸弹、死亡和鲜血。"

外面的空袭愈加猛烈。夜空中布满了飞机和土黄色的光束，仿佛闪亮的雏菊在黑色天鹅绒幕布上绽放。轰炸机投下了十三万枚燃烧弹和一百三十吨高爆炸药。十四枚高爆弹落在白金汉宫和北面紧挨着的格林公园。二十三枚炸弹落在利物浦街火车站及其附近，其中一枚落在四号与五号站台之间。一枚未爆炸的炸弹迫使盖伊医院的医生们疏散了外科病房中的病人。另一枚摧毁了金融城中的一家警察局，令两人丧生，十二人受伤。消防队报告他们遇到了一种新型燃烧弹：落地后向两百英尺的空中发射了燃烧的火箭弹。

一枚重达一百一十磅的炸弹穿透里亚尔托电影院的屋顶落下，最后在巴黎咖啡厅的地下室舞池上爆炸。爆炸时间是晚间九点五十分。

夜总会里谁也没有听到爆炸声，但每个人都看到并感受到了爆炸：明亮的闪光，奇特的闪光，蓝色的闪光。然后是一团令人窒息的尘土和硝烟，以及一片漆黑。

萨克斯演奏者戴维·威廉斯的身体被炸为两段。与贝蒂·鲍德温同来的一位荷兰军官失去了几根手指。有六位客人丧生时坐在同一张桌子边上，但看不出外伤。侍者领班查尔斯从楼厅摔至地板，撞在房间另一面的柱子上，死了。一位青年女子的长筒袜被爆炸撕破了，但除此之外未受伤害。在付费电话边准备给母亲打电话的维拉·拉姆利－凯莉冷静地按下标志着"B"的按钮，拿回了硬币。

开始时，房间里一片寂静。然后是低沉的说话声和幸存者试图挪动身体时拖动残骸发出的声音。粉末状的灰泥弥漫在空气中，让人们的头发都变成了白色，脸上则被硝烟染黑。

"我被炸飞了，"一位客人说，"但感觉像是被一只大手压了下来。"乐队成员约克·德·苏扎回忆道："我正半闭着眼睛看着舞池，突然看到一团炫目的闪光，然后就发现自己到了乐队演奏台的钢琴下面，身上堆积着瓦砾、灰泥和玻璃。我被硝烟呛得喘不过气来。周围如同夜晚般一片漆黑。"他调整着自己的视线。一簇光从厨房传来。德·苏扎和另一位乐队成员威尔金斯开始寻找幸存者，他们发现了一具趴着的身体。"威尔金斯和我试图把他抬起来，但他的半截身体从我们手上掉了下去，"德·苏扎说，"那是戴维·威廉斯，"——萨克斯演奏者——"我丢下他时觉得恶心得不行。我的眼睛模模糊糊的。我好像行走在云雾里。"

鲍德温女士发现自己坐在地板上，一只脚被压在碎片下面。"感觉很热，"她说，"我想我正在冒汗。"血从她脸上一道锯齿状的伤口上流了下来。"一簇亮光出现在楼梯顶上，我能看到人们背着遇难者爬上楼梯。"她和同行的荷兰军官找到了一辆出租车，指引司机去她医生的办公室。

出租车司机说："请别让血流到座位上。"

二十一位厨房工人没有受伤，等待出演的十位歌舞女郎也没事。最初统计出三十四位死者，另有八十名伤员，许多人致残、被割伤。

蛇腰死了，他的头部与身体分离。

最终，格罗夫纳大酒店的舞会渐渐沉寂下来，解除警报的声音响了，人们开始离开地下舞厅。玛丽在得到母亲的允许后，和朋友们以及几位母亲（不包括克莱芒蒂娜）继续他们的欢乐之旅。他们向巴黎咖啡厅赶去。

当载着玛丽等人的汽车接近那家夜总会时，他们发现自己被炸弹碎片、救护车和消防车挡住了去路。防空队员正在将车流分流至邻近的街道。

玛丽等人眼前的紧急问题是，如果没法去巴黎咖啡厅，他们该改去什么地方狂欢？他们驱车去了另一家夜总会，那天晚上剩下的时间一直在跳舞。他们在某一刻听说了轰炸的事。玛丽在日记中写道："哦，我们的聚会本来如此欢乐……但突然间，一切似乎都变味了，变得可笑至极。"

在此之前，大炮、炮手，以及远处的响声和闪光，对他们来说似乎都很遥远，在他们日常生活的边界之外。"不知怎的，"她写道，"最后的这些似乎并不真实——当然这只是一个噩梦，或者凭空想象的虚假幻觉。

"但是现在——它成真了——巴黎咖啡厅被炸——许多人丧生或者重伤。他们像我们一样在跳舞和欢笑。他们在一瞬间离去了，从一个我们知道的世界，去到那个广阔的、无限的未知世界。"

她队伍中的一个朋友，汤姆·肖内西，试图把这场悲剧与当前联系起来："如果那些在巴黎咖啡厅丧生的人现在回来，看到我们这里的所有人，他们一定都会说，'别停下——奏起乐来——继续吧，伦敦'。"

于是他们继续跳舞、唱歌、开玩笑，一直到星期日早上六点半。"现在回想起来，"玛丽在多年后写道，"我对我们当时找别的地方度过这一夜剩下的时光的做法感到有些吃惊。"

在这一夜的事件报告中，伦敦民防局称其为"自一月初以来最严重的空袭事件"。

凌晨三点，哈里·霍普金斯从华盛顿特区打电话到契克斯，告诉科尔维尔，美国参议院以六十比三十一的票数通过了租借法案。

八十　刺刀方阵舞

　　对丘吉尔来说，哈里·霍普金斯的电话确实是个"久旱逢甘雨"的好消息。他第二天上午给罗斯福发去电报："我们将来自整个大英帝国的祝福送给您和美国人民，感谢你们在这一艰难时刻及时伸出援手。"

　　那天晚上，尽管支气管炎尚未痊愈，丘吉尔的精神却达到了最高涨的状态。还在生病的他仍以一如既往的超人速度工作了一整天，阅读文件和布莱奇利园最新拦截的材料，发送各种备忘录和指示。契克斯来了好多客人，有些已经在那里待了一整夜，其他人是白天来的。丘吉尔核心圈子的大部分人都在，包括教授、哈巴狗伊斯梅和科尔维尔。丘吉尔的女儿黛安娜和她丈夫邓肯·桑兹以及帕梅拉·丘吉尔都来了。（帕梅拉通常把温斯顿宝宝留在希钦的教区住宅里，由保姆带着。）美国观察员威廉·多诺万上校星期日到达，夏尔·戴高乐那天早上离开。地位最高的客人是澳大利亚总理罗伯特·孟席斯，他整个周末都在。玛丽和克莱芒蒂娜从伦敦回来了，带回了许多星期六晚上恐怖而辉煌的故事。

　　聚会在没有丘吉尔的情况下如火如荼地展开，直到晚餐前，他才穿着浅蓝色防护服走下楼来。

　　晚餐中的谈话主题变化无常，其中有科尔维尔描述的"许多关于形而上学、唯我论者和高等数学的漫谈"。克莱芒蒂娜没吃晚餐，整晚都躺在床上；玛丽说她得了支气管感冒。玛丽也担心父亲的健康。"爸爸根本就没恢复，"她在日记里写道，"我很担心。"

但丘吉尔根本不在乎。晚餐后，喝饱了香槟和白兰地的丘吉尔打开契克斯的留声机，放起了军队进行曲和军歌。他拿出了一支大型猎枪，可能是他的曼利夏步枪，开始跟着音乐的节奏迈步前进：这是他最喜欢的晚间消遣之一。然后他操演了一系列步枪练习和刺刀动作。因为穿着防护服，所以看上去活像一个雄赳赳的浅蓝色复活节彩蛋正杀赴战场。

国土防卫军司令布鲁克将军觉得这既令人吃惊，又特别滑稽。"那天晚上的情景我历历在目，"他后来在已发表的日记的一份附件中这样写道，"因为我那时还没怎么见过温斯顿情绪放松的样子。我非常震惊地看着他穿着防护服站在契克斯世代相传的宅邸里，拿着步枪操演刺刀动作。我记得我当时在想，如果希特勒看到了这一武器技巧演练，不知会作何感想。"

丘吉尔这天晚上睡得比较早，这是他对支气管炎唯一的让步。他的客人们对此感激不尽。"创纪录地在晚上十一点三十分上床。"科尔维尔在日记中如是写道。布鲁克将军说："走运的是，首相决定早些上床，所以我可以在午夜时分舒舒服服地躺在一张一五五〇年伊丽莎白时代的四柱床上。我去睡觉时不禁想到，四百年来，这张床迎接过多少住客，可以说出他们多少神奇的故事啊！"

在柏林，约瑟夫·戈培尔在日记上记录了这场对伦敦的最新"惩罚性空袭"，并补充道，"更厉害的还在后头呢"。

八十一　赌徒

为避免在地中海遭遇潜艇袭击或空中打击，伦道夫·丘吉尔乘坐的"格伦罗伊号"绕远路前往埃及，即沿着非洲西海岸行驶，然后退至亚丁湾，穿过红海，最后到达苏伊士运河。这次航行漫长而单调，历时三十六天才在三月八日来到运河入口。一路上几乎找不到其他消遣的伦道夫于是重操旧业，再次沉迷于他最大的嗜好之一。"船上每天夜里都开赌，扑克、轮盘赌、十一点，赌注颇高。"伊夫林·沃在一份关于这支突击队的备忘录中写道。"伦道夫两天晚上输了八百五十英镑。"沃在给妻子的信中写道，"可怜的帕梅拉将不得不去工作了。"

随着旅途的继续，伦道夫的损失越积越多，最后，他欠下了旅伴们三千英镑，即一万两千美元（相当于今天的十九万多美元）。其中一半都是欠给同一个人的：彼得·菲茨威廉，英格兰最富有的家庭之一的成员，很快便将继承约克的豪宅文特沃思·伍德豪斯庄园，一些人认为，那里就是简·奥斯汀《傲慢与偏见》中彭伯利庄园的原型。

伦道夫在电报里向帕梅拉透露了这个消息，并指示她尽其所能还债。他建议她每个月给每位债主寄去五英镑或者十英镑。"不管怎么说，"他在结尾处说，"我把这件事交给你了，但请你别告诉我爸和我妈。"

已经确定自己再次怀孕的帕梅拉大吃一惊，也吓坏了。她称此为

"崩溃时刻"。一个月十英镑，仅仅欠给菲茨威廉的赌债她就需要十二年才能还完。这一数额难以想象，大到让她注意到了自己婚姻的根本缺陷。"我的意思是，我人生中第一次意识到我只能依靠自己，我儿子的未来完全靠我，我自己的未来完全靠我，我再也无法依靠伦道夫了。"她说。

她回忆起当年的想法："我到底该怎么办？我没法去找克莱米和温斯顿。"

她几乎立刻想到了比弗布鲁克。"我非常喜欢他，特别崇拜他。"她说。她把他当成亲密的朋友，而且曾经带着温斯顿宝宝在他的乡间宅院切克莱度过了一些周末。他对她也有同样的感觉，尽管那些了解比弗布鲁克的人都明白，他从他们的关系上看到了一种超越了纯粹友谊的价值。她是获取这个国家最上流圈子里八卦消息的一大渠道。

她一边给比弗布鲁克打电话一边抽泣："马克斯，我能来见你吗？"

她跳上自己的捷豹前往伦敦。这是上午，因此遭到空袭的可能性很低。她开车经过的街道因遭到破坏和满是尘土显得十分单调，但有时也会因墙纸、油漆和屋内暴露在外的纺织品显得色彩斑斓。她在飞机生产部的新办公室里遇见了比弗布鲁克，办公室现在位于泰晤士河堤坝边一座石油公司的大厦里。

她把赌债和自己的婚姻情况告诉了他，但警告他不得向克莱芒蒂娜或者丘吉尔泄露，因为她知道，丘吉尔是比弗布鲁克最亲密的朋友。他当然同意了——他最喜欢知道别人秘密的感觉。

她当即问他，是否可以预支伦道夫一年的工资。这在她看来是一个简单的要求，比弗布鲁克肯定会答应。毕竟，伦道夫在《标准晚报》的工作不过是个挂名的闲职。一旦渡过了眼前的危机，她就可以着手考虑更大的问题：如何继续自己的婚姻生活，或者说，是否还要继续下去。

比弗布鲁克看着她。"我一分钱也不会预支伦道夫的工资。"他说。

她大吃一惊。"我记得我当时目瞪口呆，"她后来说，"我根本没想到他会不给。这似乎是个很小的要求。"

但比弗布鲁克再次让她大吃一惊。"如果你想要我给你一张三千英镑的支票，"他说，"我会为你这样做。"但他强调，这将是他给她的一件礼物。

帕梅拉现在很谨慎。"马克斯总想控制他身边的人，不管是布伦丹·布拉肯，还是温斯顿·丘吉尔。"她说，"我的意思是，他总是像个驾驶员似的掌控一切，我从他身上嗅到了危险的气息。"过去伦道夫就曾警告过她要注意比弗布鲁克，告诉她千万不要着了比弗布鲁克的道儿。"永远记住，"伦道夫强调，"千万不要被马克斯·比弗布鲁克控制。"

现在，在比弗布鲁克的办公室里，她说："马克斯，我不能接受。"

但她仍需帮助。她知道，她必须在伦敦找一份工作，开始还债。

比弗布鲁克提出了一项折中方案。她可以把儿子和保姆送去切克莱，他保证会好好照顾他们，然后她就可以自由地搬去伦敦了。

她接受了这个安排。她把她在希钦的房子转租给了一家从伦敦疏散来的幼儿园（而且从中小赚一笔，比她自己付的房租每周多收了两英镑）。在伦敦，她住进了多切斯特酒店顶楼，与丘吉尔的侄女克拉丽莎共用一个房间。"这里不像听上去那么豪华、那么昂贵，"克拉丽莎后来写道，"因为持续的空袭，人们都不喜欢住这一层。"她们一周付六英镑。克拉丽莎喜欢帕梅拉，但发现她"没有幽默感"。她有的是充分利用形势的天赋。"她有一双认清机会的锐利眼睛加一颗真诚热情的心。"克拉丽莎写道。

搬进多切斯特后不久，她就发现，自己有次在唐宁街十号吃午餐时就坐在供应大臣安德鲁·雷·邓肯爵士的旁边，她对他说到了自己想在伦敦找个工作的事。不到二十四小时，她就有了一份工作，在他部门的一个下属部门里，该部门负责为被指派到离家很远的工厂工作的兵工厂工人建造招待所。

开始时，保证自己的一日三餐是个问题。她在多切斯特酒店付的钱只包括早餐。她在供应部吃午餐，晚餐尽量在唐宁街十号吃，或者到富有的朋友那里蹭饭。她觉得自己不得不通过"巧取豪夺"来得到这些晚餐的邀请，但事实证明，她极为擅长这门艺术。当然，她是英国最重要的人物的儿媳妇，这一点很有帮助。没过多久，她和克拉丽莎就"在每层楼都有了朋友和熟人"，克拉丽莎回忆道。

她们两经常在另一位住客，澳大利亚总理孟席斯的房间里躲避空袭，帕梅拉因自己与丘吉尔夫妇的关系跟孟席斯很熟。孟席斯在多切斯特许多人垂涎的二楼占了个很大的套间。这两个女子就在没有窗户的入口小室里的床垫上留宿。

现在"甚为棘手的"问题是不让丘吉尔一家知道伦道夫欠下了巨额赌债这一秘密，"因为我无法真的告诉克莱米和温斯顿，我为什么会突然改变了生活方式，不在希钦高高兴兴地和宝宝在一起，而是跑到伦敦来找工作"。

为了支付生活花销并开始还债，帕梅拉卖掉了她收到的结婚礼物。她后来写道："包括一些钻石耳环和一对非常漂亮的手镯。"在这种种遭遇中，她的胎儿流产了，她将此归罪于生活中的压力和折磨。这时候她知道，她的婚姻走到头了。

她开始感到自己重新获得了自由，这也得益于她将在一九四一年三月二十日这天庆祝自己的二十一岁生日。她当然没有料到，不久之后，她将与住在自己楼下几层，即伦敦最安全的酒店里最安全的楼层的一位英俊老男人谈起恋爱。

八十二　给克莱芒蒂娜的礼物

　　三月十日星期一的纽约拉瓜迪亚机场海上航空站，在贴身秘书罗伯特·P.米克尔约翰陪同下，埃夫里尔·哈里曼登上了"大西洋快船号"飞机。这天晴空万里，法拉盛湾水域呈现出水晶般的深蓝色，上午八点的气温是寒冷的零下一点七摄氏度。他搭乘的是一架波音314"水上飞机"，基本上就是一个庞大船身加上了机翼和发动机，登机过程比起飞机的确更像上船，包括走过一段码头一样的水上登机坡道。

　　就像在一艘横跨大西洋的邮轮上坐头等舱一样，哈里曼收到了一份同乘旅客的名单。这份名单仿佛出自最近轰动国际文坛的阿加莎·克里斯蒂的小说。（她最受欢迎的推理小说《无人生还》一年前在美国出版，该作最初的英国版书名十分糟糕①。）名单里有安特诺尔·帕蒂尼奥，证件上说他是玻利维亚外交官，但他在世界上更广为人知的名号是"锡业大王"。还有小安东尼·J.德雷克塞尔·比德尔，他曾在纳粹入侵期间担任驻波兰大使，现在将作为特使负责与伦敦的多个流亡政府联系，正与妻子和秘书一起前往伦敦。名单上还有一些英国和美国的外交官、两位信使，以及许多参谋人员。有位乘客名叫安东尼奥·加兹达，名单上说是瑞士工程师，但事实上是国际军火商，从事向交战双方售卖枪械的生意。

---

① 即 Ten Little Niggers，其中的"Niggers"是对黑人的蔑称。

每个乘客可以免费携带六十六磅的行李。哈里曼和秘书各带了两个包；比德尔大使带了三十四个包，还在另一个航班上托运了十一个包。

"快船号"驶离泊位，进入皇后区外面的长岛海峡滑行，它在开阔水域颠簸了一英里之后终于起飞，像冲出水面的鲸鱼一样喷着海水。这架飞机的巡航时速为一百四十五英里，抵达第一站百慕大需要大约六小时。它在八千英尺的高空飞行，几乎会遇到路上的每一片云团和每一次风暴。途中很颠簸，但也很豪华。用餐机厢里有餐桌、椅子和桌布，穿着白色夹克的乘务员会用瓷器餐具送上丰盛的食物。男士们用餐时身着西装，女士们身着套裙，夜间有乘务员为乘客在挂着帘子的铺位上铺好卧具。蜜月旅行者可以预订机尾的私密套间，看着下方海面上倒映的月影缠绵缱绻。

飞机接近百慕大时，乘务员关闭了所有舷窗——这是避免乘客观察下面英国海军基地的安全措施。偷窥者将面临五百美元的罚款，大约相当于今天的八千美元。哈里曼在着陆时得知，由于亚速尔群岛的坏天气，"快船号"将降落在亚速尔群岛的大西洋洋面，下一段飞行将被推迟到第二天，三月十一日星期二。

当哈里曼等待天气好转的时候，租借法案经罗斯福签署正式成为法律。

哈里曼在里斯本又遇到了一次延误。荷兰航空公司飞往英格兰布里斯托尔的航班非常紧俏，像比德尔大使这种最高级别的乘客享有优先权。哈里曼这次延误了三天，但他并未因此受苦。他入住了葡萄牙里维埃拉地区埃什托里尔的宫殿酒店，那里以豪华与间谍活动的摇篮而著称。他实际上在这里短暂会见了多诺万上校，后者星期日在契克斯逗留后，现在正要返回华盛顿，他不久后将在华盛顿就任美国战时最高间谍机构战略情报局的负责人。

素来追求效率的哈里曼，决定不顾秘书米克尔约翰的劝阻，利用这次延误的机会让酒店为他清洗旅行衣服。米克尔约翰后来苦涩地写道："在得到了会在他出发前往英国之前送回衣物的庄严保证之后，哈里曼先生一下子把脏衣服全送到了酒店。"

有一次，哈里曼出去买东西。出于他的工作性质，他比大部分人更清楚英国食品短缺和配给制度的复杂情况，于是买了包柑橘送给丘吉尔的妻子。

契克斯和它在月圆之夜的替代地点迪奇利现在已经成了丘吉尔周末的必去之地。这些短暂逗留能够让他远离遭受炸弹损毁、变得日益沉闷的伦敦景色，并满足他内心的英国灵魂对树木、山谷、池塘和鸟鸣的需要。他计划于三月十四日星期五（距他上一次逗留仅时隔三天）返回契克斯，在那里接待罗斯福的最新特使——如果那人能赶到的话。

与此同时，许多正在发生的事件让他忧虑。保加利亚刚刚加入了轴心国，此后不久，德国军队进入该国，这让人们担心，与该国南部接壤的希腊遭到入侵的可能性更大了。经过一段时间的痛苦考量，丘吉尔决定遵守与希腊的一份防御协定，于三月九日派英国部队帮助希腊抵抗预期的攻击——这是一场冒险，因为它会削弱驻扎在利比亚和埃及的英国武装力量。许多人认为，这次远征似乎注定失败，但至少是一场尊严之战，而且，如同丘吉尔认为的那样，这是在庄严宣告英国的忠诚与战斗意志。正如外交大臣安东尼·伊登在开罗发出的电报所宣称的："我们准备好了承担失败的风险，我们认为，我们宁愿与希腊人民一起受难，也不愿袖手旁观。"

与此同时，一位新的德国将军背负着支援意大利军队、夺回被英国抢走的土地的命令，率领着数百辆装甲坦克出现在利比亚的沙漠中。

他就是后来人称"沙漠之狐"的埃尔温·隆美尔将军，此人已经在欧洲证明了自己的能力，而现在指挥着一支新的集团军——非洲军团。

哈里曼终于在三月十五日星期六成功得到了里斯本飞布里斯托尔的航班座位。他送洗的衣服还没有归还。他给酒店留下了指示，让他们把衣服送到伦敦。

当走向那架荷兰航空公司的 DC-3 飞机时，他有种他称之为"古怪体验"的感觉。他看到柏油路面上有一架德国飞机，这是他目睹的第一个战争迹象。除了白色的纳粹万字符外，这架飞机从头到尾都涂成了黑色，在原本阳光照耀的景象中显得极不协调，就好像灿烂微笑时露出的黑色牙齿。

在德国，赫尔曼·戈林利用这段时间的好天气，向不列颠群岛发起了新一轮攻势，对从英格兰南部到格拉斯哥的区域发动了大规模空袭。三月十二日星期三，三百四十架轰炸机携带着高爆弹与燃烧弹袭击了利物浦及周边地区，令五百余人丧生。此后两个夜晚，德国空袭了包括格拉斯哥在内的克莱德河沿岸，令一千零八十五人丧生。这些袭击再次展现了空中杀戮变幻不测的性质。单单是一枚降落伞雷，无目标地随风飘落，便摧毁了一座住宅楼，造成八十三名平民死亡；一枚炸弹穿透了一家造船厂的防空掩体，又让八十人丧生。

三月十五日星期六，约瑟夫·戈培尔在写日记时欢欣鼓舞。"我们的飞行员提到了两处新的考文垂。我们看看英国还能坚持多久。"他也和戈林一样，认为尽管有美国新近表明的支持，此时的英国比以往任何时刻都更可能崩溃。"我们现在正在慢慢将英国扼死，"戈培尔写道，"总有一天，它会倒在地上喘不过气来。"

这一切都没有让德国空军统帅戈林从艺术追求中分心。三月十五日星期六，他监督转运了一大批从巴黎抢掠的作品，包括油画、挂毯和家具在内的四千件艺术品，被打包放进了一列共有二十五节行李车厢的火车。

在从拉瓜迪亚机场出发五天后，哈里曼于星期六下午踏上了英国的国土。在明媚清澈的天气里，他搭乘的荷兰航空公司航班于三点三十分降落在布里斯托尔郊外的一座机场，这时，阻塞气球还在不远的城市上空飘荡。他发现丘吉尔为他准备了一个惊喜。哈里曼本来应该换乘英国客机完成到达伦敦的最后一段旅程，但丘吉尔安排自己的海军副官、海军中校查尔斯·拉尔夫·汤普森（"汤米"）前来迎接，他把哈里曼塞进了丘吉尔最喜欢的飞机火烈鸟里。在两架飓风式战斗机的护航下，他们在逐渐暗淡的阳光下飞越英格兰乡村上空，那里已经被春天的第一批蓓蕾与鲜花装点得分外娇柔。飞机直接飞往距契克斯不远的一座机场，到达契克斯时，他们刚好赶上了晚餐。

丘吉尔和克莱芒蒂娜热烈地欢迎哈里曼，就好像与他是老相识似的。他送上了在里斯本为克莱芒蒂娜买的柑橘。"丘吉尔夫人的感激使我非常吃惊，"他后来写道，"她真心实意的欣喜立即让我深切体会到单调的英国战时食品带来的限制。"

晚餐之后，丘吉尔和哈里曼坐了下来，就英国正在如何抵御希特勒的问题进行了第一次详谈。哈里曼告诉首相，他只有弄清了英国的真正状态、丘吉尔最想要什么援助、用这些援助做什么，才能帮丘吉尔维护利益。

"我们会让你知道这些的，"丘吉尔告诉他，"我们认定你是一位朋友，不会对你有任何保留。"

丘吉尔接着评估了入侵的威胁，指出德国人是怎样在法国、比利时和丹麦的港口集结大批驳船的。然而，他当前最大的担心，是德国针对英国航运的潜艇袭击，他称其为"大西洋之战"。他告诉哈里曼，仅二月份，德国潜艇、飞机和水雷便摧毁了总计四十万吨船舶，而这一速度还在增加。每支船队的损失约为百分之十，敌人击沉船只的速度大约是英国制造新船速度的两到三倍。

这是一幅可怕的景象，但丘吉尔似乎并没有被吓倒。丘吉尔在必要时孤军奋战的决心，以及他声称如果美国最终不参战则英国没有希望取得最后胜利的坦白，都深深地触动了哈里曼。

一种命运攸关的剧变即将到来的感觉笼罩着这个周末，玛丽·丘吉尔因被允许见证如此庄重的谈话而生出一种敬畏感。"这个周末令人战栗。"她在日记中写道，"这里是宇宙的中心。因为几十亿人民的命运或许都有赖于这一新的联盟，这一英美－美英的友谊。"

哈里曼最后到达伦敦时，看到的是一幅对比强烈的景象。他在一个街区看到了未受波及的房屋和干净的人行道，在下一个街区看到的却是一堆堆砖瓦，七零八落的木材和铁架，以及被摧毁了一半的房屋，废墟里散落着个人物品，如同残兵部队的一面面军旗。一切东西上都覆盖着一层浅灰色的尘土，燃烧过的沥青和木料的气味弥漫在空中。但天空是蓝的，树木开始变绿，薄雾从海德公园的草地和蛇形湖的水面上升起。通勤的人从地铁站和双层大巴里涌出，手中拿着公文包、报纸和午餐盒，但同时也拿着防毒面具和头盔。

在四周威胁感的渗透下，日常选择和决定变得重要起来，如在夜幕降临前下班，弄清最近的防空掩体位置，以及哈里曼对多切斯特酒店房间的选择。酒店最初为他在六楼安排了一个大套间，六〇七到六〇九号房，但他认为这里距离屋顶太近（上面只有两层），而且太大、太贵，所以要求换成三楼的一个小套间。他指示秘书米克尔约翰为住宿费讨价还价。与此同时，米克尔约翰很快发现，克拉里奇"最便宜的房间"也超过了他的承受能力。"我必须从这里搬出去……否则会被饿死。"在酒店里住了一夜之后，他在日记里这样写道。

他从克拉里奇搬进了一套看上去应该能抵御空袭的公寓。在给一个在美国的同事的信中，他表露了自己对新住处的满意。他的公寓有四个房间，位于一座用钢材和砖石建造的现代建筑的八楼，所在的楼层上方还有另外两层楼的保护。"我甚至可以看见风景，"他写道，"空袭时究竟是躲在地下室，让建筑物砸在你身上更安全，还是住在上层，然后掉到建筑物上更安全？对此，人们的看法各不相同。但如果住在楼上，你至少能看见什么在袭击你——如果这有所安慰的话。"

他曾预感每天晚上的灯火管制会令人畏惧和压抑，但发现情况并非如此。灯火管制确实给经常光顾火车站的小偷和从遭到破坏的房屋和店铺里拿走有价值物品的抢劫者提供了方便，但除了这个和炸弹，街道基本上是安全的。米克尔约翰喜欢在黑暗中走路。"最令人印象深刻的是寂静，"他写道，"几乎每个人都像鬼魂一样走路。"

哈里曼很快建立了办公室。尽管新闻故事里把他描述为一位穿行在混乱中的游侠，但事实上，为人熟知的"哈里曼使团"很快就变成了一个小小的王国，包括哈里曼、米克尔约翰、另外七名高级成员，还有由十四名速记员、十名通讯员、六名档案管理员、两名电话接线员、四名"清洁女工"和一名驾驶员组成的一大批工作人员。一位赞助者借给哈里曼一辆宾利，据说价值两千英镑（相当于今天的十二万八千美元）。哈里曼规定，因为需要处理"保密事项"，有些速记员和档案管理员必须是美国人。

这一使团最初是在位于格罗夫纳广场一号的美国大使馆内开展工作的，但后来搬到了附近的一座公寓楼里，并在两座建筑物之间建了一条连接通道。在给朋友的信中，米克尔约翰是这样描述哈里曼的办公室的："哈里曼先生成功地创造了一种墨索里尼式的效果（虽然并不是都出于他的喜好），他巨大的办公室过去是一套非常气派的公寓的客厅。"让米克尔约翰特别高兴的是，他自己的办公室曾是这处公寓的餐厅，并且靠近一间有冰箱的厨房。这为他存放一些食物提供了便利，他的老板长期被周期性的胃溃疡困扰，这些食物能有所帮助。

办公室感觉像一台冰箱。哈里曼在给房屋经理的信中抱怨，说办公室气温只有十八摄氏度，而隔壁的大使馆气温为二十二摄氏度。他送去清洗的衣物仍然杳无踪迹。

在哈里曼到了伦敦之后，丘吉尔最初接待他的热情依旧不减，请他去吃午餐、晚餐以及去乡间宅院度周末的邀约源源不断地来到他的办公室。哈里曼办公桌上的日历上写满了约会时间，最多的是和丘吉尔，但也有和教授、比弗布鲁克和伊斯梅的。他的日程很快变得越来越复杂，而日历上不断重复着一个个地理位置：克拉里奇、萨沃伊、多切斯特、唐宁街。除了每个月的月圆之夜转移到迪奇利庄园以外，没有任何书面记录表明日历主人注意到了德国空军可能将他从地球上消灭。

哈里曼到伦敦后接到的第一批邀请来自大卫·尼文，一位年仅三十一岁但事业有成的演员，曾出演众多电影角色，从一九三四年《埃及艳后》中无名的奴隶，到一九三九年《拉菲兹》中的同名主角。战争爆发那刻，尼文决定暂时中断演艺生涯，重新加入他一九二九至一九三二年间曾经服役的英国陆军。他现在被指派到一支突击队。当尼文与丘吉尔在一次晚餐聚会上相遇时，他因为这一决定得到了时任海军大臣的丘吉尔的直接赞扬。丘吉尔握着他的手说："年轻人，为了保卫祖国，你放弃了如此有前途的职业，这是非常崇高的一件事。"他顿了一下，然后接着说："记住，如果你不这样做，那就很可鄙了！"根据尼文的描述，当时丘吉尔的眼睛里闪耀着愉快的光芒。

尼文曾经与哈里曼在太阳谷见过面，现在写信是因为他很快就会回伦敦休假，他想知道哈里曼是否有空"一起开心地吃顿饭"。尼文也向哈里曼提供了他的俱乐部"布德尔之家"的临时会员资格，但同时提醒他，当时布德尔之家的所有会员都去了"保守党俱乐部"，因为布德尔之家刚刚接到了德国空军的轰炸"访问名片"。

尼文写道，布德尔之家"非常古老，非常安静，那里盛开着繁缕花，尽管如此，你仍然能够在那里享受伦敦的最佳晚餐和最佳服务"。

在来到伦敦的第二天，三月十八日星期二，哈里曼举行了第一次记者招待会，面对五十四位记者和摄影师发表讲话。人群中包括二十七位英国与欧洲记者，十七位美国记者（其中有 CBS 的爱德华·R. 默罗），以及十位带着摄影机和闪光灯、口袋里装满了一次性灯泡的摄影师。哈里曼和丘吉尔一样深知公众认知的重要性，以及它在他的伦敦任期中的重要性，所以在招待会结束后，他请求比弗布鲁克的两家报纸的编辑向记者征询意见，请他们对他做的事情坦率地发表看法，但不要让他们知道这是他的请求。次日，《每日快报》的编辑阿瑟·克里斯琴森做出答复，提供了一份哈里曼想要的"'客观的'报告"。

"哈里曼先生太小心了。"克里斯琴森引用全程报道这次招待会的《每日快报》记者的话写道，"尽管他活泼的微笑和周到的礼节给记者们留下了快活可爱的印象，但显然，他不会说出任何可能让他在美国感到尴尬的话……回答问题太慢，这更让人觉得他非常谨慎。"

哈里曼也请求比弗布鲁克的《标准晚报》的编辑弗兰克·欧文能提供一份类似的报告。欧文把新闻编辑那天上午从六位记者那里搜集的评论传达给了哈里曼，他写道："当然，他们不知道这些评论有何用途。他们非常坦率地闲聊着。"

评论包括：

"太正式、太干巴巴了。"

"更像个成功的英国大律师，不像个美国人。"

"过分谨小慎微——他花了太长时间寻找能准确传达他的意思的句子。这太单调了。"

所有人都清楚他是个很有魅力的人。在后来的一次记者招待会后，一位女记者告诉哈里曼的女儿凯茜："看在上帝的分上，告诉你爸爸，下次我报道他的招待会时得戴上防毒面具，这样我才能专心听他在说些什么。"

三月十九日星期三，当晚八点三十分，哈里曼前往唐宁街十号，在装甲过的地下室餐厅里和丘吉尔共进晚餐，他立马对此前仅限于耳闻的两件事情有了近距离观感：经历一次重大空袭是什么感受，以及这位首相的非凡勇气。

八十三　男人们

在就餐时间上，丘吉尔从不向轰炸机妥协。他的晚餐总是很晚，星期三那晚同样如此，当他与克莱芒蒂娜将哈里曼迎进唐宁街十号的地下室餐厅时，在场的还有两位客人，安东尼·比德尔大使和他的妻子玛格丽特，他们也是与哈里曼同乘"大西洋快船号"从纽约到达里斯本的。

那是一个晴朗而温暖的夜晚，半轮月亮照耀着天空。正当宴会进行时，拉响了高八度的防空警报，五百架轰炸机进到了伦敦东区的码头区，携带着高爆弹、降落伞雷和十万余枚燃烧弹。一枚炸弹摧毁了一座防空掩体，瞬间炸死了四十四名伦敦人。大降落伞雷飘落到斯特普尼、波普勒和西汉姆等处，摧毁了那里的整片房屋。各地共有两百处起火。

晚餐继续进行，就好像全然没有空袭这回事似的。饭后，比德尔告诉丘吉尔，他想亲眼看看"伦敦在预防空袭方面取得的进步"。于是，丘吉尔邀请他和哈里曼一起到屋顶上看看。空袭还在进行，他们一路上戴着钢盔。约翰·科尔维尔和埃里克·西尔随行，因此也可以去"看看热闹"（如科尔维尔所说）。

爬上屋顶并不容易。"这是一次不可思议的攀登，"西尔在给妻子的信中这样写道，"要爬上梯子，经过一段长长的圆形台阶，然后穿过一个刚好在塔顶的很小的检修孔。"

附近的防空高射炮正在怒吼。夜空中遍布着光束，这是探照灯部队在搜索空中的轰炸机。轰炸机的剪影不时在月光和星光照耀的天空中掠过。发动机的轰鸣无休无止地响彻天空。

丘吉尔和头戴钢盔的同行者在屋顶上停留了两个小时。比德尔在给罗斯福的信中写道："在此期间，他不时收到城市不同地段遭炸弹击中的报告，间隔有长有短。这真是有趣极了。"

比德尔对丘吉尔明显的勇气和精力印象深刻。在这整个过程中，就在高射炮开火、炸弹在远处爆炸的时刻，丘吉尔引用了丁尼生的作品——一八四二年的戏剧独白诗《洛克斯利大厅》中的一段，其中诗人很有先见之明地写道：

> 听到响彻天空的狂呼，
> 雨点般落下的是可怕的露珠
> 来自那些国家的空中舰队
> 正在蓝天的中央厮杀屠戮。

屋顶上的人至少都活下来了，但在六个小时的空袭中，五百名伦敦人失去了生命。单单在该市的西汉姆地区，炸弹便令两百零四人丧生，他们全都被送到了罗姆福德路上的市政浴室停尸房。根据苏格兰场检察员的报告，"停尸房的工作人员顾不上休息和吃饭，忍着血肉的腥气，对人类残骸及躯干与四肢的碎片进行分类记录"，最终仅有三名死者的身份没能成功确认。

后来，比德尔大使给丘吉尔发来了一张便条，为这次经历向他表示感谢，并称颂他的领导能力与勇气。"和你在一起，这真是一次辉煌的经历。"他说。

哈里曼决定邀请女儿凯茜来英国与他一起生活，在一九四一年，这是一种伦敦特有的衡量勇气的方式。凯茜那年二十三岁，刚从本宁顿学院毕业成为记者。

这里有勇气，也有绝望。三月二十八日星期五，由于战争，以及她在布卢姆斯伯里的房屋和随后的住处都被摧毁，作家弗吉尼亚·伍尔夫的抑郁症进一步恶化，她给丈夫伦纳德写了一张便条，留在他们位于东萨塞克斯的乡间宅院里。

她写道："最亲爱的，我敢肯定我的病又要发作了。我觉得我们无法再承受一次那种痛苦经历。而且我觉得这次我好不了了。我开始出现幻听，而且没有办法集中注意力。所以，我将做我认为是最好的事情。"

人们在附近的乌斯河岸上发现了她的帽子和手杖。

在契克斯，去年冬天在入口通道上铺设的草坪成功将这里从空中隐蔽了起来。但现在到了三月，一个新问题出现了。

在飞越契克斯上空时，两位皇家空军摄影侦察部队的飞行员有了一个惊人的发现。有人犁开了连接房子前后的 U 形区域，留下了宽阔的半月形苍白土地。而且，犁地以"非常奇特的方式"进行，好像有意在描画一个指向房屋的三叉戟。这片苍白的新鲜土壤抵消了草坪的伪装作用，"如此一来，我们基本上前功尽弃，甚至有可能比原来更糟"，一位国土安全部民防伪装设施处的官员这样写道。

这种做法看上去非常像是有意的，所以丘吉尔的警卫负责人汤普森探长一开始怀疑有内奸。探长在三月二十三日上午进行"调查"并锁定了一名嫌犯：佃农戴维·罗杰斯。罗杰斯解释说，自己犁这块地只是希望能够尽量利用现有土地，只不过是在参与"多产粮食运动"，为了战争尽量多生产罢了。根据一份关于此事的报告，汤普森最终认定这人事实上并非第五纵队的成员，他弄出这样一个图案完全是巧合。

三月二十四日星期一，工人们使用重型拖拉机解决了这个问题，他们把周围的土地都犁了一遍，这样一来，犁过的地方从空中看下来就像一块普通的长方形田地。报告中说："当然，这片土地近几天看上去颜色会相当浅，但具有指向性的标记已经完全消除了，这块地里将撒上速生农作物的种子。"

另一个问题还在：当丘吉尔在契克斯时，房子外面不可避免地会停放着许多车辆。这种情况经常会对伪装工作造成阻碍，伪装机构的菲利普·詹姆斯写道："停在契克斯房子外面的这些汽车，不仅清楚地指明首相可能在场，还可能在敌方飞行员途经此处时，吸引本不会注意这所房子的他们。"

他劝说人们遮住这些车辆，或者把车停在树下。

事实没有改变：契克斯仍然是一个清楚而明显的目标，处于德国轰炸机与战斗机容易接近的范围内。考虑到德国空军低空轰炸的高超技术，契克斯仍然存在简直是个奇迹。

丘吉尔很清楚空战将持续到明年，同时他也知道，持续的轰炸会带来政治危险。伦敦人已经证明他们能够"承受轰炸"，但他们还能承受多久？在确定了改善防空掩体极为重要之后，他催着卫生大臣马尔科姆·麦克唐纳在下个冬天来临之前做出全面改进。他希望麦克唐纳能特别注意地板和排水系统，并催促其为防空掩体配备收音机和留声机。

那个周末的第二份备忘录同时发给了麦克唐纳和国土安全大臣莫里森，丘吉尔在其中再次强调，需要检查伦敦人在花园里安置的私人安德森防空掩体，并告诉两位大臣，"要么把那些渗了水的掩体撤掉，要么帮助它们的主人改善掩体的地基"。

由于丘吉尔对这些事项的关心,当局出了一本小册子,告诉市民怎样更好地使用安德森掩体。小册子中说,"一个睡袋加上一个热水瓶或者热砖头能让你在掩体里非常暖和",并建议人们在空袭的时候带一听饼干,"防止孩子们晚上醒来的时候喊饿"。它警告说,油灯很危险,"因为它们可能因为炸弹的冲击或者偶然的原因漏油"。小册子还向狗主人提议:"如果你把狗带进掩体,要给它戴上嘴套。如果有炸弹在附近爆炸,狗有可能发狂。"

正如丘吉尔后来所说的:"如果我们没法保证安全,那就至少让自己舒服点。"

那个周末,玛丽·丘吉尔和朋友查尔斯·里奇乘火车前去拜访贝斯伯勒勋爵的家斯坦斯特德园,去年夏天,约翰·科尔维尔和贝斯伯勒的女儿莫伊拉正是在那里一起研究了一架被击落的轰炸机。玛丽、查尔斯和他们圈子里的其他年轻人聚集在这里过周末,是为了参加坦米尔皇家空军基地举行的盛大舞会。坦米尔皇家空军基地是英国最重要同时遭受轰炸最严重的机场之一,距离斯坦斯特德园大约半小时车程。那天晚上是新月,完全没有月光,皇家空军或许正是据此认为德国人在舞会期间发动空袭的可能性不大。

玛丽和查尔斯在伦敦的滑铁卢火车站登上了一列火车的头等车厢,舒适地蜷在毯子下面。她在日记中写道,"我们把脚抬起来,身上裹着毯子,差不多独占了"整个车厢。在某一站,一个妇女向他们的车厢里看了一眼,使了个会意的眼色。"哦,我决不会打扰你们的。"妇女说完便急忙离开了。

"天哪!"玛丽写道。

他们来到斯坦斯特德园的时候刚好赶上下午茶。玛丽第一次见到莫伊拉，感到又惊又喜。"我因为人们原来告诉我的情况感到很紧张，但其实她是我们这伙人里最好的。有些矜持，但相当欢快。"

她也见到了莫伊拉的哥哥邓坎农勋爵——埃里克。他是皇家炮兵军官，比她大九岁，而且是敦刻尔克大撤退的幸存者。她观察了他一番，并在日记里宣布，他"长得很好看，是那种抒情的风格，有着美丽的灰色大眼睛，好听的嗓音，迷人而随和"。约翰·科尔维尔认识他，对他有不同的看法。他写道，埃里克"总是说一些狂妄自负的无稽之谈，连莫伊拉都为他脸红，真是个奇葩"。

下午茶之后，玛丽、莫伊拉、埃里克和其他青年客人（玛丽笔下的"La jeunesse"①）做好了参加舞会的准备，聚集在楼下。就在他们要离开的时候，附近的高射炮开始开火。高射炮的噪音一减弱，他们便前往空军基地。这天没有月亮，晚上特别黑，只留了一条窄缝的汽车前灯很难穿透黑暗。

舞会上，她遇到了皇家空军最出名的王牌飞行员之一，三十一岁的道格拉斯·巴德少校。他在十年前的一场空难中失去了双腿，但战争开始后，因为飞行员缺乏，他获准参战，并迅速地积攒了胜利记录。他用两条假肢走路，从来不用拐杖或者手杖。"他太神奇了——"玛丽写道，"我和他跳了舞。他太出色了，他是生命、思想和人格战胜物质的胜利典范。"

但最吸引她的男子是埃里克。她整夜都在和他跳舞，在日记里记录下这晚之后，她引用了希莱尔·贝洛克一九一〇年写的一首短诗《虚假的心》：

我对心发问，

---

① 法语，意为"新青年"。

"感觉如何？"

心回答：

"正如同冬天的苹果！"

但它没说真话。

玛丽加了一句："不予评论。"

当舞会进行到很晚的时候，灯光出了问题，舞池一片黑暗——"我想，这对许多人来说并非坏事。"这非常好玩，她写道，"显然是一场狂欢，而且相当古怪"。

他们在只有行星和恒星点缀的昏暗天空下返回斯坦斯特德。

星期六晚上的伦敦特别黑暗——结果，当哈里曼的秘书米克尔约翰前往帕丁顿火车站迎接一位使团新成员时，由于没有月亮，加上站台里的灯火管制，根本看不见从火车上下来的人。这位秘书带了一支手电筒，穿着有皮毛领子的大衣，这是约定好的辨认标志。在徒劳地寻找了一阵之后，米克尔约翰想到了一个主意，他站到一个显眼的地方，用手电筒照射自己的大衣领子。那人找到了他。

那天晚上，哈里曼离开伦敦，再度来到契克斯做客，这一次由罗斯福任命的取代约瑟夫·肯尼迪的美国新任大使约翰·G.怀南特陪同，越来越不受欢迎的肯尼迪在去年年底辞职。怀南特和哈里曼都会在这里用餐并留宿。席间，哈里曼坐在丘吉尔的儿媳妇帕梅拉对面。在后来描述这一刻时，她写道："我见到了有生以来见过的最好看的男人。"

她承认，他比自己年长得多。但她很早就开始意识到，自己对年纪较大的男人更亲近。"我不觉得与我年龄相仿的人有趣，或者对他们感兴趣，"她说，"比我大很多的男子才吸引我，我跟他们在一起觉得很自在。"她和同辈人在一起从来不觉得很舒服。"对我来说，幸运的是，战争的到来让这些变得都不重要了，我立即就和比我大很多的人来往，并且发现自己不管和谁在一起都很愉快。"

哈里曼已婚，她觉得这一点无关紧要。他也有同感。来到伦敦的时候，他的婚姻已经停滞在相互尊重和性冷淡的僵局里。妻子玛丽·诺顿·惠特尼比他小十二岁，在纽约管理一家艺术画廊。他们在一九二八年相遇，当时她是一位富有的纽约花花公子科尼利尔斯·范德比尔特·惠特尼的妻子。哈里曼与第一任妻子离婚之后，和她于一九三〇年二月结婚。然而，到了现在，二人都开始有了外遇。人们普遍认为，哈里曼夫人和一位英俊高挑的纽约乐队指挥埃迪·达钦有染。达钦同样已婚。

帕梅拉的婚姻也在急转直下，但随之而来的是，她觉得自己自由得多了。一种更加令人兴奋的生活似乎就在她眼前。她年轻、美丽，在丘吉尔的圈子里位居中心。她写道："这是一场可怕的战争，但如果你处于合适的年龄、合适的时间、合适的地点，它将令人惊叹。"

鉴于哈里曼会时刻出现在丘吉尔的圈子里，帕梅拉和他显然还会经常见面，这让飞机生产大臣和秘密搜集者马克斯·比弗布鲁克（有些人称其为"午夜大臣"）感到非常快乐。

那个周末，契克斯的气氛也由于别的原因而非常热烈。在过去的几天里，英国军队在厄立特里亚和埃塞俄比亚取得了重大进展，南斯拉夫在一场反德国政变后建立了新政府，立即废除了该国与希特勒的现有协定。三月二十八日星期五，丘吉尔给华盛顿的哈里·霍普金斯发了一封欢欣鼓舞的电报，声称"昨天是辉煌的一天"，并且指出，他"与哈里曼保持着最密切的接触"。约翰·科尔维尔在日记中写道，丘吉尔"周末花了很长的时间,在大会堂里随着留声机放出的音乐（一直放着军乐、华尔兹舞曲和最庸俗的铜管乐队歌曲）来回踱步——更确切地说是脚步轻快地来回走动，同时陷入了沉思"。

星期日迎来了更多的好消息：在希腊马塔潘角的海战中，皇家海军在布莱奇利园所截获情报的帮助下，有效击溃了已经在去年秋天受创的意大利海军。

玛丽·丘吉尔仍在斯坦斯特德园品味着前一夜舞会的快乐，这些新闻让她兴高采烈。"我们一整天都感到心情愉悦。"她在日记中写道。那天下午，在园林里，她和埃里克·邓坎农在芬芳的春天景色中走了很远。"我觉得他很迷人。"她写道。

当天离家返回部队时，埃里克说了一句致命的话："我能给你打电话吗？"

两次聚会，两幢乡间宅院，三月的一个可爱周末，胜利似乎突然更近了一些。在这样的时刻，家庭剧变的种子已经播下。

第六部

战火中的爱

四月至五月

八十四　沉重的消息

　　四月一日星期二，玛丽在契克斯的囚室里感觉特别冷。春天没有遵守承诺，冬天再次回归，她在日记中指出了这一点："雪——雨夹雪——冷——不好玩。"她去妇女志愿服务队的办公室工作，然后和姐姐萨拉一起吃午饭，姐姐和她说了点有关埃里克·邓坎农和另一个女人的传言。"非常有趣。"玛丽写道。

　　两天后，四月三日星期四，她收到了埃里克的信。"一封非常甜蜜的信。"她写道。她告诫自己："现在——玛丽——你要稳住——我的小梅子。"

　　不久，她又收到了第二封信，信中邀请她下个星期出去吃饭。

　　"哦，我的天啊！"她写道。

　　第二天是星期日，又是寒冷刺骨的一天，契克斯与平常一样宾客如云，哈里曼、帕梅拉、伊斯梅、皇家空军中将肖尔托·道格拉斯以及其他人都在。埃里克打来了电话，激起整个乡间宅院暗潮涌动的好奇心。埃里克和玛丽聊了二十分钟。"我觉得他非常迷人，而且声音非常好听。"玛丽在日记里写道，"哦天啊——我坠入情网了吗？有吗？"

　　玛丽觉得，这些交流是弥漫在这所房子里的沉闷空气之外的一丝宽慰，而这沉闷是中东的形势逆转以及来自巴尔干地区的坏消息造成的。一周前，契克斯的气氛还自信而阳光，现在却一片阴郁。德军突然发起攻势，迫使英国放弃了班加西，接着又是一次大撤退。四月六日星期日黎明时分，在埃里克来电话之前，德军发动了代号"惩罚行动"的作战行动，全面入侵南斯拉夫，作为对他们转而反对希特勒的惩罚。德军同时也攻击了希腊。

这些事件及其可能对父亲造成的影响困扰着玛丽，她决定勇敢地面对严寒，到附近的埃尔斯伯勒去做晨祷。"去了教堂，在那里得到了很大的宽慰和鼓舞。"她写道，"非常虔诚地为爸爸祈祷。"第二天早上出门工作前，玛丽在丘吉尔的办公室前停下来说再见，发现他正在阅读文件。"我想，他看上去很疲倦——忧郁——伤心。"他告诉她，他觉得这个星期内会有很多坏消息，并要她保持斗志。她在日记中写道："亲爱的爸爸，我会努力的，或许我可以用这种方法帮助你。"

但她觉得这样的贡献实在微不足道。"我对我们的事业如此热情，但至今一点忙也帮不上，真让人感到挫败。而且我是多么无力啊——我确实非常快乐而且生活舒适，有让人高兴的朋友和蝴蝶一样的性情，无忧无虑或根本不在乎——这让我觉得沮丧和阴郁。"

但并非完全阴郁。她花了好多时间想念埃里克，他现在在她的心中占据了不寻常的一部分，尽管她九天前才第一次见到他。"我真希望知道自己是不是爱上他了——或者我只不过是对他有些倾慕。"

就像丘吉尔预言的那样，这个星期确实迎来了坏消息。埃尔温·隆美尔的坦克在利比亚让英军节节败退，逼迫英军总司令阿奇博尔德·韦维尔于四月七日电告：形势已经"大为恶化"。丘吉尔力主韦维尔不惜一切代价坚守港口城市图卜鲁格，称其为"一个必须死守，绝不言退的地方"。

丘吉尔如此坚决，深谙战争法则的他命令哈巴狗伊斯梅送来作战图和图卜鲁格的模型，并补充说："同时把从空中和地面拍摄的现有的最好的照片送过来。"他也收到了希特勒对南斯拉夫的"惩罚行动"造成的伤亡数字。为了警示一切敢于抵抗他的附属国——或许也为了让伦敦人看到他们面临的命运——从圣枝主日当天开始的空袭将南斯拉夫首都贝尔格莱德夷为平地,一万七千名平民身亡。这条消息刺痛了英国人的心,因为不幸连着不幸,英国官员也在同一周宣布,德国空袭在英国已经造成两万九千八百五十六名平民丧生,而且这只是死亡数字。受伤人数远远超过死亡人数,许多人身受重伤和毁容。

此外,对希特勒仍旧可能入侵英国的担心再次出现。截获的情报显示,希特勒的新关注点是苏联,但这本身无法保证入侵的危险已经过去。在一份四月八日星期二发给战时内阁秘书爱德华·布里奇斯的便条中,丘吉尔命令所有大臣为即将到来的复活节协调好假期,以保证关键办公室都有人值班,而且在需要时可以通过电话联系上各位大臣。丘吉尔写道:"有人告诉我,复活节是入侵的好时机。"在复活节的那个周末,天上会有一轮明月。

丘吉尔本来准备在第二天的演讲中对英国军队取得的胜利表示祝贺,现在只得改为就"战争形势"进行演说,他谈到了最近的逆转,以及战争向希腊和巴尔干地区的蔓延。他强调了美国援助的重要性,尤其是美国制造的商船"巨幅"增加。他也提到了入侵笼罩在人们心头的阴霾。"那是我们无法回避的一场严峻考验",他这样告诉下议院,但又补充道,德国显然在对苏联图谋不轨,尤其是乌克兰和高加索地区的油田。他以乐观的口气结束了演讲,并声称,一旦英国消除了潜艇的威胁,美国租借法案提供的物资开始流入,希特勒肯定会"被拿着复仇的正义之剑的我们追得走投无路"。

然而,坏消息势不可挡,仅凭一丝乐观的光芒实在无法抵御。"下议院一片悲伤和忧郁。"哈罗德·尼科尔森在日记中写道。尼科尔森清楚地意识到,与以往任何时候相比,丘吉尔现在都更把自己的希望和英国的前途寄托在罗斯福身上。尼科尔森注意到，首相几次提到美国，他从中看出了沉重的含义："他的结束语暗示，如果没有美国的帮助，我们就死定了。"

哈里曼在下议院的"杰出客人参观席"上聆听这一演讲。随后，他给罗斯福写了一封很长的信，在信中惊叹于"这里的人民把对未来的信心与希望寄托在美国和您个人身上的程度"。

他指出，他即将迎来在英国的第五个周末，第四个周末他与丘吉尔在一起。"我们在他身边似乎给了他信心，"哈里曼说，"或许觉得我们代表您以及美国将要给出的援助。"丘吉尔很重视罗斯福的保证，哈里曼观察道："您是他强大的、可以依靠的朋友。"

哈里曼用一个很短的自然段结束了这封信，这一段似乎是他后来加上的："英国的国力正在持续损耗。出于我们自己的利益，我认为我们的海军应该在我们的伙伴过分虚弱之前直接出手干预。"

玛丽觉得，来自巴尔干地区的消息令人特别压抑。希特勒让南斯拉夫承受的苦难之深简直难以衡量。"如果有人真的完整地想到这场战争从始至终的全部可怕之处——我想他的生命将变得不可承受，"她写道，"事实上，意识到其中一小片刻已经够可怕的了。"

这些新闻让她感到"更加阴郁"，她在四月十日星期四写道，尽管她仍为那天晚上将要见到埃里克而激动。他给她带来了一部约翰·多恩的作品。

更让她兴奋的是，那天晚上，她将和父母一起，参加丘吉尔对遭受破坏的地点的一次巡访，首先前往遭到猛烈轰炸的威尔士城市斯旺西，然后去布里斯托尔，她父亲是布里斯托尔大学的名誉校长，按照日程，他应该在那里授予一批荣誉学位。

然而，那天早些时候，玛丽和父母接到了令人极为难受的家庭消息：姐姐黛安娜的丈夫邓肯·桑兹在一次汽车事故中受了重伤。"可怜的黛安娜——"她写道，"尽管如此——感谢上帝——他的伤势似乎没有我们开始想象的那么严重。"丘吉尔给在开罗的儿子伦道夫的信里说到了这次车祸。"你知道，邓肯遭遇了一次可怕的事故。他乘车从伦敦去阿伯珀斯，当时脱了鞋子躺着睡觉。他有两个驾驶员，但同时睡着了。汽车撞上了一座让道路突然变得狭窄的石桥，他的两条腿被撞伤，脊柱也受了伤。"现在还不清楚桑兹以后能否重返防空司令部上校的岗位，丘吉尔写道，"但他或许还可以跛着脚接着干"。如果不能，丘吉尔又用一句揶揄的俏皮话补充道，"反正还可以当下议院议员"。

　　那天晚上，玛丽和父母——"爸爸"和"妈咪"坐上了丘吉尔的专用列车，加入其他受邀者的行列：哈里曼、怀南特大使、澳大利亚总理孟席斯、哈巴狗伊斯梅、约翰·科尔维尔和几位军方高级官员。教授原本也该来的，但患了感冒卧病在床。第二天是基督受难日，他们在早上八点到了斯旺西，接着坐着一长队汽车展开巡访，丘吉尔坐在一辆敞篷福特汽车上，牙齿中间叼着一支雪茄。他们在一片彻底沦为废墟的土地上穿行。"城镇的某些部分遭受了非常可怕的破坏。"玛丽在日记中写道。现在她亲眼看见了这座城市的人民多么需要她父亲来访问，而且看起来多么尊敬他。"我从没见过人们表现出像今天这样的勇气、爱、欢快与信任。无论爸爸走到哪里，人们都涌向他，和他握手，拍着他的背，喊着他的名字。"

　　她觉得这样的场景感人至深，但又很不安。"他们如此依赖他，这有些令人害怕。"她写道。

　　列车接着把他们带到威尔士海滨的一个实验武器试验场，丘吉尔一行人在那里观看了各种空中雷和火箭发射装置的试验。此番前景一开始让丘吉尔很高兴，召唤起他灵魂深处隐藏着的小男孩的一面，但试验的结果并不好。"火箭的发射情况不大好，"科尔维尔写道，"第一次演示连一个容易得可笑的目标也打不中，但多重投射器看上去很有希望，系在降落伞上的空中雷也挺不错。"

这场旅行中的离奇事出现在第二天，四月十二日星期六，当列车到达布里斯托尔的时候。

火车停在市外一条侧线上过夜。考虑到最近德国空军空袭的加剧，以及这天晚上是晴朗的满月夜，这显然是项谨慎的措施。夜里十点开始，在导航波束和月光的指引下，一百五十架德国轰炸机真的开始袭击这座城市，一开始用燃烧弹，然后用高爆炸药，制造了一场布里斯托尔迄今为止最惨烈的空袭。这次后来被命名为"耶稣受难日空袭"的轰炸持续了六个小时，其间轰炸机投下了近两百吨高爆炸药和三万七千枚燃烧弹，令一百八十名平民丧生，三百八十二人受伤。一枚炸弹炸死了十名救援人员；三名受害者被炸至邻近的柏油路上，身体的一部分被突然熔融的表面吸了进去。他们后来被一个不走运的救护车司机发现，结果他得到了一个艰巨的任务：把这些尸体从柏油路上撬松。

火车上，丘吉尔一行人倾听着远处的炮声和爆炸声。哈巴狗伊斯梅写道："布里斯托尔这次显然非常惨烈。"第二天，星期六早上，火车开进了布里斯托尔火车站，这时，火焰仍在燃烧，滚滚浓烟从被炸塌的建筑物上升起。由于炸弹失灵或者德国空军有意为之，至少有一百枚炸弹并未爆炸，这妨碍了救援人员和消防队的工作，也让丘吉尔选择哪条路线穿过城市成了一件有风险的麻烦事。

据玛丽回忆，那天早上阴暗又寒冷，地上到处都是残骸，男男女女和平常一样去上班，但显然因昨夜的空袭疲惫不堪。"极度紧张而苍白的脸——疲倦——寂静。"她写道。

丘吉尔一行人最先去的是这座城市的大酒店。这座毫发无伤地逃过了这次夜间空袭的建筑物此前已经承受了相当大的损伤。"它看上去歪歪倒倒的，好像需要支撑才能继续营业。"汤普森探长写道。

丘吉尔要求洗澡。

"没问题，先生！"前台经理满面春风地说，好像这件事情很容易做到似的，但事实上，先前的轰炸让这座酒店不再有热水。汤普森说："但不知怎的，才过了几分钟，从建筑物后的神秘地方出现了一长队看上去有些好笑的队伍，由住客、职员、厨师、女仆、士兵和可以走路的伤员组成，他们端着用各种容器（包括一个园艺洒水器）装着的热水走上楼梯，把首相房间里的浴缸装满了。"

丘吉尔和其他人一起吃早饭。哈里曼注意到，酒店里的员工似乎整夜都没睡觉。"提供早餐服务的侍者一直在酒店的屋顶工作，帮助扑灭一些燃烧弹。"他在给罗斯福的一封信中写道。早餐后，他们出发巡访城市，丘吉尔坐在敞篷车顶的折叠帆布上（英式英语称其为"车篷"）。科尔维尔写道，城中的破坏"是我永远无法想象的"。

丘吉尔的到访没有被事先宣布。当他坐着车穿过街道时，人们转过身来观看。玛丽看到，他们首先认出了他是谁，然后又惊又喜。玛丽与哈里曼同乘一辆车。她喜欢他。"他办事很沉稳，"她写道，"他对我们有感情，为我们做了这么多工作。"

车队从居民中间穿过，他们站在刚刚被摧毁的房子前面，检查残骸，收拾个人财物。一看到丘吉尔，他们便向他的汽车跑了过去。"这难以置信地令人感动。"玛丽写道。

丘吉尔徒步走过遭受破坏最大的地区。他走得很轻快，完全不是一个醒着时经常喝酒抽烟、体重超标的六十六岁老男人该有的蹒跚漫步。新闻短片里，他大步走在随从前面，微笑、皱眉，不时脱下圆顶硬礼帽向人们致意，甚至时而敏捷地立着脚尖转身，表示自己听到了旁人的议论。他身穿长大衣，身体滚圆，看上去就像一枚巨型炸弹的上半部分。克莱芒蒂娜和玛丽跟在几步之后，她们看上去都很高兴和开朗；伊斯梅和哈里曼也跟着他；汤普森探长一直紧靠着他，一只手放在装着手枪的衣袋里。当被一群男人女人包围时，丘吉尔摘下礼帽，把它放到手杖的尖端上高高举起，让离他比较远的人知道他在那里。"退后点，先生们，"哈里曼听到他在说，"让别人也看看。"

哈里曼注意到，丘吉尔在人群中走动时，使用了与个体直接对视的"窍门"。某一刻，在确定丘吉尔听不见的情况下，哈里曼对哈巴狗伊斯梅说："首相似乎很受中年妇女欢迎啊！"

但丘吉尔听到了。他一个转身正对哈里曼。"你说什么？不光是中年妇女呢，年轻女孩也喜欢我。"

丘吉尔的大队人马向布里斯托尔大学走去，参加学位授予仪式。"没有比这更让人印象深刻的事情了。"哈里曼写道。

隔壁的建筑物仍然燃烧着火焰。丘吉尔身穿全套学位服，与装束类似的大学行政人员一起坐在台上，他们中许多人整夜都在帮助灭火。尽管发生了空袭，外面都是废墟，但大厅里坐满了人。"这非同寻常，"玛丽写道，"不断有人姗姗来迟，脸上还带着匆忙间没有洗净的尘垢，他们的礼服套在仍然湿漉漉的消防服外面。"

丘吉尔将学位授予怀南特大使和澳大利亚总理孟席斯，缺席授予已经回国的哈佛校长詹姆斯·科南特。在仪式之前，丘吉尔对哈里曼打趣说："我很愿意给你一个学位，但你对这类事情没兴趣。"

稍后的仪式上，丘吉尔起身发表了即席演讲。"今天在座的许多人昨晚都坚守在岗位上，"他说，"所有人都经受了敌人炮火长时间的猛烈轰炸。你们以这样的方式聚集在此，这是刚毅与冷静的标志，是勇敢与超然于物的标志，这符合我们从古罗马或者现代希腊所学习、相信的一切。"他告诉听众，他试图尽可能多离开"总部"，访问遭到轰炸的地区。"我看到了敌人的空袭造成的破坏，但也看到了在断壁残垣与废墟中的那一双双安静、自信、明亮与微笑的眼睛，它们闪耀的意识之光联系着一种远高于任何人性或者个人问题的因素。我看到了一个永远无法被征服的民族的精神。"

此后，当丘吉尔、克莱芒蒂娜和其他人出现在大学的台阶上时，一大群人欢呼着向前涌去。那一刻，天空似乎也感应到了人们的心情，太阳冲破了云层。

当车队返回火车站时，人群紧随其后。这一切欢笑与喝彩，本来只能在和平时期的城市节庆中才能看到。男人、女人和孩子们在丘吉尔的汽车旁边行走，他们的脸因喜悦而容光焕发。"他们可不是什么只能同甘不能共苦的朋友。"玛丽在日记中写道，"无论在和平年代还是战争年代，爸爸全心全意为他们服务，无论在他的光辉时刻还是黑暗时刻，他们都给以爱与信任。"她惊讶于父亲有在这样严峻的环境下激发勇气和力量的奇异能力。"哦，亲爱的上帝，"她写道，"请为我们保护他——让他带领我们走向胜利与和平。"

火车离开的时候，丘吉尔从窗口向人群挥手，一直到他们再也看不到为止。然后，他伸手拿过一张报纸，背靠在椅子上，用报纸遮住了自己的眼泪。他说："他们如此信任我，这是一份庄重的责任。"

他们刚好在晚饭时间回到契克斯，一批新客人加入了他们的行列，其中包括外交大臣安东尼·伊登夫妇，以及帝国总参谋长迪尔将军。

开始的气氛很阴郁，丘吉尔、迪尔和伊登讨论着如何应对中东和地中海的最新消息。德军迅速向雅典紧逼，大有彻底压倒希腊与英国守军之势，有可能造成又一次大撤退。隆美尔在利比亚的坦克连续打击英国军队，迫使他们向埃及撤退，龟缩在图卜鲁格。当夜，丘吉尔给英国驻中东部队的指挥官韦维尔将军发去了一封电报，告诉韦维尔，自己、迪尔和伊登"完全信任"他，并强调了遏制德国进犯势头的重要性。丘吉尔写道："这，是英国陆军史上的关键战役之一。"

他同时叮嘱韦维尔使用图卜鲁格的正确拼法"Tobruk"，即最后一个字母为"k"，而不要用其他的拼法，如"Tubruq"和"Tobruch"。

一份来自罗斯福的电报驱散了阴霾。总统通知丘吉尔，他已经决定扩大美国海军在北大西洋的安全区，将从美国海岸到西经二十五度之间的水域包括在内——这大约是大西洋的三分之二，还将采取其他"将为您的航运问题带来有益影响"的措施。他计划立即执行。"出于您很容易理解的国内政治的原因，我们单方面采取这一行动非常重要，不能拖到你们与我们之间的外交谈话之后。"

美国的舰船和飞机现在将在这些水域巡逻。"我们希望在高度保密的情况下得到船队运行的通告，这样我们的巡逻部队即可发现在安全区新线以西活动的任何船只、飞机或侵略国的行踪。"罗斯福宣称。接着，美国将告知皇家海军他们遭遇的任何敌舰的位置。

丘吉尔大为振奋。四月十三日复活节星期日，他在契克斯向总统表示谢意。"深为感谢您的重要电报"，他写道，他称这一行动是"迈向救赎的一大步"。

科尔维尔问哈里曼，这是否意味着美国和德国现在会开战。

哈里曼说："我希望如此。"

在布里斯托尔的亲身经历深深地感动了哈里曼，甚至让他克服自己的吝啬本性，向这座城市匿名捐出了一百英镑（相当于今天的六千四百美元）。为了不泄露自己的身份，他请克莱芒蒂娜将这笔钱转交给该市市长。

在四月十五日星期二的一份手写感谢信中，她告诉他："无论今后发生任何事，我们都不再感到孤独。"

哈里曼也在当天得知，多亏哈里·霍普金斯从中斡旋，他女儿凯茜最终得到国务院批准，可以来伦敦了。

"太激动了。"他立即回电凯茜，"你来的时候，尽可能为你在这里的朋友们多带些尼龙长袜，再给另一个朋友带十几包洁牙宝。"

他指的是一种牙签状的，用于清洁牙缝、促进牙龈血液流动的产品，这种产品曾经大受欢迎，甚至美国史密森尼学会最后都去采购了一份样品作为永久藏品。哈里曼又在另一份电报中提醒她："别忘了洁牙宝。"他告诉凯茜带上任何她喜欢的口红，但也要包括几管法国娇兰的"绿头"唇膏。

他对洁牙宝的不懈追求让妻子玛丽有些茫然。"我们都对那位有蛀牙的贵妇人是谁极为好奇，是谁这样在乎她的牙签。"她写道。

她又加了一句："在读到你有关它们的第三封电报之后，我们推断她的牙齿状态必定极为糟糕。"

战时内阁的会议上，气氛沉郁。班加西的陷落和图卜鲁格的岌岌可危尤其令人沮丧。笼罩着英国的悲哀气氛现在更加浓郁，不仅因为冬天的胜利所带来的希望与伴随新逆转产生的压抑之间有着强烈的反差，还因为德国不断加强的空袭，有些甚至比去年秋天的杀伤力更强、破坏性更烈。德国轰炸机再次袭击考文垂，第二天晚上是伯明翰。皇家空军依然对黑暗束手无策。

下议院的不满加深了。至少一位著名议员，劳合·乔治，越来越怀疑丘吉尔是否真的能够引导战争最后走向胜利。

八十五　轻蔑

四月十五日星期二上午的宣传会议上，约瑟夫·戈培尔指示宣传员们集中力量嘲笑英国即将从希腊撤退。"要把丘吉尔当作赌徒来嘲笑，他这样的人更适合坐在蒙特卡洛的赌桌上，而不是来当英国首相。他有着典型的赌徒本性——愤世嫉俗、冷酷无情、凶残恶毒，为了避免英国流血，不惜以其他国家的鲜血为赌注，践踏小国家的命运。"

报刊将"怀着残忍的轻蔑"反复重复一句口号："没有黄油——用班加西顶上；没有班加西——用希腊顶上；没有希腊——没什么可顶上的了。"

他补充道："接下去就是他们的末日。"

赫尔曼·戈林当然希望英国赶快投降，并确保他和他心爱的空军赢得这份功勋。但皇家空军让他忧伤。

一周前，英国轰炸机袭击了柏林市中心，毁掉了整座城市最壮丽的林荫大道——菩提树大街，并在一场人们期盼已久的意大利歌剧团演出开演前不久摧毁了国家歌剧院。"希特勒大为震怒，"他的空军联络员尼古劳斯·冯·贝洛写道，"结果他与戈林发生了激烈的争吵。"

希特勒的暴怒和戈林的怨恨，可能都是促使戈林现在提出对伦敦施加新一轮暴行的部分原因，第一次空袭定于四月十六日星期三实施。

丘吉尔很生气。

大约两周前，他给斯大林发出一封秘密警告，暗示了希特勒的入侵计划。之所以加密发出，是因为他不愿意泄露布莱奇利园是有关巴巴罗萨行动的详细情报的来源地。他把信发给了英国驻苏联大使斯塔福德·克里普斯爵士，让他面呈斯大林。

现在，在复活节之后一周，丘吉尔得知，克里普斯一直没有呈递。他对这种明显的抗命行为十分不满，因此写信给大使的上司，外交大臣安东尼·伊登。"我特别重视我给斯大林的这封个人信件，"他写道，"我不明白他为什么拒不执行。这位大使完全不懂真相具有的军事意义。恳请你帮帮我。"

迄今，与丘吉尔共事的人全都明白，他的要求只要用"恳请"二字开头，那就是一项直接的、毫无协商余地的命令。

克里普斯终于转交了丘吉尔的警告。斯大林未做答复。

八十六　多切斯特那一夜

那个星期三，四月十六日，埃夫里尔·哈里曼很早便离开办公室去理发。理发店下午六点三十分关门。他要参加当晚为弗雷德·阿斯泰尔的姐妹阿黛尔在多切斯特酒店举办的晚宴。这对哈里曼使团来说是重要的一天——在华盛顿，罗斯福在租借法案条款的规定下签发了第一批食物的运输：一万一千吨奶酪、一万一千吨鸡蛋和十万箱炼乳。

哈里曼的提早离开让秘书罗伯特·米克尔约翰总算得到了一个提早吃晚饭的机会。这天晚上非常宜人、晴朗。

晚上九点，日落之后的一小时，防空警报在整个伦敦拉响。人们一开始对它们不大在意。防空警报如今已经是家常便饭。这次警报与过去的唯一不同之处，是它拉响的时间比平常早一个小时。

布卢姆斯伯里开始有照明弹落下，街道被照得一片通明。前一年出版的小说《权力与荣耀》的作者格雷厄姆·格林，刚刚与他的情妇、作家多萝西·格洛弗吃完晚餐。他们正准备去值班——他是一位防空队员，她是一位消防值班人。格林陪她前往指定的瞭望台。"站在一家修车行的屋顶上，我们看到照明弹飘飘悠悠地落下，后面拖着火焰，"格林在日记中写道，"它们飘动着，如同巨大的黄牡丹。"

月光照耀的天空中，数以百计的飞机剪影铺天盖地而来。现在，

470

各种大小的炸弹落下，包括硕大的降落伞雷，它们是教授的空中雷的大型仿版。到处是尘土、火焰、碎玻璃——一片混乱。一枚降落伞雷落在马利特街维多利亚俱乐部，三百五十名加拿大士兵正在那儿睡觉。格林赶到时发现里面一片混乱："穿着血迹斑斑的灰色睡衣的士兵们还在向外走，人行道上乱糟糟的净是些碎玻璃，有些士兵还光着脚。"建筑物原来矗立的地方现在是一个二十英尺深的断崖，参差不齐，似乎深深地内陷到地基中间。头顶的轰炸机还在不停地嗡嗡轰鸣。"人们真的以为这就是世界末日，"格林写道，"但这还不是最可怕的——人们不再相信自己能活过今夜。"

意外事件越积越多。一枚炸弹摧毁了一家犹太女孩俱乐部，炸死了三十人。一枚降落伞雷摧毁了海德公园的一个高射炮炮位。在一家酒吧的废墟里，一位牧师爬到台球桌下，接受被困在残片下的店主一家的忏悔。

约翰·科尔维尔不顾还在进行的空袭，离开唐宁街十号，爬上了丘吉尔的装甲车，装甲车带着他穿过刚被轰炸、仍在燃烧的街道，来到了位于格罗夫纳广场的美国大使馆。他会见了美国大使怀南特，二人针对丘吉尔打算发给罗斯福的一封电报展开了讨论。凌晨一点四十五分，他离开使馆、返回唐宁街十号，这一次是步行。炸弹"冰雹般"落在他周围，他写道。

他有些轻描淡写地加了一句："我不太喜欢这段路。"

晚饭后，哈里曼的秘书罗伯特·米克尔约翰与几位大使馆工作人员一起，走向使馆大楼的屋顶。他爬到了最高点，从那里三百六十度环顾全城。自从来到伦敦之后，现在是他第一次听到炸弹下落发出的呼啸声。

他不喜欢这种声音。

"比真实的爆炸更可怕。"他在日记中写道，"为了躲避落在几个街区之外的炸弹，我做了几个翻滚，很多同伴也这么做了。"

眼前让大地颤抖的大爆炸很可能是降落伞雷造成的。"就好像整所房子都要飘起来一样。"他写道。在某一时刻，怀南特大使和妻子也上了屋顶，但没有停留很长时间。他们把大使馆五楼寓所里的床垫带到了一楼。

米克尔约翰看到远处一枚炸弹在巴特西发电厂爆炸，并且引爆了一个很大的贮气罐，"一道火柱冲天而起，似乎直上几英里的高空"。

他回到公寓里试图睡觉，但一小时后放弃了。附近的爆炸让建筑物摇晃着，弹片横飞，敲打着他的窗户。他爬上屋顶，在那里"见到了我一生从所未见的奇景。金融区以北的整个城市都变成了坚固的火幕，直上天空几百英尺。这晚没有云，但浓烟笼罩着半边天，从下面火中升起的全是红色的浓烟"。时不时有炸弹翻滚着落入已经着火的建筑物内，结果"多次让火焰骤然停止后又再次爆发"。

他从周围人脸上看到的只有冷静，这让他非常吃惊。他写道："从他们的反应来看，眼前的轰炸好像不过是一场雷暴。"

在克拉里奇酒店附近，已经回到伦敦的美军公使雷蒙德·李将军走到了一楼美国大使馆外交官赫舍尔·约翰逊的房间。当炸弹落下、火焰燃烧时，他们讨论着文学，主要是托马斯·沃尔夫的作品和维克多·雨果的小说《悲惨世界》。他们后来转而讨论中国艺术，赫舍尔拿出了一套精美的瓷器。

"在这整段时间里，"李写道，"我一直有种恶心感：在几乎只有一箭之遥的地方，数以百计的人正以最野蛮的方式被屠杀，而我们完全无能为力。"

在九个街区外的多切斯特，哈里曼和其他参加弗雷德·阿斯泰尔的宴会的客人们在酒店的八楼看着这场空袭。帕梅拉·丘吉尔在他们中间，她一个月前刚满二十一岁。

她沿着一条走廊向宴会厅走去，体会着新近感觉到的自由和自信。后来她回忆了自己当时的想法："你知道，现在我只有我自己了，我的生活将会彻底改变。"

她曾在契克斯见过哈里曼，现在发现自己就坐在他旁边。他们最后聊了起来，主要是关于马克斯·比弗布鲁克。哈里曼将比弗布鲁克视为在丘吉尔之后他最需要交好的人。帕梅拉试图向他传达自己对比弗布鲁克性格的认识。于是，哈里曼在某个时刻对她说："嘿，听我说，你愿不愿意到我的套间里来？这样我们就可以更随意地谈话，你可以告诉我这些人的更多情况。"

他们下楼去了他的套间。当警报响起的时候，她正在为他提供有关比弗布鲁克的各种看法。

照明弹将外面的城市照得如此明亮，哈里曼在后来给妻子玛丽的信中将之描述为看上去"像百老汇和四十二街"。

炸弹落下来；衣服脱光了。正如一位朋友后来告诉帕梅拉的传记作家萨莉·比德尔·史密斯的那样："一次大规模空袭是和某人上床的绝好方法。"

这次轰炸带走了很多生命，破坏了很多景观。轰炸中有一千一百八十人丧生，受伤者远不止此数，成为迄今损失最为惨重的一次空袭。炸弹击中了皮卡迪利大街、切尔西、蓓尔美尔街、牛津街、兰贝斯和白厅。一次爆炸在海军部大楼上撕开了一条大缝。大火焚毁了佳士得拍卖行。在伊顿广场的圣彼得教堂，一枚炸弹炸死了奥斯汀·汤普森牧师，当时他正站在教堂的台阶上，招呼人们进去躲避空袭。

第二天，四月十七日星期四上午，在唐宁街十号吃过早餐后，约翰·科尔维尔和埃里克·西尔到皇家骑兵卫队阅兵场走了走，检查受损情况。"伦敦看上去鼻青眼肿，面容已毁。"科尔维尔在那天的日记中写道。

他还写道，他"发现帕梅拉·丘吉尔和埃夫里尔·哈里曼也在检查受灾情况"。他未做进一步评论。

哈里曼在给妻子的信中谈及这次空袭："不用说，我的睡眠时断时续。炮声不断，飞机在头上掠过。"

八十七　白崖

　　在那个星期四上午十一点三十分举行的内阁会议上，昨夜空袭的大部分时间里一直在工作的丘吉尔敏锐地注意到，因为海军部大楼遭受损坏，眺望特拉法尔加广场纳尔逊纪念柱的视野有所改善。

　　然而，让他烦恼的是，轰炸机的到来几乎又一次没有受到皇家空军干预。黑暗仍然是德国空军最好的保护伞。

　　或许是为了提供一点鼓舞人的消息，那天教授给丘吉尔发来防空雷的最新测验报告，其中谈及一个变种，这种雷——一种极小的微型雷——可以附着在小型降落伞上，然后由飞机释放。皇家空军的"下蛋器"已经出击了二十一次，其间发射了六道空中雷幕。教授声称，它们至少摧毁了一架德国轰炸机，也有可能多达五架。

　　教授在这件事上的表现和他平时的作风判若两人：他一厢情愿地打着如意算盘。轰炸机被摧毁的唯一证据，是它们在雷达回波中消失了。这次行动是在海上实施的，没有目击者亲眼证实，也没有发现飞机残骸。在海上"显然不大可能获得我们在陆地上可能要求的那类证据"，他承认道。

　　然而他认为，这些理由都不足以阻止他宣布成功摧毁了五架德国轰炸机的消息。

四月二十四日星期四，玛丽急急忙忙地从艾尔斯伯里的志愿工作地点回到契克斯的家中，与朋友菲奥娜·福布斯喝下午茶。接着，她和菲奥娜又急匆匆地带着一堆行李，赶晚班火车去伦敦。

在为夜生活的欢愉梳妆打扮之前，玛丽期待着能在唐宁街十号附楼里放松地洗个热水澡，但朋友们的电报和电话让她应接不暇。她还要停下来和爸爸说话。到了七点四十分，她总算如愿洗了澡，尽管没有她希望的那样从容。她和菲奥娜要去参加一场八点十五分开始的聚会，但在此之前，她计划先和埃里克·邓坎农、其他朋友，还有姐姐萨拉和姐夫维克，一起在多切斯特酒店吃晚饭。

她被约会对象迷住了。她在日记中写道："哦，tais-toi mon coeur[①]。"

接着他们便转战到一家夜总会继续聚会，在那里一直跳舞跳到了早晨四点乐队不再演奏为止。玛丽和菲奥娜在黎明时分回到了附楼，玛丽在日记里记道："这确实是一次完美的聚会。"

第二天是星期六，她在多塞特一个朋友的乡间宅院中度过，以非常放松的形式恢复状态，即"长时间地舒适地躺"在床上，读艾丽斯·杜尔·米勒的长诗《白崖》，这首诗讲述的是一位美国女子爱上了一位英国男子，但他却在第一次世界大战中死于法国的故事。诗中的女子恰如其分地叙述了自己的爱情故事，并指责美国未能第一时间参战。诗以如下的句子结束：

吾在美国长大，
此地诸多可悯之情，亦多事可憎恨，
然若英伦成败花，

---

① 法语，意为"别跳得这么厉害啊，我的心。"

吾亦何惜此身。

玛丽痛哭失声。

那个星期五，科尔维尔在伦敦参加了皇家空军的体检。他经历了两个多小时的检查，其余项目全都通过了，只有视力处在合格线上下。然而他被告知，如果他配上隐形眼镜，说不定仍然可以飞行。眼镜得自掏腰包，即便如此，也不能保证一定会成功。

但继续留在唐宁街十号似乎已经不适合了。越思考加入皇家空军这件事，他就越感到不满，越需要离开。他现在对它的追求方式与当时追求盖伊·马杰森的方式一样，渴望与绝望无助地混合在一起。"这是自战争爆发以来，我第一次觉得不满和不安，我遇到的大多数人都让我厌烦，我的想法已经枯竭了。"他在日记中倾诉，"我无疑需要改变，而且我认为，皇家空军那种积极实际的生活才是真正的解决办法。我并不渴望把自己献祭给战神，但觉得任何事情都无所谓了。"

八十八　柏林

　　总的来说，约瑟夫·戈培尔对当前战争的形势感到满意。据他所知，英国的士气正在跌落。普利茅斯遭受的大规模空袭引发了极度恐慌。"带来了毁灭性的效果。"戈培尔在日记中写道，"来自伦敦的秘密报告谈到，造成士气崩塌的主要原因是我们的空袭。"他写道，在希腊，"英国人正在仓皇逃窜"。

　　最大的好消息是，丘吉尔本人似乎也越来越悲观了。"据说他处于非常压抑的状态，整天抽烟喝酒。"戈培尔在日记中写道，"这正是我们需要的敌人。"

　　他的日记中充斥着对战争和生活的热情。"户外的春天是多么灿烂啊！"他写道，"这个世界本可以多么美好啊！但我们却没有机会享受。人类多么愚蠢。生命如此短暂，他们却人为地让人生变得这么艰难。"

八十九　这条愁眉不展的山谷

四月二十四和二十五两日，一万七千名英军官兵逃离希腊。第二天夜里，另有一万九千人被疏散。隆美尔的坦克在埃及一往无前。英国国内的担心在增加，害怕英国无力发起反击并守住已有的疆土。这是自丘吉尔担任首相以来的第三次大撤退，第一次在挪威，第二次在敦刻尔克，现在是希腊。"我们只对这件事拿手！"亚历山大·贾德干在日记里讽刺道。

丘吉尔预感到，最新的军事败退或许会让公众和美国恼火，所以，他于四月二十七日星期日晚上在契克斯做了一次广播演讲。他将自己最近访问遭到炸弹破坏的城市说成是专门考察国民情绪。"回来后，我不仅消除了疑虑，而且感到焕然一新。"他说。他在演讲中称公众斗志昂扬。他说："的确，我感觉自己被人民的昂扬精神所包围，它似乎让人类和人类的烦恼痛苦上升，脱离了物质层面，进入了我们认为在一个更美好的世界才会有的欢乐祥和之中。"

有些话他或许说过头了一点。"他说被轰炸摧残得最厉害的地方士气最高，这话实在欠考虑。"一位大众观察组织的日记作者在医院病床上写道。他还听到另一个病人说："你——骗子！"

丘吉尔告诉听众，他深感自己有责任把他们安全地"从这条漫长、严峻、愁眉不展的山谷中带出来"，并给出了乐观的理由。他称："恶毒的匈奴人只有不到七千万人，有些还有救，其他的则死有余辜。"与此同时，他指出："大英帝国和美国光是本土和英国自治领内的人口加起来便将近两亿。与剩下的整个世界相比，他们有更多的财富，更多的科技资源，可以制造更多的钢铁。"他劝听众，不要丧失"分寸感，变得沮丧或惊恐"。

尽管对自己的演讲很满意，但丘吉尔明白，他无法再次承受挫折，尤其是在中东，他们曾在那里取得如此辉煌的成功。四月二十八日星期一，在给战时内阁的一份"最高机密"的指示中，他要求各级官员认识到，"大不列颠的生命与荣耀取决于能否成功地守住埃及"。一切考虑撤出埃及或者放弃苏伊士运河的预防性计划都必须立即撤回并封锁，严格控制阅读。"不允许任何人私下议论这类计划，"他写道，"除非相关作战单位或部队的伤亡达到百分之五十以上，否则不准许任何军官与士兵投降。"任何发现自己即将被敌人俘虏的将军或者参谋都应该开枪死拼。"伤员的荣誉可以得到保证，"他写道，"任何能杀死一个匈奴人甚至意大利人的人都为国家做了贡献。"

与平时一样，他最担心的问题之一是罗斯福会怎样看待更多的失败。"无法在埃及战场上获胜将是英国的头等灾难。"丘吉尔在四月三十日星期三给哈巴狗伊斯梅、比弗布鲁克勋爵和海军部高级官员们的备忘录中写道，"它很可能会左右土耳其、西班牙和维希政府的决定。它可能会以错误的方式影响美国，即让他们认为我们无能。"

但美国不是他的唯一麻烦。他的广播演讲几乎未能平息对手们势将爆发的不满，这些人中最重要的一个是劳合·乔治，他很快将有机会表达反对意见。四月二十九日星期二，工党代理主席黑斯廷斯·利斯－史密斯援引了议会的"私下通知"条款，将一个问题直接抛到了丘吉尔面前，问他"将在何时进行有关战争形势的辩论"。

丘吉尔回答说，他不仅要安排一次辩论，还将邀请下议院就一项决议进行表决："本院批准国王陛下的政府派兵支援希腊的决策，并信任政府在中东和其他所有战场上计划竭力展开的行动。"

当然，这将构成对丘吉尔本人的一次公投。这次辩论刚好设定在那次令前首相张伯伦下台、丘吉尔掌权的投票之日的一周年后，对某些人来说，这种时间选择即使没有预示着不祥，至少也具有象征意义。

在柏林，约瑟夫·戈培尔思考着丘吉尔的广播演讲背后的动机及其潜在效果。他一直密切关注美英两国的关系发展，考量他的宣传员们怎样才能最好地影响其结果。"干预还是不干预的争议一直在美国激烈展开。"他在四月二十八日星期一丘吉尔广播演讲第二天的日记中写道。结果难以预料。"我们将尽全力展开活动，但在震耳欲聋的犹太人合唱中，我们的声音很难被听到。在伦敦，他们把最后的一切希望寄托在美国身上。如果短期没有重大改观，伦敦将面临毁灭。"戈培尔感觉到不断增加的忧虑。"他们最害怕的是今后几周或者几个月内的致命一击。我们将尽最大力量让这种恐怖变得恰如其分。"

戈培尔指导部下，如何最大限度地利用丘吉尔的广播演讲来败坏他的声誉。丘吉尔在访问了遭受轰炸的地区之后，回到伦敦说他"不仅消除了疑虑，而且感到焕然一新"。他们将嘲笑他的这种说法。他们尤其应该好好利用丘吉尔所述的自己如何将兵力从埃及转移到希腊以对抗德国的入侵。丘吉尔说过："凑巧，我们当时掌握的最适合这项任务的师团来自新西兰和澳大利亚，而参加这一危险远征的部队中只有大约一半人来自宗主国。"戈培尔为此欢呼雀跃。"没错，太凑巧了！永远是'凑巧'，让英国缩在后面，永远是凑巧在撤退。凑巧，英国没什么伤亡。凑巧，西线进攻中牺牲最多的是法国人、比利时人和荷兰人。凑巧，挪威人必须为英国人潮水般从挪威撤退提供掩护。"

他命令宣传员们强调：丘吉尔选择公开演讲是为了回避下议院的质询。"在那里，他讲话后可能会遭到挑战，被问到一些尴尬的问题。"戈培尔在日记中写道，"他害怕议会。"

尽管承受着战争和政治带来的压力，丘吉尔还是花时间给比利时的流亡首相于贝尔·皮埃洛写了一封安慰信。

即使在战时，也会发生一些与子弹和炸弹无关的悲剧，但它们往往会因为日常发生的阴郁事件的冲击而被人忘却。两天前，大约下午三点三十分，一列从国王十字火车站开往纽卡斯尔的特快列车的驾驶员注意到发动机的牵引力有点大，这说明列车上某处的紧急制动刹车被拉下。他继续行车，打算在附近的一个信号塔旁边停下，以备需要打电话求援。当有人拉下了第二处紧急制动刹车之后，他停下了列车，但由于列车的速度以及当时它正在一个很长的下坡道上行驶，所以三分钟后列车才停稳。

列车共十一节车厢，最后三节车厢中坐着约克一个可爱的山谷里一家天主教寄宿学校的一百名男孩，他们正在返回学校——安普尔福思学院。正当列车以每小时五十英里以上的速度行驶，距离安普尔福思大约还有一半路的时候，有些男孩显然出于无聊，开始互相抛掷点燃了的火柴。一根火柴落在座椅和墙壁之间。座椅是用胶合板制成，坐垫里填充的是马毛；车厢是固定在钢制底盘上的木结构。火焰从座椅和墙之间燃起，持续烧了一段时间未被发现。火势愈演愈烈，很快，借着从开放的通风口灌进来的风的助力，大火开始蔓延至车厢壁。没过多久，火焰便吞没了车厢，车厢里充满了浓烟。

这场火灾让六名男孩丧生，七名受伤。比利时首相的两个儿子在死者之列。

"亲爱的阁下，"丘吉尔于四月三十日星期三写道，"您肩负着国事的重担。我写这封信是为了告诉您，我对您肩上新增添的个人负担与痛苦深表同情。"

就在这一天，在慕尼黑郊外的梅塞施米特机场，鲁道夫·赫斯做好了再次尝试的准备。正当他登上飞机，启动引擎，等待准许起飞的指示时，他的副官平奇跑来，将希特勒的一份通知交给他，该通知命令他在第二天五月一日的劳动节，在梅塞施米特工厂主持的仪式上，代替元首授予几位工作人员"劳动先锋"的称号，其中包括维利·梅塞施米特本人。

赫斯当然遵从了希特勒的旨意。元首就是他的一切。赫斯在后来给希特勒的信中写道："最近二十年来，是您充实了我的生命。"他视希特勒为德国的救星。"在一九一八年的崩溃之后，您让生命再次有了意义，"他写道，"因为您，也因为德国，我得到了新生，得以重新开始。对我以及您的其他部下而言，能够为您这样的伟人服务，追随您的想法取得这样的成功，无疑是难得的荣耀。"

他爬出驾驶舱，回到慕尼黑准备发言稿。

九十　阴郁

也是在这个星期三，比弗布鲁克勋爵再次向丘吉尔提交辞呈。"我做出了退出政府的决定，"他写道，"我能给出的唯一理由是身体不适。"

他温和地提出这一点，与此同时承认他们之间长期存在的友谊。"我怀着忠诚与深情，结束我的政府生涯。"

他补充说："请让我继续保持与您的私人关系。"

丘吉尔最终还是同意了。作为飞机生产大臣，比弗布鲁克的成功超出了所有人的预期，但同时也让飞机生产部和空军部之间的关系僵化到了无法挽回的程度。比弗布鲁克离开这个位置的时候确实已到，但丘吉尔还不想让他的朋友完全退出，而和过去多次提出辞职时一样，比弗布鲁克也不愿意一走了之。

五月一日星期四，丘吉尔任命他为"国务大臣"，比弗布鲁克在继续嘟囔了几句"您应该放我走"之后，半推半就地接受了。尽管他意识到，这个头衔就跟它的基本职责一样模糊不清——监督管理英国所有生产供应部门的委员会。"我已经做好当教会牧师的准备了。"他打趣道。

据《纽约客》杂志作家莫利·潘特－唐斯所说，尽管这一任命无疑让白厅中许多人吓得要死，但大受公众欢迎，他写道，人们"一心想要战争快些取得胜利，他们希望国务大臣这一重新设立的职位将具有灵活的职能，能及时制止低效率与部门懒散。所以他们欢呼着迎接这一任命"。

那天晚上，丘吉尔和克莱芒蒂娜在晚饭后连夜乘坐火车，再次巡访一座惨遭破坏的城市，他们这次去的是普利茅斯，位于英格兰西南部的一个重要的海军军港，它在近九天里连续遭遇了五次猛烈的夜间空袭。国内情报处直言不讳地说："当前，作为繁荣的乡村经济与商业中心的普利茅斯已不复存在。"

这次访问给丘吉尔带来的冲击，与他迄今造访被轰炸城市所遭遇的都不同，令他印象深刻。连续五次夜间空袭造成的惊人破坏，让他以前见过的惨状都黯然失色。整个周边地区都被摧毁了。在该市的波特兰广场区，一枚炸弹直接击中防空掩体，七十六人当场毙命。丘吉尔访问了该市的海军基地，那里有许多水兵受伤或者遇难。四十名伤员躺在一家健身房的帆布床上，而在房间的另一端，在一张低低的帘子后面，人们正在钉紧那些盛放着他们不幸的战友的棺材。"对伤员们来说，敲击声肯定非常可怕，"陪同丘吉尔的约翰·科尔维尔写道，"但空袭造成的破坏实在太大，人们找不到其他地方做这些事。"

当丘吉尔的汽车经过英国百代新闻社一名记者的摄像机时，他紧盯着镜头，神色间似乎混合着吃惊与悲痛。

他在午夜时分返回契克斯，他见到的一切让他筋疲力尽、倍感伤痛，然而，迎接他的却是一大堆新的坏消息：皇家海军一艘珍贵的驱逐舰在马耳他被击沉，现在堵塞了大港的入口；发动机故障让一架向中东运送坦克的运输机熄火；英军在伊拉克发动的进攻遭到了伊拉克陆军出乎意料的顽强抵抗。所有消息中最令人丧气的，是罗斯福的一封冗长而让人气馁的电报，总统似乎认为保卫中东并不重要。罗斯福写道："就我个人而言，我不会因德国进一步扩张领土而沮丧，这些领土就算全部加起来也提供不了多少原材料——不足以维持或者补偿庞大的驻军所需。"

罗斯福加上了一句孩子气的回答:"继续好好干。"

罗斯福的回复表达出的迟钝让丘吉尔吓了一跳。罗斯福的言下之意似乎很清楚:他只关心直接有助于保护美国不受德国侵略的援助,并不在乎中东是否陷落。丘吉尔写信给安东尼·伊登:"在我看来,大西洋对岸出现了严重的倒退,而在不知不觉中,我们只能听天由命了。"

科尔维尔注意到,那天夜里接二连三的坏消息让丘吉尔"陷入我从没见过的极度阴郁里"。

丘吉尔口授了一封给罗斯福的回复,从美国自身的长远利益出发说明中东的重要性。"我们决不可以断然否定丢失埃及和中东的后果的严重性,"他告诉罗斯福,"它将大大增加大西洋和太平洋地区的危险性,由此必然带来的那些痛苦和军事威胁,都将不可避免地延长战争。"

丘吉尔越来越担心罗斯福不肯让美国参战。他曾经希望美国和英国事到如今会并肩战斗,但罗斯福的行为总是无法达到他的需要与预期。那些驱逐舰确实是重要的象征性礼物,租借法案和哈里曼高效的执行力确实是天降甘霖,但丘吉尔清楚,这些都还不够,只有美国直接参战,才能保证在合理的期限内取得胜利。然而,丘吉尔长期巴结罗斯福的成效之一,即首相现在至少能够更加坦率、直接地表达他的关切,而不必担心这会彻底开罪美国。

"总统先生,"丘吉尔写道,"我敢肯定,如果我准确地向您说出我心中的想法,您就不会误解我的意思了。依我之见,能够平衡在土耳其、近东和西班牙日益增加的悲观主义的一个决定性砝码,就是美国是否直接以交战国的身份与我们并肩作战。"

睡前,丘吉尔找来哈里曼、哈巴狗伊斯梅和科尔维尔进行了一次围炉夜谈,根据科尔维尔的回忆,这是一个地缘政治的恐怖故事,丘吉尔描述了"一个希特勒称霸整个欧洲、亚洲和非洲的世界,剩下的美国和我们别无选择,只能被迫接受和平"。丘吉尔告诉他们,一旦苏伊士运河易手,"我们将丢失中东,而且,希特勒的战争机器新秩序将得到能够赋予它真正生命的灵感"。

丘吉尔说,战争来到了一个决定性时刻——不是一决胜负的时刻,而是关系到这场战争是长是短的时刻。如果希特勒控制了伊拉克的石油和乌克兰的小麦,"'我们普利茅斯兄弟们'的所有精诚团结都将无法缩短这场磨难"。

科尔维尔将丘吉尔的阴郁主要归咎于他在普利茅斯的经历。整个夜里,丘吉尔不断地重复:"我从来没有见过类似的情景。"

九十一　埃里克

　　星期六早上朝阳眩目，但同时寒冷刺骨。五月的第一个星期冷得出奇，早晨时段结着寒霜。"冷得不可思议，"哈罗德·尼科尔森在日记中写道，"就像二月。"哈里曼的秘书米克尔约翰在公寓的浴缸里装满热水，以便让蒸汽飘进起居室。他说："即使没有效果，这也能让我心理上觉得舒服得多。"（德国同样很冷。"外面，厚厚的积雪覆盖着乡村，"约瑟夫·戈培尔抱怨着，"但应该快到夏天了啊！"）契克斯的许多树木开始显露几乎半透明的新叶子，它们为周围的景观带来了点彩画的效果，仿佛保罗·西涅克的画笔刚刚刷过大地。附近的两座小山库姆山和比肯山呈现着淡淡的绿意。"整个季节都来得很晚。"约翰·科尔维尔写道，"但树木终于开始生长了。"

　　丘吉尔特别暴躁。"睡眠太少让首相整个上午都怒气冲冲。"科尔维尔写道。到午饭时他还在"闷闷不乐"。这次的直接原因与战争和罗斯福都没有关系，而是因为他发现别人从澳大利亚昆士兰寄给他的宝贝蜂蜜，被克莱芒蒂娜用于给大黄增加甜味这一无关紧要的目的。

　　那天下午，玛丽·丘吉尔的追求者埃里克·邓坎农来了，同行的是他妹妹莫伊拉·庞森比，就是与科尔维尔一起在斯坦斯特德园查看被击落的德国轰炸机的少女。邓坎农的到来出乎所有人的预料，连玛丽也不例外，而且他也没有太受欢迎：给他的邀请只是在第二天星期日来吃午饭，但他现在却假装自己被叫来逗留整个周末。

　　他的到来让这一天增加了新的紧张感。埃里克显然在追求玛丽，而且可能会在周末向她求婚。玛丽很愿意，但家人的表现缺乏热情，这让她挺不高兴。母亲反对，姐姐萨拉则公然嘲笑这个想法。玛丽的年龄实在太小了。

　　下午，丘吉尔在花园里阅读便条和备忘录。普利茅斯的受灾场景还历历在目。德国人有办法在九个夜晚里五次空袭该市，而且基本上没有遭到皇家空军的阻拦，这让他烦恼。他仍对教授的空中雷抱有很大的希望，尽管所有人都嘲笑这个想法。怀着显而易见的沮丧，丘吉尔口授了给皇家空军上将查尔斯·波特尔和新任飞机生产大臣约翰·穆尔－布拉巴宗的便条，询问为什么负责部署空中雷的皇家空军中队至今还未全部得到十八架飞机的配额。

　　"在这些飞机几乎从来不被允许升空的情况下，为什么只给这支中队配备了七架飞机？为什么普利茅斯这样的城市连续数夜，或者说几乎连续数夜遭到空袭，这种装备却放置不用？"他还问，为什么没有把空中雷投放到指引德国轰炸机飞向目标的无线电波束上？"我认为这种装备已经从多年来一直束缚着它的完美表现的阻碍中挣脱出来，"他写道，"皇家空军最近对抗夜间空袭的表现令人遗憾，你们没有资格继续忽视一种已经多次表现出优异效果的方法了。"

　　他在这里说的究竟是什么不是很清楚。空中雷还没有进入日常部署的阶段。空军部研究人员更专注于改进空对空雷达的工作，以帮助战斗机在夜间定位目标，并且也在 R. V. 琼斯博士的领导下完善着寻找与操纵德国导航波束的技术。他们在这方面确有进展，根据审讯报告，德国飞行员已经越来越不信任这些波束。皇家空军在偏转波束和使用海星诱饵火焰方面变得越来越成熟，这可以让德国飞行员确信他们正在接近正确的目标。尽管这些措施是否能足够准确地部署以瓦解普利茅斯所遭受的那种空袭，在很大程度上还取决于运气，但显然已经大有进展。

至于空中雷，事实证明还是问题成堆，除了丘吉尔和教授，似乎没有人认为它们值得一试。只有丘吉尔的热情——他的"权力中继"——在推动它们继续发展。

那天晚上，丘吉尔的情绪有所改善。图卜鲁格发生激战，没有什么比激烈的战斗和将要取得军事荣耀更让他情绪激动。他一直待到凌晨三点半，精神抖擞，"笑着，开着玩笑，时而工作，时而聊天"，科尔维尔写道。他的公务宾客都一个接一个地熬不住睡觉去了，包括安东尼·伊登。然而丘吉尔却一直在侃侃而谈，他的听众最后只剩下科尔维尔和玛丽的潜在求婚者埃里克·邓坎农。

此时玛丽已经退居囚室休息，她意识到，第二天可能将永远改变她的人生。

在柏林，希特勒和宣传部长约瑟夫·戈培尔此刻正在拿新近出版的丘吉尔英文传记开玩笑，传记披露了他的许多癖好，包括他喜好穿粉色丝绸内衣、在浴缸里工作、整天喝酒等。"他会待在浴缸里或穿着小裤衩口授命令，这种惊人的形象让元首觉得极为搞笑。"戈培尔在星期六的日记中记载，"他看到大英帝国正在慢慢地瓦解。没有多少东西可以挽救了。"

星期日上午，一层淡淡的忧虑似乎笼罩着契克斯，好像一个克伦威尔式的人物即将到来。今天似乎会是埃里克·邓坎农向玛丽求婚的日子，除了玛丽，没有谁对此感到高兴。就连玛丽本人对此也有些不安。她才十八岁，过去从来没有谈过恋爱，更不要说有人认真地向她求婚了。订婚的前景让她情绪激动不安，但也确实让这一天增加了几

490

分刺激。

新的客人到了：萨拉·丘吉尔、教授，以及丘吉尔二十岁的侄女克拉丽莎·斯宾塞－丘吉尔——"她看上去相当美丽。"科尔维尔指出。陪同克拉丽莎的是海军上校艾伦·希尔加思，他是一位英俊潇洒的小说家和自称的探险家，现任英国海军驻马德里公使，在那里负责情报工作；他的中尉参谋伊恩·弗莱明帮助策划了一部分任务，此人后来将希尔加思上校作为他创造詹姆斯·邦德的灵感来源之一。

科尔维尔写道："很明显，大家预感到埃里克会向玛丽示爱，对此，玛丽怀着紧张的高兴心情期待着，莫伊拉持赞许态度，丘吉尔夫人不喜欢，克拉丽莎觉得很有趣。"丘吉尔对此没多大兴趣。

午饭之后，玛丽和其他人走进玫瑰园，而科尔维尔把有关伊拉克形势的电报拿给丘吉尔。这天阳光灿烂、温暖宜人，相比最近的冷天是个不错的变化。很快发生了让科尔维尔感到奇怪的事情：埃里克和克拉丽莎二人单独在庭院里开始了一次漫长的散步，将玛丽丢在一边。科尔维尔写道："他的动机，要么是受到了克拉丽莎无意隐藏的魅力的吸引，要么是相信激起玛丽的嫉妒心是个好策略。"散步结束，克拉丽莎和希尔加思上校离开了，埃里克明显带着待会儿"高调进入"长画廊的意图（据科尔维尔观察）小憩了一会儿，丘吉尔一家和包括伊登和哈里曼在内的客人们都聚集在长画廊喝下午茶。科尔维尔写道："我认为这一切都是小手段，它满足了埃里克的戏剧感，扰动了玛丽年轻的心，但不会产生很大的效果。"

为了不辜负温暖的天气，丘吉尔在花园里开始了下午的工作，阅读他那黄色公文箱里的绝密文件。科尔维尔就坐在附近。

丘吉尔不时用怀疑的目光瞥他一眼，"他觉得我在试图去看他那个特别的黄色公文箱里的文件上写了什么"。

埃里克将玛丽带到一边，走进了白色会客厅。

"今天晚上埃里克向我求婚了，"玛丽在日记中写道，"我迷糊了——我想我说了'好的'——但我的天啊，我的脑子一片混乱。"

丘吉尔一直工作到深夜。科尔维尔和苍白、寂静、阴沉的教授都在他的房间里，丘吉尔爬上床，开始以他的方式浏览这一天积攒下来的报告和备忘录。教授坐在旁边，而科尔维尔站在床脚整理丘吉尔阅读的材料。这一过程一直持续到凌晨两点。

第二天，五月五日星期一，科尔维尔回到伦敦，"感到筋疲力尽"。

九十二　心声

玛丽，五月五日，星期一

　　"我的内心这一整天都在挣扎。

　　"妈咪又回来了。娜娜来了。

　　"我必须保持冷静。我在花园里走了好久，最后忍不住流泪了，但很高兴。"

九十三　装甲车与三色堇

　　五月六日星期二，在外交大臣安东尼·伊登一篇平淡无奇的讲话下，有关丘吉尔战争应对战略的议会制大辩论开始了。伊登在开场白中讲道："我有许多话想说，不过现在显然还不能说。"他随后并没说什么话，发挥得也很差。"他在一片沉寂中坐下来。"伊登的议会私人秘书奇普斯·钱农写道，"我从没听过表达得这么差的重要讲话。"随后是全国议员们发表的一系列简短讲话。一个持续不变的主题是表达对如下事实的失望：当整个下议院要求一场关于战争的辩论时，丘吉尔给大家的是一次信任投票。"我尊敬的朋友首相先生为什么要用这样一份议案挑战我们？"一位议员说，"他是把对他的批评视作不合时宜吗？"

　　格拉斯哥的社会党人约翰·麦戈文发起了当天最尖锐的抨击，他甚至批评了丘吉尔走访遭受轰炸的城市的做法。他说："当我们走到这一步，首相不得不在全国每个遭受轰炸的地区游行，不得不坐在一辆四轮马车的后座，挥舞着放在手杖顶端的帽子，就像马戏团里的小丑'杜德尔斯'一样时——那么，我们就已经到了一个政府代表们对这个国家的人民在想什么都没有把握的非常悲惨的处境。"麦戈文称其对战争和政府没有信心，并补充道："而且，尽管我极为赞赏首相几乎可以颠倒黑白的雄辩口才，但我不相信他能够完成任何对人类长期有益的事业。"

然而，大部分演讲者都很谨慎地将对首相的批评包裹在赞美之中，时而还会出现一些矫情的溢美之词。比如有位发言者说道："在我的一生中，我不记得有哪位大臣像现任首相这样，能够让人们产生如此的信任与热情。"另一位议员，莫里斯·佩瑟里克少校则公开宣称，他想让政府"更强大、更有力"，他说出了这次辩论中更令人难忘的一项声明："我们想要一个强硬而不是娘娘腔的政府。"

在整整两天的辩论中，主要的批评在于政府显然未能有效地投入战争。"如果你无法守住你所占领的东西，你拥有的打击能力只能是暂时的。"曾任张伯伦陆军大臣的莱斯利·霍尔－贝利沙说。他也批评丘吉尔越来越依赖美国。他问道："我们将依靠自己的努力赢得这场战争，还是延缓一切能做的，寄希望于美国能够弥补这些缺陷？如果是后者，我们便受到了错误的引导。我们应该每天为罗斯福总统感谢上帝，但夸大他们能做的对他和他的国家都不公平。"

尽管丘吉尔要求进行信任投票，但倾听一篇又一篇对他的政府吹毛求疵的批评还是刺痛了他。他的脸皮够厚，但也有一定的限度。就连在契克斯还没待满一个周末的埃夫里尔·哈里曼的女儿凯茜都意识到了这一点。她写道："他痛恨批评，就像一个被母亲错怪而挨打的孩子一样感到受伤。"丘吉尔有一次告诉好朋友维奥莱特·博纳姆·卡特："当人们抨击我的时候，我感到非常刺痛、愤愤不平。"

然而，最让他受伤的抨击直到后来才出现。

玛丽，五月六日，星期二

"今天冷静些了——

"我真的没法写下我的所有想法和感受。

"我只知道，我在极为认真、深入地观察它的各个方面。

"问题是我的判断依据实在太少。

"然而我确实爱埃里克——我知道我爱他。

"我的家人太棒了。他们对我很有帮助，而且非常理解我。

"我希望我能详细地记录下发生的一切，但不知怎的，这一切都似乎太不真实、太奇怪。而且太重要，压得我没法冷静地写下来。"

这次抨击发生在辩论的第二天，五月七日星期三，它竟然来自戴维·劳合·乔治。一年前，他曾帮助丘吉尔成为首相。现在，他称这场战争进入了"最困难、最令人沮丧的阶段之一"。他指出，这本身并不令人吃惊，挫折在我们的预料之中。"但我们遭受了第三次、第四次重大失败和撤退。我们现在在伊拉克和利比亚有麻烦。我们的岛屿被德国攻占了"——指海峡群岛，其中最大的是根西岛和泽西岛——"我们的航运遭到了严重破坏，除了被击沉的船只，还有那些没有全部计入的损坏。"他呼吁："是时候结束那些让我们名誉扫地、日益虚弱的疏忽了。"

他特地指出，他认为政府未能提供有关事件的充分信息是一种失败。"我们不是一个年幼的国家，"他说，"因此，没必要为了不吓到我们而隐瞒令人不快的事实。"他还谴责丘吉尔未能建立一个有效的战时内阁。"他无疑资质非凡，"劳合·乔治说，"但正因如此，如果他允许我这样说的话，他想要一些更平庸的人。"劳合·乔治说了一个小时，奇普斯·钱农称其"有些地方论证比较弱，但其他地方狡猾而精明，并且在抨击政府的时候经常实施报复"。钱农写道，丘吉尔"显然受到了打击，因为他颤抖、抽搐了，而且他的手一直没有停止抽动"。

但现在，时间刚过四点，轮到他讲话了。他气场十足、满怀自信，一副要一决高下的阵势。他"从第一刻开始"就牢牢地抓住了下议院，哈罗德·尼科尔森在日记中写道，"非常有趣……非常坦率"。

他也毫不留情。他将第一轮炮火对准劳合·乔治。他说:"如果有什么讲话让我觉得不怎么振奋,那就是我尊敬的朋友,来自卡那封区的议员先生的讲话。"丘吉尔谴责这次讲话,称其在当前这一被劳合·乔治本人描述为令人悲观、令人沮丧的时刻毫无好处。"这完全不是人们期待从当年的一战领袖那里听到的讲话,他曾经习惯于将意志消沉与惊慌失措扫到一边,并无可阻挡地向最后的目标勇猛冲刺,"丘吉尔说,"我猜想,M. 雷诺先生在内阁任职的最后日子里,杰出又可敬的贝当元帅可能正是用这类讲话来活跃气氛的吧。"

他为他要求下议院进行信任投票的决定辩护:"因为当我们在战场上遭遇逆转与失望之后,国王陛下的政府有权知道他们是否和下议院站在一起,以及下议院是否和国家站在一起。"他明显暗指美国地说:"而且,这种信息对于外国,尤其是那些当前正在重新权衡其政策,应该毫不怀疑这个坚定顽强的战时政府的稳定性的外国来说,更为重要。"

在讲话快要结束的时候,他重复了他一年前作为首相第一次对下议院发表的讲话。"议长先生,我请您作证,除了热血、辛劳、眼泪与汗水,我从来没有承诺或奉献过任何别的东西,我现在将在此加上我们合理份额的错误、不足和失望,这些可能会在今后持续很长一段时间,但我坚定地相信——尽管这并不是一个承诺或保证,而只是一种具有信念的声明——在最后的时刻,我们将会得到完全的、绝对的、最终的胜利。"

他承认,他被任命为首相以来的这一年"好像只有一天",他请听众考虑这段时间内发生的一切。"当我回首已经战胜的所有磨难时,当我追溯这艘英勇的航船驶过的巨浪时,当我回想走过的所有歧途与正路时,我确信我们无须惧怕这场暴风雨。任它怒吼吧,任它咆哮吧,我们终将一往无前。"

当丘吉尔结束演讲时，下议院里爆发出欢呼声，而且，欢呼声蔓延到会场外的议员大厅。

然后是投票。

哈里曼那天给罗斯福写了一封信，告诉他自己有关丘吉尔和英国坚持这场战争的能力的一些印象。哈里曼正确地意识到丘吉尔与自己保持如此密切的关系、带自己到这么多遭受轰炸的城市巡访的原因。"他认为有个美国人在身边对鼓舞人民的士气很有帮助。"哈里曼告诉罗斯福。但哈里曼明白，这只是一个次要的考虑因素。"他想让我不时向您报告我看到的情景。"

至此，哈里曼已经看清楚了丘吉尔早已明了的情况：没有美国的直接干预，英国无法赢得这场战争。哈里曼明白，他需要起到透镜的作用，通过他，罗斯福可以不受新闻审查和官方宣传的影响，看到那位英国的战争设计师的心灵。哈里曼知道英国的飞机总数、生产速率、食物储备和战舰部署，而且因为多次前往遭受轰炸的城市巡访，他闻过硝烟的气息，看过被肢解的尸体。同样重要的是，他清楚丘吉尔周围人物之间的相互关系。

例如，他知道，丘吉尔新近任命的国务大臣马克斯·比弗布鲁克现在负责坦克生产，做着担任飞机生产大臣时对飞机生产做过的同样的事情。英国过去忽视了坦克的问题，现在正在中东付出代价。"两个方向的利比亚之战对许多人来说都是沉重的打击，这将给英美两国的坦克增产带来巨大的压力。"哈里曼写道。如果英国国土防卫军希望抵抗希特勒的装甲部队的冲击，他们的防御入侵计划也需要更多、更好的坦克。"那些负责坦克生产的人告诉我，讽刺的是，比弗布鲁克现在帮助他们，用的正是当时作为最卑鄙的劫掠者抢走他们所需物品的方法。"这里的"物品"指的是材料与工具。"人们不喜欢比弗布鲁克这个人，但他们知道，只有他能够真正打破繁文缛节，因此乐于与他结盟。"

然而，比弗布鲁克的健康现在成了一个问题。"他的身体很不好，饱受哮喘的折磨，还患有眼疾。"哈里曼告诉罗斯福。尽管如此，哈里曼预测，比弗布鲁克会坚持工作并且获得成功。"我从与首相和比弗布鲁克的谈话中推测，他最终将成为头号难题终结者。"

哈里曼明显看出，丘吉尔殷切地希望美国干预这场战争，但他和政府的其他人都很小心，不会过分推动此事。"他们自然希望美国成为参战国，"他告诉罗斯福，"但令我吃惊的是，他们都非常理解我国人民的心态。"

玛丽，五月七日，星期三

"我心意已决。

"埃里克下午来了电话。"

约翰·科尔维尔仍想离开唐宁街十号，为进一步增加自己成功的概率，他再次请求丘吉尔的调解员布伦丹·布拉肯为他说项，但布拉肯再次失败。丘吉尔就是不让他走。

似乎谁都不愿意支持他。外交部如今更不愿意放他走了，丘吉尔的首席私人秘书埃里克·西尔被派往美国执行一项特殊任务，他在秘书处留下的空缺必须有人填补。就连科尔维尔两个身为军官的哥哥，戴维和菲利普，都不鼓励他这样做。戴维是海军军人，似乎对这个想法特别反感。"他激烈地反对我加入皇家空军，"科尔维尔在日记中写道，"他的理由中有许多是冒犯性的（例如他和菲利普都错误地认定我的实践能力很差），但我并不在意，因为我知道，他们的出发点是兄弟情谊，他们担心我战死。"

科尔维尔的决心与日俱增。他现在的目标是成为战斗机飞行员，"只要通过人力可以做到"。第一步是开始佩戴隐形眼镜，这是一项费力的冒险。镜片是塑料制品，但仍然是覆盖了大部分眼睛的"巩膜"透镜，而且谁都知道戴着它很不舒服。试戴镜片、没完没了地一再制作与调试镜片、慢慢适应不舒服与刺痛的感觉，整个过程都需要毅力承受。科尔维尔认定这都是值得的。

现在，他确实在为加入皇家空军采取着实际措施，他发现自己落入浪漫的想象中无法自拔，好像已经确定无疑地得到了任命一样。他在日记中写道："我的脑海里全都是在皇家空军开启新生活的各种计划，当然，它们都是不太可能实现的白日梦。"

从他第一次试戴到最后戴上完整的镜片，整整花了两个月。

下议院里，议员们在大厅中排队。计票人就位。只有三名议员投出反对票；就连劳合·乔治都支持丘吉尔提出的决议。最后的结果是四百四十七比三。

"干得漂亮！"哈罗德·尼科尔森打趣说。

据科尔维尔称，那一夜，丘吉尔"得意洋洋地"上了床。

九十四　芳心可可

玛丽，五月八日，星期四

　　"火速赶到伦敦。

　　"与埃里克共进晚餐——感到非常幸福。

　　"妈咪一心要把婚礼推迟六个月——她显然不太看好埃里克。

　　"上床时感觉很困惑——疑虑重重——困了。"

玛丽，五月九日，星期五

　　"感到痛苦——犹豫。

　　"做了头发。

　　"埃里克来了，我们在圣詹姆斯公园里散步——可爱的一天。'甜蜜的爱人热爱春天！'只要和他在一起，不知怎的，一切恐惧与怀疑似乎都消散了。高高兴兴地回来吃午饭——信心十足——决心已定。

　　"贝斯伯勒勋爵夫妇来吃午饭——

　　"家庭会议——

　　"下星期三宣布订婚。高兴——"

九十五　月出

在柏林，约瑟夫·戈培尔认为丘吉尔的下议院讲话不值一提，充满"借口"，内容空洞。"但没有虚弱的迹象。"他在五月九日星期五的日记中承认，接着又写道，"英国继续抵抗的决心丝毫没有动摇。因此，我们必须继续攻击，进一步削弱它的实力。"

戈培尔在日记中承认，他对丘吉尔新萌生出一种尊敬。"这个人身上奇异地混合着英雄主义与奸诈狡猾，"他写道，"如果他在一九三三年掌权，我们就不会走到今天。我认为他还会给我们制造些麻烦。但我们能够，并且将会解决这些问题。尽管如此，我们不能再像过去那样小看他了。"

这对戈培尔来说是漫长而又令人厌烦的一周，他通过日记回顾情况。有些人事问题需要处理。他的得力助手想要离职加入陆军。"人人都想上前线，"戈培尔写道，"但谁来完成这里的工作？"

打击英国航运的战役进展顺利，隆美尔在北非同样凯歌频传，苏联对即将到来的入侵似乎一无所知。但两夜前，皇家空军对汉堡、不来梅和其他城市发起了一系列猛烈的空袭，仅在汉堡便让一百人丧生。"我们将全力解决这个问题"，他写道，他期待德国空军发动惩罚性报复行动。

他也注意到，英国报纸针对丘吉尔发表了些"尖锐"批评，但他觉得这不会有什么实际意义。据他所知，丘吉尔仍然大权在握。

"艰难的一周今天终于结束，真令人高兴。"戈培尔写道，"我累了，也厌战了。

"我永远也无法逃离这一切喧嚣。

"与此同时，天气也变得好极了。

"满月！

"理想的空袭之夜。"

五月九日星期五的伦敦，科尔维尔在日记中记载，埃里克·邓坎农和他的父母贝斯伯勒勋爵夫妇来到附楼，与玛丽和丘吉尔一家吃午饭。随后，玛丽向科尔维尔宣布，她与埃里克订婚了。

"只要简单地祝她幸福就行，我松了一口气，"他写道，"我曾担心她会来问我对他的看法呢。"

那天晚上，玛丽和埃里克乘坐火车，前往伦敦西南大约二十英里的莱瑟黑德村，访问在英国的加拿大部队司令员 A. G. L. 麦克诺顿将军的指挥部。埃里克是麦克诺顿的参谋之一。玛丽的朋友、埃里克的妹妹莫伊拉也在那里，玛丽很高兴地在日记中写道，莫伊拉似乎对他们的订婚很高兴。

玛丽的自信心大涨。

随着满月即将到来，丘吉尔出发前往迪奇利，这个周末，他的首相第一年将迎来绚烂而不可思议的结局。

第七部

至此一年

五月十日

九十六　名为安东的波束

五月九日星期五深夜，一批纳粹高官以及地位虽然略低、但已被希特勒纳入核心圈子的官员们聚集在拜恩阿尔卑斯山的伯格霍夫宅院。希特勒无法入睡。他此时已经得了失眠症。而如果他睡不着，那么谁都别想睡。希特勒的侍者——纳粹党卫军成员、希特勒的精锐卫队——端上了茶和咖啡，烟草和酒精被禁止。火焰在壁炉中跳跃。希特勒的爱犬布隆迪，一只阿尔萨斯狼犬（后来叫德国牧羊犬），在温暖中和希特勒的关照下显得很惬意。

希特勒与平常一样滔滔不绝，话题从素食主义转到驯狗的最佳方法。时间在慢慢过去。包括爱娃·布劳恩在内的客人们以习惯性的顺从姿态听他说话，当洪水般滚滚而来的言语冲击着他们，而他们必须涉水而过时，他们几乎感受不到房间的温暖和闪耀的灯光。希特勒最高层的官员们不在这里，尤其是鲁道夫·赫斯、海因里希·希姆莱、戈林和戈培尔。但野心勃勃的私人秘书马丁·博尔曼在场，他正细细享受着元首越来越大的信任，并且意识到，在取代赫斯成为希特勒副手的战役中，这个夜晚或许能为他继续前进提供进一步的机会。博尔曼次日将得到一条非常有利的消息，尽管对希特勒和统治集团中的其他人来说，这消息似乎都糟糕透顶。

大约凌晨两点，博尔曼向这批人提到了皇家空军最近对德国的多轮空袭，设法指出，戈林珍视的德国空军对于制止这一杀戮似乎无能为力，而且没有还以颜色。他说，德国必须用暴力来回应。另一位客人，希特勒的专职飞行员汉斯·鲍尔也附议。希特勒抗拒这么做：他想要将一切资源集中于即将对苏联发起的入侵。但博尔曼和鲍尔了解元首，他们表明有必要对伦敦实施一次大规模空袭以挽回面子。而且，空袭将显示德国征服英国的坚定决心，有助于掩盖对苏联的入侵意图。到了黎明时分，希特勒的怒火被挑起。星期六上午八点，他打电话给德国空军参谋长汉斯·耶顺内克，下令出动全部战机，对伦敦实施报复性空袭。

克莱芒蒂娜确实不乐意玛丽和埃里克·邓坎农订婚。星期六，她在迪奇利给马克斯·比弗布鲁克写了一封信，承认了她的疑虑。考虑到她多么不喜欢和不信任比弗布鲁克，给他写信，何况还是如此私人的问题，清楚地说明她担心到了何种程度。

"这一切发生得实在太快了，"克莱芒蒂娜写道，"订婚的消息下个星期三就要公开了，但我想让你提前知道，因为你喜欢玛丽——

"我曾劝温斯顿坚决一些，说他们必须再等六个月——

"她才十八岁，而且心理年龄还不到十八岁，没有接触过多少人，我觉得她就是激动得神魂颠倒——他们相互之间根本不了解。"

她在最后写道："请对我的怀疑和担心保密。"

那天，玛丽在一条乡村小路上碰巧遇到了骑马的比弗布鲁克。比弗布鲁克的切克莱庄园和麦克诺顿将军的加拿大部队总部只相隔一英里半。"他看上去不太开心。"玛丽在日记中写道。然而，他后来给她打电话时又"非常亲切"，这个词很少有人用在比弗布鲁克的身上。

然后，在切克莱与幼子度周末的帕梅拉顺便前来探访，还给她带来了两枚胸针作为礼物，外加一些忠告。

"她看上去很严肃。"玛丽注意到。

玛丽并没有多么想要忠告，但帕梅拉还是给了："不要因为有人想和你结婚就结婚，而要因为你想和他结婚才结婚。"

玛丽没有理会。"我当时没太注意，"她在日记中写道，"——然而却忘不掉，一直在想这句话。"

麦克诺顿将军夫妇为玛丽和埃里克举行了一次小型午后派对，宾客们在聚会上为他们的健康祝酒。订婚、聚会和祝酒的时机突然让玛丽意识到了其中更深远的意义，对客人们来说这是她父亲受命担任首相的一周年纪念日，他们也在为他的身体永远健康干杯。"一年前的今天他成为首相——这是怎样的一年啊——这一年感觉好长。"她在日记中写道，"此时此地，和大家站在一起，我不禁想起一年前在查特韦尔听到张伯伦的声音宣布爸爸将继任首相。我也记得查特韦尔的果园，鲜花、水仙花在静谧的薄暮中盛开，我如何在宁静中流着泪祈祷。"

她与埃里克单独进行了长谈，在一天结束时，她觉得自己的信心开始动摇。

那个下午，为追踪德国空军的导航波束并策划对抗部队而建立的皇家空军第八十空军联队发现，德国人已经启动波束发射机，说明那天晚上他们很可能会发动空袭。操作员标绘出矢量，然后通知了皇家空军在当地的"过滤室"，该机构负责分析入侵飞机报告与确定其优先级，并将情报转交战斗机司令部以及任何可能认为这一信息有用的单位。皇家空军宣布这是一个"战斗机之夜"，意思是它将派出单引擎战斗机在伦敦上空巡逻，同时限制高射炮的发射，以免误伤友机。此类部署需要明亮的月亮和晴朗的天空。看上去矛盾的是，在这样的夜里，皇家空军会命令双引擎夜间战斗机与指定的巡逻区至少保持十英里的距离，因为它们看上去太像德国轰炸机了。

下午五点十五分，过滤室的一位军官打电话到伦敦消防局总部。

"下午好，先生。"这位军官告诉消防局副局长，"波束定位于伦敦。"

发射这一波束的发射台位于法国海岸上的瑟堡，代号"安东"。

两分钟后，副局长请内政部授权在伦敦集结一千辆消防车。

九十七　闯入者

五月十日星期六的天气似乎很理想，北海上空一千六百英尺处有云团，但格拉斯哥上空晴朗。当夜正值满月，月亮将于晚上八点四十五分升起，十点日落后，月光将让赫斯能够清楚地看到他从苏格兰地图上记住的地标。

但让这一时机非常有利的不仅仅是天气。一月，一位经常为赫斯占星的工作人员预测，五月十日将发生一次行星间"大合相"，其时正值满月。他还提供了一幅占星图，据此揭示无论赫斯出于什么个人心愿，五月初都是一个理想的时间。这次飞行的想法出现在赫斯的一场梦境中。他相信，他现在正处于一双"超自然力量"的大手掌控之下，而导师卡尔·豪斯霍费尔曾经告诉他自己做的一个梦，梦中，赫斯似乎正从容地在一座英国宫殿的大厅中信步行走，这让赫斯更加确信了自己的想法。

赫斯准备好了这次旅行的行装。他是一级臆想症患者，沉迷于尝试各种顺势疗法，还在床的上空悬挂磁铁。他搜集了一套他最喜欢的疗法，并称之为"医学慰藉"，其中包括：

一个装有八安瓿药剂的锡盒，用于缓解肠道痉挛和焦虑，分别叫作"褐藻胶"和"鸦片全碱"；

一个装有一支皮下注射器和四支针头的金属盒子；

十二粒方形葡萄糖药片，产品名为"右旋增能剂"；

两个装有三十五片大小和颜色各异的药片的锡盒，从白色到有斑点的褐色，含有咖啡因、氧化镁、阿司匹林和其他成分；

一个带有"拜耳"标记的玻璃瓶，装有碳酸氢钠、磷酸钠、硫酸钠和柠檬酸制成的白色粉末，用作泻药；

十片温和剂量的阿托品药片，用于腹绞痛与晕动病；

七瓶棕色芳香液体，通过点滴给药；

一个装有氯化钠与酒精溶液的小细颈瓶；

二十八片"脱氧麻黄碱"药片，为苯丙胺类药物，用于保持清醒（这是配发给德国士兵的标准药剂）；

两瓶抗菌溶液；

一瓶装有六十粒白色小药丸的瓶子，含有各种顺势疗法药物成分；

四个每盒装有二十片药剂的小盒，分别标记为"洋地黄""药西瓜瓤"和"锑剂"；

十片含有顺势疗法药物成分的药片，七片为白色，三片为棕色；

一个标有"阿司匹林"字样的盒子，但装有鸦片制剂，用于晕动病和助眠；

一个标记着"糖果"字样的小包。

他还带了一个小手电筒，一个安全剃须刀片和做耳塞的材料。

向妻子和儿子道别之后，他开车前往奥格斯堡的机场，由副官平奇陪同。他在驾驶舱中放了一个书包，里面放着他的药片、酊剂和一个徕卡相机。他告诉机场官员他要飞往挪威，但真实目的地是苏格兰，具体位置是格拉斯哥南面十八空英里的一条起落跑道，距离奥格斯堡八百二十五英里。他又给了平奇一个密封的信封，让他务必四小时之后再打开。后来平奇发现，这个信封里面装有四封信，收信人分别是赫斯的妻子伊尔莎、一位他借用了飞行装备的飞行员伙伴、维利·梅塞施米特、阿道夫·希特勒本人。

　　德国时间大约下午六点，赫斯从奥格斯堡的梅塞施米特工厂机场起飞，他做了一个大转弯，确认飞机运行正常，然后他向西北方向的波恩市飞去。他不久便看到了一处重要的铁路枢纽，说明路线无误，然后他看到了右方的达姆施塔特，很快又到达了威斯巴登附近莱茵河和美因河的交汇地点。他略微修正了一下航线。现在他看到了刚好在波恩南面的七峰山。从这里飞越莱茵河就来到了巴特戈德斯贝格，它让赫斯想起了自己的美好童年，以及与希特勒共同度过的愉快时光，"最后一次是法国陷落前"。

　　赫尔曼·戈林通过某种方式得知赫斯离开，担心出现最糟糕的情况。他或许是在那天夜里刚过九点接到通知的，当时赫斯的副官平奇打电话给柏林的德国空军总部，要求发出一束从奥格斯堡到格拉斯哥南面邓盖夫尔庄园的导航波束。平奇被告知可以为他发出这样一束波束，但只能持续到晚上十点以前，因为所有的波束当晚都将被用于对伦敦实施大规模空袭。

　　这天晚上，如今已经掌管所在战斗机联队的战斗机王牌飞行员阿道夫·加兰接到了戈林本人的电话。帝国元帅显然很烦恼。他命令加兰立即带领整个战斗机联队升空。"带上你的整个 Geschwader①，明白吗？"戈林重复道。

　　加兰有些困惑。"首先，天已经黑了。"他后来写道，"其次，没有任何敌机进犯的报告。"他这样对戈林说。

　　"进犯？"戈林说，"你说'进犯'是什么意思？你是要去阻止一架飞机外逃！副元首发了疯，正开着一架 Me 110 飞往英国。必须把

――――――――

① 德语，意为"联队"。

他弄下来。而且，加兰，等你回来后亲自给我打电话。"

加兰追问了一些细节：赫斯什么时候起飞的，他可能沿着哪条路线飞行？加兰面对着一个窘境：天色将在大约十分钟后黑下来，几乎不可能找到一架飞走这么久的飞机。而且，那时天空中可能会有好多架 Me 110。"我们怎么知道哪架飞机是鲁道夫·赫斯驾驶的呢？"在加兰的回忆中，他当时这样问自己。

他决定执行戈林的命令——但只是部分执行。"我象征性地下令起飞。每个中队长将派出一两架飞机。我没有告诉他们为什么。他们一定认为我疯了。"

加兰研究了一下地图。从奥格斯堡前往英国路途极为遥远，即使额外多带了燃油，赫斯也不大可能到达目的地。而且，他的很大一部分航程都在英国战斗机部队的射程之内。加兰告诉自己："即便赫斯真的成功从奥格斯堡到达了不列颠群岛，喷火式战斗机也迟早会干掉他。"

在一段恰当的时间之后，加兰打电话给戈林，告诉他，自己的战士们未能找到赫斯。他向戈林保证，副元首不大可能活着飞完这段航程。

当鲁道夫·赫斯接近英国东北海岸时，他抛掉已经用完燃油的副油箱，减少额外的气动阻力。油箱落进了林迪斯法恩附近的水域。

晚上十点十分，英国的本土链雷达防御网发现，北海上空出现了孤零零的一架飞机，正在大约一万二千英尺的高度上，高速向英格兰的诺森伯兰飞来。这架飞机被命名为四十二号敌机。此后不久，达勒姆的皇家防空观察队成员听到了这架飞机的声音，并标示出声音位于英格兰海滨城镇阿尼克东北七英里处，靠近苏格兰边界。这架飞机开始迅速降低高度。不久之后，在阿尼克以北十二英里处的查顿村的观察员瞥到了这架飞机，它当时从距离地面仅仅五十英尺的高度呼啸而过。这位观察员看到了月光下它清晰的轮廓，确认它是一架 Me 110，并如实上报。

达勒姆的值班管理员认为情报"很不可能"，不予理会。这类飞机在位置如此偏北的地区从未出现过，它们不可能有足够的燃油返回德国。

然而观察员坚称，他的观察准确无误。

随后，杰德堡和阿什柯克的两个哨所也发出报告，说见到了这架飞机在大约五千英尺的高度上飞行。他们同样识别出这是一架 Me 110，并通知了上司。报告被转交到战斗机司令部第十三小组，被该组视为荒唐可笑。这些官员认定是这些观察员弄错了，他们看到的或许是一架道尼尔轰炸机，这种飞机也是双引擎、双尾翼，有能力飞这么远。

但现在，格拉斯哥的观察员标绘出了这架飞机的速度，发现它正以每小时三百英里以上的速度飞行，远远超过了道尼尔轰炸机的最高速度。而且就连奉命前去拦截入侵者的一架皇家空军夜间战斗机——无畏式双座战斗机——都只能落在它后面。该防空观察队的副组长格雷厄姆·唐纳德少校下令发消息给战斗机司令部，称这架飞机不可能是一架道尼尔。它必定是一架 Me 110。皇家空军官员们对这条消息"报以嘲笑"。

与此同时，这架飞机飞越了苏格兰，并在克莱德湾上空离开了英国西海岸。然后它又转弯飞回大陆。当它紧贴树梢在二十五英尺的高度呼啸而过时，海滨村庄西基尔布赖德的一位观察员清楚地看见了这架飞机。

皇家空军仍然拒绝接受对这架飞机的身份认定。两架喷火式战斗机加入了无畏式战斗机对入侵者的追逐。与此同时，更南边的雷达站操作员开始看到一些更为不祥的东西。看起来，数以百计的飞机正在法国海岸线上集结。

九十八　最残忍的空袭

　　将近晚上十一点，第一批轰炸机进入英国领空。这支打头阵的编队由二十架轰炸机组成，隶属于 KGr 100 精英引火部队，尽管这天夜里月光明亮、天气晴朗，用于标记的火焰几乎是没有必要的配件。数以百计的轰炸机紧随其后。和以往的空袭一样，按照官方说法，它们应该针对具有军事意义的目标，如这次空袭中的维多利亚码头、西印度码头，以及巴特西大型发电厂，但每个飞行员都清楚这些目标确保了炸弹会落在四周所有的伦敦居民区。无论是否有预谋，这次空袭如其破坏模式所示，似乎决心摧毁伦敦最富历史意义的珍宝，并将丘吉尔和他的政府置于死地。

　　随后的六个小时，五百零五架轰炸机携带着七千枚燃烧弹和七百一十八吨各种型号的高爆炸药聚集在伦敦上空。数千枚炸弹落下，撕裂了这座城市的每一个角落，对白厅和威斯敏斯特的破坏尤其严重。炸弹击中了威斯敏斯特教堂、伦敦塔和法庭。一枚炸弹划过大本钟所在的塔楼。让所有人庆幸的是，几分钟后，这座大钟雄浑的钟声在凌晨两点再度响起。烈火烧毁了威斯敏斯特大厅著名屋顶的很大一部分，它是在十一世纪由威廉·鲁弗斯国王（威廉二世）建造的。在布卢姆斯伯里，火舌漫卷大英博物馆，据估计烧掉了二十五万册图书，彻底摧毁了罗马英国厅、希腊青铜厅和史前厅。幸运的是，这些展厅中的展览品此前都被转移到安全地点保存了。一枚炸弹击中了皮克弗利恩饼干厂（现在兼做坦克零件）。两枚降落伞雷炸毁了一座公墓，让昔日尸骨与墓碑碎片一起散落在四周，还把一个棺材盖扔进了附近一所房子的卧室里。那家的房主当时正和妻子躺在床上，他大为光火，拿着棺材盖走出家门，把它带到一批援救人员那里。"我正跟我老婆躺在床上，结果这个该死的东西穿过窗户飞了进来，"他说，"我该拿它怎么办？"

在摄政公园四十三号约克排屋，"牺牲与服务团体"（一个加利福尼亚异教团体在英国的分支）的九十九名成员聚集在一所显然被遗弃的房子里，进行满月崇拜仪式。这所房子的屋顶是玻璃的，房子的中央大厅里放满了自助晚餐。凌晨一点四十五分，一枚炸弹击中了这所房子，许多崇拜者毙命。救援人员发现了一位穿白色长袍的受害者，看上去像是祭司袍的白衣上布满了已经发黑的血迹。该团体的大教主伯莎·奥顿，一位神秘学的虔诚信徒，也在死者之列，一个镶嵌着钻石的黄金十字架仍挂在她的脖子上。

已经将近晚上十一点了。鲁道夫·赫斯驾驶着的那架 Me 110 几乎耗尽了燃油。他对自己所在的位置只有一个模糊的概念。飞越苏格兰西海岸后，他又折了回来，再次把高度降低到几乎贴着地面，以期更清楚地看清地貌。飞行员们称此为"超低空飞行"。他以"Z"字形路线飞行，显然在寻找可辨认的地标，燃油现在越来越少了。天已经黑了，尽管底下的风景沐浴着月光。

赫斯意识到，自己永远无法找到邓盖夫尔庄园的那条起降跑道了，于是决定跳伞。提升飞行高度至足以安全跳伞后，他关闭发动机，打开了驾驶舱门，灌入机舱的风力把他死死地按在座位上。

赫斯想起了一位德国战斗机指挥员的忠告：为了迅速逃离一架飞

机，飞行员应该让飞机翻滚运动以利用重力。赫斯是否这样做了则不得而知。飞机开始急速爬高，这时赫斯失去了知觉。他醒了过来，从驾驶舱里掉了出来，当他在月光下坠落时，他的一只脚撞上了飞机双尾翼中的一个。

哈里曼的秘书罗伯特·米克尔约翰在工作中度过了星期六。哈里曼在下午一点三十分离开，返回多切斯特。"那是我们唯一能做点什么的地方。"米克尔约翰在日记里写道。他在办公桌上紧张地吃午饭，一直工作到下午五点，这让他很厌恶。此后他去威尔士王子剧院看了一出名叫《十九个淘气人》的"女孩演出"。他本以为能看到一点香艳的不雅剧情，结果这是一出正正经经的歌舞表演，从六点三十分一直演到晚上九点。接着他回到办公室，想看看哈里曼那天上午发到美国去的电报是否得到了回音。米克尔约翰大约在晚上十一点回家，这时防空警报响了。他听到了炮火声，除此以外这一夜很安静，城市在满月的照耀下很明亮。他安全地回到了公寓。

"午夜时分，我突然听到一些东西雨点般落在屋顶上、撞在建筑物上，透过拉上的窗帘，我看见了明亮的蓝色闪光。"他在日记中写道，"我向外看了看，几十枚燃烧弹在街道上和下面的小公园里噼啪作响，发出电火花一样的蓝色光芒，这是我第一次近距离接触燃烧弹。"就在观看的时候，他听到大厅里的噪音，接着看见邻居们向建筑物的地下掩体跑去。一位来访的飞行员曾忠告过他们：燃烧弹之后必定会有炸弹。

"我意识到了。"米克尔约翰写道。他穿上了他的宝贝皮大衣——"我不想它被毁掉"——然后跑下楼去，开始他有生以来在掩体里度过的第一夜。

高爆弹很快开始落下来。凌晨一点，一枚炸弹刚好落在建筑物一角，点着了一条煤气主管道，夜空被照耀得如此明亮，米克尔约翰觉得他可以就着火光读报纸。"这让那些知道会发生什么事情的人很不安，"他写道，"因为几乎可以肯定的是，轰炸机将以火光为目标，对我们狂轰滥炸。"

更多的燃烧弹落了下来。"接着，炸弹飞快地落了一阵子，三枚或者六枚'一簇'，仿佛枪炮齐射。"相邻建筑物的上层起火。爆炸摇晃着建筑物。在轰炸停止的间隙，米克尔约翰和三位美国陆军军官好几次出去检查多轮轰炸合计造成的破坏，但小心地没有走出超过一个街区的距离。

晚上十一点刚过，在距离苏格兰西海岸大约二十五英里的伊格尔舍姆，一名观察员报告，一架飞机坠毁后起火。他同时报告道，飞行员跳伞了，似乎已安全着陆。现在的时间是十一点零九分。在南方，数百架德国轰炸机正在跨过英国海岸线。

那位神秘的飞行员飘到了博尼顿沼泽，在弗洛斯农场附近着陆，一个农民在那里发现了他，把他带到了自己的农舍。农民请他喝茶。

飞行员拒绝了。这时候太晚了，不是喝茶的时候。他说他想喝水。

警察来了，把他带到了距离格拉斯哥市中心大约五英里的吉夫诺克警察分局。他们把他锁在一间牢房里，这让他觉得受到了冒犯。他期待得到更好的待遇，像德国给予英国高级战俘的那样。

在听说坠机地点如此靠近格拉斯哥之后，格拉斯哥那位副组长唐纳德少校开着他的沃克斯豪尔汽车去寻找残骸，他请上司给皇家空军发一份消息："如果他们无法用一架无畏式战斗机追上一架 Me 110，我现在将用一辆沃克斯豪尔去把它的碎片捡回来。"

他发现残片撒满了一点五英亩的土地。基本上没有什么火，这说明飞机坠毁时燃油已经差不多耗尽了。这确实是一架 Me 110，看上去非常新，并且去掉了一切多余的重量。"没有枪械，没有炸弹架，更令人吃惊的是（在那个时候），我找不到固定的侦察照相机。"唐纳德少校报告说。他发现了一块战斗机机翼，上面有一个黑色十字。他把它放进了汽车里。

他把车开到了吉夫诺克警察分局，发现这名德国飞行员周围围着警官、英国国民军人员和一位翻译。"到那时为止，他们似乎没有取得多大进展。"他写道。

飞行员自称艾尔弗雷德·霍恩上校。"他只是说他没有被击中，没有遭遇麻烦，是有意降落的，<u>他有一条极为重要的秘密消息要带给汉密尔顿公爵</u>。"唐纳德少校在报告里说，下划线是他加的。

唐纳德少校能说基础的德语，他开始问俘虏一些问题。"霍恩上校"四十二岁，来自慕尼黑，唐纳德少校曾经去过这座城市。他说他希望降落在汉密尔顿公爵家附近，并拿出了一张清晰地标出了邓盖夫尔庄园的地图。这位飞行员降落的地方离那里非常近，两地仅仅相隔十英里。

唐纳德少校向霍恩上校指出，即使有额外的油箱，这架飞机也不可能飞回德国。俘虏说他不打算回去，而且一再声称自己负有特殊使命。此人有一种讨人喜欢的风度，唐纳德少校在报告中写道，还补充说，"而且，如果我们可以把'绅士'这个词用于纳粹分子的话，那么他确实是个绅士"。

就在他们说话的时候，唐纳德仔细端详着这个俘虏。他的脸让唐纳德想到了什么。很快唐纳德便意识到了他是谁，尽管这个结论太令人难以置信了。"我不指望别人会立即相信眼前的俘虏其实是纳粹集团的三号人物，"唐纳德少校写道，"他有可能是'专业替身'，但我个人不这么认为。他的名字或许是艾尔弗雷德·霍恩，但那张脸是鲁道夫·赫斯的。"

唐纳德少校建议警察给予这个俘虏"非常特别的照顾",然后驱车返回格拉斯哥,在那里打电话给由汉密尔顿公爵指挥的皇家空军分部,并告诉值班指挥员,被羁押的那个人是鲁道夫·赫斯。"人们自然会怀疑,"随后的皇家空军报告这样说,"但唐纳德少校尽了自己的最大努力说服指挥员,他说自己极为认真,并称应尽快通知公爵。"

第二天上午大约十点,公爵在一家部队医院里见到了这位俘虏,他现在被转移到了那里。

"我不知道你是否认出了我,"这位德国人对公爵说,"但我是鲁道夫·赫斯。"

对伦敦的大规模空袭持续了一整夜,放眼望去,这座城市无处不在燃烧。"大约早晨五点,我最后一次出去看了看,"哈里曼的秘书米克尔约翰写道,"我看到满月透过烟云闪耀着红色的光芒,那是下面的火光的反射——看上去瑰丽极了。"

那天早晨,他就着外面煤气管道的火光刮了胡子——他的公寓位于八层。

最后一枚炸弹在早晨五点三十七分落下。

九十九　希特勒大吃一惊

科尔维尔星期日早上躺在床上时，毫无缘由地想起了曾经读过的一部幻想小说，中心情节是：希特勒本人乘坐降落伞意外地访问了英国。这本书的作者是伊恩·弗莱明的哥哥彼得·弗莱明。科尔维尔在日记里记录了这一刻："醒来的时候莫名其妙地想到了彼得·弗莱明的《飞行访问》，并幻想了一番如果戈林在一次所谓的伦敦飞行中被我们抓住了会怎么样。"当时有传言，说戈林曾经在一次或者多次空袭中飞越伦敦上空。

八点，科尔维尔从唐宁街十号出发向威斯敏斯特教堂走去，计划参加一次教堂晨祷。他发现这是一个令人震惊的春日，红日当头，晴空万里，但他很快就看到了浓浓的烟幕。"一座造纸厂被彻底摧毁，烧焦的纸张仿佛秋日里随风飘落的树叶。"他写道。

白厅里挤满了人，许多人是来观察损坏情况的，其他人乌黑的脸庞表明，他们整夜都在灭火和援救伤者。有一个十几岁的男孩指着威斯敏斯特宫的方向问："那是太阳吗？"但那里的红光是火焰，是泰晤士河南面仍在燃烧的大火在闪耀。

到达教堂时，科尔维尔发现道路被警官和消防车堵塞了。他走近入口，但被门口的一个警察拦住。"先生，今天教堂里什么活动也没有。"警官说。他平淡的口气让科尔维尔吃了一惊——"就好像它是为了春季大扫除而关闭一样。"

威斯敏斯特大厅的屋顶还有明火在燃烧，一蓬蓬浓烟在它后面什么地方升起。科尔维尔与一个消防员聊了聊，他指着大本钟，带着满足的口吻给科尔维尔讲述了那枚炸弹划过钟楼的故事。尽管明显受到损坏，大本钟确实还在按照英国夏令时计时，不过后来确定，这枚炸弹让大英帝国损失了半秒钟。

科尔维尔走上威斯敏斯特桥，它刚好在这座钟楼前横跨泰晤士河。就在它的东南面，圣托马斯医院在燃烧。整条河堤都在燃烧。这次夜间空袭显然给这座城市造成了前所未有的严重而持久的破坏。"此前的夜间空袭从未让第二天的伦敦看上去如此伤痕累累。"科尔维尔写道。

他回到唐宁街十号后吃了早饭，然后打电话到迪奇利，告知丘吉尔破坏情况。科尔维尔说："他对威斯敏斯特大厅里威廉·鲁弗斯的屋顶被烧掉了感到很痛心。"

科尔维尔走到外交部与一位朋友谈话，他是安东尼·伊登的第二任私人秘书，就在科尔维尔走进办公室时，朋友对电话里说："请稍等，你要找的人来了。"

星期日早上，玛丽和埃里克出发去迪奇利，与克莱芒蒂娜、温斯顿和其他人共度周日。夜里的轰炸让火车站关闭了，他们俩只好采取迂回路线，意想不到地转了几次车。这让一次本来不应该花费多少时间的旅途变得既麻烦又乏味，在旅途中，玛丽的怀疑变得更具体了。她写道："我现在意识到了一些非常确定的疑虑。"

帕梅拉的忠告一直萦绕在她心中："不要因为有人想和你结婚就结婚。"

她向埃里克说了自己的担心。他很理解，很温柔，并尽其所能消除她的担心。到达之后，他们发现迪奇利宾客如云，其中包括埃夫里尔·哈里曼。克莱芒蒂娜立即带着玛丽进了卧室。

　　伦敦的外交部里，安东尼·伊登的秘书用手捂着电话机的话筒对科尔维尔说，对方称自己是汉密尔顿公爵，声称有一个消息，只能当面告知丘吉尔本人。公爵——如果他真的是汉密尔顿公爵——计划自己飞往伦敦市外的皇家空军诺霍特基地，在那里与丘吉尔的工作人员会面，也即与科尔维尔会面，因为他那天在唐宁街十号值班。公爵也想请伊登的次官亚历山大·贾德干和科尔维尔一起过去。

　　科尔维尔接过了话筒。公爵不肯提供细节，但说他的消息如同来自某本幻想小说，而且与一架在苏格兰坠毁的德国飞机有关。

　　科尔维尔写道："就在那时，我清晰地想起了我早上醒来时有关彼得·弗莱明作品的想法，我确信是希特勒或者戈林亲自来了。"

　　科尔维尔又打电话给丘吉尔。

　　"好吧，来的是谁？"丘吉尔恼怒地问。

　　"我不知道，他不肯说。"

　　"总不会是希特勒吧？"

　　"我想不是。"科尔维尔说。

　　"那就别瞎猜了。如果确实是公爵，就把他直接从诺霍特带过来。"

　　丘吉尔指示科尔维尔，首先确认汉密尔顿公爵的身份。

　　五月十一日星期日上午，希特勒的建筑师阿尔贝特·施佩尔来到伯格霍夫，给他看一些建筑设计草图。在希特勒办公室的前厅，他看到了两个神情紧张的人，卡尔－海因茨·平奇和阿尔弗雷德·莱特根，二人都是赫斯的副官。他们问施佩尔，能否允许他们先见希特勒，施佩尔同意了。

他们把赫斯的信交给了希特勒，后者立即读了。"我的元首，"这封信这样开头，"当您接到这封信时，我应该已经在英国了。您可以想象，采取这一步骤对我来说何等不易，因为与二十岁的人相比，一个四十岁的人在生活中有更多的羁绊。"他解释了他的动机：尝试与英国达成和平协议。"我承认，这一计划成功的希望很小，但是，我的元首，如果命运决定反对我而令这一计划失败，您或者德国都不会因此受损——在任何时候，您都可以声称一切与自己无关。只要说我发了疯就可以了。"

施佩尔写道，就在他浏览自己的草图时，"我突然听到了一阵野兽般口齿不清的狂叫"。

这是希特勒的部下非常害怕的一次勃然大怒（或称雷霆之怒）的开始。一位助手回忆道，这就"好像有一枚炸弹命中了伯格霍夫"。

"立刻叫博尔曼来！"希特勒喊道，"博尔曼去哪儿了？"

希特勒告诉博尔曼把戈林、里宾特洛甫、戈培尔和希姆莱找来。他问副官平奇是否知道信的内容。听到平奇说他知道之后，希特勒立即命令逮捕平奇及其同伙莱特根，并把他们送进集中营。阿尔布雷希特·豪斯霍费尔也被逮捕并送入柏林的盖世太保监狱审问。他后来获释。

其他领导人来了。戈林带来了他的首席技术官，他向希特勒保证，赫斯成功抵达目的地的可能性极小。导航将是赫斯面前的最大问题，劲风几乎肯定会把他吹离航线。赫斯很可能根本飞不到不列颠群岛。

这一前景给了希特勒希望。"他要是掉到北海里淹死就好了！"希特勒说（据阿尔贝特·施佩尔），"那他就无影无踪地消失了，我们就可以随便编造一个无伤大雅的解释。"希特勒最担心的，是丘吉尔会如何就赫斯的失踪事件大做文章。

在迪奇利，克莱芒蒂娜卧室中，玛丽现在第一次明白了，母亲对她和埃里克的订婚有多么担忧。克莱芒蒂娜告诉玛丽，她和温斯顿非常担心，而且她很后悔，任由他们的浪漫关系发展至此，却没有表示过怀疑与忧虑。

这只有一部分是真实的：事实上，丘吉尔全神贯注地处理着战争事务，对订婚一事并不太关心，而且很愿意让克莱芒蒂娜全权处理。这个周末到目前为止，他主要关注的仍然是昨夜的空袭（它似乎是战争开始以来最厉害的一次），以及"老虎作战"（一场将大批坦克转送中东的行动）。

克莱芒蒂娜要求玛丽将订婚推迟六个月。

"晴天霹雳。"玛丽在日记中写道。

玛丽痛哭失声。但她知道母亲是对的，正如她在日记里承认的："——透过眼泪，我极为清楚地认识到了她的明智——我这几天在不同时间经历的所有怀疑、担忧和惧怕似乎都凝聚了起来。"

克莱芒蒂娜问玛丽，她是否一心想嫁给埃里克。玛丽写道："说老实话，我没法这么说。"

克莱芒蒂娜无法让丈夫关注这件事，便请哈里曼与玛丽谈谈。接着，她直接找到埃里克，告诉他，自己决定推迟他和玛丽的订婚。

哈里曼把玛丽带到了迪奇利的整整齐齐的花圃里，他们俩在那里走了好多圈。玛丽"崩溃，悲伤，泪流满面"。哈里曼试图安慰她并提供自己的看法。

"他说了所有我应该告诉自己的事情。"她写道。

"你的生活才刚刚开始。

"你不应该接受第一个走到你身边的人。

"你还没有遇到过几个人。

"愚蠢地对待自己的生活是一种犯罪。"

随着他们边走边谈，她越来越断定母亲确实是正确的，与此同时，她"越来越清楚地意识到我的行为并不明智，而我的弱点正是缺乏判断力"。

她也感到松了一口气。"如果妈咪不干涉，那会发生什么？……我要为妈咪的理智、理解和爱而感谢上帝。"

埃里克对玛丽很和善，很有同理心，但他对克莱芒蒂娜很生气：一封电报已经发了出去，埃里克的父母以及其他人都被告知订婚推迟了。

玛丽喝了些加香精的苹果酒，感觉好些了。她写信写到很晚。"上床的时候崩溃了——感到丢脸，但相当冷静。"

但在此之前，她和其他人都聚集在迪奇利的家庭影院里看一部电影。玛丽坐在哈里曼旁边。那部电影有一个非常应景的名字：《火焰中的世界》。

一〇〇　热血、汗水与眼泪

　　星期日晚上，玛丽在迪奇利宁静的郊区环境中上床睡觉时，伦敦的消防员正为了控制残存的火焰而艰苦奋战，救援队伍正在瓦砾中挖掘，寻找幸存者并找回残破的尸体。无论是出于故意设计或者是偶然，许多炸弹未能爆炸，这让消防员和救援人员的工作不得不时常停滞，直到专业人员拆除了炸弹。

　　论及文化珍品的损失、造成的破坏和生命的丧失，这次空袭是这场战争中最惨重的一次。它使一千四百三十六名伦敦人丧生（打破了单夜丧生人数的纪录），另造成一千七百九十二人重伤。它让大约一万两千人失去了家园，其中包括小说家罗丝·麦考利，她在星期日上午返回公寓时，发现它已经被大火焚毁，她毕生积蓄都随之化为灰烬，包括病危情人的书信、正在创作的一部小说，以及所有的衣服和书籍。但最令她悲伤的是失去那些藏书。

　　"我一直在一件一件地回想那些我爱的东西，心中感到愈发刺痛。"她在给朋友的信中写道，"我希望自己可以出国并留在国外，那样就不会如此想念我的东西了，但这不可能实现。我如此热爱我的那些书，没有什么能取代它们。"损失中包括一批十七世纪出版的书——"我的奥布里，我的普林尼，我的托普塞尔、西尔韦斯特、德雷顿，所有这些诗人——以及许多可爱古怪的无名作家。"她也失去了一套罕见的贝德克尔出版社的旅行指南（"毕竟旅行也和一个人的书和文明世界的其他部分一样，不复存在了"），但最让她心痛的单件物品是《牛津英语词典》。她在自家废墟中搜寻时发现了字典"H"部分一张烧焦的残页，还掘出了由塞缪尔·佩皮斯保存的著名十七世纪日记中的一张残页。她写下了一份书目清单，把她记得的那些书列了进去。她后来在一篇散文中写道，这是"最令人悲痛的一份清单，或许我根本就不该制作它"，不时会有一个被忽视的书名浮现脑海，就如同过世亲人一个熟悉的手势。"我不断记起曾经拥有的某本奇特的小书，我无法把它们全部列出来，现在它们已经变成了灰烬，最好把它们忘掉。"

在五月十日的空袭中，最具象征性也最令人恼火的破坏，莫过于一枚炸弹直接命中并摧毁了下议院辩论厅，就在四天前，丘吉尔还在那里赢得了信任投票。"我们的老下议院被炸成了碎片，"丘吉尔在给伦道夫的信中写道，"你从未见过这样的情景。除了几堵外墙，这座辩论厅已经片瓦无存。这群匈奴人好心地选择了一个我们都不在的时候。"

正如大众观察组织一位二十八岁的日记作者（这位富有的寡妇带着两个孩子住在摄政公园西面的梅达韦尔，没看见东南方三英里外的威斯敏斯特仍在燃烧的大火）记录的那样，星期日也带来了陌生却受人欢迎的冷静。"在这阳光明媚、完美和平的一天，我拉开了窗帘。"她写道，"花园里的苹果树上装点着粉红色的花蕾，衬托着芬芳怡人、密集堆积的雪白梨花，蓝蓝的天空增添了几分暖意，鸟儿在树林中叽叽喳喳地叫个不停，星期日上午温和的静谧笼罩着一切。简直无法相信，昨天夜里，这扇窗户外的一切都在火光的闪耀和滚滚的浓烟中被野蛮地染得血红，到处都是地狱般震耳欲聋的嘈杂声。"

星期日晚上将迎来月亮最圆的时刻，这座城市准备好了迎接另一次空袭，但轰炸机没有来。随后的第二晚、第三晚也没有来。安静得令人困惑。"或许它们正作为恐吓苏联的一部分在东线集结。"哈罗德·尼科尔森在六月十七日的日记中写道,"或许整支德国空军都将被用于大规模进攻我们的埃及防线。又或许德国人正在给飞机配备新装置,比如钢丝钳"——来切断阻塞气球的缆绳。"不管怎么说,"他下了结论,"这是不祥之兆。"

国土安全部每月的死亡人数统计立即显示了这一变化。五月,整个英国境内,德国空袭共令五千六百一十二人丧生(其中七百九十一人为儿童);六月,死亡总人数急剧降至四百一十人,几乎下跌了百分之九十三;八月降至一百六十二人;十二月只有三十七人。

奇怪的是,这一寂静期刚好在战斗机司令部相信自己终于掌握了夜间防御能力的时刻到来。这时,负责无线电对抗的第八十空军联队已经能够熟练地干扰并偏转德国波束,努力学习夜间作战的战斗机司令部似乎也最终取得了成果。许多双引擎夜间战斗机已经装备了空对空雷达。在"战斗机之夜"飞行的单引擎战斗机飞行员们似乎也在大步前进。那个星期六的夜里,在明亮的月光下,由八十架飓风式战斗机和无畏式战斗机组成的联合力量在外围防空排炮的协助下,至少击落了七架轰炸机,并重伤了一架寻路者 KGr 100,创造了迄今的最佳战绩。从一月至五月,皇家空军单引擎战斗机拦截德国飞机的数目增加了四倍。

地面上也扭转了态势,这与英国表现出的无疑能够承受希特勒猛烈进攻的总体感觉一致。是时候给予回报了。一位担任旅游推销员的大众观察组织日记作者写道:"人们的精神似乎从被动转为主动,他们不再龟缩在防空掩体里,更愿意行动起来。人们把燃烧弹当作烟花处理,在顶层房间里用手摇泵大战烈火似乎成了夜间工作的一部分。一位领导告诉我,他的首要麻烦是阻止人们冒险。人人都想'捕获一枚炸弹'。"

此外还有赫斯。

五月十三日星期二，约瑟夫·戈培尔在宣传晨会上处理了这一问题。"历史上出现过大量先例，人们在最后关头神经崩溃，做出一些或许出发点很好但最终伤害了国家利益的事。"他说。他向宣传员们保证，在第三帝国漫长而光辉的故事中，这一事件最终会变成一个小小的插曲消失在历史背景中，"尽管这在当前必然令人不快。然而，我们完全没有理由以任何方式垂下翅膀，或者觉得这件事永远不会过去"。

但这件插曲显然让戈培尔恼火。"在帝国即将拿下胜利的关头，这种事情一定会发生。"他在五月十五日星期四的一次会议上说，"这是对我们的性格和耐力最后的严峻考验，我们完全有能力接受命运的这次检验。"他指示助手们重启一波曾经在战前使用的宣传攻势，开展一次将希特勒视为神秘存在的造神运动。"我们信赖元首的预测能力。我们知道，任何当前似乎在对抗我们的事情，最终都将极为幸运地成为我们的助力。"

戈培尔当然知道，公众的注意力很快就会发生深刻的转移。"当前我们将漠视这件事，"他说，"而且，军事领域很快将出现重大事件，它将能够将我们对赫斯问题的注意力转向其他方面。"他指的是希特勒即将对苏联发动入侵。

在一项正式声明中，德国将赫斯描述为一位受到"催眠师和占星师"影响的病人。随后一份评论称赫斯"一直是这样一个理想主义者与病人"。他的占星师被逮捕并投入了集中营。

戈林传唤维利·梅塞施米特，斥责他协助赫斯。德国空军总司令问梅塞施米特，他怎么能让赫斯这样一个显然精神失常的人拿到一架飞机。对此梅塞施米特迂回地反驳道："我怎么会相信，一个疯子能够在第三帝国中爬到这么高的位置？"

戈林只好笑着说："你简直无可救药，梅塞施米特！"

丘吉尔在伦敦发出指示，要有尊严地对待赫斯，但也要意识到，"此人和其他纳粹领导人一样，是潜在的战犯，他和他的共谋者在战争结束时很可能会被宣布为不法之徒"。丘吉尔批准了一项陆军部的建议，即将赫斯暂时拘押在伦敦塔上，直至建立永久的关押地点。

这一插曲显然让罗斯福很开心。他在五月十四日给丘吉尔发电报说："在如此遥远的距离之外，我可以向您保证，赫斯逃跑事件让美国人的想象力插上了翅膀，我们应该尽量让这个故事生动地多流传几天甚至几周。"在两天后的答复中，丘吉尔传达了关于这件事他所知道的一切，包括赫斯的观点，即尽管希特勒想要寻求和平，但他不会与丘吉尔谈判。赫斯的表现"完全没有常见的疯狂迹象"，丘吉尔写道。他提醒罗斯福对来信保密。"我们认为，最好让媒体在一段时间内大肆报道一番，尽管让德国人绞尽脑汁地去猜测吧。"

在这方面，丘吉尔政府成功了。疑问遍地都是。一家报纸打趣道："你对赫斯的猜测和我的一样好。"有人猜测，此赫斯并非彼赫斯，而是一个聪明的替身。有些人甚至担心他可能是一位杀手，真正使命是尽量接近丘吉尔，并用一个毒戒指刺杀他。当一位新闻短片解说员说，现在就算赫尔曼·戈林本人下次到来，英国也不会感到吃惊了，伦敦的观众哄堂大笑。

这一切看起来实在不可思议。"在这整个迷人的滔天黑暗之中，这是一个多么富有戏剧性的插曲啊！！"美国观察员雷蒙德·李将军在日记中写道。李发现，赫斯的到来成了怀特之家最大的话题，不断重复赫斯的名字创造了一种奇怪的效果：整个俱乐部的酒吧、客厅和餐馆里都充斥着"咝音"，即连续发出"s"音而形成的嘶嘶声。

李说："听起来像一篮子蛇发出的声音。"

于是，随着家庭的混乱、民众的伤痛和希特勒的副手从天而降，丘吉尔走完了领袖生涯的第一年。面对一切不利情况，英国坚强地站稳了脚跟，它的公民更加勇敢而不是更加怯懦。不知怎的，通过所有这一切，丘吉尔教会了他们无畏的艺术。

"可能无论谁站在前面领导他们，人民终究会奋起抗争，但这只是推测。"丘吉尔领导的战时内阁的军事助理秘书、后来晋升为中将的伊恩·雅各布写道，"我们知道的是，首相提供了如此卓越的领导，以至于人民几乎陶醉于应对危险，并为独自抵抗强敌而自豪。"战时内阁秘书爱德华·布里奇斯说："只有他有能力让这个国家相信它会赢。"一位伦敦人、中央电报局的经理内莉·卡弗或许最好地表达了这层意思，她写道："温斯顿的讲话让我全身的血液都在燃烧，我感觉自己可以干掉最强大的匈奴人！"

在迪奇利的一次满月周末聚会上，信息大臣达夫·库珀的妻子黛安娜·库珀告诉丘吉尔，他最大的成功是给了人民勇气。

他不同意。"我从来没有给过他们勇气，"他说，"我能够做的是凝聚他们的勇气。"

最终，尽管遭受了惨重的创伤，伦敦挺住了。从一九四〇年九月七日在伦敦市中心发生第一次大规模空袭，到一九四一年五月十一日星期日早晨伦敦大轰炸结束，将近两万九千名公民丧生，两万八千五百五十六名公民身负重伤。

其他英国城市没有遭受这样大的损失，但在包括伦敦的整个联合王国，一九四〇年和一九四一年因轰炸丧生的平民共有四万四千六百五十二人，另有五万二千三百七十人受伤。

死者中有五千六百二十六名儿童。

一〇一　契克斯的一个周末

这是一九四一年十二月一个星期日的夜晚，距离圣诞节还有几个星期，与平常一样，许多熟悉的面孔前往契克斯用餐和留宿，或者仅仅在此用餐。客人中包括哈里曼和帕梅拉，以及一位新人，哈里曼的女儿凯茜，她那天满二十四岁。晚餐后，丘吉尔的男仆索耶斯拿来一台收音机，这样房间里的众人可以一起听 BBC 定时播出的新闻广播。现场的情绪不太高昂。尽管当下的战事进行得很顺利，丘吉尔似乎有些沮丧。克莱芒娜患了感冒，回楼上的房间去了。

那是一台不算昂贵的便携式收音机，是哈里·霍普金斯送给丘吉尔的礼物。丘吉尔掀开盖子，打开了收音机。广播已经开始了。播音员说到了关于夏威夷的什么事情，接着说到图卜鲁格和苏联前线。希特勒在六月发动了入侵，其攻势之庞大，让大部分观察员相信即使他无法在几个星期内粉碎苏联军队，也将在几个月内做到这一点。但事实证明，苏联军队比任何人预期的都更有效、更强韧，现在到了十二月，入侵者在苏联两大永恒的武器面前苦苦挣扎：它辽阔的疆域与严酷的冬季。

但人们仍然预感希特勒会赢，而且丘吉尔意识到，一旦希特勒征服了东线，便会倾尽全力回头对付英国。正如丘吉尔在之前夏天的一次演讲中预测的那样，苏联战场"只不过是企图入侵不列颠群岛的一个前奏"。

BBC广播员的声音变了。他说:"刚刚接到最新消息,日本飞机袭击了美国在夏威夷的海军基地珍珠港。这次袭击事件的通告是罗斯福总统在一则简短的声明中宣布的。夏威夷主要岛屿瓦胡岛上的海军与军事目标也遭到袭击。暂时没有更进一步的细节。"

起初,大家全都被弄糊涂了。

"我完全被吓蒙了。"哈里曼说,"我重复了这句话,'日本袭击了珍珠港(Pearl Harbor)'。"

"不是,不是,"丘吉尔的海军副官汤米反驳道,"他说的是珍珠河(Pearl River)。"

美国大使约翰·怀南特也在场,他瞥向丘吉尔。"我们难以置信地对视。"怀南特写道。

丘吉尔的忧郁突然一扫而光,他猛地关上收音机盖子,跳了起来。

他的值班私人秘书约翰·马丁走进房间,宣布海军部打来电话。丘吉尔在走向门口时说:"我们将对日本宣战。"

怀南特不安地跟在后面。"我的天啊,"他说,"你不能仅凭一则广播通告就宣战。"(怀南特后来写道:"丘吉尔从来不会半心半意或者灰心丧气——尤其在他准备行动的时候。")

丘吉尔站住了。他语调平静地说:"我该怎么做?"

怀南特去给罗斯福打电话,以便了解更多的情况。

"我也要和他谈谈。"丘吉尔说。

罗斯福刚接通电话,怀南特就告诉他,旁边有一个朋友也想和他说话。"你一听到他的声音就知道他是谁。"

丘吉尔接过了话筒。他说:"总统先生,日本是怎么回事?"

"事情千真万确,"罗斯福说,"他们在珍珠港袭击了我们。我们现在都在同一条船上了。"

罗斯福告诉丘吉尔，他将在第二天向日本宣战；丘吉尔允诺紧跟在他后面这样做。

那天深夜凌晨一点三十五分，丘吉尔和哈里曼向哈里·霍普金斯拍发了一份"特提"电报。"在这历史性的时刻，我们非常想念你——温斯顿，埃夫里尔。"

人人都明白其中的意思。"不可避免的事情终于来临了，"哈里曼说，"我们都知道它将带来残酷的未来，但至少现在有了未来。"安东尼·伊登正准备访问莫斯科，他从丘吉尔当晚的电话里得知了这一袭击事件。"我无法掩饰我的宽慰，也无须这样做，"他写道，"我感到，现在无论发生什么，都只是时间问题。"

那天深夜，丘吉尔终于回到了他的房间。"激情与冲动渗透了我的全身，让我得到了满足，"他写道，"我上床睡了，那是得到拯救和充满感恩的一觉。"

丘吉尔短暂地担心过罗斯福会只专注于日本，但在十二月十一日，希特勒向美国宣战，美国立即还以颜色。

现在，丘吉尔和罗斯福真的身在同一条船上了。"这条船可能会受到风暴的沉重打击，"哈巴狗伊斯梅写道，"但它不会倾覆。我们对结局毫不怀疑。"

不久后，丘吉尔、比弗布鲁克勋爵和哈里曼乘坐一艘崭新的战列舰"约克公爵号"，在冒着极大的风险和严格保密的情况下，前往华盛顿特区与罗斯福会面，共同协调战争的战略。同行的还有丘吉尔的医生查尔斯·威尔逊爵士，以及另外大约五十人，从贴身侍者到英国最高级别的军方官员，陆军元帅迪尔、第一海务大臣庞德和皇家空军上将波特尔。光比弗布鲁克勋爵就带了三个秘书、一个仆人和一个勤杂工。罗斯福担心风险，劝丘吉尔不要来，的确，如果这艘军舰被击沉，英国政府将形同遭遇斩首，但丘吉尔对总统的担心一笑置之。

查尔斯·威尔逊对丘吉尔的变化感到吃惊。"自美国参战以来，他完全变了一个人，"这位医生写道，"我在伦敦认识的那个丘吉尔让我害怕……我看得出来，整个世界的责任压在他肩上，我不知道他还能那样坚持多久，也不知道能做些什么。而现在——似乎在一夜之间——一个更年轻的人取代了他的位置。"一切欢乐都回来了，威尔逊看到："我们现在突然间就像已经赢得了战争一样，英国安全了。在一场大战中成为英国首相，能够领导内阁、陆军、海军、空军、下议院和英国本身，这甚至超出了他的梦想。他热爱这段时间的每一分钟。"

头几天的航行哪怕按照北大西洋的标准，也堪称极为艰辛，军舰的时速只有六海里，仅为预期的五分之一，人们设想的安全效果由此落空。巨浪扫过吃水很深的船体上空，所有旅行者都接到了不得走上甲板的命令。比弗布鲁克打趣说，他"从没坐过如此巨大的潜艇"。丘吉尔在给克莱芒蒂娜的信中说："在这样的天气里，待在船上就好像待在监狱里，还附带被淹死的机会。"他因晕船服用了马瑟希尔，且不顾面对任何药物都很谨慎的威尔逊反对，把药拿给他的秘书们。

"首相身体健康，心情愉悦，"哈里曼写道，"吃饭的时候说个不停。"他还写道，有一次丘吉尔滔滔不绝地说起了晕船的详情——"在驱逐舰舰桥上放着的桶啊等等。""一直说到还没有完全恢复的迪尔的脸都绿了，几乎要离开饭桌才罢休。"

战列舰在马里兰州的切萨皮克湾下锚停泊，丘吉尔一行人接着换乘飞机来到华盛顿，完成了余下的行程。"我们在夜间到达，"汤普森探长写道，"透过飞机的舷窗，我们看到了整座城市万家灯火的壮观景象，大家都满怀喜悦地呆住了。华盛顿代表着某种无比珍贵的东西。自由、希望、力量。我们已经两年没有见到一座灯火辉煌的城市了。我的内心感到非常踏实。"

丘吉尔住在白宫，秘书马丁和其他几个人也住在那里，他们得以近距离观察罗斯福的秘密圈子。同样，罗斯福也可以近距离观察丘吉尔。在白宫的第一夜，同为客人的汤普森探长在丘吉尔的房间里检查各个可能的危险点，这时有人敲门，汤普森得到丘吉尔的指示前去开门，发现罗斯福一个人坐着轮椅在外面的走廊里。汤普森把门完全打开，然后看见总统正看向探长身后的房间，脸上露出古怪的表情。汤普森写道："我转过身来，发现温斯顿·丘吉尔赤条条地站在那里，一手拿着酒，一手拿着雪茄。"

总统打算推着轮椅退出去。

"进来吧，富兰克林，"丘吉尔说，"这里没外人。"

据汤普森所说，总统"奇怪地耸了耸肩"，然后推着轮椅进来了。丘吉尔说："您看，总统先生，我什么都没有对您隐藏。"

丘吉尔继续在肩上搭着浴巾，一边光着身子在房间里走来走去，抿着酒，时不时也给总统的玻璃杯斟满，一边和罗斯福谈了一个小时。"他仿佛是个身处浴场的罗马人，在成功赢得了元老院的辩论后惬意地放松自己，"汤普森探长写道，"依我看，哪怕罗斯福夫人走进来，丘吉尔先生也不会眨一下眼睛。"

平安夜那天，三万人聚集在白宫举行国家圣诞树（一株被移植到白宫南草坪的东方云杉）亮灯仪式，丘吉尔在白宫南门廊向众人发表了演说，罗斯福借助支架站在他身旁。暮色中，在一男一女两位童子军成员念完祷告与祝词后，罗斯福按下了点燃灯火的电钮。他简单地讲了几句，然后把讲坛让给丘吉尔，后者告诉听众，自己来到华盛顿就像是回家。谈到这个"奇怪的平安夜"，他说，保留圣诞节的重要意义就如同在暴风雨中保留一座岛屿。"让孩子们有这一夜的欢声笑语，让圣诞老人的礼物令他们玩得更加开心。让我们这些成年人尽情享受无尽的欢乐。"——陡然，他压低声音，发出深沉、令人生畏的咆哮——"然后，我们将迎接面前的严峻任务和令人生畏的一年。我们将下定决心！通过牺牲和勇气，确保这些孩子将要继承的珍宝不会遭到掠夺，确保他们拥有生活在一个自由、体面的世界中的权利。"

他在结尾说道："所以，"——他猛然挥手指向天空——"所以，在上帝的怜悯下，我祝大家圣诞快乐。"

人群唱起了圣诞颂歌，以《齐来崇拜》开始，以三节《平安夜》结束，成千上万的美国人面对着一场新战争庄严地齐声合唱。

汤普森探长第二天被深深地感动了，就在他准备与罗斯福的特勤局局长共进圣诞晚餐之前，女仆递给他一份来自罗斯福夫人的圣诞礼物。他打开来，发现了一条领带和一个小小的装着圣诞贺卡的白色信封。"给沃尔特·亨利·汤普森探长——一九四一年圣诞节——祝你圣诞愉快，罗斯福总统偕夫人同贺。"

女仆非常神往地看着，汤普森吃惊得嘴巴都合不拢了。他写道："我难以置信，在国民正准备投入一场有史以来最大的战争之际，国家总统还会想到给一位警官送一条领带作为圣诞礼物。"

当然，摆在人们面前的是另外四年的战争，和在一段时间内似乎一眼望不到边的黑暗。英国在远东地区的据点新加坡陷落了，丘吉尔政府一度面临垮台的威胁。德国人把英国部队赶出了克里特岛，而且重新夺回了图卜鲁格。"我们确实正沿着一条耻辱之谷行走。"克莱芒蒂娜在给哈里·霍普金斯的信中写道。逆转一波接着一波，但到了一九四二年底，战争的势头开始朝着对同盟国有利的方向发展。英国军队在一系列统称"阿拉曼战役"的沙漠战中击败了隆美尔。美国海军在中途岛战胜了日本。希特勒对苏联的入侵在泥沼、冰雪和鲜血中

540

停滞不前。一九四四年，在同盟国攻入意大利与法国之后，战争的结局似乎已经注定。随着希特勒的"复仇"武器 V-1 飞行炸弹和 V-2 火箭的问世，针对英国的空战短时期复燃，给伦敦带来了新的恐惧，但这只不过是德国在走向不可挽回的失败之前，为了造成死亡与破坏的最后一次进攻而已。

　　一九四二年新年前夕，丘吉尔一行人，当然也包括汤普森探长，在造访加拿大之后登上火车返回华盛顿。丘吉尔向所有人发出消息，邀请他们一起去到餐车。侍者们端上了酒水，就在午夜到来之际，丘吉尔举杯向大家祝酒："为艰苦劳作的一年，为斗争与苦难的一年，为向胜利迈出的这一大步，干杯！"然后所有人手挽手，丘吉尔一手挽着一名皇家空军军士，一手挽着皇家空军上将查尔斯·波特尔，唱起了《友谊地久天长》，这时，列车穿过黑暗，驶向光明之城。

尾声

随着时间的推移

玛丽

乡村小老鼠玛丽，现在是驻海德公园重炮组的一名高射炮兵。这给她的母亲带去了不少担忧，尤其是在南汉普顿炮组一位十八岁成员死于一九四二年四月十七日的空袭之后，这是战争开始以来第一次出现这样的阵亡。"我的第一个痛苦的想法是——死的也可能是玛丽。"克莱芒蒂娜在一封信里告诉玛丽。但她也承认，自己感到"内心的自豪，我心爱的你，选择了这个艰难、单调、危险但最有必要的工作——我经常想念你，我心爱的小老鼠"。约翰·科尔维尔回忆起，一天晚上，当防空警报响起时，"首相冲进汽车，前往海德公园视察玛丽所在炮组的工作"。

玛丽得到晋升，到一九四四年，战争结束的前一年，由她指挥的女性志愿兵已达二百三十名。"才二十一岁，做到这一点很不错了！"她父亲在给伦道夫的信中骄傲地写道。

小温斯顿更觉得玛丽了不起。他明白，自己的祖父是一位大人物，但姑姑玛丽是他心中的偶像。"要让一个三岁孩子明白自己的祖父是首相，正在领导整个战争，这实在太不容易了，"他在一篇回忆录中写道，"……但一个拥有四门大炮的姑姑——那可真是非同凡响！"

一九四一年九月六日星期六，埃里克·邓坎农与约翰·科尔维尔和一些朋友到斯坦斯特德园射击，人们在埃里克身上清楚地看到，他对自己的求婚失败深感悲伤。

科尔维尔写道："处于自己最朴实、最迷人状态的埃里克告诉我，除了玛丽·丘吉尔，他仍然什么都不在乎。"

科尔维尔

丘吉尔最后还是松口了。一九四一年七月八日星期二，身处盛夏的热浪中，约翰·科尔维尔赶在丘吉尔马上要去睡午觉之前，在他的办公室门前站住了。

"我听说你在密谋抛弃我，"丘吉尔说，"你知道我可以阻止你。我没法违背你的意愿让你留在我这里，但我可以把你调到别的地方去。"

科尔维尔告诉丘吉尔他理解这一点，但希望丘吉尔不会这样做。他将一只还没完成的隐形眼镜拿给丘吉尔看。

丘吉尔告诉科尔维尔，他可以走。

终于能戴上隐形眼镜之后，科尔维尔又做了一次皇家空军健康检查，这次通过了——"哦，高兴极了！"此后不久，他宣誓成为皇家空军志愿后备队的新成员，这是他成为飞行员的最后征途的第一站。但皇家空军还是坚持，他首先必须把两颗牙齿补上，尽管他的牙医曾经告诉他这不碍事。补牙用了一个小时。

最后，科尔维尔离开唐宁街十号的时候到了，他终于可以开始受训成为战斗机驾驶员。他每天只能戴大约两小时隐形眼镜，这让他没法担任轰炸机飞行员，他对此很高兴。丘吉尔"赞同他的观点，认为战斗机飞行员们短暂而激烈的战斗要比轰炸机乘员在到达目的地之前漫长的等待强得多"。然而，当他知道科尔维尔并非以军官身份受训，仅仅是相当于应征入伍士兵的皇家空军飞行二等兵时，丘吉尔大吃一惊。"千万别这样，"丘吉尔告诉他，"这样你就没法带仆人了。"

科尔维尔写道:"他从来没有想过,他那年收入三百五十英镑的初级私人秘书可能并没有仆人。"

九月三十日,把东西打包好后,科尔维尔去丘吉尔的办公室向他私下告别。丘吉尔和蔼可亲。"他说这只能是'au revoir'①,因为他希望我经常回来看他。"丘吉尔告诉科尔维尔,自己实在不应该放他走,而且安东尼·伊登也因此感到恼火。但丘吉尔同时承认,科尔维尔这样做"非常英勇"。

会见结束时,丘吉尔告诉科尔维尔:"我非常喜欢你。我们全都喜欢你,尤其是克莱米和我。再见,愿上帝保佑你。"

科尔维尔离开了,感到非常伤心。"走出房间时,我的喉咙里好像堵着一块东西,这种感觉我已经很多年没有过了。"

当他的飞机被一架 Me 109 击成碎片时,科尔维尔并没有死在燃烧的残骸中。经历过飞行训练后,他被派去在一支驾驶美国产野马战斗机的空军侦察中队任职。该中队的驻地是离斯坦斯特德园不远的风廷顿,结果他在那里感染了脓包症。埃里克·邓坎农的母亲贝斯伯勒勋爵夫人邀请他住在斯坦斯特德园休养。几个星期后,他接到了丘吉尔的召唤。

"现在是你回来的时候了。"丘吉尔告诉他。

"但我才参加了一次作战飞行。"

"那好,你还可以参加六次,然后回来工作。"

在六次作战飞行之后,他回到唐宁街,接着当私人秘书。诺曼底登陆日临近时,他受到征召返回他的中队,尽管教授提出反对,说科尔维尔如果被俘虏而且被德国人知道了身份,会成为德国情报机构的

---

① 法语,意为"回头见"。

珍贵财富。丘吉尔勉为其难地放他走了。"你好像觉得这场战争是为了供你消遣才打起来的,"丘吉尔对他说,"不过,我如果像你那么年轻,也会有同样的感觉,所以,你可以得到两个月的出征假期,但今年不会再有别的假期了。"

很难把这两个月叫作假期。科尔维尔越过法国海岸进行了四十次执行摄影侦察任务的作战飞行。"我们飞越英吉利海峡,俯瞰汹涌的大海,看着各种船只同时驶向登陆海滩,这真让人心潮澎湃,"他在日记中写道,"作为庞大的空中无敌舰队的一员,看着轰炸机和战斗机密集得如同归巢的椋鸟,一齐向南方飞去,怎能不豪情满怀呢!"他有三次差点被击落。在给丘吉尔的一封长信中,他描述了一枚高射炮弹壳如何在他的机翼上穿了一个大洞。丘吉尔很喜欢这段。

科尔维尔又一次回到了唐宁街十号。据帕梅拉·丘吉尔所说,在加入皇家空军之前,他在唐宁街十号的人缘还不错,但人们算不上热烈地喜爱他,但现在,服役归来后,他威望大涨。"除了克莱米,我们原本都不是真的喜欢乔克。"帕梅拉在多年后说,"……但他后来跑去加入了空军,我想这是个非常明智的选择,你看,等他一回来,人人都那么高兴见到他。"他不再像玛丽在一九四〇年夏天第一次评判他时那样"窝囊"了。玛丽后来承认,"那种评价实在太不公允了"。

一九四七年,科尔维尔当上了不久后便成为女王的伊丽莎白公主的私人秘书。这一任命突如其来。但丘吉尔告诉他:"接受这一任命是你的义务。"在他的两年任期内,科尔维尔结识并爱上了公主的侍从女官玛格丽特·埃杰顿,他们于一九四八年十月二十日在毗邻威斯敏斯特教堂的圣玛格丽特教堂结婚。

科尔维尔于一九八五年以《权力的边缘》为名,出版了经过编辑的日记,这使他获得了比他的任何私人秘书同僚都更大的声誉。这部著作成了每个对丘吉尔时代唐宁街十号内部工作有兴趣的学者的必读经典。他去掉了许多个人情节，他在前言中称之为"一些普通人不会感兴趣的琐碎记录"，但读过他那保存在英国剑桥丘吉尔档案中心的日记手稿的人都会发现，这些"琐碎记录"正是对科尔维尔本人来说最重要的内容。

他将这本书献给玛丽·丘吉尔："出于我对她的喜爱，以及我的悔过——在这本日记的早期部分，我对她的描绘少了些赞许。"

比弗布鲁克

比弗布鲁克共十四次提交辞呈，最后一次是在一九四二年二月，时任供应大臣。他没有接受军工生产大臣的新职位，而是选择辞职。这一次丘吉尔没有反对，这无疑让克莱芒蒂娜心中窃喜。

比弗布鲁克于两周后离开。二月二十六日，他在任职的最后一天写给丘吉尔的信中说："我的声名归功于您，公众的信心来自于您。我的勇气是您维持的。"他称丘吉尔是"我们人民的救星和自由世界中抵抗力量的象征"。

丘吉尔以同样的方式回复："我们曾在那些可怕的日子里一起生活、并肩战斗，我肯定，我们的战友情谊与公共工作会永世长存。我现在想让你做的，是请你恢复力量并做好准备，能在我非常需要你的时候回来助战。"他称颂比弗布鲁克于一九四〇年秋天取得的成功"在我们的救赎中扮演了决定性的角色"。他最后说："你是我们为数不多的天才斗士之一。"

就这样，比弗布鲁克终于离开了。"我痛切地感到了他的离去带来的损失。"丘吉尔写道。但比弗布鲁克最终在他需要成功的地方取得了成功，在担任飞机生产大臣的头三个月内让战斗机的产量翻番；或许同样重要的还有，在任期间随时随地为丘吉尔提供了建议和幽默的言谈。丘吉尔最看重的是比弗布鲁克提供的陪伴和消遣。"我很高兴，能在一些时候依靠他。"丘吉尔写道。

一九四二年三月，比弗布鲁克感到有必要对丘吉尔解释自己以前多次威胁要辞职的原因。他承认自己利用它们作为应对拖延和反对的手段——简言之，让自己可以自行其是——而且他相信丘吉尔明白这一点。他写道："我一直认为您其实支持我的方法，您希望我留在岗位上，卷起风暴，威胁辞职，然后又乖乖地回去干活。"

他们俩始终是朋友，尽管这份友谊时涨时落。一九四三年九月，丘吉尔让他回归政府担任掌玺大臣，主要目的似乎是要将自己的朋友兼顾问留在身边。比弗布鲁克后来同样辞去了这一职务，但那时丘吉尔也正在离职。丘吉尔在自己二战回忆录的某一卷中高度赞扬了比弗布鲁克。"他没有失败，"他写道，"这是他的时刻。"

教授

教授被证明是对的。

辛格尔顿法官先生终于有了足够的信心，对德国和英国空军力量的不同统计数据做出了判断。他在一九四一年八月提交的最终报告中写道："我的结论是，截至一九四〇年十一月三十日，德国空军与皇家空军的力量对比约为四比三。"

这就是说，尽管皇家空军自始至终认为他们在与具有压倒性优势的敌人战斗，但实际上，两支空军在战力上差别并不太大，而根据辛格尔顿的结论，主要的差距在于远程轰炸机的数量。当然，这一令人宽慰的消息来得有些晚，但或许正因如此，曾经认为自己以一比四的劣势落后于敌人的皇家空军才能战斗得更好、更迫切，而不是像相信自己有大量优势的德国空军那样自满。这份报告证明，教授的直觉确实是准确的。

他对空中雷的热情却没能取得有价值的成果。整个一九四〇年与一九四一年，他和丘吉尔不断游说、劝诱空军部官员和比弗布鲁克生产并部属空中雷，希望它们能成为英国防御武器军火库中的主打产品。但他成少败多，最后，面对越来越多的反对，空中雷被放弃了。

整个战争期间，林德曼和丘吉尔一直是朋友，他也是唐宁街十号、契克斯和迪奇利餐桌上的常客——仅限素食。

帕梅拉和埃夫里尔

有段时间，帕梅拉·丘吉尔和埃夫里尔·哈里曼间的情事被传得沸沸扬扬。哈里曼的女儿凯茜在到达伦敦后不久就撞见了他们的好事，但她不介意。她比父亲的情人大几岁，这似乎没有让她感到尴尬。凯茜与继母玛丽的关系不算密切，所以不觉得父亲的行为是背叛。

没有人对凯茜如此迅速地发现真相感到吃惊。这对情人没有刻意掩饰什么。确实，在大约六个月内，哈里曼、帕梅拉和凯茜共用格罗夫纳广场三号的一处三居室公寓，那里离美国大使馆很近。帕梅拉相信丘吉尔知道他们的私情，但没有流露出关切。如果真有什么的话，丘吉尔的家庭成员与罗斯福的特使之间有如此强大的纽带也只有好处。克莱芒蒂娜不赞成这件事，但也没有干预。伦道夫后来对科尔维尔抱怨，他的父母"容忍自家房檐下的通奸"。比弗布鲁克知道这件事，而且乐于知晓，他保证哈里曼和帕梅拉能够在他的乡间宅院切克莱度过长周末，小温斯顿在那里有保姆照顾。哈里·霍普金斯知道这件事，就连罗斯福也知道。总统觉得非常好玩。

一九四一年六月，丘吉尔派哈里曼去开罗，评估美国的援助怎样才能最好地支持在埃及的英军，而且要求儿子伦道夫关照他。到这时，伦道夫已经被提升为少校，并被派往英国驻开罗总部管理媒体关系。他本人也与著名女主持人莫莫·马里奥特有婚外情，她是一位英国将军的妻子。一天晚上，伦道夫专为这位来访的美国人在尼罗河上包了一艘单桅帆船，在晚宴的交谈中，伦道夫对哈里曼吹嘘自己的艳遇。他完全不知道哈里曼已经与他的妻子睡过，而这在他的圈子和伦敦的怀特之家一直是飞短流长的谈资。

伦道夫对此毫不知情，他将一九四一年七月写给帕梅拉的一封信托付给哈里曼，请哈里曼离开开罗后转交给她，这一行为可以轻易证明此事。信中赞扬了哈里曼。"我发现他十分迷人，"伦道夫写道，"而且能从他那里得知你和所有朋友们的消息，这真是太好了。他很高兴地说起了你，我担心我有了一个很厉害的情敌！"

最终，伦道夫在一九四二年初休假期间得知了这段私情。他那时看上去已经逐渐沉迷酒色。他们的婚姻早已因为他的挥霍无度、酗酒和帕梅拉的冷淡而受损，现在更是陷入争吵和侮辱的乌烟瘴气中。附楼里不时发生激烈的打斗，在此期间伦道夫会找丘吉尔寻衅滋事。克莱芒蒂娜担心丈夫会中风发作，再次将伦道夫赶出家门，这次禁令在战争期间一直延续。到了夏天，当伦道夫在开罗因车祸受伤回伦敦疗养时，人人都清楚，这段婚姻已经无法修复了。伦道夫在怀特之家的俱乐部伙伴伊夫林·沃写到帕梅拉时说："她实在太恨他了，无法和他同处一室。"一九四二年十一月，伦道夫离开了她。

哈里曼让她搬到了一处她自己的公寓里，每年给她三千英镑（相当于今天的十六万八千美元）。为了掩饰自己的角色，他动用了中间人马克斯·比弗布鲁克，后者出于对人类戏剧性事件的喜爱，很乐意这样做，甚至还订了项计划来掩盖是哈里曼在提供这笔钱的事实。

但这也不完全是个秘密。"跟有着巨大黑市的巴黎不同，这里的人们很自豪地遵守着配给制度，"约翰·科尔维尔说，"但如果你和帕梅拉一起吃饭，你会看到五六道菜的正餐，八个或者十个客人出席，以及你不常见到的食物。我猜我们这些客人全都会心一笑，心里都在说，埃夫里尔对他的女朋友真不错。"

一九四三年十月，罗斯福选择哈里曼担任驻莫斯科大使，这段关系不可避免地开始冷却。距离给了二人自由。哈里曼和其他女人睡觉；帕梅拉和其他男人睡觉，有一段时间包括播音员爱德华·R.默罗。"我想说，在你很年轻的时候，你对事物的看法确实很不一样。"帕梅拉后来这样告诉采访者。

当战争接近尾声的时候，帕梅拉对以后会遇到什么感到越来越担心。一九四五年四月一日，她给在莫斯科的哈里曼写信："战争四五个星期后或许将结束。一想到这个我就有些害怕。我对它盼望已久，但当它发生的时候，我却知道我会感到害怕。你明白我的意思吗？我的成年生活全都是在战争中度过的，我知道如何应付它。但我怕我会不知道怎样在和平年代生活。我害怕得要命。这样很傻，是不是？"

许多年过去，哈里曼继续在哈里·杜鲁门总统手下担任美国商务部长，后来又当选纽约州长；他在肯尼迪和约翰逊政府中担任过多个高级顾问职务。然而，他还怀有更大的抱负——成为国务卿，甚至总统——但事实证明，这些都是他可望而不可即的。尽管有许多绯闻，他仍维持着与妻子玛丽的婚姻，而且从各方面来说，随着时间的推移，他们的婚姻变得更牢固了。据玛丽的女儿南希，玛丽一九七〇年九月的去世沉重地打击了哈里曼。"他时常坐在她的房间里哭泣。"

一九六〇年，帕梅拉与制片人兼经纪人利兰·海沃德结婚，海沃德也是百老汇原版《音乐之声》的联合制作人。他们的婚姻一直延续到一九七一年三月海沃德去世。

帕梅拉和哈里曼一直有远距离联系。一九七一年八月，他们同时受邀在华盛顿特区参加共同的朋友，《华盛顿邮报》出版商凯瑟琳·格雷厄姆举办的晚宴。当时哈里曼七十九岁，帕梅拉五十一岁。他们在亲密的交谈中度过了那晚。她说："这很奇怪，开始交谈的那一刻，我们回想起许多我们多年来从来没有想到的事情。"

八周后，他们在曼哈顿上东区一家教堂里举行了秘密婚礼，参加婚礼的只有三位客人。他们想让婚礼保密——但只是在当时。

那天晚些时候，大约一百五十位客人聚集在哈里曼位于附近的联排别墅里，他们只被告知这是一次鸡尾酒会。

当帕梅拉走进来时，她对一位朋友大声喊道："我们做到了！我们做到了！"只不过用了三十年。"哦，帕姆，"另一位朋友不久后写道，"生活真是太奇妙了啊！！"他们的婚姻延续了十五年，直到哈里曼于一九八六年七月去世。

德国人

在纽伦堡审判中，赫尔曼·戈林被判犯有包括战争罪与反人类罪在内的多项罪行。法庭以绞刑判处，行刑日期定于一九四六年十月十六日。

他在证词中陈述道，他本想在敦刻尔克之后立即入侵英格兰，但遭到希特勒否决。他告诉美国审讯官、美国空军将领卡尔·斯帕茨，他从来不喜欢入侵苏联的想法。他想要一直轰炸英国，逼迫丘吉尔投降。入侵苏联的时间选择是致命错误，戈林告诉斯帕茨。"只不过是德国空军转移到苏联前线拯救了英国。"

直到最后时刻，戈林还顽固不化。他告诉纽伦堡法庭："我们当然重新武装了。我只为我们没有进一步武装而感到遗憾。我当然认为协议只不过是厕纸。我当然想让德国变得强大。"

戈林也试图为他在整个欧洲有步骤地抢掠艺术品开脱。在候审时，他告诉一位美国精神病学家："或许我的一个弱点是喜欢被奢侈品包围。我很有艺术气质，艺术杰作能够让我内心感受到活力和光明。"他一直声称自己打算在死后把藏品捐给一家国家博物馆。"从这个角度出发，我看不出我的行为有什么伦理错误。我积攒艺术珍宝并不是为了出售或者成为富人。我热爱艺术，而且如我所说，我的气质需要周围放着世界艺术的最佳样本。"

审讯官们为他自战争开始以来囤积的艺术品登记造册，数出了"一千三百七十五幅画作，两百五十件雕塑，一百零八幅挂毯，两百件古董家具，六十条波斯和法国地毯，七十五块彩色玻璃窗"，还有一百七十五件形形色色的其他物品。

行刑前夜，戈林服用氰化物自杀。

一九四五年五月一日，当苏联陆军逼近时，约瑟夫·戈培尔和妻子玛格达在希特勒的地堡里毒死了他们六个年幼的孩子——黑尔佳、希尔德加德、赫尔穆特、霍尔迪内、黑德维希和海德龙——先是一位医疗副官按照指示给每个孩子注射了一剂吗啡，然后，希特勒的私人医师给了孩子们每人一剂口服氰化物。接着，戈培尔和玛格达也服用氰化物自杀，一位党卫军军官受令朝他们俩的尸体开枪，保证他们必死无疑。

希特勒已经在前一天自杀身亡。

在纽伦堡接受审讯时，鲁道夫·赫斯声明自己一直效忠于希特勒。"我不为任何事情后悔。"他说。他因为在促成战争中扮演的角色被判处终身监禁，被押解到施潘道监狱服刑，和他一起的还有六位德国官员。

其他囚犯都一个个地获释了，包括一九六六年九月三十日获释的阿尔贝特·施佩尔，最后，赫斯成了狱中唯一的囚犯。一九八七年八月十七日，他用一根接线板上的电线上吊自杀，终年九十三岁。

阿道夫·加兰在战争中奇迹般生还，尽管多次面临死亡威胁。有一次，他一天内被击落两次。他于一九四五年四月二十五日完成了最后的杀戮，当时他驾驶德国空军最先进的战斗机，一架喷气式飞机，击落了两架美国轰炸机，将成绩定格在一百零四架。在摧毁了第二架飞机后，他遭到一架美国P-47拦截，飞机严重受损，自己也负了伤。他还是设法飞回机场，却遭遇了空袭，在机场上紧急迫降时，炸弹和子弹在他周围纷纷落下。他活了下来，只伤了一条腿。十天后，美国军队逮捕了他。加兰当时三十三岁。尽管他的纪录如此高，但现在已经被一些同僚超过。有两位飞行员每人累计击落了三百多架飞机，还有另外九十二人追平或者超过了加兰的纪录。

在德国初次受审后，一九四五年五月十四日，加兰被飞机送往英国接受进一步审讯。这是他第一次踏上英国的土地。七月，他的监禁者把他带到斯坦斯特德园附近坦米尔的一个大型空军基地，他在那里遇到了下肢残缺的皇家空军王牌飞行员道格拉斯·巴德，就是和玛丽跳过舞的那位。加兰之前在战争中遇到过巴德，那是在巴德被击落并且被抓获之后，加兰曾坚持让人善待他。

现在轮到巴德给他递雪茄了。

丘吉尔和战争

这个男人永远有童心未泯的一面。

一九四四年一个夏日的上午，前线战事正酣，躺在唐宁街十号附楼床上的克莱芒蒂娜把一个十几岁的士兵叫到了她的房间里，士兵名叫理查德·希尔，是丘吉尔的贴身秘书希尔夫人的儿子。给帕梅拉的儿子小温斯顿的一套玩具火车到了，克莱芒蒂娜想保证所有的零件都在，而且全都能运转。她请希尔把它组装起来，试验一下。

　　包装盒里有铁轨、火车车厢和两节火车头，火车头靠发条驱动。希尔开始跪在地上铺设铁轨，这样做时，他注意到眼前的地板上出现了两只带有字母"W. S. C."的拖鞋。他抬起头，看到穿着浅蓝色防护服的丘吉尔站在那里，抽着雪茄，密切关注着他的进程。希尔准备站起来，但首相制止了他。"继续干你的。"丘吉尔说。

　　希尔铺完了铁轨。

　　丘吉尔仍在看。"在铁轨上放一个火车头。"他说。

　　希尔照办了，上了发条的火车头在轨道上走动。

　　"我看见你有两个火车头，"丘吉尔说，"把另一个放上去。"

　　希尔也照办了。现在两节火车头在铁轨上奔驰，一辆紧接着一辆。

　　丘吉尔叼着雪茄，膝盖和双手着地跪了下来。

　　他满怀欣喜地说："现在，我们来撞他一家伙！"

　　欧洲战事于一九四五年五月八日结束。消息传遍伦敦后，整整一天，城市的各座广场上挤满了人。趾高气扬的美国大兵在人群中穿梭，挥舞着美国国旗，时不时高唱起《到那边》。德国正式投降了。丘吉尔下午三点将在唐宁街向公众发表讲话，由BBC广播并用扬声器播出，之后他将前往下议院。

　　听到大本钟庄严深沉地敲响了下午三点的钟声，人群彻底安静了下来。丘吉尔说，对德战争结束了。他总结了战争的历程，并解释了"几乎整个世界"最后是如何"联合起来对抗邪恶分子的，他们现在已经在我们面前俯伏在地了"。然后，他冷静地提到日本尚未投降，以此给现在这个消息降温。"我们现在必须投入全部的力量与资源来完成我们的任务，无论在国内还是国外。前进吧，不列颠！自由事业万岁！上帝保佑国王！"

唐宁街十号的工作人员在后花园小径两旁列队，在他走向汽车时一同鼓掌。他被感动了。"感谢你们，"他说，"非常感谢。"

在白金汉宫，当国王与王后出现在皇家宫殿的阳台上时，林荫路上聚集的庞大人群爆发出掌声和欢呼，同时挥舞着国旗，直到两位陛下退入宫殿。但人群徘徊不去，并开始有节奏地呼喊："我们要国王，我们要国王。"最后，国王与王后再次出现，并且向两边分开，给另一个人让出了位置，接着走出来的是满脸堆笑的温斯顿·丘吉尔。欢呼声爆炸了。

那天夜里，尽管灯火管制尚未正式取消，整个伦敦到处燃起了篝火，投射出熟悉的橙黄色火光——不过，现在它是欢庆的象征。探照灯照亮了特拉法尔加广场上的纳尔逊纪念柱，在所有动作中最为感人的，或许是探照灯操作员们将光柱聚焦在圣保罗大教堂穹顶上高耸的十字架上方，让停留在那里的光柱组成了一个闪亮的光十字架。

仅仅两个月后，在一次令人目瞪口呆的具有讽刺意味的插曲中，英国公众在大选中推翻了保守党，迫使丘吉尔辞职。他似乎是战争期间的理想领袖，但在领导英国的战后复苏方面可能不尽如人意。接替丘吉尔的是工党领袖克莱门特·艾德礼。工党赢得了三百九十三席，保守党只拿下了二百一十三席。

选举的最后结果在七月二十六日星期四揭晓。几天后，丘吉尔夫妇和几个朋友聚集在契克斯度过了最后一个周末。这里和平常一样拥挤。科尔维尔、怀南特大使、布伦丹·布拉肯、伦道夫、玛丽、萨拉、黛安娜和她的丈夫邓肯·桑兹都来了，教授过来吃了午饭。丘吉尔很少光顾的埃尔斯伯勒教堂的教区长也来顺便探访、道别。

那个星期六晚上，在吃过晚餐，看完了新闻片和有关同盟国在欧洲胜利的纪录片《名副其实的光荣》之后，丘吉尔一家人下楼。丘吉尔似乎突然情绪低落。他告诉玛丽："这就是我为什么想念那些新闻的原因——没有工作——没什么可干的。"

她在日记中倾诉了她为父亲感到的悲伤："看着这个人类巨人真是一幅痛苦的景象——他在思想与精神上的各个方面都拥有最杰出的能力，但现在只能不愉快地来回踱步，丝毫无法发挥自己巨大的精力和无边的天赋——这在他的心中形成了怎样的悲伤与幻灭，我只能猜测一二。"

她写道："这是迄今最糟糕的时刻。"一家人放唱片给他听，想让他高兴起来。最先放的是吉尔伯特和沙利文的作品，但它们有史以来第一次对他不起作用，然后是美国和法国的军队进行曲，这有一些帮助。接着放的是《兔子快快逃》，以及丘吉尔点的一首来自《绿野仙踪》的歌，它们似乎终于对他起了作用。"最后在凌晨两点，他的情绪总算得到缓解，感受到足够的困意，想上床睡觉了，"玛丽写道，"我们全都陪着他上楼。"

她补充道："哦，亲爱的爸爸——我非常非常爱你，我能为你做的事情这么少，这让我心碎。我上床时感到非常疲倦，筋疲力尽。"

第二天午饭后，玛丽和约翰·科尔维尔最后一次在比肯山散步。这是一个阳光灿烂的可爱日子。人人都聚集在草坪上，克莱芒蒂娜和邓肯在打槌球，邓肯在车祸中受的伤现在基本上痊愈了。他们全都在契克斯的访客登记本上签了字，玛丽说："那是一本值得纪念的访客登记簿，你可以通过上面的名字了解战争的情景和策略。"在给庄园所有者李氏夫妇写的感谢信中，克莱芒蒂娜写道："我们满怀伤感地在契克斯度过了最后一个周末。当我们全都在访客登记簿上写下名字时，我回想起这所古老的房子在这场战争中扮演过的那些神奇的角色。它曾为多少杰出的客人提供庇护，曾多少次见证重大的会议，又有多少生死攸关的决定是在它的屋檐下诞生的啊。"

　　丘吉尔是最后一个签名的。

　　他在自己的名字后面写下了一个词："终点"。

资料来源与致谢

尽管移居纽约和随后对"九一一"事件的顿悟是我动笔写这本书的主要推动力，但另外一个因素也发挥了重大作用：我自己也身为人父。正如我的三个女儿会向你保证的那样，我在焦虑的父亲中堪称王者，不过，我对孩子们的担忧集中于她们在日常生活中所需面对的那些常见伤害，像是工作、男朋友、公寓里的烟雾探测器，而不是从天而降的高爆弹和燃烧弹。说真的，丘吉尔和他的圈子到底是怎样应付过来的？

以此为引导性问题，我开始了一段长途跋涉，试图穿越关于丘吉尔的学术讨论那座枝叶缠绕的庞大莽林。这个领域充斥着大部头专业著作、扭曲的事实和离奇的阴谋论，我尝试在其中发现我自己的丘吉尔。正如我在以前写书时发现的那样，当你通过一种新的透镜来审视过去，必然会看见一个不同的世界，发现新的材料和见解，即使你走过的是一条条已经被许多人踏过的小径。

撰写有关丘吉尔的书所需面对的一大危险是，公共领域内这些浩如烟海的著作，可能会给你带来无法抗拒的冲击，让你刚刚开始就无法进行下去。为了避免这一点，我决定不做太多预先阅读——我选的是威廉·曼彻斯特（William Manchester）和保罗·里德（Paul Reid）的《王国守护者》（*Defender of the Realm*）、罗伊·詹金斯（Roy Jenkins）的《丘吉尔》（*Churchill*）和马丁·吉尔伯特（Martin Gilbert）的《决战时刻》（*Finest Hour*）。随后，我便一头扎进了档案室，以尽可能新鲜的方式经历丘吉尔的世界。我的特殊透镜意味着，对我来说，某些文件远比丘吉尔的传统传记作家们更为有用——例如，他在首相休养地契克斯居住时的家庭开支清单，以及如何在不压垮污水系统的情况下为驻扎在庄园中的士兵安排住处的通信，这在当时具有重大意义，但对未来的历史作者来说却未必很重要。

　　我的研究把我带到许多档案库，包括我在这个世界上最喜欢的三个地方：位于伦敦郊外邱园附近的英国国家档案馆，剑桥大学丘吉尔学院的丘吉尔档案中心，以及位于华盛顿的美国国会图书馆手稿部。当我手中的那叠文件越来越厚时，我开始用所谓的"冯内古特弧线"规划我的叙述，这是库尔特·冯内古特在芝加哥大学撰写硕士论文时设计的一种图形装置，冯内古特称，他的论文之所以被院系拒绝，正是因为它太过简明、太过有趣。冯内古特弧线提供了一个图解程式，可以用来分析写过的每一个故事，无论这些故事是虚构还是非虚构。在这一图形装置中，纵轴代表着从好运到霉运的连续变化，好的在顶端，坏的在底部，横轴则代表着时间的推移。被冯内古特抽离出来的一种故事类型是"跌入洞中"，其中，经历了巨大好运的英雄会先是深陷于霉运，接着爬了出来，获得了更大的成功。这一故事类型让我印象深刻，因为我发现它很好地代表了丘吉尔的首相第一年。

　　拿到这条弧线后，我开始寻找那些经常被丘吉尔的大部头传记所忽略的故事，无论是因为那些作品没有时间叙述它们，还是因为它们看上去太不起眼。丘吉尔经常通过轻佻的小事来展现他自己，然而，正是这些零星片刻，让工作人员喜欢上了他，尽管他对他们都有极端严格的要求。我还试着把一些在许多大部头历史著作中被作为次要人物处理的人带到了台前。每位丘吉尔学者都会引用约翰·科尔维尔的日记，但我相信科尔维尔有自主发声的愿望，所以试图强行帮助他做到这一点。我知道，没有著作描述过他痴迷于盖伊·马杰森的那段苦涩甜蜜的恋情，我把它放进了书中，部分原因是它让我想起了自己刚成年时经历过的一个极为悲惨的阶段。你不会在科尔维尔已经发表的日记《权力的边缘》（*The Fringes of Power*）中找到这个故事，但如果你像我一样，将它与丘吉尔档案中心的手稿逐页比对，你就能找到每一个浪漫片段。他隐去这些片段和其他删节内容，称它们是"一些普通人不会感兴趣的琐碎记录"。然而，在他写下这些内容的时候，他经历的这些事件绝非琐事。我之所以如此感兴趣他对盖伊的追求，是因为它是在伦敦燃烧的时刻展开的，那时每天都有炸弹落下来，然而，他们两仍然可以设法创造出一些他所说的"极致的幸福"。

玛丽·丘吉尔也走上了前台。她非常爱她的父亲，但也非常喜欢在皇家空军基地狂舞，并为飞行员们的"掠飞"练习而心神荡漾——飞行员们会以刚过树梢的高度掠过她和她的朋友们。我必须对玛丽的女儿艾玛·索姆斯（Emma Soames）表示特殊的感谢，正是有了她的允许，我才有机会读到她母亲的日记。

我也欠了丘吉尔档案中心主任艾伦·帕克伍德（Allen Packwood）很大的人情，他阅读了我的一份手稿，将我从许多过失中挽救回来。事实证明，他自己最近的新书《丘吉尔如何领导战争》（*How Churchill Waged War*）是让人跟进有关丘吉尔最新研究的极为珍贵的最新资料。我对国际丘吉尔学会的两位前主任李·波洛克（Lee Pollock）和迈克尔·毕肖普（Michael Bishop）同样充满了感激之情，他们也阅读了我的手稿，并建议了各种方式的修正和调整，其中有一些非常巧妙。从我写作的初期开始，这两位绅士便向我推荐了许多可供查阅的资料来源，尤其特别的，是由位于华盛顿特区的学会总部收藏的一叠唐宁街十号的台历卡。我发现一九三九年九月的一张卡片异常地引人注目，那是战争开始的时刻，卡片上有一大块黑色的污点，显然是一瓶被打翻了的墨水造成的。

一如既往，我对妻子克丽丝感激不尽，并且理应送她一瓶伦巴尔霞多丽酒葡萄酒感谢她的容忍，是的，我尤其想感谢她对手稿的第一轮精读，她将手稿还回来时，上面带有她通常做在空白处的记号——笑脸、悲伤的脸，还有一组越来越小、向后倾斜的 zzzzzz。我也要深切感谢我的编辑阿曼达·库克（Amanda Cook），她的页边注一针见血、极为苛刻，但总是恰到好处、发人深省。她的助理扎卡里·菲利普斯（Zachary Phillips）用优雅与热情引导着本书走过了最后的阶段，尽管在这个过程中，我想他几乎因我糟糕的笔迹而差点失明。尽管有时会化身恶犬，我的经纪人戴维·布莱克（David Black）通常总是很公正，他始终在漫长的写作过程中鼓励着我，并定期用红葡萄酒和美味佳肴款待我。朱莉·泰特（Julie Tate）是杰出的专业事实核对者，她简直像在使用放大镜阅读手稿，找出错误的拼写、不正确的日期、弄错的年份，还有错误的引语，得益于她的这些工作，我才能够异常放心地睡上安稳觉。同样感谢我的朋友、皇冠出版集团的王牌国际法学家彭妮·西蒙（Penny Simon），她阅读了我的早期手稿，尽管知道我永远无法回报她的慷慨，她还是尽力把每个地方都弄得清楚明了。我长期的朋友与前同事卡丽·多兰（Carrie Dolan）是《华尔街日报》的头版编辑，她也阅读了一份手稿，其中一部分是她在做一件最喜欢干的事时进行的：乘机飞越海面。实际上，她厌恶乘机，甚至比我还厉害，但她声称自己喜欢这本书。

兰登书屋和皇冠出版集团足智多谋、富有创造性而且精力充沛的团队让这本书得以诞生并隆重出版，他们是：兰登书屋总裁兼发行人吉娜·森屈罗（Gina Centrello）、皇冠出版集团发行人戴维·德雷克（David Drake）、总编辑吉莉恩·布莱克（Gillian Blake）、副发行人安斯利·罗斯纳（Annsley Rosner）、营销总监德亚纳·梅西纳（Dyana Messina）、市场总监朱莉·西普勒（Julie Cepler）。我需要特别感谢雷切尔·奥尔德里奇（Rachel Aldrich），她在利用新媒体和新方法赢得今日读者所剩无几的注意力方面堪称大师。邦妮·汤普森（Bonnie Thompson）对这本书进行了严格的终审；英格丽德·斯特纳（Ingrid Sterner）替我整理了最后的注释；卢克·埃普林（Luke Epplin）翻译了我糟糕的笔迹，在创纪录的时间里变出了单页清样；马克·伯尔基（Mark Birkey）监督了这一切，让本书得以出版。克里斯·布兰德（Chris Brand）为本书设计了一款极其亮眼的护封；芭芭拉·巴克曼（Barbara Bachman）则将内页装帧得精美无比。

我衷心感谢我们的三个女儿，她们帮助我在日常生活的平淡琐事中保持洞察力，与丘吉尔和他的圈子每天必须处理的可怕的事情相比，这些考验实在微不足道。

原始文献中的一个特殊来源值得在此特别指出：《丘吉尔战时文集》（*The Churchill War Papers*），该书由已故的丘吉尔历史学大师马丁·吉尔伯特编纂，作为他所撰写的这位首相的多卷本传记的庞大附录出版。我广泛使用了该书的第二卷与第三卷，其中收录的电报、信件、演讲稿和个人备忘录总计有三千零三十二页。另一个非常宝贵的来源是科尔维尔的《权力的边缘》，除了浪漫事件，这部作品，主要是它的第一卷，还提供了战争期间唐宁街十号的美妙的生活感。我还参考了许多极好的二手来源，其中我最喜欢的有：安德鲁·罗伯茨（Andrew Roberts）的《圣狐》（*The Holy Fox*），一部哈利法克斯勋爵的传记；约翰·卢卡斯（John Lukacs）的《伦敦博弈》（*Five Days in London: May 1940*）；琳恩·奥尔森（Lynne Olson）的《至暗时刻的反抗》（*Troublesome Young Men*）；理查德·托伊（Richard Toye）的《狮子的咆哮》（*The Roar of the Lion*）；劳拉·费格尔（Lara Feigel）的《炸弹的爱情魅力》（*The Love-Charm of Bombs*）；还有戴维·洛（David Lough）的《再无香槟》（*No More Champagne*），一部丘吉尔的财务状况传记，堪称近十年来最具原创性的丘吉尔研究学术作品之一。

在本书的注释部分，我给出了我从原始文件或者二手来源援引的主要资料，说明了它们的具体出处，并援引了一些有可能让读者认为颇为新颖或具有争议的内容，但并未标明所有资料的出处。为了避免最终内容泛滥，对广为人知并在别处有完整记载的插曲与细节，以及出处非常明显的资料，例如某些日期明确的日记记录，我选择不做注解。除此之外，我还在某些注释中加上了小故事，它们最终未能收录至正文，但出于这样或那样的原因，仍值得一番叙述。

注释与参考文献

请扫描二维码查看。

The Splendid and the Vile: A Saga of Churchill, Family and Defiance During the Blitz
by Erik Larson
Copyright © 2020 by Erik Larson
Published by arrangement with Erik Larson, c/o Black Inc.,
the David Black Literary Agency through Bardon-Chinese Media Agency
Simplified Chinese translation copyright © 2023
by Thinkingdom Media Group Ltd.
All rights reserved.
著作版权合同登记号：01-2023-0312

图书在版编目（CIP）数据

至此一年 /（美）埃里克·拉森著；（英）李永学译 . -- 北京：新星出版社，2024.2
ISBN 978-7-5133-5107-2

Ⅰ . ①至… Ⅱ . ①埃… ②李… Ⅲ . ①纪实文学 – 美国 – 现代 Ⅳ . ① I712.55

中国版本图书馆 CIP 数据核字 (2022) 第 225827 号

至此一年

[美] 埃里克·拉森 著；[英] 李永学 译

责任编辑 汪 欣		**特约编辑** 杨 柳　张博炜	
营销编辑 崔航蔚		**装帧设计** 高 熹	
内文制作 贾一帆		**责任印制** 史广宜	

出 版 人 马汝军

出　　版 新星出版社
　　　　　（北京市西城区车公庄大街丙 3 号楼 8001　100044）

发　　行 新经典发行有限公司
　　　　　电话（010）68423599　邮箱 editor@readinglife.com

网　　址 www.newstarpress.com

法律顾问 北京市岳成律师事务所

印　　刷 河北鹏润印刷有限公司

开　　本 850mm×1168mm　1/32

印　　张 18

字　　数 450 千字

版　　次 2024 年 2 月第 1 版　　2024 年 2 月第 1 次印刷

书　　号 ISBN 978-7-5133-5107-2

定　　价 88.00 元